VdN

Ladislav Ťažký

Die verlorene Division

Romanzyklus
Zweiter Band

Verlag der Nation
Berlin

Ladislav Ťažký

Flucht aus der Hölle

Roman

Verlag der Nation
Berlin

Originaltitel: Amenmária
Aus dem Slowakischen von Gustav Just

ISBN 3-373-00338-5
Band 1: ISBN 3-373-00339-3
Band 2: ISBN 3-373-00340-7

Band 2
1. Auflage 1989

LSV 7231
Lizenz-Nr. 400/51/89
Einband: Gerhard Medoch
Typographie: Kerstin Vorwerk
Gesamtherstellung: Karl-Marx-Werk Pößneck V15/30
Best.-Nr. 696 277 4
Band 1/2 02600

8
Die Flucht aus der Hölle

Der Teufel an der Wand

Frnčák wurde zu Wildmanns Nachrichtenleuten abkommandiert. Der neue Fahrer heißt Viktor, Gefreiter Viktor Kamuti, schreiben tut er sich Camuti. Er sagt, das sei ein italienischer Name, obwohl er reinrassiger Preßburger sei. Mit Franz spricht er deutsch, Hnidák beschimpft er auf ungarisch, und mit mir unterhält er sich auf slowakisch.

Wieder sitzen wir im Fahrerhaus, Viktor, Leutnant Friedrich und ich. Der Leutnant schweigt. Viktor ist das egal, ob der Leutnant was erzählt oder nicht. Für ihn sind wir eine Fracht, sonst nichts.

Die Kolonne besteht aus fünfzehn Fahrzeugen. Unser Tatra bildet die Spitze. Vor uns ist nur Major Hrablavý abgefahren, mit dem Chef der DHM, Major Hartmann, und vor zwei Tagen Major Marinčuk als Quartiermacher. Das habe ich alles von Franz und Hnidák erfahren, die sich jetzt um etwas streiten und sich auf meinem geerbten Federbett sielen. Seiner Stimme nach vermute ich, daß Franz einen in der Krone hat. Sie lachen, Franz schreit herum. Leutnant Friedrich blickt drohend durch das Rückfensterchen unter die Plane. Viktor hämmert mit der Faust gegen die Rückwand.

«Gleich gibt's hier Rabatz, verdammter Mist!» In Viktors Augen blitzt es böse.

«Wo gibt's Rabatz?» fragt der Leutnant in dienstlichem Ton. «Malen Sie den Teufel nicht an die Wand, Mann!»

«Da, bitte!» Viktor zeigt auf die haltende Kolonne vor uns.

Drei deutsche Feldgendarmen stoppen uns. Viktor will weiterfahren, doch die Gendarmen gebieten ihm durch energisches Handzeichen anzuhalten, und Viktor bremst fluchend.

«Was wollt ihr, ihr Scheißkerle? Was wollt ihr, verdammter Mist?» Nur gut, daß die Feldgendarmen nicht Slowakisch verstehen.

«Seien Sie still, Mann. Still!» Leutnant Friedrich ist rot wie ein Puter. Er steigt aus und tritt zu den Gendarmen. Viktor kurbelt die Scheibe herunter und beugt sich aus dem Fenster.

Mir ist es gleich, worüber sie sprechen, mich kann nichts erschüttern, ob wir nun auf der Haupt- oder einer Nebenstraße weiterfahren sollen, das ist mir völlig schnuppe. Mich läßt es auch kalt, daß auf meiner BMW der slowakische Feldgendarm Bazalica fährt. Er ist von einem Feldweg auf die Hauptstraße eingebogen, wendet und setzt sich an die Spitze unserer Autokolonne. Die Feldgendarmen haben sich mit dem Leutnant geeinigt. Es geht weiter. Einer von ihnen tritt an unseren Tatra heran und ruft Viktor auf slowakisch an: «Halt bloß dein Maul im Zaume, Mann!» Der Gendarm lacht, Viktor findet vor Überraschung kein Wort der Entgegnung.

Der Tatra ruckt an. Viktor flucht gotteslästerlich, aber der Feldgendarm hört ihn nicht mehr. Ach, wie Viktor fluchen kann! Ich scheue mich, ihn anzusprechen. «Halten Sie bloß Ihr Maul im Zaume, Mann!» wiederholt Leutnant Friedrich. Ich muß ihm recht geben. Viktor flucht und schimpft entsetzlich auf die Deutschen. Eine Weile schweigt er, aber gleich geht's wieder los. Er dreht das Lenkrad, tritt aufs Gas, bremst, weicht den Schlaglöchern aus und hält das Lenkrad wie ein Reiter sein Pferd.

Die Straße, auf der wir fahren, ist sehr schlecht, aber noch schlechter ist Viktors Laune. Was für einer ist das eigentlich, dieser Viktor?

Sieh mal einer an, wie Bazalica auf meiner BMW fährt! Manchmal bin ich mir nicht sicher, ob es wirklich Bazalica ist oder der lederne Gefreite. Wo hat Bazalica das Lederzeug her?

Der Abend dämmert schon, als der Feldgendarm mit der BMW in einem Dorf hält. Die Häuserreihe auf der rechten Seite reicht dicht an den Rand der Straße. Im Dorf befinden sich bereits slowakische Kraftwagen, rumänische Gespanne und ein paar deutsche Artilleristen mit einer einzigen Kanone. Es wimmelt von Soldaten wie ein Ameisenhaufen von Ameisen.

«Auf weitere Befehle hier warten», ruft Bazalica. Er geht von Wagen zu Wagen und wiederholt den Befehl.

Aus einem Lehmziegelhaus tritt Oberleutnant Malý. Er hat einen Schafpelz an. Er ruft den Fürsten zu sich und befiehlt ihm, eine Doppelportion Kaffee zu kochen, denn die Männer seien halb erfroren. Die erste Portion soll er sofort ausgeben, die zweite in der Nacht. Das bedeutet, daß wir hier im Dorf übernachten werden. Franz und Fero sind verstummt. Viktor fordert uns auf, das Fahrerhaus zu verlassen, er will darin schlafen. Viktor weiß, daß er die Hauptperson in unserem Tatra ist. Seine Forderung halten wir für eine Selbstverständlichkeit. Leutnant Friedrich überlegt zwar ein Weilchen, er weiß nicht gleich, ob Viktor das im Ernst oder Scherz gesagt hat, schließlich aber steigt auch er aus und folgt mit unsicherem Schritt Oberleutnant Malý. Der Oberleutnant und er sind die einzigen slowakischen Offiziere im Dorf.

Eine Nacht voller Gekränkter

Nur schwer sind im Dunkeln die mit Soldaten vollgepfropften Häuser zu erkennen. Auch die Höfe, die Schuppen und Ställe sind voll von Soldaten. Unter der Plane des Tatra riecht es nach Rum. Hnidák und Franz haben sich einen genehmigt, jetzt schlafen sie. Ich zerre meine Decken von ihnen herunter und rolle mich zusammen. Auch ich möchte schlafen. Die eisenbeschlagene Kiste, an die ich den Kopf lehne, ist kalt. Es zieht von allen Seiten. Ich kann nicht schlafen. Die Kälte dringt mir bis ins Mark.

Ich entschließe mich, lieber draußen herumzulaufen, als hier oben zu frieren. Am liebsten würde ich natürlich Franz und Hnidák von dem Federbett runterschmeißen. Ich tue es nur deshalb nicht, weil ich gegen zwei nicht aufkommen würde.

Ich stehe draußen, gehe auf und ab, stehe wieder ein Weilchen, gehe wieder, immer um unseren Tatra herum. Das Dorf ist still, nur von Zeit zu Zeit bellt ein Hund.

Schon fühle ich Müdigkeit in den Beinen, aber ich gehe immer weiter. Ich weiß nicht, wie lange, in der Nacht dehnen sich die Stunden, am Tage rennen sie. Ich habe keine Uhr. Vielleicht marschiere ich schon zwei oder drei Stunden. Ein bißchen erwärmt habe ich mich, aber wenn ich stehenbleibe, ist mir sogleich kalt. Ich entschließe mich, unters Auto zu kriechen, dort lehne ich mich gegen einen Reifen und döse ein bißchen.

Halbschlaf umfängt mich. Im Unterbewußtsein überlege ich, warum wohl Amenmaria abberufen wurde, eigentlich weiß ich gar nicht, ob er abberufen wurde oder von selbst gegangen ist, oder ob es ihn erwischt hat ... Man hatte ihm die Ablösung versprochen. An seine Stelle ist Marinčuk gekommen, und doch ... Amenmaria hätte uns wenigstens die Hand drücken können, hätte uns auf Wiedersehen sagen sollen, lebt wohl, Jungs, laßt's euch gut gehen, ihr Schnorrer, einmal kommt auch ihr nach Hause, amenmaria! Das hätte er tun sollen, Tatsache. Gleich wäre alles lustiger gewesen, kameradschaftlicher, ich hätte schönere Erinnerungen an ihn. Amenmaria! Wo bist du, Hauptmann? Hast deinen Obergefreiten verraten ...

Ich weiß nicht, warum ich nicht an die Heimat denken mag, warum ich mich gegen Erinnerungen wehre. Ich habe versprochen zu schreiben, sie alle zu grüßen, Jano, Milan, Ondrej, Gusto, Jožo, habe versprochen, sie einmal zu besuchen. Ach, zum Teufel. Hier ist alles anders, als man es sich vorgestellt hat. Ich werde überlaufen. Einen alten Quark werde ich. Nirgends werde ich überlaufen. Hier kann man nicht überlaufen, hier kann man nur abhauen. Ich habe einen richtigen Zorn auf Amenmaria. Der Zorn reißt mich aus dem Halbschlaf.

Der Reifen des Tatra ist genauso kalt wie der Eisenbeschlag der Kiste. Unter dem Auto zieht es wie unter einer Brücke. Himmeldonnerwetter! Dieser Viktor ist ein Schwein. Wenn er nicht aufmacht, schmeiß ich ihm mit einem Batzen Lehm oder einem Stein die Scheibe ein. Im Ernst, Viktor, das tu ich ... Ich schmeiße mit Steinen ... Auf einmal muß ich laut lachen. Das sagten wir immer, als wir noch klein waren. Einer hat dich nicht in Ruh gelassen? Schmeiß mit Steinen. Einer hat dich ausgelacht? Schmeiß mit Steinen. Einer hat dich verdroschen? Schmeiß mit Steinen. Bei uns war das leicht. Über Steine gingen wir, auf Steinen standen unsere Häuser, auf Steinen wuchsen Tannen und Fichten, auf Steinen wuchs der Hafer, Fels und Stein, das war unser hartes, ständiges Leben ... Mit einem Stein wollte ich die Konservendose öffnen, aber ich fand keinen. Hier würde ich auch am Tage keinen Stein finden, geschweige denn nachts. Was soll ich tun, zum Teufel? Wenn ich auch einen Stein fände, so weiß ich doch, daß ich ihn nicht werfen würde. Viktor ist ein Rohling, er würde mich zusammenschlagen, und das wäre lächerlich. Franz und Hnidák würden mich auslachen, der Fürst würde seine fette Lache anstimmen ...

Selbstmitleid und Wehmut packen mich. Wie ein Kloß drückt der Kummer in der Kehle. Unterm Auto ist niemand außer mir, mir kommen die Tränen. Ich bin allein mit meiner Kränkung, klein, überflüssig und betrogen. Wer hat mich betrogen, wer hat mich gekränkt, wer hat mich gedemütigt? Der Vater? Amenmaria? Viktor? Nein! Aber jemand hat mich doch gekränkt, jemand hat mir unrecht getan. Mir ist schrecklich kalt. In mir selbst hockt die grimmige Kälte.

Ich gehe die Straße entlang und starre ins Dunkel, als wollte ich den finden, der mir das angetan hat. Wer hat den russischen Gefangenen das angetan, wer Baráts Pionieren, wer dem Gefreiten Drevený, den herabhängenden Pferden, den verletzten Kühen, wer hat den Toten und Lebenden in der Konservendose das angetan? Die Nacht ist voller Gespenster und voller Gekränkter.

Ich krieche wieder unters Auto und versuche einzuschlafen.

Ich bin gerade am Einschlafen, als jemand am anderen Ende der Kolonne schreit: «Partisanen, Partisanen!» Der Ruf ertönt nicht weit von unserem Tatra. Eine zweite Stimme antwortet: «Kusch, du Rindvieh!» Richtig. Ganz meine Meinung.

Stille. Bestimmt hat nur jemand im Schlaf geschrien. Aber warum so angstvoll? Der Posten unweit unseres Tatra brüllt jetzt schon zum fünften Mal: «Halt! Halt, oder ich schieße!»

«Schieß doch, aber hör auf zu schreien, du Säugling!» ruft ihm Viktor aus der Kabine zu. Die Tür knallt wie ein gedämpfter Schuß, der Posten verstummt.

Wieder Stille. Ich höre nur Schritte. Nein, das sind nicht die Schritte des Postens, der hat einen langsameren Gang, seine Schritte dröhnen nicht so, sondern schlurfen. Der Posten hat Filzstiefel über die Schuhe gezogen. Über seinem Mantel trägt er noch einen dicken Schafpelz. Nur die Augen hat er unbedeckt gelassen, um zu sehen, und die Ohren, um zu hören. Die Schritte, die sich jetzt rasch unserem Tatra nähern, sind leicht. Vielleicht läuft jemand, ja rennt einer, ich höre den keuchenden Atem eines Fliehenden. «Wo läufst du hin, bleib stehen!» rufe ich unterm Auto hervor, und der Flüchtende bleibt wirklich stehen.

«Wer ruft? Wo bist du? Ich steh ja schon!» Der sich da meldet, spricht mit russischem Akzent.

Ich krieche unterm Auto hervor. Bei dem Burschen, der so gelaufen ist, steht schon der Posten und zielt ihm mit dem Bajonett auf die Brust. «Was ist los?» Ich nähere mich dem Soldaten. Es ist Wassil Fäßchen, der Putzer des Fürsten. Wassil Fäßchen ist froh, daß ich ihn angehalten habe, er möchte jemandem mitteilen, was er gesehen hat. Er war es, der vor einer Weile am andern Ende der Kolonne geschrien hat.

«Im Dorf sind Partisanen!»

«Woher weißt du das, Fäßchen? Wo kommst du her? Wo warst du bis jetzt? Wo ist Wiera? Wo ist der Schwarze? Wo der Blonde? Wo ist der Oberst? Wann bist du gekommen? Womit ...?» Ich überschütte ihn mit Fragen. Nein, überschütten ist zu wenig, ich erschlage ihn mit Fragen. Er schweigt, als hätte er mich nicht verstanden. Er weiß nicht, worauf er zuerst antworten soll. Ich habe ihm den Kopf verwirrt. Man muß von vorn beginnen.

«Wo sind Partisanen?»

«Dort in dem Haus ...»

«In welchem Haus? Partisanen in einem Haus?!»

«Ja ... Ich soll zu ihnen kommen, sie haben es befohlen.»

«Befohlen? Das ist ja toll. Befohlen, sagst du? Dann mußt du auch gehen, Fäßchen. Troll dich, immer vor mir her.»

Der Posten steht da wie ein Schneemann, bis jetzt hat er noch kein Wort herausgebracht, aber als Fäßchen und ich auf die Häuser zugehen, rafft er sich auf und ruft uns nach: «Das muß ich dem Oberleutnant melden, ich muß es melden ...»

«Du darfst deinen Platz nicht verlassen, Kamerad!»

Der Posten verstummt, wir gehen. Bei den Häusern hält uns ein zweiter Posten an. Er ruft nicht «halt!», er fragt nur, wo wir hin wollen. Er verlangt nicht einmal die Parole, aber er könnte es, die Parole wird immer von unserer Abteilung ausgegeben. Vielleicht kennt sie der Posten selbst nicht. «Wen bewachst du, Alter?» frage ich ihn statt einer Antwort.

«Den Alten, hm, den Oberleutnant, und den, der mit euch gekommen ist, und wen wohl noch – den Fürsten. Alle haben sich an den warmen Ofen gekuschelt, und ich kann mir die Beine in den Leib frieren, diese Teufelsbraten ...»

«Hast recht, Alter, geh dich auch wärmen ...»

«Du hast leicht reden ... Und wohin wollt ihr eigentlich bei der Kälte, nachts?» Dieser da ist neugieriger und gesprächiger als sein Kamerad. Seine Stimme kommt mir bekannt vor, aber ich weiß nicht, wo ich ihn hinstecken soll.

«Zu den Partisanen, Kamerad, und du wärm dich ruhig ein bißchen auf.»

«Zu den Partisanen? Spinner ihr! Kannst anderen Angst einjagen. Hier findest du keine Partisanen, nicht einmal mit der Laterne. Ich weiß schon, zu welchen Partisanen ... In Röcken, hahaha! Hol euch der Teufel, aber die findest du hier auch nicht. Alles hat sich in die Mauselöcher verkrochen. Ich würde auch schon mal 'nen Weiberrock brauchen ... Der Fürst sielt sich jede Nacht mit seiner rum, dieser Teufelsbraten! Die einen dürfen, und andern sollen zugucken? Wenn ich nach Hause komme, dann nehm ich alle der Reihe nach dran, alles, was eine Schürze anhat. Alles, Kartenfritze, auch die Schuster, die Maurer, alles der Reihe nach, denn mich macht jede Schürze schon nervös. Kamerad, wenn du mal was findest ...» Ich muß stehenbleiben, um zu hören, was mir der Posten nachruft. «Wenn du was findest, dann denk an mich, Kamerad . . .»

«Bestimmt werde ich an dich denken, aber jetzt geh dich aufwärmen, damit er dir nicht kalt wird . . .» Der Posten lacht. Die ganzen zwei Stunden bis zur Ablösung wird er jetzt darüber nachdenken, ob es mir gelingt, etwas zu finden, ob ich ihn wirklich rufen werde oder ob er sich vorher nicht doch aufwärmen sollte.

«Halt! Parole!»

Oje, Deutsche, da wird's schwerer. Die Stimme des Postens klingt trotz aller Forschheit ängstlich. Das ist gut. «Slowaken . . .»

«Zurück! Hier ist die Unterkunft einer deutschen Einheit!» ruft der deutsche Posten.

«Sind wir hier richtig, Fäßchen?»

«Ja, hier.»

«Zurück. Ich darf niemanden passieren lassen.»

Da kann man nichts machen, Fäßchen, der Treff mit den Partisanen muß ausfallen. Siehst du, Fäßchen, du hast nur geträumt. Wo sollten denn hier auch Partisanen herkommen?

Wir kehren auf dem gleichen Weg zurück. Unser zweiter Posten steht nicht mehr am Tor, bewacht nicht mehr den Oberleutnant. Wenigstens er ist nicht dumm. Fäßchen versucht mich vergebens zu überzeugen, daß er mit Partisanen gesprochen hat, daß sie ihm den Befehl gegeben haben . . . Er faselt. Hat Deutsche gesehen, deshalb faselt er.

Fäßchen schwatzt andauernd das gleiche: Zwei Zivilisten seien bei ihm gewesen und hätten ihm befohlen, den Kommandeur zu wecken und ins letzte Haus am Ostrand des Dorfes zu kommen. Und warum schleppst du mich dann nach Westen, du Esel?

Der Schrei im Dunkel

Durch die nächtliche Stille gellt der Schrei einer Frau, dann noch einer, dann Weinen. Sie ermorden jemanden, Fäßchen, und du spinnst Ammenmärchen von Partisanen. Ich springe über die hintere Klappe auf unseren Tatra, reiße mein Gewehr aus der Halterung und renne mit Fäßchen durchs Dorf, in die Richtung, woher der Schrei kam. Wir bleiben vor dem Haus stehen, wo der zweite Posten wachen sollte, vor dem Haus, in dem Oberleutnant Malý, Leutnant Friedrich und der Fürst schlafen. Das Schreien und Weinen kommt von hinten, aus dem Stall oder dem Garten. Ich lade das Gewehr durch. Wenn das der Posten ist, wenn sich dieses Schwein nicht beherrschen kann, dann ... Ich knall ihn ab! Ich knall diesen geilen Bock ab! Vielleicht bin ich schuld, daß er sich nicht beherrschen konnte. Er hat sich was geangelt, und jetzt will er seinen Willen haben. Ich habe angefangen, von Weibern zu schwatzen, ich habe ihn zum Aufwärmen geschickt, damit er ihm nicht kalt wird. Vielleicht ist er schnurstracks in ein Bett gekrochen, vielleicht hat er eine aus dem Bett gejagt und rausgeschleppt, ja, so wird's wohl sein, rausgeschleppt hat er sie, dieses Schwein! Abknallen werde ich ihn! In der Knarre sind fünf Patronen, die fünf brenne ich ihm auf den Pelz. Das Schwein! Das Geschrei ist ganz nahe, auf dem Hof hinter dem Haus. Auch eine Männerstimme höre ich. Leute! Zu Hilfe, Leute! Ich geb sie nicht, nein, ich geb sie nicht! Schlagt mich tot, ich geb sie nicht ... Das ist eine Ukrainerin, die Chasaika. Wohl die Mutter. Esel du, überleg dir's und hau ab! Fäßchen, mir nach! Vielleicht wollen sie die Tochter vergewaltigen ... Das kann kein anderer sein, das ist dieser geile Hengst!

«Halt! Was ist hier los?!» Das Licht meiner Taschenlampe und mein Schrei zerschneiden das Dunkel. Meine Stimme ... Es war eine fremde, böse, erregte und ein bißchen erschrokkene Stimme. Ich bin selbst vor ihr erschrocken. Der Soldat in der Stalltür dreht sich um. Auch der zweite dreht sich um, der an der Wand steht. «Weg! Weg!» Ich drücke ab, die Kugel saust ins Scheunendach. Die Soldaten erstarren, ich leuchte ihnen in die Gesichter.

Rumänen. Einer hat ein Gewehr, er ist völlig verdattert. Fäßchen ist ein fixer Bursche. Schon hat der Rumäne kein Gewehr mehr, schon hat es Fäßchen. Und jetzt dutila drakula, aber dalli, sonst fahrt ihr zur Hölle! Im Stall blökt eine Kuh, in der

Tür steht eine Frau mit zerzaustem Haar. Sie schreit ununterbrochen: «Ich geb sie nicht! Ich geb sie nicht! Ich geb die Kuh nicht her!»

Die Rumänen wenden sich fluchend zum Gehen. Am Tor bleiben sie stehen, kehren um, wieder hallt ein Schuß durchs Dorf. Aus dem Hause stürzt der Posten auf den Hof und ruft: «Was ist hier los? Was ist los, wer schießt da?» Auch der Oberleutnant erscheint und fragt verschlafen, wer geschossen hat und warum. Niemand, Herr Oberleutnant, ein Versehen, alles in Ordnung, schlaf nur weiter. Gut, morgen früh wird das aufgeklärt. Mein Gott, so ein Theater wegen eines Schusses, wir sind doch an der Front ...

Der eine Rumäne ist gegangen, der andere kommt zurück. «Gib mir mein Gewehr, Slowak, der Kommandeur drischt mich wie einen Hund, erschlagen wird er mich ...» Der Rumäne spricht gut Russisch, vielleicht ist er schon einige Jahre an der Front, vielleicht hat er Praxis beim Plündern, aber so etwas ist ihm noch nie passiert.

«Gib das Gewehr, Slowak, gib es, ich bitt schön ...»

Ich leuchte dem Rumänen ins Gesicht, auf die Brust, auf die Beine. Ein kleiner, ausgemergelter Kerl, er kann vierzig oder fünfzig sein, aber auch dreißig. Ein zerstörter Mensch. Um die Beine hat er Lappen gewickelt, aus denen die Schuhe starren. Die Uniform ist abgeschabt. Das Gewehr ist wie unseres. Von der gleichen Firma, von der auch unsere Gewehre stammen. «Gib das Gewehr, Slowak, der Kommandeur drischt mich sonst wie einen Hund. Ich habe drei Kinder, Slowak ... drei Kinder und Hunger.» Ich nehme Fäßchen das Gewehr ab, entlade es und reiche es dem Rumänen. «Schieß nie draus, Kamerad! Hörst du? Nie!»

Der Rumäne steht Gewehr bei Fuß, sein verstörtes Gesicht lebt auf. «Rauchst du, Kamerad?» Er nickt. Ich gebe dem Rumänen eine Zigarette, die Frau schließt den Stall zu, und der Posten schaut dem Rumänen von nahem ins Gesicht.

«Am liebsten möcht ich ihm eins in die Fresse haun. Wegen diesem Rindvieh kann ich mich nicht mal aufwärmen. Und du schenkst ihm noch 'ne Zigarette, diesem Teufelsbraten!»

Die Frau ist zu uns getreten. Sie fürchtet sich vor dem Rumänen und bricht wieder in Tränen aus. Sie spricht von ihren Kindern, der Kuh, dem Krieg, macht dem Rumänen Vorwürfe. Der Rumäne steht da wie festgenagelt, in einer Hand hält er das Gewehr, in der anderen die Zigarette, den Kopf hat er gesenkt wie ein Angeklagter. Das Weinen und Lamentieren der Frau will kein Ende nehmen. Der Oberleutnant schreit, wann denn nun endlich Ruhe sei, er befiehlt dem Posten, alle vom Hof zu jagen und Ordnung zu schaffen. Der Rumäne steht mir gegenüber, ein bißchen abseits steht Fäßchen. Ein Dreieck von Angeklagten. Die Frau weint unaufhörlich und wiederholt immer das gleiche: die Kinder, die Kuh, der Krieg. Ihre Tränen klagen an. Hier ist nicht nur der Rumäne angeklagt, sondern auch ich, auch Wassil Fäßchen, alle tragen wir Uniformen, alle sind wir hergekommen, um ... Weshalb seid ihr gekommen? Antwortet, Angeklagte! Der Rumäne wegen einer Kuh, ich der Frau zu Hilfe. Wird nicht morgen mir jemand das Gewehr wegnehmen?

Die Frau beruhigt sich, sie wartet, daß wir etwas entgegnen, sie hat das Ihre gesagt, aber wir schweigen. Die Frau lobt die Kuh, und wir schweigen immer noch. Wir rauchen und schweigen. Der Posten kommt vom Tor zu uns und wiederholt: «Schert euch endlich zum Teufel, der Alte macht sonst wieder Krach. Also geht schon ...» Und wieder kehrt er zum Tor zurück. «Haut schon ab!» Wir sollten tatsächlich gehen.

Ich gebe der Frau die Hand, auch dem Rumänen muß man sie geben. So ist es richtig. Der Rumäne reicht der Frau ebenfalls die Hand ... «Nicht böse sein, Frau, nicht böse sein, ich hab das ...» Ich leuchte dem Rumänen ins Gesicht. Er weint. Auch die Frau weint. «Ich weiß, ihr habt Hunger. Alle Rumänen haben Hunger. Schon viele waren hier ...»

Die Frau nimmt uns plötzlich an der Hand wie kleine Kinder und zieht uns in den Stall. Sie scheucht die Kuh auf, nimmt einen Melkeimer vom Nagel und setzt sich auf einen einbeinigen Schemel unter die Kuh. Ganz wie meine und vielleicht auch des Rumänen Mutter. Die Milch singt ihr Lied der Sattheit, prallt auf den Boden des Eimers und reizt mit ihrem Rauschen den Magen. Ich sitze mit dem Rumänen da wie Bruder mit Bruder, und die Milch rauscht, schäumt, singt das Lied des Lebens.

«Wie heißt du, Kamerad?»

«Gheorghe.»

«Das ist auf slowakisch Ďuro. Hör zu, Ďuro, laß uns gehen, die Frau hat Kinder, viele hungrige Kinder.» Aber Gheorghe steht von seinem Hocker auf, blickt auf den Melkeimer, und durch seinen ganzen Leib läuft ein Zucken. Ich lasse das Licht meiner Taschenlampe in die Stallecke wandern. «Fäßchen, hol mal 'n Stück Brot, wir werden was essen.»

Die Milch schmeckt, die Frau lächelt, der Eimer geht von Hand zu Hand, wir kauen das Brot und spülen mit Milch nach. Einmal trinkt Gheorghe, einmal ich. Die Frau sitzt da, lächelt, über ihre Wangen rinnen Tränen. Ein Lichtstreifen fällt in die Ecke, wo die Kuh angebunden steht, und zieht unseren Blick an. Der Strahl streckt sich, bis er im Dunkel abbricht, im Ungewissen untergeht. Dieses Ungewisse, das ist unsere gemeinsame Zukunft: meine, die der Frau und Gheorghes.

Auf dem Hof gebe ich Gheorghe die entnommenen Patronen zurück. Sie liegen auf seiner Hand, und Gheorghe schaut sie an und wirft sie in hohem Bogen in den Garten.

«Vielleicht hätte ich sie erschossen, so hungrig war ich und böse, vielleicht hätte ich auch dich abgeknallt, aber du hast als erster geschossen.»

Er hätte sie erschossen ... Vielleicht wird sie in einer Stunde ein anderer erschießen, vielleicht morgen ein dritter ... Warum vielleicht? Wann wird ein Ende sein mit dieser gräßlichen Möglichkeit?!

Sieben tote Brüder

Der Rumäne ist zu seinen Leuten gegangen, ich habe mich mit Fäßchen gewaltsam in das überfüllte Haus gedrängt, in dem Oberleutnant Malý und Leutnant Friedrich schlafen. Malý hat mir seinen Pelz gegeben, damit ich mich aufwärme. Am Morgen soll ich ihm berichten, was los war auf dem Hof, wer dort geschossen hat.

«Nichts war los, Herr Oberleutnant, alles in Ordnung.»

«Warum haben Sie dann geschossen?»

«Ich weiß es selbst nicht mehr, warum ich geschossen habe. Gheorghe, mein Bruder, hatte Hunger ... und ich wollte ihn erschießen, denn der Bruder wollte eine Mutter erschießen, Kinder wären Waisen geworden ...»

«Melden Sie sich morgen beim Sani, Obergefreiter!»

Am Morgen werde ich gesund sein, Herr Oberleutnant. Schade! Wenn bis morgen früh alle Armeen erkrankten, würden Sie den Waffenstillstand unterzeichnen müssen, Herr Oberleutnant.

So zufrieden habe ich noch nie geschlafen wie in dieser Nacht. In dieser sternenlosen Nacht erstachen Partisanen sieben Mann von uns. Fäßchen hatte recht gehabt. Als ich mich beim Sani meldete, lagen alle sieben auf Zeltbahnen da, wie sieben tote Brüder.

Ojojoj, wieviel Deserteure!

Ohne Alarm, still und leise, jeder auf eigene Faust, besonders die Rumänen, so flüchtete alles aus dem Dorf, die Deutschen vorneweg, die Slowaken gleich hinterher. Die Slowaken überholten die Rumänen, denn sie fuhren auf Tatras, die Rumänen hatten nur Pferdegespanne. Es begann am frühen Morgen, als deutsche Frontsoldaten das Dorf überschwemmten. Ohne zu fragen, drangen sie in die Häuser ein, aßen, was ihnen unter die Finger kam. Die Bäuerin schrie nicht mehr, als sie die Kuh auf den Hof führten. Ein großer Deutscher mit langer krummer

Nase und drohendem Blick schoß die Kuh mitten in die Stirn, stach sie ab, weidete sie aus. Die Frau weinte nicht, sie hatte zu große Angst. Ich schwieg, denn ich hatte auch Angst. Die Kuh hätten wir mit Gheorghe zusammen schlachten können, hätten die ganze Stabskompanie gesättigt und auch der Chasaika noch etwas lassen können. Wird ihr der große Deutsche etwas abgeben? Ich weiß es nicht. Schon sind wir weit weg von der Bäuerin, schon sind wir auf der Hauptstraße. Wir fahren langsam, denn die Kolonne, in die wir uns eingereiht haben, ist lang. Zwischen die Lkws haben sich Panzer und schwere Zugmaschinen geschoben. Sie schleppen Kanonen, die mit ihren hohen Rädern die harte Straßendecke zu Staub zermahlen. Von Westen her weht Kühle. Wir nähern uns einem großen Wasser.

Die Front ist in Bewegung geraten, sagen die Soldaten leise und respektvoll. Auf der Hauptstraße, die zum Fluß führt, strömen von allen Seiten Wagen, Panzer und Geschütze zusammen. Die Motorfahrzeuge rollen in Doppelreihe. Links und rechts Pferdefuhrwerke, darauf Rumänen und Ungarn. Neben den Fuhrwerken marschieren Infanteristen, alle schauen nach den Fuhrwerken und Wagen, aber längs der Straße stehen deutsche Kettenhunde gemeinsam mit rumänischen, ungarischen und slowakischen Feldgendarmen.

Ich sitze wie üblich im Fahrerhaus. Viktor hat gute Laune, pfeift sich eins, bedenkt die Ungarn mit ironischen Zurufen und singt: Horthy Miklós katonája vad'ok ... Er schneidet den deutschen Feldgendarmen Grimassen, ruft den Rumänen zu: Antonescu kaputt und noch so was. Zuerst dachte ich, er kann wirklich Rumänisch, dann aber höre ich heraus «balevas, náne balevas», das heißt doch in der Zigeunersprache «ich hab keinen Speck». Einen Dreck weißt du, Viktor, bist ein ganz gewöhnlicher Hanswurst.

Leutnant Friedrich schweigt zumeist, beobachtet die Straße und ruft nur von Zeit zu Zeit: «Bremsen Sie doch, Mann! Los, vorwärts! Geben Sie Gas, sonst drängt sich noch einer dazwischen!» Leutnant Friedrich verfolgt konzentriert die Bewegung der schier endlosen Kolonne. Vielleicht ist er sich als einziger von uns bewußt, in was wir da geraten sind.

Franz und Hnidák singen sich eins, sie sitzen unter der hochgerollten Plane. Sie haben den Befehl, den Tatra hinten zu bewachen, damit sich nicht verlauste Rumänen oder vor Angst wahnsinnige Ungarn aufschwingen. Der Befehl lautet, auch keine Slowaken aufs Auto zu lassen, denn alle diese Infanteristen auf freiem Feld und auf der Straße sind Deserteure, auch die auf den Lkws und Panzern und Fuhrwerken und mit den Geschützen, sie alle fliehen ohne Befehl von der Front, jeder auf eigene Faust. Für diese Flucht wird sich jemand verantworten müssen. Hahaha, aber wer, mein Führer?

«Was meinen Sie, Herr Leutnant, wann kommen wir auf die andere Seite?»

«Hättest im Dorf bleiben sollen, da wärst du schon auf der anderen Seite», antwortet mir Viktor anstelle des Leutnants. Friedrich schaut ihn vielsagend an. Wir kennen diesen Blick. Dieser Blick bedeutet: Mensch, mit Ihnen fahr ich noch schlitten, und wenn wir jetzt woanders wären, würde ich auf der Stelle mit Ihnen schlittenfahren. Statt einer Zurechtweisung holt der Leutnant die Karte hervor, legt sie ans Fenster unter den rechten Scheibenwischer. Die Kolonne stockt wieder. Wir stehen mehr, als wir fahren.

Die verwaisten Artilleristen

Wir nähern uns der Brücke, die Doppelreihe verjüngt sich zu einer einfachen Reihe. Ach, jetzt ein, zwei Flugzeuge! Das wär ein Rabatz, das wär ... Nur so rasseln würde das! Ein Flugzeug ... Ein Feldgendarm will was von uns. Viktor muß die Scheibe herunterkurbeln. Der Leutnant spricht mit dem Kettenhund. «Slowakische Artillerie ...»

Tatsache, abseits sehe ich vier Geschütze und dabei viele Pferde und slowakische Artilleristen. Sie haben sich in den Strom der Fuhrwerke und der Infanteristen gedrängt und wollen auf die Straße einbiegen, denn hier ist ein tadelloser Übergang, der Straßengraben ist ausgefüllt, zugeschüttet von den Raupenketten der Panzer. Die Geschützbedienungen stehen beisammen, jetzt streiten sie sich, gestikulieren, schütteln wütend die Köpfe. Sie sind umringt von deutschen Feldgendarmen, mir scheint, daß sich auch Bazalica dort herumtreibt.

Leutnant Friedrich ist zu den Artilleristen gegangen. Ich überlege, ob ich sie mir nicht auch anschauen sollte, aber ich fürchte, die Kolonne könnte sich in Bewegung setzen, und ich würde Viktor aus den Augen verlieren.

Endlich rücken wir ein paar Meter vor, aber noch immer sind wir nicht bei den Artilleristen. Komisch. Ich hatte gedacht, daß alle Batterien der slowakischen Artillerie bereits auf der anderen Seite sind. Diese da hat wohl sehr weit hinten gestanden. Die Infanterie ist übergelaufen, die Kavallerie, die Radfahrtruppe. Der Division sind nur noch Baráts Pioniere geblieben, Wildmanns Nachrichtenleute, die Stabskompanie und diese Batterie schwerer Artillerie. Wir stehen schon wieder. Ich studiere die Karte des Leutnants. Ein breiter blauer Strich springt ins Auge. Ein großer Fluß. Am rechten Ufer eine Stadt. Nach der Karte müßte über den Fluß eine eiserne Brücke führen. Die Kolonne fährt wieder an. Auch die Kanoniere haben sich in Bewegung gesetzt. Neben den Geschützen marschieren Deutsche und Leutnant Friedrich. Die ganze Kolonne rückt mit der Geschwindigkeit eines Infanteristen vor.

«Hör mal, Viktor, bist du schon lange im Felde? Warum hat dich meine Frage so überrascht?»

«Ist das so wichtig, Kartenfritze? Stell dir vor, ein Flugzeug oder zwei. Hier würde ich den Deutschen eins verpassen. Nicht ein Mann würde das andere Ufer erreichen.» Viktor hat recht. Ich will gar nicht dran denken, was sich hier abspielen würde, wenn uns ein Flugzeug überfiele. Hier gäbe es Tote wie Karpfen im Teich, wenn zu Weihnachten das Wasser abgelassen wird.

«Und trotzdem, Viktor, schon lange ...»

Ich weiß, daß Viktor alles geringachtet, für ihn ist jeder Dienstgrad zu niedrig, ihm hat schon längst keiner mehr was zu befehlen, und sein Auto betrachtet er nur als Mittel, um frei und ungehindert über die russischen Ebenen zu sausen und sich die Welt anzuschauen. Viktor hat diese Herumfahrerei schon lange auf dem Halse. Ihm geht's nicht so wie diesen Kanzleiratten vom Divisionskommando, die in ein Dorf einfallen und dort Wochen oder gar Monate in die Gegend glotzen. Wieder steht die Kolonne. «Wie im Kaukasus, verdammter Mist, genau das gleiche. Am Schluß gehen wir mit den Pferdekutschern stiften.» Viktors Zunge hat sich gelöst. Wenn er vom Kaukasus anfängt, kann er nicht mehr innehalten. Der Kaukasus, das war die Tragödie der Kraftfahrer. Dort mußten sie ihre Wagen zurücklassen. Über die Meerenge von Kertsch und das Schwarze Meer schwamm nur das, was den Deutschen beliebte. Und wenn sie die slowakischen Tatras übers Wasser beförderten, gaben sie sie nachher nicht mehr an die slowakischen Fahrer zurück. Statt der Tatras teilten sie ihnen großmütig Pferde zu. Das heißt, daß auch über den Dnepr die Deutschen nur das übersetzen werden, was sie wollen und können.

Sterne über der Kolonne

Angst beschleicht mich. Vom Osten her höre ich Motorengeräusch, aber es ist kein Auto. Viktor hat heftig gebremst und ist aus dem Wagen gesprungen. Schon rattert ein Maschinengewehr, schon krepiert eine kleine Bombe, eine zweite, eine dritte, und wieder das Maschinengewehr. Das alles spielt sich noch hinter uns ab, aber als ich begreife, daß das ein Luftangriff ist, braust das Flugzeug bereits über die Kolonne hinweg. Klar sehe ich seine roten Sterne ... Zum ersten Mal sehe ich so ein Flugzeug in der Luft. Ein abgeschossenes haben sie uns in Bratislava gezeigt, auf einer Ausstellung. Das war damals, als man einige Unteroffiziere der Luftwaffe zu Helden erklärte. Den einen hatten die Russen abgeschossen, der andere landete neben ihm und nahm den Kameraden auf die Tragfläche seines Doppeldeckers, wo sich dieser mit Hilfe eines Seils festhielt, und als sie landeten, waren sie bereits Träger des deutschen Eisernen Kreuzes. Damals kam gerade der Witz von den drei slowakischen Flugzeugen auf.

Auf das russische Flugzeug feuern Gewehre und Maschinengewehre, aber es gewinnt Höhe und verschwindet in den Wolken. «Eine Nähmaschine, pfui, und vor so einer Ratterkiste macht man sich in die Hosen.» Viktor schämt sich ein bißchen, daß er aus der Kabine gesprungen ist. «Das ist ein Aufklärer. In einer Stunde können wir uns auf Bomber oder Jäger gefaßt machen. Oh, das gibt einen Rabatz!»

Nach dem Angriff bricht in der Kolonne Unruhe aus. Ein Stück vor uns streikt ein Motor. Der Fahrer will ihn reparieren, die Kühlerhaube öffnen, aber die Feldgendarmen schaffen bereits Platz auf der linken Straßenseite. Ein Panzer schiebt den Lkw in den Graben. Schon scheint er umzukippen, doch dann fallen die rechten Räder, die schon in der Luft hingen, zurück auf die Erde. Die Kolonne fährt wieder an. Die Artilleristen mit den vier Geschützen haben wir dauernd vor Augen. Leutnant Friedrich geht mit den Feldgendarmen vor der Batterie her.

«Die werden sie im Brückenkopf einsetzen», meint Viktor. «Vielleicht werden sie alles dort zurückhalten. Auf die andere Seite kommen nur die Waffen ...»

«Quatsch, Viktor! Die Deutschen werden doch, schätze ich, soviel Grips haben und nicht im Brückenkopf Soldaten ohne Waffen einsetzen!»

«Du wirst dich noch wundern, Junge, was die alles können. Wirst noch fluchen wie wir im Kaukasus. Wie die Affen hüpften wir dann aufs Schiff. Wie viele da ersoffen sind ... ach, hol's der Teufel!»

Hinter dem Höllentor

Vor meinen Augen liegt eine blaugraue Ebene, die sich im Tal des großen Flusses ausbreitet. Ihr Herren Deutsche! Das ist ein Anblick! Soll ich mich da vielleicht nicht freuen? Warum aber packt mich Angst? Freude ... Noch nie hab ich so einen riesigen Fluß gesehen, unsere Donau ist ein Bach dagegen, ein reißender Gebirgsbach. Das ist kein Fluß, das ist ein Meer, größer als das verlorene Meer. Es flößt mir noch größere Furcht ein.

Die Wagen gleiten den sanften Hang hinab. Schon sehe ich

auch die Brücke. Die Brücke... Jetzt, wo ich etwas sagen müßte, bringe ich kein Wort hervor. Auf der blaugrauen Fläche des Flusses sehe ich drei Brücken. Die Ruinen der alten, die beim ersten Luftangriff zerstört wurde, daneben die Konstruktion der zu zwei Dritteln fertigen neuen Brücke. Über ihre Eisenkonstruktion klettern Soldaten, seilen sich ab, ziehen sich daran hoch und verteilen Kistchen. Die Front ist durchbrochen, vielleicht wird sie ein Weilchen an diesem Fluß aufgehalten, aber warum arbeiten die Deutschen noch an der neuen Brücke?

Meinen Blick fesselt die dritte Brücke, eine Pontonbrücke, über die Wagen, Panzer und Kanonen rollen. Sie schlängelt sich über den Strom, um besser dem Anprall der gewaltigen Wassermassen standzuhalten. Die Fahrzeuge rollen vorsichtig darüber hinweg. Unten fließt ruhig der mächtige Dnepr, und über ihn ergießt sich jetzt ein reißender Strom von Menschen, Eisen und Pferden. Ich hatte mir vorgestellt, vor der Brücke würde ein Chaos herrschen, mit Schießereien, überfahrenen Menschen, die Feldgendarmen lassen kein einziges Fahrzeug über die Brücke, nur Soldaten mit geschultertem Gewehr dürfen den Strom überqueren.

Ihr Herren Deutsche! Sieh mal einer an, wie eure Maschine funktioniert. Vor der Brücke stehen im Halbkreis feuerbereit leichte Geschütze, dahinter befinden sich im Halbkreis MG-Nester und eine Doppelreihe Soldaten mit MPi. Das ist ein eiserner Trichter, der in die hölzerne Kehle der Pontonbrücke mündet. Den Trichter riegelt eine doppelte graue Mauer ab, das Kommando, das die Auserwählten bestimmt, die über die Brücke aufs rechte Ufer des Stroms dürfen. Dicht an der Brücke steht der Herrgott persönlich, ein junger SS-Leutnant mit einem Offizier der Feldgendarmerie, dieser fällt die endgültige Entscheidung, wer in den Himmel eintreten darf und wann. Hinter dem Leutnant stehen nur noch deutsche Pioniere, die auf der ganzen Länge der Brücke verteilt sind, um ihren Tiefgang zu beobachten, das Gewicht und die Geschwindigkeit der Fahrzeuge und den Druck des Wassers auf die Brücke.

Das alles sehe ich von dem Hang aus, auf dem wir angehalten haben. «Jetzt sind wir im Eimer, Kamerad! Zwei Jahre an der Front, verdammter Mist, und ich bin nur deshalb nicht übergelaufen, weil ich gesund heimkehren wollte.» Viktor ist fuchsteufelswild, er glaubt nicht, daß wir dieses Fegefeuer passieren werden. Der Strom von Menschen, Eisen und Pferden teilt sich vor der Brücke in mehrere Arme, verästelt sich zu einem Delta, breitet sich aus am Ufer des großen Flusses. Vom andern Ufer kommen zwei Schiffe. Der Arm auf der rechten Seite des Deltas verstärkt sich. Hier konzentriert sich die Infanterie. Die Kutscher schirren die Pferde aus und lassen sie laufen, sie selbst hasten zu den Pontonanlegestellen, wo sich ein neues Delta und ein neuer Trichter auftun. Zwei deutsche Panzerwagen geleiten die slowakische Batterie auf einen kleinen Hügel am linken Flußufer.

Jetzt sind wir im Trichter. Gleich kommen wir an die Reihe. Ein Feldgendarm mustert uns bereits. Unsere Blicke begegnen sich. Vor uns sind noch zwei Wagen. Wo sind die anderen aus unserer Kolonne?

Verdammt noch mal! Kümmere dich um dich selbst!

Gott war gnädig

Es ist soweit. Jetzt wird es sich entscheiden, ob wir uns auf dem Brückenkopf eingraben müssen oder auf die andere Seite des großen Wassers übersetzen dürfen. Amenmaria! Das solltest du sehen! Hier solltest du sein, hier wird über unser weiteres Schicksal entschieden.

«Was seid ihr, wer seid ihr, was transportiert ihr?» Die Stimme des Feldgendarmen ist wie die Stimme Gottes. Sicher, streng, kräftig. Er entscheidet, er ist Gott und nicht nur Leutnant.

«Dritter Abteiligung, Kartenabteiligung von Stab Erste Infanteriedivision . . .» Viktor meldet in seinem Preßburger Deutsch. Der Feldgendarm spitzt die Ohren, lächelt. «Was is'n das für 'ne Sprache, Mann?! Wie reden Sie denn?»

Gott sei Dank! Unser Schutzengel kommt geflogen, Leutnant Friedrich. Er erklärt alles auf hochdeutsch, der Leutnant beherrscht die Göttersprache, das wirkt wie ein Gebet, Gott versteht Gebete und der Feldgendarm Deutsch, das Höllentor tut sich auf.

Noch eine Frage, und Friedrich muß das Ganze einem anderen herbeten, vielleicht einer höheren Charge der Feldgendarmerie, und das dritte Mal dem Kommandeur, der lächelt ebenfalls, das Hochdeutsch wirkt Wunder. Der erste fragt nur noch, was wir mitführen, guckt unter die Plane, dort quatscht ihn gleich Franz in dieser Göttersprache an, und der Tatra rollt unaufhaltsam den Hügel hinab in den Trichter und rinnt langsam in den hölzernen Schlund der Pontonbrücke zu dem blutjungen Leutnant der SS. Heil, Herr General, Sie hab ich gar nicht gesehen. Ich dachte, in MG-Nestern säßen nur einfache Soldaten.

«Slowaken?»

«Ja, Herr Leutnant.»

«Sie sind auch Slowake, Herr Leutnant?»

«Nein, Herr Leutnant, ich bin Deutscher, Leutnant Friedrich.»

«Na also!»

Durch die Luft zuckt ein Handschuh, ein weißer sauberer Handschuh, und diese elegante, große Geste bedeutet freie Fahrt, ihr könnt passieren, aber fahrt vorsichtig, die Brücke schaukelt, Achtung, Achtung! Aufpassen! Danke, Herr Leutnant! Und der Strom von Menschen und Eisen rinnt über das große Wasser, und alles gleicht einem Ameisenzug.

Was wird aus denen hinter uns? Wo bleibt die slowakische Batterie? Schon ist eine Stunde vergangen, Viktor, sie müssen jeden Augenblick kommen, Hauptsache, die Flugzeuge erwischen uns nicht auf der Brücke, das gäbe einen tollen Rabatz, was, Viktor?

Am Ufer hinter uns erblicke ich den Tatra mit der Küche. Das ist der Fürst. Um den habe ich keine Bange. Der besticht die Deutschen, kauft sich durch Ablaßzettel frei; wenn es sein muß, kauft er das ganze Schiff, schlimmstenfalls schwimmt er auf einem Schnapsfaß über den Strom. Aber die anderen? Werden sie herüberkommen? Werden sie am Leben bleiben? Es gibt nur drei Möglichkeiten: Entweder sie gelangen ans andere Ufer des großen Wassers, oder sie laufen über, oder sie bleiben, wo sie sind. Werden im Brückenkopf eingesetzt, und über ihre Leiber rasseln Panzer, erst die zurückweichenden und dann die angreifenden. Jetzt wollen alle nur eins: Hinüber! Hinüber, einerlei wo, nur hinüber, nur nicht am linken Ufer des Flusses bleiben!

Die Pontonbrücke

Ich sitze zwischen Viktor und Leutnant Friedrich. Viktor ist gespannt wie eine Saite, die Brücke unter uns schaukelt. Der Leutnant beobachtet den Wagen vor uns, die Tür hält er dauernd geöffnet. Gut, daß er sie offenhält, wenn wir umkippen und ins Wasser fallen, kann man immer noch rausspringen, durch die offene Tür können wir uns selbst unter Wasser noch retten. Angst packt mich, wenn ich mir vorstelle, wie wir mitsamt den Pontons ins Wasser kippen, wie wir untertauchen würden. Der Strom fließt leise. Man hört nur ein schwaches Rauschen. Das Wasser hat es eilig. An den Pontons spritzt es auf, braust und schäumt, bäumt sich auf wie ein scheuendes Pferd. Nur keinen Luftangriff, nur kein Flugzeug, das wäre schrecklich; die Brücke würde in zwei oder drei Stücke zerreißen, langsam im Wasser versinken, die Wagen würden hinabstürzen wie abgeschossene Ballons, eine Weile schwimmen und dann versinken wie Schiffe im Film oder ... Auch das ist möglich, daß sie nicht ganz versinken, die Reifen halten sie über Wasser, aber dann würde sie der Hagel versenken, mit dem die Flugzeuge sie besprengen ...

«Was wollten die Deutschen von den Artilleristen, Herr Leutnant?» fragt Viktor den Leutnant, ohne ihn dabei anzusehen. Friedrich muß antworten, sonst wird ihm Viktor den Kopf zuwenden, und das ist jetzt gefährlich. Das weiß der Leutnant. Ein Augenblick Unaufmerksamkeit genügt, und wir prallen gegen das Geländer. Dagegen hilft auch kein deutscher Pionier, der hält uns nicht auf, der würde mit uns absaufen. «Sie wollen, daß sie sich eingraben, dabei ist das doch Blödsinn, morgen ist die Front hier.»

«Eingraben, sagen Sie, Herr Leutnant? Und die Soldaten?» Viktor zwingt den Leutnant zum Reden, er weiß, wenn er etwas von ihm erfahren will, muß er es jetzt tun, denn am anderen Ufer hat der Leutnant wieder Oberwasser, am anderen Ufer spricht er nur noch dienstlich mit uns.

«Die Soldaten?» Sagen Sie es nur, Herr Leutnant. Gezittert haben sie vor Angst. Dann geflucht, abhauen wollten sie, und da kamen die beiden Panzerwagen. Ihnen blieb nichts anderes übrig, als vor Grimm und Angst zu weinen. Ein einziger Wachtmeister ist bei ihnen gewesen, und auch der ist inzwischen verschwunden. Die Offiziere waren längst über alle Berge. Die kleinen und die großen, allesamt, amenmaria! Hier gibt's keine Kommandeure mehr, Herr Leutnant, hier gibt's nur noch den Instinkt. Jeder flieht, der eine nach vorn, der andere nach hinten, alle wollen weg von dem Strich, der die Lebenden von den Toten scheidet, alles flüchtet von der Front ... «Die Soldaten? Sie haben mich gebettelt, aber ich ... Ach, laßt mich in Ruh. Was bin denn ich? Ein Scheißdreck ...»

Über die Konstruktion der neuen Brücke klettern immer mehr Soldaten. Die einen kleben an dem Eisengerippe, andere zwängen sich unter die Plattform der Brücke, wieder andere verteilen Kistchen und lassen sie an den Pfeilern hinab, an deren Fuß Boote festgebunden sind.

Schon haben wir die Hälfte der Brücke hinter uns gebracht. Ich versuche zu schätzen, ob ich von hier bis ans andere Ufer schwimmen könnte, aber bei dem Gedanken, daß das Wasser eiskalt ist, daß wir schon November haben, gebe ich es auf und beobachte nur voller Ungeduld, wie wir uns langsam dem Ufer nähern. Von der Pontonbrücke fahren die Wagen mit großem Gebrüll den Hang hinauf in eine Biegung und verschwinden hinter dem Hügel. Pioniere stehen stumm auf beiden Seiten wie eine Totenwache. Vielleicht ist diese Brücke schon lange tot, sie stehen an ihrem Grab, warten auf die Flugzeuge, auf die Totengräber. Jetzt hasse ich diese Totengräber, denn ich will leben.

Wir nähern uns dem Ufer, bald werden wir in der Biegung sein und hinterm Horizont verschwinden, und das große Wasser bleibt hinter uns zurück wie ein böser Traum. Nur keine ...

Ich bin nicht ohne Schuld. Habe sie selbst herbeigerufen mit meiner Angst. So inbrünstig hatte ich mir gewünscht, sie sollten nicht anfliegen, und nun kommen sie erst recht. Wir erreichen das rettende Ufer nicht! Zehn Meter davor werden sie uns angreifen. Man wirft doch die Bomben dort, wohin die Flucht geht, damit sich die Brücke von dem Ufer losreißt. Aber egal, die Brücke kann sich auch dort losreißen, wo sie anfängt, sie können auch die erste Bombe in den Trichter werfen oder nur so ins Wasser. Die Brücke ist wie eine Schlange gekrümmt, es ist gar nicht so leicht, sie zu treffen. Noch fließt der Strom von Menschen und Eisen ungehindert. Hurra! Wir haben's geschafft, gib Gas, Viktor, zeig, was du kannst, treib die Pferde an, die in dem Tatra stecken, schlag ihnen die Sporen in die Weichen und rase hinauf wie auf einem Zauberpferd, verkriech dich hinterm Berg vor diesen Totengräbern.

Schon bellen Maschinengewehre, über der Brücke zerplatzen die Flakgeschosse, die Hauptkampflinie hat sich in den Luftraum über dem großen Wasser verlagert. Mit einem Blick erfasse ich noch, wie die Menschenrudel im Trichter auseinanderspritzen, wie sie von der Kolonne aufs freie Feld flüchten. Auf der unvollendeten neuen Brücke ist niemand zu sehen, die Maschinengewehre spucken auf die silbernen Vögel, die über die Fläche des großen Wassers jagen wie Schwalben hinter den Fliegen.

Der Tatra hustet und spuckt, bleibt auf dem Hang stehen. «Was ist los, Mensch?» Leutnant Friedrich schreit wie von Sinnen, sein Gesicht läuft puterrot an, er reißt die Pistole aus der Tasche. «Was erlauben Sie sich, Mann?!»

Der Lkw vor uns entfernt sich, hinter uns stockt die ganze Kolonne. Viktor springt aus dem Wagen, Leutnant Friedrich ihm nach. Alle springen wir herunter. Hat der Tatra eins abgekriegt?

«Verdammter Mist! Was wollt ihr draußen? Aufsitzen, gleich geht's weiter!» schreit Viktor und klappt die Haube auf.

Hinter uns schießt einer. Aus den Wagen springen die Fahrer und Soldaten und rücken uns mit wüsten Drohungen zu Leibe. Wir blockieren die Straße. Der Strom von Eisen und Waffen ruht wie eine tote Schlange. Die ersten sind bei uns. Franz gerät in Wut, der Leutnant schwatzt etwas, auch ich möchte etwas sagen, aber ich weiß nicht, was und wie. Auf deutsch fluchen kann ich nicht. Das Ganze dauert nur einen Augenblick. Ich beobachte Viktors Hände. Eine kleine Gummischlange schnellt hoch, Benzin spritzt heraus. «Diese Hure, bockt dauernd!» Viktor steckt die Schlange an ihren Platz zurück. «Halt sie fest, verdammter Mist! Halt sie fest, fall aber nicht runter!» Viktor springt ins Auto, ich sitze auf der Kühlerhaube und halte die Gummischlange fest. Der Tatra schießt nach vorn, und die Deutschen, die sich bereits dagegen stemmen, um ihn umzukippen, springen schimpfend zur Seite. Leutnant Friedrich erklärt ihnen noch etwas, Franz und Hnidák rennen hinter uns her und bemühen sich, die hintere Klappe zu packen und aufzuspringen.

Als uns oben auf dem Hang Leutnant Friedrich einholt, hat Viktor die Gummischlange bereits mit Draht befestigt. Die Kolonne ist schon viel schütterer, ohne Schwierigkeiten können wir uns jetzt einreihen.

«Stecken Sie mir eine Zigarette an, Herr Leutnant!» befiehlt Viktor und zeigt mit dem Kinn auf die rechte Brusttasche. Leutnant Friedrich nimmt folgsam ein Päckchen Zigaretten heraus, zündet eine an, zieht ein paarmal, und als er sich überzeugt hat, daß die Zigarette nicht wieder ausgeht, steckt er sie Viktor in den Mund.

Hinter uns dröhnen die Bombeneinschläge, wir fliehen von dem großen Wasser und sind unermeßlich glücklich, daß wir fliehen können. Wir fliehen aus der Hölle.

«Schade um die Batterie», brummt Viktor. Niemand antwortet ihm. Jeder denkt sich sein Teil. Erst jetzt wird mir klar, daß man leicht auch von mir hätte in der Vergangenheit sprechen können.

Wie ist die wirkliche Hölle? Was machen die Artilleristen, wenn sie in der Hölle am Leben geblieben sind?

9
Die Propaganda in der Festung

Sascha ist der vierte Sohn

Hinter uns Wasser, vor uns Wasser. Wie in einem bösen Märchen. Zwischen dem Wasser eine große Ebene, einige hundert Kilometer lang, im Süden das Schwarze Meer, im Norden die Front. Auf der Karte ist alles bezeichnet. Den Brückenkopf haben die Deutschen bis jetzt gehalten, aber es hat am Ende doch keinen Zweck. Sie werden ihn von selbst aufgeben, denn vom Norden her schließt sich die Zange, die alles ins Meer schieben oder in eiserne Umklammerung einschließen wird.

Wir sind in einem Dorf einquartiert, das an einem noch größeren Wasser liegt als jenes, über das wir geflohen sind. Wir ruhen uns aus, formieren uns schon einige Monate lang und wissen noch immer nicht, woran wir sind. Wir erfahren alles mögliche, Zeit haben wir sogar für Kleinigkeiten, jede Woche schreibe ich nach Hause, lasse auch immer Jožo, Gusto, Milan und Jano grüßen. Wieder haben wir die Schule in Beschlag genommen, alle Abteilungen des Divisionsstabes mitsamt dem Kommandeur und dem Stabschef sind dort einquartiert. Nein, ich wohne nicht im Divisionsgefechtsstand. Wir haben uns übers Dorf verteilt, jeder für sich, es ist groß genug, um viele Truppen zu beherbergen.

«Sascha! Sascha! Das Wasser ist heiß!» Die Babka ruft nach mir. Sie selbst hat mich Sascha getauft. Gut, Babka. Fero Hnidák hat mich bei ihr einquartiert. Als wir ins Haus traten, erwiderte die Babka nur sehr mürrisch meinen Gruß. Fero grinste mir ins Gesicht, eigentlich grinsten nur seine widerlichen Fischaugen und die gespaltene Oberlippe. Bei so einem Weib quartiere ich dich ein, hatte er auf dem Gefechtsstand gesagt und mir eine Schauspielerin in einer deutschen Zeitung gezeigt. Ich war nicht böse auf die Babka, eher auf mich selber, vor allem aber war ich neugierig, was für eine Babka mir Hnidák da ausgesucht hatte. Ohne ein Wort warf ich den Rucksack auf die Ofenbank, stellte den Koffer unter den Kleiderhaken und bedeutete Hnidák zu gehen. Er wohnte gleich nebenan bei den Nachbarn. Franz blieb zuerst auf der Kommandantur, dann zog er um in ein altes Haus am Hang, wo die Gärten beginnen.

«Sascha, nun komm schon! Das Wasser ist heiß, zieh dich aus ...» In der Tür steht Michail Iwanowitsch und wartet. Das ist so 'ne Sache ... Ich weiß nicht, warum die guten Leute so darauf bestehen. Sie behandeln mich wie einen kleinen Jungen. Ich weiß nicht, ob das noch jemandem geschieht, aber mir geschieht das regelmäßig zweimal in der Woche.

Das Wasser ist heiß ... Als ich ins Haus kam, war alles kalt. Die beiden alten Leute, bei denen mich Hnidák einquartiert hatte, gingen in alten Pelzen herum, sahen schmutzig, ärmlich und alt aus, so alt, daß man sie nur noch ins Grab zu legen brauchte. Als ich sie ansprach, wurden ihre Gesichter aufmerksam, und als sie feststellten, daß sie sich mit mir verständigen konnten, kam Leben in ihre Augen. Ich sagte zu ihnen, und das verfehlte seine Wirkung nicht, entschuldigt, Vater und Mutter, sagte ich, man hat mich zu euch ins Quartier gesteckt, aber ich werde hier nur schlafen, hier auf der Bank, meinen Dienst tue ich auf der Kommandantur, ich will nichts von euch. Und da sagte Michail Iwanowitsch: Pashalsta, komandir, idite w komnatu. Er führte mich in die Stube, wo ich jetzt sitze. Wovon ich erzählen will, das geschah gleich am ersten Tag.

Ich trat auf den Hof, um mich zu waschen, fing an, Wasser aus dem Brunnen zu schöpfen und in den Holztrog zu schütten. Michail Iwanowitsch schrie auf seine Frau ein. Vom ersten Augenblick an war er mir jünger und lebhafter erschienen als seine Frau. Obwohl ihr Schritt rüstiger war, ging sie immer gebeugt. Michail Iwanowitsch zog mich in die Stube und sagte, ich solle eine halbe Stunde warten, bis das Wasser heiß sei. Ich packte meine Wäsche aus und das Waschzeug, um mich säubern zu können. Michail Iwanowitsch schaute mich an, schaute die Alte an, legte im Ofen Stroh zu, und in der kleinen Stube breitete sich bald angenehme Wärme aus. «Haben Sie Kartoffeln, Michail Iwanowitsch?» fragte ich.

«Natürlich haben wir Kartoffeln.»

Die alte Frau hatte es gehört, riß die Tür auf und fauchte ins Zimmer: «Nein, in unserem Hause gibt's keine Kartoffeln!» Michail Iwanowitsch ging daraufhin in die Küche, schrie etwas, die Alte auch, und aus diesem Geschrei erwuchsen Kartoffeln. Ich öffnete eine Konserve, und auf demselben Feuer wurden die Konserve gewärmt und die Kartoffeln gekocht.

Waschen wollte ich mich draußen, aber der Alte gestattete es nicht; wo habe man denn so etwas schon gesehen, sich im Frost zu waschen! Die Babka holte einen Zuber aus der Kammer, goß aus dem Kessel heißes Wasser hinein, der Alte mischte es mit kaltem, und der Soldat ... Was bist du für ein Soldat, wenn du dich genierst, los, runter mit den verlausten Lumpen ... Ich wollte protestieren, Läuse hatte ich nicht, dreckig war ich, das stimmt, aber Läuse, nein, das nicht!

Die Alte rumorte in der Küche herum, die Kartoffeln verbreiteten einen angenehmen Duft, und ich — von mir aus, wenn sie es nicht anders wollen —, so wie mich der Herrgott geschaffen hatte, hinein in den Zuber. Ich bat Michail Iwanowitsch, mir die Seife aus dem Rucksack zu holen ... Und damit fing es an. Von diesem Augenblick an nannte ich ihn Vater. Der Vater und seine Frau schienen erraten zu haben, daß ich gern badete. Er erlaubte mir nicht, daß ich mich selbst wusch, das nicht, Komandir. Er seifte mich ein, massierte und wusch mich. Nicht schlechter als seinen Herrn Hochwohlgeboren im ersten Krieg. Alle lachten wir dabei, die Stube war voller Dampf, Wärme und Heiterkeit. Wie zu Hause. In der Woche, wenn ich nicht im Zuber badete, sondern mich nur über einem Schaff wusch, goß die Alte Wasser zu, und der Vater seifte mir den Rücken ab. Er wurde böse, und nicht nur er, mehr noch seine Frau, wenn ich mir nicht den Rücken waschen lassen wollte. Da redeten sie immer auf mich ein — was haben wir dir getan, haben wir etwas nicht richtig gemacht, du willst wohl wegziehen von uns ...

So leben wir also schon die vierte Woche gemeinsam in einem Haushalt, und ich bin ihr vierter Sohn, der Sascha. Das ganze Dorf weiß es, auch die Stabskompanie. Drei Söhne sind zur Roten Armee eingerückt, und der vierte ... Wieder das alte Lied. Als ich den Vater fragte, wie sie mich denn gern haben könnten, schaute er mich verständnislos an. Ich erklärte ihm, Vater, ich bin doch ein Okkupant, ich bin doch ... Der Vater blickte mich nur erstaunt an, und die Mutter weinte. «Du, ein Okkupant, was schwatzt du da, Junge, du bist unser Sascha. Und still jetzt!» Mehr sagte der Vater nicht. Nur sein Gesicht sprach, die Augen sprachen, und ich glaube, die beiden haben mich wirklich gern. Ich bin wirklich der Ihre, ich will es sein.

«Das Wasser ist heiß, Sascha», wiederholt der Vater und lächelt.

«Ich komme schon, Vater. Wir müssen uns beeilen, Vater, heute muß das Baden schnell gehen, ich erwarte Besuch.»

«Besuch?» Der Vater hustet und sagt dabei: «Wie gut, Sascha, wie gut ...» Der Duft nach Kamille zieht mit dem Dampf durch Stube, Küche und Kammer.

«Ein Mädchen? Ein Dämchen? Hier gibt's viele Dämchen, Sascha, im Krieg gibt's immer viele Dämchen.» Der Vater lacht, und die Babka droht ihm, dann beklagt sie sich über ihn, er bilde sich immer noch ein, ein Jüngling zu sein, und man rede im Dorf schon über ihn, und ich solle ihm doch einmal gehörig meine Meinung geigen. Aber der Vater beachtet sie nicht, plaudert von den Dämchen und wird dabei zusehends jünger.

Nach dem Baden verspeisen wir wie immer eine Schweinefleischkonserve und Kartoffeln, gebraten mit köstlichem Griebenfett. Ich steuere die Konserve bei, die beiden Alten die Kartoffeln. Mir kommt es vor, als sei kein Krieg, als wäre nie einer gewesen.

In einer halben Stunde kommt der Gast

Ich liege angezogen auf dem Bett. Die Babka hält es peinlich sauber. Meine Füße baumeln auf den Boden herab. Es ist noch über eine halbe Stunde Zeit. Ich kann über den Besuch nachdenken, kann meine Erinnerungen ergänzen, die sich in mir verflechten. Das Erinnerungsvermögen ist eine hervorragende Fähigkeit des menschlichen Gehirns. Mit seiner Hilfe können wir uns über Berge und große Ströme hinwegsetzen, Menschen an uns heranziehen, mit ihnen plaudern, Mädchen lieben, deren Bild wir im Herzen tragen, erregende Ereignisse wieder heraufbeschwören. Manchmal scheint es mir, daß sich erst durch die Erinnerungen mein Leben zu einem untrennbaren Ganzen vereinigt hat, von der Kindheit bis zum heutigen Tage, von Mutter und Vater über die Brüder, Mädchen und Freunde, aus meinem Vaterhaus über die Rekrutenzeit, den Urlauberzug, Amenmaria, die Strohdieme, die Kosaken, Panzer, Flugzeuge, den Gefreiten Drevený und Baráts Pioniere, über die Konservendose voller Toter, die warme Milch, die ich mit Gheorghe getrunken habe, dem Rumänen, der die Bäuerin erschießen wollte, über die schaukelnde Pontonbrücke bis hin zu ...

Alles das wiederholt sich wie im Film, und am Ende des Films, am Ende der Erinnerungen, ist etwas, was mich quält, mein Gewissen verdunkelt, was mich nervös macht, weil ich mich schäme. Dem Vater zu Hause schreibe ich, daß ich gehen werde, daß ich mich schon darauf vorbereite, daß ich Jano besuchen wollte, aber nicht konnte, weil er jetzt zu weit ist, obwohl ich weiß, daß Jano auch einmal nahe war, aber die Angst war noch näher. Jožo Bugár lacht mich selbst im Traum aus: Du willst doch überlaufen, entschuldige, Obergefreiter, ich hab ganz vergessen, daß du überlaufen wirst ...

Als ich das große Wasser überquert hatte, freute ich mich sehr. Immerzu wiederhole ich das, versuche mir einzureden, daß ich noch einmal davongekommen bin, doch immerzu höre ich in mir jemanden sagen, daß ich dort geflüchtet bin, wo ich hätte überlaufen sollen. Überlaufen hätte ich müssen, in die Richtung, aus der ich geflohen bin. Das ist ein Wirrwarr, aus dem ich mich nicht herauszufitzen vermag. Da stelle ich mich lieber beleidigt und schreie im stillen den Unbekannten an: Lauf du doch über, du Schlaumeier, versuch's nur mal! Lauf über! Warum soll ich mich abknallen lassen? Warum nicht du?

Vielleicht wärst du am Leben geblieben, wendet der Unbekannte ein. Ich will aber nicht vielleicht leben, sondern bestimmt! Dann beende ich das Gespräch so, daß ich den Unbekannten niederschreie, und er geht dann, still, beleidigt, aber ich weiß, daß er wiederkehren wird. Ohne ihn fühle ich mich wohl. Dann lächle ich, der Unbekannte stört mich nicht, und ich erinnere mich, wie wir nach dem Flußübergang ins erste Dorf kamen. Im Dorfklub, den die Deutschen erst kurz vorher verlassen hatten, rissen wir die deutschen Plakate und das Hitlerbild mit dem Hakenkreuz ab. Ich war dabei, auch Hnidák und Franz. Als die Deutschen unverhofft zurückkehrten und unser Werk entdeckten, war Franz unsere einzige Rettung. Auf hochdeutsch erklärte er, daß das jemand vor uns getan habe. Am Ende wurde befohlen, daß die Deutschen im Dorf blieben, während wir weiterzogen.

Viktor sagte, er gehe in keinen Klub. Im Klub traten Sänger und Tänzer eines hiesigen Zirkels auf. Die Burschen tanzten einen Gopak, Harmonikaspieler flochten auf ihren Instrumenten jauchzende Töne dazwischen. Prima war das. Die Röcke flogen, die Mädchen zeigten die nackten Schenkel, die Soldaten rasten, klatschten, stampften, und die Mädchen lächelten. Sie hatten einen Riesenerfolg. Hinter der Bühne mußte eine Wache aufgestellt werden, damit ihnen die Soldaten nicht persönlich ihre Anerkennung aussprechen konnten, Gratulationen waren verboten. Den größten Erfolg hatte eine Sängerin. Sie begann mit einem Scherzlied, dann folgte die Lili Marleen, dann ... Das Trampeln wollte kein Ende nehmen, denn die Slowaken waren in der Mehrheit. Nur die Offiziere in der ersten Reihe saßen, alle anderen standen, der Saal war bumsvoll. Das größte Gedränge herrschte an der Tür. Dort stand auch ich. Mir taten die Zehen weh, dauernd stellte ich mich auf die Spitzen, ich wollte die Tänzerinnen sehen, die fliegenden Röcke der Sängerin. Wer hat dich bloß so geschickt unterrichtet, wie bist du darauf gekommen, wie konntest du wissen, daß Slowaken ins Dorf einziehen werden? «Wenn ich abends steh allein auf Wacht unterm Sternenzelt ...» Mensch, Viktor, wärst du doch ... Da hast du was verpaßt. Süß bist du, lieb bist du, du kleiner Racker, wir hauen den Saal in Klump, du solltest nicht auf slowakisch ... Die Soldaten unterbrachen die Sängerin, sie johlten und grölten, ich immer mit, her mit der Maid, das Liedchen spricht davon, wie sich der Soldat an seine schönste Maid erinnert, her mit ihr, komm, meine Süße, wackle nicht so aufreizend mit dem Hintern, jui, zum Teufel, das ist ein Püppchen, dann wurde gepfiffen, geklatscht, aber am Schluß trat Stille ein, denn die Offiziere in der ersten Reihe standen auf und musterten drohend die Gesichter, aus denen sie etwas anderes herauslesen wollten als nur die Sehnsucht nach einer Frau. Die Soldaten verstummten jedoch nicht vor den drohenden Blicken der Offiziere, sondern weil die Sängerin von einem slowakischen Dörfchen sang, von einer slowakischen Mutter, und wenn von einer Mutter die Rede ist, dann werden die Soldaten immer still, da kann man an nichts anderes mehr denken, da ist jeder zu Hause, da fragt sich jeder, warum er hier ist, warum er nicht bei der Mutter ist, da schämt sich kein Soldat, daß er sich nach einer alten Frau sehnt, nach seiner Mutter. Im Klub war es mäuschenstill, die Offiziere saßen wieder auf ihren Stühlen, schauten den Soldaten nicht in die Gesichter. Sie scheuten sich, sie anzusehen. Was hätten sie darin gesehen? Die Sängerin hatte ihr Lied beendet, und im Saal war es immer noch still, die Sängerin verbeugte sich, ich fühlte, wie mir die Augen brannten, wie sich Tränen hervordrängten, das Herz hatte sie ausgeschickt, aber es schämte sich, verschloß sich, damit die Tränen nicht durchbrechen und über die Wangen rinnen konnten. Die Sängerin wandte sich bereits zum Gehen, und im Saal war es immer noch still. Meine Hände hielt ich an den Körper gepreßt, aber man muß sie doch rühren! Jemand kam mir zuvor, er klatschte dreimal, und dann war es wie an der Front, als bellten alle Maschinengewehre, als würden Raketen mit Knallkörpern abgeschossen. Der Saal erdröhnte, die Sängerin kehrte zurück, verbeugte sich, ging wieder, kehrte zurück, der Saal donnerte immer noch. Da seht ihr, ihr Herren Offiziere, was ihr den Soldaten genommen habt! Sie muß noch einmal singen. Die Sängerin hat ihnen die Mutter wiedergegeben.

Balalaikas klangen auf, die heisere Stimme der Sängerin fiel ein: «Slowake bin ich, Slowake will ich bleiben . . .» Die Balalaikaspieler hielten inne, die Sängerin vergaß den Mund zu schließen, die Zuhörer erstarrten. Im Dorf krachte es, die Detonation ließ den Saal erzittern.

«Alarm!» schrie ein deutscher Offizier in der vordersten Reihe. Ich rannte mit den ersten hinaus, denn ich stand ja dicht an der Tür.

«Ein ganz schöner Rabatz war das», sagte Viktor, als wir aus dem Dorf hinausfuhren. «Genug Sprit hätten sie den Fahrern geben sollen, aber die teilen uns den ja mit der Goldwaage zu. Jetzt haben sie den Salat. Ein hübsches Feuerwerk, was? Wie war die Vorstellung?» Die Antwort gab ihm Franz, der anstelle des Leutnants bei uns im Fahrerhaus saß. Interessant — ich stotterte vor Erregung, während Viktor ein ruhiges, irgendwie gelöstes Gesicht hatte.

«Wir haben Wodka, Jungs . . .» Viktor schaute nach der Bremse.

«Woher hast du den Wodka?»

«Kümmere dich nicht darum. Wenn's keinen Sprit gibt, muß eben der Wodka herhalten.» Als wir in das Dorf am Fluß kamen, hielt Viktor am Ufer an und füllte Wasser in den Kühler. Inzwischen sprangen vom Tatra zwei Zivilisten ab in den lokkeren Sand und gingen mit geschulterten Schaufeln stromaufwärts.

Niemand fragte, wer das war, und Viktor sagte auch nichts. Wozu auch? Der Wodka war stark, er brannte wie Feuer.

Verdammt, der Besuch müßte schon hiersein. Um zwei soll ich mich bei Marinčuk melden. Mit diesem Knallkopf ist nicht zu spaßen. Die wußten genau, wen sie uns statt des Hauptmanns Amenmaria schickten. Die Jungs von der Zweiten Abteilung sagten, daß Amenmaria ins Ministerium gerufen wurde, um dort die Niederlage der Slowakischen Division jenseits des großen Stromes zu erklären, die Niederlage, bei der kaum hundert Mann gefallen sind, aber mehr als zweitausend in Gefangenschaft gerieten. Inzwischen habe ich erfahren, daß Amenmaria direkt von der Front abging, ein Funkspruch rief ihn zurück. Leb wohl, Amenmaria! Marinčuk kennt nicht einmal die Kartenzeichen, aber das ist ja nicht so wichtig. Die Kartenzeichen kennt nicht einmal Oberst Krása, dafür ist Major Hrablavý auf diesem Gebiet sehr beschlagen. Er ist der eigentliche Kommandeur der gelichteten Division, er leitet die Dienstbesprechungen mit den Kommandeuren der Regimenter, Abteilungen, Bataillone, er hält die Verbindung mit der DHM. Mit Amenmaria zusammen hat uns auch der Schütze Ťapáčik verlassen. Oberleutnant Olejár wurde zur Artillerie zurückversetzt. Jetzt befehligt er die unglückliche Batterie im Brückenkopf. Die letzten Meldungen von dort trafen vor vier Tagen ein. Sie bitten verzweifelt um Verlegung oder Ablösung. Mit Gott, Herr Oberleutnant! So ein großes Wasser, und Sie sind am andern Ufer!

Auf dem Hofe stampft jemand auf, putzt sich die Schuhe, schüttelt den Schnee ab, mit dem der Himmel am Vormittag den Strand am großen Wasser bestreut hat. Ich springe vom Bett auf, streiche mir die Haare zurecht, ziehe die Bluse straff, schnalle das Koppel um ... Vor Wiera möchte ich hübsch aussehen, mir liegt daran, ihr zu gefallen. Sie hatte herausbekommen, wo ich wohne, hatte sich selbst erboten, mich zu besuchen, als ich beim Fürsten war, um Konserven gegen Karten einzutauschen. Schon öffnet sie die Tür. Zu Hause ist nur die Babka. Was geht da mit mir vor?

Die Babka liebt Wiera nicht,
Wiera den Fürsten ...

Ich bin enttäuscht. Nur der blöde Hnidák. «Sollst zur Abteilung kommen. Alle sollen wir hinkommen.» Hnidák macht sich über mich lustig, wieder bilden sich um seine Fischaugen die dreifachen Falten, als wüßte er, daß ich Wiera erwarte, und freute sich jetzt, daß er mir einen Strich durch die Rechnung machen kann. Ich ziehe den Mantel über und folge ihm wortlos. Im Hof kehr ich noch einmal um und bitte die Alte, sie möge Wiera zur Kommandantur schicken, sie solle mich dort herausrufen, die Posten würden mich kennen. Der Babka behagt das nicht, sie kann Wiera nicht leiden. Wenn sie von ihr spricht, ist mir, als hörte ich meine Mutter. Das ist kein ordentliches Mädchen, das sich mit Soldaten abgibt ... Nein, Mama, nicht abgibt, Wiera lebt mit ihnen, sie ist ein Soldatenmädchen, sie ist die Stute des Fürsten. Deshalb hasse ich sie, und dennoch reizt sie mich auch, deshalb ... Ich weiß selbst nicht, warum. Ich weiß nicht, ob ich sie wirklich begehre, oder ob ich nur den Fürsten beneide, ob ich ihr gegenüber Liebe oder Neid, einen Kitzel oder Haß empfinde. Ich weiß nur, daß ich sie noch nicht gehabt habe, daß ich zu oft beim Fürsten bin. Der Fürst wird das einmal spitzkriegen, er muß das spitzkriegen. Ich weiß auch, daß ich jetzt einen mächtigen Zorn auf Wiera habe, denn ich habe sehr auf sie gewartet, habe mich auf diese Begegnung gefreut, alles war vorbereitet und durchdacht. Ach, wie ich sie bei mir haben, ihren Körper spüren wollte! Hnidák hat alles verdorben. Wenn er wenigstens nicht so herausfordernd und höhnisch feixte! Wissen kann er eigentlich nichts. Das Stelldichein haben wir unter vier Augen vereinbart, als Malý den Fürsten zu sich rief. Es war eine Sekunde, zwei, drei ... Nur ein paar Worte. «Komm zu mir, morgen nachmittag um eins, ja, Wiera?» Mein Flüstern konnte nur sie hören, niemand anders war im Zimmer. Sie hörte es, stimmte zu, sah mir verlangend in die Augen. Da glaubte ich, daß Wiera mich liebt, daß sie mich versteht. «Gut, Matúš, ich komme ...» Mehr sprachen wir nicht, denn der Fürst kehrte zurück. «Was ist das für ein Geäugel?» schrie der Fürst, und Wiera stand auf und ging auf den Hof. «Bei dir ist es wohl sogar verboten, zu gukken, was?» Der Fürst war ganz perplex, denn meine Frage war mehr als dreist, so hatte noch nie jemand dem Fürsten geantwortet, das war er nicht gewöhnt. Danach ging ich ins Magazin zum blonden Wassil. Dort traf ich Wiera zum zweitenmal. Wir aßen eine Konserve und spülten mit Sliwowitz aus einer versteckten Flasche nach. Danach hörten wir gemeinsam Radio Moskau. Die Geräte, die den Kommandeuren zugeteilt wurden, sind ausgezeichnet. Man kann mit ihnen fast alle größeren Stationen empfangen. Wieder tauchte wie ein böser Drache der

Fürst auf, knirschte mit den Zähnen und blieb wie ein Gespenst im Halbdunkel des Magazins stehen. In der erleuchteten Tür sahen wir nur seinen dicken Finger, der gebieterisch befahl: Raus! Wiera ging ohne ein Wort, sie wußte, daß dieser stumme Befehl ihr galt. Ich erhob mich ebenfalls von der Kiste, auf der ich gesessen hatte, neben mich stellte sich der Blonde. Der Fürst trat zu uns, schaute uns lange in die Augen. Dann glitt sein Blick zu der Konserve und dem halben Brotlaib, den wir noch nicht aufgegessen hatten.

«Will hier einer eins in die Schnauze?»

Das klang ganz und gar nicht wie eine Frage.

Ohne ein Wort verließ ich das Magazin und schwor mir, keinen Fuß mehr über die Schwelle des Fürsten zu setzen. Ich pfeife auf seine Konserven, ich werde mit dem Vater und der Babka von dem leben, was man uns zuteilt. Aber auf die Zusammenkunft mit Wiera hatte ich mich gefreut, ich wollte erfahren, ob sie der Fürst nicht vielleicht geschlagen hatte ... Auf alles mögliche war ich neugierig gewesen.

Gäste aus Bratislava

«Was will der Major?» frage ich verdrossen, denn der Gedanke an Wiera bringt mich zur Weißglut. Wieder ergreift mich das Gefühl einer Kränkung. Ich bin eifersüchtig. Und das ist schlimm. Eine Weile werde ich auf Wiera böse sein, werde nichts an ihr sehen außer der Fähigkeit, sich mit dem besoffenen Fürsten im Bett herumzusielen. Pfui Teufel, Wiera!

«Aus Bratislava sind welche gekommen, was weiß ich ... Künstler, ein Zivilist mit Federn und Pinseln, ein zweiter mit 'nem Fotoapparat und einer mit Skizzenblock und Notizbuch ... Propaganda. Wirst schon sehen.» Endlich hört Hnidák auf zu feixen. Mir scheint, daß ihn dieser Besuch aus Bratislava nicht sonderlich freut. «Sone Dickwänste, sone Grünschnäbel, kommen daher und fragen dich aus, wie geht's, wie überstehen Sie den russischen Winter, wie schmecken Ihnen die Konserven von Manderla, wieviel Monate tragen Sie die Wäsche? Erlauben Sie? Von welcher Firma ist die Unterwäsche? Und sie gukken sich deine Unterhosen an, wie die warmen Brüder! Bilden sich ein, sie könnten dort die Firmenmarke entdecken. Propaganda! Da habt ihr's Arschloch, das ist unsere Firmenmarke! Sollen sie doch gucken, alle haben wir die gleichen beschissenen Unterhosen, Deutsche, Slowaken, Rumänen, sollen sie mal dran schnuppern! Abgehauen sind wir alle gleich, hahaha! Sie würden gern die unselige Batterie besuchen, sagen sie, würden sie gern beglücken, denn sie steht in der vordersten Linie, ist angeblich als einzige nicht kopflos abgehauen, hat nicht ihre Waffen im Stich gelassen wie die anderen, deshalb hat sie die Ehre, in der vordersten Linie zu stehen, Seite an Seite mit den Reichsdeutschen! Diese Windelscheißer! Vergessen Sie nicht, sich die Firmenmarke in der Unterhose anzuschauen, wenn Sie zurückkehren!»

Hnidák wird mir sympathisch. Nur wenn er feixt, ist er widerlich, jetzt aber ist er in Brast. Beide sind wir wütend. Es wird gut sein, wenn sich mein Zorn auf jemanden konzentrieren kann, dann wird mir leichter werden.

Die Propaganda in der Kirche

Ich gehe mit Hnidák zur Kommandantur, beide atmen wir große Schwaden von Dampf und Rauch aus. Es ist einige Grade unter Null. Aus der Kirche mit den drei großen Zwiebeln auf dem Turm und den kleinen Zwiebeln auf den Türmchen erklingt Chorgesang. Je näher wir kommen, um so machtvoller erschallt der Gesang. Kraft liegt darin, ich fühle es. Zum ersten Mal höre ich den Gesang der Orthodoxen.

«Hier bringen wir die Propaganda hin», schlage ich vor und lache selbst über diesen Einfall.

«Hierher? Die sind doch stramme Katholiken oder stramme Lutheraner . . .»

«Sollen sie doch darüber schreiben, wie die Bolschewiken die Kirchen zerstört haben, während die Deutschen erlauben, eine Messe zu zelebrieren . . .»

Schon lange wollte ich mir einmal eine rechtgläubige Kirche von innen anschauen, aber es hat noch nie geklappt. Wenn ich jetzt allein wäre, würde ich wenigstens auf einen Sprung hineingehen. Der Gesang gefällt mir sehr. Vierstimmig mit typisch russischen Bässen. Er erinnert mich an den Gesang der russischen Kriegsgefangenen. Jeden Morgen singen sie, wenn sie zur Arbeit geführt werden.

Wir müssen fast das ganze Dorf durchqueren, um zur Kommandantur zu gelangen. Unterhalb der Kirche ist der Platz für den Basar. Gleich als wir hier ankamen, tauschte ich dort schwarzen Zwirn gegen einen Hahn. Nähnadeln und Zwirn stehen immer noch hoch im Kurs. Ich habe noch ein paar Tscherwonzen, dafür möchte ich Sonnenblumenkerne knabbern wie alle Leute im Dorf. Eine Frau mit zehn Röcken am Leibe packt mir die Kerne in eine Frontzeitung unserer Division. Sie hat einen ganzen Stoß davon, auch von der deutschen Frontzeitung. Je nach Uniform nimmt sie diese oder jene. Wo hat sie die Zeitungen her? Sie sind noch keine Woche alt. Vielleicht hat die neue Propagandatruppe sie ausgegeben.

Der Basar ist fast leer. Unter den Tischen spielen Kinder Haschen und stören die Singenden in der Kirche.

«Ich hab ganz vergessen, dir noch eine spaßige Geschichte zu erzählen.» Hnidák wird von neuem widerlich, denn er grinst. «Die Propaganda soll auch bei einem Regiment gewesen sein. Während sie der Kommandeur bewirtete, sollten einige Soldaten etwas für die Zeitungen in Bratislava schreiben. Die Jungs am Gefechtsstand schrieben was auf, vervielfältigten es, und das gab einen Mordsspaß. Der Major ließ beschlagnahmen, was nur greifbar war, und schickte alles dem Alten. Der Alte lachte, daß er fast erstickte, und schrie immer wieder, das ist ja großartig, diese Kujone, das ist ja fabelhaft, schicken Sie das der Propaganda in Bratislava, wenigstens haben die dort auch mal einen Spaß. Auch Major Hrablavý lachte, ja selbst Major Marinčuk, aber Hrablavý befahl sofort, alle beschlagnahmten Exemplare zu verbrennen. Drei Stück hab ich gerettet.»

Hnidák hat mich aufgeheitert. Wiera hab ich vergessen. Ich

bin wirklich gespannt, was die Infanteristen da geschrieben haben.

Ich wollte eigentlich noch in die Apotheke schauen. Dort arbeitet die Nichte unserer Babka, Lena Fjodorowna Karpjenko. Lena hat Pharmazie studiert, ist aber noch nicht fertig, eine Altersgenossin von Wiera, nur ist diese viel schöner. Hnidák aber hat keine Lust zu dem Besuch. Mit Lena kann ich mich treffen, wann immer ich will, mit Wiera nicht.

Also, im Gleichschritt marsch! Es geht auf die Kommandantur, zur Propaganda, zum Kampf für das neue Europa. Siegheil!

Vier Mann, wie sie die Division noch nie gesehen hat

Der Propagandatrupp aus Bratislava erwartet uns im Vorzimmer des Chefs der Dritten Abteilung, das zugleich mein Zeichenraum, Hnidáks Schreibstube und das Schlafzimmer des Schwarzen ist. Alle zusammen benutzen wir den Raum außerdem als Speisezimmer, Kartenmagazin, Vervielfältigungsraum und Warteraum für die Offiziere, die sich beim Chef der Dritten melden wollen oder müssen, bei Major Marinčuk. Außerdem werden in diesem Zimmer die Befehle der DHM aus der hochdeutschen Edelsprache ins Slowakische übersetzt.

Ich bleibe in der Tür stehen, knalle die Hacken zusammen und salutiere. «Aha, sieh an! Ein Frontsoldat, und hat noch keine Orden!» bemerkt einer von der Propaganda und verzieht ironisch die Fresse.

«Aha, sieh an! Was für ’ne Mastanstalt!» entgegne ich dem stoppelbärtigen Kerl, vielleicht rasiert er sich nicht, um wie ein Frontschwein auszusehen, vielleicht hatte er nur keine Zeit oder Gelegenheit.

Der Dicke spricht einen Gebirgsdialekt und ruft mich zu sich. «Wollen wir uns bekannt machen, Obergefreiter!» Er streckt mir die Hand entgegen, sie sieht aus wie eine Nudelwalze. Ich nehme sie nicht gleich. Wie kann ein Soldatenkoppel einen solchen Bauch umspannen? «Ich heiße Vavrík. Du wunderst dich, Obergefreiter? Wundere dich nicht. Das Koppel mußte angestückelt werden, hehehe . . .» Alle lachen wir über den Dicken. Er scheint ein prima Kerl zu sein. Der brächte sogar die Artilleristen von der unglücklichen Batterie zum Lachen.

«Obergefreiter-Aspirant Madunický», stellt sich der zweite vor. Sein Gesicht wirkt ältlich, aber nicht unsympathisch. Er hat eine dichte schwarze Mähne, weiß der Teufel, wie sein Käppi darauf Platz findet. Im Gesicht ein strenger Schnurrbart, noch dichter als das Haar. Diese Vorstellerei kommt mir komisch vor. Als ob die von der Propaganda überhaupt keine Soldaten wären, als hätten sie die Uniform nur angelegt, um sich unter uns bewegen zu können, um Artikel zu angeln, Material zu schürfen, das Geschürfte auszubeuten. Als wären sie nur zum Spaß hier.

Der dritte stellt sich als Svetozár Bill vor . . . Was für ein ulkiger Name. Svetozár Hurban ginge ja noch, aber Svetozár Bill? Den Namen hat sich der Kerl bestimmt nur ausgedacht, so wie er sich den kleinen Schnurrbart auf der Oberlippe nur ausgedacht hat. Das ist kein Bill, das ist ein Maulwurf als Soldat verkleidet, den Namen hat er sich ausgedacht, so wie ich mir einmal ausgedacht hatte, daß ich Sascha Demidow heiße, und jetzt stelle ich mich so den ukrainischen Zivilisten vor. Irgendwo hatte ich diesen Namen aufgeschnappt, ich glaube, in einem Film, er gefiel mir, und in der Ukraine erinnerte ich mich an ihn. So hat auch dieser Maulwurf sicherlich einen Cowboyfilm gesehen und stellt sich nun als Svetozár Bill vor. Ich glaube, er schreibt sich wirklich mit zwei L, denn er betonte den Buchstaben am Wortende besonders.

Na, und dann ist noch ein Gefreiter da, aber bei dem ist es sonnenklar, was für einer das ist. Hakenkreuze auf der slowakischen Uniform, mit Franz spricht er deutsch, die zwei Spinnen sind ein Paar, und im Paar vermehren sich die Spinnen rasch. «Gefreiter Wohlland», piepst der Volksdeutsche und zückt seinen Fotoapparat. Franz muß lachen. Er will witzig sein und macht uns auf seine Art mit der Propaganda bekannt: «Armeefotograf und Zeichner der Zeitung ‹Grenzbote› . . .» Das gilt dem Volksdeutschen. «Er stammt aus Göllnitz, Mittelslowakei, also dein Landsmann. Ferner der berühmte Dichter Madunický» – der Obergefreite-Aspirant verbeugt sich. Offenbar ist der Chefredakteur der Divisionszeitung «Auf Wacht!» an diese Art der Vorstellung gewöhnt – der Maulwurf mit dem Bärtchen unter der Nase glotzt in die Gegend, ohne sich zu rühren. Es lohnt doch nicht, einem lausigen Obergefreiten Aufmerksamkeit zu schenken. Gleichmütig klopft er die Asche neben dem Aschenbecher auf der ausgebreiteten Karte ab. «Soldat in Reserve und akademischer Maler in Zivil, Meister Vavrík . . .»

«Ach, leck mich am Arsch», sagt der Dicke und steht auf. «Habt ihr nichts zum Futtern hier? Mich interessiert die Küche, der Speisezettel, auf die Propaganda pfeif ich.»

Der schwarze Wassil bringt in rostigen Kochgeschirren Kaffee. «Wer ist das? Der Koch?» Meister Vavrík lebt auf, seine Nüstern blähen sich. «Ausgezeichnet! Soldatenkaffee ist große Klasse! Gib her, Kamerad.» In dem zerknautschten Federbett, das ich von Vilo Jasenček geerbt habe, ist von dem Dicken eine Grube zurückgeblieben. «Aber ich bitte, warum das, muß sich denn jeder aufs Bett setzen, schauen Sie nur, Herr Obergefreiter, schauen Sie nur . . .» An Wassils jammernde Proteste haben wir uns bereits gewöhnt.

Ich blicke auf das Bett, auf die Karte, auf die der hochnäsige Gefreite die Asche abgeklopft hat, aber der Maler wischt alles mit seiner Schnoddrigkeit weg. «Scheiß drauf, Kamerad. Du bist Russe? Sei froh, daß du Russe bist. Die Russen werden den Krieg gewinnen und wir einen Scheißdreck.» Mir scheint, der Maler hat allerlei auf dem Kasten, er schweinigelt wie in der Kneipe, doch ist er der sympathischste Bursche von der ganzen Propaganda. Wohlland wirft dem Maler einen strafenden Blick zu und möchte seinen Ausspruch in einen Scherz verkehren, aber der Maler wiederholt ihn sogar, und der Redakteur schreibt ihn sich auf. «Hast das ganze Notizbuch voll, hör schon auf damit! Oder mal's auf und verkauf's!»

Alle vier schlürfen sie den heißen Kaffee, und dem Gesicht des Malers ist anzusehen, daß er dieses Schlürfen am liebsten hat von allem auf der Welt.

«Wißt ihr, Jungs, was wir von euch möchten, wenigstens ich möchte es, die anderen nicht, sollen die sich ihre Helden suchen ... Also schreibt auf, sagen wir innerhalb einer Woche, aber kurz und knapp, irgendwas, na ja, wie ich es euch gesagt habe, ein Tag an der Front, ein Tag im Felde, im Hinterland, kurz, was ganz Gewöhnliches, auch Unmilitärisches. Dann zeichne ich euch, keine Porträts, sollen sie sich doch Karikaturen von ihren Kreaturen selber hinscheißen. Was lachst du, Russe, verstehst ja doch nichts ...»

Der Maulwurf fällt dem Maler ins Wort, die Sätze fliegen ihm aus dem Maul wie aus einer Setzmaschine: «Verhältnis zu den Zivilisten, zu den Russen, Zusammenarbeit mit den Deutschen, mit der deutschen Wehrmacht, meine Teilnahme am Kampf gegen den jüdischen Bolschewismus, meine Auszeichnungen, wie und wofür ich sie bekommen habe, mein Kommandeur, die Kameradschaft im Felde ...»

Der Dicke winkt ab. «Alles Mist, darauf könnt ihr scheißen, Jungs, aber schreiben könnt ihr's ja. Für mich schreibt ihr den Küchenzettel ab, was man euch am häufigsten kocht, was euch am besten schmeckt, wovon ihr satt werdet und von was ihr hungrig bleibt, welche Konserven von welcher Firma ... Russe, warum lachst du?»

Nicht nur der Schwarze lacht, sondern wir alle ... Der Schwarze lacht immer, wenn wir lachen. Wenn die Vorgesetzten lachen, muß auch er lachen. Er schneidet dabei die unmöglichsten Grimassen und sieht dann erst recht komisch aus. Wir müssen dann über ihn lachen, und das Gelächter wird noch unbändiger.

«Konserven von der Firma Manderla, Patronen von der Firma Krupp, Uniformen von der Firma Nehera, Schuhe von der Firma Batá ...», zähle ich auf, und der Maler spürt, daß ich mich über ihn lustig mache, er runzelt die rote Stirn und sagt: «Geh zum Kuckuck! Schreib meinetwegen, wie dich die Offiziere schikanieren, wie du auf den Kolchosen Schweine klaust, schreib von mir aus über das Scheißhaus des Obersten wie dieser Infanterist, Hauptsache, du schreibst was, damit wir es in Bratislava vorzeigen können.»

Danach empfängt Major Marinčuk den Propagandatrupp. Als erster geht der Obergefreite-Aspirant hinein, als nächster der Gefreite Svetozár Bill, dann der Volksdeutsche Wohlland und zuletzt der Maler Vavrík. «Schreib, was du willst, nur bring es mir nachher, ich will dich zeichnen . . .»

Marinčuk berät lange mit ihnen, sie trinken Kognak, dann fotografiert ihn Wohlland, zuerst in Felduniform mit Maschinenpistole und der Feldmütze auf dem Kopf, dann in der Paradeuniform, die er zu den Empfängen bei den deutschen Offizieren anzieht, für die ich Namenskärtchen mit Flaggen male.

Von heute an wird der Küchenzettel in vier Sprachen geschrieben. Am Morgen ist eine Fliegerabteilung ohne Flugzeuge in unser Dorf gekommen. Hinterm Dorf ist ein Feldflugplatz, wo die Piloten auf neue Maschinen warten. Es sind fesche Kerle, Kroaten. Sie halten schon die Farbe bereit, mit der sie die deutschen Hoheitsabzeichen auf den Tragflächen übermalen werden.

Die kroatischen Flieger haben die Stärke von zwei Zügen. Jeden Tag viermal marschieren sie an unserer Kommandantur vorbei. Sie tragen Fliegerkombinationen und üben mit Begeisterung Parademarsch. Diese Idioten. Den wollen nicht mal mehr unsere Infanteristen üben.

10
Der Tag hat vierundzwanzig Stunden

Mitternacht

Die Pendeluhr hat zwölf geschlagen. Der Vater seufzt, auch die Babka regt sich. Dann ist es wieder still. Keiner rührt sich. Nur das leise Muhen der Kuh ist vom Hof zu hören. Nach Mitternacht muht sie immer, aber es ist nur schwach zu hören, denn sie ist in einem Bunker aus Stroh versteckt. Im Dorf haben nur wenige eine Kuh. Im Dorf am Ufer des großen Wassers ist außer den Slowaken und einer Staffel der kroatischen Luftwaffe in der Stärke von zwei Zügen noch eine deutsche Unteroffiziersschule untergebracht. Die Deutschen requirieren Vieh zur Versorgung dieser Schule. Damit die Kuh in dem Bunker nicht erstickt, hat der Vater einen Holzkamin ins Stroh eingesetzt. Einmal täglich lüftet er den Bunker, aber dann muß die Babka Wache halten.

Je weiter die Front ist, um so öfter bin ich im Geiste zu Hause. Denn das ist keine Front mehr, von den Russen sehe und höre ich nichts. Die Front hat sich nach Norden verlagert. Mir scheint, ich bin gar nicht mehr so weit von der Slowakei entfernt, und es ist überflüssig, ans Überlaufen zu denken. Überlaufen scheint mir überhaupt ein unkonkretes Wort, denn es ist niemand da, zu dem man überlaufen könnte. Ich hätte es schon längst tun müssen. Aber damals ging es nicht. Ging es wirklich nicht? Wie oft habe ich mir diese Frage schon gestellt. Mich peinigt mein Gewissen, doch ich denke, es ist rein. Wenn er gekonnt hätte, wäre auch Oberleutnant Malý übergelaufen. Auch Amenmaria, auch ... Wer wollte noch überlaufen? Vielleicht wollten die beiden gar nicht. Je länger der Krieg dauert, um so mehr verliere ich die Hoffnung, aber auch die Lust, überzulaufen. Ganz verloren habe ich sie noch nicht. Ich habe das Gefühl, ich stehe auf einem Berg und soll mich entscheiden, auf welcher Seite, in welches Tal ich hinabsteigen möchte. Auf der einen Seite liegt die Slowakei, die Heimat, auf der anderen Seite... Was ist das, diese andere Seite? Zwischen mir und der anderen Seite ist die Front, sind die Deutschen. An der Front, in irgendeinem Brückenkopf ist auch die unglückliche Batterie, unsere einzige bewaffnete Einheit an der Ostfront. Die Propagandisten sind gestern abgefahren. Sie sagten, die Sicherungsdivision werde aus Belorußland auf heimisches Gebiet verlegt. Zwischen ihr und der Slowakei liegt eine große Entfernung. Ebenen, Berge, Ukrainer, Rumänen, Ungarn... und Deutsche. Deutsche sind überall, auf der einen und auf der anderen Seite. Ach, diese Deutschen! Wie gut, daß ich gleich einschlafen werde... Ich bin am Einschlafen, aber ich träume von den Deutschen... Der eiserne Trichter, das Wasser, das Schaukeln, die Deutschen.

Morgen

Ich hab's verschlafen. Sollte schon längst auf der Kommandantur sein. Für zehn Uhr ist eine Stabsberatung angesetzt. Oberst Marinčuk hat mir befohlen, die Position der Einheiten auf Pauspapier zu zeichnen. Es soll vervielfältigt werden. Ich bin neugierig, ob Franz am Morgen zur DHM gegangen ist, um Salmiak zu holen. Jetzt verbrauche ich in einem Monat mehr von diesem Stinkzeug als sonst in drei. Dauernd neue Pausen, Gräben, Drahtverhaue, Panzerabwehrgräben, Verbindungsgräben, MG-Nester, Feldposten, alles das kann ich schon mit geschlossenen Augen zeichnen.

Die Uniform lege ich in zwei Minuten an, das Koppel schnalle ich schon im Laufen um. Die Babka ruft mir nach, sie habe für mich Milch eingegossen und eine Wurstkonserve mit Eiern gebraten. Keine Zeit, Mutter, keine Zeit, auch der Vater kommt aus dem Strohbunker gelaufen, Bürste und Striegel in der Hand. Sascha! Sascha! ein andermal, Vater, jetzt hab ich keine Zeit, ich hab verschlafen... Ein Soldat darf nicht verschlafen.

Auf der Straße wimmelt es von Pferdegespannen, heute ist

großer Basar. Es wäre schön zuzugucken, ob die Frau immer noch die Sonnenblumenkerne in slowakische Zeitungen packt. Schön wäre es auch, Lena in der Apotheke auf einen Sprung zu besuchen, aber ich habe keine Zeit, Lena, keine Zeit. Nach dem Mittagessen komme ich. Und ist das überhaupt von Bedeutung? Lena ist ... Ich weiß selbst nicht, wie sie ist. Sie gefällt mir nicht.

Auf der Kommandantur

Marinčuk steht im Vorzimmer. Er steht da wie der liebe Gott persönlich, der alles zerschmettern kann. Die Arme hat er auf der Brust gekreuzt. Jetzt legt er sie auf den Rücken und fängt an zu schreien, und er wirkt überhaupt nicht schrecklich, sondern nur lächerlich. Am liebsten möchte ich ihm ins Gesicht lachen, aber nur das nicht!

«Augenblicklich ziehen Sie um in die Schreibstube! Verstanden, Obergefreiter! Unverzüglich! Ich werde nicht jeden Morgen auf Sie warten. Wenn das noch einmal vorkommt, wandern Sie zum Rapport! Verstanden?!»

«Jawohl, Herr Major!»

Marinčuk verstummt. Ich widerspreche nicht, und da weiß er nicht mehr, worüber er sich erzürnen soll.

«Die neueste militärische Lage ist eingezeichnet, Obergefreiter?»

«Die Karte liegt auf Ihrem Tisch, Herr Major.»

«Auf meinem Tisch? Aha ... Die da?» Marinčuk glotzt mich wieder so blöd an. Vielleicht kann er nicht dafür. Alles ist ihm angeboren, der Gang, der Blick, auch die Stimme, auch seine Verräterei ... Warum spricht der Major mit den Ukrainern slowakisch? Nur mit Polja spricht er ukrainisch. Und noch mit jemandem. Mit dem blonden Wassil. Der darf als einziger in das Haus, in dem Marinčuk wohnt, nur der Blonde darf mit Polja auf den Basar gehen, kaufen und verkaufen.

Der Major dreht sich noch einmal um und mustert mich drohend, um irgendwie das Gespräch abzuschließen. «Verstanden, Obergefreiter?»

«Jawohl, Herr Major ...» Ich hätte nicht lächeln sollen. Ich weiß das, aber das Lächeln ließ sich nicht unterdrücken. Der Major hat es gesehen und fährt mich mit völlig veränderter, fremder Stimme an: «Ihnen werde ich die Beförderung versalzen, Mann! Haben Sie verstanden, Obergefreiter? Degradieren lasse ich Sie und nicht befördern! Haben Sie verstanden, Obergefreiter?»

«Jawohl, Herr Major!»

Auch der schwarze Wassil knallt die Hacken zusammen, der Kaffee schwappt aus seinem Eßgeschirr.

«Auch Kaffee ... Kaffee holt in Zukunft jeder selbst!»

«Zu Befehl, Herr Major!» rufen der Schwarze und ich wie aus einem Munde.

«Hnidák, haben Sie verstanden?»

Hnidák legt eine Matrize in den Abzugsapparat und brummt: «Wenn wir dazu Zeit finden, werden wir gehen, natürlich werden wir gehen und Kaffee holen. Man geht, man ist gegangen, man wird gehen. Was soll's. Wenn keine Zeit ist, dann eben nicht ...»

«Haben Sie verstanden?»

Wir schweigen. Der Major knallt die Tür hinter sich zu. In diesem Augenblick kommt Franz mit einer Korbflasche.

«Hast du das Zeug?» frage ich ihn.

«Na klar. Stinkt wie Mistjauche, prima, wie ...»

Konnten die sich nichts anderes ausdenken, als die Gräben und MG-Nester mit diesem Stinkzeug zu vervielfältigen? Von dem Salmiak tut einem der Kopf weh, aber dafür geht der Schnupfen weg. Der Mensch entdeckt immer wieder etwas Interessantes.

Wir schlürfen den heißen schwarzen Kaffee und warten, bis sich die Stabsoffiziere zur Beratung versammeln. Dort, wo die kroatischen Flieger exerzieren, landet soeben ein Fieseler Storch. Schon das dritte Mal, seit wir hier sind. Der Schwarze sieht im Ofen nach, aus der Tür quillt eine Rauchwolke. Hnidák flucht, während er die Salmiakflasche öffnet. «Hier kann man ja nicht arbeiten. Das ist kein Gefechtsstand, das ist ein Bordell, hier macht jeder, was er will, der reinste Zirkus!»

«Amenmaria!»

Der Hauptmann ist in der Tür stehengeblieben, mit Pelz und Klappenmütze sieht er aus wie ein russischer Bauer. Seine Augen funkeln wie bei einem Tiger, seine Nase ist noch gebogener, krumm wie ein Adlerschnabel, er braucht nur zuzuhakken. Aber sein Mund hat sich zu einem Lächeln verzogen.

«Na, ihr Schnorrer, amenmaria, wer macht Meldung?»

«Achtung! Herr Hauptmann, ich melde . . .»

«Ach Quatsch, halt's Maul, du Schnorrer, amenmaria!»

In die Abteilung ist auf einmal der alte Geist eingekehrt. Der Schwarze springt um Amenmaria herum, hilft ihm beim Ausziehen des Pelzes, hängt Mütze und Mantel an einen Haken gegenüber dem Ofen, aus dem es nach wie vor qualmt. Amenmaria reißt ein Fenster auf, dann gibt er jedem einen Rippenstoß.

«Na, ihr Schnorrer, amenmaria! Ihr lebt, ja? Seid noch nicht erfroren?»

Wir möchten uns unterhalten, aber da ist schon Major Marinčuk eingetreten, und an eine Unterhaltung ist nicht mehr zu denken. Alle lächeln wir und freuen uns. Was ist los? Ist Amenmaria bloß zur Beratung gekommen, oder wird er bei uns bleiben?

Die große Sabotage

Schon ist es dreiviertel neun. Inzwischen ist auch unser Divisionskommandeur, Oberst Krása, eingetroffen. Ein schöner Opa. Ein großer schneeweißer Kopf, eine weiße Pelzmütze, ein weißer Pelzmantel, darin ein Berg Fleisch und Fett, das ist unser Kommandeur. Warum findet die Beratung nicht bei ihm statt, sondern bei Major Hrablavý? Der Oberst bleibt eine Weile in unserer Schreibstube stehen, wir helfen ihm beim Ausziehen. Er mustert uns, als hätte er uns nie gesehen, runzelt die Stirn und fragt jeden abgehackt: «Wie heißt du, Kujon?»

«Obergefreiter Zraz!» Ich stelle mich vor, als er mich anschaut, obwohl er mich schon mehrmals nach dem Namen gefragt hat. Der Opa ist vergeßlich. Nur Major Hrablavý brauchen wir nicht auszuziehen, er hastet in Marinčuks Kanzlei, wo bereits alle um den Tisch sitzen. Durch die offene Tür hören wir Amenmarias Stimme: «Wer die Schuld trägt, der soll auch ...» Die Tür wird zugeschlagen.

Hrablavý ist ohne Mütze und ohne Pelz gekommen, er ist ja hier zu Hause. Hnidák unterbricht seine Arbeit und läuft zum Putzer des Obersten, um einen Kognak zu schnorren. Der Schwarze macht das Türchen des Ofens auf, der auch Marinčuks Kanzlei verräuchert. Wassil hat die Möglichkeit, dem Stab der Ersten Slowakischen tüchtig einzuheizen. Kalt ist euch, meine Herren Brüder Offiziere? Der Schwarze ist wütend, daß der Ofen nicht ziehen will, er sucht etwas in den Kisten. Da läutet das Telefon. Ruft Riedel an? Das gilt nicht mir. Ich reiche Franz den Hörer. Ja, die Beratung hat begonnen ... Gut. Ich werd's bestellen, jawohl, ich melde es sofort. Servus, Riedel, Servus ... Major Hartmann kommt. Verdammt, da braut sich wieder was zusammen.

Franz geht in das Zimmer, wo der Stab versammelt ist, kehrt aber gleich zurück.

Warum ist der Schwarze wütend und beschimpft seine Mutter, als er aus einer Flasche Benzin in den Ofen gießt? Es ist nicht schön, daß die Russen im Zorn ihre Mutter beschimpfen. Siehst du, Schwarzer, das hast du nun davon, es brennt auch mit Benzin nicht ... Der Schwarze beugt sich vor, mit einer Hand stützt er sich auf den Ofen, in der anderen hält er die Flasche. Dicker Qualm quillt aus dem Ofenloch, hat schon die Stabspelze völlig eingehüllt. Der Schwarze bläst ins Feuer, schimpft, oh, schon wieder die Mutter, job twoju matj, pfui, Schwarzer, warum beschimpfst du die Mutter, wenn das Feuer nicht zünden will.

So kracht eine Granate oder ein Kanonenschlag. Eine Stichflamme schlägt dem Schwarzen gegen die Brust, dann ... Der Schwarze erschrickt, schreit auf, fällt auf den Rücken, die Flasche in seiner Hand schlägt gegen eine Kiste, der Hals springt ab, das Benzin fließt über seine Hand. Der schwarze Wassil brennt, in der Hand hält er immer noch die Flasche. Schließlich wirft er sie von sich, mitten in die Kanzlei.

Franz rennt hinaus auf den Flur. Ich sehe, wie die Flasche unter das Bett kollert, auf dem der schwarze Wassil schläft, wie Feuer aus ihr spritzt. Dann erblicke ich mitten im Zimmer eine springende, brennende Säule. Aus dem Ofen schlägt wie eine Explosion ein Feuerstrahl. Der Schwarze bespritzt die Pelze mit Benzin. Die näher am Ofen hängen, brennen bereits mit kleinen Flammen. Ich werd verrückt! Es brennt! Was soll ich tun?

Als ich die Decke vom Bett reiße, explodiert auch unter dem Bett eine Flamme. Alles stinkt nach verbrannten Federn. Ich hülle die brennende Säule in das Federbett, Franz wirft die Stabspelze auf den Flur. Aus dem Nebenzimmer kommen die Offiziere gerannt und schreien entsetzt: «Überfall! Ein Überfall! Alarm!» schreit einer, aber das Kreischen und Jammern des schwarzen Wassil übertönt alles. Vergebens versuche ich das Federbett zu fassen. Die Federn wirbeln brennend durch die Luft, schon brennt auch die große Karte auf dem Tisch, Amenmaria löscht sie mit einem Pelz.

«Amenmaria! Schnorrer, ihr!»

Wir sind abgebrannt. Als Major Hartmann zur Stabsberatung eintrifft, ist sie bereits ins Zimmer des Stabschefs umgezogen. Der Schwarze ist über und über mit Brandwunden bedeckt, aber er lebt. Das wird wieder eine Untersuchung geben! Propagandatrupp, wo bist du? Svetozár Bill hat ein inspirierendes Erlebnis versäumt. Sie hätten mit eigenen Augen einen Partisanenangriff auf den Stab, das Herz der ruhmreichen Division, miterleben können. Schade, daß bei diesem Sabotageakt mein geerbtes Federbett mit verbrannt ist.

«Was ist hier passiert?» Leutnant Baláž führt die Untersuchung, er steht traurig vor den Resten meines Federbetts. Das alles ist für den Chef der Feldgendarmerie sehr unangenehm.

«Nichts, Herr Leutnant, mein Federbett ist nur verbrannt.»

«Was? Schmeißen Sie das Stinkding auf den Mist!»

«Es ist ... es ist mein Federbett, Herr Leutnant.»

«Federbett?» Der Leutnant tut, als hätte er nie im Leben ein Federbett gesehen. «Ein Federbett?» Er klaubt verbrannte Federn auf, schnuppert den Gestank der Brandstätte ein und stößt mit dem Fuß gegen die angebrannten Reste.

Das Telefon klingelt. Was ist los? Antreten? Wieso antreten? Mensch! Wir sind soeben abgebrannt. Nachmittags soll die ganze Stabskompanie zur Befehlsausgabe antreten. Alle Mann ohne Ausnahme! Entschuldigungen werden nicht anerkannt. Also nach dem Mittag antreten zur Befehlsausgabe.

Das Lämpchen

In die Schreibstube kommt der Vater gelaufen. Außer Atem und aufgeregt ruft er: «Alexander! Sascha! Saschenka! Die Deutschen haben uns das Lämpchen weggenommen!» Im ersten Augenblick begreife ich nicht, was für ein Lämpchen, was für Deutsche, wem und woher sie was genommen haben, aber der Vater wiederholt erbittert: «Sascha, das Lämpchen, die Lampe, weißt schon, was du vorgestern heimgebracht hast!» Ach so, Vater, die Glühlampe, die elektrische Glühbirne? Ich lache, aber das beleidigt den Vater. «Es war doch dein Lämpchen, Sergeant, womit werden wir leuchten, wie kann man einem Komandir die Lampe wegnehmen?!»

Die Deutschen haben das Lämpchen gestohlen. Sie haben schon so manches gestohlen in der Ukraine. Die Ukrainer haben sich bereits daran gewöhnt, aber der Vater empört sich wegen eines Lämpchens. Warum, Vater? Was kann man da machen? Sie haben's gestohlen, mitgenommen, vielleicht kaputtgeschlagen, vielleicht gegen eine unbrauchbare Birne getauscht, kenn sie mal wieder, die das getan haben, kenn mal unsere Glühbirne wieder. Hnidák und Franz hören zu, sie wissen noch nicht, ob sie lachen sollen, der Vater wartet auf meine Antwort. Franz sollte sagen, was die Slowaken tun, wenn die Deutschen den Ukrainern etwas stehlen, auch Hnidák sollte wissen, was sie getan haben, wenn ihnen die Deutschen etwas wegnehmen wollten. Man müßte sich beschweren . . . Beschweren? Lächerlich. Bei wem? Wegen einer Glühbirne? Ich bitte dich! Wir sind im Felde. Vater, das Beste wird sein, Ihr geht nach Hause, wir werden beim Stabschef eine Glühlampe klauen, und die Sache ist geritzt. Tagsüber drehen wir sie heraus aus der Fassung, damit die Deutschen sie gar nicht zu Gesicht bekommen, und an die Tür heften wir ein Papier: Die Wohnung ist besetzt für das Kommando der Ersten Slowakischen ... Fertig, Vater! So wird's am besten sein.

Aber nein, der Vater ist nicht einverstanden, das gehört sich nicht, daß die Deutschen einem slowakischen Komandir ein Lämpchen stehlen. Slowaken sind fast Russen, das ist doch eine Schande, Sascha! Was werden die Nachbarn sagen? Das ist allerdings ein Argument. Der Vater war bis jetzt überzeugt, daß ihm niemand auch nur eine Zaunlatte stehlen darf, seine Nachbarn beneideten ihn um den Kommandir im Hause, und jetzt stehlen die Deutschen ein Lämpchen, und zwar nicht ihm, sondern dem Komandir. Ach, ach! Wenn es wenigstens richtige Soldaten wären, aber nein, nur solche Rotzjungen von der Unteroffiziersschule. Wenn es wenigstens seine eigene Lampe wäre, auf der in kyrillischen Buchstaben der Betrieb aufgedruckt steht, der sie hergestellt hat, aber nein — es ist die Lampe des Slowaken, des Komandir ... Ach, ach!

Der Vater hat recht. In der Tat, was werden die Nachbarn denken? Man muß etwas unternehmen. Vielleicht ... Franz, sag du was, du kannst Deutsch, sag, was wir unternehmen sollen. Die DHM anrufen? Das ist Blödsinn, ich geb es zu, aber was sonst?

«Ganz einfach», sagt Franz. «Helme haben wir, du schnallst dir die Pistole um, wir zwei nehmen Gewehre. Aber Seitengewehre, verflucht noch mal, Seitengewehre müßten wir aufpflanzen!»

«Ich hab Seitengewehre gesehen, in einer der Kisten unter den Karten.»

Wir wühlen die Karten in den Kisten um und um. Ein Seitengewehr ist da, ein zweites aber finden wir nicht. Wir suchen alle, doch das Ding ist weg. Warum sollte nicht auch ein Seitengewehr verlorengehen, wenn Karten verschwinden?

«Ich borg mir ein Seitengewehr», nuschelt Hnidák, «aber verrat mir endlich, was wir damit wollen. Was habt ihr vor?»

«Kümmere dich nicht darum, überlaß das dem Schwaben. Mit den Schwaben muß ein Schwabe schlittenfahren.»

Der Schwarze streckt die verbrannte Hand von sich, in der andern hält er die Feldflasche. «Gut, Franz, sehr gut. Wie damals, als dir der Deutsche das Huhn weggefressen hat.»

Auch Franz lacht und streckt die Brust raus. «Zum Teufel! Ich werd's ihnen zeigen, von wegen Lampe und so!»

Franz sieht mit dem Helm auf dem Kopf aus wie eine Vogelscheuche. Ich habe ein feierliches Gefühl, wie vor einer Schlacht, wie vor dem Stelldichein mit einem Mädchen. Seit ich im Felde bin, hatte ich noch nie den Helm auf dem Kopf. Damals auf der Dieme ... Nein, auch damals nicht, als wir in den eisernen Trichter glitten, auch die in der Konservendose hatten keine Helme auf. Die Polster pressen meinen Kopf zusammen, und dennoch rutscht mir der Helm aufs Ohr. Hihihi! Aus mir wird noch ein toller Soldat ... Was wird aus einem Menschen, wenn man ihn in eine Uniform steckt, ihm einen Helm aufsetzt, ein Gewehr um die Schulter hängt und auf das Gewehr ein blitzendes Bajonett aufpflanzt? Nichts. Solange er keinen Befehl bekommt, nichts. So lange ist er nur ein Mensch in Uniform, nur ein Zinnsoldat, Spielzeug in einem Schaufenster, aber wenn dieses lebende Spielzeug einen Befehl erhält, den es erfüllen muß, wenn es sich nicht mehr gegen den Befehl sträubt, dann wird aus dem Spielzeug ein gefährlicher Roboter, ein Mörder. Eine Todesmaschine.

«Du bist der Kommandeur!» schreit Franz. «Himmel, Arsch und Zwirn, gib schon einen Befehl!» Warum spricht Franz nicht leise? Weil er ein Deutscher ist? Ich bin kein Kommandeur, verdammt noch mal! Bin nie einer gewesen und werde keiner sein. Himmeldonnerwetter! Dieser Helm ... die Pistole ... alles Theater! Vater, führt Ihr uns. Ihr seid der Kommandeur. Ihr habt diesen lächerlichen bewaffneten Mummenschanz verlangt.

Es sieht lächerlich, aber zugleich furchteinflößend aus: Der Vater marschiert vorneweg, trippelt rasch mit Greisenschritten. Ich folge ihm mit umgeschnallter Pistole. In der Pistole ist keine einzige Partrone. Hinter mir geht Fero Hnidák. Wenn er den Helm aufhat, sticht seine lange Nase noch länger aus seinem Gesicht hervor. Die Mädels hatten recht. Hnidák sieht wirklich wie ein Jude aus. Ich hatte mich ihnen auch als Jude vorgestellt. Sie aber lachten nur, das sei gelogen, bei Hnidák jedoch hätten sie es gleich gewußt, als sie ihn erblickten. Hnidáks Buckel ragt jetzt auch mehr hervor als sonst. Dafür hält sich Franz wie ein Held, strahlend und schön, den Körper straff wie eine gespannte Saite, es fehlt nur noch der Parademarsch, die andere Uniform, die reine Rasse ... Siegheil! Ja, wir sind die Herren der Welt, Franz. Jetzt aber handelt es sich nur um eine Glühlampe, die deine Volksgenossen geklaut haben.

Wir stolzieren durchs Dorf, die Leute starren entsetzt den Vater an, wir gehen an unserm Haus vorbei, die Alte nickt wissend, aber die Nachbarn ... Vielleicht würde gerade diese breite Frau mit dem hübschen Gesicht, die die Hände ringt und sich in der Haustür versteckt wie ein Ziegel im Loch, am meisten über den Vater herfallen: Hör schon auf, Alter, was ist das für ein Komandir, der sich von diesen deutschen Rotzjungen eine Lampe stehlen läßt! Eine andere Frau ist über die Straße gelaufen, sie bekreuzigt sich, ach, zum Teufel, wie marschieren wir auch dahin! Wie eine Eskorte, Vater, wie ein Hinrichtungskommando, und Ihr, Vater, seid unser Gefangener, der zum Tode Verurteilte. Eskorte ... Hinrichtungskommando ... Pfui Teufel, Vater, so wartet doch, geht nicht vorneweg. Geht hinter uns.

«Ihr versteht nicht, Vater? Seid wohl völlig mit der Lampe beschäftigt. Hinter uns sollt Ihr gehen, Vater!» Aber er sieht nicht, wie uns die Leute haßerfüllt nachschauen, selbst die Soldaten, denen wir begegnen, glotzen uns mit verständnislosen Blicken an. Endlich tritt einer zu uns. «Was habt ihr mit dem Alten vor?» fragt er grimmig. Kümmere dich nicht darum, Kamerad, auch wir sind Slowaken, auch wir sind fast Russen wie du, dich geht's nichts an.

Der Vater streckt lächelnd die Hand aus wie ein richtiger Kommandeur. «Dort sind die Deutschen!» Im Sturmangriff müßten wir das Haus erobern, aber wir marschieren zu dritt hintereinander, im Gleichschritt wie auf dem Exerzierplatz. Ein langes Haus, bestimmt war es mal ein Gasthaus, ein Geschäft oder ein Kino, ich weiß es nicht, der Vater wird es besser wissen, es ist ein langes Haus, höher und länger als die anderen, und jetzt sind die Deutschen darin, die dem Vater das Lämpchen gestohlen haben. Jetzt ist hier eine Unteroffiziersschule. Stumm hält uns ein Posten auf dem Hofe an. Das Kommando übernimmt Franz. In hochdeutscher Sprache verlangt er den Kommandeur zu sprechen. Der Posten zeigt mit einer Kopfbewegung zur Wachstube, wir treten ein. Am Tisch sitzt ein Obergefreiter, der uns verwundert anschaut. Es folgt ein kurzes Gespräch, wieder auf hochdeutsch, der Obergefreite zuckt mit den Schultern, ich weiß nicht, ich weiß von keiner Glühbirne. Mir wackelt der Helm, und der Vater steht da mit offenem Munde. Von der Wand schaut uns streng der Führer an, der Blick des Vaters wandert durchs Zimmer und verharrt dann über mir. «Aha, Sascha! Wot! Da ist die Lampe. Sascha, das ist sie!» Der Vater ist groß, er langt bis zur Glühbirne, der Vater ist ein Zauberkünstler, schon hat er die Birne herausgedreht, schon steckt sie in seinem Pelz. Also Kamerad, alles in Ordnung, entschuldige, Kamerad, entschuldige, Verbündeter!

Der Obergefreite plustert sich auf, der Posten blickt ihn fragend an, dann uns, aber Eskorte ist Eskorte, und wir sind eine, Helme sind Helme, ein Stahlhelm wiegt schwer, das ist Gewichtigkeit und Ernst, ein aufgepflanztes Seitengewehr ist kein Scherz, das ist das Gesetz, Slowaken sind fast Russen, aber doch nicht ganz, auf die werden wir doch nicht schießen, und der Wachhabende hat ja auch dem Posten einen derartigen Befehl nicht erteilt.

Ich bin aufgeregt. Fix und fertig. Wenn mich der Deutsche gröber anschnauzt oder auch nur scharf ansieht, nehme ich dem Vater die Glühbirne weg und gebe sie dem Obergefreiten zurück, denn meine Pistole ist ungeladen. Vielleicht weiß der Obergefreite wirklich von nichts, vielleicht ist das überhaupt nicht meine Glühbirne. Der Vater zeigt zwar triumphierend auf die Marke: Tungsram 60 W. Aber der Vater kann sich irren, das steht doch auf jeder Glühbirne. Für das neue Europa erzeugt nur die Firma Tungsram Glühbirnen. Der Vater wendet sich zum Gehen, der Obergefreite schreit, er werde das Kommando der Ersten Slowakischen Division anrufen, er werde . . .

Wir hören ihn nicht mehr. Wie froh bin ich, daß wir ihn nicht mehr hören. Wir kehren durch die gleiche Straße zurück. Die Helme baumeln an unseren Händen, die Seitengewehre stecken in der Scheide, der Vater geht hocherhobenen Hauptes zwischen uns. Wir sind keine Okkupanten, wir sind Söhne des Vaters, sind aus dem Krieg heimgekehrt. Der Vater ist stolz auf uns. Er hat mit uns gesiegt. Die Birne hat er in der Tasche. Gleich wird er sie in die alte Fassung einschrauben. Das ist doch die gleiche, die ihm die Deutschen weggenommen haben. Er weiß das, denn auf der Lampe steht Tungsram. Und möge sich keiner unterstehen, das noch einmal zu versuchen. Bei ihm wohnt der Komandir. Stimmt's Sascha?

«Das wird dich einen Liter kosten, Kamerad! Zum Donnerwetter!» Franz hat recht. So einen Sieg muß man begießen.

Die Nachricht von unserem Triumph verbreitet sich im Nu durchs ganze Dorf, die alten Frauen erzählen es den Mädchen, die Mädchen den Soldaten, und so erfahren es auch der Stabschef und Oberleutnant Malý. Ob es auch die DHM weiß? Tungsram hat gute Verbindungen. Dann erfahren es auch Bratislava und Berlin. Es lebe der Vater!

«Ich rechne noch ab mit euch, verlaßt euch drauf!» schrie uns Marinčuk an. «Dauernd muß ich mir Klagen über euch anhören, aber ich werd euch . . .» Marinčuk war wieder lächerlich, noch wütender als sonst, er schrie zwar weniger, aber um so mehr tropfte ihm der Speichel aus dem Munde. Nur gut, daß die Karten fertig waren, die Beratung hatte sich schon aufgelöst, die Kommandeure waren zu ihren Einheiten zurückgekehrt, und wir mußten uns beeilen, um zur Befehlsausgabe der Stabskompanie zurechtzukommen.

Der Fürst läßt die Stabskompanie antreten. Zur Stabskompanie gehören alle Putzer, Telefonisten, Funker, Schreiber, Furiere, die Stabswache, die Küche, alles, was gerade keinen Dienst hat. Die Stabskompanie ist alles das, was im Krieg überflüssig ist, so wie Ratten in einer Stadt überflüssig sind. Die Stabskompanie vegetiert dahin, ein bißchen schlechter als der Fürst, aber sie lebt.

«Habt acht! Zur Meldung Augen rechts . . .!»

Widerlich ist dieser Fürst. Ich bin eifersüchtig. Ich werde mir Wiera aus dem Sinn schlagen und nicht mehr eifersüchtig sein.

Oberleutnant Malý winkt ab, was bedeutet: Lassen Sie mich in Ruh mit Ihrem Quatsch, Mann. Er tritt vor die Kompanie. Der Fürst schneidet hinter ihm Grimassen, aber keiner lacht. Der Oberleutnant ruft nicht einmal «Auf Wacht, Kameraden!», er spricht überhaupt nicht mehr viel. Er hat einen Knacks weg. Er ist irgendwie erschlafft, wie ein Ballon, aus dem man die Luft abgelassen hat. Sie halten wenig aus, Herr Oberleutnant. Sind Ihre Karten nicht aufgegangen? Sie haben doch erst ein Spiel gemacht. Das erste Spiel! Sie wissen nicht, wann? Als Sie Disziplin forderten.

«Befehl der Stabskompanie Nummer . . .» Es folgen die üblichen Ermahnungen: Die Soldaten vernachlässigen die Ergänzung ihres Munitionsvorrats, sparen nicht mit Munition, überall liegt welche herum in den Häusern, wo die Soldaten einquartiert sind, sie widmen sich mehr dem Suff und den Weibern als ihren Pflichten, ein Film soll vorgeführt werden, jetzt noch die Beförderungen, Urlaub, und am Schluß die Postverteilung.

«Das Kriegsgericht . . .» Oho! So was hatten wir noch nicht. Die Kompanie spitzt die Ohren, das Hüsteln bricht ab. Die Stimme Malýs ist streng: «Zum Tode durch Erschießen werden verurteilt: Oberleutnant Sowieso, Fähnrich Sowieso, Unteroffizier . . .» Wer bitte?! Unteroffizier Ján Hol'oško? Was, auch der Unteroffizier Kloch? Dieser parfümierte . . . Die Straftat:

«Überlaufen von seiner Einheit zum Feind ...» Der NÖP-Mann hat mich betrogen, hat mich vergessen, dieses versoffene Schwein hat mich hintergangen. Ach, NÖP-Mann! Und doch bin ich stolz auf dich. Unteroffizier Ján Hol'oško ist mit sechzehn Mann übergelaufen, mitsamt dem Auto, dem Fleisch, dem Brot und Schnaps ... Ach, dieser Kujon! Wem hast du die Harmonikaspielerin vermacht?

«Zu Unteroffizieren werden befördert: Obergefreiter Ján Haluška ...» Sieh mal einer an! Vor kurzem erst wurde er zum Obergefreiten befördert. Langsam, Herr Oberleutnant, langsam, sonst wird Sie der Fürst im Handumdrehen überholen. Pah! Für besondere Verdienste bei der Versorgung der Kompanie. «Obergefreiter Matúš Zraz für die Rettung von Karten ...» Was?! Das ist eine Schweinerei, Herr Oberleutnant! Warum sagen Sie nicht, daß ich schon lange vorher befördert wurde, daß Amenmaria den Vorschlag eingereicht hatte, noch bevor die Karten verlorengingen, und daß diese Karten ... Na, Sie wissen schon, Herr Oberleutnant! Warum schummelst du, Malý, warum denkst du dir so einen Schmu aus?

«Post: Schütze Krivčo, Schütze Hudák, Schütze Viktor Ťapáčik (abkommandiert), Gefreiter Púšnikovec, Unteroffizier Zraz ...» Oho! Unteroffizier Zraz, noch zweimal, mir brennen die Ohren, Unteroffizier Hol'oško ... Nein, das ruft nicht der Oberleutnant, das klingt mir nur in den Ohren, Unteroffizier Hol'oško zum Tode durch Erschießen als Überläufer. Und ich habe Post ... Was ist mit diesem Hol'oško? Todesstrafe? Jano! Hörst du mich? Um diese Strafe beneide ich dich ... Aber du wirst nicht sterben, Burschen wie du sind zäh.

«Wegtreten!»

Das Lesen der Briefe hebe ich mir für den Abend auf, wenn ich allein bin, aber das Paket ... Na, das ist ja große Klasse, ein Paket auch?

Von der Firma Manderla! Was will die Firma Manderla von mir?

Das Paket enthält in einem knisternden Beutel Konserven, kleine Konserven von einer großen Firma.

Als wir von der Befehlsausgabe zurückkehren, begegnen wir Wiera. Sie kommt vom Basar, aufgeputzt wie ein Fräulein aus der Stadt. Der Fürst hat sie so prächtig ausstaffiert. Schuhe, Kleider, Parfüms, alles, auch die Höschen und Büstenhalter, kriegt er in Paketen. Wiera trägt schwarzglänzende Gummigaloschen, einen Mantel mit Fuchspelzkragen, den hat der Fürst in diesem Dorf gekauft, für Gold, Wiera parfümiert sich immer und malt sich die Lippen an. Die Farbe auf dem Mund zieht die Blicke an, konzentriert die Sinne auf ihre fleischigen, schöngeschnittenen Lippen und reizt die Soldaten. Der Fürst ist stolz, wenn sich Wiera luxuriös kleidet, bespritzt sie selbst mit Kölnischwasser, zwingt sie, sich zu schminken, will, daß Wiera hübsch ist, daß sie den Soldaten gefällt, daß diese ihn um sein Liebchen beneiden. Er ist stolz auf sie wie ein Bauer auf eine schöne Färse, er lacht dröhnend, wenn auch anderen gefällt, was ihm gefällt, aber wehe, wenn es einen gelüstete, nach dem zu greifen, was ihm gefällt.

Liebt der Fürst Wiera wirklich, oder ist Wiera ... Am liebsten würde ich mir selber eine runterhauen und Wiera sagen, sie solle sich zu ihrem Fürsten scheren. Was willst du von mir? Warum bleibst du am Tage bei mir stehen, während du dich in der Nacht mit dieser Sau von Haluška ... Eine dreckige Hure bist du! Geh weg! Du ekelst mich an ... Nein, Wiera, bleib!

Wiera schaut mich mit ihren großen blauen Augen an, ihre Wangen hat die Kälte gerötet, sie sind voll und lockend, unter dem warmen Kopftuch lugt ein Büschel des blonden Haars hervor. Wiera ist der Sieger. Ich ergebe mich. Wiera ist eine Frau ...

Ach, was für eine Frau! Warum verschwimmt mir's vor den Augen? Jetzt plappert Wiera los, ganz schnell und abgehackt, auf russisch, und die fleischigen, schöngeschnittenen Lippen entblößen die weißen Zähne. Als sie einen Schritt vorwärts macht, will ich etwas von ihrem Körper spüren, ich kann mich nicht zurückhalten und ergreife ihre Hand.

Franz und Hnidák sind schon weit, ich brauche mich nicht

zu genieren. Der Fürst ist noch weiter, ich brauche mich nicht zu fürchten. Wir sind hier nur zu zweit, das Dorf voller Ukrainer und slowakischer Soldaten liegt hinter uns.

«Nicht hier, Matúš.» Wiera entzieht mir die Hand.

«Warum nicht?» Ich weiß, warum, und frage doch. «Warum nicht, Wiera? Ich ... Wiera, ich liebe dich sehr ...»

Ist es nicht eher Haß?

«Ich dich auch, Matúš ...» Ich sollte mich freuen, aber ich bin nur überrascht. Mir scheint, in Wieras Stimme war keine Liebe, sondern nur Gewohnheit, Selbstverständlichkeit. So hat sich Wiera angewöhnt, mit dem Fürsten zu sprechen, wenn er ihr befiehlt, ihn zu lieben, oder wenn er um Liebe bettelt, wenn es ihn statt nach ihrem Körper nach einem lieben Wort verlangt. «Komm, Matúš, hier sehen uns die Soldaten.» Sie schreitet aus, und ich trotte folgsam hinterher, und ich weiß nun nicht, ob ich überrascht bin oder erfreut, ich weiß nicht, ob ich Wiera liebe oder hasse, ob ich mich nach ihr sehne oder mich vor ihr ekle. Ich bekomme es mit der Angst zu tun. Aber wovor Angst, Herr Zraz?! Was sollte ich denn anfangen mit einer Frau? Konserven habe ich keine. Manderla ist ein Geizkragen. Bis jetzt hat er nur sechs kleine Wurstkonserven geschickt. Wo gehen wir hin, Wiera? Wo kommen wir da hin, Wiera? Der Fürst hat große Kilobüchsen mit Griebenfett. Dieses fette Schwein!

«Komm, Matúš, hier sieht man uns ...»

Hast recht, Mädchen, hier könnte man uns sehen und verraten. Einige aus Neid, einige aus Daffke, aber die meisten für eine Schweinefleischkonserve. Der Fürst ist reich und böse ... Richtig, Wiera. Verstecken muß man sich. Aber wo? Hier gibt's nur das Dorf und das große Wasser, es ist noch nicht zugefroren und glitzert jetzt vor uns wie ein Spiegel, in dem man die ganze Ukraine sehen kann.

«Komm, Matúš, wir gehen zum Fluß. Dort hält sich jetzt niemand auf.»

Wiera hat recht, im Winter geht niemand zum Fluß. Komm, Wiera, dort wird niemand sein. Nur wir zwei und das große Wasser ... Und die große Liebe. Komm.

Der Sand ist auch im Winter locker. Wildenten fliegen auch jetzt? Warum sind sie nicht nach dem Süden gezogen? Wildenten lieben sich im Winter nicht. Nur Menschen lieben sich im Winter. Sie halten sich an der Hand und lieben sich, schreiten über den Sand, auf dem im Sommer schöne Menschenleiber liegen, sie lieben sich und stellen sich vor, daß sie dort liegen. Wie ist das bei uns in Bratislava? Das Ufer des großen Flusses ist ein riesiger Strand, hier in diesem Land ist alles riesenhaft, der Krieg, das Volk, die Leiden, das Wasser, die Erde, in diesem Lande ist auch die Liebe riesengroß. Ich habe alles vergessen. Wie ist Wieras Hand? Ich weiß es nicht. Ich weiß nur, daß ich Wiera liebe, Wieras Hand ist lieb, die Hand, das ist Wiera, an Wiera ist alles lieb, auch das blaue Kopftuch, auch das bereifte Büschel blonden Haars, auch die von der Kälte gerötete Nase, auch der Fuchspelzkragen. Wiera ...!

Ich kann nicht mehr weiter. Die Knie knicken mir ein, die Luft wird knapp, das Herz tanzt, das Gehirn vernebelt sich. Wiera ...

Sie küßt mich als erster ... Stimmt nicht, Angeber! Zugleich haben wir uns geküßt, wir küssen uns, als gehörten wir schon lange zusammen, jetzt wundere ich mich, warum wir so lange gesäumt haben, warum wir uns nicht schon früher zueinander bekannt haben. Wie deine Wangen brennen, Wiera ...

Vom ersten Haus am Dorfrand gellt ein Pfiff. Der da pfeift, ist ein Slowake, denn er ruft auf slowakisch: «Willst du sie wohl gleich loslassen!» Es ist die dümmste Stimme, die ich je im Leben gehört habe. Dieser Esel! Dieses Rindvieh! Wenn ich ein Gewehr hätte, würde ich diese Eselstimme zum Schweigen bringen, sie würde nicht mehr unserer Liebe im Wege stehen, sie würde ...

«Komm, Wiera, wir müssen weiter weg, hier sieht man uns.»

Wieder schreiten wir über den lockeren Sand, über den kalten, toten Strand. Hinter uns bleibt das von Slowaken besetzte Dorf zurück, vor uns schaukeln auf der blauen Wasserfläche die Überreste der deutschen Pontonbrücke.

«Du gehst nicht wieder zu Haluška. Hörst du, Wiera? Zu dem Fürsten kannst du nicht mehr zurück. Die Soldaten haben uns gesehen, der Fürst wird dich schlagen. Dann wird er dich zwingen, ihn zu lieben, mit ihm zu schlafen. Du darfst nicht mehr zu ihm zurück, du wirst dich doch nicht mit diesem Kerl herumsielen, Wiera!»

Sie kichert. «Warum sollte ich nicht zu ihm zurück. Was soll ich bei dir? Du liebst mich, aber der Fürst gibt mir zu essen, gibt mir was anzuziehen ...»

«Was sagst du da, Wiera?! Wie sprichst du denn? Wie eine Dirne. Wiera, besinn dich! Und hör auf zu lachen, sonst ...»

«Ich hab doch recht. Was ich gesagt habe, stimmt, Matúš.» Sie will mich küssen. Ich wende das Gesicht ab. Ich möchte mit den Zähnen knirschen, und ich tue es auch. Der Mensch ist wie eine Maschine, man wirft einen Hebel herum, und schon marschiert er rückwärts, aber wenn man in dieser Menschenmaschine den Rückwärtsgang einlegt, knackt etwas im Herzen, im Schaltgetriebe, es stöhnt, etwas beginnt ihn zu rütteln, und der Rückwärtsgang bringt ihn nur langsam und schwer in die Normallage zurück. Dann, wenn er schon wieder auf seinem Platz ist, geht es bereits leichter. Ich werfe also den Rückwärtsgang hinein. Ich will nicht mehr weinen, nicht mehr fluchen, schon befiehlt mir mein Gehirn nicht mehr, Wiera eine Ohrfeige zu geben, ihr vor die Füße zu spucken, mich verlangt es nicht mehr danach, sie anzuklagen oder gar zu verurteilen. Der Rückwärtsgang hat etwas im Getriebe zerbrochen, das Häuschen ist eingestürzt, in dem ich die Schätze des menschlichen Gefühls geborgen hatte. Nur Wieras Lachen ist geblieben. Sie hat das Häuschen zum Einstürzen gebracht. Sie hat ein Recht dazu, denn alles war auf Sand gebaut, ohne ihre Erlaubnis, und jetzt hat sie mir gezeigt, daß ich dazu kein Recht hatte, daß das Haus mit Talmi und nicht mit Schätzen vollgepfropft war.

«Ach, hol doch alles der Teufel!» fluche ich, aber nur, um zu beweisen, daß ich ein Mann bin. So verhalten sich Männer im Krieg, und die andern erkennen das an und machen es ihnen nach.

«Warum fluchst du, Matúš?» Sie begreift nicht, ist überrascht. Sie sieht und fühlt nicht, daß wir kehrtgemacht haben. «So ist es nun einmal auf der Welt, Matúš, anders kann es nicht sein.»

«Sei still, Wiera, du weißt selbst, daß du lügst. Warum belügst du auch den, den du liebst? Wer zwingt dich, ein Soldatenliebchen zu sein? Wer? Warum bist du nicht schon längst zu Hause geblieben, bei deinen Landsleuten, warum ziehst du mit den Okkupanten durch deine eigene Heimat? Ist es leichter, sich auf dem Pelz des Fürsten herumzusielen, als den eigenen Landsleuten in die Augen zu schauen? Auch der Pelz gehört euch, auch das, womit er dich füttert, hat er euch gestohlen. Und die Gummigaloschen, Strümpfe, Kölnischwasser, Zwirn? Das ist Kriegsimport, und du, Wiera, bist ein Kriegsprodukt. Und was für ein billiges Produkt, pfui!»

«Dumm bist du!» Wieras Augen funkeln. «Dumm, strohdumm!» Ein Krampf verzerrt ihr Gesicht. Schon ist sie nicht mehr so schön, nicht mehr so verlockend. Schon ist sie kein Mädchen mehr, sondern ein Kind. Sie weint. Wiera ist meine kleine Schwester. Ihre Tränen fallen in den Sand und verlieren sich zwischen den harten Körnchen. Sie geht stromaufwärts zu der Pontonbrücke, hält sich das Taschentuch vors Gesicht.

Ich gehe neben ihr und bereue es, daß ich sie angeschrien und ihr solche Dinge vorgeworfen habe ... Ist es wirklich so? Aber wenn ich das Taschentuch ansehe, wenn ich etwas Beliebiges ansehe, was Wiera trägt, dann packt mich die Wut, denn ich weiß, daß sie dies alles vom Fürsten hat, daß er es ihr nur geschenkt hat, damit sie mit ihm schläft, und daß sie ihn nur deshalb nicht verlassen will, weil er ihr all den Plunder gibt. Wieviel solcher Mädchen wie du, Wiera, ziehen mit der slowakischen Armee mit, wieviel mit der deutschen, der rumänischen, der ungarischen, auch die kroatischen Flieger haben Mädchen. Auch die Finnen kaufen diese Exportware, auch sie schlafen mit russischen Mädchen, selbst die halberfrorenen Spanier wärmen sich an russischem Feuer, und die streitsüchtigen Italiener gestehen euch ihre Liebe ... Alle Okkupanten haben russische Mädchen, denn alle haben Konserven oder ... Ich bin ein Dummkopf. Du hast recht, Wiera. Ich bin dumm und blind. Sehe nur Wiera. Der Fürst hat sie auf dem Türkenbasar am Bahnhof gestohlen, wo die Unseren einen Transport überfallen hatten ... Du lebst mit dem Fürsten und bist ihm dafür dankbar. Wenn du ihn verläßt, wirst du mit mir leben ... Nein? Das wirst du nicht? Weil ich keine Konserven habe? Dann wirst du halt mit einem andern leben, ein anderer wird dich nehmen, es kommt doch aufs gleiche raus, Wiera, mit jemandem und von etwas mußt du doch leben. Wenn du nicht mit Soldaten leben willst, gehst du eben zur Zwangsarbeit ins Reich. Dumm bist du, Wiera. Umsonst suche ich eine Rechtfertigung für dich. Auch Nadja geht mit jemandem. Sie hat sich jemandem angeschlossen, um ihren Gamus zu finden und umzubringen.

Ich kann nicht dafür, daß Wiera mir auf einmal zuwider ist. Ich weiß, daß sie diese Nacht mit dem Fürsten geschlafen hat, und doch habe ich sie geküßt. Geküßt ... Das ist wenig. Ich will sie lieben. Tut Liebe auch weh?

«Weine nicht, Wiera, ich werde nie mehr, nie mehr ... Komm, kehren wir um, Wiera. Wir sitzen doch im gleichen Boot. Sind froh, daß es uns gut geht. Reden ist leichter als leben. Unsere Seelen sind ein bißchen krumm und gebeugt. Wir müssen aufpassen, daß sie nicht zerbrechen.»

«Matúš!» flüsterte Wiera auf einmal erschrocken und packt meine Hand. «Schau, dort!»

Vor uns stolziert Oberst Krása, der Divisionskommandeur, über den Strand. «Das macht doch nichts, Wiera, der Oberst ist ein gutmütiger Opa.»

«Aber er hat den Befehl erlassen, daß Soldaten keine Mädchen haben dürfen.»

«Ich werde sagen, daß du aus dem Dorf bist, daß ich bei euch im Quartier liege.»

Die Entfernung zwischen uns und dem weißen Großvater verringert sich. Weißer Pelz, weiße Pelzmütze, weiße Filzstiefel — ein guter weißer Opa. Nikolaus, wo hast du deinen Sack mit den Gaben? Oberst Nikolaus. Nur der große Kopf verleiht ihm Strenge. Der Opa unternimmt seinen Spaziergang, die Stabsberatung ist beendet. Der Opa hat seine genaue Tageseinteilung. Nach dem Mittagessen schläft er ein Stündchen, dann geht er spazieren.

Er hat uns bemerkt, aber erst, als wir bereits wenige Schritte vor ihm stehen. Bis jetzt hat er vor sich zu Boden gestarrt, und als er jetzt den großen weißen Kopf hebt, bohren sich die kaum sichtbaren, von dichten grauen Brauen überdeckten Augen zuerst in mich, dann in Wiera. Er nimmt von meinem Gruß keine Notiz, erst dann, als meine Hand herniederzuckt und an den Oberschenkel klatscht, winkt er mir zu wie einem alten Bekannten. «Servus! Ein hübsches Mädchen hast du. Wie heißt du?»

«Obergefreiter Zraz, Herr Oberst.»

«Aha, Zraz, richtig ja ... Wo hast du das hübsche Mädchen gefunden?»

Der Oberst kann seinen Blick nicht von Wiera wenden. Er ist begeistert von ihrer Schönheit, sein Gesicht wird glatt wie ein Hemd unterm Bügeleisen, ein schwaches, väterliches Lächeln breitet sich darauf aus.

«Sie ist aus diesem Dorf, Herr Oberst ...»

«Wie heißt du, mein Kind?» fragt der Oberst auf russisch.

«Wiera, Herr Oberst.»

«Schön, schön ... Und da hast du von ihm schon Slowakisch gelernt?»

«Ein bißchen, Herr Oberst.»

«Schön, schön ... Warum führst du sie nicht an der Hand, Kujon?» Der Oberst zürnt mir väterlich. «Küß ihn, Wiera, küß den Obergefreiten!» Erst jetzt werde ich mir bewußt, daß ich nicht mehr Obergefreiter bin, sondern Unteroffizier. Der Oberst müßte also sagen, Wiera, küß den Unteroffizier.

«Küßt euch! Na los!» Ich habe noch nie auf Befehl geküßt, aber diesen Befehl erfülle ich gern. Wiera wehrt sich nicht, sie küßt mich bereitwillig, der Oberst stimmt eine fette Lache an und stachelt uns noch mehr an: «Noch mal, du Kujon, noch mal! Na los! Zier dich nicht, genier dich nicht. Na los! Ein slowakischer Soldat geniert sich nicht. Küß sie noch einmal, los!»

Wir küssen uns noch einmal und noch einmal, und der Oberst lacht und lacht. Wer kitzelt sie, Herr Oberst? Wiera hat sich meinen Armen entrissen und rennt über den Strand. Ich laufe ihr nach. Habe ganz vergessen, mich abzumelden. Der Oberst erstickt fast vor Lachen, prustet, in seinen Lungen pfeift der Wind. Ich habe Wieras Hand gepackt, dann fasse ich sie um die Hüfte, und so gehen wir zusammen den Strand am Ufer des großen Flusses entlang zurück ins Dorf, aus dem wir gekommen sind. Der Oberst steht immer noch an der gleichen Stelle, wie eine Marmorstatue.

Warum tut mir der Opa leid? Weil ich den Fürsten als Wieras Ernährer anerkenne? Unsinn.

Wiera wendet sich zum Gehen, ich protestiere nicht. Mir ist alles egal, nur ein bißchen tut es mir leid, aber ich bin ein Mann. Ich habe das Gefühl, als wäre Wiera verheiratet. Ich hatte ein Stelldichein mit einer verheirateten Frau. Ich habe eine verheiratete Frau geküßt. Ist das ein Vergehen? Wiera ist schon am Ende der Straße. Wer geht dort? Ein fremdes Mädchen, eine flüchtige Bekanntschaft, irgendwo hab ich sie schon gesehen, aber sie ist mir fremd. Ach, Herz! Warum gibst du keine Ruh? Ich werde mir eins singen, werde doch nicht weinen. Das Herz ... was für ein schönes Lied.

Nur auf dem Mund, der von ihren Küssen brennt, auf der Brust, an den Händen fühle ich etwas Warmes, Liebes, was durch nichts auf der Welt zu ersetzen ist, nach dem ich mich bereits wieder zu sehnen beginne.

Sucht Amenmaria ein Alibi oder ...

«Amenmaria, wo treibst du dich herum?» empfängt mich in der Tür Hauptmann Amenmaria, der dort mit Marinčuk, Leutnant Friedrich und dem Stabschef steht.

«Schnell die Karte, die wir in Iwanowka gezeichnet haben!»

Amenmaria tut, als wäre er der Chef der Operationsabteilung. Was will eigentlich Amenmaria hier, wozu ist er gekommen? Wer ist mein wirklicher Chef? Amenmaria ist mir fremd geworden. Mir scheint, daß in ihm kein Fünkchen mehr zurückgeblieben ist von jener strengen Güte, die niemand außer ihm hatte. Er ist rot im Gesicht, nervös, geht mit den Händen in der Tasche in der Schreibstube auf und ab. Die Karte aus Iwanowka ... Die zweite Kiste im Winkel ... Ja, dort sind alle alten Karten, dort ist auch die verlorene Trompete, dort ist all der alte, überflüssige Kram. Was auf diesen Karten steht, das ist gewesen und wird niemals mehr sein. Eingezeichnet werden immer nur die neuen Positionen, die neuen Befestigungen, die neuen Truppenverschiebungen, und das geschieht immer häufiger, auf den Karten liegen immer größere Zwischenräume zwischen den aufgegebenen Stellungen und denen, die gebaut werden sollen.

Amenmaria betrachtet die Karten, Hrablavý mich, Marinčuk schaut über Amenmarias Kopf hinweg auf die Karte und tut, als könne er sie lesen. Er versteht nichts, war nicht in Iwanowka, saß nicht mit auf der Strohdieme, sah nicht, wie die Kosaken heranpreschten, wie Panzer vorrückten, Marinčuk sah auch nicht, wie sich die Stukas auf die Panzer stürzten, er sah auch nicht das Grab des Gefreiten Drevený, denn er war mit dem restlichen Stab hundert Kilometer hinter der Front.

«Klar!» ruft Amenmaria. «Alles klar! Die Entfernung ist schuld! Von den Panzern konnten wir nichts wissen. Erst als sie aus dem Wald kamen. Sag doch, du Schnorrer, bist doch dabeigewesen: Die Infanteriekompanien und die berittene Aufklärungsabteilung waren nicht zurückgewichen, wie konnten wir's also wissen? Unsere Strategie war richtig. Den Übergang unserer Kompanien auf die andere Seite haben die Deutschen durch ihren überhasteten Rückzug verschuldet. Klar! Amenmaria! Das werde ich in Bratislava beweisen. Schnorrer, pack die Karte ein!» Amenmaria lächelt triumphierend. «Gut so, Schnorrer. Diese Karte nehme ich mit. Sollen die Staatsanwälte sie durchstudieren.» Amenmaria gibt mir einen freundschaftlichen Klaps auf die Schulter und schaut mir dann forschend ins Gesicht. «Bist du krank, amenmaria? Hast du Fieber? Marsch nach Hause, leg dich hin! Halt! Ablösung ... Nein, du bist ja noch nicht mal 'n halbes Jahr hier.»

Amenmaria, Hrablavý, Marinčuk und Friedrich gehen mit zum Stabschef. Ich hole aus der Tischschublade den kleinen Spiegel, den wir beim Rasieren benutzen, und stelle entsetzt und lachend fest, daß ich rot bin von Wieras Rouge. Ich muß mich waschen, muß alles von mir abwaschen, was mich beschmutzt hat. Aber die Seele, die läßt sich nicht waschen, und ich fühle, daß sie rot vor Scham ist.

Wozu braucht Amenmaria die Karte von Iwanowka?

Servus, Haluška

Der schwarze Wassil ist jammernd und weinend aus dem Krankenrevier zurückgekehrt. An dem Schwarzen sind nur die Augen und die Haare schwarz. Sein Gesicht ist blaß, die Bluse schmutziggrün, er klappert mit den Zähnen wie bei Schüttelfrost. Franz war mit ihm im Krankenrevier, zurückgekehrt sind sie zusammen mit Hnidák.

«Du verschwindest mit einem Fräulein am Fluß, und ich darf dein verkohltes Federbett auf den Mist werfen. Der ganze Gefechtsstand stinkt danach.» Hnidák schimpft, der Schwarze flennt. Ach, wie er wimmert, das geht einem ja durch und durch. Man muß was tun mit ihm. Wie war das in der Konservendose, wo die Verwundeten stöhnten? Ach, verdammt noch mal! Mit dem Schwarzen muß man was tun. Was hat ihm der Arzt gegeben? Warum wimmert der Schwarze noch?

«Was er ihm gegeben hat? Geh ihn doch fragen. Der Schwarze jammert mehr, als es wirklich weh tut.» Jetzt müßte sich der Schwarze empören, denn Franz bagatellisiert seine Schmerzen, aber Wassil wimmert nur, sitzt auf einer Kiste und krümmt sich wie ein getretenes Hündchen, legt sich die verbundene Hand ans Gesicht, pustet auf den Verband, steht auf, neigt den Kopf auf die Schulter, beißt die Zähne zusammen, setzt sich wieder hin und winselt wie ein Hund ...

Jungs, was muß man tun, wenn ein Mensch leidet, wenn er winselt wie ein Hund?

Ich greife nach der Kurbel vom Telefon, drehe sie einige Male, und da fällt mir plötzlich ein, daß heute Silvester ist. Verdammt noch mal! Muß denn gerade heute Silvester sein? Zu Hause mahlen sie Mohn ... An unserer Mohnmühle ist genauso eine Kurbel wie hier an dem Feldtelefon, sie ist glatt von der Hand der Mutter. Genauso dreht sich auch die Kurbel des

Telefons. Melde dich doch endlich, Mensch! Na endlich! «Geben Sie mir die Stabskompanie, den Furier!» Sicherlich hört der Telefonist, wie der Schwarze jammert. Was hast du für eine Stimme, Schwarzer? Sie gleicht überhaupt nicht der, mit der du mir ein Liedchen beibrachtest. Ich habe es auf der Schreibmaschine abgeschrieben. Ach, hör doch auf mit dem Jammern! Etwas werden wir schon tun, Schwarzer, und ihr schert euch endlich zum Teufel und laßt den Schwarzen in Ruh.

«Unteroffizier Haluška ... Servus Haluška, hier Zraz ... Was, du kennst mich nicht?» Haluška ist ein Widerling, ich brauche ihn nur zu hören, und schon stelle ich mir seine fette rote Fresse vor, kaum höre ich seine überhebliche Stimme, sehe ich Wiera hinter ihm stehen, die auf jeden seiner Blicke lauert, die sich bemüht, jeden seiner Wünsche zu erfüllen. «Hör mal, du Ernährer der Armen, hör mal, du fürstliche Bestie! Ein Unglück ist passiert. Einer von uns hat sich die Pfote verbrannt und brüllt vor Schmerzen. Was, wer? Ich komme selbst. Du gibst was, gut. Ein Liter reicht. Der Blonde? Ich kann doch selbst ...»

Der Fürst hat den Hörer aufgelegt. Er ist eben doch ein Kerl, zwar ein widerliches Schwein, aber doch ein Kerl. Er gibt uns einen Liter außerhalb der Zuteilung. Der Blonde bringt's her. Gut, Blonder, beeil dich, bring's her, dein Kamerad winselt vor Schmerzen wie ein Hund, beeil dich, Blonder.

Amen für Amenmaria

Mit dem Blonden ist Fäßchen mitgekommen, auch der Schweigsame. Der Blonde gießt dem Schwarzen den Rum direkt in den Mund. Der Schwarze wimmert nicht mehr, schon haben wir zwei Schweigsame. Franz geht nach Hause. Hnidák schärft mir ein, den Mädels zu bestellen, er werde gleich kommen, sie sollten keine Angst haben. Auch ich habe anderthalb Dezi Rum getrunken. Schon sehe ich wieder Wiera vor mir, so trinke ich noch ein Glas, denn Wieras Bild will nicht verschwinden. Ich betaste mein Gesicht, streichle die Lippen, nehme die Küsse in die Hand, die Wiera draufgedrückt hat. Die kroatischen Flieger kehren vom Exerzieren heim. Diese Esel! Wenn ich ein Flugzeug hätte ... Wenn ... Noch einen, Blonder, dann ist's aber genug.

Der Blonde schwatzt, er werde noch einmal Rum holen. Fürs erste hat er zwei Liter mitgebracht, einen für den Schwarzen und einen für uns. Der Schweigsame hockt auf einer Kiste am Bett, auf dem das Federbett verbrannt ist, er schnieft, zieht nervös die Nase kraus und verdreht das Weiße in den Augen. Er murmelt etwas vor sich hin, aber ich verstehe ihn nicht.

Den Schweigsamen kann kein Teufel verstehen.

«Hnidák, zum Chef!»

Wer ist das? Turanovský? Der Putzer? Alle Putzer sind Schweine. Ich traue ihnen nicht. Soll er sich zum ...

Gut, geh auch du, Buckliger, ich werde mit den Russen allein sein, heute besauf ich mich mit den Russen ... mit den Russen ... Was für Russen seid ihr eigentlich? Seid ihr überhaupt Russen? Der Schwarze ist Ukrainer – sitz oder liege, es wird schon besser werden, Kamerad. Auch der Schweigsame ist Ukrainer. Nur der Blonde und Fäßchen sind Russen. Aber alle zusammen seid ihr ... Wißt ihr, was ihr seid? Ich hab schon lange nicht getrunken, schon lange hat's mir nicht so gut geschmeckt, lange hab ich mich nicht so wohlgefühlt wie jetzt. Mit jedem möchte ich mich anlegen, einem jeden die Wahrheit ins Gesicht sagen, jeden anstänkern.

Amenmaria besteigt einen Fieseler Storch, ohne sich zu verabschieden. Er haut ab! Gut! Winke, winke, Herr Hauptmann! Auch mit Ihnen müßte man mal Fraktur reden. Er ist gekommen und gegangen, hat nicht einmal erzählt, was es Neues gibt in der Slowakei, hat nur mit den Offizieren gequatscht. Man muß ihm sagen, daß er ein ganz ordinärer ... so wie eben jeder Offizier. Auch den Kroaten müßte man mal ein offenes Wort sagen. Wenn ich ein Flugzeug hätte, würde ich Wiera packen und ... Warum bin ich kein Kroate? Dann hätte ich ein Flugzeug ... hahaha! Links um, Kroaten! Ihr habt gerade das, was ich brauchte. Warum sollte ich ausgerechnet Wiera mitnehmen? Wiera hat ihren Ernährer, ihren Fürsten, warum sollte ich nicht lieber den Vater mitnehmen mitsamt dem Lämpchen und mit ihm übers Wasser fliegen, über die zerstörte Pontonbrücke und über die Köpfe der Waisen, der Kanoniere von der unglücklichen Batterie, hinweg, und dann schnurstracks nach Moskau, hin zu eurem mordsöbersten Befehlshaber, und warum sollte ich nicht zu ihm sagen: «Hier bin ich, Komandir, gib mir ein Pferd, aber ein weißes, wenn ich bitten darf, und laß mich heim auf unsern Hof.» Ach, es ist doch alles für die Katz, alles keinen Pfifferling wert. Jetzt würde ich es auch dem Dichter sagen, auch dem Maler, der ganzen Propaganda würde ich es sagen oder aufschreiben, wie ich auf alles pfeife. Alles rin in 'n Eimer! Der Schwab hat recht, er ist zu den Mädels gegangen. Gestern ist er umgezogen. Er hat zwei lächerliche Ukrainerinnen, zwei Truthennen mit dünnen Hälsen und großen Augen, angezogen wie alte Weiber und genauso verschüchtert. Das sind keine Mädchen, Franz, das sind aufgescheuchte Puten. Wenn auf dem Hof Soldatenstiefel trampeln, springen sie aus dem Hausflur in den Keller. Und ihr Vater wirft gleich ein Bund Stroh auf die Falltür. Ach, ihr ukrainischen Puten, der Schwab ist euer Beschützer. Nur Beschützer, nicht Ernährer . . .

Was seid ihr für Leute, Blonder, Schwarzer, Schweigsamer, was bist du für einer, Fäßchen?

Der Schweigsame spricht

Lach nicht so, Fäßchen, sonst kriegst du eins aufs Maul! Warum starrst du mir ins Gesicht, Blonder? Der Fürst hat euch Mores gelehrt. Ihr kennt die Dienstgrade, versteht zu dienen. Ich bin immer ein Diener, immer ein Knecht gewesen. Was sagst du, Fäßchen? Immer, Herr Unteroffizier. In Zivil, beim Militär, in Gefangenschaft, bei den Russen, bei den Deutschen, bei den Slowaken. Immer ein Knecht! Warum lachst du schon wieder? Und immer hast du es dir gut gehen lassen, hast dir nicht viel Gedanken gemacht, dir die Därme vollgestopft, und Därme denken nicht. Was macht man mit den Därmen, Fäßchen? Furzen? Oho! Frech bist du, Fäßchen. Solche wie dich gibt's viele bei uns, aber daß es sie auch bei euch gibt, das hab ich nicht gewußt. Ehrenwort, Fäßchen.

Der Blonde lauscht, ob ich im Ernst spreche oder im Scherz. Der Schwarze sitzt da und hört zu. Auch du bist ein Putzer, Schwarzer, du bist noch etwas mehr, Schwarzer. Du bist ein Arschkriecher, falls dir das ein Begriff ist. Und ich bin schon besoffen. Blonder, übersetz ihm das in die großrussische Sprache. Pardon, der Schwarze ist Ukrainer, und du kannst nicht Ukrainisch. Schwarzer, hör zu, du bildest dir ein, Komsomolze zu sein, warum verrichtest du für die Slowaken auch Arbeiten, die du nicht zu verrichten brauchst? Warum putzt du diesem beschissenen Obergefreiten Bohuš die Stiefel? Nur weil er Aspirant ist, weil er zu der Herrenklasse gehört, weil er einmal Offizier sein wird? Wenn du dir nicht die Hand verbrannt hättest, würde ich dir jetzt allein dafür die Fresse polieren.

Der Schweigsame will etwas sagen, aber mein Blick entwaffnet ihn. «Wo hast du deinen Besen, du ziehst doch mit dem Besen durch alle Schreibstuben, gehörst zum Inventar der Zweiten Abteilung. Weißt du, was das ist, die Zweite Abteilung? Zweite Abteilungen gibt es auch in Zivil. Dir geht's gut, denn du schweigst, recht so. In den Zweiten Abteilungen können nur Leute beschäftigt werden, die schweigen. Faß dich an deiner langen Nase, Kamerad, und überleg mal, was für eine beschissene Rolle du hier spielst!»

Der Blonde hat nachgeschenkt, aber ich werde nicht mehr trinken. Ich werde still sein, denn der Schwarze weint, Blonder, gieß ihm meinen Anteil ein, gib's deinem Landsmann, gib's dem Abgebrannten, damit er nicht mehr heult. Der Schwarze lehnt ab. Er weint nicht, weil ihm die Hand weh tut. Was tut dir weh, Schwarzer? Weinen wir gemeinsam. Alle sollten wir heulen, allen tut es weh . . . Was? Sag's, Schwarzer! Das Gewissen? Die Angst? Ihr könnt weinen, ich hab euch beleidigt, aber wer hat mich beleidigt, warum sollte ich weinen?

«Hast recht, Unteroffizier», sagt der Blonde und steht auf. «Aber nun beleidige uns nicht weiter. Wir wollen leben, verstehst du. Wenigstens leben. Das ist wenig, Unteroffizier, aber vorerst genügt's uns.»

«Ihr lebt, und gar nicht schlecht, die Okkupanten füttern euch gut, stimmt's, Blonder?»

«Ich bin nicht dein Blonder, Unteroffizier, ich bin Starschina der Schwarzmeerflotte! Hast du verstanden?»

Warum ist der Blonde zornig?

«Entschuldige, Starschina, aber da kann ich dir nur ins Gesicht lachen. Ein altes Weib bist du, aber kein Starschina ... Hahaha, du Schwarzmeermatrose! Ein altes Weib bist du, säufst slowakischen Rum und frißt Manderlas Konserven. Entschuldige, aber wer müßte hier zuerst abhauen, ich oder du? Da ist's wohl besser, mit den Slowaken zu ziehen, Slowaken sind fast Russen, aber nicht ganz. Auch du bist kein ganzer Russe! Du bist fast ein Slowake. Das ist ein feiner Krieg, was, Starschina, wot solotaja woina! Du lieber, blonder Waschlappen! Ich degradiere dich, Starschina!»

«Schluß jetzt!» sagt unverhofft der Schweigsame. Sein Blick ist drohend. «Still!» wiederholt er. Wir gehorchen alle. Aha, der Stumme hat seine Sprache wiedergefunden. Dein Gewissen ist erwacht, was? Quatsch, erwacht. Ich hab es aufgeweckt. Still ...

Der Schweigsame erhebt sich, seine Nase wirkt noch länger. Er ist um einen Kopf größer als ich. Größer als der Blonde. Beim Mittagessen, beim Abendbrot, immer holt er sich Nachschlag, ißt auch die Reste aus den Kochgeschirren der Offiziere. Er hat Kraft wie ein Stier.

«Was willst du, Schweigsamer, wer soll still sein, wer ...?»

Der Schweigsame streckt die Hand aus, eine riesige und starke Hand, macht den Mund auf und schließt ihn wieder. Vor meinem Gesicht fuchteln seine riesigen Hände, öffnen und schließen sich wie Zangen. Der Schweigsame schreit mit den Händen, schlägt, drischt, erwürgt meine Worte in der Luft, zermalmt alles, was ihm in den Weg kommt. Wieviel Kraft du hast, Schweigsamer, wieviel ungenutzte Kraft! Das sind Hände, in die kein Besen gehört, sondern ein Hammer, ein Riesenhammer, der alles in diesem heiligen Dorf zerschmettert, den Gefechtsstand der Ersten Infanteriedivision, die kroatischen Flieger, die deutsche Unteroffiziersschule und die ukrainische Miliz. Der Schweigsame hat die Augen aufgerissen, er sieht furchterregend aus. Das ist ein Riese, dem ein Märchenheld die Zunge herausgeschnitten und das Augenlicht geraubt hat, der Schweigsame ist ohne Fesseln gefesselt, ist waffenlos. Nur Zorn und Kraft brodeln in ihm und schäumen über durch die mächtigen Fäuste.

«Du setz dich, Wassil», sagt der Blonde zu dem Schweigsamen. «Und du, Unteroffizier, beleidige uns nicht länger, auch wenn du recht hast.» Oho, der Starschina wird eine Predigt halten. «Willst du wissen, warum wir nicht fliehen? Warum wir nicht zurückkehren? Ach, jedes Wort ist zwecklos, Unteroffizier, ein Slowake wird's nie verstehen.» Der Blonde fährt sich mit der dicken Hand über das rote Gesicht und schaut zum Fenster hinaus. Nach den kroatischen Fliegern sprengt ein Junge auf einem Pferd vorbei, er hüpft darauf wie ein Rucksack auf dem Rücken. Wie ein Teufel reitet er ohne Sattel auf der armseligen Mähre. Der Blonde ist ein Mann. Ich bin neunzehn, er ist doppelt so alt. So jung wie ich ist nur der Schwarze.

«Hör zu, Unteroffizier», wendet sich der Blonde unverhofft an mich. «Was machen eure Kommandeure, wenn einer eurer Soldaten aus der Gefangenschaft zurückkehrt?»

«Komische Frage, Blonder. Was weiß ich. Das kann ich nicht wissen. Sie werden ihn willkommen heißen, die Propaganda wird einen Artikel über ihn schreiben . . . unter Einsatz des eigenen Lebens der bolschewistischen Hölle entronnen . . . oder so. Oder sie geben ihm eine Auszeichnung. Schicken ihn auf Sonderurlaub. Oder er ist ihnen verdächtig, und sie werden auf ihn aufpassen, ob ihn nicht die Russen geschickt haben, ob er nicht ein Spion ist, vielleicht . . . Was weiß ich, Blonder, warum fragst du?»

«Weil du uns beleidigst.»

Beleidigst? Gestatten, Genosse Starschina, daß ich lache! Hahaha! Hihihi! Wie lachen Matrosen? Ihr lebt hier, nein, ich werde nicht sagen, wie Säue im Korn, denn ich selbst habe euch in dieses Korn getrieben, ich selber will nicht heraus aus diesem Korn. Ich bin froh, daß ihr im Korn seid. Was hab ich eigentlich gegen euch? Du weißt es nicht? Hab ich nicht eher etwas gegen mich selbst?

«Weißt du, was sie mit mir anstellen, wenn ich zurückkehre?» Der Blonde blickt mir in die Augen, Fäßchen hat aufgehört zu lächeln, und der Schwarze fängt wieder an, leise zu wimmern. Auch der Schweigsame wendet dem Blonden das Gesicht zu. Alle schauen wir ihn an. Was kann man mit einem Soldaten anstellen, der aus der Gefangenschaft geflohen ist, der sein Leben gerettet hat und sich wieder zum Kampf meldet? Was?

«Sie stellen mich vors Kriegsgericht, verurteilen mich wegen Desertion, erschießen mich oder schicken mich in ein Lager nach Sibirien.»

«Quatsch nicht, Blonder, red kein Blech! Warum verleumdest du deine Leute? Vor mir brauchst du sie nicht zu verleumden. Ich weiß, daß du als einziger von euch Kommunist bist. Vor mir red nicht so, ich bin einer von euch. Damit beleidigst du mich, Blonder.»

«Deshalb sag ich dir's ja, Unteroffizier, weil du einer von uns bist . . .»

Soll ich ihm glauben? Er hat ernst gesprochen, mit Angst und einem sonderbaren Schimmer in den Augen. Aber glauben kann ich ihm nicht. Was heißt hier Lager, was für Lager in der Sowjetunion? Du redest schon wie die Faschisten, Blonder, hetzt gegen dein Land . . . Nein, nein, Starschina, damit fängst du mich nicht. Der Vater würde das Heulen kriegen, wenn ich ihm das sagte. Kein Kommunist würde das glauben. Was würden die eigenen Leute dem Blonden antworten, die Russen auf der anderen Seite? Nein, das glaub ich nicht, das werde ich nie dem Vater sagen, er würde mich für einen Faschisten halten. Das sag ich ihm nie . . . Aber warum hat das Wassil Riwjanskij gesagt, unser Blonder, ein Starschina der Schwarzmeerflotte? Warum?

Fäßchen bricht in Lachen aus, er grunzt widerwärtig wie ein Mastschwein. «So ist das, Unteroffizier! Was glaubst du, was wir sind?» Der Schweigsame schaut mich nicht mehr so zornig an. Er verbirgt das Gesicht in den Händen. Der Schwarze hat aufgehört zu wimmern.

In den Raum tritt Marinčuk. Alle springen wir auf, bauen

unser Männchen. Marinčuk hält im Laufen inne, mustert die vier Wassils und stellt sich in die Tür seiner Kanzlei.

«Was ist das hier für eine Versammlung?» schnauzt er.

Mit Marinčuk ist auch Hnidák zurückgekehrt. Wir stehen im Habtacht, Hnidák irrt zwischen uns umher wie im Wald.

«Dich werde ich wohl doch noch zu den Pferden versetzen müssen, Wassil», spricht Marinčuk den Blonden an. «Das wird besser sein, meinst du nicht auch?» Der Blonde blickt den Major schuldbewußt an und schweigt. Das ist richtig, das wirkt auf Marinčuk. «Wegtreten! Hier gibt's keine Versammlungen. Den mit der verbrannten Pfote nehmt mit und laßt euch hier nicht mehr sehen!» Die vier Wassils verlassen schweigend die Schreibstube. Ihnen folgt ein dummer Blick des Chefs der Operationsabteilung, Major Marinčuk.

Ich schweige. Warum schweige ich? Ich sollte den Major irgendwie anstänkern. Ich tue es nicht, denn mir scheint, daß ich schlafe, daß ich dies alles nur träume. Es gibt keine Wassils, keine Marinčuks, es gibt keinen Krieg, es existiert nur der Suff.

Hnidák hat den letzten Rest aus der Flasche getrunken. Auf dem Kartentisch bleiben nur zwei leere Flaschen zurück, aus denen es nach Rum stinkt.

Die Welt ist eine große Schaukel

Wieder ein Abend, wieder eine Nacht, nur weiß ich nicht, wann sie gekommen ist, wie ich zum Vater geraten bin, wann ich eingeschlafen bin.

«Es lebe der Suff, nieder mit dem Krieg!» Ich weiß nicht, ob das jemand ruft, ich höre es nur dauernd. «Es lebe der Suff . . .» Das ist lächerlich, auch die Uhr schlägt so lächerlich. Wievielmal kann eine Uhr schlagen? Höchstens sechzehnmal. Vier schwächere Schläge, zwölf stärkere Schläge. Jetzt schlägt sie stark, die Wände des Hauses beben, das Licht flackert und verlöscht. Vater, was ist mit unserer Lampe? Ist sie kaputt? Der Teufel soll sie holen! Keine Angst, Vater, einmal geht alles kaputt, jede Lampe brennt einmal durch, auch die größte Lampe verlöscht einmal, auch der Krieg wird einmal verglimmen ... Aber zum Donnerwetter, Vater, stellt diese Uhr ab! Löscht die Lampe aus! Stellt sie ab! Löscht sie aus! Etwas hebt mich an, unterm Kopf spüre ich ein weiches Kissen. Das bedeutet, daß ich zu Hause bin. Ach, wie eklig bitter! Was macht Ihr da, Vater, warum haltet Ihr mir die Hand an die Stirn? Ach, haltet mich, Vater, der Magen fliegt mir raus, mein Kopf zerspringt, haltet mich, Vater, ach, haltet mich fest!

Die Uhr schlägt, Lichter flammen auf und verlöschen. Heute ist Silvester, heute geht ein Jahr zu Ende. Was ist heute? Hab's vergessen. Warum vergessen Betrunkene alles?

Die Uhr schlägt und schlägt, aber wie oft sie schlägt, weiß ich nicht. Vielleicht haben wir gar nicht mehr das alte Jahr, sondern schon das neue. Die Uhr weiß das am besten. Neujahr. Das wievielte Jahr wird das sein? Eintausendneunhundertvierundvierzig ... Glückliches Neujahr, Vater. Mutter, warum weint Ihr? Vielleicht wird es das Jahr sein, in dem der Krieg verlöscht, vielleicht ... werde in diesem Jahr auch ich verlöschen. In diesem Jahr, Mutter, werde ich zwanzig. Zwanzig Jahre, das ist doch genug, oder nicht?

Ach, mein Kopf, hör schon auf zu brummen, wirst noch zerspringen. Gut, Vater, gut, noch einmal, Eure Hand ist kalt wie eine Totenhand, noch einmal, Vater, ja, legt Eis drauf, ach, wie gut. Warum muht die Kuh, Vater? Habt Ihr ihr wenig zu fressen gegeben? Schaut mal nach, vielleicht sind Deutsche gekommen, denen geben wir unsere Kuh nicht, geht nur, Vater, gebt unsere Kuh nicht her ... Wer stampft da durch die Stube? Warum schreien die Leute so, was ist da los, Vater? Ich kann nicht aufstehen, das weiß ich. Es lebe der Suff! Nieder mit dem Krieg! Was will Franz hier? Was wollen seine Mädchen hier mit ihren dünnen Putenhälsen? Wer hat sie erschreckt? Warum hat sie ihr Vater nicht mit einem Bund Stroh bedeckt? Ach, zum Teufel, ich komm schon, Franz. Gleich, warte ein bißchen. Hast du meinen Helm nicht gesehen? Ich bin betrunken, stockbesoffen, den Helm hab ich auf dem Kopf, natürlich, er zieht mir ja den Kopf herab. Das macht nichts, Vater, nur keine Angst, die Puten mit den dünnen Hälsen geben wir den Deutschen nicht. Franz! Hast du mein Bajonett nicht gesehen? Unterm Tisch? Gut, Franz. Soll auch der Hnidák kommen, und dem Schwarzen gib Rum, damit er nicht jammert, soll er sich die Brandwunde verbinden lassen, nur mit dem Jammern soll er aufhören.

Franz! Zu Befehl, Herr Unteroffizier! Richtig, Franz.

Was will meine Wiera bei deinen Mädchen? Franz, sag mir, was will sie? Entschuldige, das ist sie ja gar nicht, Wiera ist beim Fürsten geblieben, nur der Oberst steht am Ufer des großen Wassers wie eine Marmorstatue, und unter ihm schaukelt die Pontonbrücke. Auch ich liege mitsamt meinem Bett auf der Pontonbrücke. Hahaha! Wie eine riesige Wiege. Alles schaukelt, das Fenster, auch das Gesicht des Vaters ... Franz, warte! Ich bin ja ganz außer Atem. Die Puten wohnen auf dem Hang oberhalb des Dorfes. Hinterm Haus ist ein großer Obstgarten, aber die Bäume sind ohne Obst und ohne Laub. Warum treiben sich hier zwei Deutsche herum? Warum gehen sie kreuz und quer durch die Stube? Das ist prima, einer gackert, jui! Zum Lachen ist das, noch nie hab ich einen Deutschen gackern hören. Erschieß ihn, Franz, knall ihn ab, er spricht nicht Hochdeutsch, er gackert. Erschießt ihn, das ist kein Deutscher, das ist ein Huhn. Schau, jetzt gackert er nicht mehr, jetzt zielt er mit der MPi auf eine Frau ... Das ist die Mutter dieser Puten, die so dünne Hälse und so große Augen haben ... Das ist er, Franz. Siehst du, schon wieder gackert er, wieder zielt er, wieder gackert er. Er will Eier. Erschieß ihn, Franz! Die Mutter hat keine Eier, die Mutter hat nur zwei Puten mit dünnen Hälsen und großen Augen. Jetzt haben sich ihre Augen noch mehr geweitet, vor Angst. Wieder zielt er auf sie, und jetzt, Franz, hör nur, jetzt krähen die Hähne ... Was sind das für Deutsche, Franz? Sag's mir! Frag sie auf hochdeutsch oder gackere auf deutsch! Gut, dann gackere eben ich. Gackgagagack ... Deutscher, scher dich vom Hofe, hau ab, job twoju matj, ponimajesch?! Hau ab, verdammt noch mal! Diese Wohnung, diese Mädchen, von slowakische Armee besetzt, verstehn? Donnerwetter, wer hat da geschossen? Ich? Aber ich wollte doch gar nicht. Da waren nur meine Finger ein bißchen klamm. Mit dem Blonden hab ich Rum getrunken, aber ich weiß immer noch, was ich tue. Fürchtet euch nicht, ihr Putenküken. Das hat nichts zu bedeuten. Die Deutschen fliehen aus dem Hof, und Hnidák gackert. Juhu! Hnidák kann schön gackern. Die Deutschen werden ihn noch mal statt einer Henne schlachten.

Warum weint ihr, Mädchen? Eure dünnen Hälse blähen sich. Na so was, auch eure Mutter weint. Küßt die Helden. Die Deutschen sind gegangen, das Quartier war besetzt ... Die Deutschen kommen nicht wieder, habt keine Angst. Vielleicht kehren sie nicht wieder. Wenn wir sie energisch verjagt haben, kommen sie nicht wieder. Wie haben wir sie denn verjagt? Sagt doch, Mädels, Vater, Mutter, sagt es mir. Ich weiß, jetzt braucht man nur noch uns zu verjagen.

Warum tragen die Russen Bärte? Sie gefallen dir nicht? Sie sehen aus wie Götter. Euer Vater, Mädels, hat einen Bart wie meiner. Wo seid Ihr, Vater? Mein Kopf will mir zerspringen. Haltet ihn ... Wo ist Eure kühle Hand? Euer Vater, Mädels, ist stark und groß, wegen des Bartes weiß ich nicht, ob alt oder jung. Es lebe der Schnaps, Mädels! Nein, das ist nicht gut. Es lebe der Wodka! Nieder mit dem Krieg, Vater! Wie rufen bei uns die Kommunisten? Nieder mit den Herren! Der Krieg ist ein Herr, Vater. Auf das Wohl Eures Bartes! Auch Ihr seid Soldat gewesen? Natürlich. Auch in Gefangenschaft? Das ist möglich. In Magyarien, in Ungarn, das ist ja interessant. Was, in Lučenec? Das kann doch nicht wahr sein! Ihr irrt Euch, Vater. Auf das Wohl Eures Bartes! Wir sind Landsleute, Vater. Zum Wohl! Oho! Na zdravie! Wo habt Ihr das gelernt, na zdravie, in Lučenec? Na zdravie ... Küssen wir uns, Vater, nach russischer Sitte. Und du, Schwab, beschütze die Putenküken vor den Deutschen, damit ihnen die Angst nicht die Augen weitet, damit ihnen das Weinen nicht die Hälse bläht.

Soldaten an der Front ... Wenn man allein ist, fällt einem das Singen schwer. Ich werde nicht singen. Ich sollte in die Schreibstube gehen, dort winselt der schwarze Wassil. Man müßte ihm etwas geben, man müßte ... Aber was? Der Blonde ist mir sicher böse und hat auch allen Grund dazu. Wirklich, er hat allen Grund dazu. Aber auch so glaube ich nicht an sein

Geschwätz. Ihren eigenen Mann werden sie doch nicht ... erschießen oder in ein Lager sperren ... in Sibirien. Das glaub ich nicht. Wenn ich es glaubte, möchte ich nicht überlaufen. Ich werde aber überlaufen ... nein, ich glaub es einfach nicht.

Oho, seht euch den mal an! Der Fürst! Hat auch schon die Sternchen draufgenäht. Unteroffizier Ján Haluška, Wieras Ernährer! Hahaha! Du hast es nötig, eine Frau auszuhalten, ja, du brauchst die Liebe. Hier bin ich, du Frauentröster. Titel wie bei Präsidenten: Befreier, Einiger. Siehst du, wie redlich wir geteilt haben. Glaub bloß nicht, ich hätte Angst vor dir. Jetzt hab ich einen Helm auf dem Kopf und das Seitengewehr aufgepflanzt, jetzt hab ich wirklich keine Angst vor dir. Gehen wir! Noch einmal lad mich ein, und dann komm ich. Du feierst, natürlich, du feierst gern. Auch ich sollte etwas beisteuern, jedes Sternchen muß man sich erkaufen, zuerst in der Kantine, dann vor den Kameraden ... Wo hast du dir das zweite gekauft, das dritte? Was hast du dem Oberleutnant Malý dafür gezahlt? Meine Herren, der ist ja auch da! Und sagt nichts, lächelt nur und knabbert an einer Gänsekeule. An einer fetten Gänsekeule. Dem Oberleutnant glänzt das Kinn.

Dort, Vater, dort haben wir angefangen, das bittere Zeug zu trinken. Ach, haltet mich, der Magen will raus, der Kopf zerspringt, haltet mich, Vater! Ich weiß, ich hätte es nicht tun sollen. Aber bei euch wird viel getrunken, Vater, sehr viel, aber ... Ich weiß, Vater, Ihr liegt nachher nicht im Sterben wie ich, Ihr steht gerade auf Euren Beinen, ich weiß ... Aber ich hab so viel Schnaps getrunken, Vater, wie ein Kalb Milch aus dem Melkeimer säuft ... Vater, kennt Ihr den Rumänen Gheorghe, auf ukrainisch Hrihori? Aus einem Melkeimer haben wir im Stall Milch getrunken. Ihr kennt ihn nicht? Duci la dracula! Auch ich kenne ihn nicht mehr. Das ist schon zu lange her. Wiera hat mir zu essen gegeben und der Fürst zu trinken. Das war heute. Dann hat der Fürst Wiera eine runtergehauen. Das war wann? Was war dann, Vater? Dann hab ich was umgestoßen. Den Tisch? Dann hab ich mit einer Flasche nach dem Fürsten geschmissen. Der Wodka rann zwischen den Splittern hervor wie Blut aus einem zerschmetterten Schädel. Getroffen hab ich den Fürsten nicht. Ich wollte noch mit dem Messer auf ihn los, aber Majstrík, dieser Fatzke, drehte mir den Arm um, und dann warfen mich ein paar Besoffene vor die Tür.

Draußen holte ich tief Luft. Ich hatte keinen Helm mehr, keine Mütze, weder Gewehr noch Bajonett. Aus einer Wunde tropfte Blut, und etwas tat mir weh. Ich schritt aus, nein ... ich fiel nach vorn, statt des Kopfes hatte ich eine Kugel aus Stahl auf den Schultern. Geschlagen haben sie mich, Vater, Euern Sascha haben sie geschlagen. Ich ging heimwärts. Ich weiß nicht, wohin ich ging, aber ich wollte zu Euch, Vater. Auf der Straße schrie jemand – halt! Ich sagte ihm, geh nach Buxtehude, du Esel. Noch einmal schrie jemand – halt! Dann noch einmal, aber schon voller Zorn, und auch ich schrie zurück, er solle nach Buxtehude gehen. Mir schien, daß die Stimme nahe war, ganz bei mir. Dann blitzte es, ein Schuß knallte, und ich fiel der Länge nach hin. Ich dachte, dieser Esel hätte mich erschossen. Etwas pfiff über meinen Kopf hinweg, der Knall betäubte mich. So schießen unsere Knarren, diesen Knall kenne ich. Auf dem Schießstand genügen bei fünf Schuß drei Treffer. Wiederholung wird nicht erlaubt. Der Leutnant notiert sich: Bedingung erfüllt. Dieser Esel hat sie nicht erfüllt. Hört Ihr, Vater, dieser Schlumpschütze hat mich nicht getroffen, er hat nicht erfüllt. Ich könnte schon ein toter Held sein. Ein Grab ist ein Erdhügel, darunter ein toter Held. Zu Hause würden sie die Nachricht erhalten: den Heldentod gestorben. Und dabei hätte mich ein ganz gewöhnlicher Esel erschossen. Lügen darf man nicht, Vater ...!

«Wieder diese Uhr. Wie spät ist es, Vater?»

«Zwölf, Sascha, Mitternacht.»

Mitternacht? Wer ist Sascha? Vater! Es lebe der Suff! Es lebe der Tag! Ein Tag hat vierundzwanzig Stunden. Nieder mit dem Krieg! Ein altes Jahr geht zu Ende, das neue beginnt! In diesem neuen Jahr werde ich zwanzig, Vater! Ich Esel! Ich könnte es auch nicht werden. Wenn ein Russe wenigstens einmal die Bedingung erfüllt hätte ...

Warum schlägt die Uhr so laut? Auch das Licht ist heller geworden, und zwischen den Schlägen der Uhr hört man das

Knattern eines Feuerwerks und das Knarren von Ratschen. Die ganze Welt ist ein Spielzeug, nein, die ganze Welt ist eine große Schaukel. Tschung, tschang, dr Schmied is krank, lajt an Schuppn, kon ne huppn ...

Vierundzwanzig Stunden hat der Tag. Wie lächerlich und lang so ein Tag ist.

Am Ende falle ich tief mitsamt der Schaukel, und alles verschwindet, der ganze Tag, das ganze alte Jahr. O Vater, haltet mich!

... er hat sich das Kreuz gebrochen ... Haltet mich, Vater! Was wollen die Kinder vom Hron hier? Hier ist ein großes Wasser. Vorsicht, Kinder! Oh, tut das weh ...

Komm, Dichter, komm her, Propaganda, immer komm ... Zu spät. Ich bin schon zu tief gefallen. Du kannst dir meinen Tag nicht abschreiben, denn er ist mit mir so tief gefallen, hat sich das Kreuz gebrochen. Hahaha! Zerbrochen sind die Träger von Kreuzen, sind tief gefallen ... Ein Grab ist ein Erdhügel, darunter liegt ein Mensch mit einem Kreuz auf der Brust. Ein Grab ist ein Erdhügel mit einem Kreuz darauf.

Aber der Tag hat vierundzwanzig Stunden, das schreib dir auf, Dichter!

Juhu! Was für eine große Schaukel! Die Welt ...

Es lebe der Suff!

Wo tragt ihr mich hin?

Ein Grab ist ein Erdhügel ...

Nein!!!

Tschung, tschang, dr Schmied is krank ...

Vater! Was wollen Kinder im Krieg?

11
Verzeih, Ukraine

Ich schäme mich

Ich bin ein reicher Mann, gemeinsam mit Vikor Eigentümer eines Tatra. Ich bin ein Eroberer, auf dem Tatra führe ich die ganze Krim mit, ein Stück vom Kaukasus, die ganze Ukraine, das ganze Schwarze Meer, die Nordküste der Türkei, die Hälfte von Rumänien. Ich bin ein Heerführer, ein Zauberer, hinter meinem Rücken liegen Armeen. Allen diesen Reichtum, alle diese Kraft habe ich in Kistchen aus Metall gepfercht und mit Riemen zusammengebunden. In dieser kleinsten Kiste hier ist die Erste Slowakische Infanteriedivision mit den Resten der Infanterieregimenter, mit dem Pionierbataillon, der Assanierungskompanie, mit Panzersoldaten ohne Panzer, dort sind auch die Reste der berittenen Aufklärungsabteilung, aber ohne Pferde und ohne Fahrräder, nichts habe ich vergessen, dort sind auch die Nachrichtenleute, alles ist dort, nur die unglückliche Batterie fehlt. Sie ist in dem großen Wasser ertrunken.

Die Kälte weckt mich auf. Die Kisten sind am Boden der Karosserie befestigt, mein Kopf fliegt von einer Seite auf die andere, ich möchte schlafen. Wo bin ich? Wo ist mein Bett? Wo ist der Vater, wo die Babka? Mir tut entsetzlich der Kopf weh. Halt, halt! Ich trommle gegen die Vorderwand. Der Tatra biegt auf einen Seitenweg ein und hält.

«Was ist los? Bist du von den Toten auferstanden?» Franz guckt durch einen Spalt unter der Plane.

«Wo fahren wir hin, Franz? Was ist los mit mir?»

«Besoffen hast du dich wie ein Schwein. Zum ersten Mal voll, wie es sich für einen Mann gehört. Hast dich mit dem Furier gekloppt, die Wache hat auf dich geschossen . . .»

«Und wo fahren wir hin?»

«Das weiß keiner, Kamerad. Nach Westen. Taktischer Rückzug. Hehehe!»

«Vom Asowschen Meer bis zur Tatra ...», nuschelt Hnidák, und wieder stinkt er mich an. Warum ist mir dieser Kerl so zuwider, was habe ich gegen ihn? Beneide ich ihn, daß er es so meisterhaft versteht, andere zu verspotten? Wen verspottet er? Mich? Sich?

Die Hupe des Tatra gellt, Viktor hält nur dort, wo es ihm paßt. Es geht weiter. Wo sind wir? Wieviel Kilometer sind es vom großen Wasser bis zum Hron? Nach Hause ... Auf einmal zieht es mich nach Hause. Was werde ich sagen? Ich bin gekommen, Vater ... Zürnt mir nicht, aber überlaufen ging nicht ... Es ging nicht! Es war nicht möglich! Das habe ich laut geschrien, und Franz schaut mich entsetzt und verständnislos an. Im Kabinenfenster grinst Hnidáks Fresse. Ich habe größte Lust, hineinzustechen in diese ironischen Fischaugen.

«Was war nicht möglich, Matúš?»

«Überlaufen war nicht möglich!»

Franz lacht lauthals los, auch Fero Hnidák lacht. Viktor drückt zornig auf die Hupe. «Los, fahren wir endlich weiter, Teufel noch eins!» Ich müßte mich eigentlich wundern, daß man uns wieder Viktor zugeteilt hat, ich sollte sagen, daß wir ihn nicht angefordert haben. Wer wird wieder mit ihm den Uferhang des großen Flusses erklimmen und dabei die Gummischlange an der Benzinleitung festhalten?

«Willst du dich nach vorn setzen?» fragt mich Hnidák.

«Das will ich nicht!» Ich bin selbst erschrocken über meine Stimme. Das ist keine Stimme, daß ist Schmerz und Zorn, Beleidigtsein und Drohung und Bedauern. Franz klettert über die Hinterwand, wirft sich auf eine alte Zeltbahn und deckt sich mit einem Pelz zu. Erst jetzt bemerke ich, daß auch ich in einen Schafpelz gehüllt bin. Der Tatra springt an und fährt los über die harte Straße.

«Wer hat mich mit dem Pelz zugedeckt?»

«Du hast dagelegen wie ein Toter, Viktor sagte, du wirst erfrieren. Er hat dir seinen Pelz gegeben.»

«Viktor?»

«Ja, Viktor. Auch aufs Auto haben wir dich gemeinsam gepackt. In der Nacht ging eine Schießerei los. Angefangen hat der Posten, du erinnerst dich, der dich einschüchtern wollte. Ein Esel von der Stabskompanie, er kannte dich doch. Dann haben ihm besoffene Kerle vom anderen Dorfende geantwortet, danach meldeten sich die Ungarn im Nachbardorf, und geendet hat's mit einer Salve der rumänischen Artillerie, mit Alarm auf dem ganzen Südabschnitt. Weiß der Teufel, es scheint, daß die Front in Bewegung geraten ist. In der Nacht haben wir jedenfalls den Befehl erhalten, das Dorf zu räumen.»

Ich ächze vor Wut oder mehr vor Scham. Ein unrühmliches Ende hat es mit mir genommen. Der Vater ist mit der Babka und mit der Angst um die Kuh im Strohbunker allein geblieben. Eben jetzt vielleicht führen Deutsche die Kuh auf den Hof, sie grölen und lachen die Babka aus. Die Babka jammert, trippelt um die Schlächter herum, wird ohnmächtig, nein, das ist alles zu viel für sie, sie schneiden der Kuh mit einem Bajonett die Euter ab ... Es wird keine Milch mehr geben im Haus des Vaters, nichts wird er mehr haben, um es den Söhnen anzubieten, wenn sie hoch zu Roß vor dem Vaterhaus anhalten. Ein Schwein bin ich, ein hundsordinäres Schwein. Für so viel Milch, für ... Wievielmal haben mir die Babka oder der Vater den Rücken gewaschen? Ich weiß es nicht. Ich hätte ihnen die Hand drücken, mich für alles bedanken sollen. Ich hätte etwas sagen, mich entschuldigen sollen, verzeiht mir, daß ich in euer Land gekommen bin, daß ich euch verlassen habe wie ein Flegel. Nichts habe ich getan. Ich bin davongelaufen, wie ich es nie hätte tun sollen, verzeiht, Vater ...

«Wo fahren wir hin, Franz?»

«Ich weiß nicht. Vor uns fahren Krása und Marinčuk. Zusammen in einem Wagen. Der Alte wollte nicht allein fahren. Hrablavý ist eine Stunde früher gefahren, mit der DHM.»

Die DHM haut immer als erste ab.

Die volle Feldausrüstung, der treue Hund

Franz hat sich aufgesetzt und mit dem Rücken an die Vorderwand gelehnt. Wir rauchen. Schweigen. Unsere Pelze berühren sich. Im Halbdunkel bemühe ich mich, die Kisten zu erkennen, die Maschinen, Rahmen, mit der linken Hand taste ich nach meinem Rucksack. Ja, das ist mein Rucksack, ich erkenne ihn an den Taschen. Rechts ist die Schuhbürste. In der linken sind zwei Blechschachteln. In der einen ist Schuhfett, in der anderen Creme. Unter den Schachteln müssen Fußlappen aus Flanell sein. Ja, sie sind da. Der Helm ist am Rucksack festgeschnallt, auch die Gasmaske, der Brotbeutel, der Feldspaten. Die volle Feldausrüstung hockt bei mir wie ein treuer Hund. Er sitzt bequem auf dem Koffer, der immer noch nach Räucherkäse riecht.

Im Koffer sollten zwei Garnituren Wäsche sein, Zwirn, Nadeln, Socken, im Koffer sollte noch das Päckchen von Manderla sein, auch die Post, die ich noch nicht einmal gelesen habe. Zwirn und Nadeln – alles wollte ich der Babka dalassen, ihr zum Abschied schenken. Bei dem Koffer steht die Korbflasche mit dem Salmiak wie ein braves Kind bei der Mutter. An die Seitenklappe ist der Planographenrahmen gelehnt, das Zyklostyl steht zwischen der Truhe, die als Dunkelkammer dient, und der linken Seitenklappe. Die Schreibmaschine ist in eine Decke gewickelt, alles ist so, wie es bei einer Verlegung zu sein hat. Das Inventar der Dritten Abteilung hat seinen festen Platz auf dem Tatra.

Der verliebte Drogist

Auf dem Tatra hatte einst auch Nadja ihren Platz. Über sie hab ich mit Franz noch nie gesprochen. Nadja ist meinem Gedächtnis entschwunden. Dafür war Wiera da. Auch von Lena hab ich mich nicht verabschiedet. Wer weiß, vielleicht hat sie sich der Drogist genommen. Er war . . . Warum war? Er ist Apotheker, ein Intelligenzler, ein Dummkopf. Magister! Als Magister wär er beim Militär Aspirant. Den Zivilisten gegenüber tut er, als wäre er Arzt, läßt sich Doktor nennen. Dieser Trottel! Als ihm Lena sagte, daß sie ihn nicht wolle, daß sie mit mir ein Stelldichein habe, nahm er seine Knarre und schoß. Ein Doktor. Ein intelligenter Dummkopf, aber kein Doktor, sagte damals Lena und beachtete ihn überhaupt nicht. Erst als er zum zweiten Mal schoß – wir standen schon am Zaun, er aber noch in der Küchentür –, da schmiegte sich Lena angstzitternd an mich.

«Geht weg! Geht weg, ich will euch nicht mehr sehen!» schrie der Drogist und griff sich wie ein Irrer an den Kopf. Dann kam der Kamerad des Drogisten heraus, ein kleiner Gefreiter von der Assanierungskompanie, und versuchte, den Drogisten zu beruhigen. «Verschwinde, du Kaminkehrer, verschwinde, oder ich knall dich ab!» drohte ihm der Drogist. Dann warf er seine Knarre in eine Entlausungstrommel und schrie: «Sie sollen weggehen, fort sollen sie, sonst erschieße ich sie!» Und er fing an zu weinen.

«Komm, Sascha!» sagte Lena. Als sie meine Hand ergriff, fühlte ich, wie sie am ganzen Leibe zitterte. «Der Doktor ist ein böser Mensch!»

«Nein, Lena, der Doktor ist nicht böse, er ist nur verliebt.»

«Verliebt? Ist denn diese ganze Lausekompanie verliebt?» Lena brach in Tränen aus. Die Tränen rannen ihr über das unschöne Gesicht, und ich schaute auf ihre Wangen und wartete darauf, daß die Tränen die Sommersprossen wegwaschen würden, mit denen ihr Gesicht übersät war. Mir tat Lena sehr leid.

Der Mörder
küßt die Sommersprossen

Lena Fjodorowna Karpjenko, flüsterte ich ihren Namen. Schon waren wir hinterm Dorf auf freiem Feld, zu unseren Füßen klaffte eine lange und tiefe Schlucht. Ich wollte Lena küssen. Hier werden einmal Soldaten liegen, hier werden Panzer rollen, aber aus dieser Schlucht kommen sie nicht heraus. Komm,

Lena, wir klettern da hinunter. Dort werde ich dich küssen, dort sieht uns keiner. Küssen ... warum? Ich bin ein Dummkopf. Welcher Mann fragt sich, warum er ein Mädchen an sich drückt, warum er es küßt. Ich werde sie küssen, weil es mich danach gelüstet, nur so oder aus Liebe. Was? Quatsch, was ich da rede. Ich werde sie küssen, um sie nicht zu beleidigen.

Lena war nicht beleidigt. Ihr Kuß war salzig, und sie selbst danach noch weniger anziehend. Ich stellte mir an ihrer Stelle Wiera vor, und da ließ ich sofort ihre Hand los. «Was denkst du über uns, Lena? Du bist ein intelligenter Mensch, Komsomolzin, sag mir, was denkst du über die Slowaken, über mich?»

«Wrag!» Dieses einzige Wort sagte sie und trat einen Schritt zurück. Hinter ihrem Rücken ragte schwarz die steile Wand der Schlucht auf. Wrag – Mörder! Ich ein Mörder, Lena? Nimm doch Vernunft an! Ich habe niemanden ermordet und werde keinen ermorden. Nimm doch Vernunft an, Lena! Weißt du, was dieses Wort bedeutet? Ich war beleidigt.

Auf dem Rückweg schwiegen wir bis ins Dorf. Aus den Fenstern guckten uns neugierige Frauen nach. Auf dem Hof gab ich Lena die Hand. Sie lächelte und fragte: «Hör mal, Sascha, bist du wirklich ein Jude?» Lena lachte.

Ich stand völlig verdattert vor ihr. Warum fragst du mich das, du verweinte Sommersprosse, du salziger Kuß? Auch ich lachte, mir kam die Frage ziemlich komisch vor. Ein Jude? Nein, Lena, ich bin Slowake. Auf Wiedersehen, Lena.

Ich verabschiedete mich von Lena und ging fortan nie mehr in das Haus, in dem der verliebte Drogist wohnte.

Der einzige Jude
in der Ersten Slowakischen

Sascha der Jude ... Sascha Demidow ... Doktoren, Ingenieure, Lehrer, Drogisten, Schornsteinfeger ... ha, natürlich, ich hab's schon. Die slowakische Armee setzt sich aus lauter Intelligenzlern zusammen, lauter Ingenieuren, Doktoren, Lehrern, Meistern, lauter studierten Leuten. Die Jungs machen sich ihren

Spaß, geben an, und die Ukrainer glauben ihnen. Was heißt glauben – sie nicken einfach. Lauter Doktoren und Ingenieure, selbst der kleine Gefreite Kaminkehrer hat sich als Chemieingenieur vorgestellt, zu diesem Zweck kam er ja in die Assanierungskompanie, um die Soldaten zu entlausen. Doktoren, Ingenieure, nur keine Juden gibt's in der slowakischen Armee. Warum? Sagt es mir, ihr Doktoren! Ich bin Jude. Der einzige Jude in der Division, ein slowakischer Jude. So hab ich mich in dem Haus vorgestellt, in dem der Drogist, der Schornsteinfeger und der Obergefreite aus der Reinigungsanstalt wohnten. Der einzige Jude in der Ersten Slowakischen! Ist das nicht großartig?

«Was kommt dir zum Lachen vor, Matúš?» Franz wartet auf einen Witz.

«Hör zu, Schwab, ich bin ein Jude.»

«Was?»

«Ein Jude bin ich. Der einzige Jude in der Division.»

«Quatsch! Bist wohl verrückt geworden!» Franz kniet sich hin und schaut mich entgeistert an. Auf einmal fängt er schallend an zu lachen, aber ich schreie ihm wütend ins Gesicht, um sein Lachen zu übertönen: «Du bist verrückt geworden, Schwab, sitzt da mit einem Juden! Paß auf, Schwab, wirst dich noch am Judenbolschewismus anstecken!» Wir lachen beide, daß wir kaum noch Luft bekommen.

Es wäre nicht schlecht, das mal auszuprobieren – sich einmal als Ukrainer vorzustellen, dann als Wlassow-Russe, ein andermal als russischer Gefangener bei den Slowaken ... Das wäre nicht schlecht ... Aber was soll die Komödie.

Hier hat Nadja gelegen. Nadja mit den großen Brüsten und den fleischigen Lippen, weich, warm und zugänglich. Hier unter der Plane hat sich der Schwabe mit ihr verkrochen. Nadja hatte seine Uniform an, mit der Spinne am Kragenspiegel. Jetzt sieht man bei Franz keine Hakenkreuze am Kragen, der Schafpelz verdeckt sie. Man müßte Franz mal fragen, was Nadja für ihn bedeutete, was er mit ihr hatte, was ... Nein. Nach solchen Dingen fragt ein Mann den anderen nicht. Was geht's mich auch an? Ich kann nur fragen, wo sie abgeblieben ist, danach kann ich Franz fragen.

«Bazalica hat sie verkauft, an den Infanteristen mit den abstehenden Ohren.» Franz zeigt nicht die geringste Empörung.

«Verkauft? Diesem Fürsten von der Infanterie, diesem Flatterohr?»

«Ja, verkauft. Für einen Liter Kognak. Nadja war froh, denn der Infanterist versprach ihr, sie in die Slowakei mitzunehmen.»

Nadja war froh... Für einen Liter Kognak... Verkauft. Nein, ich werde an nichts mehr denken, nach nichts mehr fragen. Am besten wär's, sich wieder bis zur Bewußtlosigkeit zu besaufen und dann zu schreien! Ich bin ein Jude! Hört ihr's? Ich bin ein Jude! Vielleicht würden sie Franz befehlen, diesen Narren abzuknallen, vielleicht hätten sie Angst vor ihm, oder sie würden ihn nach Hause schicken, etwas würde geschehen, so aber geschieht nichts. Nur der Motor brummt monoton, die Räder holpern einschläfernd auf der harten Straße, und das Dämmern unter der Plane drückt einem die Augen zu. Schlafen? Nein. Man muß sich zwingen, nicht zu schlafen.

Ich torkle an die Hinterklappe und rolle die Plane hoch. Der Himmel über der ukrainischen Ebene ist mit bleigrauer Farbe gestrichen. Es wird Regen geben. Er wird unsere große Flucht erschweren, unsere Schande aber wird er nicht abwaschen.

Ich wandere durch Rußland...

Ich weiß nicht, wer sich die Worte dieses Liedes ausgedacht hat, aber es muß ein slowakischer Soldat gewesen sein, ein Infanterist; denn er wandert ohne Auto von Dorf zu Dorf, wie ein Rastelbinder mit seiner Ware wandert, mit seiner Gruppe, seinem Zug, der Kompanie, dem Bataillon, dem Regiment, er haust mit seiner Truppe in Kolchosställen oder Schuppen, nur manchmal in Häusern bei Zivilisten. Dann ist die Stube voll von solchen Landstreichern, sie liegen oder sitzen auf Stroh. Der Infanterist ist verdreckt, knackt Läuse oder buddelt im Schlamm Gräber oder Gräben, und wenn er in vorderster Linie ist, suchen ihn die feindlichen Kugeln. Wer dieses Liedchen erfunden hat, war bestimmt kein Kartograph, denn es wurde schon damals gesungen, als die slowakische Armee noch tief in Rußland stand. Jetzt aber sind wir in der Ukraine, und der slowakische Soldat singt das Lied immer noch: Ich wandere durch Rußland, verdreckt und auch verlaust ... Und wenn er weitersingt: ... o guter Gott im Himmel, die Kugel um mich saust ... dann flucht er und schimpft, denn er weiß, daß er Unsinn singt. Um den slowakischen Soldaten saust schon lange keine Kugel, der slowakische Soldat ist schon lange kein Soldat mehr, und wenn, dann nur jener, der auf die andere Seite übergelaufen ist. Die Wahrheit ist, daß er mit der Schaufel auf der Schulter durch die Ukraine wandert, für die Deutschen Gräben aushebt, meistens nutzlos, denn die Russen kommen gewöhnlich von der Seite, wo die Deutschen sie nicht erwarten, der slowakische Soldat gräbt vergeblich die fruchtbare ukrainische Erde um.

Wir halten in einem unbekannten Dorf, an einem unbekannten Ort. Alle schlafen wir in einem großen Zimmer. Marinčuk und Leutnant Friedrich in den Betten, Franz, Hnidák, der Schwarze und ich auf dem Fußboden, auf Stroh. Marinčuk stöhnt die ganze Nacht, keucht, weckt uns immer wieder auf. Viktor hat den Tatra auf den Hof gefahren. Ein Posten von der Stabskompanie steht dort. Viktor schläft im Fahrerhaus.

Transnistrien

Ich krame in Marinčuks Bücherkiste. Lauter Wörterbücher: Deutsch-Slowakisch, Slowakisch-Deutsch, Ukrainisch-Deutsch, Deutsch-Ukrainisch, Slowakisch-Russisch, Russisch-Slowakisch. Heeresdienstvorschrift A-I-1. Dann ist da noch das Büchlein des Militärtopographen Hauptmann Peter Zhorený, das ich auswendig kenne. Dieser dicke Wälzer ist Hitlers «Mein Kampf» in deutscher Sprache, dann noch ein Kalender des heiligen Adalbert und ein Gebetbuch. Im Gebetbuch liegt ein Zettel, Marinčuk hat sich ein Gebet angezeichnet: O Jesus, steh mir bei im Kampf ... Und diese zwei Schmöker? Oho,

Herr Major! In Ihrem Alter? Die Liebestechnik, illustriert. Oho! Erlauben Sie, Herr Major? Die leih ich mir mal aus, die Technik. Panzer gegen Luftwaffe, das können Sie behalten, auch die Führerreden können Sie sich an den Hut stecken. Aha! Was für ein Patriot! Für eine große und freie Ukraine. Alles zusammen achtzehn Stück bedruckten und gebundenen Papiers. Die Liebestechnik ... Warum lache ich? Selbst liest der Major Marinčuk so prima Sachen, und uns ödet er mit Ordnungsübungen an. Von dieser Technik können Sie Abschied nehmen, die sehen Sie nicht wieder. Aber was hab ich eigentlich gesucht? Ein Wörterbuch ... Ich suche ein Wort, es fängt mit T an. Tra ... Trans ... Transnistrien. Es steht hier, aber nur die erste Hälfte, nur trans — jenseits, hinter. Das heißt also Hinternistrien. Aber was ist Nistrien oder Nistria? Dauernd krieg ich nur deutsche Karten, diese respektieren die russischen und ukrainischen Bezeichnungen für Städte, Berge und Flüsse. Transnistrien, das ist ein Rätsel, das ich lösen muß. Östlich von Odessa, ja, der Dnestr, in der Bucht Nistr, ein Gebiet so groß wie ein Drittel von Rumänien, bis zum großen Wasser ist es mit einer Staatsgrenze eingezeichnet, Transnistrien. Land jenseits des Dnestr. Eine Provinz unter rumänischer Verwaltung. Mulţumesc, mein Führer, danke!

«Konntest du nicht gleich fragen?» Hnidák schaut mich geringschätzig an, denn ein Kartograph sollte wissen, was die Deutschen den Rumänen vermacht haben. Das weiß der Kartograph, aber eben doch nicht bis zum Tezet, wie die Deutschen die Grenzen in Europa verändert haben. Zuerst haben sie dem einen etwas weggenommen, dann haben sie es dem gegeben, dem sie zuvor auch etwas weggenommen hatten, und so weiter und so fort, und so teilen sie Europa, und dieses Teilen führt am Ende dazu, daß ganz Europa ihnen und ihren Verbündeten gehört. Das kennen wir von den Propagandakarten, die die Kartographen im Reich zeichnen und die von den verbündeten Kartographen nachgezeichnet werden.

«Transnistrien! Pah! Erklär du ihm das, Franz, du bist ein Schwab und verstehst Hochdeutsch.»

«Dir tret ich noch mal in 'n Arsch, du Buckel! Warum

schmeißt du mich dauernd unter die Reichsdeutschen?» Darauf habe ich schon lange gewartet, daß sich Franz einmal gegen unsere Anstänkerei verwahren wird. «Ich hab nichts geteilt, hab mir kein Transnistrien ausgedacht, auch keine Anjaorságy und keine Feldvidéky, auch keine Protektorate und Gouvernemente, verstehst du?»

«Aber Heil hast du geschrien! Und wer Heil geschrien hat, der hat auch zu den Gouvernements ja gesagt und zu der ganzen Schweinerei, in der wir jetzt stecken!»

«Esel!» Franz knallt die Tür zu und geht.

«Zu spät. Auch wir haben Heil geschrien, nur eben auf slowakisch. Auf Wacht! Bei jedem Befehl haben wir's geschrien. Wir waren zuviel Heilschreier und Auf-Wacht-Schreier . . .»

Ein Narr
hat auf der Karte rumgeschmiert

Immer, wenn ich mir eine Karte anschaue, sehe ich Landschaften, errate ihre Schönheiten und Reichtümer, ihre Lage, soweit sie vom militärischen Gesichtspunkt ideal sind. So eine Landschaft scheint mir auch Rumänien zu sein. Es hat hohe Berge, weite Ebenen, einen großen Fluß, das Meer . . . Es hat Transnistrien . . . Aber wie ist Rumänien zu diesem Transnistrien gekommen? Wie sagte doch der Vater? So wie Deutschland zu seinem Führer, Rumänien zum Staatschef, Ungarn zum Reichsverweser, die Slowakei zum Vodce, die Tschechen zum Reichsprotektor, die Polen zum Generalgouverneur, Kroatien zum Poglavnik, so wie Europa zum Faschismus gekommen ist. Er hat gegeben und genommen. Wer? Hitler, wer sonst? Nachdem er Europa aufgeteilt hat, sieht die Karte aus wie eine Pfuscharbeit, als hätte ein Narr in Europa herumgeschmiert. Der Narr hat Ungarn Siebenbürgen gegeben. Schaut nur an, wie naturwidrig es sich ins Herz Rumäniens gegraben hat. Er hat auch dem bulgarischen Zaren was gegeben. Der hat die Rumänen in der Dobrudscha an der Gurgel gepackt. Aber der Führer hat auch den Rumänen gegeben, und nicht zu knapp. Die ganze

Moldau. Sie heißt nicht mehr Moldau, sondern Bessarabien. Und er hat ihnen Transnistrien gegeben mit Odessa, hat es abgerissen von der Ukraine und Antonescu in den Rachen gestopft. Bessarabien. Zuerst hat es sich der russische Zar genommen, dann der rumänische König, und Hitler hat noch Transnistrien dazugeschmissen.

Der nächste Halt wird in Transnistrien sein, in der königlich-rumänischen Kolonie.

Ein Träger des Eisernen Kreuzes

Ich fahre zusammen. Rasch decke ich die Liebestechnik mit einer Karte zu. Die Klinke knarrt, die Tür geht auf. Nebenan höre ich Marinčuk schnaufen.

«Grüß dich, du Ziesel!» Die Stimme scheint mehr einer Frau als einem Mann zu gehören.

Am Tisch steht ein junger Offizier. Er trägt eine Tuchuniform, aus einem Knopfloch hängt das deutsche Eiserne Kreuz, auf den Aufschlägen der Panzertruppen blitzen im goldenen Rahmen zwei goldene Sterne. Hnidák knallt die Hacken zusammen und ruft: «Auf Wacht, Herr Oberleutnant!» Auch ich knalle die Hacken zusammen.

«Servus, Ziesel! Du bist der neue Kartograph?» fragt der Panzermann.

«Jawohl, Herr Oberleutnant», antworte ich und schaue ihm ins Gesicht. Wer ist hier ein Ziesel, er oder ich? Sein Gesicht ist klein, die mageren Backen eingefallen und bärtig. Er reicht mir die Hand.

«Bemach dich nicht, Ziesel, willst du mich mit deinem Blick versengen? Stecken wir uns lieber eine an. Štefan!» Der Oberleutnant macht die Tür auf und ruft nach Štefan.

«Gib den Ziesels Zigaretten!» Štefan holt schweigend zweihundert Zigaretten in blauen Packungen aus dem Brotbeutel. «Bitte, Herr Oberleutnant.»

«Eine Stange nur? Nimm alles raus, Štefan, alle, nur eine Packung heb auf für den Weg.»

«Zu Befehl, Herr Oberleutnant!» Štefan angelt noch sechs Pakete Tatra aus dem Brotbeutel und legt sie auf den Tisch.

«Und das andere hast du vergessen, Štefan?»

Štefan blickt dem Oberleutnant in die Augen, um herauszulesen, was sein Chef eigentlich will, und dieser hilft ihm: «Hergeben natürlich, wozu haben wir's? Du weißt, was?»

«Ich weiß, Herr Oberleutnant!» Štefan geht und kehrt gleich darauf mit einem großen, sommersprossigen Leutnant wieder, einem von der Artillerie. «Servus!» grüßt er den Oberleutnant.

Der Artillerist ist viel jünger als der Panzermann, und seinem Gesicht sieht man an, daß er sich seines Dienstranges bewußt ist. «Wo sind eure Chefs?» fragt er und schielt zu Marinčuks Kanzlei.

«Sie sind zur DHM.»

«Dauernd sind sie bei diesen Scheißern.» Der Leutnant nimmt die Feldmütze ab, zieht die Lederhandschuhe aus und wirft sie auf die Karten. Der Oberleutnant setzt sich auf eine Kiste. «Dann werden wir uns wenigstens mit den Jungs ungestört einen genehmigen», sagt der Oberleutnant grinsend. Im Mund hat er fast keinen Zahn mehr.

Der Oberleutnant holt aus Štefans Brotbeutel eine Flasche, aber der Leutnant schaut sie gar nicht an. Er legt mir die Hand auf die Schulter und spricht mich kameradschaftlich an: «Solange die hohen Herrn nicht da sind, mein Junge, gib mal 'n paar Karten her! Aber nicht solche nach Westen. Nach Osten! Ich scheiß auf alles, mir macht's keinen Spaß mehr. Weiter zurück geh ich keinen Schritt. Ich lauf über mitsamt der ganzen Entlausung. Wer nicht will, soll sich zum Teufel scheren. Also wie ist's, hast du solche Karten?»

«Hab ich, Herr Leutnant.»

«Und zeichne die Stellungen der Deutschen ein, auch der Russen ... aber daß ihr mir nichts vor dem Alten ausquatscht! Vielleicht lauf ich auch nicht über. Hier weiß kein Schwanz, wann und wo er überlaufen soll. Du läufst über und landest bei den Deutschen. Was willst du in der vordersten Linie mit Entlausungsöfen und -kesseln? Was sagst du dann? Ach, hol sie alle der Teufel!»

«Sie werden dir ein EK geben wie mir. Ich hatte mich auch verirrt ... was heißt verirrt, wir hatten alles zum Überlaufen fertig, aber die Deutschen: ausgezeichnet, slowakischer Kamerad, schieß nur, der Iwan haut ab, schieß, also haben wir aus allen Rohren geschossen, einfach so aufs Gratewohl, und die Deutschen: prima Kamerad, Slowak prima Soldat. Nach einem Monat suchten sie den kleinen Offizier und brachten ihm ein Eisernes Kreuz. Diese Ziesel ...»

«Ganz so war's nicht, L'udko, aber sagen wir, annähernd so ...»

«Christusmariabenedeit, warum glaubt mir keiner! Job jewo ... mitsamt dem Kreuz, mitsamt dem Führer, ich scheiß auf ihre Ziesel und auf ihre Kreuze!» Der Oberleutnant schimpft, reißt das Band des Eisernen Kreuzes von der Bluse. Der Knopf springt ab, rollt unter den Tisch, der Oberleutnant wirft das Band auf die Erde, stampft darauf herum, als wollte er eine Schlange zertreten. Von dem schwarzroten Lappen bleibt nur ein schmutziges Kügelchen zurück. «Das hätte ich längst tun sollen», sagt er ganz außer Atem. Dann setzt er die Flasche an den Mund und trinkt mit Appetit in langen Zügen.

Ziesel! Im großen und ganzen ein guter Kerl.

Als der Oberleutnant geht, ist er völlig blau. Er preßt die Karten, die ich ihm gegeben habe, an die Brust. Der Leutnant dagegen, der Chef der Entlausungskompanie, hat keinen Schluck von dem Sliwowitz des Oberleutnants getrunken. «Wenn's nötig sein sollte, komm ich noch mal vorbei», sagt er mir zum Abschied.

Die Kartographen steigen im Kurs. Offiziere verbrüdern sich nicht mit jedem X-beliebigen. Soll ich mich darüber freuen?

Was für ein prima Ziesel. Warum nennt er nicht auch seinen Putzer Ziesel?

Alles zeugt davon, daß die Front zum Stehen gekommen ist. Schon sind die Straßen nicht mehr vollgestopft mit deutschen Fahrzeugen, der Schnee von den Feldern ist verschwunden, es ist wärmer geworden, die Erde duftet nach Frühling. Endlich ist auch wieder einmal Feldpost gekommen. Wie üblich hat mir der Vater geschrieben, einige Zeilen hat der jüngere Bruder drangehängt. Der Vater fragt nach Jano, Jožo, Gusto. Immer das gleiche, und auch bei mir immer das gleiche: ich empfinde Scham und Zorn. Zorn auf alles, auf den Krieg, auf mich, auf das Versprechen, das ich dem Vater gegeben habe. Konnte ich wissen, wie es an der Front aussehen wird? Damals hab ich's versprochen, aber jetzt zweifle ich selbst, ob ich es werde ausführen können. Auch Adelka hat geschrieben. Ihr Brief, ihre Sprache sind mir fremd, fern, ein bißchen komisch. Schon eine Ewigkeit habe ich kein Mädchen auf slowakisch sprechen hören. Ich kann es mir gar nicht mehr richtig vorstellen. Ich bin mit etwas geladen, in mir sammelt sich etwas Unaussprechbares. Aber ich habe niemanden, mit dem ich mich aussprechen, dem ich mich anvertrauen könnte. Mit Abscheu stelle ich fest, daß ich beginne, grob und ruppig zu werden, daß ich mich nicht dagegen wehre, ja mich im Gegenteil zwinge, so zu sein, um mich den anderen anzupassen. Ich bin mir selbst zuwider. Ich sehne mich nach einem freundlichen Wort, der ganze Barras stinkt mich an. Ich weiß, der Krieg ist ein Zirkus, ein sinnloses Theater mit lächerlichen Figuren.

Wieviel Tage tu ich schon nichts? Meine gesamte Zeit ist von der Jagd nach etwas Eßbarem ausgefüllt. Wir leben von Konserven. Wir sind keine Soldaten mehr, sondern requirierende Räuber, Händler und Betrüger. Über den Fürsten beschweren sich Tag für Tag Zivilisten. Wassil Fäßchen und einige andere seiner Getreuen plündern und stehlen alles, was nicht niet- und nagelfest ist. Sie beklauen die Deutschen und beklauen die Zivilisten. Die Deutschen haben Rinder und Schweine, mit denen sie regelmäßig ihre Truppenteile versorgen. Was sie nicht bewachen können, verladen sie in Eisenbahnzüge oder treiben es in Herden nach Westen.

Was sich auf den Hauptstraßen tut, bekomme ich kaum noch zu sehen; denn die Deutschen schieben uns ab in entlegene Dörfer, wo nur Feldwege hinführen. Schon lange habe ich keine Einladungen mit Fähnchen, keine Speisekarten in drei Sprachen gezeichnet. Auch wenn die Front im allgemeinen zum Stehen gekommen ist, so hat sich der südliche Abschnitt noch immer nicht gefestigt. Zwei- bis dreimal in der Woche zeichne ich die Verlegung von Einheiten nördlich von der Hauptstraße oder nach Süden zum Schwarzen Meer hin ein.

Der Chef der Entlausungskompanie war noch einmal bei mir. Er schimpfte seine Doktoren, Chemiker und Ingenieure große Feiglinge. Nur zwei Züge seien bereit, mit ihm etwas zu unternehmen, mehr nicht. Soll sie doch der Teufel holen! Wenn die, die wollen, und jene, die nicht wollen, wenigstens nicht so verstreut lägen! Aber so läßt sich nur schwer was anfangen.

Oberleutnant Ziesel kommt oft zum Stab. Er gefällt mir ausnehmend. Der und sein Eisernes Kreuz, ich weiß nicht! Er sagt ganz offen, was er von den Deutschen hält. Als er das erste Mal hinausposaunte, die Deutschen seien Schweine, dachte ich, er würde gleich am nächsten Tag vor dem Feldprokurator stehen. Das klingt mehr als komisch, wenn ein Offizier mit dem EK so unverhohlen auf die Deutschen schimpft. Ich habe auch schon daran gedacht, ob es nicht auch eine Provokation sein könnte. Das EK kann er doch nicht für nichts und wieder nichts bekommen haben. Vielleicht ärgert den Oberleutnant die Auszeichnung. Ein Kreuz auf der Brust — das ist, als ob der Mensch ein Grab wäre, ein gehendes, denkendes Grab. Ziesel stiert unentwegt in meine Karten, versucht zu erraten, was in einer Woche, in einem Monat passieren wird. Štefan weicht keine Minute von seiner Seite und ist immer bereit, aus dem Brotbeutel hervorzuzaubern, was sein Chef verlangt.

Wieder wohnen wir in einer Schule. Die Kinder haben wir daraus verjagt. Hie und da findet sich noch ein Möbelstück, das an die Schule erinnert. Wenn ich mir die Sachen anschaue, wird mir traurig zumute, und ich weiß nicht, wo ich meine

Augen hinwenden und was ich mit meinen Händen anfangen soll. Die Schule lag mir nie besonders am Herzen, doch niemals hätte ich mir vorstellen können, daß ich einmal als Soldat in einem fremden Staat auf einer Schulbank sitze. Zu den Zivilisten bemühe ich mich immer, freundlich zu sein, aber kaum schließe ich mit ihnen nähere Bekanntschaft, werden wir in ein anderes Dorf verlegt.

Ach Vater, Vater! Brennt das Lämpchen noch?

Lacht nicht, ich bin ein Held!

Heute habe ich etwas getan, was ich vielleicht bereuen werde. Oberstleutnant Heider wurde durch den Major im Generalstab Šimiak abgelöst. Heider ist noch einmal zum Gefechtsstand gekommen. Sein Putzer, mein Patenonkel Jano Kremenec, hat mich ohne langes Suchen gefunden. Wir trafen uns auf dem Flur, wo er mit zwei großen Koffern herumhantierte. Er hatte ein rundes rotes Gesicht, alles an ihm war peinlich sauber, nach Maß genäht. Wir begrüßten uns herzlich. Ich wollte ihn mit Rum bewirten, aber er lehnte dankend ab. Putzer trinken so ein Gesöff nicht.

«Was wirst du tun, wenn du wieder in der Slowakei bist?» fragte ich Jano wie beiläufig.

«Ich werde den Oberstleutnant zu seiner Frau ins Bett legen und mit dem ersten Zug nach Hause fahren. Willst du deinen Leuten etwas mitschicken?»

«Schicken? Was kann ich denn meinen Leuten schicken?»

«Wertsachen ... Gold und Silber, Pelze, Silberfuchs oder Persianer, was weiß ich, halt was Wertvolles ...» Janos Lächeln ist ein bißchen überheblich. Warum? Weil er Unteroffizier ist? Weil er ein alter Landser ist, ein altes Frontschwein? Oder weil er weiß, wozu er so lange an der Front war? Jano weiß, was man von der Front schicken kann.

«Ich bitte dich ...» Das war alles, wozu ich mich aufraffen konnte, aber eigentlich hätte ich ihm mit einem derben Fluch den Rücken kehren sollen.

Jano besann sich und wollte den Eindruck verwischen: «Ich meine ja nur ... deine Leute würden's doch gar nicht annehmen.»

Janos Reise sollte ich aber ausnützen. Ich werde meinen Eltern einen langen Brief schreiben.

Ich schrieb zwei Stunden dran, schrieb alles, was mir in den Sinn kam. Am Ende stellte ich fest, daß ich mich in dem Brief nur zu rechtfertigen suchte, warum ich so wenig schreibe, warum ich noch nicht übergelaufen bin. Mehr als vor dem Vater versuchte ich mich vor seinen Genossen zu rechtfertigen, sie mögen mir verzeihen, daß ich noch lebe, daß ich noch immer auf der Seite durch Rußland wandere, auf der sich die Deutschen herumtreiben. Den Brief aber gab ich dann doch nicht mit. Etwas sträubte sich in mir wie in einem, dem man unrecht getan hat und der sich dennoch rechtfertigen soll. Ich gab nur eine Landkarte mit, dazu einen kurzen Gruß: Ich schicke euch eine Karte, auf der alles eingezeichnet ist, wo sich die Slowaken befunden haben und befinden, wo die Russen stehen und wo die Deutschen, und ich glaube, daß Euch, lieber Vater, alles klar sein wird. Hier ist es nicht so wie damals an der Piave ...

Den letzten Satz strich ich wieder durch. Vielleicht war es an der Piave schwerer als hier. Das rote Fähnchen, das ist unser Gefechtsstand, fügte ich zur Erklärung hinzu.

Jano faltete die große Karte zusammen und verstaute sie in seinem Koffer, den er an dem großen Koffer des Oberstleutnants festschnallte.

Und nun warte ich und bange. Bei einer Kontrolle werden die Deutschen Janos Koffer aufmachen und die Karte finden. Er kann sagen, daß sie dem Oberstleutnant gehört. Heider ist Volksdeutscher, ihm werden sie trauen. Wird Heider damit einverstanden sein? Als er nach Jano rief, bemerkte ich den weißen Schal um seinen dünnen Hals und zwei kleine Spinnen auf den Kragenspiegeln. Wieviel Volksdeutsche sind in der Ersten Slowakischen? Ich bekam es auf einmal mit der Angst zu tun, aber da trug Jano bereits den Koffer ins Auto, und Heider sprach mit Friedrich slowakisch. Interessant! Das kann doch nicht wahr sein! Beide sind Volksdeutsche, beide haben Spinnen auf dem Kragen... Den ganzen Tag, die ganze Nacht dachte ich an die Karte, aber am Morgen kam mir alles leichter vor. Sollen sie mich doch suchen, sollen sie... Die Angst wurde von Genugtuung abgelöst. Ich empfand Stolz wie ein kleiner Junge. Was habe ich eigentlich getan? Nichts. Nicht der Rede wert. Ich bin noch kein Mann. Mag sein! Da ich noch ein Junge bin, hab ich aber Glück.

Und so flohen wir...

Am Morgen sollte ich mich beim Stabschef Major Hrablavý melden. Das erste, was mir einfiel, war die Karte. Beim Einsteigen in den Urlauberzug haben die Deutschen die Karte entdeckt, und Jano... Alles mögliche drängte sich mir als Erklärung auf. Wie oft hatte man mich schon zum Stab gerufen, und niemals suchte ich dafür eine Erklärung, nur jetzt...

Beim Major saßen Marinčuk, Oberstleutnant Wildmann, Unteroffizier Majstrík, Unteroffizier Lieskovan und noch einer von den Nachrichtenleuten.

«Setzen Sie sich!» Nanu, das war ja noch nie vorgekommen, daß mich Hrablavý in seiner Kanzlei zum Setzen aufgefordert hatte.

«Hier haben Sie eine Karte, Zraz!» Ich trat an den Tisch. «Übertragen Sie sie auf die Generalstabskarte. Von diesem Abschnitt fordern Sie Spezialkarten an, geben Sie sie dem Herrn Oberstleutnant und Unteroffizier Majstrík. Auf jeden Fall muß auch Major Hrebenár eine solche Karte erhalten.»

«Jawohl, Herr Major!» Ich denke fieberhaft nach, Hrebenár... Hrebenár... ach so, das ist ja der Intendant.

«Hundert Kilometer nordwestlich von Odessa ist die neue Unterkunft für die Division zu finden. Der Befehl ist streng geheim!» Major Hrablavý ist streng dienstlich, Oberstleutnant Wildmann tut wichtig, Majstrík lächelt, Lieskovan ist die verkörperte Aufmerksamkeit. Und ich bin überrascht. Ich weiß, jetzt weiß ich es bereits, daß Jano meine Karte unversehrt heimbringen wird, daß der große Rückzug fortgesetzt wird. Ich schätze ab, um wieviel Kilometer sich der Gefechtsstand der Ersten Slowakischen der Heimat nähert. Das werden mehr als zweihundert Kilometer sein, die unser Tatra von seinen Rädern abspulen wird.

«Funker!»

«Jawohl, Herr Major!» Der Gefreite mit dem ausdruckslosen Gesicht, ein vom vielen Sitzen blasser Junge, erwartet Hrablavýs Befehl.

«Sie unterstehen ab sofort Oberstleutnant Wildmann direkt.»

Der Oberstleutnant verbeugt sich leicht zum Zeichen, daß es so ist, daß er den Befehl des Majors billigt. Eine indische Brillenschlange ... Ich freue mich, daß es wieder losgeht, daß wir dieses Dorf verlassen werden. Hier gibt's nicht mal Zivilisten. Herr Major, wo sind die Zivilisten aus diesem Dorf hin?

«Jawohl, Herr Major!» sagt der Gefreite leise, und seinem Gesicht sieht man an, daß es ihm egal ist, wem er untersteht, daß er seine Meldungen herunterklappert, mag sie unterschreiben, wer will. Der Gefreite ist sich seiner Wichtigkeit bewußt, er weiß, daß es in der Division nur wenig Leute mit seiner Ausbildung gibt.

«Wegtreten! Moment, noch etwas! Meldung wird täglich durchgegeben oder auf Weisung des Chefs des Quartiermacherkommandos, des Herrn Oberstleutnant Wildmann. Den örtlichen Behörden und rumänischen Verwaltungsorganen gegenüber ist ein Höchstmaß von Anstand zu wahren! Haben Sie verstanden? Wir sind in Transnistrien!»

«Jawohl, Herr Major!»

«Wegtreten!»

In der Dritten Abteilung erwartete mich wieder der Leutnant von der Entlausungskompanie. Wildmann und Marinčuk riefen ihn in die Kanzlei. Marinčuk tobte, und als er aufhörte, fing Wildmann an zu schreien. Der Leutnant schwieg. Vierzehn Mann waren ihm durchgebrannt. Der Leutnant war grün vor Zorn und zischte wie eine Schlange: «Was sagst du zu diesen Idioten, Unteroffizier? Ich schlag ihnen die Fressen kaputt.

Das konnten sie sich doch denken, daß man sie hier schnappen wird. Wo sind die Russen, verdammt noch mal? Zeig mir's auf der Karte.»

Den Termin des Abmarschs setzte Oberstleutnant Wildmann für sieben Uhr morgens fest. Er gab den Befehl, daß auch der Gefreite Franz Meilinger mitfahren sollte.

Ein Volksdeutscher! Lauter Volksdeutsche!

Drei Unteroffiziere

Wir brachen morgens um sieben auf. Oberstleutnant Wildmann in einem Pkw, dahinter ein Tatra mit seinem Gepäck, dem Putzer und dem Funkgerät. Mit dem Oberstleutnant in einem Wagen fährt Feldwebel Riedel von der DHM. Dahinter wir, die Unteroffiziere. Auch Majstrík und Lieskovan schleppen auf dem Tatra einen Haufen Gepäck mit, Kisten, Decken, Pelze und Konserven. Die ganze Wirtschaftsverwaltung. Alle drei haben wir uns ins Fahrerhaus gezwängt. Majstrík ist ein schmächtiges Jüngelchen, und wie immer ist er auch jetzt geschniegelt und gebügelt und duftet nach Kölnischwasser. Wenn er den Mund aufmacht, funkelt auf der linken Seite ein Goldzahn. Majstrík versucht immer zu witzeln, gerät dabei meistens ins Stottern, alles, was er sieht, ironisiert er, jedes seiner Worte möchte mit Macht witzig sein. Lieskovan zieht Majstrík auf, aber durchaus mit Maßen, niemals beleidigt er ihn echt, damit sich Majstrík auch nicht echt ärgern kann. Majstrík ist sein Vorgesetzter, von ihm wurde er zum Gefreiten und kürzlich erst zum Unteroffizier befördert. Lieskovan ist dazu da, um über Majstríks Späße und Witzeleien zu lachen. Eine Kontrolle gewissermaßen, denn das wäre doch uninteressant, wenn niemand darüber lachte. Frnčák – ich bin froh, daß er mit uns fährt, er ist mir lieber als Viktor – achtet gar nicht auf Majstríks Geschwätz, doch manchmal lacht auch er, ja, er als einziger traut sich, über Majstrík zu lachen und nicht nur über seine Scherze.

Unter der Plane sitzt Franz mit Majstríks Marusja. Das ist

ein zartes Mädchen mit einem kleinen, hübschen Gesicht, ein Mädchen so leicht wie eine Feder, still und scheu wie ein Lamm, gehorsam wie eine Magd, Majstrík ergeben wie eine Sklavin. Marusja hat noch keiner aus der ganzen Division sprechen hören, noch keiner hat sich mit ihr unterhalten. Majstrík würde sie davonjagen, wenn er sie mit jemandem sähe. Er erlaubt nicht einmal Wiera, sie zu besuchen. Marusja lebt nur für ihn und gehört nur ihm.

Wenn Majstrík verstummt, möchte er am liebsten durchs Fensterchen unter die Plane gucken. Ich merke ihm seine Ungeduld und Unruhe an, meistens auf Kreuzungen. Unerwartet verlangsamen sie die Fahrt und schauen sich um, ob wir ihnen auch folgen. Nur auf glatter Straße, wo man uns auch von weitem im Auge behalten kann, legen sie einen Zahn zu.

Wie fahren durch Dörfer, an Feldern vorbei, aber nirgends ist eine Menschenseele zu sehen. Die Dörfer sind wie ausgestorben. Die Autofahrt beruhigt mich. Ich habe das Gefühl, als führen wir nach Hause.

Das wirkliche Transnistrien

Von der Hauptstraße biegen wir rechts ab. Das ist nicht mehr die Ebene, die wir hinter uns gelassen haben, wo Baráts Pioniere begraben sind, wo das Dorf liegt, in dem der Vater und die Babka mit der Kuh im Strohbunker wohnen. Wir sind in ein Dorf eingefahren. Wildmanns Mercedes hält vor einem Haus, das sich in nichts von den anderen unterscheidet. Auf dem First des Hauses ist eine Tafel mit dem rumänischen Königswappen angebracht, im Halbkreis steht darauf geschrieben: Königreich Rumänien – Gendarmeriestation. Wir sind im wirklichen Transnistrien.

Wildmann und Riedel sind im Haus der Gendarmerie verschwunden. Franz springt ab, streckt die Glieder und pfeift vor sich hin. Majstrík, Lieskovan und ich gehen die Straße hinauf, um uns ein bißchen umzusehen, wo wir da gelandet sind.

In diesem Dorf deutet nichts auf den Krieg hin. Aber auch

hier ist alles still. Auf den Höfen machen sich zwar Menschen zu schaffen, doch sobald sie uns erblicken, scheinen sie zu erstarren. Eine Weile stehen sie so da, dann laufen einige in die Häuser, andere klammern sich mit den Händen an die Tore, so daß nur ihre Köpfe darüberragen, und begrüßen uns. Schaut nur her, ihr Zivilisten, solche Soldaten habt ihr noch nie gesehen. Was für Soldaten wir sind? Ratet mal! Russen? Was denkt ihr! Kennt ihr Freund und Feind nicht? Wir sind keine Russen. Slowaken sind nur fast Russen . . .

Mitten im Dorf bleiben wir stehen. Majstrík holt seine Zigarettendose hervor und bietet uns Tatras an. Wir rauchen. Schüchtern nähern sich einige Jungen und mustern uns neugierig.

Rechts von uns ist ein langgestreckter Stall, daneben einige Gebäude eines ehemaligen ukrainischen Kolchos. Auf der Straße und dem Hof liegt Stroh verstreut. Hinter den Gebäuden ragen wie Pyramiden hohe Strohdiemen auf. «Ein Kolchos!» sagt Majstrík und spuckt elegant in die Richtung zu den Gebäuden.

«Ein Kolchos? Ein ehemaliger Kolchos, mußt du sagen. Die Deutschen haben doch die Kolchose aufgelöst. Und wenn die Deutschen etwas aufgelöst haben, dann bestimmt auch die Rumänen.»

«Du Schlaumeier!» Lieskovan unterstützt Majstríks Ansicht lachend. «Manches haben sie aufgelöst, manches beim alten belassen. Glaubst du, alles was die Russen hatten, war für die Deutschen schlecht? Von einem Kolchos kriegst du eher Weizen zusammen, um ihn ins Reich zu schaffen, als von vielen Einzelbauern. Aber auf dem Kolchos muß jemand arbeiten, und für die Arbeit mußt du ihm was geben. Wenn du ihm mehr gibst, arbeitet er mehr, wenn du ihm nichts gibst, schaffst du immer das gleiche ins Reich. Aber das Reich ist voller hungriger Mäuler. Dort schuften schon Millionen Russen, Griechen, Franzosen, Polen und was weiß ich, wer noch.» Majstrík tut sehr wichtig, erläutert mir mit großem Ernst die Vorteile der Kolchoswirtschaft für die Deutschen. Dieser Fatzke! Was er da sagt, weiß ich auch ohne ihn.

«Kommt, schauen wir uns den Kolchos an!» Ich kümmere mich nicht um die anderen, gehe über den strohbedeckten Hof zu den Ställen. Majstrík und Lieskovan folgen mir. Je näher wir den Ställen kommen, um so weicher wird der Weg. Auf dem Hof liegen verrostete Pflüge herum, große und kleine Maschinen, Eggen, Walzen, zerbrochene Leitern, Holz- und Gummiräder. Ein Traktor hockt im Stroh wie eine Glucke.

Eine Bauernwirtschaft ohne Bauer. Gut, aber das hier ist offensichtlich Sabotage. Das sieht jeder, und die Rumänen sind doch nicht blind. Hier haben doch die Leute Grips im Kopf. Und trotzdem ... trotzdem tut es mir um all das leid. Um was? Das Stroh? Die Maschinen und Geräte? Das sind tote Dinge, die mich nichts angehen. Um den unbearbeiteten Boden? Warum? Für solche Gedanken und Gefühle ist jetzt nicht die Zeit. Wozu den Boden bearbeiten, wozu säen, wenn keiner weiß, ob er ernten wird.

Uns kommt langsam und ängstlich ein Zivilist entgegen. Der warme Pelz macht ihn dicker, als er ist. Mit der Pelzmütze sieht er aus wie ein Partisan. Der Zivilist ist sehr überrascht, eigentlich mehr erschrocken. Er öffnet den Mund, als wollte er schreien.

«Na, kak dela, chasain?» spricht ihn Majstrík an.

Der Zivilist wirft die Hände übern Kopf und ruft auf russisch: «Towarischtschi, ich bin immer für die Sowjetmacht gewesen! Ehrenwort, Genossen, ich war immer für die Sowjetmacht!»

Das muß ein Verrückter sein! Ein Verrückter im Schafpelz.

Majstrík beruhigt ihn: «Wir sind keine Russen, wir sind nur fast Russen, hab keine Angst, schau her, wir sind Grüne und nicht Rote. Wovor hast du Angst, du Esel? Zeig uns das Vieh, Schweine und Rinder, alles, was ihr habt.» Majstrík spricht gut Russisch. Der Zivilist hält immer noch die Hände hoch erhoben, ohne ein Wort trete ich an ihn heran und ziehe ihm die Arme herunter. Ich tippe mit dem Finger gegen seine Stirn, bei dem ist wohl eine Schraube locker. Er stutzt, erstarrt, seine Augen funkeln wild, und ich trete unwillkürlich einen Schritt zurück, denn mir scheint, daß er sich gleich auf mich stürzen wird. «Ihr seid keine Russen?» fragt er wütend.

«Nein!» Ich bemühe mich, genauso zornig zu sein wie er.

«Ach, ich Unglücksrabe, ich Dummkopf, was hab ich bloß getan, ach mein Gott, was hab ich da nur getan!» Er schlägt sich mit der großen Hand immer wieder vor die Stirn, als hätte er bemerkt, daß wir innerlich lachen, dann packt er seine warme Pelzmütze, schleudert sie auf das Stroh und haut sich mit den Fäusten auf die große, blitzende Glatze. «Rumänen?» Er hält inne und sagt etwas auf rumänisch. Rosa vin, frumoasă domnişoara, puftim, puftim, domnul. Weiß der Teufel, was dieser komische dicke Zivilist zusammenplappert.

«Nein, keine Rumänen», unterbreche ich ihn, diesmal aber mit echtem Zorn.

«Nein!» Der Zivilist kneift ein Auge zu, lächelt und blickt mir forschend ins Gesicht. Von mir wandert sein Blick zu Majstrík und dann zu Lieskovan. «Wir sind Slowaken! Und du scher dich zu des Teufels Großmutter! Job twoju matj! Aber schnell, bystro, dawai!»

«Was ist denn . . . was ist denn los mit dir?» stammelt Majstrík.

«Hört euch den mal an, wie der sich aufregt! Warum eigentlich?» Lieskovan lächelt, ihn überrascht mein Wutausbruch.

«Hab keine Angst, Gasda, so warte doch!» ruft Majstrík und eilt dem Zivilisten nach. Auch Lieskovan folgt ihm, nur ich gehe zum Tatra zurück. Erst jetzt kommt mir die Lächerlichkeit des Auftritts zum Bewußtsein. Sieh an, was für ein Sowjetfunktionär, Starost oder Kolchosvorsitzender, hat uns für Russen gehalten. Warte nur, Bürschlein, die Russen werden schneller kommen, als du denkst. Und wenn du dich ihnen so vorstellst, brennen sie dir ein ganzes Magazin auf den Pelz.

Wildmanns Mercedes ist schon weitergefahren aus dem Dorf. Wir haben eine Viertelstunde versäumt. Frnčák stößt den Tatra rückwärts auf den strohbedeckten Hof. Majstrík und Lieskovan werfen das mit einem Axtschlag betäubte Schwein unter die Plane. Der Starost winkt uns, übers ganze Gesicht lachend, zum Abschied nach. Die Slowaken haben dich erschreckt, was? Es hilft dir nichts, daß du jetzt fast erstickst vor Lachen.

Gehab dich wohl, Starost, deine Angst hat dich nur ein Schwein gekostet. Hättest es selbst auffressen und mit rosa vin hinunterspülen können.

Von dem Tatra bleibt in dem ersten transnistrischen Dorf nur der Gestank nach Benzin zurück. Wir biegen wieder auf die Hauptstraße ein und jagen Wildmanns Mercedes nach, immer nach Westen.

Die Liebe ist kein krepiertes Schwein

Nach Westen! Schon lange ist unser Kontakt zur Front abgebrochen. Stille. Die Front existiert nicht. Auch der rumänische Gendarm, bei dem Oberstleutnant Wildmann gewesen ist, hat so getan, als gäbe es gar keinen Krieg. Der Gendarm glich mehr einem Beamten als einem Soldaten. Solchen Leuten geht's gut. Sie müssen nicht an die Front. Verstehen sich gut mit dem Primar, dem ukrainischen Starost. Natürlich, im Frieden versteht man sich immer, da schmeckt auch der rosa vin besser, auch ein frumoăso domnişoară, ein hübsches Mädchen, schmeckt überall gut, aber hinter dem Rücken des Krieges am besten. Wieviel solcher glücklichen Gendarmen gibt es in Transnistrien, wieviel Gendarmen leben wie die Made im Speck in Transsylvanien. So hieß früher einmal Siebenbürgen, das der Führer den Rumänen gegen Transnistrien weggezaubert hat.

Es wäre gut, anzuhalten. Was meinst du, Majstrík, müßte man nicht das Schwein abstechen und ausnehmen? Was meinst du, Lieskovan, wird Majstrík überhaupt teilen wollen? Werden wir auch diesen bösen Opa Wildmann bewirten? Riedel wird nicht nein sagen. Es stimmt, den rumänischen Behörden gegenüber sollen wir uns zuvorkommend verhalten, aber das Schwein hat nichts mit den Behörden zu tun. Es liegt unter der Plane, zusammen mit Franz und Marusja. Unter der Plane ist auch mein Koffer, auch die Feldausrüstung, dort steht auch die Kiste mit den Karten. Auch mit Marusja sollte man etwas tun.

Majstrík ist schon ganz nervös. Ich warte darauf, daß er endlich zu Frnčák sagt, er solle anhalten, damit er aussteigen und nach hinten unter die Plane klettern kann. Franz wird seinen Platz im Fahrerhaus einnehmen. Dann wird Majstrík mit Marusja allein unter der Plane sein, zusammen mit dem betäubten Schwein. Vielleicht wird Majstrík es mit dem Seitengewehr abstechen oder es ganz vergessen und sich ärgern, daß Marusja allein mit Franz unter der Plane saß, mit diesem Schwaben. Aber der Schwab kann nichts dafür, irgendwo muß er ja sitzen. Wenn das Schwein noch lebt, wird Majstrík es schlachten, oder er wird sich über sich selbst, den Schwaben und Marusja ärgern. Warum zürnst du mir, mein Herr und Gebieter, es ist doch nichts passiert, was hätte denn auch passieren sollen, du kennst mich doch! Ich bin es, deine Marusja, in deiner Uniform. Auch Nadja hatte so eine Uniform. Ich bin Soldat, mein Herr und Gebieter, und es ist überhaupt nichts passiert.

Nein, das alles denke ich mir nur, ich habe mich nur für eine Weile in Majstrík hineinversetzt ... Oder ... Auch das nicht. Marusja gehört nur einen Augenblick mir, und ich stelle mir vor ... Schon bin ich mit ihr unter der Plane und nicht Franz, aber Marusja gehört nicht mir, ich nehme nur allen Mut zusammen und küsse sie, greife ihr nur ein bißchen an die Brüste, meine Hand zittert wie bei einem Diebstahl, und dann ... Dann schreit jemand, das ist doch nicht Marusja, sondern Nadja, und Nadja stößt mich ab, denn ich will, daß an ihrer Stelle unter der Plane Wiera säße. Ach, Wiera! Du bist ein teuflischer Versucher. Ich dachte, ich hätte dich schon vergessen. Geh weg, du tust mir weh, du bist nicht Liebe, sondern Schmerz. Jede Frau erinnert mich an dich. Was soll mir die Liebe? Kann Liebe ohne den existieren, den wir lieben? Nein, das ist keine wirkliche Liebe, das sind nur Erinnerungen, Vorstellungen und Begierden, das ist nur eine ausgedachte Liebe. Das ist der Trost für einen Jungen, der Mann werden will und nicht weiß, wie. Mit den Zähnen knirschen, das kann ich. Ich kann sagen, daß ich aus Liebe mit den Zähnen knirsche, aber die Liebe schrickt vor einem solchen Zähneknirschen zurück oder macht sich darüber lustig.

«Halt!» sagt auf einmal Majstrík leise. «Bleib stehn!» fügt er noch leiser hinzu, als wollte er sich entschuldigen, Frnčák bremst, lenkt den Wagen an den Rand der gepflasterten Straße. Majstrík steigt aus. Auf seinen Platz setzt sich Franz.

Schweinehunde denken an Schweine

«Kannst dir die Lippen lecken», sagt Frnčák zu Franz und gibt Gas. Der Tatra rollt über die Straße nach Westen, und es scheint, daß wir uns einer großen Stadt nähern, in der es viele Mädchen gibt, einer Stadt, in der ich Wiera vergessen werde ... Nein! Wie kannst du so reden, Unteroffizier! Nichts wirst du vergessen. Es wird die Stadt sein, in der ich Wiera wiedersehen kann, wiedersehen muß. Oder nicht? Still! Wenn ich sie nicht wiedersehe, dann werde ich schreien — halt, Frnčák! Bleib stehn! Ich werde aussteigen, die Plane hochrollen und zu Majstrík sagen: Runter mit dir! Ja, du! Hast du nicht verstanden?! Runter mit dir und Marusja! Ich werde brüllen und toben, und wenn sie nicht gehorchen, werde ich sie mitsamt dem Schwein vom Auto schmeißen, und dann werde ich Frnčák befehlen: Abfahrt! Und Frnčák wird Gas geben, Majstrík wird hinter dem Tatra einherlaufen, wird Marusja auf der Straße stehenlassen. Zu ihren Füßen wird das Schwein quietschen, denn Majstrík hat es nicht richtig abgestochen. Statt Majstrík wird sie ein Schwein haben, mit einem solchen Schatz wird sie eher einen neuen Beschützer finden. Majstrík wird hinter uns her laufen, sich an die Wagenklappe klammern wollen. Aber ich hau ihm mit einer Konservenbüchse auf die Pfoten, daß er in den Dreck fällt. Soll er doch bei seiner Marusja bleiben! Dann werf ich ihm die Konserve hin, auch die andern Konserven schmeiß ich runter, alle diese Kasten und Kisten, damit er was zu fressen hat, soll er sich's gut gehen lassen mit seiner Marusja und dem Schwein, soll er. Dann wird sich niemand mehr unter der Plane hinter unserem Rücken lieben. Niemand mehr! Was sagst du dazu, Frnčák? Du hast keine Angst vor Majstrík, dir kann er nichts anhaben. Auch du, Franz, weißt, was ich denke. Gut, daß ihr mir beipflichtet.

Dummes Zeug! Franz starrt vor sich hin, Frnčák schaut konzentriert auf die Straße, nimmt vorsichtig Gas weg und gibt wieder Gas. Die Straße ist trocken und fest, wir haben freie Fahrt.

«Hoho!» schreit Frnčák auf einmal und pocht mit der Faust an die Rückwand der Kabine. Nach einer Weile erst meldet sich Majstrík stotternd unter der Plane: «Na, na, na, na ... Was ist los? Guck lieber gradeaus, damit du nicht wo anbumst!»

«Hoho! Paß du mal lieber auf, daß du sie nicht anbumst ... hehehe!» Frnčák lacht und schnalzt mit der Zunge. Paß auf, Mensch, schau mich nicht an, schau lieber auf die Straße. Warum lachst du nicht, Franz? Warum schweigst du so komisch, Lieskovan? Hoho! Unter der Plane ist ein Schwein. Ich weiß, woran ihr denkt, ihr Schweinehunde! Ans Fressen bestimmt nicht!

Alle sind wir verstummt, lauschen, nur Frnčák lächelt. Wenn er lächelt, steht die ganze obere Zahnreihe vor, denn er hat einen leicht vorstehenden Oberkiefer. «Anbumsen! Ausgerechnet ich! Ich bring euch weiß der Teufel wohin, doch ich bring euch hin, aber ob du deine Marusja bis hin bringst ... Hoho. Ich und anbumsen! Aber, was du ...», murmelt Frnčák.

Vielleicht nur für sich, doch wir hören es.

«Und wenn du uns nicht bis hin fährst, Frnčák?»

«Was? Ich euch nicht hin ... Na ja, kann man's wissen, vielleicht bring ich euch auch nicht hin, vielleicht bumse ich wo an, weiß der Teufel ... Aber ich hab schon angefangen, zu glauben, daß wir jetzt durchfahren bis nach Hause. Was meinst du, Kartenfritze, ist es noch weit bis Michalovce?»

Sieh mal einer an! Also nicht nur ich wollte nach Hause, sondern auch Frnčák. Nach Michalovce. Michailowka ist dir wohl nicht genug, was, du Nimmersatt?

Frnčák gibt keine Antwort. Auf solche dummen Scherze braucht man nicht zu antworten.

Keiner sagt ein Wort. Vielleicht denken wir alle an die Heimat.

Der Tatra flieht von der Front nach Westen, als wäre er ein Magnet und die Hohe Tatra ein Eisengebirge. Frnčáks Herz ist bereits in Michalovce und der Tatra in seinen Händen. Der Tatra flieht aus der Ukraine, er hinterläßt eine blutige Spur. Aus dem Schwein rinnt Blut, Majstrík hat es zweimal mit dem Seitengewehr durchbohrt.

Wie das Herz der Ukraine schlägt

Wir fahren in eine Stadt ein. Ich sitze in der Kabine an der Tür, zu meiner Linken drückt Franz auf mich, beide dösen wir vor uns hin. Die Straße ist voller Menschen. Es wimmelt von altmodisch gekleideten Zivilisten und von Soldaten. Was machen Baráts Pioniere hier? Frnčák muß Gas wegnehmen, dicht vor uns fährt Wildmanns Mercedes, vor ihm rumpelt ein Panzer. Der Panzer biegt nach rechts in eine Seitenstraße ein, doch schon drängen sich Lastautos vor den Mercedes. Wir fahren langsam, im Schritt. Die Straße ist verstopft. Das ist die erste größere Stadt, die ich aus der Nähe sehe, die letzte ukrainische Stadt, durch die ich fahre. Unweit muß die alte rumänische Grenze sein. Vielleicht geht für mich der Krieg in dieser Stadt zu Ende. Von meinem Gewissen fällt eine große Last, ich bin nicht mehr auf sowjetischem Gebiet. Man müßte was tun, man müßte sich von der Ukraine verabschieden. Vielleicht gibt's auch hier Kneipen ... Man müßte sich ein bißchen mit den Leuten unterhalten ... Ja, Abschied nehmen müßte man. Abschied ... Aber von wem? Von der Ukraine? Was ist das, die Ukraine? Ebene, ein großes Wasser, Pontonbrücken, das verlorene und salzige Meer, der Vater, die Babka, Nadja, Wiera, Marusja — alles das fährt mit uns. Auch der Blonde, der Schwarze, Fäßchen, der Schweigsame, auch sie fahren mit uns. Wer ist das, die Ukraine? Die Leute da, die auf der Straße gehen? Die Ukraine ... Wo ist jetzt die Ukraine? Über die Ukraine walzen die Ketten der Panzer, rollen die Räder der Lastwagen, die Soldaten transportieren, der Wagen, die eine blutige Spur hinterlassen. Nicht alle Wagen befördern tote Schweine, aber alle hinterlassen eine blutige Spur. Die Ukraine atmet, ihre mächtige Brust hebt und senkt sich, sie atmet heftig, und von ihrer

Brust fallen Autos und Panzer herab. Es ist das Blut der Ukraine, das von den Fahrzeugen auf die schwarze Erde tropft. Das Blut der Ukraine strömt unter uns in der Erde, in Kanälen und Katakomben, ihr Herz schlägt immer lauter, immer stärker.

Man müßte von der Ukraine Abschied nehmen, das Ohr an ihre Brust legen und sich für alle Ewigkeit den Schlag ihres Herzens einprägen, oder ... Ach, ich bin wieder ein Junge, ein kleiner Schulbub, ein Träumer, den es danach gelüstet, an einem Herzen zu sterben, das schlägt, an einem Herzen, das lebt, das aber schon fürchtet, es könnte aufhören, zu leben. Man müßte sich von der Ukraine verabschieden, müßte aussteigen, auf der Straße stehenbleiben, jemanden an der Hand fassen, die Wärme seines Körpers spüren, ihm in die Augen schauen und sagen: Lebt wohl, Menschen, und verzeiht mir! Würde das genügen? Würden sie mich begreifen? Warum sagst du uns Lebwohl? Bleib bei uns. Warum fliehst du, Slowak? Wohin fliehst du? Du bist doch fast ... fast ein Russe. Das weiß ich, aber wo soll ich bleiben? Das können wir dir nicht sagen. Hast doch selber Augen. Was sollen wir dir verzeihen? Uns hast du nichts getan. Uns, den Bewohnern von Oderau ... Zum Teufel! Siehst du, Slowak, schon verwechseln auch wir den Namen. Überall ist er angeschrieben, hängt über den Straßen auf weißen Transparenten, ist auf Ansichtskarten gedruckt, wir wissen, was du sagen willst, Soldat, daß wir uns nicht irremachen lassen sollen. Das sollten wir nicht, du hast recht. Alles mögliche sollten wir nicht. Auch verzeihen sollten wir euch nicht. Uns habt ihr zwar nichts getan. Aber ... Du weißt das nicht? Hört euch das an, Leute! Dieser Kartograph weiß nicht, wo der Kaukasus liegt und wo Rostow und Lipovec ... Uns hast du nichts getan. Wir lachen nicht, wir weinen, Soldat. Aber verzeihen werden wir dir nicht, auch wenn wir wissen, daß du nicht dort gewesen bist. Aber wer bist du? Bist du wirklich nicht dort gewesen? Die dort gewesen sind, tragen die gleiche Uniform wie du.

Schluß mit solchem Gerede! Ich werde mich doch nicht selber verurteilen. Was hab ich getan? Was sollen mir diese Leute hier verzeihen? Daß ich zwölf Patronen verschossen und Manderlas Konserve durchlöchert habe? Nur der Vater ... Nur er zwingt mich, um Verzeihung zu bitten. Was nützen der Ukraine meine schönen Worte? Schöne Worte haben keinen Wert. Die Menschen haben sich daran gewöhnt, daß schönen Worten häßliche Taten folgen. Nein, Ukraine, ich werde dich nicht bitten, ich schäme mich, aber ich will von dir Abschied nehmen.

Leb wohl, Ukraine!

Fünf weiße und fünf schwarze Puten

«Halt, Frnčák! Halt, Kamerad!»

Frnčák hält an. Vielleicht wollte er schon selber anhalten, und ich bilde mir nur ein, daß er mir aufs Wort gehorcht. Auch Lieskovan protestiert nicht. Franz springt als erster aus dem Fahrerhaus. Der Mercedes hat vor uns gehalten. Die Brillengläser des bösen Opas funkeln. Die Leute starren ihn an.

«Zwanzig Minuten, Jungs ... Genau zwanzig! Wir treffen uns am Auto wieder!» Will auch der böse Opa von der Ukraine Abschied nehmen, sie um Verzeihung bitten?

Ich möchte allein sein. Beim Abschied sollen nur die anwesend sein, die sich verabschieden. Ich trete auf den betonierten Gehsteig und mische mich unter die Leute. Niemand nimmt von mir Notiz, vielleicht halten sie mich für einen rumänischen Soldaten, die Rumänen für einen ungarischen Soldaten, die Ungarn ... Die werde ich doch in Odessa nicht grüßen, in Odessa werde ich niemanden grüßen, der Soldatenuniform trägt. In Odessa grüße ich nur die Ukraine, die Mädchen ... Lächerlich wird das aussehen, aufdringlich ... Mädels möchte jeder grüßen, auch die Ungarn, auch die Rumänen, selbst die Wlassows. Seht euch mal diesen Stutzer an, diesen Gockel, wie er die Federn spreizt ... Ukraine, rebelliere! Schau hin, mit was für einem Laffen deine Tochter geht! Pfui! Wie der Neid aus mir schreit!

Man müßte in ein Haus gehen, in irgendein Haus, den Menschen die Hand reichen, sich von ihnen verabschieden. Aber was werde ich den Leuten sagen? Sie werden vor mir erschrekken. Zivilisten haben Angst vor Okkupanten. Und ich will nicht, daß die Leute Angst vor mir haben.

Ich halte die Haustürklinke fest und fühle, wie sie mir die Hand gibt. Schäm dich nicht, Unteroffizier! Slowaken sind fast Russen, genier dich nicht! Nein, in dieses Haus werde ich nicht gehen. Auf dem Tatra liegt Vaters Holzkoffer, der schon den zweiten Krieg mitmacht, der auf Lastautos durch Österreich gefahren ist, über die Alpen, bis nach Bozen, und das ist schon in Italien. Im Koffer habe ich zehn Rollen Zwirn. Jasenček hat gesagt, für eine Rolle könne man eine Pute kaufen. In meinem Koffer habe ich also zehn Puten. Fünf weiße, fünf schwarze. Eine weiße Pute habe ich noch nicht gesehen. Schon zweimal hat mir die Mutter Puten geschickt, und ich bin noch nicht einmal dazugekommen, sie zu schlachten und zu rupfen. Was für Fleisch haben Puten? Neunerlei. Wer das gesagt hat? Du glaubst es nicht? Koste doch mal. Keine Zeit zum Kosten.

Majstrík springt soeben von der Ladefläche ab. Gut, so kann ich ungestört unter die Plane klettern. Marusja stellt sich schlafend. Immer schämte sie sich vor mir, wenn ich ihr im Dorf begegnete, auch am großen Wasser, immer senkte sie den Kopf, immer liefen ihre Wangen rot an, wenn sie mich irgendwo traf. Warum schämst du dich, Rehlein? Weil du mit Majstrík schläfst, weil du mit ihm lebst? Bist du seine Frau oder nicht? Oder hat er auch dich für Zwirnrollen gekauft?

Zwirnrollen ... Nein, Marusja hat sich nicht verkauft, Marusja hat sich aus Liebe hingegeben. Majstrík wird sie in die Slowakei mitnehmen, in das Land, von dem er ihr Wunderdinge vorgefaselt hat, bei uns ist alles anders, Marusja, die Wohnungen, die Maschinen, die Kultur, die Technik, der Wohlstand, alles ist anders. Die Not und das Elend hast du vergessen, du Fatzke. Ach, du Fischlein, du Wieselchen, du Rehlein. Liebe und gib dich hin, nur verschwinde mir aus den Augen. Alle seid ihr gleich. Zwirn gibt's nirgends umsonst, Rehlein. Keine Angst, ich geh schon.

In Odessa haben
sie mich nicht erwartet

Wieder habe ich eine Klinke gepackt. Nein, das ist nicht die gleiche Tür, an dieser hier ist eine plumpere, eine geschmiedete Klinke. Der Flur ist kühl, von den Wänden ist der Putz abgebröckelt, genau wie in Bratislava. Hinter solchen Türen stehen in einem Winkel des Hausflurs Soldaten und decken mit ihren Leibern nicht Maschinengewehrmündungen, sondern Mädchenleiber. Der Winkel ist feucht. Auch Briefkästen hängen hier. Alles ist so, wie es im normalen Zivilleben zu sein hat. In diesem Haus wohnen Menschen, in diesem Hause leben Mädchen. Vielleicht holt sich aus so einem Kästchen ein Mädchen Briefe von dem Liebsten ... Der Name auf dem Briefkasten ist der eines Mannes: Michail Iwanowitsch Okopenko. Das ist ihr Vater. Vielleicht ein alter Professor, vielleicht ein junger Hafenarbeiter ... Nein, die jüngeren Männer sind beim Militär, und die zu Hause geblieben sind, sind Polizei-Milizionäre, sie helfen den Deutschen. Was macht seine Tochter? Ist ja auch egal. Zweiter Stock.

Leichtfüßig bin ich die Treppe hinaufgelaufen. Mein Gesicht ist erhitzt, heftig schlägt mir das Herz. Ein Abenteuer erwartet mich. Michail Iwanowitsch Okopenko. Vielleicht ein Professor ... oder ein Arzt, auch bei uns am Hron gab's einen Arzt namens Okopenko. Mein Finger drückt schüchtern auf den Klingelknopf an der kalten Wand, die Klingel unterbricht die Spannung, um sie von neuem zu erhöhen, als sie verstummt. Alles bleibt still. Nur das Herz klopft und verwirrt mich. Ich weiß nicht, ob ich Schritte höre, ob ... Etwas höre ich. Oder ... Nein, ich höre nichts.

Auf der Straße brausen Autos vorüber, jemand pocht an die Haustür. Stille. Ich muß noch einmal klingeln. Die Glocke schrillt. Dann wieder Stille. Ich bin ein Dummkopf. Ein Idiot! Was will ich an dieser Tür? Hier erwartet mich niemand. Wenn jemand öffnet, wenn er mich erblickt, dann wird er sehr böse sein, denn er erwartet einen anderen. Stille. Jetzt nicht mehr. Schritte! Ja, schlurfende, leise Schritte. Wird ein Mädchen in Hausschuhen und im Morgenrock öffnen oder eine Dame mit Lockenwicklern im Haar, oder ... Nein, eine Dame lieber nicht. Damen sind ungeduldig und unberechenbar. Damen sind Witwen. Aus Zorn über die Störung würde sie mich in die Wohnung holen, mich lange festhalten, mich wie ein Alp bedrücken. Ein Mädchen ... eine Studentin mit einem Buch in der Hand ... ja, ein Mädchen wird öffnen.

Die Tür geht leise auf. Durch einen Spalt lugen neugierige Augen. Zeig dich, Mädchen, ich bitte dich. Die Tür schließt sich wieder. Ich klingle noch einmal. Wieder ein Spalt und darin erschrockene Augen. Was sind das für Augen? Es sind nicht die von vorhin. Mach doch auf, Mädchen, ich tu dir nichts. Noch mehr, noch ein bißchen. «Was wünschen Sie, junger Mann?» Der Greis hat einen grauen Bart, sicher tun ihm die Zähne weh, um das Gesicht hat er ein warmes weißes Tuch geschlungen.

«Guten Tag, Michail Iwanowitsch Okopenko!» Einen alten Mann muß man grüßen, wie es sich gehört. «Entschuldigen Sie, Michail Iwanowitsch, daß ich störe ...» Was ist da eben hinter seinem Rücken vorbeigehuscht? Eine schmutzige Katze reibt ihren Hals am Bein des Alten. Nur eine Katze? Warum betrüben Sie mich so, Michail Iwanowitsch? Miau. Die Katze huscht durch den Türspalt und schmiegt sich an den kalten Schaft meines Stiefels.

«Ja, der bin ich, was wünschen Sie, junger Mann?» Junger Mann. Warum nennen Sie mich so, Herr Okopenko? Das beschämt mich, macht mich unsicher. Junger Mann ... Pah! Ich bin Soldat, Alter, Unteroffizier!

«Ist Ihre Tochter zu Hause, Michail Iwanowitsch? Ich hab ihr etwas mitgebracht, bitte sehr!» Ich drücke dem Alten das Päckchen mit den Zwirnrollen in die Hand. Fünf weiße, fünf schwarze Puten. Keine Sorge, Mutter, ich werde ein braver Soldat sein. «Nein, sie ist nicht zu Hause, ehm, ich habe gar keine Tochter, junger Mann.» Michail Iwanowitsch schiebt mit zitternder Hand das Päckchen in meine Hand zurück, aber ich nehme es nicht an. Halten Sie es nur fest, Michail Iwanowitsch, zurück nehme ich es nicht.

Der Katze ist kalt auf dem zugigen Flur. Sie schlüpft an den Beinen von Michail Iwanowitsch vorbei ins warme Zimmer. Pfui, wie heiser ihr Miauen ist!

«Auf Wiedersehen, Michail Iwanowitsch, und entschuldigen Sie!»

Leise schließe ich die Tür. Renne die Stiegen hinunter, und Michail Iwanowitsch öffnet erneut die Tür und ruft mir etwas nach: «Junger Mann, he, junger Mann . . .!» Darauf reagiere ich nicht, Michail Iwanowitsch, ich bin Soldat, Unteroffizier, nach euren Dienstgradbezeichnungen Sergeant . . .! Pfui! Ein billiger Sergeant, der Zwirnrollen in den Häusern austrägt, schwarze und weiße Puten.

Junger Mann, he . . .!

Michail Iwanowitsch
kennt den billigen Jožko nicht

Der Gehsteig ist voller Menschen. Majstrík, Franz und Lieskovan sind schon beim Tatra. Aus einem Fenster guckt ein Mädchengesicht. Ich winke ihm zu. Das Gesicht verschwindet. Ich gehe auf die andere Straßenseite, dort steht unser Tatra. Wieder sehe ich ihr Gesicht am Fenster, sehe ich ihren Oberkörper . . . Sie lächelt. Dummer Sergeant, kehr zurück. Wie kommt Wiera hierher?

Frnčák startet. Der Mercedes vor uns fährt an. Nein, das ist nicht Wiera, ganz bestimmt ist sie es nicht. Ich werde als letzter einsteigen. Ich will sie noch sehen, will ihr zuwinken. Wie schön sie ist! Ach, ich Dummkopf! Sie hält meine Zwirnspulen in der Hand, rollt sie auf, beschaut sie sich, bewundert sie . . . Eine Rolle, die nächste . . . Der Zwirn ist hübsch, was? Auch du bist hübsch . . . Schade, Sergeant Dummkopf. Was machst du da, Mädchen? Mach doch keinen Unsinn! Was tust du da? Ach, du Dummchen, das sind doch Zwirnrollen, Puten . . . Ach, du Dummchen. Fünf weiße Puten hat sie hinausgeworfen! Wie sie fliegen . . . meine toten Puten. Ach, Mama, halte mich, ich wär so schrecklich gern ein böser Soldat. Hupe nicht, Frnčák, oder ich zerschlag dir die Fresse. Rausgeschmissen hat sie sie, siehst du's nicht, rausgeschmissen ... Sie sind an den elektrischen Leitungsdrähten hängengeblieben und jetzt ... Ach, mein Gott, jetzt baumeln sie an den Drähten wie Gehenkte. Nur eine weiße Pute ist vor meine Stiefelspitze gerollt. Das Mädchen hat sie aus dem Fenster geworfen wie eine Handgranate. Mit mir könnte es schon vorbei sein. Eine schwarze Pute kann ich nicht sehen. Vielleicht hat es Michail Iwanowitsch nicht erlaubt, auch die schwarzen Puten zum Fenster hinauszuschmeißen. Schwarzen Zwirn braucht er. Die Tochter muß ihm damit den Rock säumen, schade, die Deutschen haben nicht erlaubt, Zwirn herzustellen. Michail Iwanowitsch ist ein verständiger Mann, ein alter Professor. Vielleicht ist er Professor ...

Voller Zorn gebe ich der Rolle mit dem weißen Zwirn einen Stoß und quetsche mich auf den äußersten Sitz neben Franz und Lieskovan ins Fahrerhaus.

Der Tatra fährt hinter dem Mercedes her und ordnet sich ein in den Strom der deutschen und rumänischen Fahrzeuge. Ich schaue mich nicht mehr um. Nur einmal noch, ein einziges und letztes Mal. Der Wind spielt mit den Zwirnsfäden, die auf den Drähten an der Straßenlaterne hängen. Wie Fahnen, wie zerschlissene Fahnen ... weiße Fahnen der Unschuld. Die Ukraine hat rebelliert. Die Straße bleibt hinter uns zurück, und auf dem Lichtdraht vor Michail Iwanowitschs Haus hängt ein Drache. Ein mutwilliger Sergeant hat ihn für ein stolzes Mädchen steigen lassen. Über die Straße spannt sich ein weißes Tuch, und darauf hüpft und zittert die schwarze Aufschrift: Oderau.

Leb wohl, Odessa. Leb wohl, du stolze Ukraine. Und verzeih! Der Obersergeant Sascha Demidow, der einzige Jude in der Ersten Slowakischen, wollte dich nicht beleidigen.

12
Aglaja

Die Nacht mit zwei Frauen

Ich versuche mich zum Schlafen zu zwingen, aber vergebens. Ich kann nicht einschlafen. Auch die Frauen in dem Bett hinter mir schlafen nicht. Sie tuscheln miteinander, aber ich kann kein Wort verstehen. Ich bin nicht fähig, etwas zu verstehen, dieses Flüstern zerrt an meinen Nerven, es kitzelt und reizt mich, es ist zum Verrücktwerden. In der Stube ist es dunkel, aber wenn ich mich umschaue, kann ich Gegenstände und Möbelstücke unterscheiden. Auf der Südseite, der Straßenseite, sind zwei kleine Fenster, beide mit einem weißen Vorhang verhängt. Auf der Ostseite, der Hofseite, ist ein Fenster mit dem gleichen Vorhang. In der linken Zimmerecke zwischen den Fenstern ist ein Tisch und eine Eckbank in Form eines L. Wo die Bänke zusammenstoßen, steht in einem verglasten Schränkchen eine Ikone mit Kranz. Zu beiden Seiten der Ikone wachen bärtige Heilige der rechtgläubigen Kirche. Stühle haben sie nicht im Hause. Unter der Bank guckt ein runder Schusterschemel hervor, auch eine Kiste mit Schusterwerkzeug. An der Tür ist ein Kleiderrechen mit starken Haken befestigt. Daran hängen nur meine Hosen, die Feldbluse, der Mantel und die Mütze. Unter dem Mantel stehen im Habtacht meine schmutzigen Stiefel.

Die Frauen können noch weniger schlafen als ich. Warum kichern sie, warum tuscheln sie? Ich habe gelernt, die Frauen nach ihrem Flüstern zu unterscheiden. Das Flüstern der Hausfrau ist aufreizend, es zischt und kitzelt; wenn ich es höre, sehe ich ihren schöngeschnittenen Mund, die vollen Brüste, die strammen Hüften und die großen schwarzen Augen. Augen, die mich noch vor einer Weile feindselig musterten. Die Pistole habe ich unters Kopfkissen geschoben. Jetzt drückt sie mich, liegt schwer unterm Kopf. Vor wem fürchtest du dich eigentlich, Unteroffizier? Vor den Frauen? Lächerlich. Die Frauen fürchten sich vor dir. Ach was, von wegen fürchten! Die Fremde kichert, sie verschluckt sich fast vor Lachen, die Hausfrau hält ihr den Mund zu, aber die Fremde hört nicht auf, erstickt zu lachen. Jetzt hat sie den Fuß aufs Kopfende meines Bettes gelegt. Mir scheint, sie wackelt mit den Zehen. Man brauchte nur den Arm auszustrecken und sie am Fuß zu pakken, ihn zu packen und nicht mehr loszulassen.

Zwischen den Frauen liegt ein kleiner Junge. Bevor er eingeschlafen ist, hat er die schwarze Frau des langen und breiten ausgefragt, wer der Onkel sei, der in Vaters Bett liegt, wozu er gekommen sei und was er ihm mitgebracht habe.

In Vaters Bett ... Verdammt noch mal! Hätte ich nicht ein anderes Quartier finden können? Das hätte ich mir doch gleich denken können, daß ein Weib wie die da nicht ohne Mann leben wird, so eine Frau heiratet dreimal und wird nebenbei immer noch mit einem vierten Mann schlafen, so eine Stute. Ich lege die Pistole zwischen Schlüsselbein und Kinn. Dort drückt sie am wenigsten. Aber auch so komme ich mir reichlich lächerlich vor. In der Pistole ist keine einzige Patrone. Ich hab sie nur deswegen unters Kopfkissen gelegt, weil das alle so machen. Der Befehl lautet: Die Waffe darf nicht frei in dem Haus hängen oder liegen, in dem ihr einquartiert seid!

Wie viele sind wir im Dorf? Majstrík, Lieskovan, Frnčák und Franz. Wildmann ist im Nachbardorf geblieben, in dem sich noch vor uns die Autowerkstatt eingerichtet hat. Bei ihm ist auch Feldwebel Riedel geblieben, auch der Putzer und der Funker mit dem Funkgerät. Also fünf slowakische Soldaten, ein rumänischer Gendarm und zwei ukrainische Milizionäre. Das ist alles. Die bewaffnete Macht, sieben Okkupanten, das brauchen gar keine Männer zu sein, sieben Messer genügen, und die Okkupanten sind innerhalb von zehn Minuten abgeschlachtet wie die Hammel. Gut, daß die Frauen tuscheln, daß die eine fast vor Lachen erstickt. Immer lacht nur, wenigstens werde ich nicht an die Messer denken, vielleicht werde ich bei euerm Tuscheln einschlafen. Schade, daß ich mich nicht mit einem von uns zusammen einquartiert habe. Franz wäre sicher mitgegangen. Majstrík hat sich das schönste Haus am Rande des Dorfes ausgesucht. Majstrík ist ein durchtriebener Okkupant. Wenn er ein Gehöft betritt, strebt er zuerst zum Stall. Wo er zwei Kühe findet, dort schreibt er ans Tor: Besetzt für Stabskompanie. Lieskovan sucht dann nicht lange. Ans Tor des Nachbarhauses schreibt er das gleiche. Lieskovan muß an Majstríks Seite bleiben. Frnčák fuhr den Tatra auf einen Hof, und Franz und ich latschten über die kotige Straße, um Quartiere für den restlichen Divisionsstab zu beschaffen. Als wir ins Dorf kamen, ging es bereits auf den Abend zu, die Sonne hing noch über den kahlen Hügeln. Das Dorf liegt in einem tiefen Tal. «Von hier möchte ich nicht abhauen müssen!» sagt Frnčák. Auch ich möchte von hier nicht auf dem Tatra fliehen müssen. Als wir ins Tal hinabfuhren, hinterließ der Tatra zwei tiefe Furchen, in denen sogleich das Wasser rann. Der Motor brüllte, das Fahrzeug quälte sich langsam vorwärts, die riesigen Räder wühlten tiefe Rinnen in den zähen Schlamm. Nichts Besonderes, an solche Straßen haben wir uns bereits gewöhnt. Aller Schnee ist schon getaut, die Erde ist wie ein Schwamm mit Wasser vollgesogen und klebt sich an die Räder wie Wagenschmiere. Als wir auf ein ebenes Stück kamen, blieben wir sogleich in einer Schlammkuhle stecken. Vergebens versuchte ich nachher, die Stiefel abzuwaschen. Die Erde pappte daran, löste sich nicht, haftete am Leder wie Schusterpech. Ich werde sie wohl mit dem Messer abkratzen müssen. Ich weiß nicht, ob es richtig war, die Stiefel unter den Kleiderrechen zu stellen. Der Lehm wird trocken und hart werden wie Stein. Ich hätte sie im Hausflur lassen sollen, dort ist es kalt, der Kleister wäre morgen früh noch weich. Jetzt ist es überflüssig, sich darüber Gedanken zu machen. Verdammt noch mal, ihr Weiber, seid doch endlich still, ich kann sonst nicht einschlafen. Wie sie kichern, auch die Hausfrau, die schwarze Aglaja ... Aglaja ...

Aglaja

Ich weiß nicht, wie ich darauf komme, daß meine neue Quartierwirtin Aglaja heißt. Diesem Namen bin ich in der Ukraine noch nie begegnet. Aglaja ... So hieß das erste russische Mädchen, von dem ich gelesen hatte. Den Titel des Buches habe ich vergessen, aber Aglaja nicht. Sie blieb mir im Gedächtnis haften, als lebte sie. Jetzt taucht ihr Bild besonders klar vor mir auf, Aglaja ... Aglaja ist meine Wirtin. Was für ein eigenartiger, interessanter Name.

Als ich den Hof betrat, sah ich sie unter dem weißen Vorhang am Fenster hervorlugen. Sie versteckte sich, ich konnte ihr nicht einmal meinen Gruß entbieten. Ich schrieb an die Tür: Besetzt 1 Mann. Dann kehrte ich zu Franz zurück. Der schrieb soeben an seine Tür: Besetzt 2 Mann. Franz war enttäuscht, als wir das Zimmer betraten, denn das Mädchen, das er im Fenster erspäht hatte, war noch ein Kind. Abends aber, als wir für den ganzen Stab Quartier gefunden, als wir das ganze Dorf mit weißer Kreide beschmiert hatten, kehrte Franz doch in seine Unterkunft zurück. Allein, ohne mich. Mit dem Quartiermachen waren wir bis zum Einbruch der Dunkelheit fertig. Wir waren ziemlich durchgefroren und beeilten uns, so schnell wie möglich ins Bett zu kommen, um uns auszuschlafen. Schon mehr als eine Woche wanderten wir von Dorf zu Dorf, aber nirgends gab es für uns Platz. Überall stießen wir auf deutsche oder rumänische Quartiermacher. Wir waren schon an der alten sowjetisch-rumänischen Grenze angelangt, als Wildmann per Funk den Befehl erhielt, umzukehren und unbedingt nordwestlich von Odessa Unterkünfte für die Division zu besorgen. Unter Division war der Stab zu verstehen. Den Regimentern und Abteilungen wurden die Gebiete zugesprochen, in die sie auf eigene Faust ihre Quartiermacher entsandt hatten. Als ich abends zurückkehrte, war Aglaja zu Hause, die Tür war nicht verschlossen, und in der Stube war es angenehm warm. Schüchtern grüßte ich: «Sdrastwuitje, Chasaika!»

Aglaja gab mir keine Antwort. Sie stand am Fenster und

schaute hinaus auf die Straße, den Jungen hielt sie auf dem Arm. Ich grüßte noch einmal. Vielleicht hatte sie mich nicht gehört, vielleicht hatte ich den russischen Gruß schlecht ausgesprochen. Aglaja antwortete auch jetzt nicht. So stumm war ich noch in keinem Hause aufgenommen worden. Im ersten Augenblick wollte ich auf dem Absatz kehrtmachen, hinter mir die Tür schließen und ins Nachbarhaus zu Franz gehen, aber ich überlegte es mir anders. Einquartieren kann ich mich, wo ich will, das stimmt, aber . . . Etwas hielt mich zurück bei dieser schweigsamen Frau. Morgen abend werde ich nicht mehr weggehen können. Im Dorf wird jedes Haus besetzt sein. Gut, ich bleibe hier, bis sich Aglajas Zunge gelöst hat. Ich warf den Rucksack auf den Koffer und fragte: «Wieviel Seelen wohnen in diesem Haus?» Aglaja antwortete nicht, würdigte mich keines Blickes. Sie stand da wie eine beleidigte Göttin, wie eine schwarze Marmorstatue. Ich betrachtete ihre volle, lockende Gestalt und knöpfte mir den Mantel auf. «Hören Sie, Chasaika, wieviel wohnen in Ihrem Haus? Ich muß wissen, wieviel Soldaten ich hier einquartieren kann.»

«Keinen einzigen!» sagte Aglaja. Endlich sah ich ihre Augen. «Keinen einzigen, verstehen Sie!» Das sagte sie voller Zorn, aber mich traf ihr Zorn nicht. Ich bemühte mich, den eigenartigen Schatten zu durchdringen, den, wie mir schien, die großen Fächer ihrer Wimpern auf ihr Gesicht warfen. Der Junge lächelte, ich blinzelte ihm zu. Er lachte laut auf. «Der Papa kommt gleich. Er ist nach Antonowka gegangen, zum Onkel Hrihori», plapperte er. Aglaja schlug ihn aufs Mündchen, aber er wußte, daß das nicht ernst gemeint war. Er riß sich los von ihren Armen und lief hinaus auf den Hof.

«Kann ich bei Ihnen wohnen?» fragte ich, legte aber dabei bereits den Mantel ab.

Aglaja sagte: «Nein!», zog von dem Wandbrett über dem Bett, in dem ich jetzt liege, ein warmes Tuch herab und ging ebenfalls hinaus. Ich blieb allein in der Stube. Ich sah sie noch einmal, wie sie über den Hof schritt, wie sie durchs Dorf eilte, neben ihr lief der Junge, er patschte durch das Wasser und den Schlamm. Am andern Ende des Hauses meckerte eine Ziege.

In der Ukraine eine Ziege?

In der Stube war es dämmrig. Ich schaute mich um, beguckte mir das Zimmer von einer Ecke zur anderen, griff an den Ofen und bestärkte mich in meinem Vorsatz, aus diesem Haus nicht zu weichen. Wenn ich gehe, kommt ein anderer, das Dorf wird vollgestopft sein mit Soldaten wie ein Futtertrog mit Häcksel, und Aglaja wird schön still sein müssen. Wenn sie nicht still ist, wird's ihr schlecht bekommen, und wenn sie so verstockt schweigt, wird das den Soldaten auch nicht gefallen. Mir kann es egal sein. Aglaja ist eine Frau, sie wird wissen, wie man mit Männern umgehen muß. Der Ofen wärmte mir angenehm den Rücken. Die Stube kam mir bekannt und vertraut vor, ich fühlte mich wie zu Hause. Alles erschien mir wie ein Traum. Die Wärme ließ die Sehnsucht nach der Heimat aufleben, nach einem ordentlichen Bett, nach einem gütigen Wort der Mutter. Seit langem ist mir diese Verstellung zuwider, die wir allenthalben antreffen, diese liebevollen Blicke. Ich weiß, daß sich dahinter Haß verbirgt. Lange hatte ich gedacht, daß uns die Menschen in der Ukraine gern hätten, aber als ich Aglajas haßerfüllten Blick sah, wurde ich mir bewußt, daß sich unter dem Lächeln immer nur Haß und Angst und Zorn verborgen hatten. Bei den Gedanken, daß sich jemand vor mir fürchtet, werde ich mir selbst zuwider.

Bald ist ein halbes Jahr vergangen, seit ich an der Front bin, ich habe das Recht, meine Ablösung zu verlangen. Das hätte mir früher einfallen sollen. Noch in dem Dorf am großen Fluß hätte ich um Ablösung ersuchen können, Amenmaria hätte ich bitten können, vielleicht hätte er persönlich die Sache in die Hand genommen, jetzt werde ich Gott weiß wie lange noch hier hocken können. Selbst wenn sie einen aus Bratislava herschicken, wird er nicht wissen, wohin er kommen soll. In einem Monat kann der Divisionsgefechtsstand fünfhundert Kilometer von hier sein, irgendwo in Rumänien.

Die Wärme schläferte mich ein, die Gedanken wurden träge, ich verlor das Gefühl für die Wirklichkeit, alles war wie ein Traum. Ablösung ... die Heimat ... was für ein schöner, was für ein großer Traum. Ich wollte mir die Stiefel ausziehen, aber sie waren von Wasser vollgesogen, glitschig von dem schwarzen Schlamm. Nur mit großer Mühe bekam ich sie von den Füßen. Ich war völlig verdreckt. Verdreckt, aber nicht verlaust. Wenn der Vater mit der Babka hier wäre, würden sie Wasser für mich heiß machen. Ach, danach würde ich aber schlafen!

Ich rollte die Decken auseinander, legte Aglajas Federbett auf die andere Bettstatt und streckte mich lang. Das Fußende des Bettes lehnt sich an den Ofen. Noch die Pistole unters Kopfkissen, und dann nur noch schlafen.

Ich schlafe, und dennoch weiß ich, daß ich schlafe. Ich schlafe nicht zu Hause, sondern in einem fremden Hause, im Bett der zornigen schönen Aglaja. Mir träumt von ihr: Aglaja lächelt, streichelt mich mit ihrer rundlichen, weichen Hand, küßt mich mit ihren vollen roten Lippen, ihr schöner Busen wärmt meine frierende Brust. Aglaja nimmt mich völlig in sich auf, und ich höre, wie ich stöhne, und ich wundere mich, wie unnatürlich das klingt. Das ist kein Stöhnen, sondern ein seltsames, fremdes Geräusch. Ich spreche doch nicht im Schlaf, nein, da geht nur etwas mit mir vor. Wie lieb du bist, Aglaja, so lieb ...

Ich weiß nichts, will auch nichts wissen, will nur schlafen, will nicht erwachen, ich will nicht, ich will nicht ... Wie schön du bist, Aglaja, wie lieb du bist ...

Nicht ich bin es, der da mit den Zähnen knirscht, da knarrt nur die Tür im Flur, dann eine zweite, die Zimmertür, über mein Gesicht weht ein kalter Hauch, aber ich rühre mich nicht, ich will schlafen, will nicht erwachen. Aglaja, ich möchte, daß du noch länger bei mir bleibst.

Der Gendarm in Röcken

Aglaja spricht mit jemandem. Ich verstehe alles. Ich verstehe. Aglaja sagt zu einer anderen Frau, hier wirst du schlafen, Katja, hab keine Angst, wir haben alle Platz, das Bett ist breit. Katja lacht, kichert, das ist Katja, die häßliche Katja. Sie kichert, sie hat vor nichts Angst, und wenn sie vor jemandem Angst hat, dann auf keinen Fall vor Soldaten.

Ich schlug die Augen auf. Die Lider zitterten, ich sah nur Nebel. Dann in einem schmalen Lichtstreif Aglaja, wie sie sich auszog. Katja sah ich nicht, sie hörte ich nur, sie stand am Kopfende meines Bettes. Ich vermied jede Bewegung. Meine Augen verschlangen Aglaja in dem weißen Unterrock, der Junge hüpfte und sprang im Bett umher. Jetzt wurde er still, sicher guckte er nach mir. Ich muß die Augen schließen, damit er nicht bemerkt, wie begehrlich ich seine Mutter anstarre. Man müßte sich die Ohren zustopfen, um nicht das Knistern des Strohsacks, das Knarren des Bettgestells zu hören. Aglaja legte sich hin, streckte sich aus und seufzte. Warum zieht sich Katja nicht aus, warum steht sie wie ein Wachposten am Bett?

«Wo wird Anton schlafen?»

«Der kann sich auf der Ofenbank ausstrecken, um den kümmere dich nicht. Komm lieber, leg dich hin.»

Ich muß schlafen. Ich rege kein Glied. Schlafen kann ich nicht. Mir beginnen die Glieder zu erstarren. Warum scheue ich jede Bewegung? Ich muß mich umdrehen. Jetzt könnte ich auch mal husten, die Frauen ansprechen, Aglaja auslachen, weil sie sich fürchtet, mit einem Soldaten in einem Zimmer zu schlafen.

«Wann kommt der Papa, Mama? Warum ist der Papa noch nicht gekommen?»

«Still, du Balg!»

Warum bist du so böse, Aglaja? Warum schlägst du dein Söhnchen? Der Junge weint, Aglaja schlägt ihn, der Junge weint noch mehr. Schrei nur, Junge, und du tröste ihn nicht, Katja. Wenigstens kann ich mich umdrehen, kann meine Glieder strecken, schrei nur, kreische nur, du lieber Balg. Die Frauen wissen, daß mich der Junge aufgeweckt hat, sie tuscheln miteinander: Der Soldat wird böse sein. Ach, das kann uns teuer zu stehen kommen. Der Soldat wird morgen früh bestimmt unsern Wowka verhauen. Das sagt Aglaja, aber Katja lacht sie aus. Ein Soldat soll das sein? Das scheint mir eher 'ne Leiche zu sein. Schläft wie ein junger Hund, muckst sich nicht einmal. Wenn dein Anton kommt, kriech ich zu ihm, dann werd ich das Hündchen beißen. Aglaja lacht, und ihr Lachen ist mir nahe und vertraut, es hat etwas gemeinsam mit meinem Traum. Aglajas Lachen kitzelt, ihr Lachen ist mein Traum. Ach, du Dummchen, Aglaja, wozu hast du diesen Gendarm in Rökken gerufen? Warum hast du meinen Traum durchkreuzt?

Katja wird mich in Verlegenheit bringen. Was werde ich mit ihr tun, wenn sie wirklich zu mir kriecht? Sie ist nicht hübsch, und sie ist auch nicht gut, wenn es sie gelüstet, in ein Soldatenbett zu kriechen. Dumm bist du, Aglaja, uns könnte schon wonnig sein, denn deine Stimme, dein Tuscheln ist angenehm, ach, Aglaja, wie wonnig könnte uns schon sein ...

Sie sollten endlich aufhören mit ihrem Tuscheln und Kichern. Ich pfeife auf euch, Frauen, ich will schlafen. Katja soll sich ja nicht unterstehen, in mein Bett zu kriechen! Mit einem Gendarm schlafe ich nicht!

Kühn strecke ich mich, löse die erstarrten Muskeln, zwinge die aufgewühlten Sinne zur Ruhe. Wieder nähert sich der weise Schlaf. Das ist auch das vernünftigste. Verdammt noch mal, Katja, nimm den Fuß herunter vom Bettrand. Ich fühle, ich höre, ich weiß, daß sie ihn immer noch dort hat. Er riecht nach nassem Filz, nach verbranntem Gummi. Ich werde tun, als träumte ich, werde mit der Faust auf das Kopfende schlagen. Wenn dort der Fuß ist, werde ich ihn nicht verfehlen. Er ist dort. Hat sich gar nicht bewegt. Noch einmal schlage ich zu. Das soll ein Schlag sein? Katja hüstelt, und ich stecke folgsam die Hand unter die Decke. War das wirklich Katjas Fuß? Was will Katja eigentlich? Zu mir kriechen? Pfui! Dann kriech doch endlich, oder aber nimm den Fuß weg! Am besten wäre es, das Kopfkissen ans Fußende zu werfen und nicht weiter mit dem Kopf bei den Füßen der Frauen zu liegen, aber am Fußende ist der Ofen, dort wird mein Kopf braten. Verdammt noch mal! Könnte ich doch endlich einschlafen, schlafen wie ein Klotz! Aus diesem weiberfüßigen Haus zieh ich morgen aus!

Bei Gott, ich zieh aus!

Hört euch den an! Wie er flucht und schwört. Glaubt ihm kein Wort!

Aglaja flüstert wieder leise, und ich weiß nicht, ob ich das nur träume oder ob es wirklich ist, ich bin froh, daß mein

Traum wieder da ist. Wie wohl ist mir bei Aglaja. Nur Katjas Fuß auf meinem Kopfende stört mich und verdirbt mir den angenehmen Traum.

Nimm den Fuß weg, Gendarm in Röcken!

Anton, der ehrliche Schuster
und heldenhafte Säufer

Ich weiß nicht, wie lange ich geschlafen habe, wie spät es ist, als jemand draußen kreischt und an die Fensterscheibe pocht. Ich fahre hoch aus tiefem Schlaf, lasse die Füße auf den kalten Boden hinab. Ich versuche mich zu besinnen, wo ich bin. Dicht bei mir höre ich jemanden flüstern. Flüstern ... aha, natürlich, ich erinnere mich, das ist Aglajas Flüstern. Wieder klirrt das Fenster unter Faustschlägen. Wieder kreischt eine Stimme. Ach Gott, mein Gott, Anton ist wieder betrunken. Ach mein Gott ... Das Bett knarrt, Stroh knistert, Wowka fängt an zu weinen. Still, Wowka, still, mein Kleiner, fürchte dich nicht, das ist nur der Papa, der heimkommt. Katja beruhigt den Jungen, aber er greint, man hat ihn aus dem Schlaf gerissen, er ist verdrießlich. Wir sind Kameraden, Wowka, uns beiden hat man den Traum zerstört. Aglaja steht im weißen Unterrock neben meinem Bett und tastet sich zur Tür. Verdammt noch mal! Anton ist schon zurückgekehrt. Das ist ja großartig. Er hat keinen Platz, wo er sein müdes Haupt zur Ruhe betten kann. Daran hätte ich früher denken sollen. Jetzt ist schon alles egal. In Antons Bett liege ich. Wer? Wer? Ein Soldat, ein Okkupant. Was?! Still!

Junge, nimm allen Mut zusammen, faß dir ein Herz, wir werden ja sehen, was Anton dazu sagen wird. Und wer ist Anton? Was will er in diesem Hause? Mit welchem Recht schreit er hier herum und trommelt ans Fenster? Warum jammert Aglaja? Anton ...

Er stolpert in den Flur wie ein Ungeheuer, schnauft, stöhnt, weint und schimpft. Ach, wie er schimpft. Auf rumänisch. Na, das hat mir gerade noch gefehlt, Anton ist ein Rumäne. Dutila dracula! Dracula ... Drache ... das kann nur «Teufel» heißen, er schickt also jemanden zum Teufel, na komm nur, Anton. Die Pistole drückt auf das Schlüsselbein. Herrschaften, der kann aber schimpfen! Die Pistole ... Was heißt Pistole, ein Stück Eisen. Komm nur, Anton. Noch sehe ich ihn nicht. Die Tür hat er offengelassen, ich spüre die Kälte. Alles ist still geworden, Aglaja schließt die Tür. Schon ist sie an meinem Bett vorbeigehuscht, schon raschelt das Stroh, schon knarrt das Bett. Die Stube hat sich mit dem Duft eines warmen Frauenleibes gefüllt. Die Angst, die sich vor einer Weile unter meine Decke geschoben und an mein Herz gedrückt hat, habe ich verjagt, verweht hat sie der frische Hauch der kalten Luft, den Anton in die Stube ließ. Anton sehe ich immer noch nicht. Warum ist er so still, warum schimpft er nicht, warum tuscheln Aglaja und Katja nicht mehr? Auch Wowka weint nicht. Stille ringsum. Jemand ritzt Streichhölzer an ... Anton versucht, Licht zu machen. Ich muß bereit sein. Endlich! Wieder das Flüstern der Frauen. Warte, Katja, warte noch, zieh dich noch nicht an. Jetzt darfst du nicht gehen, was soll ich allein anfangen, wenn ... Aglaja weint ... wenn die zwei sich prügeln. Bleib noch da, Katja, Katjuscha ...

Katja, Katjuscha, es gelüstet mich zu lachen, hihihi! Schon ist die Schläfrigkeit von mir abgefallen. Wowka fängt wieder an zu greinen.

Anton ist es endlich gelungen, ein Streichholz anzuritzen, aber das Streichholz ist böse und unfolgsam und verlöscht. Anton brummt etwas Unverständliches, will ein neues Streichholz anzünden, aber seine Hände zittern, er zerbricht die Hölzchen. Anton fängt an zu fluchen. Was für ein Meister Anton ist! Er flucht jetzt meisterhaft auf ukrainisch. Alles schickt er zum Teufel, dann will er mit allem etwas Schweinisches machen, dann erinnert er an irgendeines Mannes Mutter, an ihren Hundesohn, dann noch an Aglajas Mutter, dann an die Zarenmutter, schließlich wieder an den Teufel, er schickt Antonescu zu ihm, dann alle Führer, alles, die ganze Welt würde er zum Teufel schicken, wenn er nicht über etwas stolperte. Anton hat sich gestoßen, verstummt für ein Weilchen, um dann eine neue Kanonade von Schimpfworten loszulassen. Was treibst du da, ruft

Aglaja. Das Bett knarrt, das Stroh knistert. Aglaja steht auf, zündet ein Streichholz an und hebt den Zylinder von der Petroleumlampe. Schnell dreht sie den Docht herunter, damit nicht zuviel Licht in der Stube ist. Aus Gewohnheit fährt sie mit der Hand über die Vorhänge und bugsiert Anton auf die Bank unterm Fenster, gegenüber meinem Bett. Anton steht auf, dreht sich um und schraubt den Docht an der Lampe höher. Er lacht. Auch mich reizt es langsam zum Lachen. Die Lampe wackelt, Anton wackelt, Aglaja drückt ihn wieder auf die Bank, schraubt den Docht kleiner, Anton wankt wieder zur Lampe und macht ein Licht, bei dem ein Lampenzylinder zu zerspringen pflegt. Aglaja haut ihm auf die Hand und dreht schnell den Docht herunter. Anton fällt der Kopf auf die Brust, ich kann sein Gesicht nicht erkennen. Ich sehe nur den kleinen, lockigen Kopf und den schmächtigen, gebeugten Körper. Anton fällt, Aglaja hält ihn fest und zieht ihm weinend die kotigen Stiefel aus. Sie wirft die Stiefel auf den Flur, Anton kollert auf den Boden. Dabei schlägt er mit dem Kopf auf. Er versucht sich aufzurappeln. Schon sehe ich ihm ins Gesicht. Er hat einen kleinen Mund mit aufgeworfenen Lippen, aus den Mundwinkeln rinnt ihm der Speichel. Er hat ein Gesicht voller Falten, trägt Hosen aus billigem Zeug, einen Pullover und eine graue Jacke mit weißen Streifen. Er ist unrasiert und stinkt aus dem Mund nach Samogonka. Selbstgebrannter, ein scheußliches Gesöff. Ein einziges Mal habe ich Samogonka getrunken. Ich werde kein zweites Mal auch nur davon nippen. Aglaja ist in die Stube zurückgekehrt und ringt die Hände. Unter Anton ist eine Pfütze. Vielleicht hat er zuerst Bier getrunken, dann Wein und zum Schluß Selbstgebrannten. Aglaja bricht in Tränen aus. Verstohlen blickt sie auf mein Bett. Sie bemerkt, daß ich nicht schlafe. Ich habe die Augen offen, es wäre überflüssig, sich zu verstellen. Anton rappelt sich mit Mühe auf die Beine. Mit zwei Schlägen meldet die Uhr den Morgen an.

Aglaja bringt in einem Blechtopf Wasser. Anton trinkt gierig. Noch! Er haut den Becher auf den Tisch. Statt Wasser bringt Aglaja einen Lappen und wischt die Pfütze auf dem Fußboden auf.

Anton torkelt zu meinem Bett. Schon hat er sich draufgesetzt, als Aglaja wütend auf ihn zuspringt, ihn am Arm packt und wegzieht. «Siehst du nicht, daß dort ein Mensch liegt?»

«Wer liegt in meinem Bett?» Anton lebt auf, bemüht sich, die Augen aufzureißen.

«Ein Soldat liegt dort, sieh doch!» Aglaja dreht Anton um zu dem Kleiderrechen, an dem meine Uniform hängt. Anton geht hin, zählt: eins, zwei, drei. Dann zählt er weiter bis sechs, bis neun, bis zwölf. Er befühlt den Mantel, um die Qualität des Stoffes zu prüfen, und wieder zählt er bis drei. Mit den Fingern tastet er die Sterne auf den Schulterklappen ab. «Ein Sternchen, zwei Sternchen, drei Sternchen ... Hauptmann!» brummelt Anton. Er streckt sich nach der Mütze, setzt sie sich auf und lacht. «Im Gleichschritt, marsch!» Anton marschiert durch die Stube, stößt gegen den Tisch, kehrt zurück zur Tür, ganze Abteilung kehrt! und zurück zu Aglajas Bett. «Aha! Und was willst du hier? Ist mir noch eine ins Bett gekrochen? Hab ich nicht genug an einer? Hab ich nicht am eigenen Heuhaufen genug, genügt mir das eigene Stück Fleisch nicht, was?» Anton stößt ein kindliches Lachen aus und greift Katja ans Bein. Erst tiefer, dann höher, aber Katja quietscht nicht.

«Saukerl du, Saufbold, leg dich hin, oder ich knall dir eine!» Anton hört nicht, und Katja klebt ihm eine, Aglaja heult. Sie ist nicht mehr so schön, wenn ihr die Tränen übers Gesicht kollern. «Dumme Trine, heul nicht, hau ihm lieber eins aufs Maul, immer rin in die Schnauze, und basta! Wozu ist so ein Mann auf der Welt! Nuckelt wie ein Kalb ... äh!»

Katja steht auf, sie keift wie eine Hexe. Endlich kann ich sie sehen. Alles klar. Auf den ersten Blick. Eine alte Jungfer, klein, fett, sie erinnert an eine Eule und scheint einen kleinen Buckel zu haben. Sie zieht sich den Rock an, wobei sie unablässig mit Anton zetert. «Wirst dich noch um Kopf und Kragen saufen, deine Schusterei versäufst du, die Frau ruinierst du! Ach, du Saukerl! Glaubst du, die Sowjetmacht kommt auf dem Wodka geschwommen? Du hast keinen Grund, dich auf die Sowjetmacht zu freuen. Deine Macht ist schon lange in einem Meer von Schnaps ersoffen!»

Anton döst vor sich hin, aber er hört doch zu.

«Still, alte Jungfer, still! Ich weiß schon, einen Kerl brauchst du, dann wärst du nicht mehr so böse, auch wenn er jeden Tag einen ganzen Eimer aussäuft, ich weiß ... alte Jungfern haben den Satan im Leibe, hihihi!» Anton fuchtelt mit der herabhängenden Hand herum, mit der anderen hält er sich am Tisch fest, er lacht mit heiserer Säuferstimme.

Ich muß mich umdrehen, denn mir werden schon die Glieder steif. Schlafen werde ich wohl nicht mehr, hol der Teufel diese Nacht. Muß mich wohl mit Anton bekannt machen, ein ernstes Wort mit ihm reden. Das ist ja kein Leben in diesem Hause. Ich werde zwar hier nicht bleiben, aber Anton muß ich noch meine Meinung sagen. Anton hat bemerkt, daß sich auf seinem Bett etwas geregt hat. Er hebt den Kopf, richtet stramm den Oberkörper auf und grüßt auf rumänisch: «Buna noapte, domn Căpitan!»

«Guten Morgen, Meister Schuhmacher!» erwidere ich Antons Gruß auf ukrainisch.

Anton sagt etwas auf rumänisch. Ich verstehe es nicht. Dracula, dracula. Wievielmal hast du das schon gesagt? Anton fängt an zu schreien und schickt mich ganz verständlich in die Hölle zu allen Teufeln; dann zitiert er meine Mutter. Wenn sich Anton einbildet, er könne mich einschüchtern, dann irrt er sich.

«Geh schlafen, Hausherr!» sage ich ruhig, aber Anton will mich nicht verstehen.

«Bist 'n Rumäne», knurrt er. «Ich erwürg dich mit eigenen Händen!» Er streckt seine pechigen Hände nach mir aus, und mir scheint, er ist jetzt ganz nüchtern.

«Gazdina», wende ich mich an Aglaja, «packen Sie Ihren Mann ins Bett, sonst ...» Sieh mal an, wie ich angebe! Sonst ...! Noch vor einer Weile hatte ich Angst, vor meinen Augen zuckten sieben Messer, und jetzt ... Ja, schlimm wird's ihm ergehen. Ich hasse Säufer.

Aglaja zieht im Verein mit Katja ihrem Mann die Hosen aus, und Wowka lacht dazu und klatscht in die Hände. Auch Anton lacht. «Schau, Rumäne, ich hab zwei Frauen, und du hast ...» Aglaja schlägt ihn auf den Mund. «Dummkopf, sei still!» Dann schaut sie mich an. Es ist der erste Blick, den mir Aglaja schenkt.

«Hör mal, du Rumäne!» Anton will sich den Frauen entreißen. «Wie heißt Führer auf rumänisch?»

«Ich bin kein Rumäne, sondern Slowake, und du schrei mich nicht an, Hausherr!»

«Slowake oder Rumäne, alles das gleiche. Wie sagt man auf rumänisch rebjonok, ha? Weißt du nicht? Capila! Wie heißt auf rumänisch spassiba, ha? Weißt du nicht? Mulţumesc! Ich bring dir's bei, warte nur, ach du ... du Hundesohn!» Wieder will sich Anton auf mein Bett stürzen, aber ich habe immer noch keine Angst vor ihm. Aglaja setzt ihn wieder auf die Bank. Betrunkene sind sehr kühn, aber auch sehr schwach. Wenn er nüchtern wäre, könnte man sich mit ihm ganz vernünftig unterhalten. Anton erhebt sich wieder, Katja wendet sich zum Gehen. In der Tür kehrt sie noch einmal um und schubst Anton aufs Bett zu seiner Frau. «Schlaf, du Saufbold, belästige nicht den Soldaten, und laß deine Frau in Ruh! Oder scher dich weg, und laß den Soldaten allein mit deiner Frau, du Saufaus, wirst sowieso die ganze Nacht stinken wie ein Ziegenbock, pfui. Du ekelhafter Kerl!»

Anton will sich widersetzen, aber Katja schmeißt ihn aufs Bett wie einen nassen Sack, und Wowka springt auf ihn und reitet auf ihm herum. Anton kichert und kreischt: «Warte nur, Rumäne ...» Aber Wowka gibt ihm keine Ruh, ringt mit dem Vater, kitzelt ihn, und Anton lacht mit seiner besoffenen Stimme.

Katja ist gegangen. Aglaja weint leise vor sich hin. Anton ist eingeschlafen, er schnarcht.

Ich weiß nicht, wann Aglaja aufgehört hat zu weinen. Ich bin dann bald eingeschlafen.

Schon ist es hell. Alle liegen noch. Ich bleibe im Bett, solange keiner aufsteht. Stören will ich nicht. In diesem Hause fühle ich mich als ungebetener Gast. Hinter meinem Kopf raschelt das Stroh. Anton hüstelt heiser.

Er ist aus dem Bett gestiegen und steht jetzt mitten in der Stube, in warmen aschgrauen Unterhosen. Verlegen schaut er sich um, er sucht seine Hose. Immer wieder blickt er schüchtern zu meinem Bett herüber und zieht sich hastig und geräuschlos an. Aglaja atmet laut.

Anton verläßt die Stube. Ich höre, wie er draußen mit jemandem leise spricht. Nach einer Weile kehrt er zurück, schaut mich prüfend an, ob ich noch schlafe. Ich beobachte ihn mit zugekniffenen Augen. Er nimmt meine lehmverschmierten Stiefel und schleicht mit ihnen hinaus auf den Hof. Schon bin ich ohne Stiefel. Barfuß wird er mich hinausjagen in den kalten Morast. Ich müßte aufstehen. Aber wozu? Barfuß würde ich doch nicht weit laufen. Da bleib ich lieber liegen, einem Mann mit nackten Füßen ist unter Decken wohler als im kalten Straßenschlamm. Ich werde warten ...

Anton kehrt bald darauf ohne meine Stiefel zurück. Er nimmt meinen Mantel, die Feldbluse und die Hose über den Arm und verschwindet wieder leise. Von der Tür wirft er noch einen verstohlenen Blick auf mein Bett zurück und schließt sie dann vorsichtig hinter sich, ohne daß sie knarrt. Jetzt kann ich tatsächlich nicht mehr aufstehen. Ich habe schon davon gehört, daß man Soldaten die Uniform weggenommen hat und daß dann Partisanen sie überfallen haben. Die Soldaten flitzten im Unterzeug über den Schnee und kehrten dann zurück in die Häuser, wo die Frauen sie mit Rührscheiten erschlugen. Das war allerdings Deutschen zugestoßen, aber warum sollte es nicht auch Slowaken treffen? Ich bin kein Rumäne, Anton, ich bin Slowake. Warum hast du mir die Uniform weggenommen? Vielleicht deshalb, damit ich deine Worte nicht wiederholen kann: Slowake oder Rumäne, alles das gleiche. Aber ein Slowake, Anton, ist andererseits fast ein Russe. Wo hast du meine Uniform hingebracht? In Unterhosen fliehen ...

Aber wohin? Fünf Slowaken, ein rumänischer Statthalter und zwei Milizionäre ... Sieben Hanswürste in Unterhosen und Hemden werden durch den Schlamm hüpfen, und Anton wird lachen, die Antons werden lachen und sie dann abknallen wie die Hasen auf der Treibjagd.

Aglaja zieht sich hinter meinem Kopfende an. Ich vergesse den Straßendreck, die Flucht, die Schießerei, in Reichweite meiner Hand ahne ich Aglajas warmen, duftenden Leib. Hat Aglaja gesehen, was Anton getan hat, will sie nachschauen, oder steht sie nur gewohnheitsmäßig auf, weil es eben Zeit ist, aufzustehen? Auf dem Hof ist Antons Stimme zu hören. Guten Morgen, Nataschka. Dann erzählt eine Mädchenstimme etwas, aber da kehrt Anton schon in die Stube zurück. Über dem Arm hat er wieder meinen Mantel, die Bluse und die Hosen, jetzt hängt er sie behutsam auf den Kleiderrechen an der Tür. Noch einmal geht er hinaus und kehrt mit den Stiefeln zurück. Nur ein Schuster kann aus Dreck einen Spiegel machen. Anton ist Schuster, und meine Stiefel glänzen wie ein Spiegel.

Aglaja, heiß den Gast willkommen

Endlich ist der Morgen da.

«Guten Morgen, Meister Schuhmacher!» Anton zuckt zusammen, baut ein Männchen und ruft: «Buna dimineața domn Căpitan!» Also doch ein Rumäne. Na gut, Anton. Ein Rumäne und ein Kapitän. Drei Sterne. Schon weiß ich, warum Anton gestern die Sterne auf meinen Schulterklappen gezählt hat. Kapitän. «Hör mal, Schuster», sage ich und setze mich im Bett auf. «Ich bin kein Rumäne, auch kein Kapitän, versteht du? Weißt du, was das ist: Unteroffizier? Starschi sershant, ponimajesch? Und Slowakei, weißt du, wo das ist? Du weißt es nicht? Keiner weiß, wo die Slowakei ist ...»

«Ah! Tschechoslowakia!» ruft Anton auf einmal, breitet die

Arme aus und fliegt wie ein Habicht mit gespreizten Flügeln auf mich zu. Er umarmt mich und schmatzt mich ab. Pfui! Noch nie hat mich ein Mann geküßt. Bei uns ist das nicht üblich, Anton. Als ich einrückte, erlaubte ich nicht einmal meinem Vater, mich zu küssen, und hier schmatzt mich der bärtige, ungewaschene Anton ab. Aglaja . . .

«Lena, Lena!» ruft Anton seiner Frau zu. «Das ist kein Rumäne, ich hab's doch gleich gewußt, daß das kein Rumäne ist, die Rumänen tragen doch nicht solche Sternchen. Na, was stehst du herum, Lena, heiß den Gast willkommen!»

Schade, daß sie Lena heißt. Nenn du sie, wie du willst, Anton, für mich bleibt deine Frau Aglaja. «Guten Morgen, Chasaika!» grüße ich Aglaja. Schon macht sie kein finsteres Gesicht mehr, Slowaken sind fast Russen, Aglaja, leise antwortet sie auf meinen Gruß, schon lächelt sie mich auch ein bißchen an. Hurra!

Der Morgen beginnt in Antons Haus mit einer großen Verbrüderung. Anton entschuldigt sich für das, was er in der Nacht dahergequasselt hat, Aglaja schämt sich für ihn, Wowka hat nur ein einziges Ziel: wie er meinen Koffer erobern kann.

Das Frühstück bereiten Aglaja und ich gemeinsam zu. Prima Bratkartoffeln mit Schweinefleischkonserve und schwarzem Soldatenkaffee. Die Kartoffeln hat Aglaja spendiert, die Konserve und die Kaffeewürfel ich. Wir essen gemeinsam aus der Pfanne, in der die Kartoffeln gebraten wurden. Mir scheint, daß ich schon Jahre hier wohne, daß Anton mein Bruder ist und Aglaja meine Frau und daß Wowka mein und Antons Sohn ist.

Wsjo rowno, woina

Wieder trinken wir wie jeden Morgen schwarzen Kaffee, zubereitet aus den Würfeln, die's beim Kommiß gibt. Anton ist Schuster, im Stall hat er nur eine alte Ziege. Dieser gehörnte Teufel gibt keinen Tropfen Milch. Die einjährige Färse, die neben der Ziege angebunden steht, ist struppig wie ein Bär. Anton ist Schuster und ein großer Säufer, von Viehhaltung hat er keine Ahnung. Der Färse kann Anton geben, was er will, sie bleibt dürr. Im Stall ist es kalt, deshalb ist ihr ein so dichtes Fell gewachsen. Anton ist Schuster und ein Saufbold, aber ein feiner Kerl. Die meisten Säufer sind feine Kerle. Außer Anton gibt es im Dorf noch viele Säufer. An dem Abend, als die Stabskompanie eintraf, gab's im Dorf mehr Besoffene als Nüchterne. «Wsjo rowno, woina!» schrien die Ukrainer. «Krieg kaputt, hol der Teufel den Krieg!» schrien die Slowaken und tranken mit den Ukrainern Samogonka und Rum. Zuerst tranken sie aus Angst, dann auf die Bekanntschaft und zum Schluß auf Brüderschaft. Wir sind doch Slawen! Na sdarowje! Slowaken sind fast Russen. Auch die Ukrainer sind fast Russen. Einer schrie den ganzen Abend, das sei nicht war, Ukrainer seien fast Slowaken. Dieser Esel. Das ist doch das gleiche.

In dieser Nacht, da die slowakische Division nach Borodino kam, schlief niemand, denn das ganze Dorf war betrunken, grölte herum und weckte die, die schlafen wollten. An diesem Tage endete in Borodino der Dienst der ukrainischen Milizionäre. In Borodino brach das goldene, vom Samogonka geweihte Chaos aus.

Überall, wo die Slowaken hinkommen, herrscht das Chaos.

Es lebe der Samogonka, der ukrainische Selbstgebrannte!

Slowaken sind fast Ukrainer, Ukrainer sind fast Russen, schrie in dieser Nacht ein betrunkener Soldat von der Stabskompanie.

Am Morgen soll sich dieser Soldat zum Rapport melden.

Oberleutnant Malý wird mich anschnauzen, aber ich werde ihn überzeugen, daß auch er ein Slowake ist, daß auch er fast ...

Ein großes Festmahl steigt

Heute habe ich viel Arbeit. Anton ist zu mir in die Schreibstube gekommen. Es ist ein Kreuz mit ihm. Er hat sich angewöhnt herzukommen, als wäre er hier zu Hause. Heute ist der vierzehnte März, Hrablavý bereitet einen großen Empfang vor, zu dem auch der Oberkommandierende der Heeresgruppe Südukraine, ein General von ..., erscheinen soll. Zum Teufel! Warum soll gerade ich mir die Zunge an seinem Namen zerbrechen. Franz wird ihn mir aufschreiben. Im letzten Augenblick wird er es tun, wie immer, und ich pinsle ihn dann in größter Eile auf das Namenskärtchen. Es wird ein üppiger Empfang, ein richtiges Gelage. Außer dem Stab der Ersten Slowakischen — das sind dreißig Offiziere, und weitere dreißig werden sich beleidigt fühlen, daß man sie nicht eingeladen hat — werden heute bei diesem Empfang die Gäste in außerordentlich großer Zahl vertreten sein. Die ganze DHM (drei Offiziere und drei Unteroffiziere), die rumänischen Verbündeten (fünf Offiziere und der Statthaltergendarm), ukrainische Milizionär-Verräter (zwei Stück), der Oberkommandierende (General von ..., dessen Name ich von Franz erfahren werde), sein Gefolge (etwa acht Offiziere vom Stab Süd), der ungarische Verbindungsoffizier mit Stellvertreter, ukrainische Zivilisten (zwei), noch einige uniformierte Ukrainer (drei Wlassowleute), Vertreter der slowakischen Regierung aus Bratislava (drei Offiziere des Generalstabs). Die werden wohl nicht kommen. Das wird eine Verstimmung hervorrufen. Eine ganz beachtliche Verstimmung. Die Regierung hat ihre tapferen Söhne vergessen. Auf der Speisekarte haben nicht mal alle Flaggen Platz. Wenn ich sie alle draufmale, hat Franz kein Fleckchen mehr, um die Namen der Speisen hinzuschreiben. Heute gibt's viele Gerichte auf der Stabsspeisekarte, auf der Divisionskarte. Heute ist der vierzehnte März. Auf Wacht, Brüder Gardisten! Wo seid ihr? Die Soldaten an der Front, die Garde in der Heimat. Moskau ruft uns jeden Tag übers Radio. Ach Quatsch, ich habe gar kein Radio.

Heute zeichnen wir doppelt so große Speisekarten und doppelt so große Namenskärtchen. Aber zuerst ...

Was willst du, Anton? Wen hast du da wieder mitgebracht? Heute ist der vierzehnte März! Was glotzt du so? Vierzehnter März ... Du bist ja große Klasse. Alle seid ihr große Klasse! Keiner weiß, was der vierzehnte März ist.

Anton, warum stehst du so unterwürfig an der Tür? Vierzehnter März ... Slowaken sind fast Russen ... Wer ist diese schlanke, große Frau? Wir kennen uns doch von irgendwoher. Sie kommen doch immer zu Aglaja ... Natürlich, Sie sind das. Und Aglaja nennt sie «Kuma», und das ist so was wie bei uns Gevatterin. Entschuldigen Sie, Gevatterin. Warum haben Sie sich so eingemummelt wie ein altes Weib? Habe Sie fast nicht erkannt. Was gibt's, Gevatterin? Was haben Sie auf dem Herzen?

Die Gevatterin lächelt. An ihrer Stelle beginnt Anton zu sprechen.

«Zur Kuma ist der Onkel gekommen, auf einer Britschka, weißt du ... auf so einem kleinen, leichten Wagen, weißt du, Sascha ... aus dem Nachbardorf.» Anton hab ich mich wieder als Sascha vorgestellt, das ist einfacher als Matúš.

«Gut, Anton, ich verstehe, auf einer Britschka ... ich weiß, was das ist, aber was habe ich damit zu tun?»

«Das ist so, Sascha, weißt du ... die Kuma, weißt du, Sascha, die Kuma hat zwei Kinder, ihr Mann ist in den ersten Kämpfen gegen euch gefallen, weißt du ...»

«Das weiß ich, Anton, von deiner Gevatterin weiß ich alles, ich weiß auch, daß sie dein Freund Timofei zur Frau haben will, daß Timofei drei Kinder hat, daß ihm die Frau vor einem Jahr an der Schwindsucht weggestorben ist, daß er sie sehr geschlagen hat und jetzt ganz verrückt ist nach deiner Gevatterin. Auch das weiß ich, daß sie schön blöd wäre, wenn sie deinen Freund nähme, denn er ist ein Säufer und würde sie sicher auch prügeln ...»

Anton steht demütig an der Tür, die Locken fallen ihm in die Stirn, in der Hand knüllt er die abgeschabte Schirmmütze.

«Weißt du, Sascha, die Kuma möchte mit dem Onkel mitfahren ... und was für die Kinder holen, weißt du, Sascha ...»

«Aha, einen Passierschein. Das konntest du doch gleich sagen. Du willst auch einen Propusk? Wirst dich wieder mit Timofei besaufen. Weißt du was, Anton, der Gevatterin besorge ich einen Passierschein, aber du kriegst keinen!»

«Weißt du, Sascha, ich bitte dich ...» Anton steht da wie ein kleiner, gescholtener Schuljunge, er möchte gern einen trinken, und im Nachbardorf hat er Brüder, die haben Wein wie Wasser. «Weißt du, Sascha ...»

«Ich weiß, Anton ...»

Ich gehe hinüber in die Zweite Abteilung zu Leutnant Balážž. Er gibt die Passierscheine für Zivilisten aus. Die Augen der Gevatterin leuchten, Anton bläht sich vor Stolz. Mein Sergeant ist jemand, sein Sergeant und er können alles, sie können auch einen Passierschein herausschinden, hoho, Kuma, schau dir nur meinen Sergeanten an! Du weißt, wen du dir zum Hochzeitsbitter wählen sollst. Ach, schlau bist du ... meinen Sergeanten natürlich, den Obersergeanten.

So prahlt Anton, wenn er betrunken ist, warum sollte er nicht auch jetzt so prahlen, da er den Passierschein in Händen hat. Heute wird er einen auf die Lampe gießen, bis er umfällt. Aglaja wird umsonst auf ihn warten, und am Morgen erst kehrt er still wie ein Lämmchen zurück und bringt für Sascha zwei Korbflaschen Wein mit. Sie werden die ganze Woche was zu saufen haben. Sascha spendiert Konserven, Anton Wein. Die Sünde wird brüderlich geteilt. Auch Aglaja wird ihren Zorn gerecht auf beide verteilen. Mit Sascha teilt Anton alles, nur die Frau schau nicht an, Sascha. Ich weiß, daß sie Gefallen an dir gefunden hat, aber laß du sie bloß in Frieden. Nicht daß Anton mich verdächtigt, nein, das nicht, aber er sieht, daß Aglaja mich besser umsorgt als ihn. Na gut, Anton, Sascha, zum Wohl! Im Wein ertrinkt alles. Auch damals ist alles im Wein ertrunken, als mir Anton das gesagt hat. Und jetzt? Dem Wein zuliebe vergißt Anton, daß er Sascha über Nacht allein läßt mit Aglaja und Wowka. Wowka ist ein Kind. Weiß Anton, wen er im Hause hat? Wie lächerlich er jetzt ist, wie ein kleiner Junge. In der großen Hand hält er das kleine Papier und riecht darin schon den Wein, sein Gesicht leuchtet, er ist von widerlicher

Unterwürfigkeit. Die Gevatterin verbeugt sich tief, und ich laufe rot an. Wofür, Gevatterin? Für dieses Papierchen? Nicht nötig, Kuma. Von mir aus können Sie jeden zweiten Tag zu Ihrem Onkel fahren. Hier ist noch ein Papierchen, eine Bescheinigung, daß alles, was ihr bei euch habt, der slowakischen Armee gehört. Die Gevatterin will mir die Hand küssen. Mir hat noch nie jemand die Hand geküßt. Das ist scheußlich, beschämend ist das, für mich und für sie. Geh, Kuma, beeil dich. Die Hände küssen, das ist mir zuwider.

«Morgen abend sind Sie mein Gast, Sascha!»

«Nein, nein! Sascha ist morgen mein Gast!» Anton hat sich vor die Frau gestellt. Er verteidigt seinen Sergeanten, seinen Wein, die Passierscheine. Hab keine Angst, Anton, die Kuma wird ihn dir nicht stehlen. Eher mußt du dich vor dem Sergeanten fürchten ... der Sergeant wird stehlen ...

«Gut, Gevatterin, morgen bin ich Ihr Gast.» Anton ist beleidigt. Mißtrauisch lächelt er und sagt: «Riiichtig, riiichtig, selbstverständlich, Sascha, selbstverständlich ...» Dann mustert er die schlanke Gevatterin von Kopf bis Fuß, verweilt mit seinem Blick auf den Brüsten und Hüften, knallt die Hacken zusammen und salutiert militärisch, die Mütze auf dem Kopf. «Gestatten Sie wegzutreten, Genosse Obersergeant!»

«Gehen Sie, Anton Antonowitsch!»

Und der Dienst geht weiter

«Die können vielleicht Theater spielen, Herrgott noch mal!» Franz nickt anerkennend, Hnidák klappert auf der Maschine, und der schwarze Wassil rasselt grinsend mit den Kochgeschirren. «Gestatten Sie das Mittagessen zu holen, Genosse Obersergeant?»

«Dich tret ich gleich in den Hintern, du Brandstifter!» drohe ich dem Schwarzen. Er feixt wie ein Teufel und folgt Anton und der Gevatterin.

«Franz, weißt du schon den Namen dieses Generals, dieses Von?»

«Himmel, Arsch und Zwirn! Ich weiß ihn noch nicht.»

Wir setzen die Herstellung von Namenskärtchen und der Speisekarte fort. Wir haben unsere liebe Not, alle Gerichte auf der Speisekarte unterzubringen, denn sie sollen ja in vier Sprachen bezeichnet werden. Vier sind sowieso zu viel. Eine Sprache mindestens wird dran glauben müssen. Wessen Sprache wird das sein? Die Slowaken haben den vierzehnten März, den Staatsfeiertag, den ihnen die Deutschen beschert haben, die Rumänen sind hier die Herren, die Ukrainer sind hier zu Hause. Bocsanat, Sazadoszúr, ihr findet keinen Platz mehr!

«Ausgezeichnet, lassen wir Ungarisch weg!» Franz kann nicht leise denken. Wenn ein anderer schweigend nachdenkt, flüstert Franz, wenn ein anderer flüstert, redet Franz laut, wenn ein anderer laut spricht, dann schreit Franz, und wenn ein anderer schreit, dann brüllt Franz wie ein Pavian. Ein Pavian, ein Schwab ... aber sonst ein feiner Kerl.

«Aber was machen wir mit Rumänisch, das kriegen wir doch auch nicht drauf.»

«Wir werden den Domn Major Hrablavý überzeugen, daß er geruht, es wegzulassen.»

«Und was wird mit dem Ukrainisch?»

«Hospodin Marinčuk wird nicht erlauben, es wegzulassen.»

«Also bleibt alles beim alten. Die Speisekarte wird auf alte Art geschrieben, nur das Namenskärtchen kriegt jeder in seiner Sprache. Domn Colonel, Sazadoszúr, Herr Oberst, Pan Plukovnik ...» Franz brüllt, lacht wie ein Verrückter, springt herum und klatscht Hnidák eins auf den Rücken. Bei Franz ist offenbar eine kleine Schraube locker.

«Blödes Schwein!» versucht ihn Hnidák zu bändigen, aber Franz kreischt weiter und verstummt nur, wenn er Hnidák etwas vertraulich ins Ohr flüstert.

«Edelschwein, wenn ich bitten darf!» erwidert Franz. «Ich erkenne es nicht an, wenn du nicht das ‹Edel› davorsetzt. Verstanden, du Landedelschwein?»

Hnidák springt auf, haut auf Franz ein und schimpft: «Du Schwab, du Haderlump, du reichsdeutscher Maulaffe, du reinrassiger Hund, du Hurenbock aus Preßburg, du Pavian, du ...»

Dann verstummt Hnidák, bückt sich, rot vor Anstrengung, stützt sich auf die Tischplatte, fingert eine Zigarette hervor, wendet sich an mich und sagt erschöpft: «Ist er nicht ein blödes Schwein, nun sag doch selbst?»

Dann setzen wir uns alle um den Tisch und rauchen. Nach einer Weile steckt Leutnant Friedrich aus dem Nebenzimmer den Kopf zur Tür herein und ruft in strengem Ton: «Was ist hier los?!»

«Wir rauchen, Herr Leutnant», antworten wir wie aus einem Munde, und der Leutnant schaut uns mißbilligend an. Um nicht wortlos als Geschlagener abziehen zu müssen, sagt er nach einer Weile stotternd: «Mir scheint, hier hat jemand keine Arbeit.» Dann schließt er die Tür.

Schlimmer wär's, wenn statt Friedrich in der Kanzlei Major Marinčuk säße. Der würde rausgeschossen kommen wie ein wildgewordener Handfeger und mit dem Finger auf mich zeigen: Unteroffizier Zraz!

Zu Befehl, Herr Major!

Nehmen Sie die Burschen ran! Eine Stunde Ordnungsübungen!

Das hat er schon einmal mit uns gemacht, und die ganze Stabskompanie hat sich über uns amüsiert. Warte, du alter Furzer! Dir leuchten wir auch noch mal heim, dich wird sowieso eines Tages der Teufel holen! Der Krieg kann ja keine Ewigkeit dauern, jemand wird dir die Lampassen von den Hosen reißen und sie dir auf den Hintern nähen. Die Lampassen auf dem Hintern! Was sagt ihr dazu, ihr Herren Generalstäbler?

«Seid doch vernünftig, Jungs!» Leutnant Friedrich überrascht uns zum zweiten Mal. «In einer Stunde müssen die Speisekarten fertig sein, die Namenskärtchen ebenfalls.»

«Das werden sie, Herr Leutnant, Hauptsache, die Köche sind bis dahin fertig. Herr Leutnant, das wird ja 'ne tolle Fresserei, heilige Maria!»

«Drücken Sie sich anständiger aus, Meilinger! Anständiger, sag ich!»

«Wieso, Herr Leutnant!»

«Anständiger, sag ich!»

«Auf Wacht, Herr Leutnant!»

«Anständiger, sag ich, Meilinger!»

«Das hab ich schon gehört, Herr Leutnant, aber wieso?»

«Obergefreiter Meilinger, hier ist Ihre Ablösung.» Der Leutnant schwenkt ein Papier, und Franz starrt es mit weitaufgerissenen Augen an.

«Du Edelschwein!» Hnidák knallt Franz eins auf den Rükken, denn er weiß, daß sich Franz jetzt nicht auf ihn stürzen wird. «Und meine Ablösung, Herr Leutnant?» fragt Hnidák.

«Ihre steht auf einem Extrapapierchen ...» Leutnant Friedrich will noch etwas sagen, aber er kann sich kein Gehör verschaffen, denn Franz und Hnidák fallen sich in die Arme, brüllen wie von Sinnen, springen herum, und der Leutnant lächelt. Was ist mit mir? Mir ist zum Heulen.

«Das gefällt euch, was?»

«Zu Befehl, Herr Leutnant! Heute machen wir einen drauf, aber wie! Auf Wacht, Herr Leutnant!»

«Aber anständig bleiben!»

«Wie die Edelschweine, Herr Leutnant!»

Mir ist wirklich zum Heulen. Ablösung ... Heimat ... Wann lösen sie mich ab, wann? Wer? Ich habe nie mit Ablösung gerechnet, noch vor kurzem war ich überzeugt, daß ich keine Ablösung brauchen werde, daß ich überlaufen werde. Und jetzt? Die Front ... ich weiß gar nicht, wo sie ist. Man hört keine Artillerie, man sieht keine zurückweichenden Kolonnen, von Flugzeugen ist nichts zu sehen und zu hören. Wir schanzen, bis zum Hallelujah buddeln wir Gräben, versauen die Erde, wie göttlich ist doch die ukrainische Erde! Das ist keine Erde, das ist Brot. Die Russen führen Einkesselungen durch, und wir hauen ab, schanzen, dann fliehen wir wieder und bauen dreihundert Kilometer weiter hinten neue Befestigungen, spannen Stacheldraht und bekommen weder Deutsche noch Russen zu Gesicht, wir führen eine große Übung durch, ein Riesenmanöver, die Slowaken haben aus der Ukraine einen großen Übungsplatz gemacht, viel größer als die Kuchajda bei Bratislava, im Großmaßstab buddeln wir die Ukraine um.

Ablösung. Wenn's nach der Vorschrift ginge, dürfte ich bloß

noch zwei Wochen hier sein. In zwei Wochen ist das halbe Jahr um, das ich im Felde verbringe.

Im Felde ... Wir bummeln durch die Dörfer, sehen alte Weiber, Greise und Kinder, die ordentlichen Frauen sind mit den Russen gegangen, die geblieben sind, haben die Deutschen zur Arbeit ins Reich verschleppt. Die Männer sind eingerückt, und wer desertiert ist und sich versteckt hat, arbeitet jetzt in Betrieben. Auch viele Männer wurden zur Zwangsarbeit nach Deutschland gebracht. Die nicht geschnappt wurden, sind zu den Partisanen gegangen. Nur gibt's hier im Süden keine Berge und Wälder, hier ist von Partisanen nichts zu sehen und zu hören. Einmal in der Woche fangen die Gendarmen jemanden, und dann wird er bei der Zweiten Abteilung als Partisan registriert. In den Lageberichten muß doch irgendeine Aktivität vorgetäuscht werden. Dann lassen sie den Festgenommenen frei, falls ihn nicht die Deutschen vorher abholen. Jetzt weiß ich schon, daß ich nicht überlaufen werde, jetzt weiß ich es wieder ... Eine Schande, daß ich es weiß. Ich möchte nicht Jožo Bugár begegnen, ich würde sein Lachen nicht ertragen, seine bissigen Kommentare – natürlich, entschuldige, du wirst ja überlaufen! Ich ertappe mich dabei, daß mich der Gedanke an Ablösung mehr erfreut als der an Überlaufen. Ablösung, das wäre das Ende von allem, denn zu Hause würde alles von vorn beginnen, falls es überhaupt begänne. Ein Kalmücke wird dich fangen, dem wirst du vergeblich versuchen zu erklären, daß du Slowake bist, ein Slawe, er wird dich aufs Bajonett spießen wie einen Deutschen oder Ungarn, als Faschisten. So trösten sich die, die nicht übergelaufen sind, und allmählich werde ich einer von ihnen. Und wenn schon! Laßt mich in Ruh! Lauft ihr doch über! Für mich kommt vielleicht die Ablösung, aber ...

Der Leutnant ist gegangen, doch Franz und Hnidák sind auffällig still geworden. Sie wissen, was in mir vorgeht. Sie tun gut daran, zu schweigen. Jetzt möchte ich am liebsten Redisfeder, Pinsel und Tusche auf die Erde schleudern, möchte herumtrampeln auf dem Zeug, auch auf den Speisekarten, auf dem ganzen Herrenfressen, den Namenskärtchen, auf allen Obersten möchte ich herumtrampeln, auf allen Plukovniks, Colonels und Sazadosz. Das sind die letzten Flaggen, die ich zeichne, das ist der letzte Staatsfeiertag des Slowakischen Staates, auf dem sich die Obersten, Colonels, Sazadosz und Plukovniks den Wanst vollschlagen. In einem Jahr wird der Krieg vorbei sein. Freßt euch nur voll, ihr Herren, protzt in euren Paradeuniformen, zeichnet euch gegenseitig aus, tut, als ob nichts wäre. Amenmaria! Gut, daß ich den noch nicht vergessen habe. Ich werde ihm schreiben. Vielleicht sorgt er für meine Ablösung.

Wenn's in Borodino eine Kneipe gäbe, würde ich mich dort vollaufen lassen, heulen möchte ich und das Lied singen: Kameraden mein, laßt mich hier allein ...

Nataschka, Aglajas Schwester

Ich möchte wissen, wo die Front ist. Schon fast einen Monat habe ich keine Hauptkampflinie eingezeichnet. Wir haben uns völlig von der Front gelöst. Selbst mit verbundenen Augen könnte ich Befestigungen, Stellungen, Verbindungsgräben, Maschinengewehrnester zeichnen, genauso gezahnte Panzerabwehrgräben, Stacheldrahtverhaue und Minenfelder.

Als ich vor einigen Tagen von der Kommandantur heimkehrte, war ich bei den Nachbarn. Ich gab Nataschka Unterricht. Sie interessiert sich sehr fürs Kartenzeichnen. Minenfelder hatten wir schon lange nicht in den Befestigungen, die unsere Division errichtet. Jetzt legen Baráts Pioniere Minenfelder an. Sie haben auch in Odessa einiges zu bauen. Nataschka lacht darüber, daß man Bauleute von so weit herholt. Sie hat recht.

Die Minenfelder flößten mir Angst ein, da zeigte ich Nataschka lieber, was die einzelnen Zeichen bedeuten. Wenn wir abrücken, lasse ich Nataschka eine Karte da, die soll sie dem ersten Sowjetsoldaten übergeben, der das Dorf betritt, mit einem Gruß von den slowakischen Soldaten. Als ich das Nataschka sagte, schlug mein Herz schneller als bei einer Heldentat. Nataschka sah mich voller Bewunderung an.

Schon seit ein paar Tagen bemerke ich, daß Nataschka nach mir guckt. Sie ist zutraulich wie ein Kätzchen, naiv wie ein kleines Kind. Alles, was ich sage, billigt sie. Wann immer sie kann, hockt sie bei Aglaja und wartet, bis ich nach Hause komme. Wenn ich mit Nataschka zusammen bin, schaut mich Aglaja anders an. Ich fühle, wie ihr Blick an mir zerrt. Als ich Nataschka zum ersten Mal erblickte, freute ich mich. Ich dachte, ich würde sie aufrichtig liebgewinnen, ich freute mich darauf, bei ihr endlich Wiera vergessen zu können. Wiera ist immerfort bei mir. Nur zeitweise gelingt es Aglaja, sie von mir zu vertreiben. Oft blicke ich durchs Fenster auf die Straße, auch auf der Kommandantur, aber nie bekomme ich Wiera zu Gesicht. Ich möchte mich zwingen, Nataschka zu lieben. Sie ist jünger, reiner als Wiera. Aber Aglaja hat mit ihrem Blick nicht nur Wiera, sondern auch Nataschka verjagt. Manchmal flüstere ich laut, daß ich ein Dummkopf bin, weil ich mir niemals Aglaja gegenüber etwas erlaube, selbst wenn wir allein zu Hause sind, nicht einmal eine Andeutung, und dabei ist sie doch in so sonderbarer und eigenartiger Weise die Meine, ist mir so selbstverständlich nahe. Sie duftet nach Bett. Der Schatten auf ihren Augen ist süß und tief, in diesem Schatten kann man in die Tiefen der Liebe fallen. Gut, daß dann Nataschka kommt. Sie fühlt sich wohler bei Aglaja und mir als bei sich zu Hause. Dort tollen sieben Kinder herum, dort liegt der abgezehrte, kranke Vater. Nataschka vertritt die tote Mutter, sie hilft der Großmutter, die das ganze Haus kommandiert und Nataschka am meisten. Aglaja hat bemerkt, daß ich seit einiger Zeit weniger Konserven für die gemeinsame Küche beisteuere, daß ich mich mehr in der Küche der Stabskompanie verpflege als zu Hause, sie hat auch bemerkt, daß Nataschka des öfteren Konserven von mir bekommt.

Gut, daß ich mich an Nataschka erinnert habe. Rúčka ist Chef des Offizierskasinos. Nataschka könnte in der Küche helfen und sich am Abend etwas mit nach Hause nehmen. In der Küche bleibt immer Essen übrig. Karten haben wir, Herr Oberleutnant, auch Spezialkarten, oder besser gesagt, Karten könnte ich besorgen, Herr Oberleutnant, wenn ... Oder ist es nicht besser, wenn ich es Rúčka ohne Umschweife sage?

«Wie alt ist deine Nataschka?»

«Nicht meine, Herr Oberleutnant, aber sie hat sieben Geschwister und ist selber erst siebzehn Jahre.»

«Siebzehn? Die nehm ich.» Rúčka hat die Siebzehnjährige genommen, ein Dummkopf bin ich. Ich hätte sagen sollen, daß es meine Nataschka ist, daß ich sie mit in die Slowakei nehmen will, daß ... Ich kann nicht schwindeln, Nataschka ist wirklich nicht die Meine, und in die Slowakei werde ich sie bestimmt nicht mitnehmen. Wo ist die Slowakei? Herr Oberleutnant, wozu brauchen Sie Karten bis zur Slowakei? Wenn Ihre Ablösung kommt, finden Sie auch ohne Karten heim. Wenn nicht ... Wo endet eigentlich unsere Fahrt, Herr Oberleutnant? Sie sind Offizier, Sie sollten darüber nachdenken. Mir scheint – auch wenn wir uns auf der Karte und in der Wirklichkeit der Slowakei um mehr als die Hälfte des Weges genähert haben –, daß wir uns von der Heimat entfernen, daß sich uns etwas an die Fersen und an die Seele heftet, was wir nicht so leicht abschütteln können. Ich habe das Gefühl, daß uns alle, die ganze Division, das Schicksal der verlorenen, verfluchten Batterie ereilen wird. Wenn unsere Wanderschaft beendet ist, werden die Russen und die Deutschen auf uns einschlagen, werden wir selber auf uns einschlagen, werden wir ersaufen wie die Reste der unglücklichen Batterie im Brückenkopf.

Ich schaue Rúčka an und möchte aus seinem Gesicht lesen, ob ich ihm Nataschka anvertrauen darf oder ob ich sie lieber hungern und weinen lassen soll in dem Hause, das einem Käfig in einem zoologischen Garten gleicht. Rúčka ist zehn Jahre älter als ich. Zehn Jahre ... um wieviel Erfahrungen, um wieviel Verstand ist der Oberleutnant reicher als ich, wieviel Frauen hatte er schon? Die wievielte wäre Nataschka? Ist das ein gutes Geschäft? Der Oberleutnant kriegt die Karte und Nataschka dazu. Lächerlich. Jeder würde mich auslachen. Für die Karten muß Rúčka Konserven geben, das ist doch klar. Der Oberleutnant Ziesel mit dem Eisernen Kreuz hat wieder Konserven gebracht, auch der Leutnant von der Entlausungskompanie brachte mir manchmal Konserven. Er wird mir keine mehr bringen. Ihm ist es gelungen. Acht Mann haben die Deutschen geschnappt, aber er ist drüben. Wer weiß, wie es ihm geht.

Vielleicht flucht er auch auf der anderen Seite, der Leutnant ist nun mal so ein Typ, ein ewiger Meckerer.

«Wann soll sie anfangen, Herr Oberleutnant?»

«Bring sie morgen zu mir. Auch die Karten bring mit. Und um das Mädchen brauchst du keine Angst zu haben. Ich sehe, daß du am Überlegen bist. Ist wohl wirklich dein Mädchen? Vor mir brauchst du's doch nicht abzustreiten. Über Siebenbürgen, verstehst du, Unteroffizier? In die Karpatoukraine nach Košice. Die kürzeste Strecke. Und wegen des Mädchens keine Sorge, Zraz. Verstehst du?»

«Die kürzeste Strecke. Verstanden, Herr Oberleutnant.»

Der Oberleutnant ist kameradschaftlich, vielleicht ist die Front bei Kriwoi Rog in Bewegung geraten. Ich verstehe. Aber dann würden sie nicht so ein Freßgelage veranstalten. Das begreife ich nicht. «Gut, Herr Oberleutnant. Morgen zusammen mit den Karten . . . und . . .»

«Ich weiß, was du sagen willst. Sei unbesorgt, wird alles dasein. Nicht Rum, sondern Borowitschka. Auch Zigaretten und Konserven, das laß meine Sorge sein. Den Weg mit Rot einzeichnen, verstanden?»

«Den Weg mit Rot, Herr Oberleutnant.» Ich verstehe. Mit Rot. Von der Slowakei trennt uns schon lange ein roter blutiger Weg. Jetzt guten Appetit, Herr Oberleutnant.

Ein großes Gastmahl,
wenig Sprachen

«Die Namenskärtchen sind in Ordnung, Unteroffizier?»

«Jawohl, Herr Oberleutnant.»

«Die Speisekarte?»

«In zwei Sprachen, Herr Oberleutnant.»

«Wie denn das? Nur in zwei Sprachen? Eine schöne Blamage.»

«An einem Gastmahl nimmt immer der Gastgeber und ein Hauptgast teil, Herr Oberleutnant. Die übrigen sind nur deshalb da, damit der Hauptgast besseren Appetit hat. Guten Appetit, Herr Oberleutnant. Sie werden doch die Deutschen bewirten, nicht wahr? Der vierzehnte März wird dem Ungarn nicht schmecken, der Rumäne wird ihm erst sehr spät auf den Geschmack kommen, und der Ukrainer wird gar nicht wissen, was das ist. Und wenn er doch etwas davon weiß, dann wird er auf das Wohl der Tschechen trinken und wird denken, das sei das gleiche wie Slowaken, und Sie können ihn nicht einmal rausschmeißen. Das wäre höchst unanständig, wenn ein Gast den Gastgeber derart beleidigt. Der Ukrainer ist eigentlich der Hauptgastgeber, denn er als einziger ist hier zu Hause. Wenn unser Ukrainer hier nur Gast ist, dann wird er sich nur bis zu dem Augenblick zu Hause fühlen, solange er der Hauptgast ist. Dann setzt er sich auf einen deutschen Panzer, zieht ab ins Reich und trägt in seinem kleinen Herzen die große Ukraine mit. Alles ist in bester Ordnung, Herr Oberleutnant. Domn Major Hrablavý . . .»

«Sie haben eine recht spitzige Zunge, Unteroffizier!»

«Verzeihen Sie, Herr Oberleutnant, der Domn Major . . . Verzeihung, der Herr Major sind mit der zweisprachigen Speisekarte einverstanden, mit den Speisen ebenfalls.»

«Der wird heute mit allem einverstanden sein, der Domn Major nimmt nämlich heute Abschied; er geht zurück in die Heimat, der Herr Major kriegt heute eine Auszeichnung, und morgen ist er vielleicht schon in Trenčín.»

«Das ist ja großartig, Herr Oberleutnant . . .»

«Großartig ja, Unteroffizier, aber nur für euch, für die Dritte Abteilung, denn euer bisheriger Chef Marinčuk übernimmt den Stab, Major Marinčuk wird Stabschef. Wissen Sie, was das für das Offizierskasino bedeutet? Das können Sie nicht wissen. Wer wird die vielen Gelage sicherstellen, wo nehme ich soviel Wein her . . . Das können Sie nicht einmal ahnen, Unteroffizier. Also zwischen uns ist alles abgemacht. Morgen. Auf Wacht! Servus. Die Hauptstraße rot, weißt du? Klar, Unteroffizier?»

«Alles klar, Herr Oberleutnant. Ich weiß. Die Hauptstraße rot.»

Der Blonde stand auf dem Hof, unterhielt sich mit Aglaja. Als ich ihn erblickte, freute ich mich, als wäre ich meinem Bruder begegnet. Kann man auf einen Bruder eifersüchtig sein? Was hat der Blonde hier zu suchen? Was hat er mit meiner Wirtin zu schaffen? Aglaja spielt Theater. Sie lächelt dem Blonden zu und schaut mich herausfordernd an. Was willst du, mein Junge — und auf dem Wort «Junge» scheint mir die Betonung zu liegen —, das da ist ein Mann, ist zum ersten Mal auf unserem Hof und weiß, was er will, was er zu tun hat. Die russischen Männer sind so, geradeheraus, stark, manchmal ein bißchen grob zu Frauen, aber obwohl das die Frauen nicht sehr gern haben, so wissen sie doch gleich, woran sie sind. Ihr Slowaken seid wie die Deutschen, elegant, brav, zu anständig, den Frauen schmeichelt das, aber nur am Anfang, nachher langweilt es sie. Wozu ich dir das verrate, Jungchen? sagen ihre Augen, aber das muß überhaupt nicht wahr sein, alles habe ich nur aus ihnen herausgelesen. Lies ohne Eifersucht, Unteroffizier, und schreib auf, was du liest. Der Blonde ist überhaupt nicht fröhlich. Nur du bist es, der lächelt, weil der Blonde gekommen ist, Aglaja ist stolz auf ihren Sergeanten, das ganze Dorf beneidet sie um ihn.

Wir traten in die Stube. «Ach, was ist denn hier los?» rief Aglaja. Nichts Besonderes, jemand hat hier geraucht. Mein Koffer ist offen ... Natürlich. Wowka hat wieder von meinen Tatra probiert. Oh weh, wie er sich erbrochen hat. Aglaja nimmt ihn an der Hand, Wowka rollt die Augen wie ein Betrunkener und plappert: «Mama, ich hab geraucht, ich hab Papirossy geraucht ...»

Wowka haben die Tatra übel mitgespielt. Das nächste Mal werde ich meinen Koffer verschließen, Ehrenwort, Aglaja, ich schließ ihn ab.

Setzen wir uns, Blonder.

«Matúš ...»

«Mein Blonder, wie froh ich bin, dich zu sehen!»

«Schlimm steht's mit mir, Matúš.»

«Marinčuk hat dich wieder bei Polja erwischt?»

«Ja.»

«Und ...?»

«Er will mich endgültig zu den Pferden schicken, zur Infanterie.»

«Das wird er auch tun, Wassil.»

«Das weiß ich, Matúš. Was soll ich machen, damit er mich nicht schickt?»

«Soll sich doch Polja für dich einsetzen.»

«Sie war schon bei ihm.»

«Sie soll überhaupt nicht mehr zu ihm gehen. Sie soll ihn verlassen.»

«Da läßt er uns alle beide erschießen.»

«Das tut er nicht, Wassil, auf keinen Fall, denn dann könnte er ja niemals mehr mit Polja schlafen. Marinčuk ist froh, daß er eine lebende Polja hat.»

«Vielleicht hast du recht, Matúš, wir können's ja mal versuchen.»

«Wann sollst du gehen?»

«Morgen.»

«Geh nicht. Heute läßt sich Marinčuk vollaufen, heute wird er zum Stabschef befördert, morgen wird er großmütig sein.»

«Ich fürchte mich, Matúš.»

«Heul nicht, Blonder, irgendwie werden wir's schon hinkriegen.»

Aglaja sitzt auf der Bank, in den Armen hält sie Wowka. Sie lauscht auf mein slowakisches Russisch und auf Wassils russisches Slowakisch.

«Nataschka war hier», sagt Aglaja und lächelt. «Sie läßt dir bestellen, du sollst zu ihnen kommen.»

«Gut, Aglaja. Ist Anton noch nicht da?»

«Nein. Er kann noch gar nicht dasein. Ist ja vorhin erst zum Bruder gegangen und hat erst angefangen zu trinken.»

Aglajas Stirn furcht sich, ihr Gesicht verzieht sich zu einer schmerzlichen, verkrampften Grimasse. «Gib ihm nie mehr einen Passierschein, Sascha. Niemals mehr. Er betrinkt sich bloß, und eines Tages werden ihn die Deutschen erschießen.»

«Der Schweigsame ist in Odessa geblieben», sagt leise der Blonde und läßt den Kopf auf die Brust sinken. «Ich bin wieder nicht geblieben. Ein Feigling bin ich, Sascha.» Danach schweigen wir, uns ist allen dreien schwer ums Herz. Er ist nicht geblieben ... Auch ich bin nicht geblieben. Unser Schicksal beginnt sich zu gleichen. Blonder. Man muß es irgendwie vergessen, muß sich ablenken. Aber wie? Heute ist Staatsfeiertag, die slowakischen Soldaten werden ein Festessen erhalten, Erbsen mit Schweinefleisch. Ukrainisches Schweinefleisch, ukrainische Erbsen. Erbsen machen Durst, Blonder, wir werden nachher tüchtig trinken. Können wir nicht gleich, Aglaja? Auf dein Wohl.

Unterm Tisch steht eine Korbflasche mit Antons Wein.

«Du sollst zu Nataschka kommen, Sascha, vergiß es nicht!»

Ich werd's schon nicht vergessen, Nataschka kann beruhigt sein. Aber du darfst nicht allein mit dem Blonden bleiben. Verzeih, Aglaja, noch einmal auf dein Wohl! Es täte mir weh, wenn ihr allein bliebet, ich weiß es nicht genau, Aglaja, aber mir scheint, daß ich dich gern habe. Der blonde Wassil ist ernst, so kenne ich ihn gar nicht. Er fürchtet sich. Noch einen, Blonder, und der Kummer vergeht, in deine Adern kehrt wieder der Seemannsmut ein, du nimmst dem Fürsten die Pistole weg und knallst Marinčuk ab. Du wirst nicht gehen ... weder zu Marinčuk, um ihn zu erschießen, noch zu den Pferden. Du wirst bei der Stute Polja bleiben, falls du Marinčuk aus dem Sattel wirfst. Marinčuk wird dich noch brauchen. Die Stute ist noch nicht zugeritten. Pfui, Blonder! Trinken wir aus. Zum Wohl, Aglaja! Heute werde ich mich wohl besaufen.

In der Stube beginnt es zu dämmern. Aglaja hat Wowka ins Bett gelegt und zündet die Lampe an. Ich ziehe mir den Mantel an und gehe mit dem Blonden hinaus ins Dunkel. Auch bei Nataschka brennt schon Licht.

Der Blonde ist mit mir gegangen. Gut, Wassil, ausgezeichnet, ich bin zufrieden.

Die Kinder toben herum, prügeln sich und kreischen. Es riecht nach Weizenstroh. Auf der Ofenbank flackert eine Kerze. Die Stube ist groß und geräumig, sie dient als Küche und Schlafraum. Nataschka sitzt auf der Bank, und die Großmutter dreht Strohwische zusammen und steckt sie in den Ofen. Bei uns heizt man die Öfen mit Holz, Stroh schneidet man zu Häcksel und verfüttert es an die Kühe. Großmutter, wieviel Häcksel verbrennt Ihr da, womit heizt Ihr den Ofen? Brot wird nicht auf Milch gebacken, Großmutter, Brot ist gut *mit* Milch.

Ich habe große Lust, mich im Stroh zu wälzen, Nataschka ins Stroh zu werfen und abzukitzeln, aber ein Gast muß sich würdevoll benehmen.

Anton hat ausgezeichneten Wein. Er verwandelt sich in Feuer und Blut. Wie habt Ihr festgestellt, Großmutter, daß ich einen gehoben habe? Schließlich hat sich Euch die Zunge gelöst und nicht mir. Warum jagt Ihr die Kinder weg, warum schreit Ihr Nataschka an? Man muß Stroh in den Ofen stecken, man muß Strohwische zusammendrehen, das weiß ich, ich kann Brot backen, auch das kann ich . . .

Nataschka und ich knien vor dem Ofen, ich stopfe Strohwische hinein, die Flamme erhitzt unsere Wangen, unsere Schultern berühren sich, und wir denken, daß es keine bessere Arbeit gibt, als einen Backofen zu heizen, daß es kein größeres Glück gibt, als Strohwische zusammenzudrehen und sie in die Flammen zu schieben. Das Stroh duftet nach knusprigem Brot, das Brot nach Arbeit.

«Morgen nimmst du deine Arbeit auf, Nataschka, im Offizierskasino.»

«Im Kasino?» Nataschkas Augen leuchten auf. Sie packt meine Hand und drückt sie kräftig. Was für eine heiße Hand du hast, Nataschka! «Im Kasino, sagst du?»

«Ja, im Kasino, Nataschka.» Ich wollte mich schon korrigieren und ihr sagen, daß sie nur in der Küche arbeiten, daß sie nur Geschirr waschen wird; doch so kann sie den Kindern Essenreste nach Hause bringen, wozu ihr das sagen. Nataschka ist so vernünftig, daß sie nicht als Chefköchin und auch nicht als Chefserviererin dienen wird. «Sag das noch einmal, Sascha, sag es noch einmal!» Ich sage es. Nataschka fällt mir jubelnd um den Hals, küßt mich, ihr Kuß ist kalt auf der glühenden Wange. Dann springt sie auf, umarmt und küßt die Großmutter. Die Großmutter wischt sich die Hände an der Schürze ab, ergreift meine Hand und bedankt sich, vor Freude weinend. Das ist mir unangenehm, wofür bedankt Ihr Euch, Großmutter, das ist mir peinlich, das ist, als wenn Ihr mir die Hand küssen würdet. Was soll das?

Der Blonde steht ohne ein Wort auf und geht. Ich renne ihm hinterher. Er ist schon auf der Straße, als ich ihn einhole. «Was ist los, Wassil, wo willst du hin?»

«Ich bin gleich wieder da.» Das höre ich nur noch, sehen kann ich ihn nicht mehr.

Hinter mir kommt auch Nataschka gelaufen, ohne Mantel, voll innerer Hitze und zutraulich. Wortlos umarmen wir uns, küssen uns, und noch einmal und noch einmal, dann rufen bereits die Kinder: «Nataschka, komm herein! Die Großmutter ruft dich, Nataschka!»

Gleich darauf kehrte der Blonde wirklich zurück. Die Schweinefleischkonserven, die jetzt auf dem Tisch stehen, wie Minen auf einem Acker, hat er gebracht. Ohne ein Wort zu sagen, hat er sie hingestellt, hat sich ein bißchen geniert dabei. «Mehr hab ich nicht», sagte er zu dem kranken Vater, der noch kein Wort gesprochen hat, sondern uns nur mit großen, kranken Augen anschaut.

Die Kinder setzen sich artig auf die Bank um den Ofen. Nataschka schält Kartoffeln, die Großmutter knetet den Brotteig. Die Augen der Kinder leuchten begehrlich, blinzeln ungeduldig. Der Blonde öffnet eine Konserve. Es gibt ein Mahl. Auf Kosten des Blonden. Wofür hat er bezahlt?

Mich verlangt es nach Aufrichtigkeit. «Großmutter, sagt Ihr mir einmal, aber ehrlich, was haltet Ihr von uns, von den Slowaken? Mir könnt Ihr alles sagen.» Die Großmutter schaut den Blonden an, dann Nataschka. Nataschkas Augen leuchten, und die Großmutter sieht, daß sie sie nicht von mir wendet. Nataschka ist das älteste Kind in diesem Hause, nur drei Jahre jünger als ich. In die Stube tritt der noch ein Jahr jüngere Kolja. Er grüßt, ich stelle ihm den Blonden vor. Kolja wundert sich sehr, wie gut der Blonde russisch spricht.

«Wir sind sehr froh, daß ihr hier seid. Slowaken sind fast wie Unsere.»

Slowaken sind fast Russen, Großmutter, aber ihr seid Ukrainer, auch ihr seid nur fast Russen. Die Großmutter schwindelt jetzt. So spricht sie nur wegen der Konserven, wegen Nataschka, aber es ist gelogen. Was meinst du, Nataschka?

«Nein, Sascha, das ist nicht gelogen. Wir sind wirklich froh, daß nicht die Deutschen hier sind, sondern Slowaken.»

«Jetzt glaub ich Euch, Großmutter. Lieber die Slowaken als die Deutschen. Mit einem Slowaken kann man sich noch verständigen, mit einem Deutschen nicht.»

Die Slowaken sind fast Russen, aber die Wlassowleute sind richtige Russen und gehen doch mit den Deutschen zusammen.

«Was wird aus uns, Sascha, wenn ihr abrückt?»

«Das weiß ich nicht, Großmutter. Dann kommen die Russen, die richtigen Russen. Die Roten.»

«Soll kommen, wer will, wenn nur die Deutschen nicht kommen.»

«Und die Rumänen, Großmutter?»

«Einen Rumänen kaufst du für ein Huhn.»

Das ist gut — falls er es dir nicht stiehlt. Auch manchen Deutschen kannst du für ein paar Eier kaufen. Einen Wlassowmann? Weiß der Teufel, wie die Wlassows sind; sie sprechen Russisch, Ukrainisch, Tatarisch . . . rauben den Bauern die Hühner und den Mädchen die Ehre, lassen Tote und verbrannte Dörfer zurück. Ich glaube, es sind russische Deutsche, und die sind schlimmer als die deutschen Deutschen. Und die tatarischen und kalmückischen Deutschen, das sind die schlimmsten. Die haben weder die Deutschen noch die Russen gern.

Das Stroh in der Stube nimmt ab. Nataschkas Wangen glühen von den Flammen. Die Kinder essen Brot und Manderlas Schweinefleischkonserven, und ich politisiere völlig nutzlos mit der Großmutter.

«Und Ihr, Großmutter, habt Ihr die Russen gern?» Die Großmutter formt die Brote auf Strohschüsseln, wischt sich die Stirn und schaut den Blonden an. «Der Sprache nach bist du ein Russe. Na ja, wie soll ich es gleich sagen. Gern ... gern, was weiß ich. Im ganzen Leben hab ich ein einziges Mal einen Russen gesehen, das war im ersten Krieg, und du bist jetzt der zweite.»

«Ich meine, Großmutter, wie ist's euch denn ergangen, als ...»

«Als die Kazapi bei uns waren?» Die Stimme der Großmutter bebt, Nataschka reißt den Blick von mir los und wendet ihn scheu dem Blonden zu. «Ich bitte dich sehr herzlich um Verzeihung», die Großmutter verneigt sich tief vor dem Blonden. «Verzeih mir, aber du weißt ja, bei uns wurden die Russen so genannt ... Kazapi, schön ist es nicht, so vor einem Fremden, verzeih mir's nur, ich bitte dich ...» Warum entschuldigt sich die Großmutter so unterwürfig vor dem Blonden? Das Gespräch wird sich nicht mehr so ungehemmt entwickeln.

Der Blonde errötet ein bißchen und beruhigt die Großmutter, sie solle nur weitersprechen, er kenne das, die Russen seien schon daran gewöhnt, auch bei ihnen gebe es Leute, die die Ukrainer Chocholi nennen.

«Ja, ja», freut sich die Großmutter und blickt den Blonden anerkennend an. «Dann werd ich's euch also sagen ... Na ja, zum besten stand's nicht mit uns. Jetzt geht es uns schlecht, aber früher ging es uns auch nicht viel besser, weder unterm Zaren noch unter Stalin, erst recht nicht unter Antonescu und Hitler. Jetzt ist es schlimm, ihr Lieben, sehr schlimm. Wir arbeiten, leben und arbeiten.» Im Bett hat sich Nataschkas Vater umgedreht. Vor einer Weile schien es mir, daß er schläft. Er wendet uns das magere, bärtige Gesicht zu.

«Was geht's euch an, wie wir gelebt haben? Seid ihr nur dazu hergekommen, um das zu erfahren? Ohne euch ist es uns besser gegangen. Alles habt ihr uns zerstört ...» Der Vater will fortfahren, aber ein Hustenanfall nimmt ihm den Atem, zerrt an seinen kranken Lungen. Die Kinder ducken sich hinterm Ofen, ziehen die kleinen Stirnen kraus, und das Jüngste fängt an, wie der Vater zu husten.

«Nun ja, so ging's uns eben. Auf dem Kolchos viel Arbeit, wenig Lohn, so war's. Und so wird's auch wieder sein. Ach ja ...» Die Großmutter segnet die Brotlaibe und schiebt sie auf einer langstieligen Schaufel in den Ofen. Der Blonde erzählt mir von den Beziehungen zwischen Russen und Ukrainern, gibt zu, daß da so manches im argen lag, aber doch nicht so schlimm, wie sich das die Deutschen eingebildet hatten. Es gelang ihnen zwar, das Wasser zwischen den beiden Völkern zu trüben. Nur haben sie es zu sehr getrübt, so daß sie jetzt selbst schon darin ertrinken.

«Antonescu hat uns ja ein bißchen Land gegeben, aber Verdienst keinen.»

«Sprecht nicht davon, Großmutter, was soll das ...», bittet Nataschka.

Strohpolitik

Die Straße herauf kommen betrunkene Soldaten und singen: «... na bereg Katjuscha ...» Sie singen die ganze Katjuscha, aber die slowakische Aussprache können sie auch beim Singen nicht verleugnen. Hört mal, ihr guten Leute, es gibt eigentlich nichts, worüber wir uns unterhalten könnten. Der Vater denkt ganz anders als die Großmutter, Nataschka will plaudern, aber nicht über den Kolchos und die Chocholi, die Kinder blicken Nataschka ungeduldig an, wann sie ihnen die restlichen Konserven mit Kartoffeln gibt, nur die Großmutter möchte die Gelegenheit ausnützen und uns ihr Herz ausschütten. Sie spricht von der Sowjetmacht, von den Russen, die sie nicht mehr Kazapi nennt, von den Kolchosen, von den Soldaten.

«Wer wird zu uns kommen, wenn ihr abrückt?» sagt sie und bricht in Tränen aus. Wer kommen wird? Die Deutschen oder die Eurigen. Vielleicht wird hierher niemand kommen, höchstens ein paar Rotarmisten, nur um zu kontrollieren, ob sich nicht jemand versteckt hat. Wenn sie ihn finden, nehmen sie ihn gefangen oder führen ihn hinters Dorf... Ihr werdet Schüsse hören... Da wird man vielleicht Okkupanten erschießen, Mörder, es wird niemand Zeit haben, sich mit ein paar Okkupanten lange aufzuhalten. Jeder hat es eilig, nach Berlin zu kommen. Nach Berlin, Großmutter.

Jánošíks Liebste in Borodino

Wir wenden uns zum Gehen. Nataschka zieht ihren abgeschabten Mantel an. Der Blonde grüßt und verschwindet. Richtig, Blonder, Polja ist allein. Heute ist der vierzehnte März. Auf Wacht! Marinčuk hat jetzt andere Sorgen. Heute ist Staatsfeiertag. Der Weißgardist wird heute zum Stabschef der Ersten Slowakischen Infanteriedivision ernannt. Heil!

Nataschka hängt sich an mich wie Eisen an einen Magneten. Sie achtet nicht darauf, daß ihr die Großmutter aus der offenen Tür etwas nachruft, sie preßt ihre harten, kleinen Brüste an meine linke Brusttasche und küßt mich mit kalten, weichen Lippen auf die Wange. In der Tasche knistern Packungen... Žilina, Jožko Bugár, die Apotheke... Dasselbe noch einmal... Küß mich nicht, Nataschka. Vor deinen Küssen krieg ich Angst. Wer wird kommen, wenn ihr geht? So hat mich die Großmutter gefragt. Weiß der Teufel, wer kommen wird. Jetzt sind wir da, morgen werden es andere sein. Morgen wird sich Nataschka an einen anderen schmiegen. Wer war vor uns hier, Nataschka? Ich bin erst eine Woche da, und schon bietest du dich mir an mit Haut und Haar. Ach, du Fröschlein! Wo ist Wiera? Muß sie mir gerade jetzt in den Sinn kommen? Verdammt noch mal! Meine Sehnsucht nach Wiera ist krankhaft.

Alles vergebens, Nataschka, je mehr du dich an mich schmiegst, um so gleichgültiger bist du mir, aber ich habe nicht die Kraft, dich wegzustoßen.

«Komm, gehen wir zu Aglaja auf ein Glas Wein, schließlich ist heute Staatsfeiertag», schlage ich vor. Nataschka ist einverstanden. Nachher werden wir ins Kino gehen, alle zusammen, im Kolchosstall wird der Jánošík vorgeführt. Für mich schon das sechsundzwanzigste Mal. Aber Aglaja und Nataschka haben ihn noch nicht gesehen.

«Wer ist dieser Jánošík, Sascha, erzähle! Erzähl uns von ihm!»

An diesem Abend erfand ich für Nataschka die Geschichte von Jánošík und seiner Liebsten, der Schenkwirtin Dorka.

Zeitweise schien es mir, daß nicht nur Nataschka, sondern auch ich der Erzählung lauschte. Kinder lieben Geschichten vom großen Räuber Jánošík.

Die ganze Welt ist im Kolchosstall

Es ist Morgen. Aglaja ist aufgestanden. Ich liege noch und bemühe mich, mir alles in die Erinnerung zurückzurufen, alles im Geiste zu wiederholen.

Wenn ihr mich gebraten habt, dann eßt mich auch auf! Dann schaukelte der Haken, an dem Jánošík hing, und mir stürzten die Tränen in die Augen, zum wievielten Male schon? Hier waren keine Bänke, sondern nur Bohlen auf Böcken. Auf der einen Seite saß Aglaja, auf der anderen Nataschka. Sie schmiegte sich an meine rechte Schulter. Aglaja saß mit beleidigter Miene da, bewegungslos starrte sie auf die flimmernde Leinwand. Mit dem linken Bein berührte ich Aglajas Bein. Auf den Bohlen war es eng, und die Wand, gegen die wir uns lehnten, war eiskalt. Ich wußte nicht, wohin mit meinen Händen. Die rechte hielt Nataschka fest und drückte sie kräftig. Es ist unangenehm, wenn einem Mädchen die Hand schwitzt. Auf den Sitzbrettern wurde es noch enger, denn immer mehr Soldaten und Zivilisten drängten sich in den Stall. Da legte ich die linke Hand hinter Aglajas Rücken.

Zu Beginn wurde ein Dokumentarfilm vorgeführt. Die neue Slowakei. Der Regisseur hatte Ausschnitte aus Wochenschauen zusammengestellt und sie mit einem Kommentar verbunden. Auf einem Schloß werden Gardisten ausgebildet, sie treten an ... Aha! Was für schwarze Soldaten! Ein Pfarrer reicht ihnen die Hand, die Gardisten rufen «Auf Wacht!» Die Soldaten im Stall johlen, ihr Fatzkes, ihr Bubis, wir werden euch schon die Stiefel wichsen, wenn wir heimkommen! Popen in Uniform! schreit ein Funker, der in unserer Reihe sitzt. Unter der linken Hand fühle ich Aglajas Körper. Ich habe die Hand nicht an der richtigen Stelle. Wie ihr Herz schlägt. Meine Linke sollte auf ihrem Herzen sein, hinter uns ist nur die kalte Wand, fürchte dich nicht, Aglaja, ach, wie eng es auf der Bohle ist.

Aglaja hob den Ellbogen und preßte kräftig meine Hand an ihren Leib. Ich achtete nicht darauf, was auf der schmutzigen Leinwand flimmerte, ich nahm nur meine Hand wahr, unter der Aglajas Herz schlug ...

Aglaja hat sich schon angezogen, Wowka aber liegt noch im Bett, er schläft noch ...

Mir verschwamm es vor den Augen. Eine süße Schwäche ergriff mich. Erst das Pfeifen und Johlen der Soldaten weckte mich: Juhu! Das wär die Richtige! Der würd ich mal die Höschen abmessen! Das ist ein Leckerbissen! Jui! Jemand wieherte wie ein Pferd, so wie damals, als die Ukrainerin für uns sang: Wenn ich abends steh allein auf Wacht unterm Sternenzelt ... Auf der Leinwand erkenne ich bekannte Orte, die Badeanstalt auf dem Ziegelfeld, in den Bassins Mädchen, wie Sardinen in der Büchse. Jui, die Soldaten schreien, solche Puppen haben sie schon jahrelang nicht gesehen, Sommer ist's mitten im Winter, sauberes Wasser im Dreck, Mädchen in Badeanzügen, jui! Auch ich möchte juchzen, aber ich beiße die Zähne zusammen.

Langsam schob ich die Hand höher ... Ich bitte dich, Aglaja, noch ein bißchen. Du bist wunderbar, Aglaja. Ich berührte Aglajas Brust, und mit mir geschah etwas. Der Kommentator quatschte von der selbständigen Slowakei, auf der Leinwand sah ich Bratislava, die bekannten Straßen, die Tribüne, vor der Tribüne defilierten Truppen, sehr bekannte Truppen mit dem Doppelkreuz auf den Helmen, der bekannte Pfarrer, die bekannten Truppen in der gleichen Uniform, die ich trage, dann tänzelten weiße Pferde mit stolzen Reitern vorbei, und über ihren Köpfen flogen drei Flugzeuge, alle drei, und der große Führer, der Großpriester, der Großfeldherr in Schwarz, winkte ihnen zu. Neben ihm lächelte ein unbekannter feister deutscher General, hinter ihm stand, als wollte er sich verstecken, ein slowakischer General, dann sagte der Kommentator wieder etwas, und die Finger meiner linken Hand gruben sich in Aglajas Brust, und ich stürzte in Aglaja hinein. Aglaja preßte meine Hand an ihre Brust, drehte ein bißchen den Kopf und lugte vorsichtig zu Nataschka. Alles in Ordnung, Nataschka ist ganz Auge und Ohr für die neue Slowakei. Wir können uns anschauen. Noch nie hat sie mich so angesehen. Sie blickt mir nicht tief in die Augen, sie lächelt nicht, und doch hat sie etwas in den Augen, was ich verstehe, was mich bändigt, was mir etwas Schönes, Unbekanntes, etwas Selbstverständliches verheißt. Langsam ziehe ich meine Hand unter Aglajas Achselhöhle hervor und lege sie ihr aufs Knie. In der Hand fühle ich immer noch Aglajas Herzschlag und die Wärme ihres Körpers. Mit der rechten Hand ziehe ich mein Taschentuch heraus. Ich spiele lange damit Theater und lege die Hand nicht mehr in die geöffnete, wartende Hand Nataschkas zurück.

Soldaten mit hochgekrempelten Blusenärmeln marschierten über Ebenen, ringsum flackerten Feuer, und eine triumphierende Musik erschütterte den Kolchosstall. Slowaken in der Ukraine! Viktoria!

Ich stand auf, schob mich an Aglajas weichen Knien vorbei und ging hinaus in die kalte Nacht. Aglaja sah mir verständnislos nach. Nataschka stand auf, aber Aglaja zog sie zurück.

Durch die Nacht hallt Trommelschlag. Gut, daß es dunkel ist und daß ich allein bin. Ich schäme mich entsetzlich. Für alles, was ich gesehen habe, für alles, was ich im Stall getan habe. Hochgekrempelte Ärmel ... In den Staub getreten meine Idylle von den Slowaken, die fast Russen sind, von den braven

Soldaten. Es gibt keine braven Soldaten, Mutter, es gibt keine unschuldigen Soldaten. Die Slowaken sind fast Deutsche, pfui Teufel! Wie ein Kranker schleppe ich mich unter dem Dröhnen der Trommel zu der Schule, wo das Festgelage steigt. Wen haben sie verkauft? Uns, die Soldaten. Jetzt trinken sie auf den Handel.

Gestern war der vierzehnte März. Gestern war das große Festmahl ...

Aglaja ist schon völlig angezogen. Jetzt geht sie die Ziege und die Färse füttern. Wowka schläft nach dem gestrigen Rauchen wie vergiftet. Warum lächelst du, Aglaja, du solltest zürnen, solltest mich anschauen wie damals, als ich an deine Tür schrieb: Besetzt 1 Mann. Siehst du, jetzt hast du zwei Männer, und an der Tür steht immer noch geschrieben: 1 Mann.

Heute werde ich mit Nataschka zu Rúčka gehen müssen. Gut, das darf ich nicht vergessen. Noch habe ich Zeit. Noch kann ich träumen, mich erinnern. Alles war nur ein Traum. Betrunkene wissen nicht, was sie tun, Betrunkene haben die Ausrede zur Hand, daß nicht sie es getan haben, sondern der Schnaps, bald werde auch ich mich auf den Schnaps berufen können, ich habe schon lange nicht getrunken, habe auch schon lange nichts getan, wofür der Schnaps als Ausrede herhalten müßte.

In meinen Ohren zuckt es, das ist immer so, wenn ich trinke. Immer noch höre ich das Dröhnen der Trommel.

Bumm, bumm! Die Trommel übertönt die Musik. Harmonika, Saxophon, Trompete, Klavier. Ich weiß nicht, wo die Soldaten die Instrumente aufgetrieben haben. Die Trommel schlägt ein kleiner Soldat, ein älterer Mann, er zaubert mit den Schlegeln, und mit dem Fuß schlägt er die große Trommel. Die Kapelle steht und sitzt in der Ecke an der Tür, die Tische sind in Hufeisenform aufgebaut. Auf dem Ehrenplatz sitzt der deutsche General von Foerster, zu seiner Linken der Kommandeur der Ersten Slowakischen Infanteriedivision, Oberst Krása. Sein Kopf ist groß und noch weißer als sonst, sein Gesicht ist viel gelöster. Zur Rechten des Generals sitzt noch ein General, neben ihm unser Stabschef, Major Hrablavý. Alle sind in Paradeuniform, nur Oberst Krása trägt eine Felduniform aus gewöhnlichem grünem Tuch. Am Ehrentisch haben nur Offiziere des Generalstabs Platz genommen, am Rande, neben dem rumänischen Colonel, sitzt Marinčuk und starrt ehrerbietig auf den deutschen General, der soeben etwas Lustiges erzählt. Am anderen Ende des Tisches sitzt ein unbekannter slowakischer Major des Generalstabs; ich bemühe mich, mir wieder die Sitzordnung zu vergegenwärtigen, die ich selbst gezeichnet habe. Das könnte dieser Major vom Verteidigungsministerium sein, ja, das ist er, Major Šimiak, ein kleiner, untersetzter, böser Generalstäbler, ein Dickwanst, in Bratislava grüßte ich ihn schon immer auf zehn Schritt Entfernung. Die Verbindungstische haben die Offiziere vom Stab der Ersten Slowakischen besetzt, das Gefolge des Generals, die rumänischen Gäste und zwei Ungarn. Dem Ehrentisch am nächsten hat man die Regimentskommandeure plaziert, zwei von der Infanterie und einen von der Artillerie, und die Bataillonskommandeure. Wildmann kommt auf seine Kosten, er spielt den Chefdolmetscher, auch wenn das niemand verlangt, alle tun so, als verstünden sie Deutsch, das ist doch eine erstrangige Pflicht eines slowakischen Offiziers, Slowaken sind fast Deutsche ... Auch Oberstleutnant Pulráček ist da, auch der große Artillerist Oberst Pecko. Er hält seinen großen, quadratischen Schädel ganz still. Pecko schaut den deutschen General überhaupt nicht an, er denkt nach. Er ist neben Krása der einzige Oberst in der Division. Vielleicht fühlt er sich beleidigt, daß man ihn nicht an den Ehrentisch plaziert hat, vielleicht möchte er Divisionskommandeur sein, aber das wird ihm nur schwerlich gelingen. Pecko ist Artillerist, er hat nicht die Hohe Militärakademie absolviert. Divisionskommandeur kann nur ein Generalstäbler sein. Pecko wird auch nicht General werden, er wird als Oberst in Pension gehen. Weiß der Teufel, über was Pecko da brütet, vielleicht denkt er an seine junge Frau, die er in der Slowakei zurückgelassen hat, vielleicht ... So ein Oberst kann über alles mögliche nachdenken, auch über die Festung des tapferen Obersten, warum sollte er nicht ...

Lačný Jano lächelt, er ist satt und zufrieden. Der General

steht auf und erhebt sein Glas auf den selbständigen Slowakischen Staat, auf den slowakischen Führer, auf die tapfere ... der General räuspert sich, er korrigiert sich: auf die einst so tapfere slowakische Armee, denn er glaube, daß die Verluste, die diese Armee erlitten habe, aufgefüllt würden, daß statt Deserteuren überzeugte Heldensöhne des Slowakischen Staates ins Feld rükken würden, daß die Gardistenregimenter und -kompanien wie Kalziumspritzen auf die Armee wirken und den Ruhm der schnellen Division, der Elite der slowakischen Armee, wohltuend wiederaufleben lassen würden. «Prost, meine Herren! Norok! Na sdarowje! Egészégükre, uraim! Na zdravie, panove!» Der General stößt elegant mit Oberst Krása an, in strammer Haltung, er läßt seinen Blick über das Hufeisen der Tische schweifen und trinkt schließlich. «Prima! Dieser slowakische Sliwowitz ist prima!» Der General nimmt die Flasche in die Hand. Von der Flasche lächelt ihn ein Mädchen in Volkstracht an. Der Oberst liest: «Fatra Banská Bystrica. Prima, Banská Bystrica.» Die Blicke aller Offiziere hängen am Mund des deutschen Generals, als wäre er der Herrgott persönlich, alle Gesichter leuchten. Hrablavý steht auf und tritt an eine große Wandkarte von Mitteleuropa heran, zeigt mit dem Finger auf die Mitte der Slowakei, dort wo Banská Bystrica liegt. Der General dankt und verspricht, diese Stadt bestimmt einmal zu besuchen.

«Was steckst du hier deine Nase rein? Was willst du hier? Kennst du die Parole?»

«Natürlich kenne ich sie, du Armloch, die Parole wird doch von unserer Abteilung ausgegeben! Fragst mich recht spät ...» Der Posten an der Tür leuchtet mir ins Gesicht, und ich schimpfe ihn aus, ach du dummes Schwein, du Esel, wenn ich ein Partisan wäre, wenn ich ein Bandit wäre, dann hätte ich schon längst eine geballte Ladung hineinschmeißen können, und von dem Hufeisen wären nur noch Trümmer und Fleischfetzen übrig, aber ich bin keiner, und du kannst weiter auf das Gastmahl glotzen und deine Spucke schlucken. Oder schlag dir lieber den Pelzkragen hoch, über die Augen und Ohren und die Nase, damit du nichts siehst und hörst und riechst, sonst kann dir noch schlecht werden.

«Aha, du bist es, Kartenfritze!»

«Na endlich kennst du mich. Komm, Posten, die Putzer werden uns was zu saufen geben und die Köche was zu fressen. Schau nur, Turanovský ist besoffen wie eine Hacke, und dort steckt schon einer den Finger ins Maul. Du kommst nicht mit? Hast Angst? Hab du nur Angst, von mir aus, wirst eben einen leeren Bauch behalten. Geh ich eben allein.»

Im Lehrerzimmer ist die Küche untergebracht. Die Köche mustern mich, aber Turanovský schert sich nicht um sie, und das ist die Hauptsache, denn Turanovský ist der Hauptputzer, so wie Krása der Hauptoffizier ist. «Da hast du Fleisch, Kartenfritze, da hast du Kognak, den Sliwowitz sollen die Deutschen saufen. Prima Sliwowitz! Sollen sie ihn ruhig saufen. Kognak ist auch nicht schlecht, drei Sternchen ...» Turanovský ist heute großzügig, stopft mich wie eine Mastgans und gießt den Wein in mich hinein wie in ein Faß. Der schläfrige Chauffeur des Mercedes von Oberst Krása döst vor sich hin, Turanovský rüttelt ihn an der Schulter. «Steh auf, du Penner, wir fahren im Dreck spazieren!» Der Chauffeur erhebt sich ohne ein Wort.

Der Mercedes rollt durch Borodino. Das Dorf schläft nicht. Vierzehnter März. Heute steigt in Borodino ein großes Festmahl.

Wozu hat der Mensch Zähne

Der Fürst hat mich nicht zu seinem Empfang geladen. Er hat nur Majstrík, Lieskovan, Franz und Hnidák geladen. Der Blonde und der ständig kichernde Wassil Fäßchen bedienen die Gäste. Bleich sitzt Wiera mit Majstríks Marusja auf dem Bett. Sie sieht mich nicht, will mich nicht sehen. Wiera ist krank, etwas ist mit ihr geschehen. Es ist, als säße eine andere neben Marusja. Der Fürst hat bemerkt, daß ich Wiera mustere. Sein Gesicht ist puterrot, er spreizt sich wie ein Pfau, widerlich ist das, gleich wird er sich über mich lustig machen, mich auf die Schippe nehmen.

«Hol sie dir, Grünschnabel, ich verkauf sie dir für einen Liter Sliwowitz, für eine Schweinefleischkonserve verkauf ich sie dir, hahaha! Er würde sie kaufen, wenn er was bieten könnte, aber ein Kartenfritze hat nichts, nur Papier, und mit Papier kannst du dir höchstens den ...»

Hahaha! Huhuhu! Jui! Ein toller Witz, alles grölt, auch Franz, nur Hnidák verzieht das Maul, ich weiß nicht, ob das sein Lachen ist oder ob er sich über Haluška mokiert. Nichts Neues, der Fürst will wieder eine Schlägerei provozieren. Er weiß, daß er stärker ist, und ich weiß, daß ich ihn umbringen werde, wenn ich mich mit ihm schlage. Schon lacht keiner mehr, als hätte nie einer gelacht, im Zimmer herrscht große Stille. Die Stille unterbricht die Quartierwirtin des Fürsten, sie stellt eine Schüssel auf den Tisch. Die Stube duftet nach Gänsebraten. Die Betrunkenen rufen ah und oh, fletschen die Zähne wie Hunde. Das ist ein Fresserchen! Das große Festmahl findet an zwei Stellen statt. Heute frißt und säuft ganz Borodino. Jetzt müßte man stark sein, jetzt müßte man die Gans des Fürsten verschmähen, gerade jetzt brauchte man Kraft, jetzt muß man gehen, da der Fürst sich einbildet, ich wäre wegen der Gans gekommen. Man muß die Tür zuknallen, damit es auch alle hören.

«Wo willst du hin ... Was ist los mit dir, Kartograph, was ärgert dich?» ruft mit stotternder Mädchenstimme Majstrík. Wiera steht auf vom Bett, der Fürst spielt den Beleidigten. «Geh ihm nur nach! Du kannst gehen. Ich werd dir's anstreichen, von hier abzuhauen. Das nächste Mal schmeiß ich dich in den Brunnen, die Hurenstück! Das schwör ich bei meiner Seele! Abhauen wolltest du, was?»

Durchs Fenster sehe ich, daß Wiera wieder bewegungslos auf ihrem Platz sitzt. Ihr Gesicht hat sich noch mehr verändert, ist gealtert. Der Fürst steht vor ihr und schreit, aber Wiera sieht ihn nicht.

Wozu hat man Zähne? Zum Gänsebratenessen? Zum Knirschen? Warum verläßt Wiera den Fürsten nicht? Soll ich umkehren? Wenn ich wieder hineingehe, dann geradewegs in die Höhle des Löwen. Mit Erstaunen stelle ich fest, daß ich für Wiera nicht mehr so empfinde wie früher, daß ich nur noch Mitleid mit ihr habe, daß ich fühle, wie der Fürst sie kränkt.

Ist Wiera ohne Schuld?

Ich patsche mit betrunkenem Kopf und heldischer Brust durch den Schlamm, spüre meine Füße nicht. In dieser Nacht wird etwas geschehen. Wenn ich Munition hätte, würde ich ein ganzes Magazin in die Luft ballern, würde im Stab Alarm auslösen, würde das große Festmahl stören. Von der Schule höre ich die Trommel, sehe die grinsenden Feiertagsgesichter der Offiziere.

Ich gehe zurück zum Kolchosstall. Dort ist die ganze Welt. Dort ist Nataschka, dort ist Aglaja. Meine Aglaja ... Meine Füße fühle ich nicht, der Kopf ist betrunken, das Herz heldisch.

Wenn ihr mich einmal gebraten habt, dann eßt mich auch auf! rief Jánošík, und der Haken schaukelte, und an dem Haken schaukelte sein Körper, und auf dem Gesicht perlte der Todesschweiß. Die Füße gefühllos, der Kopf betrunken, die Brust heldisch, das Herz rein. Leise weine ich. Zum wievielten Male schon? Zum sechsundzwanzigsten? Ich weiß es selbst nicht mehr. Ein Mann merkt sich seine Tränen nicht.

Welchen Mann hat Aglaja erwartet

Aglaja kam mit Nataschka aus dem Kino. Eine Weile standen sie vor dem Stall und schauten nach mir aus. Dann gingen sie in die Nacht. Ich schritt hinein ins Dunkel wie eine Katze. Den Hügel hinauf ging ich zurück zum Gefechtsstand. Ich werde den Schwarzen wecken, werde ihm von Jánošík erzählen. Ich weiß, was der Schwarze sagen wird. «Das ist noch gar nichts, Unteroffizier! Da hättest du erst mal unseren Tschapajew sehen sollen ...» Ich weiß, Schwarzer, ich kenne den Film, Tschapajew grübelt, Tschapajew schläft, auch du schlafe, ich werde dich nicht wecken, schlaf mit deinem Tschapajew. Gute Nacht, schwarzer Tschapajew! Ich bin unglücklich. Werde nach Hause gehen. Aglaja hat zwei Männer, den einen im Bett, den andern an der Tür. Die Tür ist noch auf. Aglaja erwartet einen Mann. Welchen?

Betrunkene wissen nicht, wann der Morgen kommt. Aglaja

hatte die zottige Färse und die magere Ziege gefüttert. Wache ich? Träume ich?

Aglaja trat in die Stube. Auf ihrer Schulter waren einige Strohhalme hängengeblieben. Unsere Blicke trafen sich. Die Augen schämten sich, aber sie konnten sich nicht voneinander losreißen. Warum hast du das an diesem Abend getan, Aglaja? Wen hast du erwartet, Anton oder mich? Warum hast du das getan? Hast du gewußt, daß Anton nicht zu Hause sein wird? Du hättest die bucklige, geschwätzige Katja rufen müssen, diesen Gendarm in Röcken, dann wäre nichts geschehen. Wenn Katja bei dir geschlafen hätte, hättest du dich nicht in mein Bett gelegt. Ich hätte überhaupt nicht mit euch ins Kino gehen sollen, nirgends hätte ich hingehen sollen, nicht in die Ukraine, nicht in den Krieg, jetzt könnte ich auf den Almen bei den Mädchen ans Fenster klopfen. Sag, daß du das Bett verwechselt hast, daß du nirgends gelegen hast, so sag's doch, Aglaja! Du willst nicht? Es ist überflüssig? In deinem Bett hat Wowka gelegen, in meinem du, Aglaja. Ach, Aglaja, ist das wirklich wahr? Ich bin dir überhaupt nicht böse gewesen, hab nur nicht gewußt, was ich tun sollte. Aber du hast es gewußt, hast mir geholfen. Hast mich leise gerufen: «Sascha ...»

«Aglaja ...», flüsterte ich noch leiser. Ich wußte, daß du auf mich gewartet hast und nicht auf Anton. Auf mich.

Wenn ich aufstehe, werde ich von der Tür die Worte wegwischen: Besetzt 1 Mann.

Sie kam zum Bett wie eine Erscheinung. Ich setzte mich auf und schloß sie heftig in die Arme. Ich umarmte und küßte Aglaja, Antons Frau. Aglaja!

Wie stark ihr Herz schlug!

Wie sehr ich Aglaja liebte, Antons Frau.

Heute möchte ich bis zum Ende des Krieges schlafen. Was will Nataschka hier, warum stört sie mich? Aha! Verdammt noch mal! Heute morgen soll ich mich mit ihr bei Oberleutnant Rúčka melden. Heute soll auch Anton zurückkehren, auch die Kuma, heute soll ich mit Leutnant Friedrich ins Gelände gehen, heute soll Major Hrablavý in die Heimat fahren, heute soll Major Marinčuk sein Amt als Stabschef übernehmen, heute soll der Blonde als Pferdekutscher zu einem Infanterieregiment versetzt werden, vielleicht kommt heute Franz' und Hnidáks Ablösung, was alles wird heute noch geschehen?

Was?

Heute kommt Anton zurück, der Säufer, Aglajas Mann.

Heute wird nicht gestern sein.

Ich bin der kleine Wowka, Aglaja hat mich geküßt und zugedeckt. Ich schlafe und träume von ihr.

Wieder Alltag

Steh auf, Sascha, Saschenka ... Ach du Fröschlein, du meine Nataschka, ich steh ja schon auf.

Und wieder fängt ein Tag an. Ein Tag des Soldaten, ähnlich dem Tag eines Dorfbeamten. Ein nüchterner, langweiliger Tag. Alles wiederholt sich. Von Aglaja werde ich in die Schreibstube gehen, wo mich die alltägliche Arbeit erwartet. Hnidák wird sich an die Maschine setzen, Franz still den Kopf über ein deutsches Papierchen beugen. In der Regel ist es ein Befehl, beim Kommiß gibt es keine Akten und Weisungen, sondern nur Befehle. Wenn Franz aus dem Deutschen ins Slowakische übersetzt, übersetzt die ganze Dritte Abteilung mit, auch wenn sich der Schwarze einmischt, protestiert niemand dagegen. Einen Geheimbefehl nehmen wir so gründlich durch, daß wir ihn fast nicht mehr verstehen, weil uns der Zusammenhang verlorengeht. Blut schwitzend fügen wir die Sätze zusammen. Franz übersetzt die einzelnen Worte, ich stelle die Sätze zusammen, und Hnidák schreibt den Text, denn er macht als einziger keine Fehler. Wir wissen, wie der Befehl lautet, wir müßten ihn den Partisanen übergeben. Wir tun unsere Pflicht nicht. Partisanen, wo seid ihr? Warum können die Slowaken ihre Pflicht nicht tun? Nichts ist von ihnen zu hören, weder von den Partisanen noch von den Slowaken.

Wieder erfaßt mich Zorn auf die Genossen des Vaters, denn ich sehe sie, wie sie vorwurfsvoll den Vater fragen: «Matúš ist noch nicht übergelaufen?» Der Vater schüttelt den Kopf, wendet sich ab von ihnen, denn er schämt sich. Wie viele sind schon übergelaufen? Warum Matúš Zraz noch nicht? Warum? Die Antwort gibt der Rum. Im Rum liegt Trost. Antworten muß man, aber ich weiß keine Antwort. Einen Trost braucht man, aber wer soll einen trösten?

Anton, komm so bald wie möglich, bring zwei Korbflaschen Tröstung mit.

Nataschka geht in den Dienst

Nataschka hat das beste Kleid angezogen, das sie besitzt. Sie will sich ihrem Arbeitgeber vorstellen, dem Oberleutnant Rúčka. Sie ist glücklich. Ich weiß nicht, wodurch sie mich an eine Braut erinnert. Vorsichtig weicht sie den Pfützen auf der Straße aus, den Kopf hält sie gesenkt, nur manchmal hebt sie ihn und wirft mir einen verstohlenen Blick zu. Wie schaust du mich da an, Nataschka? Weißt du, was heute nacht geschehen ist? Das kannst du nicht wissen. Oder steht jedem die Liebe auf der Stirn geschrieben? Ein bißchen schäme ich mich. Ich werde Nataschka nicht in die Augen schauen. Und so scheint mir, daß neben mir nicht Nataschka geht, sondern Aglaja, und ich bin in ihr, und sie ist in mir.

Das Offizierskasino liegt unweit der Schule. In der Schule selbst ist der Divisionsgefechtsstand untergebracht, rechts daneben in einem Kolchoshaus das Kommando der Stabskompanie unter Oberleutnant Malý. Im dritten Haus wohnt der Fürst. Und ganz am Ende der Häuserreihe der Unteroffizier Majstrík. Dieser Schweinehund. Er hat tatsächlich das Schwein allein aufgefressen, hat keinen kosten lassen, und dabei gehörte es doch allen: Lieskovan, Frnčák, Franz, mir und seiner Marusja. Der Schweinehund Majstrík hat das Schwein allein gefressen ...

Von Rúčka keine Spur. Die Offiziere arbeiten, wann und soviel sie wollen. Gestern war ein großes Gelage. Das hätte ich mir doch denken können. Rúčka wird vielleicht gar nicht kommen. Der wohlfrisierte und wohlduftende Furier gibt an den Chefkoch den Proviant für heute aus. Wir haben's schlecht getroffen, Nataschka, der Wohlfrisierte ist nicht in bester Laune. Ist ja auch kein Wunder. Die Offiziere haben bei dem gestrigen Festschmaus eine ganze Wochenration aufgefressen und eine Zweiwochenration von Wein und Sliwowitz ausgesoffen. Ich bin abgebrannt, hol sie der Teufel! Was soll ich dir geben?

Dem Koch ist das egal. «Was du mir gibst, kommt in den Kessel. Für mich koch ich ja doch immer, was mir schmeckt.» Der Koch ist wohlgenährt, nicht gerade vollgefüttert, aber wenn ihm ein Fell gewachsen wäre, würde es glänzen wie ein Spiegel. Den Wohlfrisierten scheint alles anzukotzen. Recht geschieht ihm, diesem Geizkragen. Ich weiß, wie hier der Proviant zusammengekratzt wird. Etwas kriegt er aus der Slowakei, aber nur etwas. Etwas geben die Deutschen, aber auch nur etwas. Und etwas klaut er zusammen, und das ist viel, in der letzten Zeit fast alles. Am meisten wird das zusammengestohlen, was die Offiziere essen, man kann es auch gefälliger ausdrücken — es wird requiriert, das klingt amtlich, militärisch. Requiriert wird das, was die Deutschen zu stehlen nicht geschafft haben.

Der Koch mustert Nataschka, beschaut sie sich von Kopf bis Fuß, auf den Hüften verweilt sein Blick, seine Lippen öffnen sich halb wie bei einem Bullen, vor Nataschka steht ein Bulle. Der Blick gleitet höher. Die jungen Brüste zeichnen sich unter Nataschkas geblümter Bluse ab, sie ziehen seine Augen an, schmieden sie fest. Ich bedaure es, daß ich Nataschka zugeredet habe, daß ich sie in den Auslauf der Offiziere gebracht habe. Bedanke dich, Koch, daß ich Wasser auf deine Mühle geleitet habe. Ach, deine Mühle wird mahlen, sie wird ... wenn ich es erlaube. Aber ich werde es nicht erlauben, weder dem Frisierten noch dir. Ich erlaube es nicht und basta.

Jeden Abend werde ich Nataschka abholen, werde sie keinem gönnen, auch nicht für einen Augenblick. Wiera ist Aglajas jüngere Schwester, Nataschka die jüngste. Nataschka muß rein bleiben.

Heute kommt Anton zurück ... Heute ... Ich werde nicht

mit ihm trinken, heute abend hole ich Nataschka ab. Verstehst du, Koch? Nataschka gehört mir.

«Was wollt ihr von Rúčka?» fragt der Koch geistesabwesend. Erst jetzt reißt er den Blick von Nataschkas Brüsten los und schaut ihr ins Gesicht.

Nataschka blickt mich schüchtern an. Richtig, Nataschka, ich bin jetzt dein Beschützer, dein Arbeitsvermittler ... Oberleutnant Rúčka hat sie für heute morgen als Aushilfskraft in die Küche befohlen.

Der Koch läßt mich nicht zu Ende sprechen. Sein dünnlippiger Mund verzieht sich zu einem Lächeln. Ein Lächeln soll das sein? Ein Grinsen ist das. «Ja, der Oberleutnant hat davon gesprochen. Das ist sie? Wie heißt du?»

«Nataschka», antworte ich statt ihrer.

«Sie soll den Korb da aufnehmen und mir folgen.» Das hat der Koch wie ein Herr gesagt, der eine Magd aufnimmt, und ich ergreife unwillkürlich Nataschkas Hand. Der Koch beißt sich auf die Unterlippe. An seiner Stelle würde ich denken, halt du sie nur fest, von mir aus, im Handumdrehen werde ich sie mir schnappen. Hahaha! Immer lache du, Koch. «Nimm Abschied von ihr, Unteroffizier, denn bis abends siehst du sie nicht wieder. Bei uns wird lange in die Nacht hinein gearbeitet. Ich hoffe, du weißt das ...» Der Koch wendet sich Nataschka zu, sie lächelt nur. Sie hat nicht viel verstanden von dem, was der Koch gesagt hat.

«Und was zahlt ihr Zivilangestellten?»

Der Koch schaut mich verständnislos an, dreht sich um zu dem Furier und wedelt mit der Hand unterm Bauch. Dieses Schwein! Ich weiß, was diese Geste bedeutet. Diese Sau. Aber streiten werde ich mich nicht mit ihm. Küchenchef ist Oberleutnant Rúčka. Solange ich Nataschkas Lohn nicht ausgehandelt habe, kriegt er keine Karte zu sehen.

Der Koch gibt Nataschka den Korb mit Zigaretten und bukkelt sich selbst zwei Kisten Konserven auf. Seine Armmuskeln spannen sich, daß die Adern am Hals hervortreten. «Gehen wir, Mädchen!» sagt der Koch, ohne Nataschka anzuschauen. Sie folgt ihm gehorsam.

Es gibt keinen Meister, der nicht von einem besseren übertroffen wird.

Nataschka tritt in die Tapfen, die die Stiefel des Kochs im Schlamm hinterlassen, und ich überlege und befrage mein Gewissen. Was hab ich da getan? In was für einen Dienst hab ich Nataschka da vermittelt?

Antons Diversion

Vor der Kommandantur erwartet mich Aglaja mit der Gevatterin. Beim Anblick der Frauen fürchte ich, daß etwas Schlimmes passiert ist und daß ich eventuell die Ursache bin, ich und Aglaja, wir zwei und die Nacht, die Nacht, die ich nie vergessen werde; die erste Nacht mit einer Frau vergißt man nicht, aber jetzt habe ich Angst, ich könnte etwas getan haben, was ich nicht hätte tun dürfen. Aglaja ist irgendwie anders, verstört, sie kommt zu mir als zu ihrem Vertrauten. Auch die Gevatterin ist blaß, sieht mich mit großen Augen bittend an. Erst jetzt bemerke ich, wie abgezehrt, zersorgt und verhärmt die alternde Gevatterin ist. Ihr gegenüber ist Aglaja ... Schluß jetzt! Es ist Morgen, und in meine Gedanken kehrt die Nacht zurück ...

«Was ist passiert? So sprecht schon!»

«Anton ist verhaftet, von deutschen Feldgendarmen!»

Was sagst du da, Gevatterin? Aglaja, warum schlägst du die Hände vor die Augen? Zwischen den Fingern rinnen Tränen hervor. Das Gewissen? Was ist das? Wie fühlt man Gewissensbisse? Ich berühre Aglajas Hand. Sie sieht mich mit verweinten Augen an. Gut, wenigstens kann ich das Gewissen, die Vorwürfe vergessen und an sie denken und an Anton. Man muß Aglaja helfen, Anton loszueisen ... Die deutschen Feldgendarmen haben Aglajas Mann geschnappt, den Säufer, den Schuster.

«Und unsere Passierscheine, Kuma?»

«Anton war betrunken, hat seinen Passierschein verloren ...»

Mit Anton ist das nicht so schlimm, Aglaja, nur keine Angst, morgen wirst du deinen Mann wieder zu Hause haben, morgen abend ... Ach, zum Teufel! Anton ist ein guter Kerl, er könnte noch beim Onkel sein, wenigstens eine Nacht, aber er hat sich besoffen, und die Deutschen führen hier die deutsche Frontordnung ein. Man wird zu ihnen gehen und sich ihre Vorschriften anschauen müssen. Was für eine Ordnung ist das, ihr Herren Deutsche? Oder ... Franz ... Riedel ... Wir werden versuchen zu telefonieren. Anton ist Aglajas Mann, ich bin nur der Mann an der Tür, den der erste Frühlingsregen wegwaschen wird.

Ich telefoniere, laufe herum, bin nervös. Aglaja erwartet meine Hilfe. Mir ist wohl bei ihr. Ich rede drauflos, um sie zu trösten.

Und du, Gevatterin, erzähle!

«Anton hat getobt und sehr geschimpft, als sie ihm Handschellen anlegten. Er hat geschrien, daß Sascha es ihnen zeigen wird, daß ihn Sascha rausholen wird.»

Die Deutschen lachten zuerst, dann wurden sie böse, und für jedes Schimpfwort bekam Anton eine Ohrfeige. «Das kennen wir, Gevatterin.» Anton schrie sehr, denn er war sehr betrunken, und die Deutschen schlugen ihn sehr, zuerst zwei, dann vier, zuerst trat ihn einer mit dem Stiefel, dann alle ... Die Gevatterin verstummte, weinte. Mit ihr weinte Aglaja. Was sollte ich mit den weinenden Frauen anfangen? Wäre Anton nicht weg gewesen ... Hätte sich Anton nicht betrunken ... Hätte er nicht seinen Passierschein verloren und wäre zurückgekehrt ... Aglaja hätte in ihrem Bett geschlafen. Verdammt! Gut, daß er weg war. Geht nach Hause, ich bringe alles in Ordnung, geht nur und weint nicht mehr. Ihr macht noch das ganze Dorf rebellisch, die Leute werden denken, daß die Slowaken böse Menschen sind, daß die Slowaken fast Deutsche sind ... Geht nur! Ich regle es allein, Aglaja. Anton ist dein Mann, aber du bist nicht seine Frau, du bist ... Wessen Frau bist du, Aglaja?

Aglaja und die Gevatterin gehen folgsam, und ich kehre in die Schreibstube zurück. Sieh mal einer an! Der alte Kater. Von dem Hof hinter dem Offizierskasino lugt der Witwer Timofei. Die Gevatterin möchte er, nach der Kuma gelüstet es ihn, diesen alten Kater. Und wer wird aufhören zu trinken, Timofei? Die Kinder trinken Milch, und du hast nur Samogonka. Timofei schreitet über die schlammige Straße, der Gevatterin und Aglaja hinterher. Geh nur, du Säufer, geh nur, die Kuma wird dich doch nicht nehmen. Deinen Kameraden haben die deutschen Feldgendarmen gefangen, weine, Timofei!

Das große Festmahl

«Servus, Herr Unteroffizier!» Der schwarze Wassil ist außer Rand und Band. Wie auf Skiern jagt er den Hügel herab, er hat einen sitzen. Das erkenne ich an seiner Stimme. Immer, wenn der Schwarze getrunken hat, lacht er gezwungen, ist frech und markiert den starken Mann. Zu jedem sagt er Servus. Auch zu den Offizieren. Die lachen darüber, lassen ihn strammstehen, tun, als machten sie es nur so zum Scherz, aber jeder weiß, daß sie es ernst meinen. Sich einem sowjetischen Kriegsgefangenen gegenüber anständig zu verhalten, gehört zum guten Ton, festigt das künftige Alibi. In dem leutseligen Verhalten der Offiziere zu Gefangenen liegt viel Überheblichkeit. Die Großmut des Offiziers dem Gefangenen gegenüber ist eine Geste, die besagt, daß er, wenn er wollte, auch anders könnte ... Der Schwarze weiß das ganz genau, deshalb wahrt er immer auch die Grenze bei seiner Dreistigkeit. Seine Angst ist zu groß, denn ihm geht es ja auch zu gut. Er weiß, wann er aufhören muß, verrückt zu spielen.

Auf der Kommandantur sind wieder alle blau. Franz kreischt: «Matúš, Matúš, wo steckst du? Herrgott noch eins, hol dich der Teufel! Du Kommunist! Komm her, laß dich küssen! Auch ich bin ein Bolschewik!» Franz drängt sich an mich und will mich wahrhaftig küssen. Pfui Teufel! Das kann ich auf den Tod nicht leiden.

«Geh weg, Schwäblein, geh, sonst tret ich dir in den Hintern, du mit deiner Spinne am Kragen!»

«Mit meiner Spinne! Dieser Satan! Wo ist hier eine Spinne? Ich werd sie ... Da hast du!» Franz reißt sich die Hakenkreuze vom Kragen. Er bricht sich dabei einen Fingernagel ab, denn die Kreuzchen waren fest angenäht. Die Spinnen haben Franz verletzt. An den Stellen, wo sie angenäht waren, bleiben ausgefranstes Tuch und Blutflecken. Franz erwartet, daß wir sein Tun als Heldentat anerkennen. Er steht vor mir und schaut komisch drein. Von seinem Finger tropft Blut. Franz ist verwundet. Das Hakenkreuz ... Ein Kruzifix! Ich anerkenne seine Tat, ja, das tu ich. Hnidák geht mit offenem Munde um ihn herum. Schwer zu sagen, ob er Franz verachtet, ob er die Degradierung des Schwaben gutheißt oder nur lächelt, weil auch er blau ist. Sein Lächeln wirkt eher angewidert.

«Hast du den Zirkus gesehen, in dem lauter seltene Tiere auftreten? Komm, schau dir's im Kasino an ... Diese Schweine!»

Am anderen Ende des Gebäudes, wo der Speisesaal liegt, wo festlich geschmaust und gesoffen wird, dröhnt immer noch die Trommel.

«Komm!» Franz nimmt meine Hand. Das Blut an seinem Finger ist schon getrocknet. Auf dem Flur begegnen wir Leutnant Friedrich. Der Kopf sinkt ihm auf die Brust, aus dem Munde läuft ihm der Speichel. «Auf Wacht, Herr Leutnant!»

«Esel!» knurrt Friedrich und knallt die Kanzleitür hinter sich zu.

Wir treten in den Saal. Die Trommelschläge betäuben uns. Die Klarinette dudelt ein unbekanntes Liedchen, die Harmonika quietscht dazu. Die Musiker sind auch betrunken. Oder nur müde? Vielleicht beides. Das kenne ich. Ich habe einige Male auf Dorfhochzeiten oder bei Kindtaufen gespielt. Die Betrunkenen dachten, sie würden den Harmonikaspieler fertigmachen, aber der Harmonikaspieler hat sie fertiggemacht. Spiel, spiel, spiel, Matúš! schrien die Besoffenen. Die Brüder Sojka waren immer besoffen. Sie hopsten und stampften im Heiduckenrhythmus wie die Tanzbären. Ich fing immer an, im normalen Tempo zu spielen, aber wenn die Sojkas riefen: Spiel, Matúš, laß die Leine los und spiel!, dann verlor sich die Melodie des Heiduckentanzes immer mehr, es blieb nur der Rhythmus, aber dieser wurde immer schneller, bis meine Finger erlahmten, und die Sojkas sprangen wie die Wilden und stanken dann wie verschwitzte Gäule.

So wie jetzt die Offiziere. Auch die Offiziere schwitzen, sie stinken nach Schnaps. Oberst Krása – nichts Neues, er kann nicht trommeln, haut aber auf das Trommelfell wie ein Schmied auf den Amboß, bestimmt wird er es zerreißen, wird die ärarische Trommel kaputtmachen, und dann ... Es sind nur noch ein paar Offiziere da. Der General von ... ist mitsamt seinem Gefolge gegangen. Geblieben sind nur Marinčuk, Major Šimiak vom Ministerium, weiter Lačný und Oberleutnant Rúčka. Jetzt eben kehrt Major Hrablavý mit Oberst Pecko zurück, dieser streckt den Hals und singt: Sagt meiner Mutter ... Die Trommelschläge übertönen seinen Tenor. Außerdem ist noch Hauptmann Baláž da, der Chef der Gendarmerie, und Oberleutnant Malý ... Oder irre ich mich? Franz, wer ist denn der Hauptmann, mit dem Major Šimiak spricht?

«Malý, Oberleutnant Malý, der Chef der Stabskompanie, kennst du deinen ...»

«Aber das ist doch ein Hauptmann ...»

«Ach ja, ich Rindvieh, sie haben ihn doch gestern zum Hauptmann befördert. Sieh mal an, sogar die Rumänen sind noch da, der Colonel mit dem Gendarmen.» Wen hat der Gendarm da hergeschleift? Einen Jungen. Einen frierenden, schmutzigen Jungen. Ist das nicht Wowka, denke ich voller Schreck. Aber nein, zum Glück ist es nicht Wowka. Der Junge hat nur wenig Zähne, sein Lächeln ist hübsch. Er hat überhaupt keine Angst vor dem Gendarmen. Vielleicht kennt er den Statthalter von Borodino.

«Sing, Iwan, sing, na los!» Der Gendarm klatscht in die Hände, der Junge blickt ihm in die Augen. «Komm, mein Junge, sing uns eins, nun mach schon! Iwan, sing: Kalinka, Kalinka moja ... oder sing: Charascho bylo shitj sa ruminskej wlasti ... Na los, sing, Iwan!»

Der Junge lächelt, streckt die Zungenspitze zwischen den spärlichen Zähnchen hervor und blickt auf den Tisch, auf die verstreuten Fleischstücke und die zermanschte Torte. Der Gendarm nimmt ein Stückchen Fleisch und reicht es dem Jungen. «Sing, Iwan, sing, na los doch!»

Der Junge beißt ins Fleisch. Die Lücken zwischen den Zähnen füllen sich mit Fleischfasern. Er kaut und rezitiert singend:

«Antonescu dal prikas,
wsem Ruminam na Kawkas,
a Rumini neponjali,
tscheres mesjac Kawkas vsdali ...»

«Was? Was singst du da!» Der Gendarm reißt dem Jungen das Fleisch aus der Hand. Der Colonel nähert sich mit weit aufgerissenen Augen dem Kleinen. Der Oberst hat an jedem Finger Gold. Schon packt er den Jungen an den Haaren. Nein, noch nicht, der Junge weicht zurück zur Tür. Am Ende des Tisches sitzt Lačný. Sein schäbiger Pelz hängt am Kleiderständer. Der Junge erreicht den Ständer, gleich dahinter ist die Tür. Da streckt Lačný sein dünnes, langes Bein aus und lacht schallend. Er grunzt, vollgefressene Schweine grunzen. Der Junge stolpert, fällt der Länge nach hin, mit dem Kopf gegen die Tür, aber sein Weinen geht unter im Lachen des Gendarmen, des Colonels und des Leutnants Lačný. Antonescu dal prikas ... ausgezeichnet, Iwanuschka! Das muß ich lernen. Und du, Schwab, wirst's ins Hochdeutsche übersetzen, hast du verstanden? Antonescu gab Befehl, alle Rumänen in den Kaukasus, doch die Rumänen verstanden ihn nicht, gaben den Kaukasus nach einem Monat auf ... Hahaha!

«Was ist hier los, ihr Kujone? Was ist hier los?» Oberst Krása torkelt herbei mit dem Trommelschlegel in der Hand. «Sing's noch einmal, Junge, los! Antonescu dal prikas ... hahaha! Das ist gut, ihr Kujone, warum laßt ihr ihn nicht weitersingen? Antonescu dal ... bumm, bumm! Was heißt Antonescu? Unser Herr Pfarrer gab den Befehl ... bumm, bumm! Was heißt Befehl? Pfarrer geben Gebote. Zehn Vaterunser ... hahaha, bumm, bumm!» Der Oberst singt und trommelt mit dem Schlegel auf seine Offiziere ein. Nichts Neues. Das haben wir schon oft gesehen. Lačný kriegt den ersten Schlag ab.

Nichts Neues. Lačný Jano flüchtet. Nichts Neues. Marinčuk kann dem ihm zugedachten Schlag ausweichen, aber der zweite erwischt ihn. Nichts Neues. Jetzt deckt er mit der einen Hand das Gesicht, mit der andern wird er den Schlegel packen wollen. Aber das gelingt ihm nicht. Auch nichts Neues. Jetzt weicht er zurück in die Saalecke.

«Unser Pfarrer gab Befehl ... Hahaha! Zehn Avemaria ...»

Nichts Neues, das sind wir schon gewöhnt. Marinčuk hat sich auch schon an die Dresche vom Herrn Oberst gewöhnt. Das alles haben wir schon gesehen, aber der kleine Iwan hat es noch nie gesehen. So lach doch, Junge, lache, unser Pfarrer gab Befehl ... Das verweinte Gesichtchen lacht, Iwan bleckt die spärlichen Zähne wie ein Häschen, und der Oberst schlägt wild um sich. Nichts Neues, Iwan, nur du hast es noch nicht gesehen. Die Trommel und Marinčuk, das ist das Steckenpferd des Obersten. Warum lachst du nicht, Iwan? Der Oberst hat sich schützend vor dich gestellt!

Iwans Augen bleiben am Tisch hängen. Schlag zu, Herr Oberst, solange die Kraft reicht. Iwan ist mit einem Satz am Tisch. Was machst du da, Junge? Hast du wieder ein Stück Fleisch? Nimm's und hau ab, Junge. Aber Obacht! Auf dem Hof lauert der verfressene Lačný Jano. Der Oberst haut, und der Major schreit. Er möchte lachen, aber er wird gleich heulen. Das ist auch nichts Neues, das macht Marinčuk immer so. Erst spielt er sich als tollen Kerl auf, am Schluß aber heult er nur ...

Iwan steht schon auf dem Hofe. Er schaut sich ängstlich um und verschlingt gierig das gebratene Fleisch. Als er Lačný Jano bemerkt, flitzt er aus dem Schulhof wie ein Hund aus einem fremden Hausflur.

Hab ich's nicht gesagt, Marinčuk fängt an zu heulen.

Das hat Frnčák noch nie gemacht. «Ich fahr nicht, nicht ums Verrecken!» sagte er und lachte mir dabei ins Gesicht. «Dort gibt's keine Straße, nur Felder und ein paar Fahrspuren. Wir bleiben am letzten Haus schon stecken.»

Frnčák hatte recht. Der Winter ist auf dem Rückzug, auf den Feldern liegt kein Schnee mehr. Statt Frnčáks Tatra haben wir uns einen Pferdewagen genommen. Wenn Leutnant Friedrich nicht besoffen wäre, müßte ich jetzt mit ihm auf dieser Karre durchs Gelände zotteln. Gut, daß Staatsfeiertag war, gut, daß sich Leutnant Friedrich besoffen hat. Anton hat Glück. Ich sitze mit Franz und dem Kutscher-Soldaten zusammen auf dem Bock, es ist recht eng. Der Kutscher, der verdrossen das Pferd antreibt, stinkt nach Pferdepisse. Die ganze Karre stinkt nach Pferdepisse. Franz fallen die Augen zu, das Schaukeln schläfert ihn ein. «Schlaf nicht, Franz, nimm die Nase voll Pferdepisse, schau dir die Felder an. Schau, Schwab, hier würde ich Weizen säen, links den Hügel würde ich mit Luzerne oder Lieschgras bestellen. Weißt du, was das ist – Lieschgras? Manche nennen es auch Timotheusgras . . .»

«Aha, ja . . . Timo . . .», brummt Franz und nickt weiter. «Timotheus . . .», er wacht noch einmal auf, «ein blöder Name! Heute laß ich mich aber vollaufen. Sobald wir nur deinen besoffenen Chasain befreit haben, sauf ich mir mit ihm einen an, mit diesem Russenteufel!»

Franz schlägt die Augen auf. Wir betrachten die schönen Felder, ich überlege weiter laut, was ich wo säen würde, Franz begutachtet die Hänge, wo man Ski fahren kann, wo man eine Schanze bauen könnte, schließlich aber ist er mit nichts zufrieden. «Hier sind doch nur lauter blöde Wiesen, hier kann man nicht Ski fahren, hier kann man nur mähen, und ich hab noch nie gemäht, Matúš, ich bin Dolmetscher, aber kein Mäher. Hü!»

Das Pferdchen trabt an, der Kutscher hat ihm mit der Peitsche die Schenkel gekitzelt. Ich weiß, was ich an des Kutschers Stelle zu Franz sagen würde. Misch du dich nicht in mein

Handwerk, Kamerad, du bist Dolmetscher, der Kutscher bin ich! Aber der Kutscher sagt nichts, sondern fordert nur mit unnachahmlichem Flüstern das Pferd zum Traben auf. Wir schaukeln auf dem Wagen hin und her. Das Pferd will nicht traben. Es schreitet gleichmäßig aus, die Beine versinken bis zu den Fesseln in der schwarzen Erde. Das Dorf ist schon ganz nahe. Frnčák hatte recht. Für diese geringe Entfernung wäre es wirklich schade gewesen, den Tatra einzusauen. Oder irgendwo steckenzubleiben.

«Halt! Parole!» Der Posten tut wichtig und ernst. Es ist ein älterer Mann. Er gleicht sehr der Baßstimme aus dem Urlauberzug. Sollte er es sein? Jetzt könnte ich mich mit ihm unterhalten, ich habe einen Dolmetscher.

«Berlin, Bessarabien!» Wenn es der Baß ist, müßte er mich an der Stimme erkennen. Er hat mich nicht erkannt, er ist es nicht.

Der Posten läßt das Gewehr mit dem aufgepflanzten Bajonett sinken, und der Kutscher treibt das Pferdchen an. «Wo fahren wir hin?» fragt er. Das Pferd bleibt von allein stehen.

Das Dorf ist kleiner als unseres, auf der Straße ist keine Menschenseele. Hü, wir fahren weiter. Noch sind wir nicht in der Dorfmitte. Hü, mein Pferdchen!

«Halt! Parole!»

«Berlin, Bessarabien!» Die Parole für das ganze Gebiet geben wir heraus, Kamerad. Wundere dich nicht! Wir sind hier jemand! Verstehst du?

Wir haben Glück. Ein Feldgendarm kommt. Franz, nun zeig mal, was für ein Schwab du bist. Aber schön auf hochdeutsch. «He, wach auf, du Penner!»

Wo ist . . .

«Ach so! Richtig! Anton Grigorjewitsch Korobtschenko. Der baut Latrinen für das Kommando des Baupionierbataillons.»

Franz ist ein prima Schwabe. Ich glaube, daß auch Schwaben prima sein können, wenn sie gegen die Schwaben kämpfen.

Das Gespräch auf hochdeutsch entwickelt sich ungezwungen. Franz erzählt was von guten Zigaretten, bietet dem Feldgendarmen eine an, der stimmt zu, ja, slowakische Zigaretten sind prima ... Franz holt eine blaue Hunderterpackung prima Tatra hervor, der Feldgendarm nimmt sie höflich an. «O mein Gott, so viel! Herzlichen Dank! Anton Grigorjewitsch!»

Das R rollt er tief in der Kehle. Kommt, Freunde, kommt. Die Latrinen werden schon fertig sein ... Prima.

«Anton Grigorjewitsch!» ruft der Feldgendarm noch einmal mit rollendem R, und aus dem Garten taucht Anton auf. Er erkennt mich nicht gleich. Auch mir scheint, daß Anton sich verändert hat, er ist magerer und sieht bedrückt aus. Der Feldgendarm erklärt uns alles, freundschaftlich, langsam, auf hochdeutsch, selbst ich verstehe fast alles. «Anton Grigorjewitsch konnte nicht einschlafen, er schrie und sprang herum, da mußten wir ... Sie verstehen, meine Herren?»

Anton ist offensichtlich geschlagen worden, seine Unterlippe ist geschwollen. Er ist es, jetzt, wo er lächelt, ist er es wieder.

«Sergeant, Sascha!» Na endlich erkennst du mich, du besoffener Affe!

«Das ist unser Schuster!» schnauze ich den Deutschen an. «Was habt ihr mit ihm getrieben?»

«Nitschewo», sagt Anton lächelnd. «Nitschewo.»

«Nitschewo!» Auch der Gendarm lächelt.

«Übersetz ihm das, Franz, übersetz es ihm!» Ich schreie nicht mehr, zische nur leise. Gut, daß ich nicht schreie. Wir stehen vor dem Gefechtsstand der Feldgendarmerie. «Nitschewo!» Auch ich lächle, und der Feldgendarm wiederholt noch einmal sein Nitschewo.

«Kalt? Winter?» ruft Anton frohlockend dem Posten zu, als wir zum Dorf hinausfahren.

«Nitschewo», entgegnet die Baßstimme.

Nein, das ist nicht der Baß aus dem Urlauberzug, der hatte kein so violettes Gesicht.

In dieser Nacht schlief niemand in Borodino. Die Offiziere dehnten ihr Gelage bis zum Mittag aus, einige wurden zwischendurch nüchtern und besoffen sich wieder, bis dann ihre Putzer sie nach Hause schleiften und ins Bett verfrachteten. Dort erst wuschen und säuberten sie ihre Herren. Im ganzen Dorf wurde abends herumerzählt, daß Krása dem Major Marinčuk in die Stiefel gekotzt hat, worauf dieser sie anziehen mußte.

Ich denke nach und kann bloß staunen, wie ich es bis jetzt mit dieser versoffenen Bande ausgehalten habe. Warum habe ich noch nichts Ordentliches getan? Ich kümmere mich um Frauen, befreie verhaftete Säufer, zeichne Namenskärtchen und Speisekarten, und für wen? Für Lumpen. Pfui Teufel! Wieder fällt mir so ein Saufbold auf den Wecker. Ich höre seine Schritte. Wenn jemand draußen auf der Straße entlanggeht, ist das nur schwach zu hören. Sobald er in den Hof einbiegt, klirren die losen Flurscheiben. Aber das höre ich nur, wenn es im Hause sehr still ist, wenn ich Aglajas Atem und Antons Schnarchen nicht höre, wenn Wowka nicht gegen die Wand strampelt.

Drei Nächte schon fällt mir Timofei auf den Wecker. «Kum, gebt Eure Zustimmung! Gebt Eure Zustimmung, Gevatter, ich bitt Euch!» Wer hat Timofei weisgemacht, daß ich der Kuma verboten habe, ihn zu heiraten? Ich weiß nicht, was für Bräuche hier herrschen, ob ein Kum das Recht hat, seine Zustimmung zur Heirat zu geben oder zu verweigern. Wenn ja, dann kann sich Timofei freuen! Warum sollte die Gevatterin gerade ihn heiraten, diesen Saufkopp? Vielleicht kehrt ihr Mann zurück. Vielleicht ist er in Gefangenschaft oder kämpft bei der Roten Armee. Freu dich, Timofei, freu dich!

Ich drehe mich mit dem Gesicht zur Wand. Mir scheint, die Schritte entfernen sich. Vielleicht ist es nur die Wache. Timofei sollten sie diese nächtlichen Wanderungen unterbinden, sie sollten ihm verbieten, nachts an die Fenster zu klopfen. Wenn Timofei noch einmal kommt, zieh ich um zu dem Schwarzen auf die Kommandantur. Soll Timofei bei Anton ans Fenster klopfen, den kriegt er sowieso nicht wach. Anton besäuft sich jeden Abend und schnarcht dann. Auch jetzt. Aglaja, schläfst du? Wie kannst du mit so einem Stinktier schlafen? Komm, Aglaja, warum kommst du nicht? In einem Bett ist es euch doch zu eng. Anton hat zwischen Bett und Wand eine Bank geschoben. Auf der Bank schläft Wowka. Mit dem muß ich morgen ein ernstes Wort reden. Wieder hat er mir Zigaretten gestohlen. Ich wollte ihn auf die Probe stellen. Wenn er sie nicht klaut, nahm ich mir vor, werde ich ihm Buntstifte schenken, werde ihm aus Zeichenkarton Scherenschnitte schneiden und ihm beibringen, wie man Flaggen zeichnet. Zuerst werde ich für ihn die slowakische Trikolore zeichnen, dann die sowjetische Fahne mit Hammer und Sichel. Ich werde beide auf ein Blatt zeichnen, wie auf den Namenkärtchen und Speisekarten. Wenn der Russe kommt, wird Wowka sagen, das hat ein Slowake gezeichnet. Und der Russe wird sich dann schon denken können, was das bedeuten soll. Vielleicht wird er erraten, daß das die brüderliche Freundschaft bedeuten soll. Aber wenn er es nicht errät? Am besten wäre es, ihm das aufzuschreiben. Und da wir in der Ukraine sind, werde ich es ihm auf ukrainisch aufschreiben. Aber letzten Endes ist ja doch alles egal.

Schade, daß Wowka die Zigaretten gestohlen hat. Keine Buntstifte gibt's, Jungchen, kein Papier, keine Fahnen werden gezeichnet. Verdammt noch mal, Anton, schnarch nicht so laut! Aglaja, schläfst du?

«Nein, Sascha.»

Ich werde wohl auch nicht mehr schlafen. Immer, wenn ich nachts frage, ob sie schläft, antwortet sie: «Nein, Sascha.» Dann werfe ich mich im Bett hin und her, habe große Sehnsucht nach Aglaja. Sie hört es und quält sich, liegt da und zerrt Antons Füße weg, die er im Schlaf auf mich legt.

Ich Dummkopf! Warum habe ich mir geschworen, Aglaja nicht mehr anzurühren?! Aglaja weiß von meinem Gelübde. Als ich es ihr sagte, schaute sie mich nur an und sagte leise: «Richtig, Sascha!» Und dann weinte sie still und lange. An dem Abend, als wir Anton nach Hause brachten, umarmte und küßte mich Aglaja. Anton sah es und lachte. Als auch er seine Frau küssen wollte, stieß sie ihn zurück, brach in Tränen aus und lamentierte wie über einen Toten, was für einen Ärger und Kummer sie mit ihm hätte, warum er ihr das angetan habe, ob er Gott nicht fürchte, er solle sich doch endlich vor den Deutschen in acht nehmen, sie würden ihn noch umbringen oder ins Reich verschleppen. Aber Anton lachte nur schuldbewußt und ging gleich darauf zu Timofei, um einen zu heben. In dieser Nacht kam Timofei zum ersten Mal ans Fenster und rief: «Kum, entschuldigen Sie, Sergeant, erlauben Sie doch, daß mich die Kuma heiratet, erlauben Sie es bitte, Gevatter!» Drei Tage später kam Timofei zum zweiten Mal. Und er wird wieder kommen. Dieser alte, besoffene Satan!

«Aglaja!» flüsterte ich.

«Ich höre, Sascha . . .»

«Ich widerrufe meinen Schwur . . .»

«Wozu, Sascha? Nataschka war hier. Warum hast du sie heute nicht abgeholt?»

«Das hat ja doch keinen Zweck, Aglaja. Ich mag sie nicht. Sie ist schon alt genug, wird wohl allein nach Hause finden können.»

Anton dreht sich auf die andere Seite, schmatzt im Schlaf. Das Bett knarrt entsetzlich.

«Hast du was gesagt, Lena?» fragt Anton laut.

«Nein. Schlaf! Und dreh dich nicht zu mir um.»

«Mir war's, als hörte ich dich reden.»

Stille. Ich bedaure es, daß ich Aglaja angesprochen habe. Vielleicht stellt sich Anton nur schlafend. Vielleicht ahnt er etwas.

Im Bett bewegen sich Leiber, Hand stößt an Hand.

«Laß mich in Ruh!» Aglajas Flüstern ist zornig.

«Na, na, na! Was hab ich dir getan?»

«Du bist besoffen, Anton. Wag es nicht, mich anzurühren!»

«Na, Lena ... Zum Teufel! Seit wann sind wir ...»

«Kusch, hör auf! Du wirst sehen, ich ... ich steh auf und zünd die Lampe an, ich weck den Sergeanten.»

«Den Sergeanten, den Sergeanten! Zum Teufel mit dem Sergeanten!»

Ich weiß nicht, auf wen Anton wütend ist, auf mich oder Aglaja. Was würde ich tun, wenn mich Aglaja wirklich zu Hilfe riefe? Anton ist ihr Mann ... Auf dem Hof erschallen wieder Schritte. Die Fensterscheibe klirrt. Hat das auch Anton gehört? Timofei steht draußen, wer sonst?

Jetzt steht er am Fenster, bückt sich, will in die Stube gukken, aber er sieht nichts, denn Aglaja hat die weißen Vorhänge vor die Fenster gezogen. Jetzt hält er den Atem an, lauscht.

Ich hüstle laut.

«Kum, teurer Gevatter, macht auf!» Er ist es, Timofei, der Stimme nach völlig blau.

«Was willst du, Timofei?»

«Kommt zum Fenster, Gevatter, ich bitte Euch!»

Hör sich das einer an, wie Besoffene zu betteln verstehen! Soll ich aufstehen oder mir die Ohren zuhalten? Soll ich nicht vielleicht Timofei mit der Pistole drohen? Oder soll ich mich mit ihm in ein Gespräch einlassen?

Das Bett knarrt. Vom Fenster her weht der Duft von Aglajas Körper. Wie immer sagt sie auch jetzt Timofei, was sie von seinen Besuchen hält. Durch das geöffnete Fenster überschüttet sie ihn mit Schimpfworten. «Besoffener Satan! Bepißter Bock! Bespuckter Saufbold!» Und sie knallt das Fenster zu. Ich kenne Aglaja nicht wieder. Ihre Schimpferei trifft mich mehr als Timofei. Was kann schon diesen alten Satan ärgern? Nichts. Er lacht laut, die Beschimpfungen prallen von ihm ab, und ich kann mich nur wundern, wieviel an ordinärer Grobheit in Aglaja steckt.

«Laß ihn, Aglaja, ich werde heute mit ihm reden.»

«Mit diesem bepißten Bock? Ich laß ihn nicht ins Haus. Die

Gevatterin wäre schön dumm, wenn sie ihn heiraten würde. Wag es nicht, deine Zustimmung zu geben, Sascha!»

Wag es nicht, deine Zustimmung zu geben! Fahrt doch alle zur Hölle! Wer bin ich denn? Was hat denn hier meine Zustimmung zu bedeuten? Ich zieh mir die Hosen an und setze mich auf die Bank am Fenster. «Was willst du, Timofei?» Warum duze ich Timofei? Er ist ein alter Mann, über vierzig, könnte mein Vater sein. Ich hab ihn immer geduzt. Timofei hat nie protestiert, aber er hat zu mir immer Sie oder Ihr gesagt. In der Ukraine sagt man zum Gevatter Ihr.

«Gevatter, gebt Eure Zustimmung . . .»

Lächerlich bist du, Timofei. Wie kann ich denn meine Zustimmung zu etwas geben, was mich gar nichts angeht.

«Gevatter, sagt Ihr ein Wort, und in einer Woche ist Hochzeit.»

«Geh zur Kuma, Timofei, soll sie doch selbst ihre Zustimmung geben.»

«Die Kuma hat mich zu Euch geschickt. Sie schickt mich immer zu Euch. Gevatter, ein Wort, bitte, bitte . . .»

Mich führt der Gedanke in Versuchung, Timofei heute sehr schnell loszuwerden. Ich werde einfach die Zustimmung geben. Soll doch der Teufel alles holen. Vielleicht will ihn die Gevatterin.

«Ein Wort nur, Kum, ich bitte Euch . . .»

«Na gut. Ich gebe dir meine Zustimmung. Soll sie dich heiraten, wenn sie will.»

«Was hast du da gesagt, Sascha? Was hast du getan? Die Gevatterin soll ihn wirklich heiraten?» Aglaja ist entrüstet, macht mir Vorwürfe. Was hab ich denn getan, verdammt noch mal? Wer bin ich denn? Was bin ich für ein Gevatter? Nicht einmal einen Scherz kann man sich hier erlauben. Morgen zieh ich um auf die Kommandantur.

«Gut, Sergeant. Gut, Saschenka! Wir werden alle zur Hochzeit gehen.» Anton will lachen, aber ein Hustenanfall packt ihn. Anton wird noch einmal ersticken.

«Dreh dich weg von mir!»

Auf wen ist Aglaja so wütend?

In der Stube ist es still. Ich habe nicht gehört, ob Timofei sich bedankt hat, aber unterm Fenster ist seine betrunkene, bettelnde Stimme nicht mehr zu hören. Vielleicht eilt er jetzt zur Gevatterin. Ich weiß es nicht. Endlich wird's still sein. Vielleicht wird die Gevatterin in dieser Nacht auch nicht schlafen. Aber ich werde lange schlafen. Bis mich Aglaja aus dem Bett jagen wird ...

Der Tag begann fröhlich. Als ich erwachte, stand Anton vor meinem Bett und hielt eine Zehnliter-Korbflasche hoch.

«Ein Geschenk von Timofei. Ich hab's unterm Fenster gefunden. Zum Wohl, Sergeant!»

«Obersergeant!» Nachdrücklich korrigierte ich Anton und trank gierig den ersten Becher des Gevatterweins.

Zum Wohl, Timofei, du alter Säufer!

Wer ist ein Säufer? Alle sind wir Säufer.

Malý ist wieder ein großer Soldat

Wie oft habe ich mir in dieser Woche schon vorgenommen, von Aglaja wegzuziehen. Ich hab es nur deshalb nicht getan, weil ich darauf warte, daß heute oder morgen oder übermorgen der Befehl kommt, den Stab um zweihundert oder vierhundert Kilometer nach Westen zu verlegen. Doch die Verlegung hat's verschlafen, verschlafen hat's auch die Offensive der sowjetischen Truppen.

Der Frühling ist wirklich da. Die Bäume treiben Knospen, manche blühen bereits, aber die Sonne ist noch immer zahnlos, nur über Mittag wärmt sie. Über Mittag gehen die Soldaten ohne Mäntel. Sie geben an, jeder will seine Reithosen zeigen, die am Gesäß mit Zeltleinwand besetzt sind. Malý hält an und verhört, wen er nur trifft. «Wo hast du die Zeltbahn her? Wer hat dir erlaubt, an der Hose rumzuflicken?» Die Soldaten lachen und antworten dem Oberleutnant – nein, er ist ja schon Hauptmann – über die Schulter hinweg, sie würden nach der Rückkehr von der Front die Hose und die Zeltbahn bezahlen, falls man sie dafür bezahle, daß sie mehrere Monate ihres Reservedienstes im Felde verbracht haben. Was will eigentlich dieser Malý? Morgen kehrt er mit Major Hrablavý in die Slowakei zurück, und immer noch fuchsen ihn Reithosen, Zeltbahnen, Extravaganzen, lauter Kinkerlitzchen.

Angst vor der Liebe

Ich frühstücke wie gewöhnlich mit Aglaja, Anton und Wowka. Die Pellkartoffeln und das Schweinefleisch aus Konserven spülen wir mit einem Topf Soldatenkaffee hinunter, wir sitzen schweigend am Tisch und essen. Mir ist eingefallen, eines Tages wird es das letzte Mal sein, daß ich mit Aglaja frühstücke. Das letzte Mal! Wann wird das sein? Nicht vielleicht jetzt? Mag es sein – wenigstens wäre der Abschied leichter. Ich sollte wegziehen zu dem Schwarzen. Von dort könnte ich doch auch manchmal Aglaja besuchen. Wowka würde ich die Wochenration Bonbons mitbringen, Aglaja Garnrollen oder Nadeln und Zwirn. Meine Leute zu Hause sind ganz vernünftig, Flóro Luciak war auf Urlaub, hat ihnen erklärt, was für Päckchen man schicken muß. Anton würde ich die Wochenration Rum mitbringen. Wir fassen ihn immer für eine Woche im voraus. Ein halber Liter Rum genügt für einen kleinen Schwips. Das wäre ganz schön. Ich würde Aglaja besuchen, als ginge es nach Hause zu einem kürzeren Urlaub. Manchmal würde ich auch Nataschka aufsuchen. Abends würde ich sie heimbegleiten, mich mit der Großmutter unterhalten, über Väterchen Zar politisieren, über Stalin, die Kolchosen, die Chocholi und Kazapi, über Antonescu und die Slowaken ... Mit der Großmutter plaudere ich am liebsten. Auf seine alten Tage, mit einem Bein im Grabe, da sagt der Mensch die Wahrheit. Nataschka versteht nichts von Politik. Sie war weder bei den Pionieren noch im Komsomol. Mir scheint, in diesem morastigen Dorf gab es gar keine Bolschewiki und keine Sowjetmacht. Alles ist hier still, verborgen, wie abgestorben. Das Dorf ist vom Krieg unberührt geblieben, ist noch voller Zivilisten. Mir scheint, daß sie nichts tun. Wovon leben sie? Außer den Zivilisten sind nur wir hier, die Slowaken, im Nachbardorf liegt ein deutsches Baubataillon, überall im Süden und Norden sind unsere Einheiten. Die Soldaten sind an die Arbeit mit der Schaufel schon gewöhnt, sie meckern nicht mehr und erfüllen spielend die von den Deutschen festgesetzten Normen. Die Straßenmeister tragen in den Auftragsscheinen das Erdreich um ein oder zwei Stufen härter ein, als es in Wirklichkeit ist, dadurch werden die Normen gesenkt. Kontrollen kommen nicht, die Deutschen erscheinen erst, wenn sie die fertigen Befestigungen abnehmen. Vor kurzem lief eine Beschwerde ein, daß einer unserer Infanteristen Bretter gestohlen habe, mit denen die Bunker ausgeschalt werden, um damit seiner Quartierwirtin das Dach zu reparieren. Der Preis für die Bohlen soll ihm vom Wehrsold abgezogen werden, aber hier pfeift jeder sowieso auf den Sold, auch wenn er zehn Kopeken pro Tag beträgt. Was die Soldaten in der Kantine zu kaufen kriegen, verteilen sie an die Kinder und Mädchen von Borodino. Was sie kaufen möchten — Alkohol —, gibt's in der Kantine nicht. Der Schnaps wird gleich im Magazin der Intendantur an die Offiziere des Stabes verschachert, der Rest in der Intendantur der Division und der Regimenter, was dann noch übrigbleibt, verschwindet bei den Bataillonsstäben, und falls doch etwas bis zur Kompanie gelangt, kaufen es der Chef und der Furier, und die letzte Flasche behält der Kantinier für sich. Das beobachte ich im Offizierskasino. Der Koch, über den sich Nataschka beschwert hat, daß er sie immer bis lange in die Nacht hinein in der Küche festhält und dann belästigt, schenkt mir dauernd aus einer Flasche ein, auf der fünf Sterne prangen. Ich weiß nicht, warum er das tut. Nach zwei Gläschen würde ich furchtbar gern was essen. Und der Koch gibt mir was. Er gibt mir was ... Nein, ich werde nicht mehr in die Offiziersküche gehen. Der Koch gibt es mir nicht, er wirft es mir hin wie einem Hund, wie eben ein Satter einem Hungrigen etwas hinwirft. Nataschka wird allein nach Hause gehen, soll meinetwegen der Koch sie begleiten. Ohnehin ist alles höchst peinlich. Am Samstagabend, ja das war Samstagabend, da verhielt sich Nataschka so sonderbar zu mir.

Als wir auf dem Hof unter dem aufblühenden Aprikosenbaum stehenblieben, schmiegte sie sich an mich und küßte mich. Es war mir peinlich, ich genierte mich. Nataschka brachte kein Wort hervor und atmete schwer, als wäre sie krank.

«Was hast du, Nataschka?» fragte ich sie, aber sie brach statt einer Antwort in Tränen aus, und ich schämte mich noch mehr. Ich Esel, ach, was für ein Esel ich bin! «Sei mir nicht böse, Nataschka, ich kann nicht ... Weißt du, ich kann das nicht so ... Ach, ich bin ein Esel, ich weiß, aber ich ...»

Wie hätte ich ihr sagen können, daß ich, bevor wir hierherkamen, in Wiera verliebt war, daß mich auch jetzt noch der Gedanke an Wiera nicht ruhig schlafen läßt, daß ich sie aufrichtig liebte! Pah, liebte! Ich hasse sie, denn ich schäme mich, daß meine Liebe zuschanden wurde, daß der Wind sie weggeblasen hat, daß sie der Fürst in den Dreck getreten hat. Ich konnte Nataschka doch auch nicht sagen, daß immer, wenn sie sich mit ihrem warmen, gertigen Körper an mich schmiegt, ich nicht sie fühle, sondern mit allen Sinnen, mit meinen ganzen Denken nur Aglaja begehre, daß ich nur deshalb so eilig von Nataschka weglaufe, um schneller bei Aglaja zu sein.

Am Samstagabend also, als ich Nataschka auf dem Hof stehenlassen wollte, faßte sie mich am Ärmel und sagte schüchtern: «Sascha! Lena liebt dich, ich weiß. Aber ich liebe dich auch, Sascha. Sehr ... weißt du ... Ich geh mit dir in die Slowakei ... Sascha.»

Meine Füße erstarrten, das Herz verschloß sich abwehrbereit. Mit mir? In die Slowakei? Nataschka, sei vernünftig! Warum? Weswegen? Ich habe dich nicht an mich gedrückt, ich habe nicht mit dir geschlafen, ich liebe dich nicht! Warum mit mir? Weil ich dir geholfen habe? Nataschka schlang wie im Krampf die Arme um mich und schaute mir lange, ohne zu zwinkern, ins Gesicht, in die Augen. Sie ist rein wie ein Kind. Ich schwieg. Noch nie hatte ich Nataschka umarmt oder gar geküßt. Ich werde es jetzt tun. Warum? Ich weiß nicht. Ich tat es. Vielleicht, weil ich nicht wußte, was ich sonst tun sollte. Dann ließ ich sie allein. Ich wollte zu Aglaja gehen, aber als ich aus dem Hof hinaus auf die Straße trat, wurde ich mir plötzlich bewußt, was ich da angerichtet, was ich alles mit diesem einzigen Kuß versprochen hatte. Auf einmal schrak ich vor allen Versprechungen zurück, vor allen Frauen. Ich fühlte mich schuldig. Ich machte einen Bogen um Aglajas Haus. Ich ging auf die Kommandantur zum Schwarzen und entschloß mich, für immer dorthin umzuziehen. Wenn Aglaja hier wäre, würde ich ihr als Grund nennen, daß ich meinen Schwur nicht brechen wolle. Ach, wie sehr ich mich danach sehnte, daß etwas geschieht. Ganz gleich, was, ich weiß selbst nicht, was das sein soll, ich weiß nur, daß es etwas sehr Schönes, etwas sehr Liebes sein müßte, wie damals ... Anton müßte wieder einmal fortgehen, und wenn er zurückkehrte, dann würde ich wirklich für immer von Aglaja wegziehen. Oder ... Am besten wird's sein, sofort mit allem Schluß zu machen.

Die Liebe ist
ein schreckliches Spiel

«Hör mal, Aglaja, und auch du, Anton!» Wowka legt den Löffel auf den Tisch und lauscht meinen Worten. «Heute zieh ich weg von euch. Ich hab den Befehl vom Kommandeur bekommen, ich muß in der Kommandantur wohnen, in der Schule ...» Aglaja erstarrt zu Stein. Die Hand mit dem Löffel bleibt in der Höhe ihrer Brust in der Luft hängen. Sie berührt die linke Brust. Aglajas Blick ist verständnislos, entsetzt. Was habe ich da gesagt? In dieser Aglaja ist etwas von der früheren, von der, die mich nicht ins Quartier nehmen wollte, sie ist jener ähnlich, aber zugleich ganz anders. Jetzt scheint sie überhaupt nicht Aglaja zu sein. «Was hast du, Aglaja?»

«Nichts, Sascha, nichts.» Aglaja senkt die langen Wimpern.

«Was sagst du da, Sergeant ... Obersergeant, was sagst du da?» Anton schluckt die Kartoffel hinunter.

Was ich gesagt habe? Langsam und deutlich wiederhole ich es. Aglaja öffnet die vollen roten Lippen, der Löffel sinkt auf das heiße Blech zu den Kartoffeln.

«Onkel Sergeant, warum gehst du weg? Bleib doch für immer bei uns!» Wowka hat niemals viel gesprochen. Am liebsten lacht er, jauchzt, springt, will spielen, aber so leise und verständlich habe ich ihn noch nie sprechen hören. Aglaja blickt mir in die Augen und senkt dann wieder die langen schwarzen Wimpern, als wolle sie mit ihnen alles verdecken, was sie gehört hat, als wolle sie aus einem Traum erwachen. Sie sieht mich wieder an. Ihre großen Augen sind feucht, in ihnen schimmern Tränen. Sie steht auf. Gut gemacht, Aglaja. Anton braucht deine Tränen nicht zu sehen. Ihm ist es gleich, ob du weinst. Oder nicht?

«Was hast du, Sascha ... Warum ... Bei uns ist doch Platz genug ... Warum? Nein, du gehst nicht weg. Wer wird mir ein Bumashka geben, einen Propusk, wer wird mich bei den Deutschen rausholen? Nein, nirgendshin wirst du gehen, Sergeant.» Anton steht ebenfalls auf und stellt sich wie im Scherz vor die Tür.

Es ist wie bei einem Spiel: Man fängt etwas an, und es gelingt einem, und obwohl man fühlt, daß man am Ende doch noch verlieren kann, setzt man das Spiel fort. Und so tue ich's auch. «Befehl ist Befehl, Anton, du warst doch auch Soldat.»

«Hol der Teufel so einen Befehl, Sascha!» Antons Empörung über derartige Befehle ist ehrlich.

«Was werden die Leute von uns denken?» sagt schließlich Aglaja, und in ihrer Stimme liegt eine flehentliche Bitte. «Sie werden glauben, ich hätte nicht für dich gesorgt, hätte mich nicht richtig zu dir verhalten. Das mußt du doch begreifen, Sascha ...»

«Richtig, Aglaja hat recht. Geht dir was ab bei uns?»

«Das nicht, Anton, gut geht mir's, allzu gut, otschen charascho, aber ...» Ich kann nicht weitersprechen, denn das ist ein Spiel mit Tränen. Ich hebe die Hände hoch, ergebe mich. Aglaja hat gesiegt.

Wozu das alles? Warum verwirren sich menschliche Schicksale so miteinander? Bald werde ich nicht mehr wissen, wer ich bin, ein Tier oder ein Mensch, ob ich Wiera liebe oder hasse, ob mir Nataschka leid tut, ob ich Aglaja begehre. Wenn doch alles nur ein Traum wäre! Niemals würde ich ihn vergessen, denn in ihm habe ich ein Stück meiner Jugend zurückgelassen. Ja, der Jugend. Als Aglaja in mein Bett kam, wurde ich Mann.

Wie gut, daß jemand kommt. Er bleibt am Fenster stehen. Hnidák ist es. Warum kommt er nicht herein?

«Matúš, komm ... der Alte ruft dich. Und noch was ... auf dem Feld hinterm Dorf hat der Fürst Wiera in einen Brunnen geworfen ... Beeil dich!»

Hnidák verschwindet wie ein Phantom, wie ein Todesengel. Weder Aglaja noch Anton haben verstanden, was Hnidák gerufen hat, aber sie haben gesehen, was in mir vorging. Ich will mich bewegen, aber ich stehe wie festgenagelt, ich will gehen, aber ich drehe mich im Kreise, ich will das Koppel mit der Pistole umschnallen, aber meine Hände zittern.

Verdammt! Ich muß mich beeilen. Heute fassen wir Rum und Munition. Ich werde alle vierundachtzig Patronen nehmen, die ich laut Vorschrift bei mir haben muß.

Die Hochzeit der Kuma

Timofei hat sich vom Kompaniefriseur rasieren und die Haare schneiden lassen. Der alte Bock wußte, warum er das tat. Ein rasierter und frisierter Mann sieht um fünf, zehn Jahre jünger aus. Auch der Friseur wußte, warum er Timofei rasierte und ihm die Haare schnitt. Timofei hat ihn dafür zur Hochzeit geladen. Jetzt sitzt der Friseur neben mir und zwirbelt seinen ungarischen Schnurrbart. Bei der Kompanie nennen wir ihn Honved, denn wo er nur kann, spricht er Ungarisch. Wenn er erzählt, schreit er wie alle Ungarn, damit es auch jeder hört. Wenn er merkt, daß jemand sein ungarisches Kauderwelsch nicht mag, spricht er ihn gerade auf ungarisch an. Šaňo Honved ist Gefreiter, Infanterist, ein großer, hagerer, schwarzer Kerl. Was an ihm sympathisch ist, ist die Stimme, aber nur, wenn er singt. Šaňo singt: Wolga rodnaja matj, und die Ukrainer bewundern ihn. Wenn er anfängt zu schreien, ist er widerlich und unangenehm, widerlich ist auch seine Art zu sprechen, denn dann ist er kein Friseur, sondern Feldwebel, seine Stimme befehlend, herrisch, abstoßend und provozierend.

Šaňo sitzt neben mir am Ehrentisch. Ich bin der Hochzeitsbitter, der wichtigste Gast. «Da wollen wir uns aber mal den Wanst vollschlagen, was? Heute fressen wir für zwei Wochen und saufen für einen ganzen Monat, was, Matúš?»

«Friß, Šaňek, trink, du schwarzer Bandwurm, besauf dich, dann schneid ich dir den Schnauzbart ab, Honved, und aus dir wird ein Slowak!»

«Das untersteh dich mal, Matúš! Im Ernst, das könnte dir schlecht bekommen, bassama terem!»

«Ich rasier dich auch am Sack, Honved! Wag es bloß nicht, dich zu besaufen und mir Schande zu machen! Hier bin ich zu Hause. Wenn wir in Ungarn sind, besaufe ich mich und mach dir Schande!»

«In Ungarn, jui!» Šaňo jauchzt und reibt sich die Hände. Dort hätte er ein Leben, in Ungarn wäre Šaňo König, dort könnte er lauthals schreien, damit es jeder weiß, daß er einer von ihnen ist, ein Honved, ein Magyar ... Ich pfeife auf ihn. Soll er sich vollfressen, soll er sich besaufen.

Das Brautpaar sitzt uns gegenüber. Timofei ist ein aufmerksamer Gastgeber. Er schenkt Šaňo Samogonka ein, mir Rotwein. Šaňo hat Rotwein abgelehnt. Bei ihm zu Hause trinken nur die Weiber Rotwein.

Timofei ist jünger geworden, das Glück hat sich auf sein Gesicht gesetzt wie ein Schmetterling auf eine Blume. Die Gevatterin sieht noch magerer aus, aber der feierliche Augenblick läßt auch ihr Gesicht strahlen. «Trinkt nur, lieber Gevatter, trinkt ...»

Ich hebe das Glas und schaue Aglaja an. Sie sitzt am Ofen mit den anderen Frauen, von dort beobachten sie die Ehrengäste und das Brautpaar. Sie tratschen über uns, mustern uns und warten darauf, daß ihnen jemand etwas zu essen oder zu trinken anbietet. Katja schenkt ein. Ich warte, bis alle Gläser gefüllt sind. «Den Frauen am Ofen auch ...», bitte ich Katja, und diese schenkt zuerst Aglaja ein. Die Frauen halten die Gläser fest und achten darauf, daß auch kein Tröpfchen Samogonka verschüttet wird.

«Jetzt kusch, Honved, verstehst du, kein Wort, keine Bemerkung, ich werde jetzt als Hochzeitsbitter dem Brautpaar Glück wünschen. Hast du verstanden? Ich bin hier der Hochzeitsbitter und Gevatter!»

«Rasreschitje mne . . .», beginne ich auf russisch, aber ich weiß, daß ich nicht alles ausdrücken kann, was ich möchte, daß ich komisch wirke, so wie alle komisch wirken, die eine fremde Sprache radebrechen. Ich verstumme. Meine Blicke treffen sich mit Aglajas. Gut, Aglaja. Es soll vor allem dir gelten. «Poswoltje mne . . .», fange ich wieder auf russisch an, «iswinitje mne . . .» Verdammt! Was will ich eigentlich sagen?

Anton beugt sich zu einem bärtigen Greis, flüstert ihm etwas ins Ohr und schaut dabei bedeutungsvoll auf mich. Als sich unsere Blicke begegnen, nickt mir Anton lächelnd zu und sagt wieder etwas zu dem Greis. Auch dieser lächelt, macht es Anton nach und nickt mir ebenfalls zu. Was will ich eigentlich sagen, Šaňo Honved? Ich wollte unsere Glückwünsche aussprechen, wie das bei uns die Hochzeitsbitter tun, aber ich kenne keine Verse, höchstens: eins, zwei, drei, vier, fünf, sechs, sieben, eine Frau hilft Schiebbock schieben . . . Hochzeitsbitter sprechen in Versen, aber ich kenne keine. Ich werde einfach sagen, was ich denke und fühle. Teure Gevatterin, teurer Timofei! Ich wünsche euch ein glückliches Leben, auf daß ihr euch immer liebt . . . Das wird nicht der Fall sein. Sie sind schon älter, werden sich nicht mehr lieben, sondern einander nur helfen. Helfen? Wenn Timofei nicht das Trinken läßt, wird die Gevatterin viel Kummer und Arbeit mit ihm haben. Und die Kinder? Aha, wie viele sind es? Sie sitzen brav am Ofen bei den Frauen. Drei hat die Gevatterin, sie sitzen zusammen, Timofei hat vier, die sitzen auch zusammen. Haben sich noch nicht angefreundet. Die Hochzeit kam zu überraschend. Sieben Kinder, ihr guten Leute, das sind mit euch neun hungrige Mäuler. Timofei, der alte besoffene Bock, soll sie ernähren. Ich hätte nie die Zustimmung zu dieser Heirat geben sollen. Für mich war es ein Scherz, aber für die Gevatterin wird es ein verpfuschtes Leben sein. Sie ist noch keine Vierzig. Heute ist sie Braut, ihre Wangen haben sich ein bißchen gerötet, sie ist glücklich. Sie trinkt schon das dritte Glas Samogonka.

«Entschuldigt, aber ich werde lieber Slowakisch sprechen», sage ich auf russisch. Dann beginne ich langsam und deutlich, die Frauen hören auf, sich zu unterhalten, die Kinder reißen die Mäulchen auf, Šaňo zwirbelt sich zufrieden den Bart, Anton ist stolz auf seinen Sergeanten, Katja schenkt den Brautleuten ein. «All, die ihr hier seid, grüße ich von Herzen, die Mütter, die Kinder, auch die Großmütter, allen überbringe ich die herzlichsten Grüße unserer Väter und Mütter, unserer Jungen und Mädchen. Timofei und der Gevatterin wünsche ich viel Liebe, und allen, daß der Krieg bald zu Ende geht, daß ...» Ach, was für Phrasen ich da plappere. Wo hab ich das aufgeschnappt? Ich hatte es anders sagen wollen, ich wollte ihnen sagen, sie möchten uns verzeihen, daß wir hier sind ... Ach, das ist es auch nicht. Ich wollte sagen, wie gut es ist, daß ich slowakisch spreche und sie, Ukrainer und Russen, mich doch verstehen. Auch so nicht! Da könnte Šaňo beleidigt sein, denn einen Ungarn verstehen die Ukrainer nicht. Anders müßte man es sagen. Daß die Frauen am Ofen so wie unsere daheim sind, wenn sie vom Felde kommen und vor den Häusern sitzen und tratschen. Zum Teufel! Ich sollte keine Reden halten oder hätte mir's aufschreiben müssen. Ich muß zu Ende kommen mit meiner Ansprache. «Wozu der Krieg, Brüder? Wem bin ich feind? Wer von euch ist mir feind? Zum Wohl, ihr Frauen! (Männer gibt's hier sehr wenig.) Auf daß wir euch bald verlassen!»

«Bravo!» applaudiert mir Šaňo. «Du bist ja ein perfekter Redner, der reinste Politiker. Hast geredet wie Šaňo Mach, nur andersherum, hehehe. Zum Wohl! Zum Wohl, Ukrainer! Egészségedre barátom!» Ich stoße mit Šaňo an, auch wenn ich nicht weiß, was er zum Schluß gesagt hat.

Alle trinken. Anton und der Alte klatschen sogar Beifall.

«Egeschegre ...», brummt der angeheiterte Timofei. «Schto takoi, egeschegre?»

«Das ist ungarisch, Timofei.»

«Ungarisch? Ein Ungar in der slowakischen Armee?»

«Na und? Weißt du, wieviel Slowaken und Ukrainer es in der ungarischen Armee gibt?»

«Ja?» Timofei wundert sich. «Bevor ihr nach Borodino gekommen seid, hab ich weder von Slowaken noch von Ungarn je was gehört. Also, egeschegre!» Timofei hat einen neuen Vorwand gefunden, um trinken zu können, ohne daß ihn seine neue Frau vorwurfsvoll an der Hand mit dem Glas packt.

Man ißt und trinkt, dann bringt jemand eine Harmonika, eine deutsche Hohner. Ich spiele, Šaňo singt, sie sagen, das sei eine Kosakenweise, was ich da spiele, und unsere Musik sei noch besser zu verstehen als unsere Sprache. Ich spiele, bis eine alte Frau mit einem Krückstock zu mir tritt und ihn vor meinen Füßen in die Erde bohrt. Der Stock steht in dem festgestampften Lehmfußboden wie ein Kreuz auf einem Grab. Alle schauen auf den Krückstock. Ich blicke die Alte an. Sie sieht aus wie die Hexe im Kindermärchen: runzlige Wangen, tränende, gerötete Augen, eine krumme Nase. Eine Leiche. Ich erschauere, höre auf zu spielen. Das Summen und Schwatzen verstummt. Jeder ist neugierig, was für ein Liedchen sich die Alte aufspielen lassen will. Ich habe ein bißchen Lampenfieber, wie immer, wenn ich fürchte, jemand könnte sich ein Lied bestellen, das ich nicht spielen kann. Vielleicht erinnert sich die Alte an ein Lied, das sie sang, als sie jung und verliebt war. Das ist lange her, Mütterchen, sehr lange. Da war ich noch nicht auf der Welt, vielleicht nicht einmal mein Vater, damals ahnte noch niemand, daß dieser Krieg einmal kommen würde.

«Hör mal, Soldatchen!»

«Das ist ein Obersergeant!» verwahrt sich Anton gegen meine Degradierung, aber die Alte ist taub, sie hört weder Anton noch das Tuscheln der Frauen, sie bemerkt nicht Timofeis strengen Blick, die Alte sieht nur mich, nur auf mein Gesicht richten sich ihre tränenden, geröteten Augen.

«Hast schön gesprochen, Soldatchen, eine schöne Sprache habt ihr ... Wie nennt ihr euch?»

«Slowaken!» ruft Anton.

«Wie?» Die Alte hört wirklich schlecht. Anton schreit es ihr ins Ohr, und mir scheint, daß dieser Schrei alle Slowaken zu den Waffen rufen muß, aber selbst jetzt hat die Alte nicht verstanden.

«Slo-wa-ken ...», buchstabiere ich leise, und ich sehe, daß mir die Alte das Wort vom Munde abliest, daß sie mich mit den Augen hört.

«Aha ... Slowaken ... so, so, Slowaken. Werd's nicht vergessen. Na, nitschewo! Eine schöne Sprache habt ihr, Slowaken. Fast wie wir, die Ukrainer. Ich möchte sagen, noch schöner, ihr seid unsere Brüder. Ich hab's gewußt, als Mädchen hab ich's mir immer vorgestellt, daß wir hinter den Bergen Brüder haben. Also das seid ihr?» Die Alte schwingt den Stock, zeigt nach Westen. «Es heißt, dort sind hohe Berge. Ach, weit leben unsere Brüder. Viele sind wir, nicht wahr, Slo ... Slo ...»

«Slowak», helfe ich der Alten.

«Slowak, ja richtig, ich werd's nicht vergessen.»

Die Frauen lächeln, Timofei schämt sich und fuchtelt mit den Händen herum, er bedeutet der Alten, sie möge endlich gehen.

«Eine schöne Sprache habt ihr, Slowaken, das hab ich schon gesagt. Aber warum werft ihr unsere Mädchen in den Brunnen, ha?»

Die Frauen verstummen, alle Blicke heften sich auf mich. Auch Šaňo wartet, was ich antworten werde. Am strengsten blicken die Augen der Greisin. Antworte, du Schönredner, antworte. Die Alte ist wie eine Göttin, wie eine gute Fee, und ich stehe vor ihrem Richterstuhl. Die Kunde, daß der Fürst Wiera hinterm Dorf in den Brunnen geworfen hat, hat sich durchs ganze Dorf verbreitet.

Ich kann der Alten keine Antwort geben.

Ein Mörder

Als Hnidák gegangen war, zog ich mir hastig die Bluse an und schnallte das Koppel um. Im Laufschritt eilte ich zum Fürsten. Er stand in der Stube am Bett wie ein Henker. Auf dem Bett unter Pelzen lag Wiera. Sie zitterte vor Kälte. Ich hörte, wie ihre Zähne klapperten, sah ihr bleiches Gesicht, den halboffenen Mund, die aufgesprungenen Lippen ... diese Lippen, die mich geküßt hatten, nach denen ich mich so gesehnt hatte. Jetzt war es nur ein Stückchen heißes, verbranntes Fleisch, aufgeplatzte Haut.

«Nein, nein, nein!» flüsterte Wiera leise, dann sagte sie ganz verständlich und voller Angst: «Nein, nein, nein!» Dann schrie sie dreimal hintereinander: «Nein! Nein! Nein!» Und mir schien, daß jemand sie ermordet.

«War der Doktor bei ihr?» Statt den Fürsten umzubringen, fragte ich nach dem Doktor.

«Ja.» Der Fürst sprach ruhig, in seiner Stimme schwang Mitleid. Wenn er so weiterspricht, werde ich ihm glauben, wie sehr ihm Wiera leid tut, wie er sich um sie sorgt. «Er war da und sagte, es sind die Nerven, die Heilung wird lange dauern, vielleicht ein Jahr oder zwei ...»

«Wiera!» Sie schlug die Augen auf, sah mich aber nicht. Sie starrte ins Leere. Dann setzte sie sich auf, ihre Augen weiteten sich vor Angst, sie schlug die Hände vor das schmerzverzerrte Gesicht. «Nein! Nein! Nein!» schrie sie, und ihr Kopf sank kraftlos auf das Kopfkissen.

«Sie ist wahnsinnig geworden!» flüsterte ich, und der Fürst nickte.

«Was hast du mit ihr gemacht, du Schwein! Du Bestie! Warum hast du sie in den Brunnen gestoßen?» Mir war klar, daß man den Fürsten auf der Stelle erschießen oder fesseln und in den gleichen Brunnen werfen mußte. Die leere Pistole brannte mich wie die Ohrfeige, die ich an jenem Abend vor den Mädchen und den Kameraden eingesteckt hatte ... Sie brannte wie eine Sünde ... Statt der Rache nahm ich die Schuld auf mich.

«Sie wollte mich verlassen ...» Der Fürst stand wie an einer Leiche, und seine Worte waren mehr ein Seufzer als eine Antwort auf meine Frage.

«Warum hast du sie nicht gehen lassen? Warum hast du sie an dich gekettet?»

«Ich kann ohne sie nicht leben! Verstehst du, ich kann nicht!»

«Du Idiot! Kannst ohne sie nicht leben und springst mit ihr um wie mit einer Sklavin, hast sie behandelt wie eine Hure, sie mißbraucht, die Seele in ihr getötet! Du Unhold!»

Noch vor einer Woche hätte mich Haluška für diese Worte umgebracht. Jetzt versuchte er nur, mir leise zu erklären: «Ich wollte sie doch nur ein bißchen erschrecken. Sie war auf die Felder hinausgelaufen. Ich ihr nach, am Brunnen auf der Weide holte ich sie ein. Nur so im Scherz hob ich sie hoch und rief: In den Brunnen schmeiß ich dich, du Hure! In den Brunnen! Als sie das Wasser sah, warf sie sich hin und her . . . Sie fiel fast hinein. Von da an schreit sie: Nein, nein, nein! Das mußt du mir glauben!» Über die rote fette Wange des Fürsten rollte eine Träne.

«Mörder!»

Wie unter einem Zwang ging ich hinaus auf die Felder. Ich stellte mir die lebende, schöne Wiera vor, wie sie vor dem Fürsten floh.

Wohin wolltest du fliehen, zu wem? Warum bist du nicht zu mir gekommen? Oder hast du inzwischen einen anderen gefunden? Ach Wiera! Wahnsinnig bin wohl ich, nicht Wiera. Sogar jetzt noch bin ich eifersüchtig.

Dort ist der Brunnen. Wiera lief hin zu ihm. Am letzten Haus des Dorfes tauchte der Fürst auf, rannte ihr nach.

Was hatte er in der Hand? Eine Pistole? Ein Gewehr? Die Maschinenpistole? Schrie er, fluchte er, forderte er sie auf, stehenzubleiben?

Wiera schaute sich um . . .

Erschrak sie? Verlor sie schon dabei den Verstand oder erst später?

Sie sieht den Fürsten, flieht vor ihm, legt alle Kraft in ihre Beine. Jetzt denkt sie an nichts anderes. Wenn sich der Mensch sehr fürchtet, denkt er an nichts anderes. Dann kann er nur stehenbleiben, sich umschauen, schreien, flüchten, auch das um die Hälfte langsamer, als wenn er sich nicht fürchtete. Wiera flüchtet und fürchtet sich sehr.

Der Fürst hat einen Riesenzorn und läuft viel schneller als Wiera. Schon holt er sie ein. Wenn ich dabeigewesen wäre, hätte ich sie noch retten können. Wiera könnte jetzt noch ihren Verstand und ihre Seele beisammen haben, aber ich mußte ja Ordnung machen mit meinem Gewissen, in meinem Herzen, ich spielte ein Spiel, flog hin und her zwischen Aglaja und Nataschka, denn Wiera war für mich wie ein Heiligtum, von dem ich nicht einmal mehr zu träumen wagte, sie war ein Wesen, an das ich mich nur dann erinnerte, wenn ich großen Zorn hatte, wenn ich fluchen wollte, wenn ich sehr eifersüchtig war, nur dann nahm ich ihren Namen in den Mund wie ein Strenggläubiger den Namen Gottes, wenn er fluchend seinen Gott beleidigen will.

Schon hat sie der Fürst eingeholt, packt sie ...

Wiera blickt in seine widerliche Visage. Was sieht sie darin? Die Begierde. Sie sieht darin allen Ekel, in den sie diese Visage gestürzt hat.

Richtig, Wiera schlägt hinein in diese Visage.

Der Fürst ist beleidigt, packt sie, hebt sie hoch ...

Warte, ich werd's dir zeigen, du Hurenstück! Werd dir einen gehörigen Schreck einjagen, du wirst wieder gehorchen, wirst wieder folgsam in mein Bett kriechen, wenn es mich danach gelüstet, und wirst dort so lange bleiben, wie ich es will.

«Nein! Nein! Nein!»

Jetzt kann ich Wiera nicht mehr helfen. Mit ihr ist's vorbei. Den schönen Leib, der so die Männer reizte, hat der Verstand verlassen, der Mensch. Wiera, den Menschen, werden jetzt alle Männer verlassen, die gedacht haben, sie seien Menschen. Mit einer Wahnsinnigen wird niemand mehr schlafen wollen, nur Tiere.

Nur Tiere ...

«Na, was ist, Soldatchen ... Slowak! Was antwortest du einer alten Frau?» Die Alte hebt den Krückstock und bohrt ihn wieder in den festgestampften Lehm. «Suchst du nach schönen Worten?» Die Greisin ist unerbittlich, wartet auf meine Antwort, um ihr Urteil über den Mörder fällen zu können.

«Ich schäme mich, Mütterchen, schäme mich für alles. Auch dafür, daß ich hier bin. Ich habe hier nichts zu suchen. Für alle Mörder schäme ich mich.» Ich stehe auf, presse die Harmonika zusammen. Sie seufzt wie ein Mensch. Die Harmonika seufzt und weint für mich.

«Wohin, Soldatchen, wohin läufst du?»

Ich bin taub geworden, Mütterchen.

«Sascha! Obersergeant! Kum! Slowak! Guter Soldat! Lauf nicht weg!»

Weine nicht, Gevatterin! Für mich ist deine Hochzeit zu Ende.

Das war keine Hochzeit, das war ein Begräbnis. Ich habe die lebende, schöne, gesunde Wiera begraben, mit ihr habe ich meine große Liebe begraben.

Ein verrückter Tag bricht an

Schnee ist gefallen, mit Regen vermischt. Unseren Tatra finde ich am Ende der Kolonne. Schon gestern war alles abmarschbereit. Aufbrechen sollen wir heute, am ersten April, um zehn Uhr. Ich habe die ganze Nacht nicht geschlafen. Im Dorf ist alles verrückt geworden. Der Stabschef knurrt wie ein böser Kettenhund. Ich begreife ihn. Er sollte noch vor dieser Verlegung abgelöst werden. «Sagen Sie selbst, Zraz, ist das nicht eine bodenlose Schweinerei? Die ganze Woche lassen die mich hier hocken, nur weil keiner aus dem warmen Bratislava raus will! Na sagen Sie doch, Unteroffizier, ist das nicht eine himmelschreiende Schweinerei?!»

«Alles ist eine Schweinerei, alles, Herr Major, die schlammigen Straßen, das verrückte Wetter, weder warm noch kalt, auch das ist eine Schweinerei, daß wir nicht schon alle längst abgelöst wurden. Sollen doch andere herkommen und schanzen, sonst . . .»

«Was sonst, Zraz? Sagen Sie es nur! Ich weiß schon, was Sie sagen wollen. Höre allerhand über Sie, auch auf einer Hochzeit haben Sie Ihre Zunge spazierengeführt, passen Sie bloß auf, Zraz! Ich möchte mit reinem Gewissen aus dieser Schweinerei hervorgehen, aber sehen Sie sich bloß vor, Zraz!»

Der Major glaubt, er wird mit reinem Gewissen die Ukraine verlassen, alle glauben wir, rein zu sein wie Christi linkes Auge, wie der Oberleutnant von den Panzern zu sagen pflegte. Aber alle wissen wir, daß wir nur rein sein wollen, Herr Major. Stabschef einer Division und rein! Hahaha! Amenmaria! Vielleicht ist der noch der sauberste. Amenmaria hat den Russen einige tausend Slowaken ohne Schießpulver und Blut geschickt, aber das wissen Sie nicht, Herr Major. Das wissen nicht einmal die Russen, und sie werden ihn nach dem Krieg in Bratislava an die Wand stellen. Amenmaria! Das ist eine Ordnung! Die in Bratislava wissen es besser, deshalb führen sie eine Untersuchung gegen Amenmaria.

Wie werden Sie nach Hause fahren, Herr Major? Auf einem Lastwagen der Marke Tatra in die Tatra? Ach was! Sie haben einen Mercedes. Den müssen Sie dem neuen Stabschef dalassen? Nur keine Angst, Marinčuk wird Ihnen den Mercedes abtreten. Er wäre froh, wenn er Ihnen auch seinen Platz als Stabschef abtreten könnte. Aber das wissen Sie ja alles, Herr Major. Der Tatra wird das Gepäck befördern, Ihres und das des Putzers, Geschenke und Gaben, Schmuck und Pelze, Persianer, Bestecke, selbstverständlich silberne. In Trenčín werden Sie eine Ausstellung machen. Natürlich nicht für jeden Dahergelaufenen. Zu Empfängen, zum Jour in Ihrem Hause kommt nicht jeder beliebige. Vertreter der Stadtverwaltung, der Stab der Garnision und ... Werden Sie noch jemanden einladen? Mich geht's ja nichts an, Herr Major.

«Na, sagen Sie, Zraz, ist das nicht eine Schweinerei?»

Sie tun mir leid, Herr Major, lange Monate hindurch haben Sie all diese Sachen und Sächelchen zusammengehamstert, um einmal ... Und gerade dieses Einmal verpatzt Ihnen jemand. Konnten die Russen nicht warten mit ihrer Offensive? Wir hätten ihnen einen Funkspruch schicken sollen, Herr Major. Das ist Pech. Gerade auf unserem Abschnitt, bei Kriwoi Rog, mußten sie die Front durchbrechen. Die nehmen keine Rücksicht ... Da ist nichts zu machen, Herr Major.

Alles ist zum Abmarsch bereit. Die Kolonne ist in einer Seitenstraße aufmarschiert. Zwanzig Fahrzeuge, die Feldküche, einige Kanonen, klein wie Spielzeug. Ich weiß nicht, woher wir die haben. Schon zwei Monate habe ich keine Kanonen eingezeichnet.

Leb wohl, Aglaja

Verdammt! Ich werde mich verlassen fühlen wie ein Kätzchen. Gestern nacht hätte ich mir einen ansaufen sollen, so wie es die meisten Soldaten und Zivilisten getan haben. Aber ich tat es nicht, glotzte ins Dunkel, hörte, wie Aglaja atmete, wie Wowka im Schlaf sprach, wie Anton schnarchte. Der Alkohol hätte Naschkas verweintes Gesicht weggewischt, der Alkohol hätte mich betäubt. Mich riß es aus dem Schlaf. Nein, nein, nein! hörte ich Wiera schreien. Im Dunkel sah ich Aglajas große Augen, hörte ich Nataschkas Weinen. Ich geh mit dir in die Slowakei, Sascha! Was heißt hier Sascha, ich bin Matúš, hört schon auf mit eurem Sascha!

Alles hatte ich schon am Abend gepackt. Am Morgen zog ich mich an, warf den Rucksack auf den Rücken, hing den Koffer an die Haken, und dann — lebt wohl!

Anton versagte die Stimme. Ihm gab ich als erstem die Hand. «Leb wohl, Anton. Und trink nicht so viel. Die Russen werden kommen, eure Leute werden kommen, die Ukrainer, sag ihnen, daß wir, die Slowaken . . .» Die Stimme stockte auch mir. Ist ja alles vergebens. Anton wird wohl von seinen Leuten eine aufs Maul kriegen, denn bei ihrem Einzug wird er stockbesoffen sein. Was heißt Slowaken, was willst du von den Slowaken, werden sie ihn fragen, warum warst du nicht in der Armee, warum bist du nicht bei den Partisanen? Hast mit den Slowaken gesoffen, job twoju matj . . . Nein, Anton, sag nichts, weder mir noch den Russen. Gehab dich wohl und trink auf meine Gesundheit. Denk an mich, Anton!

«Und du, Wowka, du kleines Vögelchen . . .» Aglaja, versteck das Vögelchen gut. Ein Stück Eisen kommt geflogen und nimmt es dir. Warte, Wowka, gestern haben wir Bonbons für zwei Wochen empfangen. Das bedeutet, daß wir eine lange

Fahrt vor uns haben. Eine sehr lange, Wowka, und du hättest so lange keine Bonbons. Gleich, Wowka, laß mich nur den Koffer aufmachen ...

Im Koffer ist noch schwarzer Zwirn, schwarz wie dein Haar, Aglaja. Aglaja hat den Zwirn gesehen. Sie ist so wie damals, als sie nicht mit mir sprechen wollte. Wenn sie traurig ist, ist sie immer schweigsam, sieht sie immer aus, als zürne sie. Ich scheute mich, ihr den Zwirn zu geben. Hier hast du, Wowka, schwarzen Zwirn, die Mama wird die eine Hose nähen, und hier weißen, Wowka, die Mama wird dir ein Hemd nähen. Auch von dir, Bett, heißt es Abschied nehmen. Aglajas Augen haben sich ins Bett gelegt. Nehmen wir Abschied, Aglaja.

Sie seufzte. «Leb wohl, Saschenka, unser ... nein, mein Saschenka, leb wohl», flüsterte sie an meinem Ohr, als sie mich umarmte. Auch Anton schloß mich in die Arme, er stank nach Rum. Er hatte die Ration von zwei Wochen ausgetrunken.

«Drück den Onkel, gib ihm ein Küßchen, siehst ihn nicht mehr wieder», redete Aglaja dem Kleinen zu, aber Wowka drehte sein Gesicht zur Wand und weinte.

«Und was ... bleib doch da ...» Wowkas Schultern zuckten, aus seiner Hosentasche kollerten Zigaretten.

«Ach, ach ... Sieh doch, Sascha, nein, dieser Junge ...»

«Ich seh's, Anton, sammle sie nur auf. Tatra sind ausgezeichnete Zigaretten, Anton. Ich hab noch zwei Päckchen. Wenn die Eurigen kommen, steckt euch eine an und ... und denkt nicht im bösen an mich.»

«Was sagst du da, Sascha, wie sollten wir ...»

«Ich muß gehen.»

Ich muß gehen, mit zusammengebissenen Zähnen gehen. Darf mich nicht umsehen, denn wer sich umsieht, kommt nicht weit. Von der Gevatterin hab ich mich schon gestern abend verabschiedet, von der Großmutter ebenfalls, auch Nataschka hab ich Lebewohl gesagt, aber ... Ich darf nicht an sie denken. Nataschka ist doch ein großes, vernünftiges Mädchen. Auch die Großmutter ist vernünftig. Was sollte ich mit Nataschka anfangen? Sie würde ins Ungewisse gehen mit einem Menschen, der sie nicht liebt, der nicht weiß, was morgen mit ihm sein wird.

Und überhaupt – Nataschka will eine Torheit begehen. Dazu hat sie kein Recht! Weil ich mich von ihr küssen ließ, weil ich ihr erlaubte, sich an mich zu schmiegen, deshalb will sie in die Slowakei gehen?

Ich trat auf den Hof hinaus. Anton und Aglaja gaben mir das Geleit. Hinter Aglaja lugte Wowka hervor. An der Tür stand noch mit weißer Kreide: Besetzt 1 Mann. Ich hätte es abwischen sollen.

Anton, Aglaja und Wowka folgten mir auf die Straße. Seid doch vernünftig! Die Nachbarn sehen euch, die von oben, von unten, von gegenüber. Wenn die Russen kommen, werden sie euch anzeigen, kehrt lieber um! Sie schweigen.

Die Straße war voller Soldaten und Zivilisten. Mädchen liefen hin und her, faßten die Soldaten an den Ärmeln, hatten rote Wangen, waren aufgeregt. Kleine Jungen standen auf den Trittbrettern, trieben sich zwischen den Soldaten herum, und die Frauen guckten aus den Fenstern und Toren.

Die gestürzten Führer

Anton und Aglaja ließ ich auf der Straße zurück. Ich lief schnell noch einmal in die Schule, zum letzten Mal, traf aber niemanden mehr an. Nur ein Rudel Kinder wühlte in dem Haufen aus Zeitungspapier, Kehricht und leeren Konservenbüchsen. Ich warf einen Blick in Marinčuks Kanzlei. Sie sah aus wie nach einem Überfall. Einige von den Jungen hatten ihr Bedürfnis mitten im Zimmer verrichtet. Von der Wand starrten mich die uneingerahmten Führer an. Ihre Blicke waren streng, unmenschlich, unfreundlich, als machten sie den Jungen Vorwürfe wegen ihres unerhörten Tuns. Ich streckte mich und riß sie beide mit einem Ruck ab. Die Jungen schauten zu, wie Hitler und Antonescu herniederflatterten. Einer der Jungen lachte laut und rannte hinaus. Vielleicht war er es, der hier sein Bedürfnis verrichtet hatte. Die übrigen folgten ihm, aber sie lachten erst auf dem Hofe.

«Soldat, gib uns eine Zigarette!» Die Jungen umringten

mich. Der älteste mochte vierzehn sein. Sein Haarschopf reichte mir bis ans Kinn. Ich sollte die Jungen in die Schule schicken, statt ihnen Zigaretten zu geben, aber in welche Schule? Das ist keine Schule, das ist ein Stall. Ich zog meine Zigarettendose heraus und gab jedem Jungen ein Stäbchen. Auch dem kleinsten, dem mit der Rotznase. Meine Zigarette wird sie nicht noch mehr verderben. Ich gab mir und den Jungen Feuer. Wieder rauche ich mit Russen ... Raucht nur, Jungs! Ihr werdet bald dahinterkommen, was für eine Schweinerei das ist. Jeder wird seine Schweinerei erleben. Auch ich, auch Major Hrablavý, auch ihr. Im Krieg lassen sich alle Schweinereien verbinden.

Ich dachte, die Jungen würden vor der Schule bleiben, aber als ich den Hügel hinunterging, umringten sie mich und wichen nicht von meiner Seite, bis ich bei der Kolonne anlangte.

Ich werde nicht nach Anton und Aglaja suchen. Ich werde mich auch nicht von Wiera verabschieden. Alles ist zwecklos. Abschied bereitet nur Schmerz. Schrecklich ist der Gedanke, daß wir gerade den Menschen, den wir wiedersehen wollen, niemals mehr sehen werden. Ich weiß, daß ich nie mehr nach Borodino zurückkehren werde. Die verrückte Wiera will keiner. Aber ich weiß, wenn Wiera gesund wäre, würde sie wieder mit dem Fürsten leben ... Alles bliebe beim alten. Ich würde von ihr träumen, der Fürst würde mit ihr schlafen. Auf alles muß man spucken, auf diesen ganzen Humbug. Der Stabschef hat recht. Ist es nicht eine bodenlose Schweinerei?

Beim Auto stehen schon Franz, Hnidák und der schwarze Wassil. Marinčuks Gepäck ist bereits auf dem Tatra verstaut. Leutnant Friedrich rennt an der Kolonne auf und ab. Zu beiden Seiten stehen die Zivilisten in einer Reihe. Die Soldaten verabschieden sich, singen. Ein verrückter Tag. Alles ist verrückt geworden. Was wollen die Zivilisten bei unserer Kolonne? Warum verabschieden sie sich von den Okkupanten, warum weinen sie ihnen nach? Fürchten sie, daß andere, noch schlimmere Okkupanten folgen? Aber nach den schlimmeren müssen doch einmal die eigenen Leute kommen. Wir gehen, die Ihrigen rücken heran. Einen Monat haben wir gemeinsam im Windschatten des Krieges gelebt, haben getrunken und Konserven gegessen. Was jetzt?

Darüber werde ich mir nicht den Kopf zerbrechen. Ein Soldat hat das Maul zu halten und Schritt zu halten. Aber denken ...

Ich kroch unter die Plane, suchte mir einen bequemen Platz auf Decken zwischen den Kisten. Den Koffer und den Rucksack packte ich mir unter den Kopf, legte mich lang und steckte mir eine Zigarette an. So, und jetzt Schluß mit dem Grübeln. Hier ist's ganz angenehm. Wir können fahren. Mir ist wohl, fahren wir, Viktor, bevor ich wieder anfange zu grübeln. Heute wurde uns wieder Viktor zugeteilt. Frnčák fährt die Stabsküche und ist froh darüber. Gestern fragte er mich, ob ich nicht ein Weib hätte, damit auch er sich das endlich erlauben könnte. Wer denkt hier eigentlich an den Krieg?

Das Summen und Schwatzen der Menschen schläfert mich ein. Die durchwachte Nacht meldet sich zu ihrem Recht.

«Wirst du vorn sitzen?» höre ich schon halb im Schlaf Hnidák rufen. Ich murmle etwas, weiß gar nicht, ob es Hnidák verstanden hat. Die Plane ziehe ich herunter, um nichts zu sehen, um mich nicht verabschieden zu müssen. Ab jetzt werde ich nur noch schweigen. Quatschen werden Franz und Hnidák genug. Im Augenblick schimpfen sie wie Major Hrablavý: Eine Schweinerei sondersgleichen ist das. Warum hat man uns noch nicht abgelöst? Jetzt können wir wieder einen Monat runterreißen, Gott weiß, wo.

«Unteroffizier Zraz! Unteroffizier Zraz! Matúš! Matúš!»

«Ich schlafe, laßt mich in Ruh!»

Das Rufen wiederholt sich, und ich schlafe nicht mehr. Jemand klopft mit der Pistole oder einem Stein, nein, ein Stein wird's nicht sein, hier gibt's keine Steine, klopft also an die Seitenklappe des Wagens. Zwischen Hals und Brustkorb fühle ich einen stechenden Schmerz, so bin ich erschrocken. Mein Herz pocht heftig. In der Eile kann ich mich nicht orientieren, wo ich bin. Ich habe fest geschlafen. Meine Beine zittern, mir ist nach Weinen zumute.

«Zraz!» Die Plane wird hochgerollt, über die Hinterklappe ragt eine Schirmmütze, unter der mich Marinčuks Augen anfunkeln.

«Kommen Sie runter, Zraz!»

Ich schnalle mein Koppel zu, ziehe den Mantel straff, setze die Mütze auf und springe vom Auto. «Sie haben noch nicht alle Ihre Angelegenheiten geregelt, Unteroffizier!» sagt Marinčuk ironisch.

«Ich, Herr Major?»

«Sie, Unteroffizier!» Marinčuk schaut sich um.

Ich sehe, da steht Aglaja. Sie lächelt. Bei ihr stehen Anton und Wowka. Auch Anton lächelt. Die alte Frau neben ihnen, das ist doch ... ja, ich muß endlich erwachen, das ist die Großmutter, und neben ihr steht Iwan, Nataschkas Bruder, und ... Nataschka, mit einem Rucksack auf dem Rücken, tritt zwischen ihren Angehörigen hervor. «Hier bin ich, Sascha. Ich habe alles bei mir. Ich fahr mit dir in die Slowakei.»

Meine Arme sinken kraftlos herab. Du Unglücksrabe, du ... Ratlos schaue ich mich um.

«Kommt ja gar nicht in Frage!» Marinčuk unterstreicht sein Verbot mit einer schroffen Geste. «Untersteh dich nicht, sie mitzunehmen! Ich werd's dir anstreichen, so etwas zu versprechen! In der nächsten Ortsunterkunft werden wir uns darüber unterhalten, Zraz!»

«Aber Herr Major, ich ...»

«Kein Wort mehr!»

«Jawohl, Herr Major!»

Marinčuk geht, Leutnant Friedrich ruft: «Fertigmachen zum Abmarsch! Aufsitzen!»

Um mich und Nataschka bildet sich ein Kreis. Die Soldaten lachen, die Frauen reden auf Nataschka ein. Die Großmutter weint. Ich werde zum ersten Wagen flüchten oder mich zu Viktor in die Kabine setzen und Augen und Ohren verschließen vor dem, was sich um mich tut. Oder ich werde Nataschka gehörig ausschimpfen. Nein, ich werde sie schön an der Hand nehmen, sie von den Leuten wegführen und ihr unter vier Augen sagen: «Nataschka, mein liebes Mädchen, nimm doch

Vernunft an, mit uns kannst du nirgends hin. Was dir die Soldaten von der Slowakei erzählt haben, ist nicht wahr. In der Slowakei leben die Menschen wie bei euch, die Slowakei ist nicht Amerika, dort wirst du nichts sehen, nur Berge und Wälder. Der Krieg kommt auch in die Slowakei, Nataschka. Ich weiß, du hast Angst, aber der Krieg wird dich überall erreichen.» Ich stehe und schweige.

Die Großmutter tritt zu mir. «Sascha, sag ihr, sie soll Vernunft annehmen, mein Gott, so sag ihr doch, sie soll Vernunft annehmen, oder ich schlag sie tot. Ich will sie nicht mehr, Sascha, die ist ja verrückt geworden. Komm, Nataschka, Töchterchen, komm nach Hause, mach uns keine Schande!» Die Großmutter faßt Nataschka an der Hand, aber diese reißt sich los, schlägt die Großmutter auf die Schulter und weint noch mehr, wie ein gekränktes Kind. Ach, wer hat mir das eingebrockt? Franz feixt, Hnidák versteckt sich hinter den Leuten. Leutnant Friedrich schreit: «Aufsitzen! Was soll das, Zraz?! Warum steigen Sie nicht ein?»

«Sofort, Herr Leutnant, gleich!»

«Ich hoffe doch, du willst sie nicht wirklich mitnehmen, Mensch?!»

«Nein, Herr Leutnant, nein . . .»

Warum nicht, Herr Leutnant, kommandieren Sie mich nicht herum, warum eigentlich nicht! Auf einmal bekomme ich größte Lust, mich auf die Hinterbeine zu stellen. «Ich werde mir's noch überlegen, Herr Leutnant.»

Leutnant Friedrich führt das Kommando über die ganze Kolonne. Hauptmann Malý kommt mit dem Fürsten . . . Vielleicht hat er sich soeben von Wiera verabschiedet. Dieses Schwein! Am liebsten möchte ich ihn allein unter der Plane haben. Nataschka weint wie ein kleines Kind. Was soll ich tun? Die Großmutter weint ebenfalls, aber schon hält sie die Enkelin nicht mehr an der Hand. Nataschka jagt sie grob weg.

«Geht weg, ich will Euch nicht sehen! Geht weg, ich sag's Euch zum letzten Mal!» Nataschka ist wütend, Großmutter, so geht doch! Die Soldaten kichern, Viktor hupt.

«Nimm sie mit oder tritt ihr in den Arsch!» schreit Viktor. «Macht hier nicht so ein Theater!»

Meine Wangen brennen vor Scham. Ich bin aufs äußerste erregt, kann keinen klaren Gedanken fassen. Ich weiß nicht, was ich tun soll. Nataschka streckt Viktor den Rucksack hin. Die Soldaten lachen noch mehr. Viktor flucht.

«Was soll ich damit? Wenn du sie nicht willst, brauchst du's bloß zu sagen, dann nehm ich sie mit!»

Die Großmutter ist zornig. Mit Gewalt zieht sie Nataschka zurück. Ach, wie böse du bist, Nataschka, wie eine kleine Raubkatze! Warum hast du die Großmutter in den Straßenkot gestoßen? Auch den Leuten gefällt das nicht. Die Frauen fangen an, Nataschka zu beschimpfen. Verdammt noch mal! Und Aglaja sieht sich das alles ruhig an. Warum tut sie nichts? Sie weiß genau, daß ich niemals die Absicht hatte, Nataschka in die Slowakei mitzunehmen, sie weiß genau, daß ich Nataschka nicht liebe, daß ich nichts mit ihr hatte. Sie schaut nur und schaut, komisch schaut sie drein. Vielleicht schämt sie sich für Nataschka oder für mich ... oder für sich.

Noch ist Iwan da, Nataschkas Bruder. «Komm her, Iwan, bist doch ein großer Junge. Sag was zu Nataschka, laß sie nicht ... Die Eurigen werden kommen, was werdet ihr ihnen sagen? Unsere Nataschka ist mit den Slowaken gegangen. Ach, ihr Verräter. Man wird euch hassen, Iwan!»

Schon halten sie zwei, drei Frauen fest, auch Iwan, aber Nataschka reißt sich los, sie strampelt wie eine Wilde. Wie eine Wilde ... Verdammt noch mal! Wiera ist verrückt geworden. Nur das nicht! Alles ist verrückt geworden. Leute, geht weg! Was wollt ihr hier? Weg! «Weg!» Mit scheint schon, daß auch ich verrückt bin.

«Leb wohl, Nataschka!» Ich greife nach ihrer Hand. «Leb wohl! Du darfst nicht mit, Nataschka!»

Nataschkas Vater hat sich bis zur Kolonne geschleppt. Er hustet krankhaft, Schweiß perlt ihm auf der Stirn. Er ist sehr aufgebracht. Jemand ruft: «Der verdrischt sie nach Noten. Das gibt 'ne Hetz!» Vor uns, vor den fremden Soldaten, vor dem ganzen Dorf will er sie schlagen? Das nicht, Vater. Ich habe seinen Stock gepackt. «Iwan! Bring den Vater weg!»

Gott sei Dank!

Der erste Wagen der Kolonne fährt an. Unser Tatra ist der letzte. Als erster fährt der Mercedes. Mit Hrablavý und Marinčuk. Als nächster der Tatra des Leutnant Friedrich. Oberst Krása ist schon vor zwei Stunden abgefahren. Er hat Angst vor Luftangriffen. Ein einzelnes Auto hat vor Flugzeugen nichts zu befürchten, um so mehr Kolonnen.

Ich steige ein zu Viktor. Franz, Hnidák und der schwarze Wassil schreien und kreischen hinten auf dem Tatra, sie verabschieden sich von den Zivilisten. Unser Tatra ruckt an. Nataschka steht wie eine Salzsäule mitten auf der Straße. Den Rucksack, den sie für die Fahrt gepackt hat, habe ich ihr vor die Füße geworfen. Aglaja winkt mit einem weißen Taschentuch, Anton mit der Mütze. Die Großmutter sieht uns nicht, nähert sich langsam Nataschka. Der Vater droht uns mit dem Stock hinterher. Der Tatra verläßt die Seitenstraße, biegt ein auf die Hauptstraße.

Nataschka steht immer noch wie festgebannt mit dem Rucksack zu Füßen. Weint sie? Ich weiß es nicht. Schon sehe ich ihr Gesicht nicht mehr. Wenn sie zu weinen anfängt, wird sie lange weinen, lange . . .

Die Kolonne der Stabskompanie der Ersten Slowakischen hat Borodino verlassen.

Der Schneeregenbogen

«Hast du mit ihr geschlafen?» fragt mich Viktor so ungezwungen, als fragte er mich, was ich alles aufgeladen hätte.

«Nein. Sie ist verrückt geworden, wollte mit in die Slowakei fahren.» Viktor schweigt. Unter der Plane lachen Franz und Hnidák. Sie pochen an die Kabinenwand, albern herum und raufen miteinander.

Unser Tatra verläßt als letztes Fahrzeug das Dorf. Wir klimmen den Hügel hinan, auf dem gleichen Weg, auf dem wir gekommen sind. Wind weht, gegen die Windschutzscheibe klatschen große nasse Schneeflocken. Viktor schaltet den Scheibenwischer ein.

Die Kolonne kriecht dahin wie eine lange Reihe von Maikäfern. Eine Schneewolke schwimmt nach Westen und verdeckt die Sonne. Regen, Sonne und Schnee. Der verrückte April. Weinen, Lachen, Liebe, Haß. Was mag Nataschkas Vater von mir gedacht haben? Niemals hat er mir einen freundlichen Blick gegönnt. Ich redete mir ein, es sei, weil er krank war, aber in Wirklichkeit haßte er uns. Aglaja hatte mich gern, auch Nataschka, auch die Gevatterin, auch Wowka... Kommt's jetzt darauf an? Ich werde sie nie mehr sehen, alles wird wie ein Traum sein, sie werden nur in meinen Gedanken leben. Werden sie wirklich leben?

Wir biegen nach rechts ab. Die Scheibenwischer arbeiten monoton, wir sehen die Straße nur durch die kleinen Halbkreise der gereinigten Scheibe. Auf dem Wagen setzt sich nasser Schnee fest. Die Soldaten rollen die Planen herab, gucken nur durch schmale Spalte. Mir ist traurig zumute, Viktor wirft den vierten Gang hinein. Es kracht, er runzelt die Stirn, denn im Getriebe stoßen die Teile lauter aneinander, als sie sollen. Viktor schweigt, flucht nur im stillen. Ich schaue ihn nicht an. Er mag es nicht, wenn ihn jemand beim Schalten beobachtet. Die linke Scheibe ist trocken. Der Schnee fällt in langen Streifen und taut auf der Erde. Nur auf dem gepflügten Boden bleiben weiße Flecke liegen, sie sehen aus wie verirrte Schafe. Ich möchte einen Schneeregenbogen sehen. Das ist etwas Schönes, was man nur selten zu Gesicht bekommt. Über Borodino erscheint eine roter Schein. Gleich werden wir auf dem Hügel sein. Dann fahren wir hinab ins Tal nach Westen, und Borodino verschwindet für immer, taucht unter in meinen Erinnerungen, zusammen mit Aglaja, Nataschka, Wiera... Ich sollte mich erschießen, aber ich tu mir selber leid. Selbstmitleid, das ist Eigenliebe. Eigentlich bin ich nicht weggefahren aus Borodino, sondern geflohen, auf schweinische, eines Mannes unwürdige Art geflohen. Ich habe Aglaja verlassen... Das ist in Ordnung, Aglaja gehört Anton. Sie weiß das, sie wird mir keine

Vorwürfe machen. Mit ihr war es nur ein Spiel, eine Soldatenliebe. Aglaja kann nicht dafür, daß sie in mir Erinnerungen hinterließ, daß sie mich zum Manne machte. Das wollten wir doch beide. Ich habe ihr meine Unschuld freiwillig gegeben, und ich war ihr noch dankbar, daß gerade sie es war, die sie nahm. Kann ich dafür, daß Nataschka mit mir ziehen wollte? Ehrenwort . . . So eine Schande, Nataschka! Wie wirst du weiter in deinem Heimatdorf leben, wie wirst du den Leuten in die Augen schauen können, morgen, übermorgen, wenn die Eurigen kommen?

Unter uns erscheint über Borodino ein Schneeregenbogen. Mich bezaubert seine unsagbare Schönheit. Welche Schlichtheit: ein Halbkreis von Farben, weiße Streifen Schnee. Ich bin für diese Schönheit dankbar. Für ein Weilchen hat sie mich von meinen Gewissensbissen befreit. Schon sind wir fast auf dem Hügel. Noch eine Biegung, noch eine Serpentine, und wir fahren hinab ins Tal.

Der Tod galoppiert hoch zu Roß

Unter dem Regenbogen läuft ein Mensch. Ein Mensch, klein wie eine Ameise. Die Natur hat die Flagge des Friedens, der Ruhe gehißt. Unter dieser Flagge flieht eine Frau. Im Halbkreis der Windschutzscheibe tauchen drei Reiter auf, dann noch drei, dahinter zehn, zwanzig, eine ganze Schwadron. Die Pferde bäumen sich auf, stellen sich auf die Hinterbeine, sie scheuen vor dem Lärm der Wagen. Die Reiter drehen ihnen die Köpfe weg von der Straße, hin zum Feld. Sie schneiden die Serpentinen, galoppieren über die Abkürzung nach Borodino. Eine wilde Schwadron. Auch durch das Dröhnen der Motoren höre ich, wie die Erde unter den Pferdehufen donnert. Hinter der galoppierenden Schwadron bleibt ein breiter Weg zurück, ein breiter Streifen zerwühlter Erde. Die Pferde heben die Köpfe, hinter den Reitern flattern Mäntel, an den Hüften funkeln Säbel. Der nasse Schnee peitscht ihnen ins Gesicht. Die Reiter neigen die Köpfe zu den Mähnen der Pferde. Der Tod reitet immer auf einem Schimmel, die Sense geschultert. In der wilden Schwadron sind alle Pferde schwarz oder braun. Kein einziger Schimmel ist darunter. Und doch reitet der Tod nach Borodino. Die Schwadron taucht in den Regenbogen ein, gleich wird sie auf die Fliehende stoßen. Ihre Haare wehen im Wind wie eine Kommandeursflagge. Nein, das sind nicht ihre Haare, das ist ein Tuch. Die Farben des Regenbogens blenden mich.

«Viktor!»

«Was?»

«Sieh doch mal!»

«Ich seh's ja. Da läuft Haluškas Nuttchen . . . die Verrückte.»

Ich denke, mir bleibt das Herz stehen, das Blut stockt mir in den Adern, in mir stirbt alles Leben ab. Jetzt, vielleicht gerade in diesem Augenblick, sterbe ich. Und ich protestiere nicht, wehre mich nicht. Mein ganzes Leben werde ich mich schämen, wenn ich jetzt nicht sterbe. Mein Kopf sinkt gegen die kalte Scheibe. Die Augen starren auf das schreckliche Schauspiel.

Der erste Reiter sprengt über die Straße. Sein Pferd berührt mit dem schäumenden Maul Haluškas . . . Das erste Pferd speit weißen Schaum auf Wieras Wangen, der erste Huf wird gleich auf ihre Brust prallen, wird ihren schönen, kranken, irren Kopf zerschmettern. Das wird das Ende sein. Wiera wird sich nicht mehr quälen. Die wahnsinnige Wiera . . . Immer war sie wahnsinnig, immer. Schon damals war sie wahnsinnig, als sie die erste Nacht beim Fürsten blieb, als sie sich mit dem fürstlichen Leben an der Seite eines slowakischen Unteroffiziers zufriedengab.

«Die werden's mit ihr treiben, Muttergottes, ich möchte nicht in ihrer Haut stecken.» Ich weiß, daß Viktor von den Wlassowreitern spricht. Viktor ruft nur ganz selten die Muttergottes an. Was werden die Wlassows mit Wiera treiben? Um Himmels willen!

Wiera rennt den Hügel hinan, das Pferd galoppiert ihr nach. Ausgezeichnet, Wiera! So entkommst du ihm. Ein Pferd kann nicht auf geradem Wege einen steilen Hang hinauflaufen. Der

Wlassowmann wird jetzt schießen. Nein! Warum? Natürlich, ein totes Mädchen braucht er nicht. Er schießt nicht, umgeht sie von der Seite, er wird sie lebend fangen, die Närrin ...

Der Narr! Dann wird er sie erschlagen ...

Die Erde erzittert. Uns betäubt ein Bombeneinschlag. Über die Kolonne rast ein Flugzeug. Noch nie habe ich ein Flugzeug so tief fliegen sehen. Eine Nähmaschine! Viktor gibt Gas und biegt von der Straße auf einen Feldweg ein. Die Nähmaschine kehrt zurück und beginnt uns zu beharken. Die Reiter schwirren auseinander übers Feld wie ein Schwarm Heuschrecken. Eine kleine Wolke flieht zum Dorf. Nur einer ... Mit Entsetzen verfolge ich, ob er Wiera einholen und packen wird, ob der Tatra nicht im Schlamm steckenbleibt, welche Zielscheibe sich die Nähmaschine aussuchen wird. Die Kolonne hat angehalten. Die Soldaten springen unter den Planen hervor und verschwinden auf freiem Feld. Viktor fährt weiter. Ich sitze wie versteinert in der Kabine und starre auf den galoppierenden Tod, auf die wahnsinnige Wiera, auf den wahnsinnigen Ritt, auf die wahnsinnige Welt.

Der Reiter packt Wiera an den Haaren. Vielleicht hat sie ihn gebissen, sie schüttelt die Hand ab und versetzt dem Pferd einen Tritt. Sie rennt davon. Falls Wiera noch Verstand hat, falls sie noch nicht völlig wahnsinnig ist – jetzt muß sie es werden. Das Flugzeug hat über dem Dorf gewendet und stürzt sich wieder auf seine Opfer. Es beharkt die Reiter, die im Dorf Deckung suchen. Die Pferde bäumen sich auf, Reiter stürzen, einige erheben sich, einige bleiben liegen. Das Flugzeug macht sich über unsere Kolonne her. Wiera flieht, das Pferd ihr nach, auf dem Pferd ein Verrückter, das Pferd stürzt, das Flugzeug ist schon wieder überm Dorf, der Reiter kann seine Füße nicht aus den Steigbügeln befreien. Wohin ist Wiera verschwunden, eben war sie noch da? Ich wische die beschlagene Scheibe ab. Sie kühlt angenehm die erhitzte Hand. Da ist Wiera, ich sehe sie. Wiera liegt in der Nähe des Reiters, das leichte Tuch flattert im Wind. Blau und leicht wie Dampf, durchsichtig ...

Der Reiter ist unterm Pferd hervorgekrochen, er geht mit gezücktem Säbel auf Wiera zu. Viktor dreht heftig das Steuer nach links. Ein Hügel schwarzer Erde verdeckt mir die Sicht auf Borodino, das unglückliche Borodino, das die Wlassows besetzen. Ein Hügel schwarzer ukrainischer Erde verdeckt mir für immer den Blick auf Wiera. Es ist ihr Grab, ein Grabhügel, ein Berg, der Berg wächst, und unser Tatra wühlt sich in seiner Todesangst mit den Vorderrädern hinein. Mir wird schlecht. Der Tatra stürzt mit mir in Wieras Grab.

Das Flugzeug braust zum letzten Mal über uns hinweg. Es schießt nicht. Auf einem Wagen haben die Soldaten eine Trikolore ausgebreitet. Slowaken sind fast Russen ...

Unser Tatra befindet sich an der Spitze der Kolonne. Fahnen, Trikoloren, alles nur Spielzeug, das ich Wowka auf dem Karton gezeichnet habe. Slowaken sind fast Russen ... Die Nähmaschine hatte keine Munition mehr.

Der Regenbogen über Wieras Grabhügel bleibt weit hinter uns. Die slowakische Kolonne flieht aus Borodino, aus der Ukraine, aus Rußland in ein unbekanntes Land. Wird auch dort Krieg sein?

Drittes Buch

13
Das Schloß der Königinmutter

Wein ist besser als Sprit

Ich habe den Eindruck, daß wir fliehen und fliehen, bis uns der Sprit ausgeht. Und Sprit haben wir, ojoioi! Vier Kanister voll. Viktor hat gesagt, mit vier Kanistern fährt er bis in die Slowakei. Viktor hat man uns für ständig zugeteilt. Die da oben glauben, der Krieg wird ewig währen. Wir warten bloß darauf, daß sich jemand unsere Autonummer anschaut. Viktor lacht, aber mir ist nicht zum Lachen zumute. Die Nummernschilder vorn und hinten abzumontieren! «Das hab ich schon dutzendmal getan», sagt er, «und nie sind sie draufgekommen. Sollen sie mich doch aufschreiben.»

Mir scheint, meine Angst war überflüssig. Leutnant Friedrich beorderte uns nach der Flucht aus Borodino wieder an den Schwanz der Kolonne, mit dem Befehl, niemanden auf der Straße zurückzulassen, damit die Kolonne zusammenbleibe. Mir fiel es gar nicht auf, daß Viktor die Kolonne davonfahren ließ und von der Hauptstraße abbog. Wir waren kaum drei Kilometer gefahren, als wir in einem kleinen Dorf anhielten. Das muß noch vor der alten rumänisch-sowjetischen Grenze gewesen sein. Im Dorf wohnten Ukrainer. Viktor sprang aus dem Fahrerhaus, unterm Arm eine Militärdecke und in der Hand eine große Korbflasche. Er lief ins nächste Haus und kehrte gleich darauf mit Wein und Speck wieder. Unterwegs machte er wieder halt, rief den schwarzen Wassil, Hnidák und Franz unter der Plane hervor, und wir setzten uns in den Straßengraben, aßen Brot mit Speck und spülten mit Rotwein nach. Nach dem Wein fühlten wir uns fabelhaft. Viktor bot einem zerlumpten Zivilisten, der des Weges kam, von dem Wein an. Der Zivilist trank und sagte, er habe besseren. Wir saßen wieder auf,

Viktor bog auf den Hof des Zivilisten ein und zerbrach dabei den morschen kleinen Holzsteg.

Die Hausfrau erschrak mächtig, als wir ihren Mann mitbrachten, sie fing an zu jammern, bald aber briet sie schon Eier, und der Mann schenkte uns Rotwein ein. Mir schmeckte er genauso wie der, den Viktor für die Decke eingehandelt hatte, aber alle behaupteten wir, der Wein unseres Gastgebers sei besser. Es dauerte keine Stunde, und Viktor schrie, wir seien besoffen wie die Strandhaubitzen. Wir boten dem Mann für den Wein Zigaretten, doch er nahm sie nicht. Er zeigte uns seinen Blättertabak, den er zum Verkauf anbaue. Selber rauche er nicht. Wir drehten uns von seinem Tabak große Zigaretten, bedankten uns für die Bewirtung und saßen auf.

Noch nie habe ich mich nach einer Sauferei so wohl gefühlt wie an diesem Tage. Aglaja, Wiera, Nataschka — alle drei blieben hinter mir zurück, waren fern und unwirklich geworden. Ohne sie fühlte ich mich leichter, schon bedrückte mich ihr Schicksal nicht mehr. Aber ich wußte: Sobald ich nur nüchtern bin, werden sie von neuem lebendig vor mir stehen, und dann ... Was dann, Herr Unteroffizier? Dann werde ich mich von neuem besaufen, hier gibt's mehr Wein als Brot, mich von neuem vollaufen lassen! Viktor war überhaupt nicht anzumerken, daß er getrunken hatte. Nur seine Augen blickten streng und stechend, in ihnen glomm ein böser Funke. Und die Geschwindigkeit ... Viktor trat mit weniger Gefühl aufs Gas. Zuerst dachte ich, er wolle die Kolonne einholen. Falls sie irgendwo von der Hauptstraße abgebogen war, hatten die Feldgendarmen sicherlich eine Tafel angeschlagen oder einen Posten aufgestellt, um die Nachzügler einzuweisen.

Es ging schon auf den Abend zu, die Sonne legte sich hinter dem hohen Gras zur Ruhe. Es erinnerte mich stark an das Gras am Ufer des verlorenen Meeres, Hnidák und Franz und der schwarze Wassil schliefen bereits. Auch mir fielen die Augen zu. Nach all dem, was mit Wiera geschehen war, hatte ich das Gefühl, als hielte ein eiserner Reifen meinen Kopf umklammert. Nun aber, nach dem Wein, löste sich alles, alles beruhigte sich beinahe schmerzhaft. Ich werde schlafen, Hauptsache, daß Viktor nicht einschläft.

Das Fahrerhaus stank nach Wein, der Wein gluckerte monoton in der Korbflasche, das Gluckern ging unter im Rattern des Motors und schläferte mich ein. Ich schlug die Augen auf, als wir durch eine Allee knospender Bäume fuhren. Wie im Traum sah ich, daß uns aus einer Kurve ein offener Kübelwagen mit deutschem Kommandeurstander entgegenkam. Viktor wich ihm von weitem aus, gab Gas, und als meine Augen denen begegneten, die mich, meinen Gruß erwartend, unter einer deutschen Schirmmütze anschauten, riß Viktor das Lenkrad nach links und erfaßte mit dem Hinterrad den Kübelwagen. Ich sah, wie die Schirmmütze herausflog, Hände flogen hinterher, um sie einzufangen, erst dann spürte ich den Anprall und sah die sich drehenden Räder des umgestürzten Wagens. Unter dem Wagen lag die Mütze, Augen ...

Wir verschwanden hinter der Biegung, und alles schien mir ein Traum. Ich war mir nicht sicher: täuschte mich der Rotwein, oder sah ich wirklich überall Blut? Um mich zu vergewissern, fragte ich Viktor: «Er hat uns gerammt?»

«Teufel noch mal! Ausgezeichnet gesagt! Von jetzt an werde ich behaupten, daß er uns gerammt hat. Das ist prima. Zünd mir eine Zigarette an!»

Wir rasen über die harte Straße wie ein böser Sturmwind. Ich kann nun nicht mehr einschlafen. Habe Angst, daß wirklich jemand mit uns zusammenstößt. Viktor hat es also absichtlich ... Er wollte ... Viktor tut etwas, nur ich stelle dumme Fragen und denke an Wiera, an den Wein. Vielleicht hat er es nur so getan, aus Übermut, ein Streich. Kommt es darauf an? Er hat's getan, und das genügt! Er hat's getan. Morgen wird es im Tagesbefehl aller verbündeten Armeen heißen: Achtung! Partisanen operieren im tiefen Hinterland!

Richtig, Viktor! Die Nummernschilder müssen wir austauschen. Das wird kein Streich, das wird eine richtige Arbeit sein.

Ein Baum
bietet nicht einer Division Deckung

Ich lasse Viktor auf der Straße zurück und pilgere allein los, um das Kommando der Stabskompanie zu suchen. Das Dorf ist völlig leer, auf den Höfen liegt allerlei herum — Kleidungsstücke, zerstörtes Ackergerät, die Ställe stehen offen, die Türen sind herausgebrochen. Unsere Leute haben sich in einigen Gehöften einquartiert. Ein paar machen sich's bequem wie zu Hause; sie schaffen Ordnung auf dem Hof, schneiden mit Sensen Stroh aus den Diemen und tragen es in die ausgefegten Stuben. Auf einem Hof flackert ein Lagerfeuer. Soldaten wärmen daran ihre Konserven. Das Dorf wurde evakuiert. Deutsche hatten darin gewohnt. Das bedeutet, daß die Front über kurz und lang hiersein wird. Nach der Karte, die Leutnant Friedrich von der DHM mitgebracht hat, steht die Rote Armee bereits an der alten Grenze Polen—Rumänien. Ein Teil der Deutschen hält sich noch vor dem Dnestr, was von hier aus nicht weiter als hundert Kilometer ist. Die übrigen fliehen wie die Ratten. Beginnt das Schiff zu sinken?

Die Stabskompanie hat in einem großen Haus unter einem riesigen, alten Baum Quartier gemacht. Der neue Stabschef Marinčuk hat angeordnet, daß die ganze Division, auch der Stab, entweder in einem einzigen Gebäude untergebracht werden muß oder wenigstens nahe beieinander. Zum Stab rechnet er wie immer auch die Stabskompanie, die er direkt befehligt, seit Hauptmann Malý in die Slowakei zurückgekehrt ist. Unsere Abteilung durfte sich in der Nachbarschaft von Oberst Krása einquartieren.

Unter dem Baum raucht und dampft es, Essenduft zieht durch das Dorf. Der Fürst treibt sich an den Kesseln herum und tut, als sei nichts geschehen. Auf einmal ist er fürsorglich, seine Nüchternheit gibt ihm etwas Unnormales, er schleppt selber Proviant in die Küche und redet den Köchen in ihre Arbeit hinein. Heute mag ich mit ihm nicht davon sprechen, wie er Wiera umgebracht hat. Er ist mir zuwider, alles ist mir zuwider, von dem Küchendunst und Rauch hebt sich mir der Magen. Wassil Fäßchen schreit an dem Kessel herum, als wäre er der Oberkoch. Der Fürst hat ihn davongejagt und der Küche zur Verfügung gestellt. Auch mir scheint Fäßchen bisweilen zu unverschämt. In letzter Zeit vergißt er, mich zu grüßen.

«Wann werdet ihr Brot fassen?» fragte ich den kleinen Gefreiten aus der Ostslowakei. Er ist der Gehilfe des Fürsten, er könnte es wissen. Aber der Gefreite zuckt nur mit den Schultern. «Weiß ich nicht, Herr Unteroffizier. Die Bäckerei hat's noch nicht geschafft zu backen, und von jetzt an werden sie nichts zum Backen haben. Seit voriger Woche haben wir von den Deutschen kein Mehl bekommen.» Der Gefreite wirft mir ein Päckchen Zwieback und ein Päckchen Kaffee hin. «Was ich habe, das gebe ich, Herr Unteroffizier. Das ist aus meinen Beständen, nur keine Angst.»

«Ich geb dir gleich: aus deinen Beständen! Klaut wie die Raben, hol euch der Teufel!» Der Fürst ist neidisch. Hat eine Wut auf mich, oder er schämt sich, vielleicht hat er auch Angst, jetzt wird er alles mit Wut tarnen. Na gut, Fürst, gut.

Aus dem großen Haus tritt Majstrík. Mit gerötetem Gesicht, frischrasiert, geschniegelt und gebügelt. Langsam entferne ich mich von der Küche. Mit Majstrík unterhalte ich mich nicht gern. Er ist voll beißender Ironie, fühlt sich erhaben über alle Soldaten. Nicht einmal die Mütze darf einer so tragen wie er. Und keiner hat ein Mädchen, nur er. Womit füttert er sie? Wieviel Konserven hat er noch auf Lager? Majstrík weiß, daß auch die anderen sich wünschen, was er hat, daß es hier noch andere Männer gibt als ihn, nur haben sie keine Konserven.

Die Erde kann man nicht evakuieren

Die Sonne wärmt schon ganz angenehm. Heute habe ich endgültig den Mantel eingerollt, mit Riemchen zusammengebunden und in Hufeisenform am Tornister festgeschnallt. In der Feldbluse geht es sich leichter, angenehmer, und wenn die Sonne scheint, kriegen die düsteren Gedanken Beine.

Ich gehe hinaus aufs freie Feld, obwohl es verboten ist, das

Dorf zu verlassen. Gras sprießt aus der Erde, es sieht aus, als steckten dünne grüne Nägel in einem Brett. Wenn die Volksdeutschen das Dorf nicht verlassen hätten, würden sie jetzt ihre Gänse- und Hühnerküken und Ferkelchen austreiben. Schon würden Lämmchen und Zickel übers Gras trippeln. Warum haben die Deutschen ihr Dorf verlassen? Hatten sie Angst vor der Strafe, die sie erwartet? Vielleicht hat man sie gezwungen. Jetzt irren sie auf Wagen und in Waggons durch das Land. Gänseküken werden heuer in dem deutschen Dorf nicht ausschlüpfen.

Mir will es nicht in den Sinn, daß Krieg ist. Die Natur ist die gleiche geblieben. Sie zittert nicht vor Angst wie ich, fürchtet weder Feuer, Eisen noch Pferdehufe. Auf der Erde, die im Frühling das Feuer verbrannte, in die sich Stahlsplitter bohrten, die Pferdehufe zerstampften, auf dieser Erde gibt's kein Leben. Aber übers Jahr, im nächsten Frühling, wird aus dieser Erde Gras wie dieses hier sprießen. Die Erde hat keine Angst, nicht weil sie tot ist, sondern weil sie nirgendshin fliehen kann, die Erde kann niemand berauben, niemand evakuieren. Wer sie haben will, muß sich in ihr festkrallen, muß in ihr wachsen. Wer einmal von ihr geht, verliert sie für immer.

Ich habe eine schöne, nach Süden gewandte Kuhle gefunden. Zu meinen Füßen fließt still ein Bach voll kühlem Frühlingswasser. Er gleicht mehr einem Kanal als einem Bach. Das Wasser plätschert, Welle stößt auf Welle und eilt nach Osten, sich ins Donaudelta zu ergießen. Dort ist das Meer. Das große Meer ist für keinen einzigen ukrainischen und rumänischen Bach verloren. Die Flüsse treiben die Wellen – wie der Hirt die versprengten Schafe in die Hürde – ins Schwarze Meer.

Der Körper lechzt nach Sonne. Man muß sich ausziehen und die nackte Haut den warmen, heilenden Strahlen aussetzen.

Ich bin eingeschlafen. Der Hunger weckt mich und mein Instinkt. Mir ist, als ob jemand über mir steht und mich anschaut. Ich fühle seinen Blick, scheue mich aber, die Augen aufzuschlagen. Vielleicht ist es ein schrecklicher Mensch, und wenn ich die Augen jetzt öffne, wird er mich angrinsen, mich töten. Mit einem Messer? Einem Knüppel? Mit den Händen? Der Mann ist groß, hat eine lange Joppe an (warum eine Joppe, weiß ich nicht), hat einen breitrandigen Hut auf, mit seinem ungarischen Schnauzbart ähnelt er ein bißchen einem Tataren. Ich bin dumm. Das ist alles Einbildung und nicht wahr, das hat nur einer erzählt. Nein, vor mir steht niemand, ich schlage die Augen auf und ... Es steht doch jemand da. Im ersten Moment scheint es mir, daß es Zivilisten sind, Bewohner dieses leeren Dorfes, die vor uns in die Felder geflüchtet sind. Sie haben mich belauert und gewartet, bis ich eingeschlafen bin, um mich jetzt zu fragen, was ich auf ihrem Feld zu suchen habe.

«Was machst nachher du da, Mönsch? Wer bist ’n du?» Sie sind zu dritt, aber fragen tut nur einer. Seine Stimme ist mir bekannt, ach, wie bekannt! Sie ähnelt der Stimme eines Gefreiten von der Stabskompanie. Ich reibe mir die Augen, lege die Hand auf die sonnenerhitzte Brust. Uch! Was für kalte Pratzen ich habe! Jetzt erkenne ich die drei, die vor mir stehen. Es ist eine Feldwache von der Stabskompanie, und der mich da ausfragt, ist der Gefreite Lesák.

«Das bist du, Mönsch, mr suchen dich scho drei Stundn.» Lesáks Gebirgsdialekt finde ich scheußlich.

«Mich?»

«Dich.»

«Wozu?»

«Marinčuk is scho ganz verrückt, Mönsch. A hot gedocht, du bist überglaufen. Komm mit, aber dalli!»

Ich eile mit der Streife ins Dorf. Warum ist mir so kalt? Kalt? Jetzt ist mir warm, nicht warm, heiß! In meiner Brust lodert ein Feuer.

Dieser Rücken läßt sich nicht aufrichten

«Links um! Rechts um! Ganze Abteilung kehrt! Augen rechts! Die Augen links!»

Bei mir steht Hnidák, neben ihm Franz. Vor uns der neue Obergefreite-Aspirant Boháč, dünn, mager und geheimnisvoll. Sein Schädel ist wie der einer vertrockneten Leiche, die Haut im Gesicht fleckig.

«Augen rechts! Augen gerade-aus!»

Der Aspirant nimmt seine Aufgabe ernst. Aus dem Fenster schaut Major Marinčuk zu.

«Im Gleichschritt marsch!»

In der Brust fühle ich Stiche.

«Mehr Schwung! Ich werd's euch zeigen, ihr Herumtreiber! Obergefreiter Boháč! Soll ich Sie ins Glied treten lassen und selber das Kommando übernehmen?»

Franz lacht laut auf. Wir kehren dem Fenster den Rücken zu, Marinčuk sieht uns nicht. Ausgezeichnet, Schwab! Lach nur, wie du kannst, das ist das beste. Marinčuk das Kommando über uns übernehmen! Das ist zum Lachen, Schwabe. Hör nur, wie schnaufend er kommandiert. Diese Stimme, hahaha! Husten quält mich, in meiner Brust brennt ein Feuer.

«Im Laufschritt!»

Der Hof ist klein, Franz rennt wie ein wildgewordener Hengst, Hnidák humpelt wie eine krummbeinige Schindmähre.

«Aufrichten, Hnidák!»

Jetzt sind wir zehnmal um den Hof gerannt.

«Haben Sie nicht verstanden, Hnidák?»

Wir laufen dicht unterm Fenster. Das Stechen in der Brust hat ein bißchen nachgelassen, aber mein Mund ist trocken und brennt, die Brust ist heiß wie ein glühender Ziegel.

«Kommen Sie, versuchen Sie's, Herr Major.»

Marinčuk beugt sich aus dem Fenster. «Was soll ich versuchen?»

«Meinen Rücken gradebiegen, Herr Major», stößt Hnidák keuchend hervor.

Marinčuk begreift nicht, wie Hnidák das meint. Er reißt das Maul auf, das macht er immer so, wenn er Zeit zum Nachdenken gewinnen will. «Schritt halten! Abteilung halt!»

Der Obergefreite-Aspirant steht ratlos da.

«Links um!»

Ich habe das Gefühl, daß ich Flammen ausatme. Hnidák ist außer Atem und hat eine mächtige Wut im Bauch. Franz ist alles wurscht, das ist doch ein Spaß, du Oberarsch von Major. Marinčuk ist ein Esel, soll er seinen Spaß haben.

Meine Brust ... Mein Rücken, Herr Major, läßt sich nicht aufrichten. Hnidák hat keinen Schiß mehr vor Ihnen.

Marinčuk kehren die Worte wieder: «Ich bieg Ihnen Ihren Rücken schon grade, Mann!»

«Versuchen Sie's, Herr Major!»

Der Obergefreite-Aspirant, wissen Sie nicht, was Sie zu tun haben? Sie sollten eingreifen. Am liebsten ließen Sie uns um den Hof traben, aber Sie sind schlau und wissen, daß weder Hnidák noch wir anderen Ihnen parieren würden. Wieder das Stechen in der Brust. Ich hätte dem jungen Gras nicht trauen dürfen, die Erde war kalt, die Sonne schwach. Ich hätte nicht ...

«Lassen Sie wegtreten, Aspirant, und von jetzt an keinen Schritt weg vom Gefechtsstand! Hier herrscht Ordnung, ihr Bande!»

Major Marinčuk macht das Fenster zu. Nach einer Weile kommt er aus der Schreibstube der Operationsabteilung und entfernt sich mit schwerem Bauernschritt zum Divisionskommando. Der schwarze Wassil beugt sich aus dem Fenster, streckt die Zunge heraus und ruft: «Ich bieg Ihnen den Rücken grade, Mann!» Hnidák bückt sich und wirft ein Stück Holz ins Fenster, daß die Scheibe zerbirst.

«Esel, in der Nacht wird's bei uns ziehen!»

«Ruhe, Schwab, auch deinetwegen ist dieser Krieg!»

Stille.

«Ich kann nichts dafür», entschuldigt sich der Obergefreite-Aspirant. «Ich hab den Befehl bekommen.» Der Obergefreite gibt mir die Hand und stellt sich vor: «Jožo Boháč.» Auch den anderen stellt er sich vor. «Wir sind keine Schweine, Obergefreiter-Aspirant, wir sind Slowaken, stimmt's?» Der Obergefreite weiß nicht, warum ich das gesagt habe. Und ich habe es nur so gesagt, denn mich provozierte dazu der silberne Aspirantenstreifen auf dem roten Kragenspiegel des Obergefreiten der Artillerie.

Das Stechen in der Brust verstärkt sich, daß es mir fast den Atem nimmt und sich mir alles im Kopf dreht. Hinlegen! Als ich falle, strecke ich die Hand aus, so wie man uns das bei der Grundausbildung in der Kaserne beigebracht hat. Danach ist mir besser, ich spüre nichts, schlafe, träume, träume etwas sehr Interessantes.

Was kann das nur gewesen sein?

Soldaten sterben, die Offiziere trinken

Absolutes Dunkel kann nur im Grab sein.

Ich schlage die Augen auf, mir scheint, daß ich im Grab liege. Dunkel, still, eng. Luft! Leute, Luft! Ich möchte schreien, aber kein Laut kommt über meine Lippen, ich fühle nur, daß ich die Stirn runzle. Der Schmerz überzeugt mich, daß ich nicht gestorben bin, sondern erst im Sterben liege. Ich kann mich nicht rühren, nicht atmen. In der Brust sticht es mit tausend Messern, meinen Leib verbrennen tausend glühende Kohlen. Ich liege auf einer Bank unter dem Fenster. Habe die Uniform an, bin zugedeckt mit dem Mantel und Decken. Ich versuche, die Hand zu heben. Zentnerschwere Handschellen fesseln sie. Immer noch glaube ich, daß ich im Grab liege. Wären nicht die Handschellen, so könnte ich den Sargdeckel betasten. Ich schaffe es nicht einmal, die Hand ans Gesicht zu heben. Ich will wieder rufen, aber vergebens. Ich kriege keine Luft. Ich sterbe. Da gibt es keine Hilfe. Ich bin allein, wenn nicht im Grab, dann in der Hölle, wo alles mit unsichtbarer Flamme brennt. Tränen und Schweiß rinnen mir zum Mund, es schmeckt salzig. Hurra! Es ist mir gelungen, den Kopf zu bewegen, Luft in die Lungen zu saugen.

Übers Fenster huscht das Licht einer Taschenlampe. Wie gut! Jemand kommt. Das Licht ist verschwunden. Niemand kommt. Aber ich bin nicht im Grab, ich liege in unserer Schreibstube auf einer Bank unter dem Fenster. Ich höre den Atem von Hnidák, er schnarcht und schmatzt im Schlaf. Franz schläft unhörbar neben ihm. Der Schwarze schläft in der Küche. Wenn sie doch erwachten, wenn ich doch etwas nach ihnen werfen könnte, wenn sie doch den Doktor riefen, wenn sie doch was täten! Aber die Last auf den Händen wird nicht leichter. Die Männer schlafen und wissen nicht, daß ihr Kamerad im Sterben liegt.

Wieder blitzt das Licht am Fenster auf. Ich höre jemanden brummen, eine menschliche Stimme. Komm, Mensch, leuchte mich an, sag mir, ob ich lebe, sag mir, wann ich sterben werde, hol den Doktor, schnell, er soll mir helfen, komm endlich, Mensch ...

Der Mensch murmelt etwas vor sich hin und betritt unseren Hof. Jetzt klopft er ans Tor, wirft etwas gegen den Zaun und plappert: «Ich marschiere ... in 'n Eimer! Jeh!»

Das ist doch die Stimme von Leutnant Friedrich, aber Leutnant Friedrich hat noch nie deutsch gesungen, obwohl er ein Deutscher ist. Das kann er nicht sein.

«Heil! Job jewo matj!»

Tatsache! Es ist Leutnant Friedrich. Jetzt hackt er mit dem Fuß gegen die Tür.

«Jawohl, Herr Leutnant!» Der schwarze Wassil macht ihm auf. Etwas stürzt zu Boden, das ganze Haus bebt von dem Aufprall.

«Ach, ach, Herr Leutnant! Stehen Sie auf! Herr Leutnant!»

Ich höre, wie der Schwarze keucht. Friedrich ist schwer. Der Schwarze redet auf ihn ein, in seiner Stimme ist Zorn. «Stehen Sie auf, Herr Leutnant!» Aber der Leutnant steht nicht auf, er ist besoffen wie eine Hacke, wir kennen uns, Herr Leutnant. Wenn er nicht von selber aufsteht, kriegt ihn der Schwarze nie hoch. Wie üblich wird Leutnant Friedrich diese Nacht in der Küche auf den Fliesen schlafen, und ich werde im Zimmer unter dem Fenster dahintersterben.

«Wasser ...» Es war nur ein Flüstern, das über meine verdorrten und geschwollenen Lippen drang. «Wasser ...» Habe ich mein eigenes Flüstern gehört? Ich weiß es nicht.

«Job jewo matj! Heil!» Wieder kracht etwas in der Küche.

«Hierher, Herr Leutnant, hierher!» Der Schwarze will den Leutnant in dessen Zimmer führen, aber der Leutnant schlägt sich zu uns durch. «Diesen Schwaben, job jewo matj ... den tret ich in 'n Arsch! Heil!» Leutnant Friedrich stößt mit dem Fuß die Tür auf, frische Luft umweht mein Gesicht. Leutnant Friedrich ist wieder hingeschlagen, die brennende Taschenlampe in der Hand. Mit dem Kopf aufs Stroh, wo Franz und Hnidák schlafen. Statt einer Handgranate schmeißt der Leutnant die Taschenlampe an die Wand. In der Stube ist es wieder dunkel und still wie im Grab. Leute! Jungs, schlaft nicht! Ich bitte euch!

«Was ist los? Wer ist da? Maria!» schreit Franz. Wie gut. Jetzt wird er aufstehen, Licht machen, und ich werde ihm mit dem Finger ein Zeichen geben, er solle mich retten. Ach, wieder dieses Stechen! Ich fürchte, ich werde ersticken.

«Still, Schwab, still! Heil!»

Wieder ist es still. Still? Irgendwo plätschert Wasser, rauscht ein Strom, fließt und tropft es auf den Fußboden. Ach, dieses Brennen in der Brust! Das Wasser plätschert aufreizend.

«Herr Leutnant, was machen Sie da?» Franz ist von der Prische aufgesprungen. «Der pißt, heilige Maria!»

«Mir ins Ohr, dieses Schwein!»

«Ich schlag ihn tot!»

Ich möchte lachen, grölen, statt dessen schließe ich nur die Augen, beiße die Zähne aufeinander, so schneidend ballt sich der Schmerz in der Brust zusammen. Macht Licht, Leute, macht Licht, sonst gehe ich zugrunde. Schaut nach mir, Leute! Der Leutnant ist umgefallen, Franz zündet eine Kerze an. «Das Fenster verdunkeln!»

Auch Hnidák ist wach. Franz beugt sich über mich und heftet die Decke an den Nagel, der in dem Fensterrahmen steckt. «Franz ... Franz ... ich sterbe ... einen Doktor ... Franz ...»

Es war schon Tag, als ich die Augen aufschlug. «Endlich», sagte ein Gefreiter-Aspirant mit schwarzen Kragenspiegeln. Wie blaß du bist, Gefreiter, und voller Sommersprossen. Mit deiner Brille siehst du aus wie der Tod.

«Wie fühlen Sie sich, Zraz?» fragte der Gefreite.

«Gut, Herr Doktor.»

Das ist der, der uns in Bratislava diese scheußliche Spritze gab, von der uns die Brust anschwoll. Damals spielten wir nur drei Tage krank. Wieviel werden es jetzt sein?

«Wie fühlten Sie sich gestern, Zraz?»

«Das weiß ich nicht, Herr Doktor. Ich fühlte mich immer gut.» Ich wollte mich aufsetzen, aber der Doktor hielt mich sachte zurück. «In drei Tagen, Kamerad. Frühestens in drei Tagen . . .» Dann verpaßte er mir eine Spritze, eine warme, heiße Injektion, die mir im Gehirn brannte, in der Harnblase, in den Eingeweiden.

Der Doktor ist fort. Leutnant Friedrich liegt auf der Erde in einer Lache. Das Zimmer stinkt nach Pisse und Sliwowitz.

Idylle unterm Maulbeerbaum

Der riesige Baum vor dem alten Haus, in dem Marinčuk den Divisionsstab einquartiert hat, ist aufgeblüht, sein Duft erfüllt das ganze Dorf. Franz sagt, auf diesem Baum würden Maulbeeren wachsen. Die Köche haben es prima. Aus den Kesseln der Duft der Suppe, von oben der Duft des Maulbeerbaums. Die Division lebt still, ohne Zivilisten, ohne Weiber, ohne Front. Mir scheint, daß rings um uns nur leere, tote Dörfer liegen. Deutsche haben wir schon über zwei Wochen nicht gesehen. Drei Tage wälzte ich mich auf meinem Lager im Zimmer herum, drei Tage lang kam zu mir der blasse, sommersprossige Gefreite und verpaßte mir in regelmäßigen Abständen, alle sechs Stunden, die brennenden Spritzen.

«So 'ne Entzündung hab ich schon lange nicht gesehen, Kamerad. Du kannst dir gratulieren, daß du die überstanden hast», sagte er, während er mir mit Watte die Stelle säuberte, wo er die Spritze ansetzte. Jetzt fühle ich mich wohl. Spritzen bekomme ich keine mehr. Langsam vergesse ich die Krankheit, nur an den blassen Gefreiten erinnere ich mich des öfteren.

Marinčuk ist seltsam still geworden. Ich weiß nicht warum. Vielleicht macht er sich Vorwürfe wegen meiner Erkrankung, oder er hat erfahren, daß der Blonde von den Pferden zurückkehrt, und bangt um seine Polja.

Die Ratte sucht eine Karte

Zum zweiten Mal, seit ich im Felde bin, hat man mich zu einer Stabsberatung gerufen. Marinčuk ließ mir bestellen, ich solle die Karten von dem Gebiet zwischen Pruth und Dnestr mitbringen. Ich gehe gern, denn ich bin gespannt, wo unsere Einheiten stehen, was für Einheiten wir überhaupt noch haben, wo die Front ist, ob Aglaja und Nataschka schon bei den Ihren sind.

«Servus!» grüßt mich Majstrík auf dem Hof vor dem Stab. «Hör mal, Alter . . .» Alter! So spricht Majstrík nicht zu jedem x-beliebigen, sondern nur zu Ebenbürtigen, zu einem Kerl, der kein Grünschnabel ist. Was ist los, du Weiberheld, ich höre. «Karten . . . irgendsone . . . na du weißt schon . . .»

Ich weiß, Majstrík. Karten . . . Angst . . . Flucht. Eine Karte, das ist gleich Flucht. Das ist die Gewähr, daß die Flucht gelingt. Der Kartenfritze ist ein Kumpel, den nennst du Alter. Majstrík will sich nicht verirren, er will noch im Frieden leben mit seiner Marusja. Für Majstrík kann der Krieg noch ein paar Jährchen dauern. Er hat zu fressen, er hat zu saufen, hat eine Frau, und wenn ihm das alles über wird, läßt er sich in die Heimat abkommandieren, fängt wieder an zu saufen, tobt sich wieder aus, danach heiratet er vielleicht, kriegt einen guten Posten und wird wieder saufen.

«Karten?» Majstrík gleicht immer mehr dem Fürsten. Der Fürst und seine Untertanen. Majstrík ist von fürstlichem Geblüt. Auch die Karte verlangt er wie ein Fürst, von oben herab.

Ein Kartograph! Was ist für Majstrík ein Kartograph! Pläne, Skizzen, Spezialkarten, Generalstabskarten, Staaten, Erdteile, der Globus. Wozu braucht man so einen Kartenfritzen im Kriege? Wenn es vorwärts geht, genügt es, sich an den Haufen zu halten, irgendwo kommt man da schon hin. Wenn es rückwärts geht, halt dich nicht an den Haufen. Einen Haufen machen sie eher aus, schnappen ihn. Wenn es zurückgeht, dann besorge dir eine Karte, ein Auto, vier Kanister Sprit, Kisten, Konserven, Brot, Zigaretten, Sliwowitz und eine Marusja. Dann kannst du bis nach Buxtehude marschieren! Bis in die Slowakei ist es weit. Weit? Mamaliga moloko, Ruminia daleko ... Wer hat das gesungen? Rumänien ist nicht weit, wir sind schon drin, und die Slowakei ist nicht weit von Rumänien. Die Karpaten, irgendwo in ihrer Mitte liegt die Slowakei, hoch in den Bergen. Eine Karte möchtest du, Majstrík, eine Karte?

«Komm zu mir, wenn ich vom Stab wieder da bin. Wir werden sehen.» Das ist die beste Antwort für Majstrík. Wir werden sehen. Klar, je nachdem, was du rausrückst. Klauen tust du ja genug, also teile. Wir werden sehen. Wir können uns das noch überlegen. Majstrík und Haluška, die Fürsten müssen teilen. Ihr Herren Brüder, es geht zurück, der Kartograph ist kein Niemand! Ich habe keine Vorräte, keine Zigaretten und Konserven. Wegen des Brennens in der Brust rauche ich jetzt nicht, aber ich weiß, daß ich wieder rauchen werde. Heute habe ich große Lust, mir eine anzustecken, aber ich halte mich noch zurück.

«Ich komme abends, Alter!» Majstríks Zwinkern beleidigt mich. Es bedeutet, daß er dem Hungrigen etwas bringen wird, ihm etwas vorwerfen wird wie einem Hund. Nein, du Ratte, mir wirst du nichts hinwerfen, mir wirst du etwas geben!

Wozu braucht diese Ratte eine Karte?

Der große Stab
einer kleinen Armee

«Oho, der Kartenfritze!» Der Putzer des Obersten schreit immer so, wenn er mich sieht. «Ich hab gehört, du wolltest abkratzen. Der Alte hat dir ’nen Kognak beiseitegestellt.»

«Einen Kognak? Ausgezeichnet!»

Aus dem Stabsgebäude tritt Leutnant Friedrich. «Komm her, Zraz. Hast du alle Karten?» Ich nicke und blicke dabei unwillkürlich auf die Hosen des Leutnants. Ich kann mir nicht helfen, sie sehen bepißt aus.

«Na, du Schuft, laß mal sehen, was du gemalt hast!» Oberst Krása lacht grölend, bekommt einen Hustenanfall, er kölstert und erzählt: «Meine Herren – könnt ihr euch erinnern? Einen alten Scheißdreck erinnert ihr euch ... Marinčuk, weißt du noch, damals ... Na, wo war das gleich? Unteroffizier, wo war das doch? Nachher traf ich dich mit der Barischna ... als du mir die Flaggen an die Latrine geheftet hast ... Das war ein Gaudi, was, Unteroffizier? Das war ein Mordsspaß, meine Herren ... Wie stand doch gleich auf dem Zettel, Unteroffizier? Die Festung des tapferen Obersten Krása. Haha!» Dem Oberst schwabbelt der Bauch, sein weißes Löwenhaupt schwankt von einer Seite auf die andere, sein Gesicht ist puterrot. Der Oberst schüttelt sich vor Lachen. Die Stabsoffiziere zwingen sich mitzulachen, denn Krása lacht nicht gern allein. «Das war prima, du Hallodri. Spaß muß sein, oder nicht, Herrschaften?»

Ich breite die Karte auf dem langen ungehobelten Brettertisch aus. Die Offiziere beugen sich darüber. Leutnant Friedrich liest Ortsnamen von einer Liste ab und unterstreicht sie auf der Karte. Das ist die Meldung der DHM über die Situation an der Front.

«Barát wird hierher verlegt», überlegt Marinčuk und blickt einem Hauptmann mit Kragenspiegeln von schmutzigem Kaffeebraun in die Augen. Das erste Mal sehe ich Barát aus der Nähe. Er ist von kleiner Statur, ein bißchen fett, aber flink, bleich und dienstbeflissen. Er steht im Habtacht und wiederholt in einem fort: «Zu Befehl, Herr Major!»

«Und bis du in die Slowakei kommst, hast du keine Hosen mehr am Arsch, Barát.» Oberst Krása lacht, hustet aber nicht mehr. Er spielt auf eine Kompanie von Baráts Pionieren an, die in Odessa geblieben ist. Statt beim Rückzug die Objekte in die Luft zu jagen, haben sich Baráts Pioniere in die Katakomben zu den Partisanen von Odessa zurückgezogen und gegen die Deutschen gekämpft. Nur einen von ihnen erwischten sie lebend. Krása verlangte, daß er ausgeliefert werde, aber die Deutschen wollten nichts davon wissen. Jetzt ist er in den Händen der Feldgendarmerie Kommando Süd. Krása ist beleidigt. Seine Soldaten will er selbst bestrafen, aber die Deutschen legen keinen Wert darauf. Sie werden ihn erschießen, sobald sie Einzelheiten von ihm erfahren haben.

«Komm her, Kartograph!» Meine Hände kneten die Pastellstifte, und ich presse mich zwischen den Offizieren durch zur Karte. «Hierher.» Marinčuk sticht mit dem Finger auf kleine Kreise, auf die verstreuten Rechtecke der Dörfer. «Hierher zeichnest du das erste Infanterieregiment, hierher das zweite, hier an diesen Bach» — Marinčuk zeigt auf den Pruth — «stellst du Barát. Zu ihm können auch diese Läusebrüder kommen.» Marinčuk meint die Reste der Assanierungskompanie, in der lauter Ingenieure, Doktoren, Chemiker, Laboranten sind, die Kompanie übrigens, in der es keinen einzigen Juden gibt. «Und den Gefechtsstand der Division ...» Marinčuk malt einen Kreis auf der anderen Seite des Pruth. «Wir werden noch sehen, Friedrich. Bei der DHM feststellen!»

«Zu Befehl, Herr Major!»

Sind zwei mehr als drei?

Zu Mittag hatten wir Bohnen und ein Stück Schweinefleisch. Die Melder trugen die Karten mit den eingezeichneten Stellungen aus, die unsere Einheiten beziehen sollten. Die Melder waren vielleicht noch nicht einmal an Ort und Stelle, als sich die Strategie des großen Stabes bereits als überflüssig erwies. Die Rote Armee erreichte das linke Dnestrufer. Das bedeutet, daß Aglaja und Nataschka schon bei ihren Leuten sind. Für sie ist der Krieg zu Ende. Gegen Abend ging ich auf den Friedhof und las die Namen der Toten. In den Baumkronen, von denen Blüten herabrieselten, sangen Vögel. Der schwarze Wassil kam mir nachgelaufen, Leutnant Friedrich lasse mich rufen.

Interessant. Leutnant Friedrich stand an der gleichen Stelle, wo er in der Lache gelegen hatte, schaute auf die Uhr und befahl in fremdem, dienstlichem Ton: «Unteroffizier, in einer Stunde ist alles aufgesessen. Antreten vor dem Gefechtsstand.» Ins Zimmer kam der Obergefreite-Aspirant. «Sie werden ihnen helfen, Obergefreiter!»

«Die Kisten aufladen?»

«Ja, Herr Aspirant. Die Kisten aufladen.»

Friedrich war böse und der Aspirant gekränkt. Ein Offiziersanwärter soll Kisten verladen? Hoho! Herr Leutnant, sind Sie übergeschnappt? Das ist eine Beleidigung. Und wir? Wir dürfen ruhig Kisten aufladen, was, du beschissener Aspirant? Was bin denn ich? Ist Obergefreiter mehr als Unteroffizier? Willst eine Extrawurst gebraten haben, was? Paß bloß auf, du mit deinem Silberstreifen, Aspirant! Alle drei schimpften wir auf ihn. Viktor schloß sich an und erklärte, er werde den Aspiranten nicht aufs Auto lassen, wenn er nicht zupacke.

Ausgezeichnet, Viktor! Ein Fahrer ist im Krieg der größte Herr.

Die Kolonne fuhr genau zur festgesetzten Stunde ab. Ich liege unter der Plane, denn in die Kabine hat sich Leutnant Friedrich gesetzt, zusammen mit Boháč, dem künftigen Offizier. Eine Krähe hackt der andern ... Zwei sind mehr als drei. Er hat nicht mit aufgeladen und fährt trotzdem wie ein gnädiger Herr.

Was sagst du dazu, Viktor?

Das wird sich zeigen, ob zwei mehr sind als drei!

Unter der Plane ist es still. Mir kommt der kranke Soldat in den Sinn, der parfümierte Korporal Kloch und das verlorene Meer. Ich fahre mit dem Urlauberzug, zusammen mit Jožo Bugár, Petrovič schreit mich an, ich habe den Urlaub überzogen, Žilina, Leutnant Kanari, Vaters Koffer . . .

Stecken wir uns eine an, Franz? Das ist prima, Franz! Ihr flucht einträchtig auf die Ablösung, die nicht gekommen ist. Was werdet ihr anfangen, wenn ihr wieder zu Hause seid? Du hast so viele Mädchen in Bratislava, so viele prima Mädchen, die keine Sperenzchen machen, denn so was kannst du nicht leiden. Hnidák erzählt nicht so viel von Mädchen, er ist froh, daß er überhaupt eine hat, die Mädchen lieben Bucklige nicht.

Mädchen! Ich sollte nicht an sie denken. Als ich krank war, als ich auf der Bank unter dem Fenster in dem toten deutschen Dorf lag, da dachte ich an Mädchen, aber anders als jetzt. Ich sprach mit ihnen, liebkoste sie, liebte sie, aber jetzt, pfui! Zuerst bietet sich mir die an, die mit uns im Urlauberzug gefahren ist, die der Feldgendarm erschossen hat, dann bieten sich mir alle an, die ich kenne, mit denen ich zur Schule gegangen bin, ich spüre sie in meinen Armen, mich wärmt ihr Atem, es ist schön, alle sind wie Aglaja, ach Aglaja, Aglaja! Du bist Antons Frau, du bist die wirklichste von allen Frauen, mit der wirklichsten Liebe, mit dem wirklichsten Leib. Und am wirklichsten ist auch meine Erinnerung an dich. Ich kneife die Augen zu, damit keiner sieht, was ich denke, woran ich denke, damit mir niemand diese Erinnerung raubt, und doch wird sie mir jemand nehmen. Sie, die närrische, die tote Wiera. Tot? Ist Wiera wirklich tot und unwirklich?

Nasser Schnee fällt, den langen Schneesträhnen entgegen jagen die Reiter des Todes, einer galoppiert Wiera nach, eine Bombe explodiert . . . So geht das immer im Kreise. Gegen meinen Willen trage ich dieses schreckliche Bild mit mir nach Westen, ich fürchte, ich werde es bis zu meinem Tode nicht los. Man muß an etwas anderes denken.

«Franz, wie heißt der Schwab, der dich ablösen soll?»

«Schütze Maar. Warum?»

«Nur so. Kennst du ihn?»

«Ja. In der deutschen Kompanie haben wir uns alle gekannt. Er ist Preßburger und Jugendmeister im Skispringen. Auf dem Kamzík sprang er wie der Satan. Ski fahren kann er, aber hochdeutsch reden nicht. Von der Rechtschreibung ganz zu schweigen. Soll er nur kommen. Hier ist sowieso nichts los. Zum Kotzen! Uns wird wohl niemand ablösen.»

Was für ein Mensch bin ich?

Die Kolonne hält. Franz und Hnidák verstummen. Erzählt euch was, ich bitte euch, erzählt euch was von Bratislava, von der Ablösung ... Warum schweigt ihr? Franz guckt unter der Plane hervor. Die Kolonne steht, Maria! Eine Verstopfung, nur gut, daß es nicht das Tor zur Hölle ist, eine Pontonbrücke wie damals vor Cherson. Die Kolonne setzt sich wieder in Bewegung. Vor uns liegt kein breiter Strom. Franz hat nicht recht. Es wird nirgends mehr so sein wie vor Cherson. Vor uns gibt es kein so großes Wasser mehr. Ich denke nach über den Krieg, über die Russen, wie sie Krieg führen. Auf den Straßen ziehen kilometerlange Kolonnen zurück, und sie lassen sie ruhig fahren. Wenn ich in der Hauptkampflinie wäre, würde ich die russische Kraft und Kampfweise wohl anders sehen. Wir dagegen flüchten vor irgend etwas, vor einer Kraft, vor einem Geist. Ich weiß nicht, wie es kommt, aber am Ende bin ich froh, daß ich in aller Ruhe zurückweichen kann. Ich möchte nicht gern von einer Maschinengewehrgarbe durchsiebt werden, ich möchte nicht gern verscharrt zurückbleiben in diesem Bessarabien, das so komisch klingt und mich an Arabien, Asien, den Orient erinnert. Was geht es mich an, daß so viele Wagen, Panzer und Kanonen fliehen – nur um an geeigneter Stelle wieder eingesetzt zu werden und den Krieg am Leben zu erhalten! Was geht mich das an? Pfui! Mich ärgert es, ich schäme mich. Ich sollte etwas dagegen tun, aber schon beim Gedanken daran gebe ich auf. Ich bin eine Ameise, die man zertreten kann, ohne daß sie den Kopf hebt. Bis jetzt hebe ich nur meinen Geist, den Kopf halte ich geneigt, bohre den Blick in die Erde, in der Erde ist ein Grab. Mit meinen Gedanken blicke ich mehr in mich hinein als rings um mich her, ich bin mein eigener Gefangener und bemühe mich in keiner Weise, mich zu befreien.

Fahr zu, Kolonne, so weit es geht! Irgendwo wirst du anhalten. Fahr zu und trage diesen erbärmlichen Wicht auf den flammenden Wogen des Krieges davon. Wie groß, wie schrecklich groß ist meine Angst, in diesen Wogen zu ertrinken.

Die Zigeunerin hat Augen wie der Himmel

Die feurigen Wogen des Krieges haben sich gelegt, die Kolonne hat gehalten, ist zerrissen wie eine Schlange, die ein Schnitter durchgehauen hat. Der Schnitter ist ein deutscher Feldgendarm, neben ihm steht der bartstopplige Bazalica mit einer Winkerkelle in der Hand. Er möchte lächeln, aber es gelingt ihm nicht, er ist zu müde. Unser Tatra brüllt, heult auf und biegt mit der Einheit von der Hauptstraße ab über einen hastig aufgeschippten Übergang auf einen steilen Hang. Wir halten uns alle an der hinteren Klappe fest und sehen, wie Erdbrocken und Steine unter den Reifen hervorspritzen. Der Tatra hat den Steilhang erklommen und ist unschlüssig auf einer kleinen Wiese stehengeblieben. Die Sonne wärmt angenehm. Ich springe als erster ab, nach mir Franz. Der Schwarze und Hnidák bleiben auf dem Tatra. Im Gras hocken Zigeuner, eine Schar Zigeuner, die sich laut mit ihren Frauen unterhalten. Die Zigeunerinnen sitzen über uns auf einem Hügel und haben keine Höschen an. Ich sollte nicht nach ihnen schauen, und doch schaue ich. Sie sind jung und aufreizend hübsch. Die alten schaue ich nicht an. Auf die jungen blicken auch die Zigeuner. Die am Rand, die sich den bunten Rock glattstreicht, ist die schönste. In der Nähe stehen ihre Wagen mit darübergespannten Planen. An die Räder sind armselige Pferde gebunden. Sie knabbern Heu, auf ihren Stirnen springen Beulen hervor. Aus den runden Wagenzelten gucken Kinder hervor und schreien nach der Mutter. Aber die Mütter streiten sich unentwegt mit den Männern. Ein rotgesichtiger Mann mittleren Alters ist eben aufgestanden, die übrigen sind verstummt. Der Rote geht zu dem deutschen Feldgendarmen, bei dem Bazalica steht. Der Gendarm beachtet ihn nicht, auf der Straße rollen rumänische Wagen, die er nach links herunterdirigieren muß. Die Rumänen toben, schimpfen, «dracul, duci la dracula», aber am Ende gehorchen sie dem deutschen Feldgendarmen. Der Rote hat sich an Bazalica herangeschlichen. Bazalica wirkt gegen ihn klein und schwach. Er schüttelt verneinend den Kopf, hinter den rumänischen Wagen rollen deutsche Schützenpanzerwagen daher, vom Osten nähern sich wieder rumänische Fuhrwerke, die deutschen Wagen drängen sie in den Straßengraben ab. Ein Chaos. Der deutsche Gendarm scheucht mit strenger Miene den Parlamentär der Zigeuner davon. Der Rote bleibt trotzig in drei Meter Entfernung von ihm stehen und erklärt etwas, zeigt auf die Straße, dann auf die Wagen, die übrigen Zigeuner stehen auf, schreien durcheinander. Der Feldgendarm feuert einen Schuß in die Luft. Die Zigeuner spritzen auseinander. Die Frauen laufen zu uns, ihre weiten Röcke blähen sich wie Glocken. Eine blickt mich an. Sie. Wie jung sie ist, wie schön, und sie hat auch keine Höschen an, ja, sie saß gleich am Rande, jeder sieht auf den ersten Blick, daß sie die schönste ist.

«Zigarett! Zigarett!» Sie streckt die Hand aus.

«Da hast du zwei.»

Sie lächelt. «Noch Zigarett.» Ich gebe ihr noch eine. Wieder lächelt sie.

«Noch Zigarett, Don Kapiten.»

Die Zigeunerin lacht verführerisch, bettelnd, herausfordernd und drohend. Ich sehe nur ihre Augen, blau wie der Himmel, ich sehe, wie sie auf dem Hügel sitzt, ich sehe sie in ihrer ganzen, aufreizenden Schönheit. Ich gehe dem Tatra nach, der langsam über die Wiese schwankt und zwei Streifen niedergewalzten Grases und gebrochener Halme hinterläßt. Um die Zigeunerin scharen sich Männer und junge Frauen, zünden die

Zigaretten an, rauchen und schauen unserm Tatra nach. Die eine ist uns nachgelaufen, aber ich will sie nicht sehen. Ich habe ein bißchen Angst vor den Zigeunerinnen, weil sie mich irgendwie locken.

«Maria! Das ist eine!» Franz seufzt, schnalzt mit den Lippen, gerät in Begeisterung. «Ich hab gar nicht gewußt, daß du so mit Weibern umgehen kannst. Die würde dich rannehmen, würde dir selbst die Uniform vom Leibe reißen. Für eine Nacht würde sich das lohnen.»

«Und dann gleich ins Feldlazarett!»

«Hast recht, Mensch, aber hübsch war sie!»

«Ist sie auch noch.»

Der Rote kommt erst jetzt von dem Feldgendarmen zurück. Wir fahren auf ein Gehöft mit einem großen Garten, den ein Holzzaun umschließt. Es sieht wie ein Schloß aus, wie ein Erholungsheim. In so einem Haus waren wir noch nie einquartiert. Um den Roten haben sich seine Stammesgenossen geschart. Alle gestikulieren und schreien. Der Rote hat nichts erreicht. Der Feldgendarm will sie nicht auf die Hauptstraße lassen, auf der sich unabsehbare Kolonnen deutscher Lkws, Panzer und Kanonen zurückziehen.

Nach einer Weile flammt auf der Wiese zwischen den Zigeunerwagen ein Feuer auf. Der Rauch steigt hoch über die Baumkronen. Der Himmel ist rein und blau wie die Augen der schönen Zigeunerin.

Das Schloß der Königinmutter

Ich habe mich nicht geirrt. Wir wohnen in einem Schloß. So ein Spaß. Das ist uns noch nie passiert. Das Dorf liegt gegenüber auf dem Südhang. Die Umgebung ist mit Hügeln besät und sieht fröhlich und nach Wohlstand aus. Der Fürst geht durchs Dorf und requiriert Lebensmittel für die Stabskompanie.

Wir richten unser Zimmer ein. Aus Kistchen und dem Rahmen des Planographen habe ich mir einen Tisch gebaut. Kaum haben wir unsere Sachen abgelegt, hat mich bereits Marinčuk in die Arbeit eingespannt, steht bei mir und weist mich an, wo ich die neuen Positionen der Division eintragen soll. Ich habe fast keine Karten mehr. Ich zeichne auf Pauspapier und vervielfältige die Zeichnung. Ich trage nur die Wasserläufe, Eisenbahnen und die beiden Hauptstraßen ein, auf denen unsere Einheiten in die neue Stellung verlegt werden sollen. Für jede Einheit gebe ich durch einen Pfeil die Richtung und mit dem verabredeten Symbol den vorübergehenden Standort an. Die genauen Positionen sollen sich die Regimenter und Abteilungen selber einzeichnen.

Der Stabschef hat alle vervielfältigten Karten an sich genommen. Die Matrize hat er vergessen.

Bis jetzt ist noch kein einziger Melder gekommen. Es scheint, wir haben noch keine Verbindung zu den anderen Einheiten. Nach dem Rückzug auf der Krim, bei Odessa und in Transnistrien war dieser letzte Rückzug der entscheidende, wenn auch glatteste. Die Front hat sich hinter die neue Grenze der Sowjetunion verschoben. Interessant, erst jetzt bin ich mir dessen bewußt geworden.

Nach dem Mittagessen erläßt Oberst Krása folgenden Divisionsbefehl: Alle militärischen Einheiten haben sich frontmäßig zu verhalten, nicht aber wie auf okkupiertem Territorium.

Das heißt, der Krieg ist auf das Territorium des Angreifers zurückgekehrt.

Der Kastellan, der Pope und der Oberst

Die Zigeuner haben sich abends am Zaun niedergelassen, von dem das Schloß mit dem Divisionsgefechtsstand eingehegt ist. In dem Gebäude sind alle slowakischen Einheiten untergebracht, es hat an die zweihundert Zimmer, mehrere Stockwerke, ist ein richtiges Schloß. Hier gibt's auch einen Kastellan: ein Mann mit einem Türkenfez, der aufpaßt, daß die Soldaten nicht die Wände bekritzeln. Wenn wir im Erdgeschoß einen Nagel in die Wand schlagen und der Kastellan ist im ersten Stock, dann kommt er zielsicher in das Zimmer gelaufen, wo der Putz von der Wand rieselt und lamentiert über den Nagel, reißt ihn mit bloßen, blutenden Fingern aus der Wand. «Das ist der Besitz der Königinmutter, das darf man nicht!» Der Kastellan spricht gut Russisch, Deutsch und Französisch. Auch der bärtige Pope in der schmutzigen Soutane spricht ausgezeichnet Russisch. Er geht dreimal täglich durchs Schloß und bittet Marinčuk und Krása, den Soldaten nicht zu erlauben, die Kapelle zu beschädigen, die in dem vorspringenden Nordflügel des Schlosses liegt. Die Kapelle war verschlossen, aber die Männer suchten was Eßbares und brachen die Tür auf. Der Pope rang die Hände und weinte. Als Oberst Krása sah, was die Soldaten angestellt hatten, fluchte er eine halbe Stunde und stotterte vor Zorn.

Der Krieg ist ein hungriger Hund

In den Raum, in dem wir schliefen, drang durch das offene Fenster ein sonderbarer Gestank. Als ich morgens in den Garten schaute, sah ich einen Hund, der einen Stumpf benagte. Franz schrie auf: «Maria! Das sind ja Arme und Beine!» Hnidák schaute hinaus, hielt sich sofort die Hand vor den Mund und wollte hinzulaufen, aber er schaffte es nicht mehr. Noch in der Tür erbrach er sich. Nach einer Weile kam der Kastellan in den Garten und hieb mit einem eisenbeschlagenen Stock auf den Hund ein. «Hier war ein Feldlazarett», erklärte er, als wollte er den Hund entschuldigen.

Der Zigeunerhund ist ein ekelhaftes Vieh, hat Arm- und Beinstümpfe ausgescharrt und schleppt sie nun durch den ganzen Garten. «Ach, wenn das die Königinmutter sähe, sie würde Tränen vergießen über ihr Schloß!» Der Kastellan jammert, wirft Steine und dann seinen Stock nach dem Hund.

«Hier verrecke ich», schreit Hnidák. «Das ist sicher die Chirurgie gewesen.»

In den Zimmern liegt noch Watte herum, blutige Verbände,

im Keller stinkt es nach Karbol. Das ganze Schloß stinkt nach Krankenhaus.

Die Zigeunerkinder brechen die geschnitzten Latten aus dem Zaun der Königinmutter. Schon treiben sich zwei magere Zigeunerhunde im Garten herum. Ein hungriger Hund ist zudringlich wie ein Mensch. Im Krieg sind Menschen und Hunde gleich. Der Krieg ist der hungrigste Hund.

Rosa vin, bun vin

Schon den dritten Tag haben wir kein Brot gefaßt. Der Fürst entschuldigt sich. Doch im Offizierskasino haben sie Brot, wenn auch hartes, aber sie haben welches. Morgens trinken wir Kaffee, zu Mittag essen wir Erbsen, am Abend trinken wir wieder Kaffee. Heute gab es Bohnen zu Mittag. Dieser Fraß gleicht auffällig dem, wovor sich der Mensch am meisten ekelt. Aber ich esse, denn ich habe einen höllischen Hunger.

Ich überlege, ob ich nicht aufhören sollte, diesen Schweinefraß zu essen, ob ich mich nicht lieber aufs Saufen verlegen und auf die Arbeit pfeifen sollte, solange sie uns nichts Ordentliches zu futtern geben.

Hnidák hat einen vollen Eimer Rotwein gebracht. Am Abend soll ein Gelage steigen, aber den Wein muß man schon vorher kosten. «Rosa vin, bun vin!» rufe ich dem Kastellan zu, er aber lächelt nur und gibt mir keine Antwort. Er sucht die Hunde im Garten, die dauernd die stinkenden Stümpfe ausgraben. Im Garten taucht der Pope auf. «Rosa vin, bun vin», rufe ich ihm zu. «Bun», sagt er mit einem Nicken. Warum tragen Popen ein so langes Kreuz, das bis unterm Bauch baumelt?

Franz hat recht, nach dem Saufen ist der Mensch noch hungriger. Wir haben nur ein bißchen gekostet von dem Wein, und schon haben wir so einen Kohldampf, daß uns der Wein gar nicht mehr schmeckt. Woher ihn die Soldaten auch nehmen — Wein ist wie Wasser.

Ich kann nicht begreifen, woher der Fürst diesen Mut nimmt ... nein, nicht Mut, diese Dreistigkeit. Er bleibt vor mir in der Kanzlei stehen und fragt, wo Franz ist. In der Gegenwart des Fürsten fühle ich mich unwohl. Ich denke immer an Wiera und schäme mich, daß ich den Fürsten noch nicht umgebracht habe. Ich bin ein Feigling. Wie lange noch?

«Was willst du von Franz?» frage ich böse.

«Ich brauche einen Dolmetscher», entgegnet er ruhig wie ein Mensch, der sich bewußt ist, daß er eine ernste Arbeit vorhat, für die ihn jeder loben muß.

«Er treibt sich irgendwo im Schloß herum», sage ich, aber vergebens — Franz stößt soeben mit dem Fuß die Tür auf und tritt ein, geduckt und die Hände in den Taschen, als wäre ihm kalt.

«Was ist los, Haluška, du Affe von einem Furier, wir werden dich auffressen, aber Bohnen keinen Schlag mehr! Die ganze Armee hat die Scheißerei wegen deiner Bohnen! Speist man denn in einem Schloß Bohnen? Du willst ein Fürst sein? Ein Specker bist du. Zum Kotzen ... Guck mal in den Garten! Die Königinmutter wird dem slowakischen Staat Geld schulden fürs Düngen. Draußen die Zigeuner, im Garten die Soldaten, ach, was bist du für ein Fürst!»

Wir verabreden uns. Wir werden alle mitgehen, ordnungsgemäß ausgerüstet und bewaffnet. Der Fürst hat Kartoffeln und Wein, das Fleisch werden wir requirieren. Abends gibt es Schweinebraten oder Kalbsbraten, Ende Mai gibt es ausgezeichnete Milchkälber.

Die Bohnen kommen mir schon zum Halse raus.

Wir gehen an dem Zigeunerlager vorbei. Sie erkennt mich. Streckt wieder die Hand aus und zeigt auf den Mund, stößt unsichtbaren Rauch aus. Diese Zigeunerin regt mich auf. Ich sehe dauernd, wie sie auf dem Hügel sitzt ... Ich nicke ihr zu, aber Franz zeigt ihr den aufgestellten Unterarm. Dieses Schwein! Die Zigeunerin lächelt, hebt ihren Rock übers Knie und zwinkert uns zu.

«Maria!» stöhnt Franz, seine Augen blitzen, er ist ganz aus dem Häuschen. Halte dich zurück, Franz, jetzt ist das Requirieren dran. Die Zigeunerin läuft uns nach, schreit uns etwas zu, aber als sie sieht, daß wir zu zweit nebeneinander marschieren, den Helm auf dem Kopf, da entsagt sie dem Tausch ihrer Schönheit gegen Zigaretten. Wir gleichen eigentlich auch Zigeunern. Sie ziehen von Ort zu Ort, wir werden von Ort zu Ort verlegt. Sie auf Pferdewagen, wir auf Lkws. Die Zigeunerin hat nichts, nicht einmal Schlüpfer, aber sie hat Schönheit, aufreizende Schenkel, und was haben wir außer Zigaretten? Wenn wir zurückkehren, gebe ich der Zigeunerin alle Zigaretten, soll sie sich auf den Hügel setzen und rauchen, so viel sie will, langsam und lange. Ich werde sie anschauen, nur ein Weilchen.

Der Fürst führt uns den Hügel hinab, wo sich im Grün das Dorf duckt. Erst jetzt bemerke ich, daß der ganze Südhang mit Weinreben bepflanzt ist.

«Rosa vin, bun vin!»

Franz ist ein Affe, er kann nicht Rumänisch und radebrecht es doch. Im Dorf wohnen Rumänen. Wir haben Glück. Fast alle älteren Leute können Russisch oder Ukrainisch. Im Dorf treiben sich Deutsche und Rumänen herum. Die Bauern öffnen nur widerwillig ihre Tore, nur sehr wenige lassen sich auf der Straße sehen.

Wir sind bei einem Trog stehengeblieben, in den aus einer Rinne Wasser fließt. In die Nase sticht mir der Gestank von Mist, von Ammoniak und Rinderschweiß, gemischt mit Pferdepisse. Das ist ein echtes, unverfälschtes, guterhaltenes Dorf, das nicht weiß, was Krieg ist. Aber schon beginnt es sich zu dukken, schon gackert und kreischt ein Huhn im Todeskampf. Das ist kein Huhn, was da kreischt, das ist eine Frau. Die Stimme eines erzürnten Menschen. Ich trete heraus aus der Zweierreihe und blicke durch das angelehnte Tor auf einen Hof.

Auf einer Hühnerleiter steht ein Soldat, den Wickelgamaschen nach einer von uns, dem Mantel nach ein Rumäne. Den Kopf hat er in den Hühnerstall gesteckt, links und rechts neben seinem Kopf stieben Federn und flattern Hühner. Eins hält er fest. Es schreit und zappelt. Der Soldat ist beschmiert mit

Hühnerdreck, Federn haben sich in seinem Haar und auf seiner Feldbluse verfangen. Triumphierend steigt er von der Leiter und hält das Huhn an den Beinen. Um den Soldaten hüpft wütend der Hahn und schreit kampfeslustig. Der Soldat will ihn fangen, aber die ärmliche Bäuerin in schwarzen Kleidern jagt den Hahn weg und versucht, dem Soldaten das Huhn zu entreißen. Der Soldat will mit dem Fuß nach der Frau treten, zeigt auf den Bauch und geht hastig davon.

Am liebsten würde ich mich davonmachen aus Haluškas Gruppe. Wie kommt es überhaupt, daß ich diesem Kerl, dem ich allerlei schuldig bin, dem ich allerlei angedroht habe — und ich gebe es auch jetzt nicht auf —, daß ich diesem Kerl bisher nichts getan habe, ja, im Gegenteil, daß ich mit ihm gehe?

Ich werde nicht requirieren. Lieber verrecke ich vor Hunger. Lieber fresse ich noch einen Monat Bohnen! Die Mutter füttert die Hühner, von den Bergen fliegt der Habicht ... Ich bring ihn um, den Hühnerdieb, ohne zu überlegen bring ich ihn um. Vielleicht ist es dumm, einen Soldaten wegen einer Henne umzubringen ... Der Krieg und die Hühner ... Hunger und Krieg, Leben und Huhn, zum Teufel! Nein! Nein, ich werde ihn nicht totschlagen. Ich werde der Mutter sagen: Nehmt dem Soldaten das Huhn ab, schlachtet es, rupft es und kocht es ihm. Soll er auch von der Suppe kriegen, von dem Fleisch, auch Kartoffeln kocht ihm, soll sich der Mann satt essen. Von dem Soldaten werden auch die Kinder etwas zu essen kriegen. Der Soldat ist ein Kamerad, er wird teilen.

«Hierher!» befiehlt Haluška. Auch ich habe gehört, daß auf dem Hof neben der Straße ein Schwein grunzt. Das hätte es nicht tun sollen, der Fürst hätte es nicht gehört, alles mögliche wäre nicht passiert. Aber es grunzte.

Das Tor ist von innen verschlossen. Der Fürst öffnet es mit geschickten Händen. Vom Haus her kläfft böse ein kleiner Köter. Der Fürst strebt schnurstracks zum Stall. Gegen seine Beine prallt das Schwein.

Eine hungrige Streife, eins plus drei. Hungrig ist auch der Mann in weißen Leinenhosen, der auf den Hof gelaufen kommt. Hungrig ist auch seine schwarzgekleidete Frau. Warum tragen alle Frauen im Dorf Schwarz? Hungrig sind auch die Kinder. Der ältere Knabe kann vierzehn sein, der jüngere an die zehn, das Mädelchen fünf, und was die Frau auf den Armen trägt — ob es ein Junge ist oder ein Mädchen, weiß ich nicht — ist noch kein Jahr. Auch das Schwein ist hungrig, deshalb ist es wie wild auf den Hof gerannt. Das Schwein quiekt, die Frau und der Mann schreien, die Kinder weinen. Die hungrige Streife schweigt. Ich warte darauf, daß sich die Nachbarschaft auf dem Hof versammelt, das ganze Dorf, und daß sie anfangen, noch mehr zu schreien. Ich schäme mich. Genügt das? Nein. Aber ich rede mir ein, daß es genügt. Hnidák ist blaß geworden, Franz wiederholt immer wieder flüsternd: «Maria, Maria . . .», der Fürst verfolgt mit den Blicken das wildgewordene Schwein. Die Frau hält dem Fürsten ihr Kind hin, sie ruft wohl: Da, nimm es, Soldat, füttere du es, gib ihm Milch, päpple du es auf zu einem Menschen. Der Mann möchte dreinschlagen. Er fuchtelt mit den Armen und tobt. Was würde mein Vater rufen, wenn ihm Soldaten das einzige Schwein stehlen wollten? Von diesem Hof werdet ihr nichts stehlen, Soldaten, keinen Strohhalm! Der Mann schreit auf ukrainisch, und uns bringt das in Wut, denn wir verstehen ihn. Keinen Strohhalm, sagst du? Und wie du das sagst!

Der Fürst schlägt das Gewehr an, der Schuß erschüttert den ganzen Hof. Das Schwein liegt mitten auf dem Hof wie ein Stein, sein Blut rinnt in die Jauche. Der Mann greift sich an den Kopf und hüpft mit komischen Sprüngen über den Hof, die Frau beruhigt ihn, die Kinder weinen leise.

«Kommt weg, Jungs, das ist ja schrecklich. So kommt doch, um Gottes willen! Ich werde von diesem Schwein keinen Bissen essen, so kommt doch!»

«Was für ein Samariter! Ein Hund bist du und kein Samariter! Ein hungriger Hund! Hörst du, Kartenfritze. Willst du, daß ich dir eine Kugel in den Wanst jage?» Dem Fürsten sprüht der Speichel aus dem Mund. Er ist wie ein toller Hund, er hat Fleisch gerochen, deshalb ist er toll. Ich muß ihn im Auge behalten, damit er den Leuten nichts antut.

Der Fürst hat ein Messer mit Schaft hervorgezogen, er sticht das Schwein sicherheitshalber noch ab. Das ist fast Mord, Fürst, was du tust! Das Schwein zuckt nicht mehr. Man muß ihm die Adern öffnen, sonst . . . Oho, Fürst! Bist du verrückt? Du willst das ganze Schwein mitschleppen?

«Die Hälfte lassen wir den Leuten da», sage ich und blicke Haluška fest in die Augen. Er mustert mich, seine Nüstern blähen sich. Vielleicht denkt er in diesem Moment das gleiche wie ich, daß er mir nämlich etwas schuldig ist und es mir eben jetzt zurückgeben könnte. Versuch's nur, Fürst, Zorn ist eine Frucht, die ihre Zeit zum Reifen braucht. «Die Hälfte lassen wir den Kindern, es ist ihr Schwein!» Mir selbst scheint es, daß ich zu schroff spreche, daß Mund und Zunge aus Holz sind.

«Das tun wir», flüstert Fero Hnidák.

Du bist ein Kerl, Hnidák!

«Na klar, Maria! Wir werden uns doch hier nicht kloppen wegen eines Schweins!»

Der Fürst schlägt den Blick nieder. Wir sind drei, er ist allein. Mit dem Schwein wird gemacht, was wir wollen. Prima!

Frau, weine nicht. Die Hälfte — verstehst du? Die Hälfte für dich . . . Verstehst du?

Der Fürst weidet das Schwein aus, die Frau bringt einen Trog. Unterm Schuppendach habe ich ein Beil gefunden, ich haue das Schwein in zwei Hälften.

Zum Blut und den Innereien im Trog lege ich die linke Hälfte des Schweins, sie ist ein bißchen größer.

Der Fürst hat eine Zeltbahn ausgebreitet und packt die rechte Hälfte des Schweins ein. Das trägt er auf dem Buckel fort. Er ist stark wie ein Bulle.

Ich bin ehrgeizig, möchte, daß mir der Bauer die Hand drückt, mir dankt, daß die Frau mir zulächelt, daß mir die Kinder auf Wiedersehen sagen. Aber niemand sagt ein Wort, weder sie noch wir. Wir gehen. Sie stehen an dem Trog wie am Sarge eines Verstorbenen.

«Danke! Mulkumesk!» rufe ich ihnen von der Straße zu und schreite aus mit der hungrigen Streife in der Stärke von eins zu drei plus einem halben Schwein.

Mir scheint, die auf dem Hof werden bis in alle Ewigkeit so stehen und auf das halbe Schwein im blutigen Trog starren. Ich denke nicht mehr, daß sie sich bei mir bedanken sollten.

Auf der Richtstätte

Die steinige, staubige Straße wimmelt von Soldaten. Wir sind keine hungrige Streife, wir sind eine Todesstreife. Wir sind in ein Gehöft eingedrungen, haben das Schwein geschlachtet und geteilt. Wir Samariter! Nach uns können wieder Soldaten kommen, vielleicht Rumänen, vielleicht Deutsche. Soldaten sind keine Samariter. Soldaten sind Schlächter. Auf der Straße patrouillieren ängstlich zwei Ungarn. Die Deutschen schleppen in ihren Mützen Eier weg, in ihren Kochgeschirren Milch und Maismehl und lachen wie die kleinen Kinder. Unsere Soldaten gehen von Haus zu Haus wie zu Gründonnerstag, fluchen, denn man will ihnen nichts geben. Truppen sind es viele, die Versorgung stockt. Die Verpflegungslager sind am linken Ufer des Dnestr geblieben. Was gerettet wurde, wird in die Hauptkampflinie gebracht, zum Hauptstützpunkt in der Gegend von Kischinew.

Aus einem Gehöft kommen vier Soldaten mit einer Kuh. Einer zieht sie an einer Kette, der andere treibt sie mit dem Gewehr an, sticht sie mit dem aufgepflanzten Bajonett in den dicken Schenkel. Die Kuh schmeißt den Hintern wie ein übermütiger Gaul. SS-Leute. Solchen bin ich noch nie begegnet. Sie gehen, die Maschinenpistolen umgehängt, die Mützen haben sie in der Hand, die Hemdsärmel hochgekrempelt. Die zwei, die hinter der Kuh gehen, schauen uns an, ihr Blick bleibt an dem Fürsten haften. Der Kleinere jodelt, der andere lacht. Aus dem Hof, woher sie die Kuh führen, kommt eine Frau gerannt, will den Soldaten die Kette aus den Händen reißen. Der Soldat lacht nur. Höre Frau, du kleiner Wicht, du wirst besser tun, wenn du die Kette losläßt.

«Geh weg, geh weg!» schreit der Soldat, aber die Frau versteht ihn nicht. «Idi k tschortu! Geh zum Teufel!» Die Frau versteht wieder nicht. Der Deutsche hat vergessen, daß er schon in Rumänien ist. Aber wenn er riefe «duci la dracula», würde ihn die Frau auch nicht verstehen.

Wenn er ihr die Kette in die Hand gäbe ... ja wenn ... Aber er tut es nicht. Der mit dem aufgepflanzten Seitengewehr gerät in Wut. (Auch wir haben die Seitengewehre aufgepflanzt.) Dauernd sticht er die Kuh in den Schenkel. Das Blut rinnt über das mistverkrustete Bein hinunter auf den Huf, sickert ein in den Staub. Der Soldat, der die Kette hält, weiß nicht, was er machen soll, er lächelt nur und zeigt der Frau – weg da, weg, die Kuh gehört jetzt uns, deine Kuh wird heute aufgefressen, von einer hungrigen SS-Kompanie aufgefressen, alles eins, wsjo rowno matka, woina, Ruski kommen, wsjo kaputt, verstehst du, matka, wschetko Kolchos, nichts für dich, verstehst du, kommen Iwan Bolschewik, piff, paff! Verstehst du, matka!

Die Matka aber will nicht verstehen, zerrt an der Kette, die Kuh gehört ihr, die Kuh ist die Ernährerin der Familie. Aus den Häusern starren Menschen, auch aus dem Hof, wo die Deutschen die Kuh geraubt haben, schaut ein Mann heraus, ruft der Frau etwas zu, mir scheint, er ruft sie heim, Frau, pfeif auf die Kuh, Hauptsache, wir bleiben am Leben, vielleicht war der Mann Soldat, vielleicht hat ihm der Sohn gesagt, was er in der Ukraine getrieben hat, der Mann begreift, daß das so sein muß, daß der Soldat der Herr ist, der alles machen kann, auch einen Menschen töten. Frau, laß die Soldaten in Ruh! Vielleicht hat der Mann den Totenkopf an den Mützen und auf den Kragenspiegeln gesehen ... Und der Mann hat ja auch die Kuh nicht gemolken, er hat nur Gras für sie gemäht, um mehr hat er sich nicht gekümmert, aber die Frau hat der Kuh jeden Morgen, jeden Abend, vielleicht auch zu Mittag das Euter gewaschen, bei der Frau standen die Kinder und warteten auf die frische, warme Milch ... Vielleicht.

Deshalb ist der Mann hinterm Zaun geblieben und schaut zu, wie die Frau mit dem jungen Deutschen ringt, der den Totenkopf auf der Stirn trägt. Der Deutsche ist stark, er läßt die Kette nicht los. Er stößt die Frau weg, vielleicht wollte er gar nicht so heftig stoßen, aber die Frau liegt im Staub. Auf schwarzen Kleidern sieht man den Staub besser als auf grauen. Die Frau rafft sich auf, schnellt von der Erde hoch wie eine Katze, die Kuh macht einen Satz, denn der Soldat hat sie wieder gestochen. Jetzt richtet der Soldat das Gewehr mit dem aufgepflanzten Bajonett auf die Frau. Die Kuh ist ein zum Tode verurteilter Gefangener. Die Frau will die Strafe auf sich nehmen? Mach keinen Unsinn, Frau! Ich habe die Augen zusammengekniffen. Sie sollte schreien, denn sie wird gleich sterben. Nein, das ist nicht die Frau, die da schreit, das ist der Soldat, der in Wut geraten ist. Die hungrige Streife ist stehengeblieben. Nur der Fürst geht weiter mit dem halben Schwein auf den Schultern. Die Hunde heben witternd die Schnauzen. Die Deutschen schauen sich um, ihre Nasen reizt der Duft des Fleisches. Wieder jodelt einer. Wenn die Österreicher Freude empfinden oder auf etwas Appetit haben, jodeln sie dann? Der Fürst schreitet schneller aus.

«Das ist eine hundsgemeine Sauerei», sagt Franz und spuckt aus.

«Still, Franz, siehst du nicht die Totenköpfe?»

«Das nimmt ein schlimmes Ende.»

«Todsicher ein schlimmes Ende», stimme ich Hnidák zu. «Wir sollten etwas tun.»

«Was denn, ich bitte dich? Soll ich wieder den Dolmetscher spielen, wie damals wegen der Glühbirne? Nicht ums Verrekken! Die da kann selbst der Führer nicht überreden.»

Franz hat recht. Ich weiß nicht, was wir tun sollten ... Und doch! «Wir sollten ihnen vielleicht das halbe Schwein anbieten. Was sagt ihr dazu, Jungs?»

«Da müßten wir Haluška erschlagen. Der gibt das Schwein nicht her. Wirst sehen, er holt sich abends auch noch die andere Hälfte.»

Franz stimmt Hnidák zu. Tatsache, Hnidák hat recht. Der Fürst gibt das Schwein nicht her, der würde auch die Kuh nicht hergeben. Was wird dann erst ein Deutscher tun!

Die Frau hat sich der Kuh an den Hals geworfen, streichelt sie, küßt sie, weint, nimmt Abschied von der Teuersten. Der erste Deutsche zögert. Vielleicht hat er sich vorgestellt ... Nein. Das stelle ich mir nur vor, daß jede ältere Frau meine Mutter sein könnte. Angeber! Auch den Deutschen hat eine Mutter zur Welt gebracht. Jeder hat eine Mutter. Jeder muß sich an seine Mutter erinnern. Auch die beiden mit den Maschinenpistolen sind jetzt an die Frau herangetreten. Interessant. Alle haben Maschinenpistolen, nur der, der die Kuh antreibt, hat ein Gewehr mit aufgepflanztem Bajonett. Aber Totenköpfe auf Mützen und Kragenspiegeln haben alle.

«Gemma!» ruft einer von hinten.

«Los, weiter», schließt sich der mit dem Seitengewehr an.

«Na los, gemma!» Die Kette schlägt der Kuh auf die Lippe.

«Nein! Nein! Nein!» schreit die Frau. Sie hat den Verstand verloren. «Nein, nein ...!» Dem Auftritt schauen schon viele Menschen über die Zäune zu, einige gucken nur aus den Fenstern. Es ist nicht ihre Kuh, aber die Frau ist eine aus ihrem Dorf.

«Also geh schon, Weib, Himmelherrgott!» Der die Kette hält, gerät jetzt auch in Wut. Die zwei hinten lachen. Der mit dem Gewehr ist an die Frau herangetreten, packt sie an den Schultern, will sie von der Kuh wegreißen.

«Weg! Du altes, blödes Weib! Weg! Was denkst du denn, was wir mit dir ...»

«Franz! Was hat der mit dem Bajonett gesagt? Sag schnell!»

Der Deutsche ruft es noch einmal, auch Franz wiederholt es. «Glaubst du denn, du altes, blödes Weib, daß wir mit dir lange fackeln? Wenn du jünger wärst, würden wir dich zuerst vorknöpfen, aber die Kuh bekämst du trotzdem nicht. Was sollten wir mit dir ohne Kuh?»

«Das ist eine schreckliche Sauerei! Maria! Kommt weg!»

«Das nimmt ein schlimmes Ende, Jungs!» Hnidák läuft dem Fürsten nach, der uns aus den Augen entschwunden ist, aber Franz und ich rühren uns nicht von der Stelle.

«Weg, Herrgott, weg! Weg!» Der mit dem Seitengewehr zerrt an der Frau, er ist wütend, die Kuh hebt den Kopf, sie fürchtet sich vor dem Geschrei, weicht zurück, tritt hin und her, schließt die Augen wie vor einem Schlag. Auch die Frau hat die Augen zugekniffen. Nur die Soldaten schauen mit weitoffenen Augen zu wie ich, was wird der mit dem Seitengewehr tun, alle wissen wir, daß sich die Frau nicht von der Kuh losreißen läßt. Was hätte Gheorghe getan, der Rumäne, der der Frau in der Ukraine die Kuh wegnehmen wollte, was hätte er getan, wär ich nicht gekommen und hätte geschossen? Gheorghe war sehr hungrig. Was wird der hungrige Deutsche tun, wenn ich nicht schieße? Ich weiß nicht einmal, ob mein Gewehr geladen ist. Und nur so in die Luft zu schießen, hat keinen Sinn. Auf die Deutschen schießen? Wahnsinn. Sie sind zu viert. Vier Totenköpfe auf den Mützen ...

Die Frau reißt die Augen auf. Starrt in die Gewehrmündung, schreit nicht mehr. Ihre Zunge ist erstarrt. Nur ihre Augen schreien.

«Weg!»

Versteht die Frau immer noch nicht? Sie versteht. Schweigt und starrt in die Gewehrmündung.

«Weg!» schreit der mit dem Gewehr. Die zwei mit den umgehängten Maschinenpistolen holen Zigaretten hervor.

«Also weg jetzt! Herrgott!» Die Mündung zittert, die Frau erstarrt zu Stein.

«Nein! Nein! Nein!» Die Frau schlingt ihre Arme um den Nacken der Kuh. Ich habe nicht gesehen, wie die Kugel aus der Mündung flog. Ich habe nur den Rauch gesehen. Auch den Tod habe ich nicht gesehen. Auch die an den Zäunen und in den Fenstern haben den Tod nicht gesehen, haben nur den Schuß gehört. Die Hände der Frau geben nach, die Frau sinkt langsam hinab in den Staub zu den Vorderbeinen ihrer Kuh.

Der die Kette hält, marschiert los. Die erschrockene Kuh springt über die Frau hinweg und läuft dem Soldaten nach. Auf ihren Nacken und das eine Schulterblatt setzen sich Fliegen. Wenn die Deutschen sie schlachten, werden sich die Fliegen an warmem Menschenblut gesättigt haben.

Ich habe das Gefühl, ich müßte vor Scham den Verstand verlieren. Renne hinunter durchs Dorf, die Leute schauen mir nach und zeigen mit den Fingern auf mich. – Sieh! Der Soldat, der da läuft! Am oberen Ende haben sie einen erschossen.

Das war nicht ich, Leute, nicht ich!

Der war es, der da rennt ... der war's!

Erst am Ende des Dorfes holen mich Franz und Hnidák ein. Bei der Toten, die die SS-Leute wegen einer Kuh erschossen haben, stehen die Dorfbewohner, sie weinen nicht, auch die an dem halben Schwein im Trog haben nicht geweint, sie haben nur geschwiegen, ihr Schweigen war entsetzlich. Erst nach einer Weile schluchzen einige auf, werden sich des Schrecklichen bewußt.

In das rumänische Dorf ist der Krieg eingezogen.

Vergebens enthüllt die Zigeunerin ihre Brüste, entblößt sie die Schenkel, vergebens zeigt sie Franz mit den Fingern, daß er kommen kann... Keiner beachtet sie. Wer von einer Richtstätte zurückkehrt, hat kein Verlangen nach Liebe. Wer den Tod gesehen hat, denkt nicht an Liebe, denn Liebe, das ist Leben.

Rache für die Wahnsinnige

Die Soldaten essen das Schweinefleisch ohne Brot, von ihrem Kinn tropft das Fett. Ich esse nicht. Sitze mitten unter den Soldaten, weil ich das Alleinsein fürchte. Immerzu sehe ich die Frau mit der Wunde in der Stirn und das Blut auf der Schulter der Kuh. Jede Fliege, die uns umschwirrt, kann von diesem Blut gesaugt haben. Die Männer schlingen, der Fürst ist wieder ein Fürst. Bei der Ersten Infanteriedivision kann er als einziger ein Mahl veranstalten, aber auch er kann seinen Günstlingen kein Brot geben. Brot, Brot... Was ist das? Die meisten Leute im Dorf backen keins. Sie kochen oder backen Maisbrei, Mamaliga, aber das müssen die Slowaken erst essen lernen. Unter dem Tisch steht ein Eimer Rotwein. Wenn ihn die Männer leer getrunken haben werden, wird Wassil Fäßchen einen zweiten bringen, einen dritten, bis alle voll sind, bis sie das Fleisch und Mamaliga erbrechen, dann kommt der Zigeunerhund... Heute abend tafeln auch die Deutschen. Wenn zu ihnen ein Zigeunerhund kommt... Im Hause auf dem Hügel liegt auf einem Brett die Frau. Die Kuh ist tot, die Frau ist tot.

Nein! Ich kann hier nicht länger sitzen. Ich fühle mich schuldig. Wenn ich hierbleibe, solange die Fresserei dauert, werde ich mich noch schuldiger fühlen. Ich kann nicht Menschen anschauen, denen fremdes Fett übers Kinn rinnt.

«Du bist ein Esel, Zraz! Ein Grünschnabel und Esel! Ein Rindvieh von einem Kartenfritzen! Glaubst du, du wirst das Dorf retten? Du Esel! Friß!» Der Fürst nimmt mich freundschaftlich um den Hals und singt: «Die Russen kennen Janko gut ...» Er singt wie eh und je. Nichts ist geschehen.

«Kartenfritze, eine Verrückte ist gestorben, die eigenen Leute haben sie erschossen, ich ... Wir können doch nichts dafür. Warum hat sie verrückt gespielt ... Sie hätte mit uns gehen können, hätte Fleisch gegessen und Wein gesoffen wie beim Abendmahl. Hahaha! Kartenfritze, hol dich der Teufel, ich wollte dir ihretwegen eins in die Schnauze hauen, aber du bist ein guter Kerl.»

Der Fürst trinkt gierig, sein Gesicht rötet sich zusehends.

«Warum hast du nicht ausgetrunken, Kartenfritze?»

«Nur so, hab eben nicht ausgetrunken ...»

Alle haben ausgetrunken, nur Majstrík hat die Hälfte im Glas gelassen. Marusja ist nicht unter den Männern. Majstrík bringt sie niemals mit. Ich habe nicht ausgetrunken, warum schaut Haluška so auf meinen Becher? Blut trinke ich nicht, Fürst, das ist nicht Wein, das ist Blut, rotes Blut. Schaust du immer noch, Fürst? Glaubst du, daß das Blut sich in Wein verwandelt hat?

Der Fürst hat sich als einziger bei Zivilisten einquartiert. Warum verziehst du die Fresse, Fürst? Weißt du nicht, was du sagen sollst? Du weißt nur, daß du etwas sagen mußt, deshalb verziehst du die Fresse.

«Schaut mal, Jungs, schaut her!» Der Fürst zwingt sich zum Lachen, aber in Wirklichkeit ärgert er sich. «Schaut ihn an! Dieser Grünschnabel trinkt nicht, ißt nicht, schaut her, dieser Hosenscheißer wollte mir die Wiera ausspannen, dieser ... hahaha!» Ein gluckerndes Lachen. Wirst noch einmal dran erstikken, Fürst, paß bloß auf!

«Was hast du da gesagt, Fürst?»

Der Fürst hört nicht auf zu lachen, erstickt fast dran.

«Sag das noch einmal!»

Und der Fürst sagt: «Verschwinde, du Bettler! Verschwinde! Nichts hast du, nur Karten. Und auch die gehören dir nicht.»

Mit ganzer Kraft schlage ich dem Fürsten in die widerliche Fratze. Er fällt um. Schaut überrascht umher. Das kann doch nicht wahr sein, das ist noch nie vorgekommen!

Ich bin stolz und kühn. Ich schlag ihn tot, wenn er aufsteht!

«Ihr laßt mich von dem schlagen!» schreit der Fürst, bleibt aber auf der Erde liegen. «Raus! Alles raus! Ich bring euch um, alle! Alle raus!!!» Der Fürst hat kein Gesicht. Statt des Gesichts hat er ein Stück rotes Fleisch, eine rote Kugel. Er steht auf. Wirft den Tisch um, stößt den Eimer mit dem Fuß um. Wir waten in Rotwein, unsere Schuhe und Stiefel röten sich, wir sind Schlächter. Der Fürst zerschlägt die Bilder an den Wänden, die heiligen Ikonen, hebt einen Hocker. Die Soldaten stürzen zur Tür. Ich unter ihnen.

«Dieses Schwein!» schreit Franz.

«Schlag ihn tot wie einen tollen Hund! Gut, Matúš, bring ihn um!» zischt Hnidák.

Schade um den Wein ... Auf dem Tisch war noch Fleisch. Er tritt darauf herum, dieser Esel. Jetzt dreht er ganz durch. In der Stube ist nur noch Majstrík, Lieskovan und Fäßchen, der schreit, der Fürst läßt an ihm seine Wut aus. Ich müßte umkehren, soll er mich doch umbringen, oder ich ihn, soll er ...

«Mach keine Dummheiten, Matúš!» Hnidák faßt mich unterm Arm und zerrt mich weg. Ich gehe gern. Ich bin völlig nüchtern, Zorn und Mut sind von mir abgefallen. Hnidák hat recht. Jetzt würde mich der Fürst totschlagen.

«Wo bist du, Grünschnabel, wo bist du?» Der Fürst kommt auf den Hof gerannt, aber wir haben schon das Schloß der Königinmutter betreten, als die Schüsse aus seiner Pistole knallen.

Wir trinken zu viert weiter, Franz, Hnidák, der schwarze Wassil und ich, und spät in der Nacht gesellt sich Leutnant Friedrich zu uns. Schweigend setzt er sich auf eine eisenbeschlagene Kiste.

Heute werde ich mich bis zur Bewußtlosigkeit besaufen.

Die Zigeuner legen beim Feuer nach. Der Widerschein der Flamme spiegelt sich in den nichtverdunkelten Fensterscheiben. Die Zigeuner sitzen ums Feuer, nur so auf der Erde, und die Zigeunerinnen haben keine Höschen an. Es ist Nacht. Die Zigeuner fürchten sich nachts, einer schmiegt sich an den andern. Auch die junge Zigeunerin schmiegt sich an jemanden, sitzt mit den andern im Kreise um das Feuer und die Flammen, die besser als Höschen ihre Schenkel wärmen.

Hungrige Zigeunerhunde streunen um die betrunkenen Soldaten herum.

«Komm ... gehen wir ... zu den Zigeunern ...», plappere ich. Ich bin betrunken. Ach, wie betrunken ich bin, du meine Zigeunerin ...

Die Eule jagt des Nachts

Mich weckt eine Explosion, eine Erschütterung. Der Putz von der Decke fällt mir aufs Gesicht. Im Mund schmecke ich Kalkstaub, in die Nase dringt Pulverdampf. Ich springe auf vom Stroh, stehe in der Tür. Ich möchte am liebsten losheulen. Wo ist die schöne Zigeunerin? In der Tür fühle ich mich sicherer als mitten in der Stube. Im Unterbewußtsein habe ich das Bild bombardierter Häuser, eingestürzter Decken, aufragender Mauern und Schornsteine vor mir. Von den meisten Häusern bleiben die Schornsteine und Türrahmen unzerstört. Hier wird es mich nicht verschütten. Endlich Stimmen. Stimmen? Das sind Schreie, Klagen, jemand ruft um Hilfe. Das Geschrei kommt aus dem Schloß, aber auch von draußen.

Über dem Schloß der Königinmutter dröhnt ein Flugzeug. Natürlich. Die Nachteule, dieses Biest, sie fliegt nur, damit das Hinterland nicht schlafen kann. Sie rattert direkt über unsere Köpfe hinweg, am Tage könnte man sie mit der Flinte runterholen, aber am Tage schläft die Eule, sie jagt nur nachts. Bis jetzt haben wir uns lustig gemacht über sie, denn sie rattert wie eine Nähmaschine und läßt ziellos leichte Bömbchen fallen oder Handgranaten, alles nur aufs Geratewohl, meistens in Gärten oder auf freies Feld. Niemals waren wir auch nur aufgestanden, wenn sie angerattert kam, und jetzt auf einmal ... Direkt aufs Schloß der Königinmutter. Auf ein Baudenkmal,

Kamerad, ist das nichts? Was wird der Kastellan sagen, was wird ihm erst die Königinmutter sagen! Warum hast du nicht aufgepaßt, Kastellan, ich enthebe dich deines Amtes. Der Kastellan wird im Alter ohne Amt sein. Was willst du noch, du Ratterkiste? Jetzt müßte aber schon die nächste Bombe explodieren. Sie explodiert nicht. So eine Nähmaschine kann nicht viel tragen. Wrumm! Aber, aber! Auch der Fußboden erzittert, Putz saust durch die Luft, man kann kaum atmen.

«Wo seid ihr, Jungs?»

«Hier!» Franz schreit unterm Fenster, Hnidák unterm Tisch, und der Schwarze ist bei mir. Ich hatte es gar nicht bemerkt.

Noch ein Einschlag, ein bißchen weiter weg auf der Straße, dort, wo der Feldgendarm stand. Ich werde nicht mehr die Russen über die Kolonnen herbeiwünschen, von nun an werde ich sie nicht mehr unterschätzen, daß sie ihren Feind fliehen lassen. Die Nähmaschine, die Eule, ist wieder nach dem Osten abgeflogen. Im Schloß der rumänischen Königinmutter ist das Schreien und Weinen der slowakischen Soldaten zu hören.

Gott soll dich strafen, du Ratterkiste!

Ich war mir sicher, daß die Ratterkiste drei Bomben abgeworfen hatte. Am Morgen stellte es sich heraus, daß es vier waren.

Leutnant Friedrich befahl Franz und Hnidák, die Toten zu zählen ... Man muß einen Lagebericht nach Bratislava senden. Überläufer, Tote ... Wieviel starben heute nacht? In Bratislava werden sie endlich stolz sein können, daß die Erste Infanteriedivision echte Verluste hat, wirkliche Gefallene, nicht nur Überläufer. Zu wenig? Keine Angst, der Krieg ist noch nicht zu Ende. Drei Tote im Schloß, das ist wenig. Alles Infanteristen von der Stabskompanie, ein deutscher Posten bei den Ställen der Königinmutter, aus denen die Deutschen ein Magazin für Kfz-Ersatzteile gemacht haben, sechs slowakische Soldaten an der Straße, das ist brav, meint ihr nicht auch, ihr Herren? Über die sechs führte der Gefreite Lesák das Kommando. Von den Zivilisten hat es nur einen erwischt, aber auch den notiert euch, auch der ist tot. Franz übersetzte die Liste der Toten ins Hochdeutsche, aber er vergaß die Zigeuner. Die Meldung muß geändert werden, denn in Bratislava sind sie auf alle Toten neugierig. Auch begründen muß man die Verluste. Dafür ist Hauptmann Baláž da. Soll er doch ermitteln, warum die slowakischen Soldaten nach Bessarabien gekommen sind, warum die Nähmaschine so tief im Hinterland auf Jagd geht, warum ... Alles überflüssig.

Fliegerangriff. Ein Wort, scheinbar treffend, aber am Ende doch lächerlich. Angriff! Was für ein Angriff denn? Eine Nähmaschine ... Bratislava wird antworten: Das ist eine Schande, meine Herren. Für diese Toten wird es keine Grabkreuze geben. Nur drei Erdhügel. Woran erinnern die drei Erdhügel die slowakischen Soldaten? Hier ist der Boden nicht mehr so schwarz wie in der Ukraine. Der Zigeunerhund läuft um die Erdhügel herum. Kaum haben die Soldaten der Stabskompanie ihre drei Kameraden begraben, da scharrt und schnüffelt der Hund schon, knurrt und hebt das Bein ... Ich schmeiße eine leere Konservenbüchse nach ihm. Der Hund zieht den Schwanz ein, läuft aber nicht weg. Erst jetzt stelle ich fest, daß auch der Hund verwundet ist.

Wo liegen die Toten?

Die toten Infanteristen sah ich gleich nach dem Abflug der Nähmaschine. Major Marinčuk leuchtete ihnen mit der Diensttaschenlampe ins Gesicht. Die Lampe hat Scheiben, die kann man einzeln verstellen und bei Luftangriffen mit gedämpftem grünem oder blauem Licht leuchten. Marinčuk leuchtet zuerst mit grünem Licht: die Gesichter der Toten sehen gespenstisch aus. Zwei haben die Augen geöffnet. Sie schauen den Major an. Marinčuk schiebt schnell ein anderes Glas vor. In dem blauen Licht wirken die Schatten in den Augenhöhlen und um den Mund der Toten tiefer. Der Tod tritt in diesem Licht noch markanter hervor. Wie sind die Toten bei rotem Licht, Herr Major? Im ersten Augenblick ist es, als umgäbe sie ein Heiligenschein, aber das ist nur eine Sinnestäuschung. In Wirklichkeit sind sie in blutigen Rauch gehüllt, in einen blutigen Vorhang. Rotes

Licht paßt am besten zu ihnen. Am Ende übergießt die Gesichter der Toten schmutziggelbes Licht.

«Nehmt ihnen die Dokumente ab, Fotos und die Erkennungsmarken! Bis zum Morgen legt sie in den Keller!» Niemand rührt sich auf Marinčuks Befehl. Die weiter hinten stehen, verkrümeln sich, die Offiziere schauen sich ratlos um. Man muß jemandem den Befehl geben.

«Zraz! Unteroffizier Zraz!»

«Zu Befehl, Herr Major!»

«Lassen Sie die Toten in den Keller schaffen!»

«Zu Befehl, Herr Major! Die Toten in den Keller schaffen!»

Die Offiziere gehen auseinander. Könnt ihr schlafen, ihr Herren Offiziere? Ich kann kein Auge zumachen. Die Toten habe ich nicht weggebracht, denn ich fand niemanden, der mir geholfen hätte, und ich bin froh, daß ich niemanden fand. Ich blieb allein bei ihnen mit Marinčuks Taschenlampe. Lange sah ich ihnen in die Gesichter, bemühte mich, sie zum Leben zu erwecken, mich an ihre Worte und an ihr Lachen zu erinnern. Mir schienen sie nur zu schlafen, aber als ich von ihnen wegging, lagen sie tot da, gespenstische Tote, und auf einmal hatte ich Angst, sie könnten sich bewegen, sich aufsetzen, sprechen. Ich kehrte noch einmal um und deckte die Toten mit einer Zeltbahn zu.

Bis zum Morgen werden sie auf dem Flur liegen. Ich weiß nicht, welchem der Toten die Zeltbahn gehört. Ich zog sie unter Ziegelbrocken, Putz und Schilfgeflecht hervor. Sie ist unversehrt. Alle drei haben darunter Platz.

Neun tote Infanteristen

Die toten Infanteristen schlafen unter der Zeltbahn auf dem Flur. Wir schlafen nicht. Wir hocken auf Kisten und rauchen. Hinter dem Zaun des Schlosses der Königinmutter ist Geschrei zu hören und das Rattern von Maschinenpistolen. Ins Schloß kommen drei deutsche Feldgendarmen gelaufen und befehlen, alle Kerzen zu löschen.

Im Morgengrauen betritt der sommersprossige Feldwebel unsere Stube, der vorübergehend den Chef der Stabskompanie vertritt, zusammen mit dem Gefreiten Lesák. «Sechs Mann hat's erwischt, von der Wache im Häuschen an der Straße.» Der Feldwebel fühlt sich erleichtert, als er Leutnant Friedrich Meldung erstatten kann. Friedrich würdigt ihn keines Blickes.

«Was soll ich mit ihnen machen?» schreit er böse.

«Buddelt Gräber und grabt sie ein, schreibt 'ne Meldung und stellt die Personalien fest und ...»

«Aber ... ich dachte, Herr Leutnant, ob wir nicht ...»

«Was haben Sie gedacht, Mann? Sie können auch noch denken?»

Leutnant Friedrich ist durch irgend etwas gereizt. Der Feldwebel gibt es nicht auf. «Ich dachte, ein Begräbnis ... Salven ... eine Grabrede ...»

«Verschwinden Sie, Menschenskind, hauen Sie ab mit Ihrem Geschwätz! Salven können Sie im Handumdrehen hören. Wissen Sie nicht, daß wir nur fünfzig Kilometer hinter der Front sind?»

Das habe nicht einmal ich gewußt. Da kam die Nähmaschine also ...

Der Feldwebel und Lesák sind wieder gegangen. Leutnant Friedrich schickt mich und Franz hinterher. Selbstverständlich sollen wir eine Skizze machen, wo sie liegen, die Meldung abfassen und ins Hochdeutsche übersetzen.

Drei und sechs ist neun. Neun tote Infanteristen.

Der Leutnant hat gut reden, von wegen begraben. Soll er doch selbst zu einem so traurigen Begräbnis gehen. Der sommersprossige Feldwebel flucht, der Gefreite Lesák, sonst ein Großmaul, schweigt. Der Tod der Kameraden hat selbst ihm die Sprache verschlagen.

Die sechs Infanteristen und ihre drei Kameraden haben wir ohne Salven begraben, ohne Grabrede, wir haben sie verscharrt. Ich möchte mein Grab zu Hause haben. Dieses Grab in der Heimat muß ich mir erkämpfen.

«Wer wird die da begraben?» Lesák zeigt zu der Grube neben der Straße. Zuerst sehe ich nur einen Haufen Kleider, dann kann ich Menschen erkennen. Auch den verwundeten Hund bemerke ich. Die Menschen bewegen sich nicht. Der Hund schnuppert an einem grellbunten Rock. In der Grube liegen viele grellbunte Röcke. Ich erkenne auch Brüste, schwarze, sich über die Wangen kräuselnde Haare ... Zigeunerinnen tragen keine Höschen. Gehst du weg, du Köter!

«Maria!» Franz schreit auf wie ein verwundetes Tier und rennt den Hang hinunter. Ich folge ihm und fühle, wie mir die Knie weich werden, wie mir der Herzschlag stockt, ich zittere am ganzen Leibe, ein eigenartiges, schauriges Gefühl erfüllt mein Inneres, brennt und friert zugleich, betäubt mich, strömt vom Gehirn bis zu den Zehenspitzen wie eine heiße Injektion.

In der Grube liegen die erschossenen Zigeuner. Franz hat rasch die Zigeunerin gefunden, mit der er sich gestern in der Zeichensprache verständigte, die mich nicht schlafen ließ, für die ich die Zigaretten bereithielt. Sie liegt bei einer alten Frau, vielleicht ist es ihre Mutter, und hält sie an der Hand. Die andere Hand hat sie auf dem Bauch, offen wie beim Betteln. Der geblümte rotblaue Rock ist hochgeschoben. Die Schenkel sind nackt. Wir schweigen. Wir fragen nicht, wer das getan hat. Der sommersprossige Feldwebel und der Gefreite Lesák warten auf uns.

Ich nehme eine Zigarette aus dem Etui und lege sie in die offene Hand der jungen Zigeunerin.

Als wir aus der Grube hochsteigen zu dem Feldwebel und Lesák, bemerken wir, daß die Nähmaschine genau ins Lagerfeuer getroffen hat, um das die Zigeuner saßen, am Zaun war keine Latte mehr geblieben.

«Gleich in der Nacht haben sie sie abgeknallt, wegen des Feuers», sagt Lesák. «Die Feldgendarmen wüteten wie die Teufel.»

Wieder kam eine Nähmaschine, diesmal am hellichten Tag. Niemals werde ich begreifen, wie es geschah, so wie ich nicht begreifen werde, warum das geschieht, warum die Menschen sich gegenseitig töten. Am Straßenrand hält uns ein jammernder alter Mann an. Er blickt auf das Wachhäuschen, in dem sich Lesáks Wache einquartiert hat. Es ist unversehrt, nur von Splittern durchsiebt, aber es steht, an seiner Stelle ist keine Grube oder ein Trümmerhaufen, wie ich erwartet hatte. Lesák sagt, ich soll nicht auf den Zivilisten achten. Ich will schon gehen, aber der Zivilist läßt mich nicht los, er hält mich mit den Augen fest. Von seinem Bein rinnt Blut. Als er sich bewegt, dreht sich sein Schuh mit dem Absatz nach vorn. Diesem Mann ist der Fuß über dem Knöchel abgeschnitten. Ich bin wie gelähmt. Was soll ich tun? Lesáks Wache kann warten. Denen kann keiner mehr helfen. Ein deutscher Feldgendarm steht am Straßenrand, ich gehe zu ihm, ohne Franz, ein bißchen Deutsch werde ich schon zusammenstottern.

«Dort ist ein Mensch . . . er krank, du müssen Auto halten . . .» Mann, das mußt du doch verstehen, sieh doch, wie der Verletzte dort blutet.

Der Gendarm versteht, ja, das stimmt, aber das ist doch schnurzegal. Wieviel Blut heutzutage fließt, Kamerad, oje! Ich will ein Auto anhalten, aber niemand achtet auf mich. Die Kolonne fließt dahin wie ein unaufhaltsamer Strom. Rumänen kommen vorbei, ich zeige auf den verwundeten Zivilisten. «Das ist doch euer Landsmann, bleibt stehen!» Umsonst. Ich halte einen Bärtigen an, er fährt etwas auf seinem Wagen, es ist in Stroh verpackt. «Halt, du Dreckskerl, bleib stehen!» Der Bärtige treibt die armseligen Pferde an, schüttelt den Kopf, und der Zivilist an der Straße verdreht die Augen und betet laut.

«Kommst du endlich, Unteroffizier?»

«Ich komm ja schon! Habt doch ein Einsehen, hier ist ein Mensch . . .»

«Pfeif auf ihn, oder nimm ihn auf den Buckel!»

Sanitätswagen von uns kommen, Tatra. Bleibt stehen, Jungs,

haltet an, ihr seid doch nicht wie die Deutschen und die Rumänen, bleibt stehen, Jungs. Ich stelle mich direkt vor einen Lkw. Der Fahrer schlägt jäh nach links ein, um mich nicht zu überfahren, tobt, hält nicht an, reißt nur den Schlag auf und beschimpft mich äußerst verständlich. Er ist nicht stehengeblieben. Will nicht anders sein. Der Zivilist verdreht die Augen, er sieht, was geschieht, er nickt mir zu, laß das, Kamerad, und betet noch lauter.

Ich gebe es auf, so wie es der verwundete Zivilist aufgegeben hat. Er wird sterben. Die eigenen Leute bringen ihn um. Ich folge dem sommersprossigen Feldwebel, Franz und Lesák. Wie hat sich Lesák gerettet? Danach hätte ich ihn schon längst fragen sollen.

Lesáks Posten liegen mit den Köpfen zueinander, zwischen ihnen steht ein Hocker. Auf dem Hocker liegen Spielkarten. Eine Zehn. Das rote As. Eine Fünf. Piatnik. Firma Piatnik. Stellt alle Spielkarten die Firma Piatnik her? Abends haben sie sich hingesetzt und bis zum Morgen Einundzwanzig gespielt. Wer von ihnen hatte einundzwanzig? Alle haben einundzwanzig. Sind einundzwanzig, Jahrgang einundzwanzig. Die Nähmaschine hat die Bank gesprengt, die Soldaten haben ihr Leben verloren.

Wir begraben sie in der Kuhle neben der Straße. Soldaten der Stabskompanie scharren dort auch die Zigeuner ein. Wie Heiden haben wir sie verscharrt. Den Soldaten mit der Eichelzehn und dem roten As zusammen mit der schönen Zigeunerin, mit ihrer Zigarette.

Soldaten sind Heiden, sind Barbaren ...

Am andern Morgen bin ich noch einmal zur Straße gegangen, um nachzuschauen, ob man nicht den verwundeten Zivilisten begraben muß. Ein Posten von der neuen Wache, die Lesáks tote Wache abgelöst hat, sagte mir, daß er einen Sankra von uns angehalten und den verwundeten Zivilisten dort verstaut habe.

Interessant, auch der Posten hält einen Sankra an wie ich. Der Posten ist mein Bruder.

Die Zeit vergeht, die Sonne wärmt von Tag zu Tag mehr, Kolonnen strömen über die ramponierte Straße, die Grabhügel haben sich gesenkt, in einigen Monaten werden sie zu zerfallen beginnen, die Nähmaschine schmeißt Bomben und Handgranaten, ohne jemals wieder das Schloß oder die Straße zu treffen. Feldpost ist schon lange nicht gekommen, wir haben uns daran gewöhnt, aber daß wir immer noch kein Brot gefaßt haben, daran können wir uns nicht gewöhnen. Die Offiziere erhalten eine herabgesetzte Brotzuteilung von der DHM. Ohne Brot lebt es sich schlecht. Für mich ist es nichts Besonderes, wir lebten zu Hause auch so, während der Krise, aber hier will ich mich nicht daran gewöhnen, ich fange an, mich zu empören.

«Empören kannst du dich, soviel du willst, Kamerad, Brot kriegst du darum doch nicht. Wir brauchten einen Moses . . .»

«Sie glauben, Herr Leutnant, daß Moses uns füttern würde? Moses war doch ein Jude. Und der Führer . . .»

«Hast recht, Zraz, ich meinte ja nur. Aber Brot wirst du keines essen, und wenn dir Moses selbst zu Hilfe käme.»

Die Kameraden streunen durchs Dorf auf der Suche nach Brot.

Gestern abend ging ich auch ins Dorf, bevor es dunkel wurde. Ich mied die Seite, wo die Deutschen die Frau erschossen hatten, ich ging hinter dem Schloß nach Westen. Dort ist ein Garten, im Garten ein tiefer Brunnen, unweit davon sind große Ställe, Diemen von Stroh und Heu, und den Ställen gegenüber liegt ein Bauernhaus.

Ich fragte nicht gleich nach Brot. Ich genierte mich. Zuerst ließ ich den Eimer in den tiefen Brunnen hinab und schöpfte Wasser. Eine ältere Frau trat zu mir und sagte etwas auf rumänisch. Ich antwortete mit Gesten, daß ich sie nicht verstünde. Sie brachte mir einen Becher, und ich zwang mich, Wasser zu trinken. Als sie sich umdrehte, goß ich das Wasser auf den Rasen, der Magen wollte es nicht.

Die Frau mit dem Becher brachte den Duft von Brot mit. Vielleicht wollte sie es nicht, aber ich folgte ihr ins Haus. Die

Tür stand offen, ich konnte in die Küche sehen. Am Backofen kniete eine junge Frau und holte Brote aus dem Ofen, so groß wie die Räder einer BMW. Auf den Hof war ein älterer Mann getreten. Ich gab ihm die gleiche Antwort wie der Frau: «Nu sti romineşti.» Sicherheitshalber wiederholte ich es. «Neponimaju. Nu sti romineşti.»

Der Mann lächelte säuerlich und fing an, mit mir auf russisch zu palavern. Er fragte, wer ich bin, was ich bin, wann wir abziehen, ob die Russen noch weit sind. Er fragte wie alle Zivilisten. «Rus bolschewik, ne charascho!»

Der Duft des Brotes stieg mir in die Nase. Die junge Frau legte die Laibe zum Auskühlen auf ein Brett zwischen zwei Schränken. Der Bauer beobachtete mich, er sah, daß ich auf das Brot starrte, blinzelte erschreckt mit seinen schwarzen Zigeuneraugen. Die spitze Lammfellmütze hatte er in die Stirn gezogen über die dichen Augenbrauen, das Kinn ragte vor, der Mund war eingefallen wie bei einem zahnlosen Greis. Im Schaft eines seiner mistbedeckten und milchbespritzten Stiefel steckte ein Stock mit einem Riemchen. Er war noch gar nicht so alt, wie es mir auf den ersten Blick schien. Wir werden ja sehen, um was er Angst hat ...

«Alles werden sie uns nehmen, die Russen, das Land, die Kühe, alles ...» Er schob die Hand unters Wams, suchte etwas. Einen schmutzigen Tabakbeutel. Groben, harten Pfeifentabak. Zwischen den Zähnen spüre ich, wie die Kruste des frischgebackenen Brotes schnurpst. Ich holte mein Zigarettenetui heraus und bot dem Hausherrn eine an. «Die da sind stärker», ich zeigte auf die Detva, «und die blauen da schwächer.» Der Bauer nahm sich die Detva, gleich drei Stück. Gut, nimm dir meinetwegen alle, nur rück ein Stückchen Brot raus, ich bitte dich. Warum schließt du die Tür? Hast du Angst um das Brot oder um die junge Frau?

«Die Tochter?» Ich nutzte die Gelegenheit, als er die Küchentür schloß.

«Die Frau vom Sohn», entgegnete er und zündete sich eine Zigarette an.

«Und der Sohn ist wo?»

«An der Front wie du.»

Die alte Frau kam aus der Küche und ging langsam zum Stall. Willst du ihr nicht folgen, Alter? Warum gehst du nicht? Hast du Angst, die junge Frau allein in der Küche zu lassen? Weil ich auf dem Hof bin? Keine Angst, du Geizhammel, ich will nur Brot. Der Bauer rauchte nervös, das Gesicht zu den Ställen gewandt, von Zeit zu Zeit lugte er verstohlen nach der Tür. Die junge Frau öffnete sie, der Alte rief böse etwas, da machte sie die Tür gleich wieder zu. Der Alte steckte sich die zweite Detva an.

«Die Russen werden alles nehmen, Kühe, die Frau, alles ...», wiederholte er bis zum Überdruß. Die jungen Frauen, oje! Natürlich werden sie sie nehmen, ihr habt sie ihnen doch auch genommen. Der Alte hatte wirklich Angst. Er bewachte den Stall und die junge Frau im Hause, als stände der Russe schon auf dem Hofe.

«Brot, Vater, Brot. Wenn du keins gibst, nehm ich's mir selber.» Ich konnte mich nicht mehr beherrschen. Die Worte flogen mehr aus dem Magen als aus dem Munde. Beschämt nagte ich an der Unterlippe ...

«Brot, Soldat ... ach, Brot ... Brot ist wenig bei uns, Arbeit viel, weißt du, Soldat, mnogo raboty, viel Brot wird gebraucht, viele Knechte und Mägde, viel Brot, weißt du, Soldat ...»

Der Knecht und die Mägde fressen viel Brot, dort auf dem Feld ... Du rückst also nichts raus, du Geizhammel! Gleich als ich dich erblickte, wußte ich, daß du nichts rausrücken wirst. Verflucht sollst du sein, friß dein Brot allein.

Schweigend wandte ich mich zum Gehen. «Auf Wiedersehen, Soldat!» Der Alte freute sich mächtig, als ich ging.

Ich hatte gerade das Hoftor aufgemacht, da kam mir der Alte mit Geschrei hinterhergelaufen. «He, he, Soldat! He, Soldat! Hörst du nicht? Komm zurück! He, Soldat! ...»

Vom Norden her galoppierten durch den Garten drei Reiter auf das Gehöft zu. Zwei sprangen vor dem Stall ab, der dritte am Brunnen. Einer hielt die Pferde am Zügel, der andere ging in den Stall, der dritte ließ den Eimer in den Brunnen.

Der Alte packte mich am Arm und zog mich zurück.

Die drei Reiter waren Wlassowleute. Alter, das sind doch Verbündete, warum fürchtest du dich? Die Wlassowleute sind Russen, auch die Kosaken sind Russen. Pferde müssen fressen, und die Soldaten werden nehmen, was sie finden. Und bei dir ist was da, Alter, Brot, Heu ...

«Hier ist schon alles requiriert für die slowakische Armee», sagte ich zu dem, der die Pferde tränkte. Er schaute mich an, das flachsblonde Haar unter der Lammfellmütze fiel ihm in die Augen. Er war jung, kräftig und verschwitzt wie sein Pferd.

«Gut, gut, wir nehmen nichts, wollen nur die Pferde tränken und ihnen Heu geben.»

Ein bißchen Angst hatte ich ja, aber ich ging nicht weg, bevor die Wlassowleute nicht wieder verschwunden waren.

Als ich das Tor hinter mir schloß, fluchte ich laut und schwor mir, nie mehr diesem bösen Alten sein Eigentum zu beschützen. Von dem reichen Hof ging ich mit leerem Magen, nahm nur den Duft von frischgebackenem Brot mit.

Ein zweites Mal, warte nur, du gieriger Alter, ein zweites Mal...

Beim zweiten Mal kam der Alte zu mir aufs Schloß. «Die Wlassowleute nehmen die Schafe, ach Soldat! Komm, die Wlassowleute nehmen die Schafe weg ...»

Hnidák musterte ihn, verzog das Gesicht und bemerkte ironisch: «Du hast aber auch Bekanntschaften ...»

«Wlassowleute, sagen Sie? Russen? Die nehmen alles, die Kühe, die Schafe, das Land ... Ojoioi! Das ist schlimm!»

«Schlimm, Soldat, schlimm ...»

Die Wlassowtruppen machen den Rückzug auf Pferd und Wagen mit, im Dorf halten sie gar nicht an, nur einige gehen auf Raub aus, um ihre Kost ein bißchen aufzubessern. Auch zu uns ins Schloß kam ein kleiner, schlitzäugiger Kalmücke, aber der Posten jagte ihn weg. Ich rief ihm nach: «He, warte, Towarischtsch!» Der Schlitzäugige zuckte zusammen. Ich trat an ihn heran.

Die bekannte Anrede überraschte ihn. Er blieb stehen. Ich weiß nicht – schaut er mir in die Augen oder aufs Ohr. Seine Augen sind klein, er ist keine Schönheit.

«Towarischtsch?» Der Schlitzäugige lächelt. Was ist daran

komisch? «Towarischtsch? Iwan Towarischtsch, dort. Mich Iwan Towarischtsch piffpaff! Ich Deutscher!»

Jetzt lache ich. «Wenn du ein Deutscher bist, ist Hitler ein Kalmücke!»

«Ich Kalmück, Hitler piffpaff Kalmück!»

Mir scheint, ich kann mich mit dem Kalmücken nicht verständigen. «Hör mal, Towarischtsch Kalmück!» Wieder lächelt der Kalmücke breit. Er bemüht sich, mich zu überzeugen, daß Towarischtsch ein Irrtum ist, ein lächerlicher Irrtum, daß er Deutscher ist, er zeigt immer wieder auf seine deutsche Uniform und sagt: «Iwan den Kalmück piffpaff, Hitler piffpaff! Plocho, Kamerad, plocho! Piffpaff plocho! Krieg, jeder piffpaff . . .!»

«Hör mal, Kalmücke! Weißt du, was das ist – Kulak?»

«Kulak? Ich nix Kulak. Ich Pastuch . . . Hirt . . .» Wenn die Augen des Kalmücken lachen, sind sie völlig zugekniffen. Er sieht ganz annehmbar aus, wenn er lacht.

«Das ist gut, Kamerad. Schau hin, hundert Meter von hier, dort, dann nach rechts, dort ist ein Kulak, schwarze Mütze, Pferde, Schafe, Kühe . . .»

«Ah . . . charascho . . . Schafe, Fleisch, charascho!» Der Kalmücke hat verstanden, hebt die Hand, zeigt mit den Fingern die Richtung und spricht mir nach: «Hundert Meter . . . rechts . . . Kulak . . . schwarze Mütze, viele Schafe, Kulak . . . charascho!»

Als ich mit dem Alten auf den Hof kam, war der Kalmücke schon weg. Die junge Frau brachte mir aus der Küche einen großen Laib Brot, köstliches Brot.

Der Alte setzte sich auf die Bank unter dem Fenster und starrte wie irr ins Leere. «Wo sind die Russen?» schrie er plötzlich. «Wo sind die Russen?» Er packte ein Beil und rannte den Spuren der Schafe nach, die der Kalmücke mitgenommen hatte.

Kulak. Ich murmelte dieses komische Wort vor mich hin. War es gut, daß ich es dem Kalmücken gesagt hatte? Habe ich mich nicht geirrt? Vielleicht . . . Aber warum . . . warum hat mir die junge Frau den großen Laib Brot gebracht? Einer von uns beiden hat sich geirrt. Oder nicht? Dem Kalmücken hatte ich es doch verständlich gesagt, auf russisch – Kulak.

14
Die Türkin

Infanteristen sind schneller
als ein Tatra

Und wieder im Wagen. Die Ereignisse wiederholen sich. Mir scheint, die Welt hat kein Ende, alles dreht sich im Kreise, Truppenverschiebungen, Rückzug, Kolonnen, Verwundete, Nervosität. Die faden Ebenen sind längst hinter uns geblieben, längst haben wir die waldlosen Hügel verlassen, an der Luft, der Kühle und dem Duft fühle ich, daß wir uns den Karpaten nähern, die auf ihrem Rücken die Hohe Tatra tragen wie der Fisch seine gezahnte Schutzflosse, wie ein Riese einen Riesenrucksack. Wir fahren und fahren, und mir kommt es vor, als hätten wir nicht nur die Front verloren, sondern auch die flüchtende Armee, ja unsere Erste Infanteriedivision. Wir sind nur zu zweit, Viktor und ich. Einmal in zwei, drei Stunden überholt uns ein Tatra. Jeder flieht auf eigene Faust. Auf der Straße halten uns des öfteren Infanteristen an. Wie kommen die schneller in die Karpaten als wir? Viktor fährt durch. Wenn wir Infanteristen überholen, gibt er Gas, sie bleiben schimpfend und drohend in einer Wolke von Qualm und Staub zurück. Warum Viktor niemanden mitnehmen will, weiß ich nicht. Mir ist es gleich, wie und mit wem ich fahre, Hauptsache, ich fahre, und zwar in Richtung Heimat.

Ich kann mich nicht konzentrieren, die Ereignisse der vergangenen Tage tauchen in meiner Erinnerung auf, einige lebhaft, andere wie in einem Nebel, als hätte ich sie nur geträumt.

Es donnert, die ersten Tropfen klatschen gegen die Scheibe. Viktor schaltet die Scheibenwischer ein. Schlaf übermannt mich. Die Räder beginnen zu mahlen, der Motor heult auf, Viktor flucht. Wie damals ...

Ein guter Brauch

Mit Majstrík und Lieskovan suchte ich Quartier. Mit uns war wieder einmal Oberstleutnant Wildmann. Seine Brillengläser glänzten, sein Gesicht erregte meinen Widerwillen. In jedem Dorf erboste er sich: das seien keine Dörfer, sondern Scheißkaffs. Die Zugangswege zu den Dörfern waren schlecht, darauf flieht es sich schwer. Wildmann verließ, wenn auch ungern, ein Dorf nach dem andern und zog die Division nach Südwesten. Ein heftiger Regenguß prasselte hernieder. Wir saßen im Hause des Bürgermeisters, eines jungen, untersetzten und geschwätzigen Männleins. Mir schien, er freute sich. Er sprach Russisch, Deutsch und Französisch. Dieses Dorfgenie von Bürgermeister behauptete, er könne auch Ungarisch, aber von uns konnte nur Viktor Ungarisch. Viktor saß im Auto und fluchte. Gleich als es zu gießen begann, hatte er vergeblich versucht, den Tatra vom Hof auf die Straße zu fahren. Der Bürgermeister bewirtete uns bis tief in die Nacht hinein mit Wurst und Rühreiern. Das erste Glas Wein, natürlich roten, goß er sich selber ein und trank, dann erst schenkte er uns ein. Wildmann äußerte sich lobend über diesen moldauischen Brauch. Bei uns macht man das umgekehrt. Aber hätte der Bürgermeister es nicht von allein getan, Wildmann hätte es ihm sowieso befohlen. Aus Angst, wir könnten vergiftet werden.

Transsylvanien

Viktor bremst jäh. Unter der Plane kippt eine Kiste um und stößt gegen ein Faß. «Was ist, Viktor, warum hältst du an?»

«Wer soll sich in diesen Pfeilen und Schildern auskennen? Wo müssen wir hin?»

Staatsgrenze Ungarn: 100 km. Rot, weiß, grün. Die ungarischen Farben. Die Tafel ist neu und dient als Hinweisschild. «Nach Ungarn, Viktor! Die Hauptstraße nach rechts!»

Der Tatra heult auf und keucht im ersten Gang einen steilen Hügel hinan. Ich hole die Karte hervor, breite sie auf den

Knien aus. Zuerst die Übersichtskarte, ganz Rumänien mit halb Ungarn und einem Stück der Slowakei. Auf dieser Karte ist nur eine Straße eingezeichnet, schnurgerade über die Berge. Ja, das ist sie. Ein paar Kilometer von hier schneidet sie die neue Staatsgrenze. Ich möchte am liebsten mit der Redisfeder den Weg kennzeichnen, den wir in diesen vier Tagen zurückgelegt haben, die Städte und Dörfer unterstreichen, in denen wir gewesen sind. Aber das hat Zeit, bis wir haltmachen. Vielleicht machen wir erst zu Hause halt. Großartig, dann werde ich es also zu Hause mitsamt dem letzten Divisionsgefechtsstand eintragen. Ich schlafe wieder ein, kehre zurück ins Schloß der Königinmutter, zu dem Bürgermeister, dann ... Selbst um Mitternacht, ja sogar mit verbundenen Augen würde ich es finden, würde ich die Türken mit den blutigen Fingern sehen und im Schlaf den Namen des entlegenen türkischen Dorfes hinausschreien, in dem wir ziemlich langen Aufenthalt hatten.

Wer schlug die Türken blutig?

Kein Tag, an dem ich nicht über den Namen nachdachte. Türken ... Was zum Teufel hatte sie aus der Türkei hierher verschlagen? Ihr Dorf hatte einen ganz untürkischen Namen: Tatar-Koptschak. Wie waren sie auf den Namen gekommen? Vielleicht hatten sie ihr Dorf zu Ehren ihrer Verbündeten, der Krimtataren, so benannt oder ... Die Türken wußten selber nicht, warum ihr Dorf Tatar-Koptschak hieß. Außer dem Notar und dem Bürgermeister konnte keiner im Dorf Russisch oder Deutsch. Nur ein paar Männer sprachen Rumänisch, und auch das sehr schlecht.

Nach Tatar-Koptschak waren wir zu dritt gekommen. Viktor zähle ich dabei nicht mit, auch den Schwarzen nicht, denn die blieben im Wagen, als wir mitten im Dorf hielten. Wildmann ging zum Bürgermeister, uns gab er den Befehl, geeignete Quartiere für die Division zu suchen. Wildmanns Funker klapperte sofort die Meldung über den neuen Divisionsgefechtsstand durch. Mit Majstrík und Lieskovan zog ich durch das

Dorf hinauf auf den Hügel, auf dem sich das nach der Kirche und der Schule größte Gebäude des Dorfes erhob. Links und rechts säumten gemauerte Häuser die Straße, einige aus ungebrannten Ziegeln. Alle waren mit Stroh gedeckt, nur die Kirche, die Schule und das Notariat hatten graue Ziegeldächer. Die Straße war leer und still und ungemein staubig. Das Atmen fiel schwer, die Sonne dörrte unsere Kehlen aus. Weit und breit kein Wald, kein Fluß. Das Dorf lag wie auf der flachen Hand. Von Westen nach Osten zog ein Schwarm silberner Flugzeuge. In den letzten Tagen flogen oft englische und amerikanische Flugzeuge in großer Höhe über das Hinterland hinweg. Wir werden kaum ins Dorf eingezogen sein, werden sie uns schon ausgemacht haben und einkreisen ... Türken, jagt die Soldaten aus eurem Dorf, die Soldaten ziehen die Raubvögel an ...

Wir hielten vor dem Notariat an. «Geh du als erster», sagte Majstrík. Er geht lieber als zweiter oder dritter, am liebsten geht er überhaupt nicht, sondern wartet. Beschaut sich das Dorf, sucht das Haus aus, in dem er seine Marusja einquartieren kann. Mein Groll auf diesen Freier aus Bystrica wird von Tag zu Tag größer. Vielleicht, weil er ein Landsmann ist, weil ich weiß, daß er genau so ein popliger Niemand ist wie ich, wie alle Soldaten. Ich gehorchte. Aus der Kanzlei drangen Gezeter und Geheul. Ich verstand die Sprache nicht, hatte sie nie zuvor gehört. Jemand schrie kreischend etwas, dann ein Schlag, noch einer, noch einer, ein Gezeter, wieder ein Schlag, noch einer ... Die Schläge prasselten. Männer brüllten, heulten. Ja, Männer weinten, ihr Weinen wurde nach jedem Schlag lauter, schwoll an. Ich zog die Pistole, riß die Tür auf. Was war da los?

Kommt mal her, ihr Specker! wollte ich sagen, aber die beiden draußen hörten mich nicht, denn vor Erregung versagte mir die Stimme. «He! Pst! Kommt her!» Sie folgten mir auf den Flur. In der Stube war es still. Bin ich verrückt geworden? Fange ich an zu phantasieren? Nein. Wieder war das Kreischen zu hören, ein Schrei, ein Schlag, ein zweiter, ein dritter ... Ich springe zur Klinke, stürze wie ein Bandit mit der Pistole in der

Hand ins Zimmer und brülle wie von Sinnen — wie ein Raubtier, wenn es sich auf seine Beute stürzt: «Was ist hier los?»

Ein Mann im weißen Hemd und mit einem großen Krawattenknoten steht hinter einem Schreibtisch. Seine Arme fliegen hoch. Ich blicke in sein schmales, plattes Gesicht. Er hat einen krankhaft weißen Scheitel, das lange Haar fällt ihm in die Stirn. Er atmet heftig, in seinen Augen flackert Angst. Das ist der mit der kreischenden Stimme. In diesem Augenblick würde ich mich vor mir selber fürchten. Ich fühle, daß ich schrecklich aussehe. Ich fühle, wie jeder Nerv in mir zittert, der Mann vor mir braucht nur eine Bewegung zu machen, und ich schlage ihm die Pistole über den Schädel oder knalle ihn ab. Ist die Pistole durchgeladen?

«Notar?» schreie ich den hinter dem Schreibtisch an.

«Da ...» Er kreischt nicht mehr, er flüstert nur.

Behalt bloß die Hände überm Kopf, wag ja nicht, meinen Speichel abzuwischen, der unversehens auf deine lange Hakennase gesprüht ist.

«Pfui! Pfui! Notar!» Ich sollte ihn hier abknallen hinter seinem Schreibtisch. Was aber habe ich getan? Nichts. Ihm nur gedroht, zu mehr habe ich mich nicht aufraffen können.

Im Winkel stehen fünf Männer, ihre Hände kneten die spitzen Lammfellmützen, und draußen brennt die Sonne, ihre roten Westen sind schmutzig, ich bin mir nicht sicher, ob ihre Gesichter auch schmutzig sind oder nur dunkel wie die der Zigeuner.

«Wer seid ihr?» In meiner Stimme schwingt immer noch Zorn.

«Glaubst du, die Türken können Slowakisch?» Majstrík grinst überheblich, reißt mich heraus aus meiner Empörung. Der größte der Männer (wenn er den Notar packte, könnte er ihn in Stücke reißen) zeigt seine Hände. Aus den Fingerkuppen rinnt Blut. Auch die anderen vier Türken zeigen ihre blutigen Finger vor. Pfui! Majstrík zieht dem Notar die Arme herunter. Lieskovan läßt den Stock pfeifend durch die Luft sausen. Bei jedem Schlag kneifen die Türken die Augen zu. Sie sprechen leise miteinander. Der Notar schweigt. Die Türken verbeugen sich vor ihm, sagen etwas sehr höflich zu ihm, aber der Notar weist sie kreischend ab. Er weiß noch immer nicht, wer wir sind. Vielleicht geht es ihm wie dem Kolchosvorsitzenden in der Ukraine, vielleicht hält auch er uns für Russen. Deutsche sind wir nicht, Rumänen sind wir nicht, auch keine Ungarn, die kennt der Notar. Einen Slowaken hat er noch nie sprechen hören. Slowaken sind fast Russen ...

«Warum?» Ich ergreife die Hand des einen der Männer und schaue den Notar an. «Warum?»

Der Notar mustert mich böse, er gibt keine Antwort. Der Mann mit den blutigen Fingern zeigt auf ein längliches Blechgefäß unterm Fenster, ähnlich einer Bombe. Lieskovan stößt mit dem Fuß dagegen, schnuppert daran.

«Na los, Reitersmann, rate, was das ist, schnuppere dran, ob's nicht nach Pferdeschweiß riecht!» Majstrík will mit Macht scherzen. Der Türke mit den blutigen Fingern zeigt nach oben und Majstrík lacht triumphierend. «Hörst du's? Hörst du nicht? Der Türke sagt, das ist vom Himmel gefallen, Reservebenzin. Die Engländer haben's für sie abgeschmissen.»

Lieskovan spricht mit dem Notar deutsch. Es fällt das Wort «Flugzeug», der Notar erzählt bereitwillig, warum in der Kanzlei so ein Geschrei war. Die englischen Flugzeuge hatten drei silberglänzende Dinger abgeworfen. Der Notar hielt sie für Bomben. Laut Anordnung der Militärbehörden durfte niemand aus dem Dorf zu der Stelle laufen, wo ein Flugzeug etwas abgeworfen hatte, wer zufällig etwas fand, der mußte es dem Notar übergeben, der Notar dem Gendarmen, der Gendarm dem Militärkommando. Das Kriegsministerium, der Staatschef interessierten sich für alles.

Nun warteten die Rumänen vergeblich, die Türken gaben nichts ab. Die Rumänen wollten die Kriegsbeute, und die Türken brauchten Töpfe. Auch aus Kriegsbeute kann man Töpfe machen. Der Notar merkt gar nicht, daß er auf ukrainisch weiterspricht.

«Notar, frag die Türken, warum sie sich von dir schlagen lassen!»

Der Notar spricht die Türken mir kreischender Stimme in deren eigenartiger Sprache an.

Der Starke antwortet, und der Notar übersetzt: «Wir haben noch zwei Schläge zu kriegen. Der Herr Notar möge geruhen, die Bestrafung zu vollenden. Uns erwartet viel Arbeit auf dem Feld.»

«Du bist ein Esel, Türke! Was heißt Esel auf türkisch? Esel, alle seid ihr Esel! Warum laßt ihr euch von diesem Kümmerling schlagen?»

Die Türken sehen, daß ich mich erzürne. Ich zeige auf den Riesen, der den Notar mit einer Hand in die Pfanne hauen könnte, aber sie zucken nur alle mit den Schultern, auch der Riese, und lächeln furchtsam.

«Russe?» fragt der Riese.

«Slowake.»

Der Türke lächelt schuldbewußt, breitet die Arme aus. «Slowak?» Das Wort hat er nie gehört. Ein Türke braucht nicht zu wissen, was ein Slowake ist, hol ihn der Teufel!

«Raus, alle raus, ihr Scheißkerle, raus!»

Die Türken protestieren, halten dem Notar ihre Hände hin und wiederholen dauernd das Wort «Lei». Verdammt noch mal! Das hätte ich gleich wissen können. Prügelstrafe. Natürlich. Die Türken wollen reinen Tisch haben. Ich werde euch auszahlen, ihr Kümmeltürken, für jeden genügt ein Fußtritt. «Haut ab!» Jetzt ist genug, ihr Esel! Euch müßte man tüchtig verdreschen, damit ihr zu Verstand kommt, jedem ein paar in die Schnauze.

Der Notar nimmt an seinem Schreibtisch Platz.

Ins Türkendorf sind die Slowaken eingefallen, die Quartiermacher der Ersten Infanteriedivision.

Die amtlichen Verhandlungen beginnen ...

Der Tag neigt sich dem Abend zu. Seit dem Morgen gehen wir durchs Dorf, hinter uns ein Rudel Kinder, wir malen an Tore und Zäune, wo die Stabskompanie hausen wird, wo der Divisionskommandeur, der Stabschef, das Verpflegungslager, der Autopark, wo diese und wo jene Abteilung des Stabes der Ersten Infanteriedivision untergebracht werden. Ein Zimmer des Notariats habe ich für Franz, Hnidák, den Schwarzen und mich reserviert. Der Notar protestiert nicht. Er ist froh, daß wir keine Russen sind, und als wir anfangen, unsere Klamotten auszukramen, packt er seine Siebensachen. Er wohnt im Dorf, am Fuß des Hügels.

Er hat uns zum Abendessen eingeladen. Gendarmen kommen dazu, zwei aus seinem Dorf, zwei aus dem Nachbardorf. Der eine von ihnen ist ganz stolz, daß er mit uns Bulgarisch sprechen kann. Wir schenken ihm unsere besondere Gunst, denn er spricht von den Ukrainern und Bulgaren ohne Haß. Er behauptet, das Nachbardorf sei ein bulgarisches Dorf, und noch weiter im Westen gäbe es ukrainische Dörfer, und im Osten, woher wir gekommen sind, sogar ein tschechisches Dorf, dessen Namen wir nicht genau verstanden haben. Der Gendarm beteuert, dort würden sie die gleiche Sprache sprechen wie wir, er sei ein Sprachkenner; wenn er gewollt hätte, brauchte er Bulgarisch nicht zu lernen, denn Bulgarisch sei viel schwerer als Ukrainisch oder Slowakisch. Ich bin froh, daß ich neben ihm sitze, wir unterhalten uns über Gott und die Welt. Ich wundere mich, welch ein Völkergemisch in Bessarabien lebt, und erfahre, daß das hier die rumänische Ukraine ist und daß in diesem gottverlassenen Winkel weder der Notar noch der Gendarm sich auf die Dauer niederlassen wollen. Für die sei das nur eine Art Ausflug hier, so was wie eine patriotische Verbannung.

Der Notar sitzt zwischen Majstrík und Wildmann. Was für ein würdevoller Kreischer! Majstrík ißt hastig, trinkt wenig, nippt fast nur, damit ihm das Essen leichter durch den Schlund rutscht. Majstrík unterhält sich mit dem Notar auf deutsch. Sie sprechen über die Front. Wildmann malt mit dem Finger auf den Tisch: Ja, hier Krim, schönes Land ... wir kennen, Herr Oberstleutnant, dort wohnen Krimtataren, auch kennen, dann viele Flugzeuge kommen. Wildmann flunkert, Wildmann schwatzt blauen Dunst, es fliegen zwar viele Flugzeuge, aber englische. Die Türken freuen sich, aus den abgeworfenen leeren Benzinkanistern kann man prima Töpfe herstellen.

Auf der Straße brummt ein Auto. Wildmann beendet das Abendessen.

«Danke, Herr Notar!»

Auf der Schüssel bleiben nur die Flügel und die Knochen von drei Gänsen liegen. Der zweite Gendarm, der in dem bulgarischen Dorf dient, schweigt die ganze Zeit oder unterhält sich leise mit dem Gendarmen aus dem türkischen Dorf, hin und wieder schaut er mich und Majstrík an, Lieskovan lächelt ihnen manchmal zu. Sie verstehen weder Russisch noch Deutsch. Sie trinken zusammen, prosten einander auf rumänisch zu.

Es gibt keinen Krieg. Es gibt nur Gänsekeulen und Rotwein. In diesem Augenblick gibt es nichts anderes auf der Welt, nicht nur für Wildmann, sondern auch für mich und die Gendarmen. Auf der Straße rattert ein Motor. Lieskovan geht hinaus, um nachzuschauen, wer gekommen ist.

Es ist nichts, nur der staubbedeckte Leutnant Friedrich und der Obergefreite-Aspirant haben die großen Herren, die Frontsoldaten, gespielt. Sie sind auf einer BMW gekommen.

«Sie sind betrunken, Zraz!» sagt Friedrich zu mir, als ich ihm mitten in der Stube die Hand hinstrecke. Er nimmt sie nicht. «Zuerst sollten Sie vorschriftsmäßig grüßen, Unteroffizier!»

«Und Sie, Herr Leutnant, können mich kreuzweise . . .»

Ich bin wirklich betrunken, aber dieser beschissene Leutnant mit seinen deutschen Kreuzspinnen am Kragen kann mir gestohlen bleiben, wenn er auch nicht der schlimmste von den Offizieren ist. Er ist mein Chef. Wer liebt schon seinen Chef? Friedrich ist der Chef und trägt Spinnen auf dem Kragen. Was geht's mich an, soll er doch. Warum spielt er sich hier so auf?

Der Notar begrüßt den Lackaffen, ich verlasse beleidigt das Gastmahl. Leutnant Friedrich setzt sich auf meinen Platz. Der Gendarm ist schon sehr betrunken, denn er ruft mir nach: «Kommen Sie wieder, domn Căpitan!»

Am Morgen füllte sich das Dorf mit Truppen. Infanteristen, Kavalleristen, Artilleristen, das ganze Pack von der Stabskompanie rannte im Dorf herum, las die Aufschriften an den Toren und Zäunen, stritt sich, wo wer einquartiert wird, wischte die Aufschriften aus, die wir mit Majstrík und Liskovan angebracht hatten.

«Was heißt Einteilung, was heißt Ordnung? Wir wohnen, wo wir wollen!» schrie ein pickliger Infanterist.

«Mir kann das doch egal sein! Wohne, wo du willst!»

Mir ist es auch jetzt egal, wohin ich mit Viktor fahre, Hauptsache, wir fahren nach Westen. Im Westen liegt die Slowakei. Ich habe die Nase voll von allem, vom Krieg, von der Sauferei, dem Hunger, der Herumfahrerei, von der Anarchie, der Trauer, der Uniform, von den Landsleuten und den Ausländern, mich kotzt es an, im Dreck zu leben, Konservenbüchsen auszulecken, in die Häuser fremder Menschen einzudringen. Ich habe das Gefühl, daß etwas Ungewöhnliches in der Luft liegt, daß dieses Jahr ... Was, dieses Jahr? Nichts wird dieses Jahr — in diesem Jahr wird der Krieg noch nicht krepieren. Was gibt es auf der Welt Wichtigeres als den Krieg?

Fünf goldene Sternchen

Unsere Regimenter, Abteilungen, Kompanien buddelten weiter die Felder in Bessarabien auf, der Divisionsgefechtsstand hatte sich eingerichtet, als wollte er bei den Türken Jahre verbringen. Schon eine ganze Woche lebten wir in Tatar-Koptschak. Die Türkinnen verhüllten ihr Gesicht mit einem Tuch, sie verstanden es so zu binden, daß es ihnen die Stirn und das Kinn verdeckte, lange Röcke verbargen die Beine. Wann werden die Soldaten aus der Rolle fallen? Wann werden sie den Türkinnen die Tücher von den Gesichtern reißen, wann werden sie versuchen, Liebe mit Gewalt zu erzwingen? Vielleicht werden die alten Türkinnen enttäuscht sein über das Verhalten der Mädchen gegenüber den Soldaten, denn die Soldaten im Dorf sind wie ein Zustrom frischen Wassers in einem stehenden See, in das träge Leben des türkischen Dorfes.

Ich hatte nichts zu tun. Hockte auf den Stufen vor der Tür und blickte hinab aufs Dorf, es lag wie auf der flachen Hand vor mir. Niemand betrat oder verließ die Kommandantur ohne unser Wissen. Soeben kam Oberleutnant Rúčka heraus. Oberst

Krása hat seine genauen Zeiten, zu denen er auf seine Festung geht. Gestern verwechselte ein Melder vom Infanterieregiment die Latrine mit dem Brunnen. Nach Rúčka kam der Oberst heraus. Er geht regelmäßig spazieren, nach dem Spaziergang ins Bett. Der Oberst hält den Kopf immer aufrecht wie ein witternder Hirsch, er hüstelt und nickt von weitem, wenn er jemanden erkennt. Die Offiziere haben das Interesse an solchen Spaziergängen mit dem Oberst verloren und verkrümeln sich unterdessen von der Kommandantur. Der Oberst schlenderte allein am Notariat vorbei hinaus aufs freie Feld.

Und die Partisanen, Herr Oberst?

Keine Angst, hier gibt es keine.

Oberleutnant Rúčka bestellte mich zu sich in sein Quartier.

«Zara!» rief eine Frau einem Mädchen zu, als ich die Küche betrat. Das Mädchen zuckte zusammen, kreuzte die Hände über den kleinen Brüsten, neigte den Kopf vor, aber bevor sie sich abwandte, konnte ich ihr ins Gesicht sehen. Gar nicht so dunkel ... Wie sollen denn Türkinnen sein? Zara ist noch keine Sechzehn ... Die Mutter verhüllte das Gesicht der Tochter mit einem schwarzen Tuch. Oberleutnant Rúčka aß gerade zu Mittag.

«Warum kommst du nicht manchmal in die Küche, Mensch, schick doch öfter dein Kochgeschirr her ...»

Oberleutnant Rúčka gibt sich sehr kameradschaftlich. Was wird er wohl wollen?

«Nataschka wollte mit dir gehen ...»

Das ist es nicht, worüber Sie mit mir sprechen wollen, Herr Oberleutnant.

«Du hast gut getan, sie nicht mitzunehmen. Was glaubst du, hat der Koch mit ihr geschlafen?»

«Wie kann ich das wissen, Herr Oberleutnant?» entgegnete ich wütend. Der Koch hatte Nataschka immer so komisch angeschaut. Dieser Affe! Warum rege ich mich eigentlich auf? Nataschka ist rein. Sie ist schon bei ihren Leuten. Und mir ist es schnurzegal, ob der Koch mit ihr geschlafen hat oder nicht. Für die Frauen, die bei ihren Leuten geblieben sind, empfinde ich keine Verachtung, die gilt nur denen, die mit uns ziehen. Ich denke an die Frauen, die ich noch sehen werde. Wie werden sie sein? Nur Aglaja war lebendig, wirklich ... Aglaja und der Wein, das gehört immer zusammen. Wiera? Ich vergesse sie nach und nach. Schäme mich. Das bin nicht ich, wenn ich Wiera zürne. Bin auch ich aus fürstlichem Geschlecht? Welch angenehme Gleichgültigkeit. «Warum fragen Sie mich so dummes Zeug, Herr Oberleutnant?»

«Nur so, Unteroffizier. Du weißt ja, damals bist du zu mir gekommen. Ich sollte sie mitnehmen ... ich sollte dir helfen.»

Rúčka holte eine Flasche aus dem Reisekoffer. Einen Fünfsternigen ... Niemand außer Rúčka hat Fünfsternigen. Ich wartete ungeduldig, bis er einschenkte ...

Ich trinke wieder, ach, wie ich trinke, wenn mich so meine Mutter sehen könnte ... wenn mich der Vater sehen könnte! Und habe ich getrunken, muß ich an sie denken, und dann kommen mir die Tränen. Die Mutter wollte mich nicht fortlassen ... Nein, sie wollte nicht ... Aber ich wollte.

Was ist das für ein Kommiß, statt Kanonen Landkarten, statt Schießen Zeichnen. Wozu ist das gut? Der Vater wurde zornig, wenn ich mich am Samstag betrank, Väter dürfen das, Väter haben das Recht, zornig zu werden, schade, Vater, daß Ihr nicht damals zornig wurdet, als ich die Nachricht erhielt, daß man mich als Kartographeneleven angenommen hat. Wir gaben uns nur gerade so die Hand, als wir uns verabschiedeten. Und jetzt? Man braucht nur ein Sternchen zu sehen, eins, zwei, drei, der Fünfsternige ist ausgezeichnet, man braucht nur die Flasche zu sehen, gleich ist einem fröhlicher zumute, nach zwei Dezi Fünfsternigem verblaßt der Krieg, verliert sich, nach einem halben Liter ist er überhaupt nicht mehr da, am Ende bin auch ich nicht mehr da. Ich werde aufhören zu trinken, das schwöre ich bei Gott, aber nicht jetzt. «Zum Wohl, Herr Oberleutnant!»

«Noch einen, Zraz, auf einem Bein kann man nicht stehen!»

«Zum Wohl, Herr Oberleutnant!»

Das Glas war noch nicht leer, als Rúčka wie beiläufig sagte: «Ich brauchte eine Karte, Zraz.»

«Die brauchten schon viele, Herr Oberleutnant. Jeden Tag

findet sich einer, der um eine Karte bettelt. Wozu brauchen Sie eine Karte, Herr Oberleutnant? Auf Ihr Wohl, Herr ...» Eine Karte, pah, eine Karte! Wieviel und welche wollen Sie? Wann wollen Sie sie, Herr Oberleutnant? Sie wollen stiftengehen? Sagen Sie ... Ich bin betrunken. Der Oberleutnant ist ein prima Kerl, wenn er wollte, könnten wir eins singen. Slowaken sind wir von Geburt ... Nein, das ist ein Lied der Hlinkagarde. Wir sind nicht Gardisten von Geburt, Herr Oberleutnant, wir sind nicht von diesem Stamm ... Von welchem Stamm sind wir? Slowaken sind fast Russen, Herr Oberleutnant. Warum gehen wir nicht nach Hause? Was wollen wir hier, in diesem Bess ... Bessarabien, ich hab den Schluckauf, Herr Oberleutnant, die Offiziere sollten wissen, was die Slowaken hier wollen. Werden wir ein Dorf gründen, wie die Türken? Die würden sich wundern, was die Slowaken hier wollen.

«Was wollen wir hier, Herr Oberleutnant? Warum gehen wir nicht nach Hause?»

«Warum schreien Sie so, Zraz?»

«Ich schreie?»

«Bis morgen brauche ich die Karte, Zraz. Ich fahre morgen nach Hause.»

«Morgen ... ich geb sie Ihnen gleich.» Ich stand auf. Oberleutnant Rúčka drückte mich auf den Hocker zurück. «Warte, Unteroffizier. Du weißt ja noch nicht, welche Karte ...»

In meinem Kopf drehte sich alles, aber ich wußte noch genau, wieviel Kisten ich in der Kanzlei des Notariats aufgestapelt hatte, in welcher Kiste die Karten 1:25000 lagen, in welcher die Spezialkarten, die Generalstabskarten, die alten, die unbenutzten neuen, ich hatte auch schon Karten, auf denen Ungarn drauf ist. «Wollen Sie Ungarn, Herr Oberleutnant? Über Ungarn führt der Weg nach Hause, Herr Oberleutnant.»

«Die jetzigen Positionen unserer Einheiten in Bessarabien. Ich will sie mir zum Andenken aufheben.»

«Kleinigkeit, Herr Oberleutnant ... kein Problem.» Mein Blick blieb an der halbvollen Flasche hängen. Rúčka begriff. Wir tranken den Kognak aus, und nach einer Weile kehrte ich mit einer alten Karte zurück. Sicherheitshalber zeichnete ich die Positionen der einzelnen Einheiten auf einer neuen Karte ein, falls zufällig jemand ... In zehn Minuten habe ich dann die Eintragungen mit der Redisfeder nachgezogen.

Das Mädchen war allein in der Küche und trug wieder kein Tuch vor dem Gesicht. Ich zwinkerte ihr zu, das Mädchen lächelte, ich hatte den Eindruck, daß auf ihren Wangen keine Grübchen, sondern Sternchen erschienen. Als ich vom Hügel vor der Kanzlei hinabblickte, stand das Mädchen auf dem Hof. Sie hatte immer noch kein Tuch vor dem Gesicht.

Kognak ist Leben, Kognak ist ein Feuer, das wohltuend entflammt, das meine abgestumpfte Seele streichelt. Ich danke dir, Kognak, mit deiner Hilfe winkte ich der jungen Türkin zu, ohne dich hätte ich das nie getan, mit deiner Hilfe hüpfte ich vor Freude, als mir die Türkin antwortete. Ich wäre am liebsten zu ihr gelaufen, den Hügel hinab, aber aus der Kanzlei kamen Franz und Hnidák und das Plattgesicht, der Notar.

«Gehst du mit, Matúš?»

«Du bist wohl blind, Schwab!» wies ihn Hnidák zurecht.

«Dich hab ich nicht gefragt, Buckel. Was hast du denn entdeckt, Matúš?»

Ich brauchte Franz meine Türkin nicht mehr zu zeigen, denn vor dem Notariat fuhr eine schwarze Kutsche vor, die alte, bekannte Gemeindekutsche. Sie gehörte dem ganzen Dorf, aber fahren durfte damit nur der Notar, manchmal auch der Bürgermeister, ein paarmal hatte sie auch Marinčuk benutzt. Er sah darin aus wie der Zar höchstpersönlich. Oberst Krása lachte ihn dafür auf der Stabsberatung aus. Seitdem wollte Marinčuk von der Kutsche nichts mehr wissen.

In der Kutsche saß der Fürst. Den Kutscher hatte er auf den hinteren Sitz verfrachtet, er hielt selber die Pferde mit angezogenen Zügeln. Er war betrunken. Ich sah es ihm am Gesicht an, erkannte es an seinem Tonfall, er gab an wie ein kleiner Junge, der den mächtigen Herrn spielt und Befehle erteilt, ohne es gewöhnt zu sein.

«Steigt ein, ihr Kartenfummler, Schreibstubenbullen und Schwaben, wir fahren einen heben!»

Ich stieg ein, denn mich wärmte der Kognak. Alle stiegen ein, Franz, Hnidák, der Notar. Der Fürst trieb die Pferde an wie besessen. Hinter der Kutsche wirbelte eine Staubwolke, vor uns schmissen die schäumenden Pferde die Hinterteile.

Der Fürst fuhr zu einer Sauferei, zum Wein in das bulgarische Dorf, noch nie war ich mit ihm dort. Woher hatte der Fürst das Geld dazu? Vielleicht verscheuerte er im Sommer die Pelze und Filzstiefel der Stabskompanie, oder er verzauberte Rum in Wein, oder er hatte Gold ...

Die Schenke war geräumig und voller Lärm, das Dorf war offenbar reich. Den Ausschank belagerten lauter dickbäuchige, dunkle Männer. Sie sprachen bulgarisch und rumänisch miteinander. Wir gingen in den Garten, setzten uns an einen gedeckten Tisch. Die Kellnerin war nicht mehr jung, aber sie lächelte, der Fürst tätschelte ihr die fetten Hüften.

Wir begannen zu trinken.

Aßen Speck mit Brot und Zwiebeln.

Das platte Gesicht des Notars sank auf das weiße Tischtuch.

Der Fürst spielte sich auf, schrie herum, wollte unbedingt eine Frau am Tisch haben. Die Männer am Ausschank warfen uns verächtliche Blicke zu, redeten untereinander, lächelten. Nur einer hatte sich in die Tür gestellt und beobachtete uns. Noch nie hatte ich so einen starken Kerl gesehen. Was schaust du so? Ich weiß, du Koloß, du willst stänkern, eine Rauferei vom Zaune brechen. Ich brauche bloß an dir vorbeizugehen, da stellst du mir ein Bein oder streckst den Bauch vor und läßt mich nicht durch die Tür, oder du niest oder spuckst mir ins Gesicht. Wenn ich nichts sage oder tue, bin ich blamiert, die ganze Schenke wird mich auslachen, und wenn ich etwas sage, haust du mit der Faust zu, ich bin kein Stier, aber du schlägst selbst einen Stier mit der Faust nieder, und ich bin nicht nur der Blamierte, sondern vielleicht zeitlebens ein Krüppel!

Dem Notar fielen die Haare in die Stirn, sein Gesicht wurde noch platter. Das war kein Gesicht, sondern ein Brett aus Kalk, das war keine Nase, sondern ein Adlerschnabel, wenn er sprach, klang es schrill wie der Schrei eines Bussards. Der Notar schrie etwas, der Riese schaute ihn an. Die Stimme des Notars war vom Garten bis zum Ausschank zu hören. Er erklärte dem Fürsten, was sein werde, wenn die Russen kommen ...

«Alles werden sie nehmen, ganz Bessarabien werden sie nehmen, wen sie kriegen, den schleppen sie nach Sibirien, den Wein werden sie nehmen, deshalb muß man ihn jetzt trinken, Sergeant, ştii ... ponimajesch, verstehst du, den Wein muß man trinken, nichts den Russen lassen, ştii?»

«Norok Domn Notar, wir werden nur noch saufen ...» Der Fürst nimmt den Notar um den Hals und singt: «Antonescu dal prikas ... Warum singst du nicht, du verdammter Satan von Notar! Sing: Antonescu dal prikas ...»

Der Riese schiebt sich durch die Tür.

«Warum singst du nicht, Notar? Antonescu dal prikas ...»

Der Notar hebt den betrunkenen Kopf. Der Riese steht vor ihm am Tisch. Die trüben Augen des Notars begegnen denen des Riesen.

«Sing, Notar.» Der Fürst hat den schwarzen Riesen nicht bemerkt. Die Schenke hat sich mit Betrunkenen und Nüchternen gefüllt. Gleich passiert etwas. Wenn es zur Schlägerei kommt, werden Stühle zerbrochen, Tische umgeworfen, splittert Glas; ich muß mir eine geeignete Deckung suchen. Was hast du angerichtet, Kognak? Das Feuer brennt auch in dem Riesen. Aber warum? Wem haben wir etwas getan? Wir sind doch Slowaken, und ihr seid Bulgaren, Bulgaren sind fast Russen oder nicht? Der Notar ist Rumäne, er will den Wein allein austrinken, aha! Aha! Die Bulgaren sind fast Russen. Den Russen nichts lassen. Aha! Wenn die Schlägerei losgeht, ist es das beste, man springt in eine Ecke, einen Hocker in der Hand, in der Ecke ist der Rücken gedeckt. Werde ich mich so vor dem Riesen wehren können? Er wird mich mitsamt dem Hocker hinausschmeißen und den Tisch dazu.

Der Notar will nicht singen, der Fürst ist blind. Der Riese lächelt. Franz runzelt die Stirn und murmelt in einem fort: «Maria!» Der Schwabe hat ein Gespür. Er fühlt, daß sich etwas zusammenbraut. Hnidáks Buckel ist gewachsen, alle Angst hat sich in ihn verkrochen, auch er fühlt, daß sich etwas anbahnt. Seine Fischaugen werden immer größer. Ich trinke mir Mut an, der Wein schwappt auf das weiße Tischtuch. Jetzt nicht mehr, meine Hand zittert nicht mehr: Die Hände des Riesen haben sie wie mit Zangen gepackt. Seine Hand ist dick und schweißig. Warum will er gerade mir die Hand brechen? Ich schaue ihm in die Augen, auch Betrunkene, auch Raufbolde haben Augen. Durch die Augen bohre ich mich in sein Herz, durchs Herz ins Hirn, durchs Hirn ins Gewissen. Auch Riesen haben ein Gewissen. Was willst du von mir, Riese, was hab ich dir getan? Wenn du mich nicht losläßt, tret ich dir ... Auch Riesen haben schwache Stellen ... Erschlag mich meinetwegen, bring mich um, aber ohne Schuld laß ich mir kein Haar auf dem Kopf krümmen. Das laß ich nicht, auch nicht von einem Riesen. Der Riese schaut auf mein Glas. Willst du trinken? Kannst du das nicht sagen? Wie sagt man auf bulgarisch – trinken? Pitj? Da hast du, trink! Mit der freien Hand strecke ich dem Riesen das Glas hin. Der Riese schaut, schaut, es scheint, daß er mir erst jetzt in die Augen blickt.

«Dietja ...», flüstert der Riese. «Copila ... Kind ...» Ich weiß nicht, warum er es auf rumänisch und auf deutsch wiederholt. Er lächelt schwach, läßt meine Hand los und ergreift das Glas.

«Auf das Wohl unserer Brüder Bulgaren!» ruft der Fürst. Hnidák richtet den Buckel gerade, und Franz hebt flink sein Glas.

«Prost!» Franz beißt sich auf die Lippen. Bulgaren sind fast Russen. «Na sdarowe!» Dann ruft er: «Norok!»

Aber das gefällt den Bulgaren nicht. Kommando zurück, man muß sich etwas einfallen lassen, was auch die Bulgaren verstehen. Wie rief doch gleich der Beamte damals bei uns zu Hause auf dem Tanzvergnügen im Wäldchen? Shiwjo! Danach riefen alle Shiwjo, und der Wald gab es wieder mit siebenfachem Echo.

«Shiwjo!» Verstehen die Bulgaren nicht? Der Riese schaut nur, alle schweigen. Erst als der Riese ruft: «Shiwjo», summt es unter den Männern. «Shiwjo!» rufen wir, am lautesten Franz. «Shiwjo! Maria! Shiwjo, die Bulgaren!» schreit Franz, er will das Prost übertönen, das ihm entschlüpft ist.

«Shiwjo!» sagt noch einmal der Riese und schüttet dem Notar den Wein aus meinem Glas ins Gesicht. Der Riese lacht dröhnend, die durch die Tür geguckt haben, verschwinden in der Schenke, der Riese folgt ihnen. Der Notar fängt erst an zu schreien, als niemand mehr im Garten ist: «Gendarm! Gendarm!»

Als der Gendarm kam, hatte der Notar schon ein trockenes Gesicht, nur auf seiner Brust schimmerte das weiße Hemd rot wie von Blut. Schweigend schauten die Bulgaren zu, wie die Gendarmen den besinnungslosen Notar in die Kutsche hoben.

Die Kutsche voller Kälber

Der Notar lag zu unseren Füßen auf dem Boden der Kutsche, wie ein gefesseltes Kalb in einem Fleischerwagen. Über uns flog die silberne Luftflotte. In die Augen schien uns die Feuerkugel der untergehenden Sonne, von Osten her wehte ein angenehmes Lüftchen. Dort, nicht weit von hier, mußte das Meer sein. Ich roch seinen salzigen Geschmack. Der Wind blies durch mich hindurch und kühlte mein erhitztes Gesicht. In dieses Dorf gehe ich nie wieder trinken. So eine Schande! Ein Zivilist beschimpft Soldaten! Der arme Notar! Aber was war ihm eigentlich passiert? Das Hemd wäscht ihm die Magd wieder aus, ein roter Fleck ist drauf. Rot wie die blutigen Fingerkuppen der Türken. Ist das vielleicht eines Mannes würdig, eines Soldaten? Mit wem haben wir da eigentlich getrunken? Hat der Riese nicht auch uns gemeint? Vielleicht wissen sie besser als wir, wo die Front steht.

Ob der Bulgare weiß, daß die Slowaken fast Russen sind? Warum wollte er uns beschimpfen?

«Die Russen kennen Janko gut ...», sang der Fürst mit dünner Stimme, der Staub wirbelte ihm in den Mund. Der Fürst hätte gern das Hufestampfen überschrien, er trieb die Pferde an, sie galoppierten, schmissen das Hinterteil und brachen plötzlich seitwärts aus, die Kutsche wurde durch und durch gerüttelt, die Räder hüpften aus einer Fahrspur in die andere, das Kalb in der Kutsche schlug mit dem Kopf gegen unsere Schuhe, der Kutscher faßte ehrerbietig nach den Zügeln, aber der Fürst stieß ihn mit dem Peitschenstiel weg, schimpfte, daß ihm der Speichel aus dem Munde sprühte und jagte die Pferde noch mehr. Hinter einem Strauch tauchte eine Gestalt vor uns auf.

He, Fürst, halt an!

Die Gestalt huschte hinter den Strauch, einen dornigen Heckenrosenstrauch, es waren sogar noch Röschen dran, sie streiften die Schenkel des Handpferds, es schmiß den Hintern, die Zweige fegten den Staub von der Kutsche. Jetzt gab der Kutscher die Zügel nicht mehr aus der Hand. Der Fürst flog von einer Seite auf die andere, aber niemand hatte Angst, er könnte hinausfallen, niemand rettete ihn. Die Gestalt tauchte wieder hinter dem Strauch auf. Sie drohte uns mit dem Stock. Aber das war doch Oberst Krása! Tatsache! Um diese Zeit machte er immer seinen Abendspaziergang.

Ich war besoffen. Ekelhaft besoffen. Rasch vergaß ich den Oberst, ich wünschte mich so schnell wie möglich nach Hause, denn mir wurde langsam kalt. Im Sommer? Mir klapperten die Zähne. Das ist ein Mißverständnis, Kälte, meinst du nicht auch? Wir haben heißen Sommer, du bist noch weit, Winter . . .

Das Türkengrab

Zum Rapport? Geh ich nicht!

Du mußt, Oberst Krása hat es befohlen. Siehst du nicht, daß ich nicht gehen kann? Kranke gehorchen nicht Generälen, sondern Ärzten! Ich soll krank sein?!

Leutnant Friedrich springt um mein Bett herum und lamentiert. «Sich so vollaufen zu lassen, sich so zu besaufen! Das ist ja unerhört! Sich so zu besaufen und nicht einmal den Divisionskommandeur zu sehen! Eine Schande!»

Alles zittert, schwankt, das Bett, die Decken, die Stube, die ganze Erde schwankt, nur ich liege und halte mich am Bett fest, um nicht herauszufallen. Schade, daß der Doktor abgelöst wurde. Er hat mir die Hitze ausgetrieben, er würde auch die Kälte kurieren. Was will der Kutscher da? Ist er gekommen, um nach mir zu sehen? Ich kann dich nicht anschauen, mir tun die Augen weh, alles tut mir weh, die Gelenke, die Bauchmuskeln ... Alles schwankt. Auch beim Rapport wird alles schwanken.

Leutnant Friedrich kann meinen Anblick nicht länger ertragen. Er haut die Tür zu und geht. Ich bin allein mit dem Türken, dem Kutscher des Notars. Alles tut weh, alles schwankt. Ich bin wie die Erde, Kutscher, die ganze Erde schwankt, alles tut ihr weh ... Der Kutscher kann nur Türkisch und ganz wenig Rumänisch.

«Malaria ... Malaria ...»

Schwatz nicht, Kutscher, was heißt hier Malaria! Schüttelfrost. So was gibt es, Kutscher, wo sollte denn hier Malaria herkommen? Alles schwankt. Auch Hnidák und Franz werden beim Rapport schwanken. Das ist kein gewöhnlicher Rapport. Das ist ein Divisionsrapport, zu dem gehen nur Offiziere, und zwar von weither, von den Regimentern und Abteilungen. Das hab ich dir doch schon gesagt, Türke, nicht wahr? Heute soll auch Hauptmann Barát zum Rapport. Sag selbst, Barát, sind unsere Kommandeure nicht dumm? Sie glauben, du kannst dafür, daß diese Pionierkompanie in Odessa übergelaufen ist. Wo ist inzwischen schon Odessa! Warum ich dich nicht sieze? Geh zum Teufel, Barát. Die Front rückt vor, und Schluß ist's mit den Rapporten, die Russen werden uns einschließen und werden alle duzen, und wir werden alle Russen siezen. Marinčuk wird sich als erster seine Majorsschulterstücke herunterreißen. Schon seit einigen Wochen trägt er die Hosen mit den Lampassen des Generalstäblers nicht mehr. Auch das Abzeichen des Generalstäblers trägt er nicht mehr. Der letzte Offizier, der die Winteruniform trug, war Oberleutnant Rúčka. Jetzt im Sommer! Hahaha! Ich kann nicht einmal lachen, weiß auch nicht, was mich da schüttelt, das Fieber oder das Lachen. Jetzt im

Sommer tragen alle Offiziere Leinenuniformen. Sie werden sich die Schulterstücke abreißen und fertig. Ich bin Soldat, Reservist. Ich mußte, Brüder Russen, verzeiht mir! Aber ihr seid doch schon etwas älter, ihr Herren, seid ihr nicht zufällig Offiziere? Und du, Junge ... Das würden die Russen zu mir sagen. Bist du nicht zu jung? Nein. Nein, hast recht. Aus solchen Soldaten besteht auch bei uns ein Viertel der Armee. Und doch ... Die Offiziere werden Sorgen haben mit ihrem Alter, und ich werde mich schämen müssen, daß ich so klein geraten bin.

Ach! Wie es schwankt, das Biest! Hör auf! Du schüttelst mir ja die Seele aus dem Leibe, bevor ich noch den Russen begegne.

Malaria! Hör auf, Kutscher, am Ende glaube ich dir noch und sterbe an dieser ekelhaften Krankheit, die du dir ausgedacht hast. Diese Schaukelei wird unerträglich. Wenn der Fürst so ... Vielleicht wird auch er wenigstens beim Rapport ein bißchen zittern. Aber was geht mich der Rapport an? Ich habe die Malaria. Ja, ja, ihr Herren Offiziere, ich habe die Malaria. Hört ihr? Die Malaria!

Habe ich geschrien? Ich habe geschrien. Jemand hat was von Malaria geschrien. Dabei habe ich keine Malaria, nein! Was gibst du mir da zu trinken, Kutscher? Was ist das für ein bitteres Zeug? Oh, das brennt, zerfrißt mir den Schlund. Und das andere, was ist das? Du erwürgst mich, Türke ... Das ist der Wein, Kutscher, nicht die Malaria. Nimm den Becher weg! Geh weg, Türke ... Ach, die Malaria ... die große Angst ... Ach, diese Angst! Ich soll Angst vor der Malaria haben? Hör mal, Türke, ich ... Siehst du, Türke, ich werde nicht ohnmächtig, sondern schlafe ein. Jawohl. Was will der schwarze Wassil da? Der ist doch Putzer beim Obergefreiten-Aspiranten ... Was? Der ist schon Offiziersstellvertreter? Dieser Affe! Die Offiziere sind Affen, stolzieren in Schaftstiefeln herum, diese Affen, auch Jano Hol'oško ist ein Affe, er hat mich verraten, hat den Jungen ... Dafür wird er zum Rapport gehen! Der Rapport! Hahaha! Da mußt du auch lachen, Türke, was? Wo hast du die krumme Nase? Du hast keine? Den Krummsäbel? Du hast keinen? Du bist kein Türke, hast nur einen krummen Schnauzbart. Den hat auch ein Ungar. Schau nur, Türke, wie schön wir beim Rapport stehen. Marinčuk heftet mir einen Orden an? Aber wofür? Hahaha! Nein, das ist nicht Marinčuk. Auch ich bin nicht mehr da. Bin weg.

Beim Rapport sind Hnidák und Franz. Noch jemand ist da. Ihre Ablösung. Sie sind schon über ein Jahr im Felde. Nach einem Jahr muß man den Soldaten eine Auszeichnung geben, damit sie nicht murren, damit sie wenigstens etwas haben. Zraz! Wo ist Zraz? Kuckuck, hier bin ich, aber ihr könnt mich nicht sehen. Hier bin ich, unter der Decke. Alle Decken haben sie auf mich geworfen, alle acht. Die Sonne brennt, aber mir ist kalt. Türke, wirf noch den Mantel auf mich, gut, Türke, auch noch den Pelz des Leutnants, gut ... Marinčuk legt mir eine rumänische Auszeichnung auf den Pelz. Ich will nicht! Du mußt! Ich will nicht! Der Türke gießt etwas in mich hinein. Wieder das bittere Zeug. Jungs! Der Türke will mich vergiften. Du Esel, Wein ist doch kein Gift. Wein fördert die Verdauung. Nehmt diese Auszeichnung weg, nehmt sie weg! Ich habe die Malaria, ich brauche keine Auszeichnung.

Etwas fällt klirrend aufs Pflaster.

Ich liege nicht im Bett, sondern in dem Türkengrab, zu Hause auf der Alm neben der Tränke. Das ist nicht der Pelz des Leutnants, sondern das Gras auf dem Türkengrab. Türken haben keine Kreuze auf ihren Gräbern, nur weiße Steine, kleine Säulen, und darin ist so eine Art Turban eingehauen. Lies mal, Türke, was auf dem Kreuz geschrieben steht, mir tun die Augen weh. Unteroffizier Matúš Zraz, Sternchen 1924, Kreuz 1944. Schwatz nicht, Türke! Du kannst nicht Slowakisch, das bin doch ich, der da ruft, und ich lebe! Dort bist du begraben, Türke ... Gehst du weg!

Alles ist weggegangen. Ich bin allein, zu Hause auf der Alm bei dem Trog, ich schlafe im Türkengrab.

«Einen Monat Ausgangsverbot. Einen Monat Hausarrest!» schreit Franz.

«Eine rumänische Auszeichnung! Das ist ein Heidenspaß!» Diese Stimme kenne ich nicht.

«Hier hast du die Schreibmaschine, Papiere ... schreiben kannst du?»

Mir dreht sich's im Kopf, aber ich sitze.

«Er ist schon auf», sagt der, der von Hnidák die Maschine übernommen hat. Endlich ist also die Ablösung da. Das ist ja großartig, ihr Säufer, endlich ist eure Ablösung gekommen.

«Maria! Los, macht euch bekannt. Das ist der Schwabe, der mich ablöst. Und das ist der Kartenfritze, der Grünschnabel. Jetzt wird er hier der älteste sein.»

Verdammt noch mal! Auch der kleine Soldat, der Franz ablöst, hat Kreuzspinnen auf dem Kragenspiegel, auch er ist ein Schwabe, ein echter Preßburger ... Er hat ein bißchen krumme Beine, man sieht es gut, denn er trägt Schuhe und Wickelgamaschen. Und das Haar kurzgeschnitten, auf deutsche Art. Man sieht ihm an, daß er von einer Infanteriekompanie kommt und dort gedrillt wurde, daß dort ein richtiger Barras geschoben wurde. Alles, was er anhat, ist so, wie er es gefaßt hat, nach Vorschrift, nichts Persönliches.

Hnidák stellt mir seine Ablösung vor. «Gefreiter Nožír Milan.» Warum nicht Nožiar, was ist das wieder für ein Name? Auch du bist aus Bratislava, oje, alle aus Bratislava, das wird eine Bande von Großschnauzen!

Dann kommt Leutnant Friedrich, er hat zwei Auszeichnungen auf der Brust. Gratuliere, Herr Leutnant. Auch Hnidák hat einen Orden und Franz. Ich gratuliere euch, zu Auszeichnungen gratuliert man doch. Wieder bringt der Türke einen Becher, aha, aus dem Becher habe ich das bittere Zeug getrunken, aber ich trinke es noch einmal. Der Türke ist ein guter Arzt, der Schüttelfrost ist weg. Geblieben ist nur Hunger.

Mit den Neuen muß man Einstand feiern, mit den Alten

zum Abschied einen heben. Wieder eine Sauferei ... Wieder ... Ich will nicht mehr, aber der Türke gibt mir durch Zeichen zu verstehen, daß ich trinken kann. Gut, Türke, heute besaufe ich mich mit dir.

Der Traum
von dem türkischen Feiertag

Ich weiß nicht, warum ich gerade heute voller Wehmut an Hnidák und Franz denke. Hab ich mich an sie gewöhnt? Fehlen sie mir? Sie waren mir wie zwei Brüder. Briefe von daheim bekomme ich nicht, ich selbst schreibe auch nicht, und bisher war ich stolz darauf. Im Dorf wird man sich erzählen, der Matúš schreibt nicht, die Mädels werden miteinander tuscheln, der Matúš schreibt nicht, den Matúš hat's erwischt, den armen Kerl. Sie werden weinen, und ich dann auf einmal nachts, hoch zu Roß, mit dem roten Stern an der Mütze, mit den Russen ... Das wird eine Sensation!

Gestern enthüllte die Türkin wieder ihr Gesicht und nickte mir zu. Dann kam ihre Mutter auf den Hof und schlug sie. Was habe ich davon, daß sie ihr Gesicht enthüllt und mir zunickt? Soll ich mir einbilden, es wäre eine Sympathiebekundung? Sie hat ihr Gesicht enthüllt. Na und?

Ich bin sehr neugierig auf den türkischen Feiertag. Die Religion Staatsreligion, orthodox, die Bräuche national, türkisch. Ich bin wirklich neugierig. Die Kameraden sprechen von nichts anderem mehr ... Aber was wissen sie schon, sie können nur vermuten. Tagsüber wird man auf dem Friedhof sitzen, essen und trinken. An den Gräbern? Was ist das für ein Feiertag? An verfallenen, grasbewachsenen oder frischen Gräbern Gänsekeulen benagen? Das ist doch nur der Traum der Hungrigen! Abends werden die Mädchen ihre Gesichter enthüllen und sich dem hingeben, der sie lieb anschaut, der ihnen zuwinkt. Das ist doch nur die Sehnsucht nach Liebe! Nur einmal im Jahr gibt es dieses Fest der Liebe. Und die anderen Tage sind Tage des Hasses?

An diesem Feiertag freuen sich die Mütter, wenn sich viele

Männer für ihre Töchter interessieren, die Väter strecken die Weinbäuche vor, zwinkern den Nachbarn zu, schaut her, Männer, mit wem meine Zara ins Feld geht oder auf den Friedhof. Zara wird sich mir hingeben, jeden Tag winkt sie mir vom Hof her zu, zuerst wird sie Angst haben, zuerst werde ich die Hand über den Zaun strecken, werde ihr langsam das Tuch von der Stirn und vom Kinn ziehen, es dann völlig lösen, werde ihr übers Haar streichen, und sie wird mich anschauen, wird mich bewundern, mich mit ihren Augen verschlingen, langsam wird sich ihr Mund öffnen, sie wird mir sagen, wie sie mich liebt, aber ich werde sie nicht verstehen, denn Zara spricht türkisch. Ich werde nicht antworten, werde mich nur über den Zaun beugen und meine kleine Türkin küssen. Vater und Mutter werden durchs Fenster zuschauen und mich ermuntern, aber ich werde sie nicht sehen wollen, weil ich mich vor ihnen geniere, werde meine Türkin auf die Arme nehmen und sie ins Feld tragen, weit fort, wo nur wir zwei sein werden und unsere Liebe. Dann werde ich mich an Wiera erinnern ... Nein, ich werde nicht an sie denken, sie würde mir die Liebe zu Zara stehlen.

Von weitem höre ich Musik. Hörner und Pfeifen. Da eilen die Bulgaren zum türkischen Fest. Komm, Zara, wir verstecken uns hinter dem Strauch, hinter diesem Strauch hat sich auch der Oberst versteckt, sonst hätten ihn die Pferde mit den Hufen zerstampft.

«Was machen die hier an ihrem Feiertag?»

«Jeder macht, was er will. Ich denke jetzt nach, erinnere mich an dies und jenes ...»

«Bei uns, beim Regiment, haben wir nur Läuse geknackt, bis sie uns rausjagten zum Schanzen.»

«Quatsch nicht, Nožiar, du warst beim Regimentsstab, dort hattet ihr es noch besser als bei der Division.»

«Erstens heiße ich nicht Nožiar, sondern Nožír, und zweitens sage ich, wie die Männer bei den Bataillonen und Kompanien ihre Zeit verbracht haben.»

«Das ist was anderes. Hör mal, Nožiar, heute wird's hier ein heidnisches Fest geben. Wenn du willst, erzähl ich dir, wie ich mir ein türkisches Fest vorstelle.»

Nožiar – er verwahrte sich nicht mehr gegen diesen Namen – faßte das türkische Fest wie einen Basar auf, ähnlich dem auf der Bahnstation.

Er hatte nichts begriffen.

Die entschleierte Türkin

Heute bekamen wir ein Festtagsessen. Sonntags hatten wir im Stab immer Erbsen mit Schweinefleisch, der Fürst hat es auch diesmal organisiert. Es ist ein großer Feiertag, ein türkischer Feiertag ...

Nach dem Mittag füllte sich der ganze Talkessel zwischen dem Friedhof, der Kirche, dem Notariat und der Schule mit Türken und Bulgaren. Die Bulgaren bildeten um die Musikanten einen Kreis und tanzten. Die Männer interessierten mich nicht. Nur einer, aber der war nicht in der Runde. Mit den Bulgaren im Reigen tanzten auch zwei unserer Soldaten. Inmitten des Mädchenreigens spielten Musikanten auf komischen Blechinstrumenten und Schellen. Der Notar versuchte mich zu überzeugen, daß das ein rumänischer Reigen sei, aber ich wußte, daß da Türkinnen tanzten, ich wußte, daß unter ihnen auch Zara tanzte ... Zara ... Immer lacht sie, wenn ich sie so anspreche, vielleicht spreche ich es falsch aus, oder sie heißt anders.

Der Notar ging in die Schule, um den Oberst zum Essen einzuladen. Vielleicht auf den Friedhof, vielleicht an eine Tafel, der Notar hält wohl nicht die türkischen Bräuche ein.

Die Mädchen traten mit den Füßen übereinander, hielten sich um die Taille, dann ließen sie alle gleichzeitig los und winkten mit weißen Tüchern, und da schaute mich Zara an und lächelte, schlug aber rasch die Augen nieder, damit es nicht die Frauen sahen, die auf den Hängen des Talkessels saßen.

Der Riese war nicht da. Vielleicht hatte er Angst zu kommen. Ich kann ihn mir unter den Bulgaren gar nicht vorstellen. Bestimmt kann er nicht tanzen. Was würde ich mit dem Riesen anfangen, wenn er käme? Er hat dem Notar meinen Wein ins Gesicht geschüttet. Das hat er gut gemacht. Das Plattgesicht pfeift schon längst auf uns. Er scharwenzelt um die Offiziere herum, mir scheint, er schämt sich ein bißchen: Er hat uns für Hauptleute gehalten, dabei sind wir bloß Unteroffiziere.

Unteroffizier ist der niedrigste militärische Dienstgrad.

Die Sonne brennt, von den Tanzenden rinnt der Schweiß. Immer im Kreise, immer die gleiche Melodie. Ich kann sie schon auswendig. Mit den Bulgaren tanzt bereits die Hälfte unserer Einheit. Einen Schritt nach links, zwei nach rechts, und das Horn singt, und die Trommel dröhnt, wieder einen Schritt nach links und zwei nach rechts. Zwischen die Mädchen ist ein betrunkener Soldat gesprungen. Ich kenne ihn nicht. Er ist von einem Regiment oder aus der Kaserne, seine Uniform ist noch ganz neu. Die Mädchen kreischen auf und laufen zu ihren Müttern am Hang. Der Soldat steht allein vor der Kapelle. Die Pfeife schrillt, die Schellen rasseln, und der Soldat ahmt den Tanz der Mädchen nach, windet sich wie eine Schlange, dann läßt er sich etwas einfallen, wackelt mit dem Hintern, fuchtelt mit den Händen, die Türken lachen, die Mädchen schauen vom Hügel her zu. Erst jetzt stelle ich fest, daß sie nicht verhüllt sind, daß sie keine Tücher tragen. Hatten die Kameraden also doch recht, das wird ein prima Abend, auf den freu ich mich mächtig. Richtig, Türken! An einem Tag im Jahr muß man sich enthüllen, wenigstens an einem Tag im Jahr muß der Mensch frei sein. Aber warum soll das gerade dann sein, wenn er der Toten gedenkt, warum sollen sich ausgerechnet dann die Lebenden lieben? Etwas stimmt hier nicht ... Die Lebenden lieben sich auf den Gräbern der Toten, das ist nicht wahr, das haben sich unsere Soldaten nur ausgedacht. Soldaten denken sich alles mögliche aus; wenn sie sterben sollen, wollen sie leben, wenn sie leben sollen und lieben, brüsten sie sich mit dem Tode, wenn sie zeugen sollen, töten sie. Wenn wenigstens an einem Tag im Jahr die Soldaten zu Verstande kämen, würde kein Krieg länger als ein Jahr dauern, aber dieser dauert schon vier Jahre. Denkt euch was aus, Soldaten ... Auch ich bin Soldat. Bis zum Abend ist es noch lange hin, ich werde mir was ausdenken.

Ich werde nirgends hingehen. Und wenn, dann nur auf den Hügel vor dem Notariat, um hinunterzuschauen auf den Hof, ob dort nicht Zara zu sehen ist. Ohnehin kann man sich ja hier nicht verständigen. Es gibt keine Sprache, in der ich mit Zara plaudern könnte, schon drei Wochen lang, ich habe das Interesse an ihr verloren. Das geht nur immer «hamm, hamm» — essen —, den Kopf nach hinten legen und sich etwas Unsichtbares in die Gurgel gießen — trinken —, mir hängt die Sauferei schon längst zum Halse raus. Ich bin nervös, die Hitze ist zum Irrsinnigwerden, mich dürstet nach Wasser, viel Wasser, nach Flüssen und Meeren, mich dürstet nach Luft, Freiheit, mich dürstet danach, diese uniformierte, verschwitzte Welt abzuwerfen, mich dürstet nach dem Leben, mich dürstet, der zu sein, der ich einstmals war, ein Niemand, ein Arbeiter, alles. Der Gefreite Nožiar ist zufrieden, bei den Regimentern ging es trauriger zu, die Männer müssen viel schanzen, schuften wie die Sklaven. Kaum haben sie eine befestigte Stellung fertig, legen die Deutschen schon einen neuen strategischen Rückzug fest und neue Auffanglinien. Unsere Division hinterläßt eine ganze Leiter von Befestigungen, die letzte Sprosse dieser Leiter wird in Deutschland sein, und dann wird entweder die ganze Leiter umfallen oder der, der auf ihrer obersten Sprosse steht. Wer wird das sein? Die Deutschen.

Und dennoch ging ich hinaus. Einen Sonntagnachmittag in der Stube zu verbringen ist das Langweiligste, was man sich denken kann. Die Sonne neigte sich schon einem kahlen Hügel zu, aber die Hitze hatte noch nicht nachgelassen.

Der Gefreite Nožiar kniff die Augen zu; den Kopf hält er stets aufrecht, die Feldbluse trägt er immer bis zum obersten Knopf geschlossen. Er nennt mich «Alter» und freut sich, wenn ich mit ihm durchs Dorf schlendere. Er erzählte von Bratislava und erinnerte mich an die Mädchen dort, aber ich wollte lieber von unseren Bergen sprechen, denn in Bratislava war jetzt eine Affenhitze, und mit den Mädchen gingen andere. Maar war eingeschüchtert, er fühlte sich im Stab als Deutscher und war dankbar für jedes Wort, das man mit ihm sprach.

Wovon werden wir sprechen, Jungs? Von Politik? Da haben wir einen Deutschen unter uns. Der kleine Maar war beleidigt, als ich das sagte, obwohl ich tat, als scherze ich nur. Immerhin hätte mir der Deutsche so einheizen können, daß es mir vergangen wäre, derartige Anspielungen zu machen. Aber nein, Maar heizte mir nicht ein. Maar sprach sich aus. Er war mir nicht böse. Eine verkehrte Welt ist das! Ich kann keinen Deutschen beschimpfen. Das ist schon der zweite, mit dem ich mich anfreunde, ohne mich daran zu stoßen, daß er ein Deutscher ist. Maar machte sich über sich selbst lustig, erzählte, wie sie ihn in die Hitlerjugend getrieben haben, daß er nicht eintreten wollte, aber wie sie ihn am Ende über den Sport schnappten, und jetzt war er Meister der Slowakei im Skispringen. Er trainierte auf dem Kamzík, das war ein Leben, Mädels in weißen Skihosen wie Sand am Meer, und jetzt? Wir schauten uns diesen kleinen Käfer an, der von der Schanze gesprungen, sechzig Meter durch die Luft geschwebt war. Eigentlich beneide ich dich, Schwab ... Nein, für diesen Sprung bewundere ich dich. Du bist ein Kerl, Maar. Dein Name klingt schon ganz normal, kein bißchen lächerlich mehr.

Nožiar öffnete auf freiem Feld den obersten Knopf und sagte, er sei Sozialdemokrat, höre immer Beneš' Ansprachen aus London. Was sollte ich ihm sagen? Beneš ist gegen den Krieg und ... nein, das ist Politik, das ist nur Geschwätz. Beneš ... Was weiß denn ich, was Beneš will? Sag du's ihm, Maar! Du weißt nicht, wer Ben Ešeda ist? Ein arabischer Scheich? Red keinen Quatsch!

Wir gingen um ein Feld herum und kamen an den Zaun des Friedhofs. Der Friedhof war voller Menschen, aber hier am Rande war niemand, hier konnten wir uns ins Gras setzen. In einer Ecke stand eine alte Frau, sie sah uns nicht. Sie kaute etwas ... Kommt, Jungs! Setzen wir uns und rauchen wir eine!

Meine Hand gleitet unwillkürlich zur Tasche. Ich nehme eine Zigarette heraus, zünde sie an und reiche sie Viktor.

«Danke», sagt er. «Was starrst du in die Karte?» Erst jetzt wird mir bewußt, wie lange wir schon schweigen.

«Ich erinnere mich, Viktor.»

«An was?»

«An das komische Fest ...»

«Bei den Türken?»

«Ja.»

«Ich hab dich gesehen. Ihr seid über die Felder spazierengegangen, am Zaun entlang. Da hatten wir schon manchen Liter Wein intus. Wir saßen bei so 'ner Jungen. Sie hatte ihren Mann unter der Erde und weinte überhaupt nicht. Ich hängte mich an sie ... Wir verließen als letzte den Friedhof ...» Auch Viktor versinkt in Erinnerungen. «Sie hatte zu Hause zwei Kinder und die Mutter des Mannes ... Sie bewirtete mich bei sich, aber die Alte ging ums Verrecken nicht schlafen. Die ganze Nacht schlug ich mir um die Ohren, und nichts! Die Jungs hatten mir das Maul wäßrig gemacht – es wird einen tollen Feiertag geben. Ein Tag im Jahr! Zum Teufel!»

Viktor flucht. Er hatte sich zu einer Jungen gesetzt ...

Die alte Frau in der Friedhofsecke bemerkte uns, winkte, rief uns mit der knochigen Hand zu sich. Wir setzten uns zu ihr ins Gras, an einen kahlen Erdhügel. Die Türkin breitete ein Tischtuch auf dem Grab aus, auf das Tuch legte sie ein Stück Speck, eine Zwiebel und ein Stück Brot. Sie bewirtete uns auf türkische Art, versuchte Rumänisch zu sprechen, aber mir war das gleich. An einem Grab werde ich nicht essen. Ich konnte nicht dafür, aber meine Hand wollte sich nicht nach dem Speck, nach dem Brot ausstrecken ... Die Augen der Greisin blickten uns verständnislos an. Tränen stiegen darin auf. Wir schwiegen. Niemand wollte die alte Frau, die da am Grabe hockte, trösten, niemand wollte die alte Türkin betrüben, niemand wollte den Speck mit Brot und Zwiebeln anrühren. Wir schwiegen, starrten auf das Grab. Die Türkin breitete die Arme aus – das sind keine Arme, nur Knochen, die Finger sind Stöckchen, die Türkin ist eine tote Frau, ein lebender Leichnam mit einem bestickten Tischtuch und Speck auf einem Grab. Wenn sie im

Sarg läge, würde sie bestimmt nicht anders aussehen. Wer liegt im Grab, sprich, Türkin, sprich, wer liegt im Grab? Ich berühre still ihre Schulter, und unter den Fingern spüre ich Knochen. Ich ziehe die Hand zurück, aber die Türkin hält sie fest, nimmt den Speck und bietet ihn mir an. Mein Finger bohrt sich in den Erdhügel, zeigt auf die Türkin, dann auf das Grab, und die Türkin begreift. Sie zeigt auf mich, dann erzählt sie etwas und zeigt wieder auf mich. Der Sohn oder der Mann. Im Grab liegt ein Mann. Vielleicht war es ihr Mann, die Türkin ist sehr alt. Ich nicke, zum Zeichen, daß ich verstanden habe, schaue traurig drein, damit sie sicher ist, daß ich wirklich verstanden habe. Und die Türkin faßt eine Ecke des Tischtuchs an. Auch bei uns gibt es solche bestickten Tischtücher. Wo sind wir hier, Jungs? Wir sind doch unter Türken, machen sie denn hier auch bestickte Tischtücher?

So viele Gräber, so viele Menschen, so viele Lebende, alle essen und trinken Wein, alle denken an die Toten und glauben nicht, daß sie selbst sterben werden. Niemand ist allein an seinem Grabe, nur die alte Türkin war allein, jetzt sind wir bei ihr. Ich werde niemals sterben, ich nie. Zum Wohl, Mutter, zum Wohl, du alte Frau am Grabe.

Ich beginne zu träumen, statt der Türkin sehe ich meine Mutter vor mir. Wie sieht sie aus? Lacht sie oder weint sie? Das ist schrecklich, ich kann sie mir nicht mehr vorstellen, kann nicht einmal richtig an sie denken. Wenn ich an sie denke, kommen mir die Tränen, dann weiß ich, daß sie leidet, daß auch sie weint und daß ich an ihrem Weinen schuld bin. Wenn meine Mutter Türkin wäre und es gäbe bei uns einen solchen Feiertag, einen solchen Brauch, an den Gräbern der Toten zu ihrem Gedenken zu speisen, dann säße jetzt die Türkin, meine Mutter, an meinem Grab. Nicht allein, nein, mit dem Vater, den Brüdern, der Schwester. Ach, das wär traurig, sehr traurig. Soldaten kämen zu ihr, vielleicht wären es Türken, und sie würde ihnen ins Gesicht blicken, ob nicht einer der Türken ein Slowake ist, denn auch ihr Sohn war Soldat. Dann würde sie die Soldaten einladen, Räucherspeck mit Brot und Zwiebeln zu essen. Warum gerade Räucherspeck? Vielleicht auch Räucherkäse, bei uns gibt es wenig Speck. Den Soldaten würde es widerstreben, etwas von der alten Türkin, meiner Mutter, anzunehmen, denn sie ist alt, sie würden zu meiner Frau gehen, die ist jung, und sich auf den Abend freuen, auf den jetzt ich mich freue; meine Mutter, die alte Türkin, würde allein am Grabe bleiben, und ihr wäre sehr traurig zumute. Aber weinen würde die alte Türkin nicht, denn heute ist ein Feiertag, da darf man nicht weinen, heute ist ein Tag und auch ein Abend, da darf man sich nur erinnern, andere bewirten und sich ihnen hingeben, heute muß man leben.

Die alten, knochigen Finger fassen wieder die rote gestickte Rose am Tischtuch an und fordern uns zum Zugreifen auf.

Schüchtern nehme ich ein Messer (die Türkin lächelt), schneide Brot ab (warum weint die Türkin, wo doch heute so ein Tag ist?), kaue den harten, gut gesalzenen Speck (die Türkin weint nicht mehr). Nožiar greift ebenfalls zu, Maar schneidet sich mit dem eigenen Messer Brot und Speck ab. Die Türkin lacht und nimmt den Wein vom Tischtuch. Der Speck schmeckt, der Wein schimmert rot in der Flasche wie Blut. Wir essen und trinken an einem Grab. Heute ist so ein Tag. (Ist die alte Türkin jünger geworden? Nein, nur der Wein hat ihre Wangen gerötet.)

War so eine Nacht?

Als wir vom Friedhof ins Dorf hinabstiegen, wurde es schon Abend. Zara lugte durch ein Loch im Zaun, und ich tat, als hätte ich sie nicht gesehen. Es gehört sich nicht, mit einem solchen Mädchen zu äugeln. Sie ist zu jung, kann noch gar nicht küssen, und zum Lernen ist die Zeit zu kurz. Länger als eine Woche werden wir nicht mehr hiersein. Die Deutschen nehmen unaufhörlich ihre Stellungen zurück. Die zweite ist heute die erste, morgen wird die dritte es sein. Dann legen sie dort Stacheldrahtverhaue an, schaffen Minen vor die neue erste Linie und verbuddeln sie auf dem Feld, wo unsere Infanteristen die neue Hauptkampflinie graben. Die Deutschen bilden sich immer noch ein, daß die Front durch das Gebiet kommen wird, wo sie ihre Befestigungen errichtet haben. Zivilisten aus den Nachbardörfern heben auch schon Panzergräben aus. Die Türken wissen es noch nicht, aber morgen wird es der Notar austrommeln lassen, daß sich von jedem Hof einer zum Schanzen zu melden hat. Man würde mehr anfordern, aber gerade hat die Ernte begonnen. Die Deutschen haben angeordnet, das Getreide so schnell wie möglich zu bergen und zu dreschen. Vielleicht gelingt das innerhalb von zwei Wochen, und das Brotproblem ist gelöst. Die Deutschen behaupten, es gebe kein Brot, weil die Windmühlen in Bessarabien nicht nachkommen, aber jeder weiß, daß sie gar kein Korn zum Mahlen haben. Zaras Vater sagt das auch, aber er bat mich, es nicht dem Notar zu erzählen.

Nožiar und Maar forderten mich auf, mit ihnen durchs Dorf zu schlendern. Sie waren bisher noch nicht weit in den Talkessel gekommen, wo die Bulgaren und die jungen Türkinnen getanzt hatten.

Es ging auf den Abend zu. Die Sonne verwandelte sich in eine rote Feuerkugel. Der Himmel war klar, zwischen den Zähnen knirschte Staub. Vor den Häusern standen Türken, die einen lehnten am Tor oder gegen den Zaun und schauten auf die Straße, andere unterhielten sich leise auf den Höfen. Die Männer hatten wie immer spitze Lammfellmützen auf, die Frauen waren ohne Schleier. Wenn ich mich mit ihnen hätte verständigen können, wäre es wie zu Hause gewesen.

Wir gingen die staubige Straße entlang, aus den Gehöften kamen hier und da unsere Soldaten gelaufen, alle fröhlich, angeheitert, voller Sehnsucht, sie lebten, erwarteten den erträumten Abend.

Einige der Dorfbewohner grüßten uns sogar, und mir war das peinlich, denn es waren meistens ältere Leute, die ich zuerst hätte grüßen müssen. Die Frauen mit den weißen Gesichtern schauten uns stumm an.

Aus einem Tor lief uns ein Mann entgegen, verbeugte sich tief vor mir und gab mir durch Zeichen zu verstehen, ich möge auf seinen Hof kommen. Ich begriff ihn nicht, hatte keine Ahnung, was er wollte. Wer bist du, Türke, warum lädst du nicht einen anderen Soldaten ein? Vor uns sind doch so viele Soldaten auf der Straße vorbeigekommen. Unsere Landser verstehen es ausgezeichnet, den türkischen Feiertag für sich auszunützen durch gutes Essen und Trinken. Nožiar und Maar blieben auf der Straße zurück, ich folgte dem Türken. Sollte er mich bewirten, werde ich die beiden rufen, sollte er etwas beim Notar oder auf der Kommandantur zu erledigen haben, mach ich das allein ab. Der Türke ging voraus, schaute sich dauernd nach mir um, plauderte und lächelte mir vertraulich wie einem alten Bekannten zu. Auf dem Hof standen Männer beisammen. Einen erkannte ich sofort, es war der kräftige Türke, dem das Blut von den Fingern getropft war, der gleiche, der den Notar mit einer Hand zu Boden werfen konnte. Der Türke mit den blutigen Fingern lächelte. Nun bluten deine Finger nicht mehr, nun ächzt du nicht mehr, nun forderst du nicht mehr den Rest der Prügelstrafe, du hast getrunken, deshalb hast du ja den orthodoxen Glauben angenommen, um trinken zu können. Gib mir die Hand, Türke, nicht alle beide, das sind keine Hände, das sind Pranken, der Bär wird mir die Hand zerquetschen.

Salam aleikum, ihr beschwipsten Brüder. Ruhm dem Propheten Mohammed, dem wahren Gott der Türken. Der Türke preßt mich an seine schwarze Weste und den roten Gürtel auf seinem dicken Bauch. Warum rufe ich nicht die Kameraden? Der Türke wird mich zerquetschen. Der würde selbst einen Meisterboxer zerquetschen, aber wir sind Kameraden, wir sind Brüder, die Welt steht kopf, der Türke preßt einen slowakischen Kreuzfahrer an sich. Der Türke ist mein Bruder. Der Geruch seiner Weste und des roten Gürtels ist ein seltsames Gemisch von Wein, Zwiebeln, Speck und Tabak. Der Tabak übertrifft alle anderen Düfte, auch den Schweiß des Türken. Ich stehe da, von Türken umringt, Gefangener bei den Türken ... Der Starke, der mich vor einer Weile an sich gedrückt hat, zeigt mit der Hand, sagt etwas, regt sich auf, hebt die Hände vor mein Gesicht, und ich verstehe auf einmal Türkisch. Schau her, Soldat, sagt er, schau her, du fremder Soldat, entschuldige, ich habe vergessen, woher du bist, schau dir diese Hände an.

Siehst du sie, Soldat? Ich sehe sie, Türke. Hände, die arbeiten, sind auf der ganzen Welt gleich. Schwielen wie Schuhsohlen ... Siehst du, Soldat, und diese Hände hat der Notar blutiggeschlagen. Ich weiß, Türke, ich weiß. Auch der andere Türke erzählt etwas. Hinter den Männerrücken lugen die entschleierten, blassen, sympathischen Frauengesichter hervor. Vom Tor her schauen Nožiar und Maar herein. Vier Hände scheinen sich etwas zuzureichen, vier türkische Hände halten mich gefangen und erzählen, drohen, als wollten sie ihre Kraft zeigen. Wenn Hände sprechen, können die Münder schweigen. Hände verstehen sich ohne Dolmetscher. Ich habe eine davon ergriffen — was für eine kleine, harte Hand. Sie gehört dem, der mich hereingeholt hat. Ich streiche ihm übers Gesicht. Ich habe es schon einmal gesehen, es verfinsterte sich, als der Stock des Notars pfiff. Ich streiche über seine kleine Hand, die unverheilten Wunden an den Fingern. Warum verzieht sich dein Gesicht zu diesem sonderbaren, unmännlichen Krampf? Schlägt dich der Notar? Keine Angst, kleiner Türke, fürchte dich nicht, der Notar ist kein Meisterboxer, den Notar werden wir gemeinsam ... Schau her. Ich schließe seine offene Hand zur Faust. Eine kleine, knochige Faust, hart wie ein Hammer. Auch mir ergießt sich Kraft in die Muskeln, auch mir verzerrt ein sonderbarer Krampf das Gesicht. Zwei freie Fäuste. Die Türken begreifen nicht, schauen mich verlegen an, begreifen noch immer nicht. Wie naiv ich bin! Wie sollten sie begreifen, wo doch nur bei uns am Ersten Mai solche Fäuste auf Plakaten waren, wo nur bei uns die Männer die Fäuste zum Gruß hoben! Nur bei uns droschen Gendarmen wegen der erhobenen Fäuste auf die Männer ein. Bei uns schlugen sie die Männer auf die geballten Fäuste; die Türken wurden auf die offenen Hände geschlagen. Den Türken kam das Blut aus den Fingern. Sie begreifen immer noch nicht ... Werden nur bei uns Hände zu Fäusten geballt? Das ist nicht wahr. Der kleine Türke blickt mir in die Augen. Was liegt auf seinem Gesicht? Wilde Entschlossenheit? Auch der Starke, Kräftige hat begriffen. Er packt meine Hand und birgt sie in seiner mächtigen Pranke. Dann lächelt er. Vielleicht hat der Starke anders begriffen als der

Kleine. Nein, er hat genauso begriffen. Die Schwielen an den Händen sind die gleichen.

Der Kreis öffnet sich. Eine Türkin legt eine strohumwickelte Flasche vor meine Füße.

«Ich habe noch Kameraden . . .» Türken sind keine Slowaken. Ich zeige auf Nožiar und Maar. Der kleine Türke ist ein Slowake, er versteht mich, läuft hin, sie zu holen . . .

Das war die Nacht, wo die Türken ihre Seele enthüllten. Jedesmal, wenn wir einander zutranken, sagten wir weder «na sdarowe» noch «norok», sondern nahmen die Holzbecher in die linke Hand und ballten die Rechte zur Faust.

Das war die Nacht, wo ich nicht an Mädchen dachte, wo ich mich wegen der Fäuste und des Weines nicht überzeugen konnte, ob sich die Träume von dieser Nacht für die Soldaten erfüllten, die Nacht, von der auch ich insgeheim viel, sehr viel erwartet hatte.

Gab es diese Nacht?

Soldaten! Sagt, gab es eine Nacht, wo sich die Türkinnen enthüllten und den Slowaken hingaben? Sagt, gab es diese Nacht, oder war alles nur ein Traum?

Zara ist heute allein zu Hause

Zu Mittag brannte die Sonne, die Uniform wurde schwer wie eine Ritterrüstung. Ein Längerdienender hatte die Stabskompanie antreten lassen und außer der Wache alles hinaus zum Schanzen gejagt. Die Befestigungsarbeiten befehligte Leutnant Friedrich. Beim Gefechtsstand blieb von jeder Abteilung nur ein Mann zurück, um die Verbindung mit den Regimentern zu halten. Nožiar und Maar gingen, ich blieb.

Ich war allein. Zara war heute allein zu Hause. Sie mußte kochen und das Vieh füttern, ihr Vater hatte sich am Morgen mit einer Schaufel vor der Kommandantur eingestellt, wo sich die Türken trafen. Das erinnerte mich an daheim, so trafen sich bei uns die Männer, wenn sie zu Straßenarbeiten oder zur Säuberung der Gemeindeweide aufgeboten wurden. Zaras Mutter war mit den Frauen aufs Feld gegangen. Majstrík rief schon zum dritten Mal aus der Wirtschaftsverwaltung an. Ich sah ihn durchs Fenster. Heute war Marusja bei ihm. Marusja war bekümmert, sie konnte sich mit den Türken nicht verständigen. Wieder läutete das Telefon.

«Komm, Kartenfritze, komm her auf ein Gläschen, zum Teufel! Laß dir doch was sagen ...»

«He, Majstrík, fall mir nicht auf 'n Wecker!» Den Hörer hinlegen war ganz einfach. Von der Nacht brummte mir noch der Schädel, und als wüßte das die Sonne, brannte sie auf mich nieder, als wollte sie mich vernichten, die Uniform wurde immer schwerer, die Hosen scheuerten am Knie. Laß mich in Ruh, Majstrík, Zara ist allein zu Hause, du hast deine Marusja bei dir.

Ich weiß nicht, was ich tun soll. Heute ist Zara allein zu Hause ... Herr Goal! Wie lange hab ich nicht an sie gedacht. Zara ist noch keine Sechzehn ... Was soll ich tun? Da soll doch gleich der Teufel dreinfahren! Wie sagt man das auf türkisch, Zara?

Salam aleikum, Zara

Das hätte ich mir denken können, daß mich Zara nicht einläßt. Sie ist allein zu Hause, das Gesicht hat sie wieder verhüllt. Gestern war ein Tag, gestern war eine Nacht, da hätte sie mich eingelassen, diese Nacht ist vorüber, und ich werde sie nie mehr erleben. Weiß der Teufel, was für eine Nacht das war. Sag, Zara, gab es diese Nacht? Wer wird mir das sagen? Zara ist noch keine Sechzehn, das hätte ich wissen können, das wußte ich. So eine Nacht kann es nicht gegeben haben. Was will ich an Zaras Zaun?

Zara ist da. Sie zittert. Warum zittert Zara? Sie hat sich das Tuch vom Kopf gerissen, ich sehe ihr ganzes Gesicht, die Stirn, die Augen, das Haar, den halbgeöffneten neugierigen Mund, ihr ganzes Hälschen ist entblößt, der dünne Hals, der dem des entsetzten Putenkükens gleicht, das der Schwabe Franz vor den Deutschen beschützte. Wer wird Zara beschützen? Sie ist noch keine Sechzehn. Zaras Brüste heben und senken sich, die zwei

Äpfelchen auf ihrer Brust ... Wer wird dich beschützen, Zara? Ich weiß nicht, ob ich noch von gestern betrunken bin, mir dreht sich alles im Kopf. Vielleicht von der Sonne, heute habe ich noch nichts getrunken, von der Zecherei gestern werde ich wohl schon nüchtern sein. Das Tor ist verschlossen, Zara sollte es öffnen, aber sie läßt es zu. Sie läßt es verschlossen, läuft aber nicht weg. Sie hat sich mit den Armen daraufgelehnt, ihre Lippen zittern. Sie schaut mir in die Augen, und ich fürchte, daß sich ihre Augen nach einer Weile mit Tränen füllen werden. Ja, sie werden weinen ... Zara bedeckt sie mit dem Tuch, bindet es sich um den Kopf, verhüllt die Stirn, den Mund, nur die Augen schauen, schauen, zittern, in ihnen schimmern Tränen. Gestern war ein Tag ... Ich bedaure, daß ich nicht zu Majstrík gegangen bin, dort hätte ich gewußt, was ich tun muß, und Zara hätte nicht geweint.

Leb wohl, Zara ... Wie habe ich das gesagt? Nicht so. Salam aleikum, Zara. Die Türken haben einen anderen Gott, sie haben nur den orthodoxen Glauben übernommen, um ... Auch du hast eine harte Hand, Zara? Und die Tücher bindet ihr alle gleich. Unter dem Tuch ist die weiße Stirn, unter dem Tuch ist der Mund. Wozu ist ein junger Mund da? Ich küsse Zara zuerst auf die Stirn, dann auf die bebenden Lippen. Zara küßt mich rasch, hört plötzlich auf, läuft schnell ins Haus und schließt die Tür hinter sich.

Sie steht vor dem Spiegel zwischen den Fenstern. Unter diesem Spiegel lag immer der Koffer von Oberleutnant Rúčka. Zara steht dort und hat kein Tuch um den Kopf.

Es ist ein Tag, heute ist so ein Tag, wo sich Zara im Spiegel ihr Gesicht beschaut. Ich muß mich beeilen, damit keiner sieht, woher ich komme. Ich sollte noch einmal umkehren, aber ich muß mich beeilen. Zara ist allein zu Hause. Und sie ist noch keine Sechzehn.

Ich kehrte nicht zurück. Dieser Tag, diese Nacht war gestern. Vielleicht haben sich die Soldaten so einen Tag, so eine Nacht nur ausgedacht, denn nach so einem Tag und so einer Nacht sehnen sie sich sehr. Nach was für einem Tag, nach welcher Nacht sehne ich mich? Ich bin Soldat.

«Weißt du, an was ich denke, Unteroffizier?»

«An was, Viktor?»

«An die Türken.»

«Schon wieder?»

«Schon wieder.»

Ich erschrecke. Viktor hat einen besonderen Scharfblick. Als könnten seine Augen Gedanken lesen. Auch ich denke an die Türken, Viktor ... «An die Türken?» sage ich wie beiläufig, um meine Verlegenheit zu verbergen.

«An die Türken, Unteroffizier, wie sie sich fürchteten, damals, erinnerst du dich, als ...»

«Das hätte ich sehen wollen!» Viktor schaut mich an, ich hole eine Zigarette hervor, zünde sie an und gebe sie ihm. Dem Chauffeur muß man die Zigarette angezündet anbieten. Auch ich stecke mir eine an. Jetzt rauchen wir gemeinsam wie die Türken, denken gemeinsam an die Türken.

«Auch ich, Unteroffizier ...»

Das türkische Dorf mit dem tatarischen Namen war vor lauter Staub nicht zu sehen, als die Wlassowsche Kosakendivision dort einzog. Vielleicht sahen sie in diesem Staub nicht einmal das Dorf, vielleicht sahen sie nicht die Türken, nicht Zara ... Bestimmt sahen sie sie nicht! Sie war jung, noch keine ... Wie alt war Zara eigentlich? Noch keine Sechzehn? Vielleicht noch nicht einmal Fünfzehn ... Vielleicht gab es keine Zara, vielleicht habe ich sie mir nur ausgedacht, denn ich wollte etwas Schönes in mir haben, etwas Reines, etwas, was keiner hatte, was die Seele zu erfreuen vermag, von dem man nur träumt, das sich aber auflöst, sobald man es berührt. Und wenn wir erwachen, ist nichts mehr davon da.

Vielleicht blieb auch von uns Staub zurück, wie bei den Wlassowleuten, aber diesen Staub sahen wir nicht, denn die Tatra-Wagen knurrten wie böse Tiger, ihre Augen funkelten grün, und mir drang der Staub in die Augen. Nein, ich weinte nicht ... Schließlich war Zara noch keine Sechzehn, vielleicht noch nicht einmal Fünfzehn. Ich erinnerte mich nur ... Salam aleikum, Zara ...!

15
Die sommersprossige Liebe

Die Letzten in der Kolonne

Die Straße schlängelt sich nach Süden. Mir scheint, wir sind auf einem Bergplateau, eine Weile werden wir auf dieser Hochebene dahinfahren und dann einen steilen Hang hinabsausen, die Berge werden hinter uns zurückbleiben, und vor uns wird sich ein großer Talkessel mit fruchtbaren, wohlbestellten Feldern auftun. Je weiter wir nach Westen kommen, um so mehr Dörfer mit Stein- und Holzhäusern statt Lehmhütten treffen wir an. Rechts ist ein Gebüsch, rot schimmern Himbeeren. Schön wär's, hier anzuhalten, alles zu vergessen, zu vergessen, daß ich Soldat bin, an den Himbeeren zu riechen, sich dabei zu erinnern ... Aber Viktor gibt Gas, und der Tatra flieht nach Westen, nach Hause, und hinter uns bleibt die Front zurück, der Feuergürtel, der das Schwarze Meer mit der Ostsee verbindet. Der Gürtel windet sich wie eine Natter, in einigen Wochen wird er sich ans Mittelmeer heranschlängeln, wird das Unkraut ausbrennen und eine Brandstätte zurücklassen. Darauf werden gute Kartoffeln wachsen ...

Viktor dreht das Lenkrad jäh nach links, der Tatra biegt von der staubigen Hauptstraße ab auf einen grasbewachsenen Feldweg und versteckt sich in einem Fichtenwald. Ich sage kein Wort, obwohl ich der Kommandant des Wagens bin. Ich lasse Viktor gewähren, soll er machen, was er will. Er sollte der Kommandant sein, er ist älter und erfahrener, ist Fahrer. Ich fühle mich bei ihm wie ein kleiner Junge, den ein Kraftfahrer ein Stückchen mitnimmt. Ich schweige, um die angenehmen Gedanken nicht zu unterbrechen. Zara und die Türken sind in eine Staubwolke gehüllt, die mit der wilden Fahrt wächst.

In der Hand halte ich die Karte, lege mich neben Viktor ins Gras unter eine alte Fichte, über deren Stamm eine lange Zähre Harz rinnt. Viktor hat seine Lederjacke aufgeknöpft.

«Wenn du weiter willst, weck mich.» Viktor deckt sich die Mütze mit dem durchschwitzten Lederband über die Augen.

«Schlaf. Vielleicht schlafe ich auch.» Ich kneife die Augen zu, atme tief ein und nehme die Stille in mich auf, aber bald erscheint es mir schade, im Wald zu schlafen. Ich sollte aufstehen und durch den Wald streifen, ein Feuerchen anmachen, mir Kaugummi aus Harz backen und Speck braten ... Ich werde auf den Wipfel der hohen Tanne blicken und lauschen, wie der Wald rauscht. Die Karte sollte ich weglegen, die Karte ist die Vergangenheit, die sich mir als Gegenwart meldet, hier bist du gewesen, hier hast du das erlebt ... und wieder bin ich dort, wieder durchlebe ich es ...

Hier ist Tatar-Koptschak, Staubwolken, dann die Straße, über die unser Tatra schaukelt wie ein Schiff auf riesigen Wellen, denn die Straße, auf der wir Bessarabien durchqueren, führt über Berge ohne Serpentinen, der Tatra stöhnt, aber er bezwingt sie ohne Schwierigkeiten. Talab läßt ihn Viktor in einem wahnsinnigen Tempo sausen, fast habe ich Angst. Viktor ist der beste Fahrer der Welt, aber wenn nun doch ... Außer der Befürchtung, wir könnten umkippen, läßt mich alles andere kalt. Wir fahren, der Tatra brummt, Felder und Bäume rasen vorbei und bleiben hinter uns zurück. Jede Sekunde sehe ich etwas, was ich noch nie gesehen habe und nie mehr sehen werde. Ich bemühe mich, für die Augen so viel Bilder wie möglich zu stehlen, mir so viel wie möglich zu merken. Zum Schlafen ist noch Zeit genug, schlafen muß man nachts. Ich weiß nicht, warum uns der Leutnant bei dieser Verlegung als Schlußlicht in die Kolonne eingereiht hat. Viktor hat die Kolonne davonfahren lassen, soll sie sich zum Teufel scheren. Soll der Leutnant den Staub alleine fressen, hat Viktor gesagt und gewartet, bis auch der letzte Wagen unseren Blicken entschwand. Gut, Viktor, so können wir die Fenster offenlassen.

Neben mir sitzt Nožiar und hüstelt. Das ist bei ihm schon so ein Tick. Unter der Plane unterhält sich der Schwarze mit Maar und den Soldaten von der Stabskompanie, die wir mitnehmen mußten. Sie hocken auf Kisten und scheuern sich den Hintern wund. Viktor rast, denn die Kolonne haben wir schon mehr als eine halbe Stunde nicht gesehen. Die Straße ist schnurgerade, wir haben noch keine Kreuzung oder Abzweigung überfahren. Nožiar hüstelt wieder und kneift dabei die Augen zu. Viktor ist schmutzig und bartstopplig, Nožiar blitzsauber und rasiert wie Majstrík. Ich kenne euch immer noch nicht richtig, Kameraden. Kameraden? Jetzt möchte ich einen guten Kameraden bei mir haben, mit dem ich mich aussprechen könnte, wohin wir da eigentlich fahren, was da im Gange ist, wie das weitergehen soll, in einem halben Jahr wird die Front in Berlin sein, oder ...? Was meinst du, Nožiar? Kommt die Front bis Berlin, wird auch am Hron gekämpft, auch in Bratislava? Das ist lächerlich. Unser Tatra wird auf der Betonstraße von Trnava nach Bratislava dahinrasen, auf den Feldern an der Straße sind viele Menschen, halt an, Viktor, komm ein Weilchen mit zu den Leuten, mit denen werden wir uns verständigen.

Den Berg hinunter fahren wir mit achtzig, hinauf klimmen wir mit zehn, das wiederholt sich immer und immer wieder, eine Stunde oder einen halben Tag, die Leute auf den Feldern richten sich auf, schauen unserem Tatra nach, und ich winke ihnen zu, ich weiß gar nicht, warum, auch sie winken mir zu, sie wissen vielleicht auch nicht, warum sie auf meinen Gruß antworten. Sie tun es aus Gewohnheit, denn Menschen grüßen einander, selbst wenn sie sich nicht kennen, genauso wie an der Front die Menschen aufeinander schießen, selbst wenn sie sich nie gesehen haben, auch wenn sie einander nie etwas getan haben. Nur so, aus Gewohnheit, auf Befehl, die Menschen haben sich daran gewöhnt, anderen zu gehorchen, andere abzuschlachten.

Die Berge sind im Staub zurückgeblieben, der Tatra fährt über eine schmale Straße. Auf der linken Seite spiegelt sich ein See, auf der rechten lassen sich in den Sümpfen Störche und

Möwen nieder. Dann klettern wir noch einen steilen Berg hinan, die Räder des Tatra mahlen, die Straße ist sandig, der Tatra kommt kaum vorwärts, klimmt langsam hinauf, hustet und spuckt und schleppt sich dann über die schmutzige Straße eines großen Dorfes. Die Höfe sind voll von unseren Soldaten, hinter den Toren verstecken sich Tatras. Viktor verlangsamt die Fahrt, er ist bereit, jeden Augenblick anzuhalten. Vor uns steht ein staubbedeckter Mercedes. Viktor gibt Gas, um so schnell wie möglich bei ihm zu sein. Wo Krásas Mercedes steht, dort ist der Stab.

Zahlen zwingen mich zum Aberglauben. Feldpostnummer Idee 17, einquartiert bin ich auf der Strada Principessa Jelisaweta Nummer 17. Was soll ich dazu sagen? Zum ersten Mal war nicht ich Quartiermacher, diese Verlegung hatte der Fürst zu organisieren. Da bin ich aber neugierig, wo er mich hingesteckt hat. Nožiar und Maar bleiben in der Kanzlei. Der Schwarze würde gern bei Zivilisten wohnen, aber Leutnant Friedrich zischt nur: «Bist du unzufrieden? Hast du was zu meckern?»

«Nein, Herr Leutnant.» Der Schwarze steht im Habtacht und grinst. Wenn der Schwarze grinst, ähnelt er mehr einem Mongolen als einem Russen. Aber der Schwarze grinst nicht lange, denn Leutnant Friedrich liebt die Mongolen nicht, und der Schwarze weiß das.

«In einer Stunde antreten, Abteilungsberatung!» befiehlt Leutnant Friedrich, aber niemand hört auf ihn, ich stehe in der Tür, Nožiar und Maar bereiten das Lager, der Schwarze klappert mit den Kochgeschirren. Nur der Offiziersstellvertreter Boháč steht mitten im Zimmer, die Hände in den Taschen. In einer Stunde ... Gut, Friedrich, in einer Stunde, da habe ich Zeit genug, um in die Strada Principessa Jelisaweta Nummer 17 zu gehen.

Notizen über die Dünne und die Dicke

Alles wird sich wiederholen. Ich werde über die Straße gehen, werde einen Bogen um den Dreck machen, Staub aufwirbeln, der Sand wird durch die Löcher in meine Schuhe dringen und mir die Füße wundreiben, die verschwitzten Füße werden jukken, und ich werde schimpfen. Warum habe ich meine Stiefel gegen Schnürschuhe getauscht! Was hätte ich tun sollen? Die Stiefel waren durchgelaufen. Schuhmacher haben wir keine mehr. Der Gefreite, der beim Fürsten hilft, gab mir gestohlene Schnürschuhe. Sie waren neu, noch nicht geschwärzt. Sie drückten, ojoioi, wie sie eben drücken, solange sie nicht ausgetreten sind, aber jetzt laufe ich darin wie in Hausschuhen. Können die Schuhe dafür, daß sie Löcher für die Schnürsenkel haben? Wenn sie keine Löcher, sondern Schäfte hätten, wären es Stiefel. Kann ich dafür, daß ich jetzt gleich vor der Nummer 17 in der Strada Principessa Jelisaweta angelangt bin?

Die Nummer 17 fand ich schneller, als ich wollte. Sie ist gleich hinter der Ecke, einige Meter vom Stab. Ein altes Haus, mit Lehm verschmiert, das Dach wie ein Elsternnest, zum Teil aus Stroh, nur die Nordseite ist mit Dachziegeln gedeckt, und die Hütte ... Nein, eine Hütte hatte nur der alte Laurinec, das wird wohl die Sommerküche sein, also die ist mit Schindeln gedeckt, mit komischen Schindeln, es sind Brettchen, keine Schindeln. Das Dach des Hauses ist hoch, die Wände sind niedrig. Der Hof ist von der Sonne ausgedörrt. Dort taumeln Hühner herum mit aufgerissenen Schnäbeln.

Ich stehe vor der Tür, auf meine Schultern drückt die volle Feldausrüstung, an einem Haken hängt Vaters Koffer. Alles trage ich auf mir, alles, was ich in Žilina gefaßt habe. Eintreten, warten oder rufen? He! Ist jemand da? Das gehört sich nicht. Auf einem fremden Hof muß man demütig stehen und warten. Schon knarrt eine Tür, aus dem Dunkel des Hausflurs tritt eine Greisin mit einem Krückstock hervor. Guten Tag, Hausfrau. Sie bleibt in der Tür stehen, öffnet den zahnlosen Mund, faltet die Hände und ruft etwas. Nein, das ist keine Antwort auf meinen Gruß. Der Stock ist ihr dabei aus der Hand geglitten. Aus der dunklen Öffnung laufen noch zwei Frauen heraus und hinter ihnen Kinder. Schweigend stehen wir da, schauen einander an. Ich sollte etwas sagen. Ich sollte ihnen noch einmal meinen Gruß entbieten, sie sind hier zu Hause, ich bin nur ... niemand hat mich hergerufen. Auch Aglaja empfing mich stumm, damals. Aber von Anfang an wußte ich, daß ich mich mit Aglaja verständigen würde, hier wird es etwas schwerer sein. Auf rumänisch kenne ich nur zwei Sätze. Auch die vielleicht nicht gut. Unde este roşu-vin? Unde este frumos domnişoară? Das wären nicht gerade die passendsten Worte, mit denen ich die drei Frauen ansprechen sollte. Noch etwas kenne ich: «Buna ziŭa domnişoară! Guten Tag, Fräulein!»

Die Frauen lachen auf. Auch die Greisin lacht und sagt etwas auf rumänisch zu mir. Die anderen beiden kichern, die dikkere, jüngere biegt sich in der plumpen Taille. «Domnişoara, hihihi!» Ihr kommt das komischer vor als der anderen, die dünn ist wie eine Bohnenstange. «Domnişoara!» Das Lachen der Dicken ist gesund und ansteckend.

«Was für ein hübscher Soldat, Maria, nicht wahr, er ist hübsch?» Das hat die Dünne auf ukrainisch gesagt, und ich werde rot.

Im ganzen Dorf sprechen die Leute Ukrainisch. Die Welt kommt mir immer verworrener vor. Wir sind in Rumänien, und die Leute sprechen Ukrainisch. Von den Türken zu den Ukrainern, aber immer noch in Rumänien. Hinter dem Dorf liegt die alte Grenze. Jetzt weiß ich nicht, war das die Grenze, heute ist sie alt, morgen wird eine neue sein, oder ist es die zweite, eigentlich die erste, die ganz erste Grenze zwischen Rumänien und Rußland? Statt Klarheit zu schaffen, verwirren diese Grenzen nur noch mehr.

Das ist prima, daß wir wieder in einem ukrainischen Dorf sind.

«Bitte sehr, Herr Soldat!» Maria, das ist die Dicke, zeigt auf die Tür der Hütte. «Wir wissen, daß Sie bei uns wohnen werden. Euer Soldat hat es uns gesagt.» Tatsache, Maria hat recht. An der Tür steht mit Kreide geschrieben: III. Abt. Das bedeutet, daß wir alle hier wohnen sollen: Maar, Nožiar, Boháč, der schwarze Wassil und ich.

Die Stube ist dunkel und leer, nur in der Ecke steht ein breites Holzbett und am Fenster ein kleiner Tisch. Weißes Laken, Kopfkissen. Decken sind keine auf dem Bett. Jetzt schläft man ohne Decke. Richtig, Maria, Soldaten schlafen in Turnhosen, unter der eigenen Decke. Warum stehst du in der Tür, Maria? Und offen hast du sie auch gelassen. Ach, du dicke Maria, warum kränkst du den hübschen Soldaten, warum fürchtest du dich, dicke Maria? Sie sagt, sie werde eine Decke bringen, aber ich schaue ihr ins Gesicht: Bei wem werde ich hier eigentlich wohnen, mit wem werde ich einige Tage oder gar Wochen zusammenleben? Wer bist du, Maria, wer ist dein Mann, wer ist die andere, die Dünne, und wer die dritte, die Alte? Seid ihr Schwestern und die Alte ist eure Mutter? Fürchte dich nicht, Maria, dich wird der Soldat in Ruhe lassen, du bist nicht schön, hast nur schöne Brüste, aber das genügt nicht, der hübsche Soldat wird dich in Ruhe lassen, er hat Frauen mit großen Köpfen nicht gern. Du hast schöne Augen, Maria, schwarzes Haar, aber auch das ist zuwenig, denn du hast einen großen Kopf auf einem kurzen, plumpen Hals. Auch hübsche Zähne hast du, Maria, gesunde weiße Zähne, du bist ein lustiges Blut, mach die Tür zu, Maria, setz dich aufs Bett, solange ich meine Sachen auspacke, und erzähl von eurem Dorf... Ja, aufs Bett, sonst ist doch hier kein Platz. Warum hast du Angst, Maria, warum hältst du dauernd die Klinke fest, warum gehst du nicht einfach, wenn du Angst hast? Du schaust zu, wie ich langsam aus dem Holzkoffer die Hemden auspacke, die Pastellstifte, Karten, Bleistifte und Papier? Schau sie nur an, die Zeltbahn, Maria, ich bin kein Soldat, ich bin ein Markthändler, endlich, Maria, läßt du die Klinke los, endlich hast du keine Angst mehr. Hier sind noch zwei Paar Socken, ja, schwarzer und weißer Zwirn, auch rotes Papier, in dem Nähnadeln stecken. Ich packe die Feldausrüstung aus. Sie ist voller Staub. Die Hemden riechen dumpfig. Da ist der Beutel mit Konserven, den mir die Firma Manderla geschickt hat. Du kennst die Firma Manderla nicht? Fünf Kilo Konserven für eine einzige Feldpostkarte. Ein

Soldat muß Grips haben, Maria. Auf der Karte waren nicht so viele Worte wie in dem Beutel Konserven. «Sie machen ausgezeichnete Konserven. Es grüßen Sie die Frontsoldaten.» Das genügte, Maria. Als Reklame für die Firma genügte das. Das schrieben wir gleich am ersten Tag, als Nožiar und Maar kamen. Mich schüttelte noch das Fieber, als ich unterschrieb, vielleicht kamen deshalb die Konserven auf meinen Namen. Ich werde sie wohl teilen müssen. Nožiar hat unterschrieben, auch Maar.

«Marusja!» ruft die Dünne vom Hof. «Bist du da, Marusja?» Marusja zuckt zusammen und springt zur Tür, denn die Dünne steht schon vor der Laube. In der Tür treffen sie sich.

«Komm herein, Hausfrau, komm ...» Die Dünne braucht man nicht zu rufen. Neugierig steckt sie ihren Kopf durch den Türspalt und schlüpft dann unhörbar wie eine Katze herein. Auch ich bewege mich unhörbar, denn die Stube hat keine Fliesen, sondern nur einen Fußboden aus gestampftem Lehm. Die feuchte Erde fühle ich in den Lungen.

«Ach, diese Teufel! Ach, was ihr alles habt! Ach!» Die Dünne ringt die Hände, faltet sie vor dem Hängebauch, die großen Augen in dem rundlichen, kranken Gesicht sind wie zwei Teller an der Wand. Ich knie auf der Zeltbahn, an ihrem Rand stehen zwei dünne, unappetitliche Füße, Knochen mit weißer Haut bezogen, diese Haut hat noch kein Mann gestreichelt. Die Beine haben keine Waden, nur Knochen und Haut, sind bedeckt mit einem rotgeblumten Stoff, der das Licht durchläßt, vor dem Fenster zeichnen sich die Konturen der dünnen Beine bis zum Bauch ab. Ich schaue ihr nicht auf die Brust, nicht auf die Hände. Die Dünne kann nichts dafür.

«Willst du?» Ich zeige auf die Socken und den Zwirn.

Die Dünne versteht nicht, Maria erklärt ihr: «Jelisaweta, sag, daß du es willst, sag nur. Der Herr Kapitän bietet dir die Socken an, den Zwirn, sag nur ...»

Jelisaweta steht stumm, schaut auf mein Warenlager.

«Hier hast du, Dünne, Socken, Zwirn, auch dir gebe ich, Maria, die Nadeln teilt euch.» Ich warte, welche von euch mir die Socken, die Zwirnspulen und das rote Papier mit den Nadeln an den Kopf schmeißen wird, wie das der alte Mann in Odessa getan hatte. Ich warte, falte die Hemden auseinander, halte sie ans Gesicht. Ja, sie riechen dumpfig, man muß sie in die Sonne hängen.

Maria läuft mit den Socken weg und kehrt gleich darauf mit einer Bettdecke und zwei Hockern wieder. Auf einen setzt sich Jelisaweta, auf dem andern muß ich Platz nehmen. Maria öffnet das Fenster.

Die Dünne sagt etwas auf rumänisch, die Dicke antwortet auf ukrainisch, sie sind jetzt kühn wie die Krähen. Die Dünne hat sich nie vor jemandem gefürchtet. Warum auch?

«Wir sollten uns vorstellen.» Maria lacht, die Dünne gibt mir die Hand. «Andreanu Jelisaweta.» Maria lacht und wird noch dicker, ihre Hand ist weich wie eine Flaumfeder. «Kizichi Maria.» Ich weiß nicht, warum Maria bei jedem Wort lachen muß. Sie wird auch rot dabei. Warum wirst du rot, Dicke? Die Dünne lacht, ihre Augen huschen durch die Stube, über die Sachen, die ich ausgepackt habe, in der Hand hält sie die Socken, preßt sie an den Leib. Maria lacht immer noch, die Dünne fragt: «Sie sind Russe?» Die dunklen Teller warten auf Antwort.

«Ich Russe? Warum?»

«Sie sprechen russisch.»

«Und Sie sind Rumänin?»

«Warum?»

«Sie sprechen rumänisch.»

«Ach so.»

Siehst du, Dünne, schon lachst auch du.

«Das ist Ihre Straße, Strada Principessa Jelisaweta?»

Die dünne Elisabeth lacht noch mehr. Ihr Mund ist leer. In ihm schimmert nur weißlich die Zunge, die sie beim Lachen vorstreckt.

«Weißt du, Soldat, wer Jelisaweta ist? Die Königin. Ach, du Soldat ... Was für ein Soldat bist du?»

«Ein slowakischer, du Gerippe.»

«Wie heißt dein König? Gerippe? Für wen bist du, Soldat, für den Russen oder den Deutschen? Wird die Front zu uns kommen?» Die Dünne ist sehr neugierig. Das sieht man an ihren Augen. Wie soll ich ihr antworten? Auf solche Fragen läßt sich sehr knapp antworten, mit einem Wort, ja oder nein, aber das entspräche nicht der Wahrheit. Sage ich der Dünnen, wir sind für die Deutschen, dann käme das den Tatsachen näher, sage ich ihr, wir sind für die Russen, dann käme das der Hoffnung näher, aber wahr ist weder das eine noch das andere. Was soll ich dir antworten, Dünne?

«Für wen seid ihr?» Die Frauen stutzen, aber nur einen Augenblick. Maria lacht wieder und steckt auch Jelisaweta an. Maria hat eine angenehme Stimme, wenn ich die Augen zukneife, kommt es mir vor, als lache eine schöne Frau.

«Wir sind mit dem, der unsern Kindern Brot gibt.»

«Du bist ein Politiker, Jelisaweta.»

«Nein, Soldat, ich bin Witwe. Zu Hause habe ich vier Kinder ... Ach! Ich habe ja ganz vergessen — auch zu uns kommen Soldaten. Auf Wiedersehen, Soldat, danke schön!» Jelisaweta springt davon wie ein Reh, lächelt und winkt mir zum Abschied mit den Socken zu.

Maria hat aufgehört zu lachen, aber die Röte weicht nicht aus ihrem weißen Gesicht. Ohne ein Wort verschwindet sie aus der Stube und schließt hinter sich die Tür. Als sie vom Fenster zur Tür gegangen ist, an mir vorbei, schlug sie die Augen nieder, nur einmal blickte sie mich verstohlen an, und nachher, als sie die Tür öffnete, bemerkte ich, wie plump sie in der Taille war. Ich hätte sie fragen sollen, wo ihr Mann ist, vielleicht ist sie auch Mutter, solche Frauen sind meistens Mütter ... Ach, Soldat!

Man muß sich hinlegen, die müden Glieder ausstrecken. In einer Stunde soll ich mich bei Leutnant Friedrich melden.

Maikäfer, fliege ...

Auf der Straße fährt eine Kolonne deutscher Lkws vorbei. Überall spüre ich den Staub, in der glühendheißen Luft, auf dem Bett, in der Kanzlei, am See, in den Bohnen, in den Baumkronen. Viktor schläft. Die Mütze mit dem durchschwitzten Band ist auf die nadelbedeckte Erde gerutscht. Der Lärm der deutschen Kolonne ist verstummt. Nur ein Motor brummt, im Halbschlaf kommt es mir vor, als ob da ein Maikäfer summt. Man braucht nur stillzuliegen, sich nicht zu bewegen, und der Käfer fliegt davon. Aber bis er fortfliegt, bin ich sicher eingeschlafen. Die dünne Jelisaweta ... Die dicke Maria ... Ich könnte von was Schönerem träumen als von den zwei so gar nicht hübschen Schwestern, aber ich habe sie dauernd vor Augen. Die dunkle Stube, die Katze und die Mondnacht, die Sommersprossen und Anna, dann den See und auf seinem Grunde Gras, Wasser, viel ekelhaftes Wasser und Angst und das letzte Antreten, der Tag beginnt eben zu grauen, dann nur noch Straßen, Straßen, Straßen, der Tatra, Benzin, Viktor. Wann war das alles? Gestern? Vorgestern? Oder vor einer Woche ... Schlafe ich ein? Nein. Was ist? Warum schlafe ich nicht? Ich habe gedacht, ich schlafe ein wie sonst oder werde wenigstens so tun, aber jetzt weiß ich schon, daß ich schlafe. In Wirklichkeit werde ich träumen, im Schlaf lächeln, fluchen, mich schämen, mich sehnen ... Mädchen. Mir scheint, daß ich mich in letzter Zeit nicht nach ihnen sehne. Wiera erweckt Angst in mir, Aglaja Scham, Nataschka Verachtung, Nadja Widerwillen, Maria nichts. Jelisaweta? Mitleid.

Wo ist Zara? Warum hast du Zara vergessen?

Ich habe sie nicht vergessen. Zara ist eine staubbedeckte Blüte.

Von allem sind mir nur Fetzen geblieben, Erinnerungssplitter, einige sind scharf, schärfer als die Wirklichkeit, einige verblaßt, nur mit Mühe kann ich sie zu wirklichen Bildern zusammensetzen. Sie schieben sich oft übereinander, decken sich, sind unklar, nebelhaft. Was ist das? Das ist ein Stück meines auf den Kopf gestellten Lebens, und die zerschellten Bilder sind das einzige, was mir von diesem Leben bleibt. Sie lasse ich mir nicht rauben, ich werde sie bewachen, werde um sie kämpfen. Mit wem werde ich um sie kämpfen?

Ab morgen wird unsere Division einen Dreck wert sein. Morgen kehrt Oberst Krása in die Slowakei zurück. Ablösen wird ihn der Oberst der Artillerie Eduard Lénay. Der neue Divisionskommandeur ging heute am Ufer des Sees spazieren. Wir starrten seine Frau an. Einige sprangen ins Wasser, als sie sahen, daß sich der Oberst dem See näherte. Die das nicht mehr schafften, standen stramm in Badehosen. Ich begegnete dem Oberst auf dem Damm, von wo der ganze Strand zu übersehen ist. Ich lief ihm fast in die Arme. Ich grüßte und wollte weitergehen, da rief mich seine Frau an:

«Herr Unteroffizier, warten Sie.»

«Zu Befehl, Frau . . .»

«Lénay», stellte sie sich vor und gab mir die Hand. Sie hatte angegrautes Haar und trug eine weiße Bluse und einen weißen Rock. Ihre nackten Füße steckten in weißen Sandalen.

«Aber Jolanka, das solltest du nicht. Du bist doch . . .»

«Die Frau eines Soldaten, Edko. Nicht mehr, nur die Frau eines Soldaten!»

Jetzt werde ich es ausbaden müssen. Der Oberst nickte, schaute auf meine staubigen Schuhe, seine Frau blickte mir ins Gesicht, zog den Handschuh aus. Ich stand im Habtacht, der Duft ihrer Hand stieg mir bis in die Lungen. Die duftende Hand streichelte meine sonnverbrannten Wangen, in die das Blut schoß. Wie alt ist der Oberst? Sechzig. Und Sie, Gnädige? Noch keine Vierzig? Was geht das einen Soldaten an? Ein Unteroffizier ist nur Soldat.

«Wie geht es Ihnen an der Front, junger Mann?»

«Gut, Frau . . .»

«Man sagt gnädige Frau, Unteroffizier. Und gnädigen Frauen küßt man die Hand.»

«Aber Edko! Ich hab dem Herrn Unteroffizier nicht die Hand zum Küssen gegeben. Ich bitte dich, laß mich, ich will mich ein bißchen unterhalten.»

«Das solltest du nicht, Jolanka. Das gehört sich nicht . . . und . . .»

«Aber Edko, ich sagte es doch schon!» Die Frau wandte sich wieder mir zu. «Ich habe es gar nicht bemerkt, Herr Unteroffizier, Sie stehen dauernd im Habtacht, stehen Sie doch bequem Edko, wie unaufmerksam du bist!»

Der Oberst hob die roten Brauen. Der Herr Oberst hat einen Zorn, soll er, Frau Jolanka hat einen höheren Rang als der Herr Oberst, wenn sie noch jünger wäre, hätte sie einen noch höheren. Frau Jolanka, Sie sind eine ganz hübsche Frau.

«Der Mutter schreibst du, Soldat?»

«Jawohl, Frau Oberst.»

«Sprich mich nicht so an. Das mag ich gar nicht. Hör mal, Soldat, bekommst du Päckchen von unseren Maiden?» Maiden? Warum kommt mir das Wort lächerlich vor? Es klingt irgendwie patriotisch. Vor der Frau Oberst darf ich nicht lachen.

«Nein, von den Maiden bekommen wir nichts. Nur von Manderla, Frau Ob . . . Frau Lénay.»

«Und warst du schon an der Front, Soldat? Hast du auch Auszeichnungen?»

«Schon lange, Frau . . .»

«Fürchte dich nicht, Soldat, von jetzt an werdet ihr nicht mehr zu fliehen brauchen. Nicht wahr, Edko? Die Russen werden sich keinen Schritt vom Pruth wegrühren, stimmt's, Edko?»

«Jolanka, ich bitte dich!»

«Edko, warum versprichst du deinen Soldaten nicht Kampf? Sieh nur, was für tüchtige Männer du hast!» Die Frau Oberst streifte wieder ihren Handschuh ab und tätschelte mir mit der duftenden Hand die Wangen, und in ihren Augen flackerte ein eigenartiges Flämmchen. Auf dem Damm unweit von uns tauchte ein Reiter auf.

«Laci!» Die Augen des Obersten leuchteten auf. Der Reiter galoppierte an sie heran, der Oberst ging ihm entgegen. Kapitän Laci Lénay, Kommandeur der ehemaligen berittenen Aufklärungsabteilung, der Bruder des Obersten.

Laci sprang vom Pferd und küßte Frau Jolanka die Hand. Meinen Gruß erwiderte er nicht. Leise stahl ich mich über den Damm davon.

Das Erscheinen der Frau Oberst ist unterschiedlich von uns aufgenommen worden, aber im großen und ganzen wohltuend. Der Fürst schnalzt mit der Zunge und bohrt seinen Bauch in den Sand, der kleine Gefreite, der den Fürsten auf Schritt und Tritt begleitet, starrt ihr mit offenem Munde nach, Viktor schnaubt, denn ihm ist Wasser in den Mund gekommen, streicht sich die Haare aus dem Gesicht und ruft mit Unterbrechungen: «Das is'n Krieg ... hol ihn der ... he! Sogar die Kinder hätten sie mitnehmen können!»

«Der hat keine Kinder ...»

«Vielleicht bringt sich seine Olle eins von der Front mit, hehehe!»

«Und warum nicht, sie ist doch hübsch!»

«Kartenfritze, abends kannst du sie streicheln. Sie hat dich ja mit den Augen aufgefressen.»

«Die alte Kuh ...»

Die Männer, die sich im Sand herumsielen, machen dreckige Bemerkungen, wiehern vor Lachen, schauen der Frau Jolanka nach, schätzen ihre Reize ein, rümpfen die Nase, winken ab.

«Die alte Kuh!» wiederholt Viktor und streckt sich auf dem warmen Sande aus. «Aber für diesen Opa noch zu jung.»

Laci hat die Frau Jolanka in den Sattel gehoben, das Pferd schreitet langsam über den Damm. Laci und der Oberst folgen ihm. Die Bemerkungen verstummen, man hört nur das Geschrei der Kinder, die im See baden.

Im Hintergrund, verdeckt von dem hohen Schilf, rudert ein Pärchen. Sie sitzen in einem Boot und schauen einander in die Augen. Kinder laufen über den Sand, Frau Jolanka ist hinter dem Damm verschwunden. Auf dem Strand ist es wieder still wie gewöhnlich. Auch das Geschrei der Kinder kommt mir vor wie aus weiter Ferne.

Krása hat Wiera nicht in den Mercedes genommen

Gestern ist Oberst Krása abgereist. Den Oberst brachte der Mercedes weg, dem schnaufend ein Lkw folgte. Marinčuk begleitete ihn mit dem ganzen Stab. Der Stab mußte auf dem Hof antreten, und Krása reichte jedem die Hand. Wir brauchten nicht mit anzutreten. Leutnant Friedrichs Befehl, uns vorschriftsmäßig anzuziehen, war überflüssig gewesen. Er selber kam mit hochgeschlossener Feldbluse gelaufen, in Handschuhen, mit der Schirmmütze auf dem Kopf.

«Nicht nötig», sagte er. Wir verstanden ihn nicht. Nožiar erklärte es uns: nicht nötig anzutreten. Wir schauten zu, wie die Offiziere Aufstellung nahmen. Oberst Krása trat in Begleitung von Oberst Lénay und Frau Jolanka aus dem Haus. Marinčuk erstattete Meldung. Marinčuk ist ein Pfiffikus, sagte Nožiar. Aus dem werde nie ein Soldat, das sei ein richtiger NÖP-Mann. Krása gab den Offizieren eilig die Hand, tätschelte ihnen die Schultern wie kleinen Jungen, lachte, und sein Lachen war fetter als je zuvor. Er stieg in seinen Mercedes und rauschte ab. Maar vermutete, daß Krása jetzt zur DHM fahren werde, aber der Mercedes glitt leise wie ein Schiff an der DHM vorbei und der Tatra ihm nach. Auch das war Absicht.

Der Alte ist ein prima Kerl.

Er hätte sich wenigstens verabschieden können. Stiehlt sich fort, als gäbe es uns gar nicht. Das ist nicht schön von dem Alten. Weiß er überhaupt etwas von uns, wo wir sind, wieviel wir sind, wozu wir da sind? Mir ist traurig zumute. Nach dem Weggang des Obersten fühle ich mich verlassen. Ich bin allein und im Geiste sehe ich eine bittere Zukunft kommen.

Gestern ist ein Soldat von uns ertrunken, ein Zigeuner. Man hat ihn noch nicht gefunden. Hauptmann Barát kam mit dem Rest seiner Pioniere, morgen werden sie nach ihm suchen. Der See ist still, blinkt wie ein Spiegel. Kein einziges Boot schwimmt darauf, kein Kind läuft am Strand umher. Es ist Abend. Vielleicht ist mir deshalb so traurig zumute, weil die Nacht naht und ich nicht die geringste Lust zum Schlafen habe.

Vielleicht bin ich so traurig, weil uns Oberst Krása verlassen hat oder weil der Zigeuner ertrunken ist, aber den Zigeuner habe ich überhaupt nicht gekannt, wie kann ich ihm nachtrauern? Vielleicht habe ich mich an Krása gewöhnt, oder hatte ich ihn sogar gern? Krása gehört zu den Menschen, an die man sich erst gewöhnen muß. Auf den ersten Blick unsympathisch, eine Herrenfresse mit herrischer schnarrender Stimme, ein Dickwanst. Man mußte sich erst an ihn gewöhnen, und ich hatte mich gewöhnt. Ein Bourgeois. Unter der rauhen Oberfläche verbarg sich greisenhafte Gutmütigkeit. Freilich, es war die Gutmütigkeit eines Soldaten, eines Offiziers, eine Gutmütigkeit von oben herab, aber es lag viel Menschlichkeit darin. Gutmütigkeit eines Soldaten heißt: Wenn du demütig bist, bin ich großzügig zu dir. Ich plaudere mit dir, biete dir eine Zigarette an, du brauchst vor mir nicht im Habtacht zu stehen, ich erkundige mich, was man dir von daheim schreibt, dann erinnere ich mich, daß ich dich einmal mit einem Mädchen gesehen habe. Und Oberst Krása erinnerte sich, daß er mich mit Wiera am Ufer eines großen Flusses gesehen hatte, daß er uns den Befehl gegeben hatte, uns zu küssen ... Mit Wiera ... So ist das also! Oberst Krása ist fort und hat mir diese Erinnerung hinterlassen. Am Ufer des großen Flusses! Mit Wiera. Ach, Wiera ... Was ist aus dir geworden? Wohin ist deine Schönheit entschwunden, dein Leben? Krása ist fort, du bist geblieben. Noch einer wird hierbleiben, der mich an dich erinnert. Der Fürst. Ich habe ihn immer noch nicht umgebracht, Wiera. Warum sollte ich ihn umbringen? Du hast mit ihm geschlafen, geschlafen ... Warum grolle ich? Beiden grolle ich, dem Fürsten und Wiera. Der Fürst lebt, Wiera darf ich nicht grollen.

Leben Sie wohl, Herr Oberst, ich danke Ihnen für Wiera. Wir Landser haben Sie eigentlich recht gern gehabt. Viele wissen gar nicht, warum. Ich weiß, warum, Herr Oberst.

Der Herr Feldkurat, der große Schelm

«Wenn ich mich nicht irre, hab ich Sie schon irgendwo gesehen.»

«Jawohl, Frau Oberst. Auf dem Damm am See.»

«Ach ja, Sie haben recht, Unteroffizier. Wo der Zigeuner ertrunken ist.» Frau Jolanka bekundet mit geschwungenen, angemalten Lippen ihr Mitgefühl mit dem ertrunkenen Zigeuner. Die Soldaten grüßen sie wie den Herrn Oberst, und sie antwortet ihnen mit einem lieben Lächeln. Frau Jolanka hat den Gefechtsstand aufleben lassen. Die Offiziere rasieren sich, ziehen saubere Hemden an, tragen gebügelte Hosen. Frau Jolanka ist überall, in den Schreibstuben, auf der Straße, in den Massenquartieren der Soldaten und am Strand. Schon funktioniert die Entlausung wieder, und nach langer Pause wird man uns wieder einmal den «Janošik» vorführen. Das ist der siebenundzwanzigste Janošik, den ich sehen werde. Ausgezeichnet, Frau Jolanka, küß die Hand. Pfui!

«Herr Unteroffizier, haben Sie den ertrunkenen Zigeuner gesehen? Er war so . . . ach, schwarz wie Kohle und aufgequollen wie ein Faß. Ach . . .»

«Ich habe ihn gesehen, Frau Oberst.»

«Wann werden Sie sich das endlich abgewöhnen, Unteroffizier? Nennen Sie mich Frau Lénay, Sie, Sie kleiner Schelm.» Frau Jolanka hat wieder den Handschuh ausgezogen, kneift mich in die Wange und droht mir mit dem Finger. Wie schön sie ausstaffiert ist, sie eilt irgendwohin. Der kleine Schelm ist eifersüchtig.

Eine heiße Welle überflutet mich. Überflüssig. Niemand hat gesehen, daß sie mich kniff, daß sie mir drohte. Sie kleiner Schelm . . . Hübsch haben Sie das gesagt, Frau Jolanka, Tante Jolanka.

Der Zigeuner wird heute begraben. Wo eilen Sie hin, Frau Jolanka? Frau Jolanka . . .! Das kann doch nicht wahr sein. Sicherheitshalber werde ich mich eine Weile auf dem Hof herumtreiben, werde Sie ein bißchen bespitzeln, Frau Jolanka, um mich zu überzeugen.

Pfui, Frau Jolanka! Auf diesem Hof ist die Militärseelsorge untergebracht. Die Soldaten haben recht. Ihr kleiner Schelm ist böse. Leutnant Štefan Füzige ist ein stattlicher Schelm, er hat schönes lockiges Haar und eine angenehme Stimme. Wenn einer denkt (und die Soldaten denken viel an Sie, Frau Jolanka!), daß die Frau Oberst dem Herrn Feldkuraten nicht mit dem Finger droht, dann ist er im Irrtum. «Sie großer Schelm!» wird Frau Jolanka sagen, und ihre langen, schmalen weißen Finger mit den langen roten Nägeln werden die Lockenpracht des Herrn Feldkuraten Štefan Füzige zausen.

Ich weiß nicht, warum ich eigentlich auf den Herrn Pfarrer böse bin, warum ich von ihm denke, daß er ein fettes Schwein ist, ein Schwarzkittel, ein Hengst, daß er ... Tatsache, ich weiß nicht, warum ich ihn so beschimpfe, den frommen Mann! Frau Jolanka ist erst vier Tage hier. Blödsinn! Die Soldaten schwatzen, spinnen, ja! Frau Jolanka ... Und was geht mich Frau Jolanka an. Die Front wird vorrücken, und Frau Jolanka wird in einen Fieseler Storch steigen mitsamt ihrem Herrn Oberst, und ab geht die Post! Mit Frau Jolanka wird das Stück Bratislava davonfliegen, das sie mitgebracht hat. Und der kleine Schelm wird allein bleiben, verloren in einer Welt ohne Mutter, ihn werden wieder die Läuse auffressen, denn die Entlausung wird wieder eingestellt werden.

Dummes Zeug! Ich muß mich anziehen, wir werden den Zigeuner begraben. Ertrunkene haben ein trauriges Begräbnis.

Mamaliga

Ich bin es nicht gewöhnt, allein zu sein. Nach dem Tode des Zigeuners habe ich ein banges Gefühl. Ich scheue mich, zuzugeben, daß ich mich vor dem Toten fürchte. Wenn er nicht so aufgequollen gewesen wäre ... Ich liege auf dem Bett, das Fenster ist weit geöffnet, von der Straße höre ich die betrunkenen Stimmen unserer Soldaten. Unterm Fenster gehen Frauen vorbei, sie unterhalten sich auf rumänisch.

Maria kann nicht dafür, aber heute brachte sie mich in eine

lächerliche Situation. Alle Soldaten im Dorf verköstigen sich bei den Zivilisten, bessern ihre Verpflegung auf oder schachern, tauschen Konserven, Zigaretten, Schuhe gegen Brot, gegen Hühner. Warum sollte ich es nicht auch so machen? Die Soldaten geben den Kindern Suppe und Knödel mit Soße, die Zivilisten geben ihnen dafür Mamaliga. Einige Soldaten nehmen bereits zu wie Jungbullen auf der Weide. Ich habe keinen reichen Hof erwischt und lasse mich von der Küche der Stabskompanie verpflegen. Maria verdrießt das. Dauernd bietet sie mir etwas an, Kürbis, Birnen, die sie von dem einzigen Birnbaum im Garten heruntergeschüttelt hat, oder Kaffee, und am häufigsten Maisbrei, Mamaliga.

Am Morgen, als ich wie üblich zur Kommandantur ging, kam Maria auf den Hof gelaufen und rief mir nach: «Sascha! Was soll ich dir zu Mittag kochen?»

Ich blieb auf der Straße stehen und sagte im Scherz: «Mamaliga!» Hol der Teufel eure Mamaliga! Maria aber kochte oder buk das Zeug und kam damit zu mir. Wie kann ich wissen, ob Mamaliga gekocht oder gebacken wird, ich hab das Zeug noch nie gekocht und nie gebacken, noch nie gegessen, nur davon gehört. Gerade in diesem Augenblick mußte der Spötter in der Schreibstube sein, dieser parfümierte Scheißkerl Unteroffizier Majstrík. Er erzählte gerade mit kicksender Stimme einen Witz von einem grusinischen Friseur, als sich die Tür öffnete und der Posten rief: «Unteroffizier Zraz! Besuch!»

Hinter dem Posten tauchte Maria auf, lächelte breit und unbändig, errötete ein bißchen und zwitscherte: «Sascha, Mamaliga kuschatj!» Majstrík platzte vor Lachen heraus, Nožiar schlug sich mit den Händen auf die Knie, und der kleine Schwabe, dieser Grashüpfer Maar, zischte wie eine Gans. Nicht mal richtig lachen kann der Kerl. Ja, selbst dieser Nuschler, der Leutnant Friedrich, lachte in der Schreibstube nebenan. «Sascha, Mamaliga kuschatj!» Maria, das hättest du nicht tun sollen. Ein zweites Mal durftest du das nicht rufen. Majstrík kicherte mir ins Gesicht. Ich stellte mich dumm, aber Maria lächelte, und jeder sah, daß sie zu mir gekommen war. Was soll ich tun, was? Aufstehen und die Mamaliga essen? Ach, Maria

Maria, du Unglücksmensch! Umsonst fluche ich. Die Mamaliga schmeckt mir nicht, und Maria ist bekümmert. Das erste Mal hat sie für ihren Sascha gekocht, und ihm schmeckt es nicht. Allen Soldaten schmeckt es, nur Sascha nicht. Maria ist noch ein Mädchen, ein reifes Mädchen, überreif wie die Birnen, die sie jeden Abend auf den Teller in meiner Stube legt. Auch jetzt habe ich ihren Duft in der Nase. Das ist eine prima Idee. Birnen duften besser als Blumen. Aber Birnen sind zum Essen da, und Blumen nur wegen der Schönheit. Und wozu ist Mamaliga da? Zum Essen. Wozu ist ein reifes Mädchen da? Zum Heiraten. Maria ist eine plumpe Frau, gut zum Arbeiten, pfeif auf Majstrík, soll er sich über sie lustig machen. Auch mir kommt sie ein bißchen lächerlich vor ... Mamaliga ... Papaliga, komisch klingt dieses Wort. Mamaliga, du graues Zeug, wo hab ich das Wort zum ersten Mal gehört? Das muß lange her sein, sehr lange, hab keine Angst, Maria, das nächste Mal wird sie mir schmecken. Majstrík hat keinen Grund, sich über dich lustig zu machen.

Der Hund bellt den Dieb an

Lesák ist ein Trottel. Jelisaweta hat geweint, und der Trottel hat gelacht. Es hat sich abgekühlt, baden kann man nicht mehr. Ich gehe mit Maria zu ihrer Schwester Jelisaweta auf Besuch, ans untere Ende des Dorfes. Wir sehen aus wie ein junges Ehepaar, das die Schwiegereltern besuchen will. Von Zeit zu Zeit ertappe ich mich dabei, daß ich mich wegen Maria schäme. Ich Esel! Undankbarer Esel! Maria darf nichts merken. Aber sie bemerkt die geringste dunkle Wolke auf meinem Gesicht, fragt gleich, was mir ist, ob sie mir etwas getan hat, ihr Lachen fällt dann zurück in die Tiefen ihrer empfindsamen Seele. Ich gebe sehr acht, um mich nicht zu vergessen, um Maria nicht zufällig oder im Scherz einen Blick zu schenken, der sie hoffen lassen könnte, daß ich Interesse für sie hätte. Noch nie habe ich sie angerührt, nie ihre Hand gefaßt, immer war ich ihr gegenüber ... anständig? Hat das Maria nicht beleidigt? Wenn Maria zufällig mein Zimmer betrat, guckte immer gleich die Alte herein. Was befürchtete die Alte? Ich habe nicht die Kraft, Maria die Unschuld zu rauben.

Zu Jelisaweta gehen wir gewöhnlich gegen Abend, ein-, zweimal in der Woche, ich bringe ihren Kindern Zuckerzeug mit, wir fassen wieder Rum und Bonbons. Jelisaweta freut sich sehr, sie freut sich immer, wenn wir kommen. Der Gefreite Lesák wohnt bei ihr mit drei Schützen von der Stabskompanie. Er verkrümelt sich meistens, wenn ich mit Maria komme. Lesák spricht mit Jelisaweta in einem verballhornten Ruthenisch: Protsch ty nechotschesch, smotri z oken, ja sem intelligent, ponimajesch ... Aber mit mir bemüht er sich ordentlich zu sprechen, ich bin rücksichtslos, vertrage sein verballhorntes Ruthenisch nicht, mache mich darüber lustig. Lesák ist beleidigt. Jelisaweta sagte mir einmal, sie würde mich selbst dann verstehen, wenn ich Slowakisch spreche, aber den Sergeanten Wanja versteht sie nicht einmal auf russisch. Der Sergeant Wanja wurde zornig. Jelisaweta fragte mich vor ihrem Sergeanten: «Sag mal, Sascha, was habt ihr für Häuser?»

«Alle möglichen, Jelisaweta, aus Lehm, Holz, Stein, Ziegeln ...»

«Auch solche wie meins, Sascha?»

«Auch solche, Jelisaweta, und noch schlechtere.»

«Gottseidank!»

Jelisaweta fängt an, Fragen zu stellen, als hätte sie die vorher zurechtgelegt. Wir sitzen um den Tisch: Jelisaweta, Lesák, Maria und ich. Die Kinder sind selten im Zimmer, wenn wir zu Jelisaweta kommen.

«Was sagst du da, Zraz, bei uns gibt es doch keine solchen Häuser.» Lesák will mich vor Jelisaweta der Lüge bezichtigen, aber ich sage ihm, daß es bei uns so manches gibt, daß es bei uns auch Männer gibt, die Schweine hüten, daß es bei uns auch Schwachsinnige von Geburt an gibt und daß einer davon dem Sergeanten Wanja aufs Haar gleicht. Jelisaweta schießt eine neue Frage ab: «Auch solche Möbel haben sie bei euch, Sascha? Auch solche Federbetten und Betten und Töpfe und Löffel?» Jelisaweta schaut sich im Zimmer um und zeigt auf die

Holzbetten, von denen die Farbe abgeblättert ist und an deren Kopfenden rote Flecke sind, auf die altmodische Kredenz, Jelisaweta hat nur ein Zimmer, in dem ist ihr ganzer Besitz, mit ihrem dürren Fuß stößt sie gegen das Bettgestell, mit dem Fingerknöchel klopft sie auf den Tisch aus vier Brettern ...

«Auch solche Möbel gibt es bei uns, Jelisaweta, auch solche Lampen hängen im Winkel über dem Tisch, sie stinken genauso nach Petroleum, auch solche Stangen, an denen Federbetten hängen, auch so einen Fußboden aus gestampftem Lehm haben sie bei uns. Alles ist so wie bei euch. Vielleicht sind andere Muster in die Tischdecken gestickt, vielleicht nähen sich die Frauen kürzere Röcke, oder sie kochen einen anderen Brei, aber sonst ist bei uns vieles genauso wie bei euch.»

«Auch solche häßlichen, dürren Frauen wie mich gibt's bei euch, Sascha? Auch arme Witwen und Waisen?»

Jelisaweta bricht in Tränen aus. Lesák lächelt dümmlich.

«Auch solche Frauen, Jelisaweta, auch Waisen, alles gibt es bei uns, auch solche Dummköpfe und Aufschneider, wie es dein Sergeant Wanja ist, dieser Tölpel.» Jelisaweta hat nicht verstanden, was ein Tölpel ist, aber Lesák hat es verstanden.

«Na, Zraz, warum biste so beese, wennse wenigstens hibsch wär, aber ...»

Jelisaweta springt Lesák an wie ein böser Hund. Sie packt ihn an der Schulter, an den Ärmeln, spuckt ihm vor die Füße und schreit wie von Sinnen: «Und warum gibst du mir nachts keine Ruh, warum kriechst du auf mich rauf, warum hältst du mir den Mund zu, warum ... warum?»

«Ich bitte dich!» Der Gefreite Lesák ist puterrot, nimmt seine Mütze und rennt hinaus, Jelisaweta ihm nach, und auf dem Hof kläfft sie ihn an, springt nach ihm, und Lesák flüchtet wie ein Dieb aus einem fremden Hof.

So sind wir, lauter brave Soldaten, so sind wir ... Ach, welche Schande, Frau Jolanka. Sie wissen nicht, was für Soldaten Ihr Edko hat. Wo ist Ihre Aufklärung, Frau Jolanka? Verbreiten Sie nicht die gleiche Kultur wie der Gefreite Lesák, die Kultur von Bratislava? Naiver Schelm! Na, na, na!

Im Wald ist es kühl geworden. Nur in den Ebenen ist es auch abends warm. Warum ist es in den Bergen kälter, je näher sie der Sonne sind? Oder necken sie sich nur mit der Sonne? Jede hohe Spitze setzt sich eine weiße Schneemütze auf, schau mal, Sonne, wie kalt ich bin und wie scharf, versuch mal, mich zu wärmen! Und die Sonne versucht es, ermattet bald, und die Eismützen erstarren.

Viktor wecken? Nein!

Ein Fahrer muß sich richtig ausschlafen, damit wir nicht im Graben landen. Über den Kragen von Viktors Lederjacke klettert eine Ameise, eine große schwarze Ameise. So schwarz wie Viktors Jacke. Ich habe große Lust, den Zeigefinger an den Daumen zu legen, ihn zu spannen und mit ihm zu schnippen, wie ein Pfeil würde der Zeigefinger vorschnellen ... Ein Schlag, und die tote Ameise fliegt in die Tannennadeln. Vielleicht wird sie noch nicht tot sein, nur betäubt, vielleicht wird sie sich noch quälen, dann kommen ihre Gefährten und schleppen sie in den Ameisenhaufen. Wo haben die Ameisen ihren Friedhof? Die Ameise bewegt sich, bleibt stehen, trippelt weiter. Vor ihr ist ein großes Hindernis, Viktors Kinn. Sie will vom Kragen auf die Stirn hinüberwechseln. Viktor ist sehr kitzlig, er wird die Hand heben und sich ärgerlich auf die Backe hauen, wird sich kratzen wollen, und von der Ameise bleibt nichts als ein roter Fleck.

Ich stoße die Ameise hinunter in die Nadeln. Eine Weile zappelt sie, denn sie ist kopfüber geflogen und auf den Rükken gefallen, dann stellt sie sich auf die Beinchen, und auf einmal, als hätte sie die Richtung gefunden, die sie suchte, eilt sie wieder auf Viktor zu. Wieder ein Hindernis, ein großer Tannenzapfen liegt im Wege. Was wird die Ameise tun? Herumgehen oder drüberklettern?

Was werden wir tun, Viktor? Werden wir noch schlafen? Nur Starke können die Karpaten bezwingen. Oder werden wir um sie herumfahren?

Die Menschen sind Ameisen.

Wer hat gesagt, daß es rote und schwarze Ameisen gibt?

Auf dem Alten Feld beobachtete ich einmal einen Ameisenkrieg. Wo liegt das Alte Feld? Im Dorf am See gibt es nur Schilf und Tümpel.

Der Held

Mir fiel ein, daß in Marias und Jelisawetas Dorf Partisanen sein könnten, daß sie hinter dem See in den Sümpfen und im dichten Schilf ihre Verstecke haben könnten, daß ... Warum kann ich mich nicht schämen, warum reiße ich mir nicht die Sternchen von den Schulterklappen? In den Sümpfen könnte ein einziges Flugzeug tausend Partisanen ersäufen wie junge Katzen. Dieses Dorf ist nicht geschaffen für Partisanen. Ja, bei uns, in Laurinecs Hütte, da könnten sie unterschlüpfen, ojoi! Aber im Dorf müßte sich doch wenigstens ein Bursche finden, der den Mut hat, an mein Fenster zu kommen, in die Stube zu gucken und den Sergeanten auf dem Bett unter dessen eigener Decke zu erschießen. Blödsinn! Wer würde auf einen Sergeanten schießen, auf einen jungen Obersergeanten, auf einen Sergeant-Major? Wenn schon Major, dann auf Marinčuk, den Stabschef, oder auf Edko, den Oberst der Frau Jolanka. Das wäre gar nicht so schwer. Es müßte nicht im Bett sein. Dort könnte die Wache den jungen Mann erwischen. Edko geht mit seiner jungen Frau jeden Nachmittag spazieren, am liebsten zum See. Blödsinn! Im Schilf gibt es keine Partisanen, das ist nur Gewäsch. Von der Krim bis zum Pruth gibt es keine Partisanen. Überflüssige Befürchtungen ... Befürchtungen?

Habe ich richtig gehört? Im Finstern blitzte etwas auf und fiel ins Zimmer. Jemand hat eine Handgranate geworfen, jetzt wird sie explodieren, jetzt! Ich kneife die Augen zu, will nicht sehen, wie die Splitter fliegen, will meinen Tod nicht sehen. Dummkopf! Die Splitter würde ich sowieso nicht sehen.

Die Splitter würde ich nur spüren, und wenn sie mich gut träfen, nicht einmal das. Ich muß mich aufrichten, damit sie mich besser treffen. Explodiere doch schon, du Satan!

Ich habe mich aufgesetzt. Auf den Tod zu warten, fällt auch

einem Besoffenen schwer. Vom Tisch zielen zwei Lichtchen auf mich, kleine, grüne. Auf dem Hocker liegt mein Koppel ohne Pistole, die Pistole ist im Koffer, so ein Blödsinn, die Pistole ist ohne Munition. Aber ich könnte sie zwischen die beiden Lichter schleudern. Vielleicht ist es eine Zündschnur. Ich muß aufstehen und fliehen, noch ist Zeit. Ach, ich schaffe es nicht mehr. Der Schweiß rinnt mir von der Stirn, die Angst bringt mich fast um. Von früh an habe ich einen schwarzen Tag. Ich werde nicht fliehen, ich schaffe es nicht mehr. Ein Koppel ist eine gute Sache. Auch wenn es keine Zauberkräfte hat, kann man es zwischen zwei Lichter schmeißen. Ach! Ich werfe es aus ganzer Kraft in die grünen Lichter. «Miau . . .», meldet sich der Getroffene und springt vom Tisch durchs Fenster auf die Straße.

«Esel!» Ich heftete mir einen Orden an die Brust. Ich Held.

Der tote Arm

Hauptmann Barát hat heute zum ersten Mal erlaubt, im See zu baden. Am unteren Ende des Sees haben seine Soldaten eine Tafel mit der Aufschrift aufgestellt: Badestelle für Pferde. Auf dem oberen Ende: Badestelle für Mannschaften. Ich lese die Aufschrift, sie erinnert mich an etwas. Badestelle für Mannschaften . . . Aha, ich hab's schon. Soldaten hatten eine Übung bei unserem Dorf, sie stellten auch eine solche Tafel auf, aber in tschechischer Sprache, und unser Lehrer hieß uns, einige Buchstaben auf der Tafel mit Straßendreck zu verschmieren, so daß auf einmal die Aufschrift slowakisch war.

Badestelle für Mannschaften. Genauso wie damals, als wir mit dem Lehrer die Aufschriften lasen. Nur liegt diese Badestelle nicht am Schwarzen Hron, sondern an einem toten Arm des Pruth. Solche Tafeln hat es auch am Mius, am Don, am Asowschen Meer, am Dnepr, Bug und Dnestr gegeben.

Was hat das mit dem Lehrer zu tun? Er korrigierte nur die Fehler, er war Slowakischlehrer. Nicht der Lehrer setzte die Tafel vom Hron an den Pruth um, er korrigierte sie nur, damit die Aufschrift slowakisch war. Die Tafeln haben andere umgesetzt, damit auch die Russen und Ukrainer sie verstehen können. Du glaubst es nicht, Unteroffizier? Der Lehrer war nur ein guter Slowakischlehrer, ein guter Slowake. Die Tafeln haben andere umgesetzt ...

Wer?

Baráts Pioniere.

Hahaha.

Baráts Pioniere baden im toten Arm des Pruth, ich habe ihn auf der Karte gefunden, er sieht aus wie ein See, aber es ist ein toter Arm. Tot ... Der Zigeuner ist darin ertrunken. Hat auch er Straßendreck auf die Tafel geworfen? Vielleicht an der Waag, vielleicht an der Donau, vielleicht an der Nitra. Warum ist der Soldat an den toten Arm des Pruth zum Baden gekommen? Um zu ertrinken? Wenn er nicht geworfen hätte ...

Wenn ich nicht geworfen hätte ...

Wenn sie nicht gekommen wäre ...

Wenn sie nicht gekommen wäre und sich hingesetzt hätte, wenn Baráts Pioniere nicht für die Mädchen Blumen, Seerosen aus dem toten Arm geholt hätten, wäre ich kein Angeber gewesen und nicht bis zu dem hohen Schilf geschwommen, in dem sich Partisanen versteckt halten konnten, zu dem hohen Schilf, in dem die Frösche quakten und wo auf dem Grund Seerosen wurzelten, dann wäre ich nicht ...

Als sie an den Strand kam, riefen die Soldaten ihr dies und jenes zu. Einige pfiffen, einige schnalzten und riefen ach und oh, doch sie tat, als sehe und höre sie es nicht. Vielleicht sah sie die Soldaten wirklich nicht, bestimmt achtete sie nicht auf sie, denn sie glaubte, dieses Rufen gelte nicht ihr. Sie war keine Schönheit, aber sie war hübsch. Sie warf ihren Rock aus billigem weißblauem Kattun ab, zog die Bluse aus, vorsichtig, aber rasch, ihr Badeanzug war alt und zerschlissen, vielleicht war es gar kein Badeanzug, sondern nur ein kurzes Höschen, sie bewegte die rundlichen Schultern und benetzte sich die Beine. Ins Wasser gingen wir alle zugleich. Sie schwamm neben mir, und aus der Nähe sah ich, daß sie Sommersprossen hatte und rötliche Haare, die, in zwei Zöpfen geflochten, um den Kopf geschlungen waren wie die Dornenkrone Christi. Sie schwamm wie ein Frosch, schneller als ich. Sie lächelte mir zu, und mir schien, als riefe sie mich mit ihrem Blick, komm, Soldat, schwimm mir nach. Ich komme, Sommersprossige, gern komme ich. Ich bin Soldat, schwimme wie eine bleierne Ente. Sie war schon fast am Boot, fast am Schilf, und ich erst in der Mitte des Sees. Einige Soldaten schwammen bereits vom Schilf zurück, Blumen um den Hals gehängt. Diese Helden! Auch ich werde ein Held sein! Ich werde eine Seerose abreißen, mit den Zähnen abbeißen und sie der Sommersprossigen bringen. Warum gerade ihr, und warum gerade ich? Ist das von Bedeutung? Feigling. Wenn ich die Frage so stelle, werde ich mir selbst antworten, daß es keinerlei Bedeutung hat. Vielleicht wird sie die Blume gar nicht annehmen von mir, vielleicht wird sie schon längst verschwunden sein, wenn ich ans Ufer zurückkehre. Aber vielleicht auch nicht ... Ich werde ihr die Blume geben, sie wird sich freuen, dann werden wir uns in den Sand setzen, ich werde mir aus der Nähe ihre Sommersprossen betrachten; wenn die Sonne hinterm Schilf versinkt, werden wir gemeinsam vom Strand zurückkehren, wenn uns Frau Jolanka begegnet, wird sie mich nicht mehr in die Wangen kneifen, wird mich nicht mehr ihren kleinen Schelm nennen. Warum kleiner? Ich kann auch einmal ein großer Schelm sein ...

Frau Jolanka wird einen Zorn haben auf die Sommersprossige.

Es schwimmt sich gut, das Wasser ist warm. Wie widerlich diese Schlingpflanzen sind. Unangenehm. Ich habe den Eindruck, daß ein Krake nach mir greift. Oder wie diese Meeresungeheuer heißen. Jetzt wieder. Etwas hat sich um meinen Fuß geschlungen. Pfui! Ich muß langsam schwimmen, um mich über Wasser zu halten, um mir die schlüpfrigen Stengel vom Leibe reißen zu können. Schon windet sich einer um meinen Arm, berührt den Hals, nähert sich dem Kinn, dem Gesicht. Ich schnaufe, bemühe mich, ihm zu entfliehen, reiße die klebrigen Stricke ab, aber ich komme nicht von der Stelle, zapple mit Armen und Beinen. Wie ist es, wenn man ertrinkt? Was mache ich da? Ich bin außer Atem, schaffe es nicht. Ruhe, Ruhe! Ich muß mich umschauen, wo ich da hingeraten bin, vielleicht habe ich mich in die Seerosen verstrickt, vielleicht brauche ich mich nur auszustrecken, eine abzureißen, sie mir um den Hals zu wickeln und zurückzuschwimmen. Wenn ich langsam und ruhig schwimme, werde ich ans Ufer gelangen, werde ein Held sein; wenn ich noch eine Weile so herumstrample, finde ich meine Liebe am Grunde des Sees. Das Wasser schlägt über meinem Kopf zusammen, ich reiße die Augen auf. Der Zigeuner! Der Zigeuner ist ertrunken. Tang klebt sich an mein Gesicht. Unter mir wächst ein Baum von Seegras. Tief unter mir, wohin mein Auge reicht, nur rosmaringrünes wogendes Gras, die Krone des Baumes. Wasser dringt mir in die Augen, in Mund und Nase, in die Lungen. Ich drehe mich um und stoße mich ab aus dem Gras. Mit den Füßen stoße ich mich ab, schon stehe ich schräg, über meinen Rücken streift ein dichter Busch von Seegras.

Angst! Ich strample mit den Beinen, verstricke mich noch mehr in das klebrige Gras. Ich sollte schreien. Die Sommersprossige ist nicht weit, sie würde mich hören. Sie ist nahe an dem Boot... Welche Schande ist größer: ertrinken oder schreien?

«He!» Wer hört mich? Da schreit eine Wildente. Die Sommersprossige hat mich gehört. Sie winkt mir zu und schwimmt weiter. Du bist nicht von Seegras gefesselt, schwimm nur. Ich kann nicht mehr. «He!» Ich werfe mich hin und her wie ein Fisch im Netz, je mehr ich mich werfe, um so mehr verstricke ich mich in die Fesseln. Entsetzen greift nach mir. Mich verlassen die Kräfte, ich sinke in die Baumkrone hinab, das Wasser dringt mir durch den Mund in den Magen. Ich trinke...

Ich glaube nicht, daß ich ertrinke. Ich trinke... Vielleicht werde ich ertrinken. Was? Ertrinken? Ja. Wie der Zigeuner. Werde ich auch wie ein Faß sein? Was kommt mir da in den Sinn, ich werde nicht ertrinken! Daß ich nur noch einige Sekunden zu leben habe, daß ich eigentlich nicht mehr lebe? Unsinn! Ich lebe noch! Solange der Mensch denkt, lebt er. Und ich denke. An alles. An die Sommersprossige, an die Mutter, den Vater, den Zigeuner, an Frau Jolanka. Sascha, komm, kuschatj Mamaliga! Zum Teufel! Warum kommt mir jetzt gerade die

Mamaliga in den Sinn, wo ist das Pferd, ich komme doch hoch zu Roß heim, halte auf dem Hofe an, die Mutter guckt hinterm Vorhang hervor, wen wird sie auf dem Hof erblicken? Mich ...

Nein! Nein! Ich werde nicht ertrinken!

Wer hat mich aus der Krone hinaufgeworfen übers Wasser? Schon sehe ich nicht mehr die bleierne Farbe des Wassers, mein Gesicht ist nicht mehr mit einem Netz von Seegras überzogen, über meinem Kopf ist schöner blauer Himmel, nur ein kleines Wölkchen schwimmt langsam auf die Sonne zu, und die Sommersprossige steigt ans Ufer. Jetzt mustern die Soldaten ihre Schenkel, die kleinen Brüste, lachen über ihre Sommersprossen, jetzt schauen sie ihr nach, auf dem Rücken hat sie keine Sommersprossen, die Soldaten legen sich bäuchlings in den warmen Sand, sie beachtet sie nicht. Sie setzt sich abseits an den Strauch, wo sie den Rock ausgezogen hat. Schaut auf den See hinaus. Vielleicht sieht sie mich, wartet, und ich ... Ich ertrinke. Eine himmelschreiende Blamage! Ein Frontsoldat! Pah! Du warst an der Front? Hast gekämpft? Jawohl, Frau Jolanka, mit Seegras! Und hast du gesiegt? Das weiß ich noch nicht. Ich muß noch kämpfen. Muß mir das Gras von den Hüften reißen, von der Brust, den Beinen, muß mich aus der klebrigen Baumkrone befreien. Ich muß mit meinen Kräften sparen. Pfui! Ich schlucke das ekelhafte, tote Wasser. Das ist das gleiche Wasser, an dem sich der Zigeuner totgetrunken hat.

Wieder Angst? Ich werde nicht ertrinken. Ich will nicht ertrinken, ich will nicht ... Ich will schreien, aber die Stimme ist schwach, ganz schwach, ich höre sie selbst nicht. Warum flüstere ich, warum schreie ich nicht? So quiekt ein Meerschweinchen, aber das kann schwimmen, so quiekt ein Mensch, der nicht schwimmen kann, der vor Angst vergeht. Wie soll ich schwimmen? Mit Hundepaddeln ausgezeichnet ... Ich schaffe es nicht, ich kann nicht mehr, aber die Krone des unsichtbaren Baumes ist nicht mehr unter mir, sie ist hinter mir. Schon greift das Gras nur mehr nach meinen Füßen, ich muß mich auf den Rücken legen und ausruhen, wenigstens ein Weilchen, die Muskeln werden sich lockern, sie sind gespannt wie Stricke, hart wie Eisen und schmerzen wie offene Wunden, alles tut weh, da ist ein Schmerz am Herzen, in den Lungen, es schmerzt im Gehirn, als wäre Sand darin. Wie weit ist es bis zum Ufer? Lächerlich. So weit wie vom Ufer bis hierher. Ich habe erst eine Strecke zurückgelegt. Die Hälfte. Jetzt noch zurück. Hin und zurück. Werde ich es schaffen?

Ich muß.

Wo Angst ist, setzt der Verstand aus. Ich schwimme schnell, statt der Hände habe ich Ruder, in den Rudern ist Angst, den Baum von Seegras lasse ich hinter mir zurück. Für einen Augenblick vergesse ich den Schmerz und die Angst. Ich spüre meine Muskeln nicht, nicht die Hände und die Füße, meine Brust steckt in einem Feuer. SOS. Position zwischen dem Ufer und dem Seegrasbaum. Vielleicht sind es zweihundert, vielleicht noch dreihundert Meter. Die Entfernung ist auf dem Wasser schwerer zu schätzen als auf dem Lande ... Etwas wird geschehen, etwas muß geschehen. Meine Lungen stehen in Flammen. Eine süße Ermattung drückt meinen Kopf ins Wasser, der Körper sinkt wieder auf den Grund des toten Sees. Ich sinke langsam, gleite durchs Wasser, es ist sehr angenehm. Das Wasser kühlt, erst jetzt weiß ich, wie Wasser kühlt. Ich halte den Atem an, öffne den Mund, die Lungen wollen Luft, statt Luft fließt Wasser in sie. Geh weg, Zigeuner, du bist aufgedunsen. Hefte nicht meine Füße an den Grund des toten Arms, laß mich, Zigeuner, das Leben kehrt durch mein Gehirn in den Leib zurück, gut, Zigeuner, die Füße stoßen sich ab vom sandigen Grund und hängen über ihm wie die Füße eines Gehenkten. So langsam, wie ich auf den Grund gesunken bin, steige ich empor zur Oberfläche. Luft! Ich lebe!

Zentimeterweise nähere ich mich dem Ufer. Ich bade, Sommersprossige, vollführe Tauchkunststücke. Daß ich ertrunken bin? Niemals! Ich verschnaufe, lege mich auf den Rücken und wieder einen Meter, zwei, wieder auf die Brust, wieder einen Meter ... Das Schwimmen dauert unendlich lange. Ans Ufer krieche ich auf allen vieren und sinke in den warmen Sand. Die Sommersprossige läuft an mir vorbei und patscht ins Wasser. Ich sehe sie nicht mehr, liege auf dem warmen Sand, die Beine sind im Wasser geblieben, auf die Brust brennt die Sonne.

«Schaut mal, der Kartenfritze hat eine neue Art sich zu sonnen erfunden!»

«Quatsch ... ich ...»

Kälte und grausame Kopfschmerzen wecken mich auf.

Ich bin hier? Bin nicht ertrunken? Und der Traum? Der Ertrunkene war nicht der Zigeuner. Das war ich. Hurra, ich lebe

Badestelle für Mannschaften. Für die slowakischen Mannschaften. Am toten Arm. Warum ist die Tafel nicht am Schwarzen Hron? Dort ist das Wasser nicht so tief wie hier. Dort wachsen auch keine Seerosen. Wieviel sommersprossige Mädchen gibt es bei uns? Wer hat die Tafeln vom Ufer des Schwarzen Hron an das Ufer des toten Arms umgesetzt?

Gestern habe ich mich betrunken, aber wer die Tafel vom Ufer des Schwarzen Hron an das Ufer des toten Armes umgesetzt hat, das habe ich nicht erfahren. Alle soffen und sprachen von dem ertrunkenen Zigeuner. Er war schrecklich, es war schrecklich. Angenehm war es nur, zu saufen und nicht an den ertrunkenen Zigeuner zu denken.

Leben ist schlimmer als sterben

Die Ameise hat den Zapfen erklommen, hat sich auf der anderen Seite hinuntergelassen. Viktors Lippen sind trocken, denn er schläft mit offenem Munde. Wie konnte sich die Ameise den Weg zurück zu Viktor merken? Weil sie klug ist? Eine Ameise ist dumm. Beweis? Hier ist er: Wenn sie sich Viktor nähert, werde ich sie zwischen die Finger nehmen und zerquetschen. Pfui! Wie komme ich darauf? Ich bin doch nicht der Tod, meine Finger sind nicht seine Klauen. Ich werde die Ameise nicht zerquetschen. Sie weiß das, sie ist klug, deshalb hat sie sich den Weg gemerkt. Komm, Kamerad, du hast einen weiten Weg vor dir. Wenn du bei Viktor eintriffst, wird es schon dunkel sein. Beeil dich, wenn du Viktor kitzeln willst. Aber Vorsicht, Ameise, Viktor ist ein böser Mensch!

Auf der Straße rollt wieder eine Autokolonne vorbei. Als sie den Berg hinaufklimmt, heulen die Wagen wie tollwütige

Hunde, als sie oben angelangt sind, knurren sie wie zufriedene Raubkatzen. Die Motoren schnaufen und keuchen, die Luftbremsen pusten, in den dampfenden Kühlern kocht das Wasser. Bis jetzt waren nur die Motoren zu hören, aber jetzt höre ich auch das Geschrei der Soldaten, sie rufen etwas gemeinsam, ich weiß nicht, ist es Geschrei oder Gesang. Es sind keine von uns. Auch keine Deutschen. Rumänen? Warum singen die Rumänen?

Noch nie habe ich Rumänen singen hören.

Noch eine Kolonne hat den Berg erklommen. Der gleiche Gesang, das gleiche Geschrei. Warum schreien die Rumänen? Aber vielleicht ist es nur so ein komischer Gesang.

Menschen sind vernünftig, sie schreien nicht, sie singen.

Während ich den Rumänen lausche, hat sich die Ameise beeilt. Schon ist sie auf Viktors Kinn. Viktor zuckt mit dem Wangenmuskel. Die Ameise schwankt auf einem schwarzen Haar, das Haar ist ein Grashalm, ist ein hoher Stengel, ein Baum auf dem Gesicht eines Riesen. Viktor zuckt mit dem Muskel, die Ameise klettert kopfüber an die Haarwurzel, öffnet die Beißzangen, desinfiziert die Wunde, vielleicht infiziert sie sie auch, mit Säure, damit es Viktor spürt. Eigentlich ist die Ameise ein böses Tier. Ich hätte ihr einen Stüber geben sollen, damit sie Viktor nichts tut, doch derweil hat sie ihn schon gebissen. Wer weiß, ob in diesem kleinen Köpfchen, in diesem kleinen Knöllchen Verstand ist. Ich habe es nicht über mich gebracht... Viktor schlägt sich aufs Kinn, fängt mit seinen ölverschmierten Fingern die Ameise und zerquetscht sie. Nun gibt es bestimmt keinen Verstand mehr in dem zerquetschten Köpfchen.

«Teufel noch eins! Hat die mich aber gebissen!» Viktor setzt sich auf und wischt sich den schwarzen Fleck von den Fingern.

Auch er hört jetzt den Lärm der Kolonne und den Gesang der Rumänen, steht auf, steckt sich das Hemd wieder in die Hose. Was schaust du so, Viktor? Warum gebärdest du dich wie ein Mörder? Eine Ameise hat keinen Verstand.

«Ich verstehe kein Wort. Sind das Rumänen, die da so schreien?» Viktor knöpft sich die Lederjacke zu.

«Die Rumänen schreien nicht, Viktor, sie singen. Und wie

singen sie, Viktor? Rumänisch. Und warum singen die Rumänen, Viktor?»

«Wie soll ich das wissen, Matúš, sag du mir's doch!»

Natürlich, Viktor kann doch nicht wissen, warum die Rumänen singen. Die Slowaken wissen es nicht.

He, Rumänen, warum schreit ihr so?

Ihr singt? Aber warum? Sagt mir, Rumänen, warum singt ihr?

Die Slowakei liegt im Westen

Niemand treibt uns, und wir fliehen doch, hasten dahin, schnell wie bei Alarm. Der Motor ist sofort angesprungen. Wir fliehen. Wohin? Vor wem? Warum?

«Wie viele Male sind wir schon geflüchtet? Ich kann mich gar nicht erinnern, Viktor, wie viele Male.»

«Ich bitte dich! Wie soll ich mir das merken?»

Viktor ist schon volle zwei Jahre im Felde, ohne Urlaub, ohne Frau, ohne Beförderung, ohne Auszeichnung, ohne Hoffnung auf Ablösung.

Ich bin erst ein Jahr im Felde, mit Beförderung, mit Wiera, Aglaja, Zara, der Sommersprossigen ... mit der Hoffnung auf Ablösung und mit einer Auszeichnung. Man hat mich für meine Malaria ausgezeichnet.

Zum letzten Mal flüchteten wir ... Wann? Wann war diese Nacht ... Nein! Diese Nacht gab es nicht, es gab nur einen Morgen ... Es dämmerte ... Der tote Arm schimmerte wie eine Platte aus Blei, er erinnerte mich an einen riesigen Sarg, in dem der ertrunkene Zigeuner eingeschlossen ist, den Sarg, in dem auch ich liegen sollte. Seltsam, daß ich nicht darin liege, daß nicht die Kolonnen und Armeen darin liegen, daß nicht Europa in diesem Zinnsarg schläft. Heute singen nur die Rumänen. Es war so ein Morgen ...

Der Tag graute. Wir hatten alles noch am Vortag auf die Wagen verladen. Abends sollten wir abmarschbereit sein. Maria hatte mir für die Fahrt ein Hemd gebügelt, hatte Birnen in meinem Koffer verstaut, mir eine Kelle warme Mamaliga in-

Kochgeschirr gefüllt. Alles hatte ich zum Tatra getragen und auf meinem alten Platz in die rechte Ecke hinterm Fahrerhaus abgesetzt. Auch Jelisaweta war mit ihren Kindern gekommen, um sich zu verabschieden. Auch die Sommersprossige war gekommen ... Sie war oft zu Maria gekommen. Eine Rumänin. Sie konnte Ukrainisch. Maria war über fünf Ecken mit ihr verwandt.

Die Sommersprossige ...

Als sie zum ersten Mal kam, trat ich aus der Hütte auf den Hof. Ich grüßte, sie antwortete. Ich sah die großen Sommersprossen auf den rundlichen Wangen und das dichte, zu zwei Zöpfen geflochtene rote Haar. Das alles sah ich, fühlte auch die angenehme Kühle des toten Arms. Die Sommersprossige kam oft zu Maria, und ich plauderte gern mit ihr. Ich wußte, wo sie wohnte, ich wußte, an welches Fensterchen man klopfen mußte. Alles wußte ich, aber nie begleitete ich sie nach Hause, nie klopfte ich an ihr Fenster. Und sie gefiel mir ... Auch sie kam, um sich zu verabschieden. Ich schaute sie an, und ich begann mich einer Schuld zu zeihen, ich begann es zu bedauern. Ich hätte dich heimbegleiten sollen, Sommersprossige. Ach, wie sie sich in den Hüften wiegte, wie ein Wiesel. Abends sah man die Sommersprossen nicht, auch nicht das rote Haar ... und wenn auch ...

Abmarsch um drei Uhr von der Strada Antonescu. In dieser Straße wohnte die Sommersprossige.

Ich verabschiedete mich von Maria, von ihrer Mutter, ihrer Schwester Jelisaweta und den schüchternen Kindern. Ich solle den Sergeanten Wanja grüßen. Gut, Jelisaweta. Wenn du weinst, bist du noch magerer. Ich werde ihn grüßen. Jelisaweta. Ich werde ihn grüßen, dabei werde ich ihm in die Augen blikken können. Sergeant Wanja, du Schürzenjäger aus Ruthenien, wie konntest du mit ihr schlafen, warum hast du ihr den Mund zugehalten? Der Sergeant Wanja wird sich schämen. Vielleicht ist die magere Jelisaweta genauso eine Frau wie die dicke Maria, vielleicht hat sie selbst den Sergeanten Wanja nicht in Ruhe gelassen.

Ich flüsterte der Sommersprossigen zu, sie solle mich auf der

Strada Antonescu vor ihrem Hause erwarten. Niemand, nur ich wußte, was ihr Nicken zu bedeuten hatte.

Die ganze rechte Seite der Strada Antonescu war mit Schafgarbe bewachsen. Eine ausgezeichnete Gänseweide. Diesmal weideten Lastkraftwagen der Marke Tatra auf der Strada Antonescu. Ein Fluß von Tatras ergoß sich in die Strada Antonescu. Noch nie hatte ich so viele von unseren Autos auf einem Haufen gesehen. Eine ansehnliche Kolonne. Endlich werden wir wie Militär aussehen, nicht wie Totengräber, nicht wie rumänische Zigeuner.

Die Sommersprossige wohnte im zweiten Haus von hinten. Von ihrem Haus aus sah man den toten Arm. Das Meer von hohem Schilf verschwamm in der nebligen Ebene. Weit hinter dem See berührte die Erde den Himmel.

Ich blieb auf dem Rasen stehen, ein Türchen knarrte. Das ist sie, die Sommersprossige. Es ist schon spät, vielleicht Mitternacht, vielleicht noch später. Ich habe keine Uhr, aber ich weiß, daß ich noch genug Zeit habe. Die Kolonne ist vor meiner Nase, dauernd steigen Soldaten auf und springen ab, verstekken sich unter den Planen und unterhalten sich gedämpft. Die da abspringen, tun das gleiche, was die vor ihnen getan haben. Sie lehnen sich an den Holzzaun. Die Schafgarbe, mit der die Strada Antonescu bewachsen ist, trinkt salzigen Harn, Wein, Schnaps. Die Sommersprossige ruft mich in den Hof. Höre, Sommersprossige, du bist schön, eigentlich habe ich dich gern. Ach, diese Männer. Die Strada Antonescu! Hören wir nicht auf sie, Sommersprossige. Betrunkene Männer sind Hengste . . . Hör zu, Sommersprossige, du bist eine frumosa rosa domnişoară. Hab ich das gut gesagt?

Was soll ich dir noch sagen, Sommersprossige? Ich habe zwei Stunden Zeit. Wir werden uns niemals mehr sehen. Im Mondlicht hat sich ihr Gesicht bis zur Unkenntlichkeit verändert. Sie ähnelt Wiera, Aglaja, Nadja, Nataschka, Adelka. Adelka hat kein Gesicht, es gibt keine Erinnerungen. Nein, Adelka ähnelt die Sommersprossige nicht. Worauf wartest du, Sommersprossige, was sollte ich dir noch sagen, du bist frumos, du bist folgsam, machst alles, was ich dir andeute. Komm hier unter den alten Baum. Ist es eine Esche oder eine Akazie? Ja, es ist eine Akazie, die Akazie sticht, Sommersprossige. Und mag es auch eine Esche sein, das ist uns gleich. Ich stellte mich so hin, daß man uns aus dem Küchenfenster nicht sehen konnte, preßte die Sommersprossige an mich und küßte sie. Sie ließ sich küssen ... Ach, wie gern die Sommersprossige küßt. Ihr Leib ist heiß, hingebungsvoll, sie schmiegt sich an mich, saugt mich in sich ein, das breite Koppelschloß mit den drei Buckeln und dem Doppelkreuz darauf stört sie überhaupt nicht, nur ich spüre es dauernd auf dem Bauch.

Die Küchentür ging auf, langsam tapste eine alte Frau mit einem Krückstock die Stiegen herab. Leise wie ein schwarzer Geist ging sie über den Hof. Sie machte das Tor auf.

«Anna», flüsterte die Alte.

Ich bewegte mich, die Sommersprossige packte meine Hand und legte den Finger an den Mund. Gut, Sommersprossige, ich werde still sein.

«Anna!» Steh, Sommersprossige!

«Anna!» Das war kein Flüstern mehr, das war ein Schrei. Alte, schrei nicht, du weckst das ganze Haus, die Nachbarn, rufst unsere Wache herbei, der Kartograph wird sich blamieren. Die Sommersprossige drückte sich plötzlich an mich, küßte mich. Wie schmeckt der letzte Kuß, wie küßt man ohne Liebe?

Die Sommersprossige sprang hin zur Tür. «Hier bin ich, Großmutter.» Die Sommersprossige sprach mit der Großmutter rumänisch, ich verstand sie nicht. Was ist, Großmutter, warum schreit Ihr? Was sagt die Sommersprossige der Großmutter? Warum schreit die Alte auf das Mädchen ein? Sie gingen auf den Hof. Die Alte drohte der Sommersprossigen mit dem Krückstock, auch ich würde den Stock packen, auch ich würde weinen. Wegen der Liebe darf man sie nicht schlagen, Alte, nur Hexen hassen die Liebe. Ich stellte mich zwischen die Sommersprossige und die Alte. Beide Frauen schauen mich an. Alles ist klar. Ein Soldat hat hier nichts zu suchen. Die Sommersprossige kämpft um ihre Liebe, die Alte verbietet die Liebe, der Krückstock zittert in ihrer Hand, hebt sich über meinen Kopf (Was für einen großen Finger Ihr habt, Alte), der erhobene Zeigefinger schlägt den Soldaten auf die Schulter. Schwach schlägst du, Alte, aber mit Lust. Noch einmal, noch schwächer. In deinem Krückstock ist kein Leben, Alte, ohne Leben gibt es keine Liebe. Der Stock zittert, schlägt die Sommersprossige. Und noch einmal. Die Alte ist gerecht, sie verteilt die Schläge. Die Liebe ist etwas Gemeinsames, die Hälfte gebührt der Sommersprossigen, die andere Hälfte dem Soldaten. Immer noch zittert der Krückstock, droht und trippelt weinend davon. Die Sommersprossige hinterher. Weint sie?

Hat sie geweint?

Wieviel Tränen um die Liebe. Um die Liebe? War es Liebe? Was weiß ich. Es war schön, auch wenn am Ende Tränen flossen.

Ich trat auf die Strada Antonescu hinaus, rutschte aus (auf Schafgarbe weiden gern Gänse), aus dem Fenster erklang das leise Lachen der Sommersprossigen.

Was kommt der Liebe gleich?

Das Fenster war immer noch offen, im Fenster eine Mähne roten, zu zwei Zöpfen geflochtenen Haares. Leb wohl, Sommersprossige. Ein bißchen hatte ich dich gern.

War es Liebe? Was weiß ich ...

Die Kolonne fuhr um zwei ab, nicht erst um drei. Warum? Die Soldaten fragten danach. Was weiß ich, warum. Warum muß der Kartograph alles wissen? Bei Kischinew haben die Russen die Front durchbrochen. Aber mit Sicherheit weiß ich es nicht. Auf der Karte ist nur das, was die Deutschen wissen.

Die Deutschen wissen nicht, was die Russen wissen.

Ich weiß auch nicht mit Sicherheit, ob die Sommersprossige noch aus dem Fenster schaute, als die Kolonne anfuhr, denn ich hatte mich zu Viktor ins Fahrerhaus gesetzt und den Mantelkragen hochgeschlagen, mir war kalt. Sie schaute. Auch die Alte schaute. Beide schauten und weinten – der Liebe nach.

War es doch Liebe? Was weiß ich.

Die Liebe zwischen dem Soldaten und der Sommersprossigen. Hatte die Alte rechtzeitig eingegriffen? Ist von dieser Liebe etwas anderes geblieben als die Schläge? Nichts tut mehr weh. Die Schläge sind lange verheilt.

Der Tag graute ... Es gab einen Morgen ... Die Sommersprossige war keine Türkin. Was war die Sommersprossige? Rumänin? Nein, Ukrainerin. Leb wohl, Mädchen mit den Sommersprossen!

16
Die verlorene Division

Războiu este sfirşit

Die Hauptstraße ist voller Wagen. Wir stehen am Waldrand und lauern auf eine Lücke in dem fließenden Strom unheilverkündenden, brausenden Metalls. Es sind rumänische Lkws, darauf rumänische Soldaten. Zum ersten Mal sehe ich rumänische Soldaten auf Lkws. Die Planen haben sie hochgerollt, der Staub setzt sich auf ihre Uniformen, auf die Gesichter. Die Soldaten singen, schreien: «Războiu este sfirşit!» Winken sie uns zu oder drohen sie? Sie lachen, nein, sie sind zornig, wiegen sich hin und her, beugen sich über die Seitenwände, sie werden noch herausfallen! Die Soldaten sind fröhlich. Fröhlich? Vielleicht betrunken.

Was schreit ihr da, Rumänen?

«Războiu este sfirşit!»

Die Autos fahren schnell. Wohin flieht ihr, Rumänen? Flieht ihr, oder zieht ihr euch geordnet zurück? Richtig, so fröhlich zieht man sich weder zurück noch rückt man vor.

«Războiu este sfirşit!»

«Mergem a casa!»

«Krieg kaputt!»

Was schreit ihr da, Rumänen? Der Krieg ist zu Ende?

«Mergem a casa!»

Das ist doch Unsinn, das hat sich einer ausgedacht.

Ihr seid verrückt geworden, Rumänen.

Viktor wirft den ersten Gang hinein und quetscht sich hinter das letzte Auto der Kolonne, dem der Troß mit Pferde- und Ochsengespannen folgt. Die Ochsen haben lange Hörner. Die Soldaten tragen Lederschuhe und Hüte, die aus einem Stück genäht sind. Krieg kaputt! Wohin fahrt ihr die Pontons und

Brückenbauteile, warum werft ihr sie nicht in den Straßengraben und fahrt nach Hause zum Ackern und Pflügen? Die Welt ist verrückt geworden. Mit Ochsen kämpft man doch nicht, Rumänen, mit Ochsen pflügt man.

Wir gelangen in ein tiefes Tal. Hinter einem Dorf dampft ein Zug. Der Zug und die Häuser sind mit rumänischen Fahnen geschmückt. Auch hier müssen alle verrückt geworden sein.

«Războiu este sfirşit!»

«Krieg kaputt!»

Die Leute stehen auf den Straßen, winken und lächeln uns zu, sie denken, auch wir sind Rumänen. Was würde geschehen, wenn sie uns für Deutsche hielten oder für Ungarn? Was würdet ihr tun, Rumänen, wenn ihr wüßtet, daß ihr Slowaken zuwinkt? Die Dörfer haben sich geschmückt, die Rumänen haben Feiertag. Seid ihr mit uns? Wir sind Slowaken. Warum stellt ihr euch uns in den Weg?

Viktor flucht, er wird noch jemanden überfahren, so daß von ihm nur ein Fleck übrigbleibt. Er weiß, warum sie uns anhalten wollen — um uns das Auto wegzunehmen und ihm die Lederbekleidung, wie sie das in Odessa getan haben. Er kannte da einen Fahrer, Martinec Gregor hieß er, ein Obergefreiter, in Unterhosen schmissen sie ihn nachts auf die Straße, von einem Seitengewehr durchbohrt, versteht sich.

«Waren das die Rumänen, Viktor?»

Viktor schwört bei seiner Seele, daß die Partisanen einen wegen Munition umbringen und die Rumänen wegen Lederjacken und -hosen. Mit Viktor ist schlecht streiten. Er schießt die Worte wie Kugeln ab, scharf, überzeugt, was Viktor sagt, steht felsenfest. Hast recht, Viktor, halt nicht an, wenn du nicht willst. Krieg kaputt! Du bist der Fahrer, Viktor, fahren wir nach Hause. Wie weit werden wir mit zwei Kanistern Benzin kommen? Viktor hält nicht an. Wie komisch die Rumänen wirken, sie drohen und schreien etwas, aber es ist nicht zu hören, ich sehe nur, wie sie den Mund aufreißen.

Wir haben das Tal durchfahren und klimmen wieder einen Berg hinauf. «Wie auf den Šturec, Teufel noch eins!» Viktor schickt einen bösen Fluch ins Unbekannte.

Wir haben keine Ahnung, wo die Division steckt. Sie ist verschwunden. Viktor und ich haben eine besondere Mission: so schnell wie möglich nach Hause zu gelangen. Sollen sie uns schnappen, sollen sie uns aburteilen, aber wir werden zu Hause sein. Den Passierschein trage ich in der Brusttasche. Major Hartmann, der Chef der DHM, hat ihn persönlich unterschrieben. Wir fahren ohne Karte.

Die zerbrochene Grenze

Wieder klettern wir einen Berg hoch, gefolgt von einer endlosen Kolonne. Die Straße windet sich wie eine Schlange, das Dorf am Fuße des Berges sieht wie ein Spielzeug aus. Der Berg ist ein Tannenzapfen. Die Autokolonne im Tal ein Zug Ameisen ... Viele Ameisen sind dem Iwan aufs Kinn geklettert, der Iwan ist in Zorn geraten, hat die Ameisen zerquetscht, und die er nicht zerquetschte, die nehmen Reißaus. Auch der Tatra ist eine Ameise, schon ist er auf dem Zapfen, auf der Höhe ... Auf der Generalstabskarte sind nicht alle Höhen eingezeichnet. Diese da ist mit gestreiften Flaggen gekennzeichnet, mit Schlagbäumen. Wir sind an der Grenze.

Welche Grenze kann das nur sein, zum Teufel? Ein Kartograph muß das wissen, aber selbst ein Kartograph kann für ein Weilchen vergessen haben, daß sich Grenzen ändern. Der Kartograph ist vor zwanzig Jahren geboren, damals gab es in diesen Bergen keine Grenze. Bei dem einen Schlagbaum steht ein Rumäne, bei dem andern ein Ungar.

Der Rumäne liest den Passierschein. Zum Teufel, weiß er nicht, was in dem Tal hinter uns los ist? Ich weiß, er versteht nicht, was er liest, aber er tut so, seine Blicke gleiten über alle Zeilen, und schließlich hebt er den gestreiften Schlagbaum.

Auch der Ungar liest den Passierschein. Er gibt noch mehr an als der Rumäne, vielleicht kann der Ungar Deutsch, aber er weiß nicht, daß Viktor Ungarisch kann. «Diese tschechischen Schweine hauen von der Front ab. Was machen wir mit ihnen?»

Hahaha! Schweine. Und tschechische dazu. Was sind wir für Tschechen? Viktor kann sich nicht beherrschen. «Du ungarisches Landschwein, du Obersau, du Rindvieh, was ist das für eine Grenze, hier ist Rumänien, hau bloß ab, sonst fahr ich dich übern Haufen!»

Der Ungar ist außer sich, schaut sich nach seinen Soldaten um. Viktor übersetzt zur Sicherheit ins Ungarische, was er gesagt hat, fügt alle möglichen beschissenen und ausgeschissenen Götter und Teufel hinzu, mir scheint, die Götter müßten zum Leben erwachen und Viktor auf der Stelle bestrafen. An Strafe denkt auch der Ungar, er schreit irgendwelche Befehle, und im Nu umringt die ungarische Grenzwache unsere Tatra-Ameise. Den Schlagbaum der Rumänen hat der erste Wagen der Kolonne erreicht. Der rumänische Schlagbaum ist offen, der Ungar schreit. Der erste Wagen der Autokolonne braust heran, der ungarische Schlagbaum öffnet sich nicht. Der Lkw knickt ihn wie einen Strohhalm, der Schlagbaum schleift an den staubigen Rädern. Aus dem Wagen blicken den Ungarn Augen an, über denen weiße, silberne Totenköpfe blitzen. Das Landschwein legt die Hand an den Mützenrand und erweist den Totenköpfen die Ehrenbezeigung.

Der Tod ist stärker als der Ungar.

Zerbrochen der Schlagbaum, zerbrochen die Grenze. Das ist betrüblich, Nationaltrauer. Willst du nicht mit uns fliehen, Landschwein?

Der Rumäne hat den Schlagbaum gar nicht mehr heruntergelassen. Er weiß, die Deutschen haben die Grenze geschaffen, die Deutschen können die Grenze ... Wer hat die Grenze zerbrochen?

Die Totenköpfe sind Ameisen, der Iwan ist kitzlig, zornig, Ameisen durchbrechen keine Grenze, sie umgehen sie oder kriechen unter dem Schlagbaum hindurch, die Grenze wurde von der Kraft durchbrochen, die die Ameisen zwischen den Fingern zerquetscht hätte, wenn sie nicht geflohen wären. Die Ameisen hatten keine Zeit, unter der Grenze hindurchzukriechen. In Europa gibt es keine Staaten, in Europa ist nur der Tod, und der kennt keine Grenzen, auch nicht die ungarische ... Warum sind die Ameisen dem Iwan aufs Kinn gekrochen, warum haben sie ihn gekitzelt? Hätten sie ihn in Ruhe gelassen, brauchten sie jetzt nicht die Grenzen zu zerbrechen, die Ameisen wären in ihrem Ameisenhaufen und nicht in Iwans Bart, die ungarische Grenze wäre dort, wo sie einstmals war und auch jetzt sein sollte.

Viktor hat den ersten Gang eingelegt. Der Tatra hat einen Staat verlassen, in welchen fährt er nun? Kann eine zerbrochene Grenze etwas trennen? Die ungarische Grenzwache steht starr und stumm. Der Leutnant weint über die zerbrochene Grenze. Etwas ist im Gange, für den Leutnant ist eben etwas zu Ende gegangen, etwas Neues hat begonnen, vor einer Weile, als der hölzerne Schlagbaum krachte, der die Grenze bildete.

Was ist ein Slowake?

Hinter der zerbrochenen Grenze ist es still. Die Leute in den Dörfern tun so, als wüßten sie von nichts, als wüßten sie nicht, warum die Rumänen singen und schreien. Wir sind in Siebenbürgen. Warum wehen hier nicht rumänische Fahnen?

Wir sind auf dem Marktplatz bei einem Denkmal stehengeblieben. Es kommen zwei Frauen, sie sprechen Ungarisch miteinander. Wie gut, daß Viktor Ungarisch kann. Er fragt sie etwas. Den Tatra umringen im Nu Kinder. «Tatra ...», lesen sie die in die Reifen eingeprägten Buchstaben, sie lesen alles, was man lesen kann. Ich lese die Aufschrift auf dem Denkmal.

Bei uns steht auch so ein Denkmal. Ein alter österreichisch-ungarischer Helm, gekreuzte Schwerter, die Aufschrift: Ewiger Ruhm und Gedenken ... darunter eine lange Liste von Namen: die Toten. Zuerst ein Sternchen, ein Datum, der Name, ein Kreuz, ein Datum. Geboren, gefallen ... Kriegerdenkmäler sehen überall gleich aus.

Viktor geht mit einem leeren Kanister auf einen Hof, um Wasser zu bekommen. Die Kinder mustern mich, ich versuche sie anzusprechen, aber sie verstehen kein Wort, weder Deutsch noch Rumänisch. Warum fürchtet ihr euch, Kinder? Könnt ihr nicht Russisch? Natürlich, ihr versteht nicht, Ungarn sind überhaupt keine Russen ...

Oros! Bolschewik!

Warum diese Angst, Kinder? Ich bin kein Russe, ich bin ... Wollt ihr Bonbons, Kinder? Mentholbonbons. Die Kinder schweigen, kein einziges traut sich, die Hand nach dem Bonbon auszustrecken. Oros! Ihr habt Angst, es könnte vergiftet sein? Kinder! «En szlovák katona.» Dauernd diese verständnislosen Blicke.

«Szlovák katona?» Der Jüngste hat Mut gefaßt. Er mag vielleicht in die dritte, vierte Klasse gehen. «Szlovák katona? Mi az Szlovák?»

Ich sollte lachen, aber statt des Lachens wallt etwas in mir auf. Der Junge schaut mich an und wartet auf meine Antwort. Was soll ich dir sagen, Bürschlein? Das werde ich Viktor überlassen. Viktor kann Ungarisch, der wird dir's erklären. Und doch ... wie soll ich es dir sagen? Vater, wie hat der große Ungar damals gesagt? Tot nem ember. Du hast es mir übersetzt, Vater, damals kamen mir die Tränen. Ein Slowake ist kein Mensch. Wie soll ich es dir sagen, Junge? «Slovak, fiam, az ember.» Vielleicht habe ich es schlecht gesagt, denn der Junge lacht zuerst auf, auch die anderen lachen. Was kommt euch zum Lachen vor, Kinder? «Ember! Tudom?» Ich weiß nicht, vielleicht habe ich geschrien, denn die Kinder stieben auseinander, nur einige bleiben am Kriegerdenkmal stehen. Auch die übrigen kehren gleich wieder zurück, umringen das Denkmal. Warum schauen mich die Kinder so eingeschüchtert an? Warum laufen sie nicht davon? Sind sie neugierig, was ich noch sagen werde? Das ist ein Spaß, was, Jungs? Wie heißt Spaß auf ungarisch? Das ist ein Jux, zum Totlachen ist das, was, so ein Ungarisch zu hören, ich weiß. Die Ungarn sind noch komischer, wenn sie slowakisch radebrechen, Tatsache, Jungs, also lachen wir! Das ist ein Heidenspaß. Kinder ... Kinder, auch ich bin ein Kind. Nein, ich bin ein Junge, ein Jüngling, Kartograph, bin Soldat, Kinder, schaut her, ich habe drei Sterne. Schaut meine Sterne an, und ich schaue mir euer Denkmal an. Drei Sterne hat ein Unteroffizier, aber auch ein Hauptmann, auch ein Oberst. Ratet, Kinder, was ich bin. Viktor wird gleich wiederkommen, der wird euch erklären, was ein Slowake ist, welchen Rang ich habe, Viktor kann Ungarisch, vielleicht ist er ein Ungar, das weiß ich nicht genau, bei uns leben Tschechen, Ungarn und Deutsche, auch Polen und Ukrainer, auch Zigeuner und Juden und ein Japaner, aber auch Bulgaren ... Bei uns, Kinder, gibt es Dörfer und Städte, in denen die Leute nicht wissen, was sie sind, Slowaken, Ungarn oder Deutsche. Das ist ein Spaß, Kinder, nicht wahr, einige sagen lieber, daß sie einfach Menschen sind. Viktor ist ein feiner Kerl, Slowake, Ungar, Deutscher, einer aus Bratislava. Zornig, aber prima. Daß er die Ameise zerquetscht hat? Das hat nichts zu sagen, Kinder. Die Ameise hat ihn ins Kinn gebissen. Das hat er gut gemacht? Der Mensch ist nun mal so. Seid niemals Ameisen, Kinder, kriecht niemals jemandem aufs Kinn, sonst ... Das versteht ihr nicht? Natürlich nicht. Ihr wißt gar nicht, wo Bratislava ist? Ihr habt nicht einmal die Grenze gesehen, die zerbrochene ... Was soll ich euch noch sagen?

«Mi az, hogy Szlovák?»

Was ist das, ein Slowake?

Schaut Kinder, hier ist das Denkmal ...

Die Kinder haben die Mützen abgenommen, wischen sich die Nase. Da ist es. Na und? Am Denkmal ist die heilige Stefanskrone angebracht. Eine Krone aus Beton. Das ist ein Spaß, Kinder. Das ist überhaupt nicht lächerlich? Das ist eine getreue Kopie der echten Krone? Maurer sind Meister, auch mein Bruder ist Maurer. Maurer machen selbst Kronen aus Beton, wenn es der Gemeindevorstand verlangt. Die Krone auf der Insel, die Insel auf dem Meer, das Meer auf der Erde ... Auf der Insel leben Menschen, aus der Insel haben der Führer und der Reichsverweser eine Halbinsel gemacht. Die Halbinsel gleicht der Zitze einer Kuh. Wer wird diese Zitze melken? Wie ist die Milch aus dieser Zitze, Kinder? Vielleicht ist es keine Zitze, sondern ein Knüppel oder eine Sense. Sie haben Rumänien mit dieser Sense durchgehauen? Ihr lebt auf der Sense, Kinder. Warum habt ihr die Mützen abgenommen, Kinder? Warum steht ihr vor der Krone? Das ist lustig, Kinder vor einer Betonkrone ...

Unter der Betonkrone ist eine Betonkarte mit Betongrenzen. Die Karte ist an drei Stellen gesprungen. Das Denkmal ist alt und fest, die Karte ist neu, unlängst erst aufs Denkmal gepappt. Die Karte ist jünger als die Kinder, noch keine vier, fünf Jahre alt, vielleicht noch jünger, die Karte ist wohl erst ein Säugling. Ein Säugling? Warum schreit dieser Säugling, warum ist er frech, warum provoziert er? Wer sind die Maurer, wo sind die Schnitter, die Rumänien durchgehauen haben? Der Kartograph steigt über den Zaun aus einer dicken Kette und zeigt den Kindern auf der Karte, woher er ist, wo die Slowakei liegt. Auf der Betonkarte findet er sie mit verbundenen Augen. Die Tatra, eine Vertiefung, wieder Berge, die Niedere Tatra, Kinder, schön ist es dort, Tatsache, etwas weiter südlich müßte der Hron sein, tudom Tatra, Slowaken, Tudom, derekek?

Die Slowakei. Ihre Grenzen sind mit dem Finger im Staub der Betonkarte eingezeichnet. Die Kinder schauen zu, aber sie begreifen nicht. Kinder sind keine Militärkartographen. Wie soll ich es euch noch sagen, Kinder? Viktor, komm, erkläre du den Kindern, was ein Slowake ist.

«Ich werde es ihnen erklären, kristusat neki! Das sollen sie in der Schule lernen! Was bin ich denn? Ein Kraftfahrer. Zeichne du es ihnen auf ...»

«Das hab ich schon, Viktor, sie verstehen mich nicht ... Haben noch nie davon gehört.» Vielleicht wäre es besser gewesen, wenn mir das nicht eingefallen wäre. Ich wollte den Kindern ... Ein Kind den Kindern ... Der Unteroffizier den Kindern ... Der Slowake den Ungarn ... ich muß es ihnen erklären. Ich springe auf den Tatra, hole einen Pinsel aus der Kiste und rote Tusche. Ein Denkmal ist kein Papier, auf ein Denkmal soll man keine Karten zeichnen, auch keine aus Beton, überhaupt keine ...

Zuerst zeichne ich die Slowakei, reiße sie ab von dem Großungarischen Reich, was ist dabei, hat sie doch sowieso nur der Dorfmaurer dort angepappt, dann schreibe ich das Wort Slowakei. Mit einem roten Strich schneide ich von der großen Fläche eine Scheibe ab, dahinein schreibe ich «Rumänien», dann reiße ich noch die Herzegowina und Kroatien ab und schreibe hinein «Jugoslawien». Von der großen Fläche ist nur noch ein kleines Stück geblieben, und dahinein schreibe ich «Magyarorszag». Die Kinder kichern. Sie verstehen! Hurra! Die Kinder verstehen.

«Nem! Nem! Soha!»

Was hast du da gerufen, Junge, was heißt das, nem, nem soha? Zeichne es hin, hier hast du den Pinsel. Der Junge hat eine Soldatenmütze auf dem Kopf, eigentlich keine Soldatenmütze, aber sie sieht so ähnlich aus ... Die Kinder tuscheln untereinander, sie reden auf den mit der Soldatenmütze ein. Ihr habt recht, Kinder, ich habe vergessen, die Karpatoukraine loszutrennen, aber das lassen wir, ich weiß sowieso nicht, wo ich sie hinzeichnen sollte.

«Wohin läufst du, Junge? Siehst du, jetzt hast du fast deine Soldatenmütze verloren.»

«Fahren wir!» sagt Viktor und wirft den leeren Kanister unter die Plane.

«Zerschlag mir nicht die Flasche mit Salmiak, Mensch!»

«Hau ab mit deinem Salmiak, Mensch! Da ist schon ganz anderes Stinkzeug kaputtgegangen. Riechst du nicht, daß alles zu stinken anfängt, daß die ganze Welt stinkt? Wirst schon sehen, was dieser Gestank mit sich bringt, was für Karten! Auch ohne dich, ohne deine Dunkelkammer ... Die neuen Karten werden in anderen Kammern entwickelt.»

Das hat Viktor großartig gesagt.

Warum sind Kraftfahrer klüger als alle anderen Soldaten?

«Gut, Viktor, fahren wir.»

Lebt wohl, Jungs. Gott befohlen! Isten vele! Die Betonkarte bleibt hinter uns zurück. Was will der Gendarm bei den Kindern? Wie lächerlich er aussieht in dem schwarzen Hut mit der Hahnenfeder. Ich bin kein Kartograph, ich bin Janošík, den die Panduren fangen wollen. Janošík hat einen Tatra und einen Begleiter namens Hrajnoha, einen ausgezeichneten Chauffeur.

Wenn Janošík Kartograph gewesen wäre und nicht Räuber, dann hätten ihn die Panduren nicht erwischt.

Die Sonne lacht, die Sonne grinst auf dem Säbel des Gendarmen.

Der Gendarm droht, der Säbel blitzt. Hinter dem Tatra bleiben nur Gestank und Rauch von dem verbrannten Benzin zurück. Aus der Ferne scheint es mir, daß der Säbel des Gendarmen in den Sonnenstrahlen zerbricht wie der gestreifte Schlagbaum an der Grenze.

Gib Gas, Hrajnoha, die Slowakei kommt immer näher.

Hrajnoha ist ein prima Fahrer.

A ist B

Schwarzbrot mit Schmalz und Büchsenfleisch ist wunderbar. Wenn ich es an den Mund halte, weint mein Magen vor Freude auf. Den ersten Bissen reiche ich Viktor. Wir sausen durch die Ebene, durch ein großes Tal, das von allen Seiten hohe Berge wie ein Kranz umgeben. Unsere Landschaft, hier ist der Duft der Heimat zu spüren, hier fühle ich mich sicherer als auf den Ebenen der Ukraine. Es genügt, in die Berge zu fahren und das Kriegsende abzuwarten oder auf dem Tatra über Berg und Tal zu sausen. Ich habe ein Wunderroß ...

Viktor hat sich die ganze Woche nicht rasiert. Mit dem schwarzen Bart und den ölverschmierten Händen erinnert er mich an den Janošover Schmied, zu dem ich immer die Ochsen zum Beschlagen brachte. Auch die Zigarette hält er wie der Schmied in den Händen, die schwarz sind wie ausgeglühtes Eisen. Auch fluchen tut er so ...

«Siehst du ihn?» Viktor hat von dem Brot abgebissen, in den schwarzen Haaren unter der Unterlippe klebt Fett. Ganz so wie der Schmied. Pfui, Viktor.

Wen soll ich sehen? Jetzt interessiert mich das Schmalzbrot. Wenn ich jemanden sehen wollte, dann den Gendarmen. Was wird er tun, wie wird er am Denkmal fluchen? Die ungarischen Gendarmen können besser fluchen als der Schmied von Janošov. Warum bin ich unzufrieden? Ich bin Kartograph, nichts anderes, nur ein Kartenfritze, habe die Karte korrigiert. Ich habe die Toten aus dem ersten Krieg geschändet? Was haben die Toten mit der Karte von Großungarn zu tun? Sind sie dafür gestorben? Hör mal, du faselst, denk dir nichts aus! Glaubst du wirklich, daß sie dafür sterben wollten? Die auf dem Denkmal wollten genausowenig sterben wie ich. Wofür sollte ich sterben? Für das Großdeutsche Reich und den kleinen slowakischen Staat? Du Trottel von einem Gendarmen. Warum fliehen Viktor und ich nach Hause? Warum interessieren un diese Denkmäler einen alten Käse, genausowenig wie da große Reich und die kleinen Staaten? Uns interessiert nich einmal, wo unsere Einheiten sind, wohin unser Divisionskommando verschwunden ist. Sag, Pandur, warum haben die Ru mänen gesungen und geschrien? Du weißt es nicht, denn du hast dich empört, als du auf dem Denkmal die Slowakei und Rumänien fandest, als du darauf Jugoslawien und die Karpato ukraine entdecktest. Wenn du auch rufst, daß du für Großun garn sterben wirst — ich glaube es dir nicht, und wenn du mich überzeugst, dann wälze ich einen großen Felsblock auf dein Grab, damit du nicht von den Toten auferstehen kannst.

«Siehst du ihn?» Viktor wiederholt die Frage.

«Wen?»

«Den da vor uns.»

Ich sehe nur einen Tatra B mit Zwillingsrädern, einen plumpen B mit schwachem Motor und kleiner Karosserie. Viktor würde keinen Tatra B fahren, dann lieber ein Pferdefuhrwerk Vielleicht quatscht Viktor nur, gibt an wie alle Kraftfahrer.

«Ich sehe ihn.»

«Überholen wir ihn?»

«Wenn du willst . . .»

Viktor gibt Gas. Er holt den B nicht ein, denn dieser flieht mit der gleichen Geschwindigkeit wie wir. Viktor ärgert sich, tritt aufs Gas. Unser Tatra A brüllt und schluckt die Kilometer. Der B verlangsamt sein Tempo. Wir holen ihn ein, aber vorher stinkt er uns noch eine Zeit vor der Nase herum.

Aus der Fahrerkabine des B schaut uns ein Soldat mit Bart an. Er droht uns mit der Faust und lacht. Er gibt mit den Stopplichtern Signal, verlangsamt die Fahrt, bremst, hält an. Die erhitzte Schnauze unseres Tatra berührt das staubbedeckte Hinterteil des B.

Wie viele da lachen, wie viele da drohen! Warum drohen sie uns? Wildmanns Nachrichtenleute. Einer hat einen Kopfhörer um, die übrigen haben die Käppis in die Stirn gezogen. Die Wagen halten in einem großen Tal. Aus dem Fahrerhaus des B springt ein Leutnant heraus. Leutnant ... wo habe ich dich, Leutnant ... na, das ist ja toll!

«Herr Leutnant, Herr Leutnant, so ein Zufall! Kennen Sie mich nicht? Sind Sie nicht ... Sie sind doch ...»

Leutnant Kanár, was schauen Sie so und runzeln die Stirn? Ich werde unsicher. Vielleicht habe ich mich geirrt, der Leutnant blickt so fremd drein, schaut ganz anders aus. Auch diese Falten auf der Stirn ...

«Du bist ... du bist ... ach der, aha! Der Kartograph, dieser Grünschnabel, ich weiß schon. Den Sliwowitz hast du den Russen zu saufen gegeben, ach Quatsch, Russen, den Ukrainern, die die Deutschen fahren, und du hast dir eingebildet, das seien ... Na, was hast du dir gedacht? Glaubst du immer noch, daß alle Russen Bolschewiki sind? Herrgott, Grünschnabel, bist aber ein Mann geworden ...»

Der Leutnant schlägt mir auf die Schulter. Was für ein prima Kamerad. Leutnant Kanár, ach, hol ihn der Teufel, neun Kanarienvögelein ... Herr Leutnant, erinnern Sie sich an die Kneipe in Lwow?

Kanari erinnert sich an alles, besser als ich. Wie ist der Panzermann zu den Nachrichtenleuten geraten? Freilich, auch die Panzerabteilungen haben ihre Nachrichtenleute. Die verlorene Division besitzt keine Panzer mehr, sie war noch die Schnelle Division, als sie ihre Panzer verlor, die Flucht aus dem Kaukasus, das war 'n Ding, Herr Leutnant, was?

Weißt du, Kartograph, daß die Rumänen auf den Krieg geschissen haben? Kapituliert.» Was schauen Sie mich so an Herr Leutnant? Ob ich recht verstanden habe? Nein, ich habe überhaupt nichts verstanden, das muß sich erst setzen im Kopf Kapituliert ...? Auf den Krieg geschissen ...

Războiu este sfirşit!

Mergem a casa!

Krieg kaputt!

Die Rumänen haben es richtig gemacht, Herr Leutnant.

Die zerbrochene Grenze, Kolonnen von Ameisen fliehen au Iwans Bart, Kolonnen von Ameisen müssen auch aus den rumänischen Bundschuhen fliehen, müssen den Rumänen die Ochsen und die Pontons lassen. Ich grüße dich, Sommersprossige, auch euch, Maria und Jelisaweta, dem Sergeanten Wanj bin ich noch nicht begegnet.

«Auch die alte Grenze haben sie aufgehoben!»

Herr Leutnant, Sie sind ein Bolschewik, Sie freuen sich, daß Sie mich mit solchen Nachrichten verblüffen können.

«Und den Deutschen haben sie den Krieg erklärt!»

Genug, Herr Leutnant, das reicht! Jetzt werden Sie sich noch ausdenken, daß auch die Slowakei den Deutschen den Krieg erklärt hat. Das wird ein Mordsspaß, Herr Leutnant!

Unter der Plane des Tatra B klingt Musik. Die Nachrichtenleute haben ein Funkgerät. Von außen ein Kasten, innen drin der Apparat. Ein prima Kasten. Holt alles ran, was man nur will, von Moskau bis London. Jetzt hat einer Bratislava eingefangen. Eine Frau ging zur Mühle, und du, Mann, bleib zu Hause ... Eine Frau ... eine Frau ... was für eine bekannte Stimme ...

Wieviel Männer sind zu Hause, Frau?

«Und unser Gefechtsstand, Kartograph ... Was glaubst du, wo unser Divisionskommando ist? Na?»

Der Leutnant ist Offizier, ich Unteroffizier. Wozu die Vorwürfe, Herr Leutnant, wozu diese Fragen?

«Auf das Divisionskommando pfeifen wir, Herr Leutnant, auch die Rumänen haben auf ihres gepfiffen, aber falls Sie vielleicht ...»

«Mein Gott! Sogar die Kinder haben schon gelernt, zu saufen! Aber du sollst nicht sagen ... Soviel ich bei dir bekommen habe, soviel wird sich auch bei mir immer finden. Jawohl, Herr Schütze! Herr Schütze ...» Der Leutnant ist prima. Wie im Urlauberzug. Woher ist der Leutnant? Was ist er in Zivil? Mir scheint, ich habe es gewußt. Kanari ist Lehrer. Slowakische Offiziere sind Lehrer. Richtig, Herr Pfarrer! Wie spricht man einen Pfarrer an, wenn er der Oberkommandierende der Streitkräfte ist? Wozu braucht man Lehrer, wenn die Schulen Kommandanturen sind? Sie haben nichts Besonderes getan, Herr Pfarrer, nur das, was andere Oberkommandierende auch tun. Vielleicht ist der Leutnant ein verkrachter Hochschüler. Verkrachte Existenzen sind immer ein bißchen beleidigt, sehr böse, ein bißchen gebildet.

Brechen Sie sich nur keinen ab, Herr Leutnant!

«Unser Divisionskommando ist dort, Kartograph, schauen Sie ...»

Kanari gibt mir einen Militärfeldstecher. Auf einer Waldwiese ist Rauch, Feuer, die ganze Wiese ist mit Ameisen übersät. Alle Ameisen tragen slowakische Uniform.

Diese dummen Ameisen!

«Das ist, Herr Leutnant ...»

«Die ganze Division ... 'ne tolle Sache, was, Kartenfritze?»

«Die ganze verlorene ... auf einer Waldwiese, Herr Leutnant?»

«Die ganze ...»

Viktor macht sich über den Fahrer des Tatra B lustig, denn dieser hat ihn um Benzin angebettelt. Viktor lacht rücksichtslos. «Haha! Benzin will er, haha! Reinpinkeln kann ich dir höchstens, hahaha!»

«Das ist 'ne tolle Sache, Herr Leutnant, die ganze verlorene ...“

«Auf die Reste, Kartograph, warten wir auf dieser Straße. Das ist die Hauptstraße, darauf gehen solche wie ihr stiften. Also ab nach links, auf die Waldwiese, Kartograph! Klar?!»

«Da haben Sie die Flasche, Herr Leutnant, ein Schluck ist noch drin.»

Der Leutnant trinkt gewöhnlichen Rum. Auf der Waldwiese!

Klar! Das bedeutet ... Zum Teufel, Herr Leutnant, hätten Sie doch damals in Lwow die Deutschen ... dann würden Sie mich nicht jetzt ...

«Wenn wir aber nicht auf die Waldwiese fahren, Herr Leutnant, sondern geradenwegs nach Hause?»

Leutnant Kanari lacht. Neun Kanarienvögelein, Vögelein, Vögelein ... «Solche gäb's viele, Kartograph. Zuerst auf die Waldwiese, nach Hause geht's gemeinsam.» Ich gebe zu, daß Ihr Gedanke besser ist, aber ich traue Ihnen nicht. Gemeinsam können wir besser durchbrechen, das stimmt, aber wir müssen das Benzin aufteilen. Gemeinsam, gemeinsam ... Ich werde ja sehen, Herr Leutnant.

«Also nach links, Unteroffizier, und nicht wieder verirren, denn weit kommst du nicht! Bis nach Cziszereda haben wir Posten aufgestellt. Gemeinsam, Unteroffizier. Die Posten stehen da, damit nicht solche wie du abhauen können, aber mach, was du willst. Die neuesten Meldungen, Herr Schütze?»

Das tote grünliche Gras bewegt sich, der Schütze stößt zwischen den Zähnen hervor: «Partisanen, Herr Leutnant ...»

«Du wolltest vorbeifahren, was, Kartograph? Hättest zu Hause bleiben sollen, da wäre man an dir vorbeigefahren, hahaha! Zum Lachen, nicht wahr, Kartograph? Wärst zu Hause geblieben, und man wäre an dir vorbeigefahren, hahaha! In der Slowakei ist keine Spur von Partisanen. Also nach links, Kartograph! Hast du verstanden? Aha, da kommt schon wieder einer. Na, komm nur!»

Hinter uns hat noch ein Tatra gehalten.

Viktor sagt, er werde nicht ums Verrecken auf diese Wiese fahren. Leutnant Kanár tritt ans Fenster des Fahrerhauses. «Du solltest dich ein bißchen sputen, Kartograph, Marinčuk erwartet dich schon.»

Viktor schmeißt den Rückwärtsgang rein, fährt an dem Tatra B vorbei und läßt ihn in einer Staubwolke zurück.

«Nach links, Viktor, paß auf!»

«Nicht ums Verrecken ...»

Am Feldweg links steht Bazalica mit einer Winkerkelle, Viktor dreht das Steuer gehorsam nach links.

«Servus, Bazalica!»
«Du kennst ihn?»
«Na klar.»
«Du hast aber auch Bekanntschaften! Pfui!» Viktor spuckt aus. Warum? Ich wollte geradeaus, er hat das Steuer nach links gedreht.

Die Sennhütte im Ameisenhaufen

Ich liege auf dem Bauch und zupfe weißliches Gras aus der Erde. Warum hat das gleiche Gras zwei Namen? Die einen nennen es Belica, Weißgras, die anderen Psica, Hundegras. Belica, das ist klar, es ist weiß, aber Psica ... Weil die Schafe auf diesem Gras ein Hundeleben haben, oder weil es eine Weide für Hunde ist und nicht für Schafe? Vielleicht. Schon zweimal bin ich über die Waldwiese gegangen, überall wächst dieses Gras. Einmal im Jahr mäht man es, wie wir das Alte Feld. Dann kommen die Schafe, man pfercht kleine Rechtecke ein, im nächsten Jahr wächst darauf dichtes dunkelgrünes Gras, aber nach zehn Jahren, wenn die Pferche wieder an die gleiche Stelle zurückkehren, wird das Gras wieder weiß und alt. Dann treibt man die Schafe weg, und das Hundegras schießt üppig ins Kraut, bildet Büschel, richtet sich struppig auf wie mein Haar. Hundegras ist glatt wie Schnee, man kann darauf Ski fahren.

Ich bin eine Ameise. Wir sind Ameisen. Die Waldwiese ist der Ameisenhaufen. Wenn das Gras der Bart eines Menschen wäre, würde uns der Bärtige fangen und zwischen den Fingern zerquetschen. Aber das Hundegras ist Gras, ein borstiges, unnachgiebiges Gras auf den Wangen einer Waldwiese. Manchmal scheint es mir, daß die Wiese wirklich ein Gesicht hat, daß sie ein lebendiger Riese ist, ein gutmütiger Greis. Die Pferche sind die Augen, der Holzstoß die Nase eines Betrunkenen, die schwarze qualmende Hütte der Mund, der Alte raucht, aus seinem Mund starrt eine lange Zigarette, die hölzerne Viehtränke. Ich bin eine Ameise. Ich liege ohne Furcht in den Borsten eines Riesen, denn der Riese ist verwunschen und gutmütig, deshalb kann ich beruhigt liegen und ihm die Borsten aus dem Bart reißen.

Der Fürst kehrt mit den Köchen von der Sennhütte zurück. Niemand außer ihnen darf da hingehen. Die hungrigen Soldaten haben aufgegessen, aufgefressen, was nur da war. Soldaten sind keine Ameisen, Soldaten sind Wölfe, die Alm ist leer. Marinčuk hat mit dem Senner ein Abkommen geschlossen, einen Vertrag: Was der Hirt erzeugt, kauft Marinčuk für die Division. Der Senner war vielleicht Soldat, oder er ist Senner, damit er nicht Soldat zu werden braucht. Ein kluger Senner, er hat die Abmachung angenommen. Die Soldaten würden ihm sonst alle Schafe wegfressen.

Es wurmt mich sehr, daß ich mir die Sennerei nicht anschauen kann. Ich möchte wissen, ob sie auch in Siebenbürgen Räucherkäse und Kochkäse machen und was für eine Schafmolke ein rumänischer Senner zu erzeugen versteht. Der Senner ist Rumäne, die Dörfer sind ungarisch. Aber rings um die Sennhütte stehen Posten, an der Tür sind Hunde an kurzen Ketten angebunden.

Der Fürst bringt mit den Köchen in einem weißen Laken Käse. Aus dem Laken tropft ihnen das Wasser in die Stiefelschäfte. An frischem Käse verdienen die Senner am meisten, denn sie verkaufen das Wasser mit, aber frischer Käse ist auch der größte Leckerbissen. Jano Lukašík schnitt den frischen Käse immer in einer Schüssel auseinander, salzte ihn ... Was du nicht alles willst, Kartograph. Diesen Käse wirst du nicht essen. Wieviel bringt der Fürst mit? Er geht gebückt, als schleppte er hundert Kilo. Im Laken sind aber nicht mehr als dreißig Kilo Käse einschließlich des Wassers. Wie viele sind wir auf der Waldwiese? Tausend? Zweitausend? Mehr. Die verlorene Division zählt vielleicht noch fünftausend Mann. Hier treiben sich Offiziere herum, die ich nie gesehen habe. Nur einige kenne ich aus Bratislava. Auf dem Korso sahen sie anders aus. Jetzt gleichen sie den Soldaten, braungebrannt und bärtig. Wie viele tragen Bärtchen? Bärte kommen in Mode. Die Soldaten schlendern über die Wiese wie auf dem Markt, tauschen Konserven gegen Zigaretten, Zigaretten gegen Rum, Rum gegen Hemden, Hemden gegen Schokolade. Verdammt noch mal, wo haben die die Schokolade her?

Und was kaufst du, Wulstlippe?

Ein großer, kräftiger Soldat ist bei mir stehengeblieben.

«Wer verkauft Überzieher? Ich kaufe Olla-Gummi, Jungs! Ich kaufe ... Ehrenwort, ich schwöre ... Gummi ...»

Was für Gummi? Lippen hat er wie Federkissen. Die Soldaten lachen grölend, eine Stimme ruft vom Wald her: «Meinen Schwanz kann ich dir verkaufen, du geiler Bock!»

«Du Rekrut!» flüstern die Kissenlippen. «Einen Schwanz hab ich selber, aber keinen Überzieher dafür.» Dann schaut die Wulstlippe mich an. «Ich möchte abends mal ins Dorf, verdammter Mist, und du kennst das ja – was weiß ich, auf wen ich da springe, ist mir auch schnuppe. Heute nehm ich alle der Reihe nach dran, alles, was 'ne Schürze trägt. Auch Maurer, hol sie der Teufel! Morgen schicken sie uns wieder schanzen und ...» Die Wulstlippe hebt ratlos die Arme. «Fast 'n halbes Jahr hatte ich keine ... und du weißt ja, ich hab Angst ohne diese Dinger ...»

«Ich weiß.»

Mit der Hand fahre ich über die linke Brusttasche wie über Klaviertasten. Unter den Fingern raschelt Papier, spannt sich ein Ding aus Kautschuk, bei der Berührung der Finger taucht im Geiste Jožo Bugár auf. Žilina, die Apotheke, unter den Fingern erhebt sich eine Schar angemalter Frauen, die Finger wühlen sich in einen Frauenleib, in Kneipen, in Unrat und Gestank. Die Päckchen sind unversehrt, so wie ich sie gekauft hatte. So wirft man einem Hund eine Brotrinde hin. Entschuldige, Wulstlippe, aber du hast hündischer gebettelt als ein Hund. Du guckst, traust deinen eigenen Augen nicht, die Oberlippe steht noch mehr ab, zittert. Er will meinen Blick erhaschen, will darin Zustimmung finden. «Hau ab! Es gehört dir.»

Die Wulstlippe geht los, drückt das Päckchen an den Mund und küßt es. «Mein Gott! Geh unter, Sonne!» Er hat sich nicht einmal bedankt. Er geht mit offenem Mund dahin, den Blick in die Ferne gerichtet. Über die Waldwiese stolziert ein Hirsch, seine Lippen sind noch dicker, der Hirsch bereitet sich auf den

Sprung vor, auf einen langen Sprung von der Wiese bis ins Dorf, vielleicht zum letzten Sprung. Bei der Brunft fallen die meisten Hirsche, denn sie sind unvorsichtig.

«Wo willst du hin, Klanica?» ruft eine Stimme vom Wald her. «Der Senner wird dich in einen Pferch sperren.» Der Wulstlippige winkt mit der Hand ab, in der er das rote Päckchen aus Žilina hat. Olla-Gummi.

Warum röhrt der Wulstlippige nicht?

Ich bin keine Wulstlippe

«Herr Unteroffizier Zraz! Herr Unteroffizier ...»

«Hier. Was ist los? Wer sucht mich? Komm her.»

Ich liege im Kühlen unter dem Tatra und fühle mich wohl. Sicherlich braucht wieder so ein Pfiffikus eine Karte, bildet sich ein, die Karte sei seine Rettung. Meiner Ansicht nach ist eine gute Schweinefleischkonserve besser als jede Karte. «Wo steckst du?»

«Hier, Herr Unteroffizier.»

«Du bist es, Fäßchen?»

«Ja ...»

«Kriech mit runter, hier ist's wunderbar.»

Ich bin neugierig, was der Fürst wieder will. Ich weiche ihm aus, wo ich nur kann. Fäßchen kommt nur dann zu mir, wenn er etwas braucht, er geht auch nicht zum Schwarzen, Haluška könnte ihn ja verdächtigen, er bringe dem Schwarzen Konserven. Wenn ich Fäßchen sehe, verspüre ich die größte Lust, ihm eine in sein pausbäckiges, rotes Gesicht zu knallen, ich werde den Eindruck nicht los, daß Fäßchen dem Fürsten beim Stehlen hilft, daß er sein getreuer Sklave ist, daß auch er seinen Anteil an Wieras Tod hat, er hat ihm Wiera empfohlen ... Meinte er es gut? Vielleicht. Was weiß ich.

«Was willst du, Fäßchen?»

Er lacht, sein Gesicht ist aufgedunsen, wie gedämpft, die wenigen Zähne starren aus dem Mund, als hätten sie darin keinen Platz gefunden.

«Geben Sie mir ’ne Zigarette.»

Eine Zigarette. Da hast du. Fäßchen tut nichts als essen, trinken und rauchen und Haluška ins Auge blicken, um ihm wie ein Hund jeden Wunsch abzulesen. Schweigsam ist der Junge, blieb ...

«Also was willst du, Fäßchen?»

«Feuer, Herr Unteroffizier.»

Er schaut sich um, Viktor fummelt am Motor herum, Nožiar und Maar sonnen sich. Alles in Ordnung, Fäßchen, unter dem Tatra sind nur wir beiden.

«Der Blonde ist gekommen. Er bittet Sie ...»

«Gehen wir, Fäßchen. Es genügt.»

Er führt mich an das Südende der Wiese. Die Männer sielen sich im Gras herum, schlafen unter den Autos, niemand achtet auf uns.

«Auf ’m Pferd ist er gekommen, ach, dieser Satan! Er will nur, wissen Sie ... ach, dieser Satan!»

Pferde weiden am Waldrand. Im Gras liegen zwei ... Muttergottes, zwei! Einer ist der Blonde und der andere ...

«Muttergottes, Matúš, na das ist ja ’n tolles Ding, wunderbar ist das. Was sagst du dazu? Auf so ’ner Waldwiese, erinnerst du dich, in Unterhosen haben wir ... na, das war ’n Heidenspaß, Wassil, die Mädchen lachten, hielten sich die Hände vor die Augen, na, ein Heidenspaß ...» Maco Jablônka lacht dröhnend wie auf dem Bahnhof, wo wir diesen Spaß hatten.

«Leg dich und nimm einen Schluck.» Maco hat die Feldflasche voller Rum. In dieser Hitze Rum? Ich sollte Maco sagen, Muttergottes, Maco, wir werden uns besaufen wie die Strandhaubitzen, aber laß mich doch erst dem Blonden die Hand geben.

Ich nehme einen Schluck. Lege mich zu ihnen ins Gras. Sie haben sich das gut ausgedacht. Ich komme an Polja ran, das wird gar nicht auffallen. Wie Polja dann abends oder nachts an den Waldrand gelangt, das ist ihre Sache.

«Ich setze sie aufs Pferd und entführe sie.»

«Wann warst du zum letzten Mal im Kino, Blonder?»

«Weiß ich nicht.»

Maco begreift nicht. «Warum redet ihr vom Kino? Wassil will ein bißchen ... Aber der Major kann eher ihn als er Polja ... Ich hab ihm gesagt, schlecht hast du sie dir ausgesucht. Laß die Finger von Herrengut. Wir haben uns angefreundet, jeden Tag denken wir an dich, ich sag ihm, los, aufs Pferd, wir reiten zur Division. Und da sind wir. Haha, da sind wir.»

Noch vor dem Mittagessen ging ich zu Polja. Sie sagte nichts, errötete nur. Denkt, ich will sie in was hineinreiten ... Aber in was? Im Kopf spüre ich den Rum. Ich bin überzeugt, daß Polja an den Waldrand gehen wird, sobald es nur dämmert. Zum Donnerwetter aber auch, warum schaue ich ihr so in den Ausschnitt, warum mustere ich Polja wie der Reiter die Stute? Polja wird heute wieder dem Blonden gehören. Zum Donnerwetter! Deshalb habe ich sie gemustert. Klar.

Ich spucke den Rumspeichel auf das dürre Gras, spucke auf etwas und weiß nicht genau, was es ist, es scheint mir nur, daß ich heute dem Blonden nicht mehr begegnen möchte, daß ich ihn beneide, und ich versuche mir einzureden, daß es mich kalt läßt, daß mir überhaupt nichts daran liegt.

Mir liegt nichts daran, aber dem Blonden gehe ich aus dem Wege.

Er galoppiert davon zu den Reitern, denkt überhaupt nicht mehr an mich. Polja wird bei ihm sein ...

Pfui! Eine höllische Hitze. Ich verkrieche mich wieder unter dem Tatra wie ein Köter in der Hundehütte. Im Kühlen schläft es sich gut.

Gehab dich wohl, Blonder. Ich beneide dich nicht mehr.

Ich habe keine so dicken Lippen wie du.

Weiß der Blonde, daß der Hirsch in der Brunft fällt?

Der lächerliche Stab

Der Schwarze hat das Mittagessen gebracht. Wir hauen uns auf dem Hundegras hin wie die Schnitter. Es ist furchtbar — in Bessarabien Bohnen, in Siebenbürgen Erbsen. Was essen sie in

Bratislava? Maar hat sich bis auf die Turnhose ausgezogen. Ich begreife nicht, wie er mit solchen Beinen Skimeister werden konnte. Maar ist braungebrannt, denn er schmiert sich mit Öl ein. Nožiar hat Angst vor der Sonne, er trägt dauernd ein grünes Militärtaschentuch auf dem Kopf, mit Knoten an den vier Ecken. Wir essen alle gemeinsam. Da schmeckt es uns besser. Wir sind zu fünft. Es ist befohlen, daß alle Fahrer an ihren alten Plätzen zu bleiben haben. Das bedeutet, es gibt bald eine neue Verlegung. Viktor ist als erster mit dem Essen fertig und schmeißt das Kochgeschirr ins Gras. Zum Mittagessen steigt auch Majstríks Marusja vom Wagen. Majstrík zeigt sie nicht gern, denn die Soldaten haben nichts zu tun, es sind viele, und Marusja ist außer Polja die einzige Frau auf der Waldwiese. Polja kocht an einem offenen Feuer, die Soldaten rufen ihr etwas zu, Polja beachtet sie nicht. Die Soldaten nennen sie Fräulein K. Auch darauf pfeift sie. Polja weiß, was los ist, sie pfeift auf alle außer den Blonden. Der Blonde weiß, warum er gekommen ist, warum er das Risiko auf sich nimmt.

«Unteroffizier Zraz und Schütze Maar zu Herrn Major Marinčuk!»

«Und wer läßt grüßen?»

«Laß ihn, Viktor.»

Der kleine Infanterist lächelt schuldbewußt. «Aber sofort. Ich soll Sie gleich mitbringen.»

«Du bist der neue Putzer?»

«Ja, der neue.»

Maar zieht sich rasch die Uniform an. Die Schwaben sind gute Soldaten, in vier Minuten ist er fertig. Das Hundegras ist wie Schnee. Wir gleiten den Hang hinab.

Der Stab liegt unter uns, in der Nordostecke der Wiese. Lastkraftwagen, in der Form eines C aufgestellt, decken die Einsicht von Südwesten, ein Wald die Sicht von Nordosten. In dem Halbkreis der Wagen steht eine Kiste, darum liegen wie um ein Lagerfeuer statt Bänken Bohlen oder Knüppel.

«Herr Major . . .!»

«Was für Karten hast du, Geograph?»

Kartograph, Herr Major, nicht Geograph, das sollten Sie

schon wissen. Marinčuk wartet auf meine Antwort. Auch Leutnant Friedrich wartet auf die Antwort. Friedrich sollte wissen, was für Karten wir haben, er weiß es auch. Keine. Oder verläßt er sich darauf, daß ich doch welche versteckt habe? Keine einzige Karte habe ich für mich versteckt, die habe ich mir gegen Zigaretten bei einem deutschen Lagerverwalter in Braila eingetauscht, auf die hat Marinčuk kein Recht.

«Spezialkarten keine, Herr Major, nur eine Übersichtskarte.»

«Was für eine ist das?»

«Aus dem Atlas, Herr Major.»

«Sind auf dieser Karte die Dörfer eingezeichnet?»

«Nein, Herr Major.»

Ich lächle unwillkürlich.

«Du hältst mich wohl zum Narren, was? Lacht noch, der Kerl! Friedrich, der lacht noch!»

Marinčuk ist in Brast. Ich lache. Wer kann dafür, daß Marinčuk lächerlich ist.

«Und was ist auf deiner Karte?»

«Städte, Flüsse, Berge ...»

«Kannst du eine Karte zeichnen?»

«Kann ich, Herr Major.»

«Dann zeichne eine, Kartograph ...»

Ich zeichne. Die Täler und Berge von Siebenbürgen mit der alten und der neuen Grenze, die nächsten Städte Dej und Czikszereda, den Fluß Bystrica, das alte Ungarn, die Karpatoukraine und die Slowakei.

«Ein Funkspruch, Herr Major!» Wildmanns Funker weiß alles früher als Wildmann, früher als Marinčuk. Der Funker hat mich erkannt, blinzelt mir zu. «Servus, Alter!»

Marinčuk runzelt die Stirn, hebt die Brauen. Der Funkspruch ist lang, der Funker steht im Habtacht, Leutnant Friedrich schweigt.

«Friedrich!»

«Zu Befehl, Herr Major!»

«Den Herrn Oberst wecken und die Frau Oberst!»

«Zu Befehl, Herr Major!»

«Sie können gehen!»

Maar knallt die Hacken zusammen, ich lege nur die Hand an die Mütze.

«Was wollte Marinčuk von uns? Warum, zum Teufel, hat er mich gerufen?»

«Die Deutschen müssen überall dabeisein, meinst du nicht auch, Maar?»

«Ich bitte dich! Ich wäre am liebsten nirgends!» Maar rutscht über das Hundegras. Hinter ihm bleiben zwei Streifen geknickten, glatten Grases. Auch auf Froschbeinen kann man Ski fahren und von der Schanze springen.

Die Prügelei fürs Vaterland

Die Augen des Riesen verändern sich. Vormittags sind sie schwarz, mittags werden sie weiß. Da kehren die Schafe in die Pferche zurück.

Eben jetzt läuft das Weiße aus den Augen aus, die Waldwiese wird das Feldlager der slowakischen Soldaten mit schwarzen Augen betrachten. Es herrscht große Hitze. Die Schafe laufen mit gesenkten Köpfen aus den Hürden. Wir haben uns vor der Sonne unters Auto zurückgezogen, dort töten wir das lästige Ungeziefer, das uns über den verschwitzten Körper kriecht.

Hinter den Bergen grollt Donner.

«Sie schießen sich ein», sagt Viktor, ohne die Augen zu öffnen. Ich schätze die Entfernung auf fünfzig, sechzig Kilometer. Die Augen der Waldwiese sind ganz schwarz. Zwei Herden. Die einen werden Mutterschafe sein, die anderen Jungschafe. Ich rieche den Duft von Milch, Fleisch, Wolle. Noch ein weißer Punkt hinter der Sennhütte, das sind die Böcke. Der Senner läßt sie noch nicht unter die Schafe, denn die würden Milch verlieren. Ich bin gespannt, ob die Wulstlippe wirklich abends ins Dorf gehen wird, denn der Stabschef hat den Befehl gegeben, die Wiese nicht zu verlassen. Ins Dorf zur DHM dürfen nur die Melder. Nur die DHM durfte sich im Dorf einquartieren. Wem gehört eigentlich diese DHM? Wissen alle von uns, daß sie existiert? Das wissen nur wir im Stab, daß sie dazu da ist, um auf uns aufzupassen, um uns Befehle zu geben, daß das der Verbindungsstab ist zwischen der verlorenen Division und dem Korpskommando und dem Kommando der Heeresgruppe Süd.

Die Wulstlippe hätte wenigstens «danke, Alter» sagen können. Wulstlippe, vielleicht wird es bei dir gut flutschen.

Frnčák ist ein Pinsel, ein Tropf, aber wir freuen uns, daß er da ist. Maar kennt ihn noch nicht, auch Nožiar nicht. Aber hier auf der Wiese ist das egal. Hier kennen wir uns alle, und niemand ist dem anderen fremd. Wir tragen die gleiche Uniform, sprechen die gleiche Sprache.

Alle sind wir uns vertraut, und alle sind wir uns fremd.

Unterm Tatra ist es gut, Frnčák, aber in der Tatra noch besser, besser als auf der weißen Wiese, denn die Wiese liegt in Rumänien und Rumänien in Ungarn.

«Wißt ihr, was es Neues gibt, Jungs?» Bestimmt wissen wir es alle, Frnčák hat noch nie ein Geheimnis verraten, Frnčák ist kein Kerl, er ist ein Schlappschwanz. Warum mag ich ihn trotzdem? Weil er mich von der Front weggeholt hat, oder weil er mich an Amenmaria erinnert? Die Vergangenheit ist immer schöner, interessanter als die Gegenwart. Frnčák, das ist die Vergangenheit.

Wir warten, Frnčák!

«Also schütt's schon aus!» Viktor ist Fahrer, auch Frnčák ist Fahrer, Kraftfahrer haben ihre eigene Sprache. «Schütt's aus oder hau ab!»

«Ich werd's schon ausschütten. Und das werden vielleicht nicht mal die Hühner aufpicken. Ich sage nur, was ich gehört habe. Die Nachrichtenleute haben angeblich einen Funkspruch bekommen ...» — Frnčák betont das Wörtchen angeblich — «ich sage, es ist nicht sicher, aber sie sollen einen Funkspruch von Čatloš bekommen haben, daß die Division in die Heimat verlegt wird ...»

Viktor lacht auf. «Frnčák, du bist ein Rindvieh! Du hättest einen Pferdewagen fahren sollen, aber kein Auto! Wohin soll sie verlegt werden?»

«In die Heimat, ins Vaterland ...»

Viktor lacht noch mehr. «Hört ihr's? Frnčák, dieser Hornochse! Gleich fängt er an, Gedichte auf den Minister zu verfassen, auf unsern Vater General! Dieses Rindvieh! Ihr Vaterland! Bei dir piept's wohl, Junge?»

Dieses Lachen ist beleidigend, Viktor, Tatsache. Frnčák ist ein Pinsel, ein gutmütiger Tropf, von Geburt an, den kann man nicht beleidigen. Ein Einfaltspinsel kann viel beim Militär. Frnčák ist nicht ohne, denn er ist trotz der Einfalt ein Filou ...

Frnčák ist Fahrer. Ist das mehr als Kartograph? Ja.

Aber ein Filou ist manchmal weniger als der, der ein Nichts ist. Entschuldige, Frnčák! Ich lache über dein Gesicht, lachen kann man über Dummheit und Gutmütigkeit, entschuldige, mein guter Frnčák. Eine kleine Gestalt, grobe Stimme, ein unschönes Gesicht, nicht dumm, ein gutes Gesicht, ein gutes Herz schlägt unter der Feldbluse, oft springt es auf die Zunge. Tatsache, ohne Komplimente, das ist Frnčák, wie er leibt und lebt. Vielleicht wird er Viktor etwas sagen, und dieser wird nicht mehr lachen, denn er ist kein Filou. Preßburger sind keine Filous, sondern Ganoven.

«Was weißt denn du, was Heimat ist und Vaterland, du Preßburger Strizzi, du hast dein Vaterland in Vydrice, wo die Puffs sind ...»

Oho, Frnčák, ich warne dich! So nicht!

Viktor hat sich zu Frnčák herumgerollt und ihn an der Gurgel gepackt. Was ist los, Kameraden? Da erwürgt einer einen Menschen, aus der Kehle dringt ihm ein sonderbarer Laut. Zu Hilfe, ein Mensch wird erwürgt!

Zu zweit hatten wir zu tun, um Viktor von Frnčák loszureißen. Viktor rast wie ein toller Hund. Warum, Viktor? Er hat dich beleidigt, das gebe ich zu, aber ... wegen des Wortes Preßburger Strizzi gleich jemanden ...

Frnčák ist rot, Viktor wütend.

«Hättest du ihn erwürgt?»

«Das hätte ich ...»

Zum Donnerwetter! Das ist ja ekelhaft. Zwei prügeln sich, und beide sind sie Kameraden. Vielleicht ist wirklich so ein

Funkspruch gekommen. Frnčák hat sich noch nie etwas aus den Fingern gesogen, er hätte sich auch nicht die Worte Heimat und Vaterland ausgedacht. Sie haben dich nicht zu Ende sprechen lassen, Frnčák ...

«Was stand noch in dem Funkspruch?»

Frnčák antwortet nicht. Er weint. Viktor hat sich bäuchlings auf das niedergetretene Gras gelegt, das Gesicht in den Händen. Weint er? Das ist eine Scheißgeschichte. Wegen nichts und wieder nichts ... Kraftfahrer, diese gescheiten Kraftfahrer sind aus der Rolle gefallen. Haben sich wegen der Heimat geprügelt, wegen des Vaterlands. Was ist das, Vaterland? Vater, Mutter, Brüder, die Schwester, unser Dorf, der Schwarze Hron und ... was weiß ich, auch Bratislava, die Donau, auch Michalovce. Stimmt's, Frnčák?

«Wie war das nun mit diesem Funkspruch?»

Zum Teufel, Viktor, Frnčák geht! Wirst du ihm nichts sagen?

Frnčák ist gegangen und keiner hat ihm ein Wort gesagt. Unter dem Auto, in den Köpfen der Soldaten ist Čatloš' Funkspruch über die Verlegung der Division in die Heimat haftengeblieben. Frnčák bürgt nicht für die Echtheit, aber warum hat Viktor wegen des Funkspruchs auf Frnčák eingeschlagen? Weil er gelogen hat? Und was, wenn ... Čatloš nicht gelogen hat? Warum kichert ihr, Jungs?

Wir können uns gar nicht vorstellen, wie das aussähe, wenn wir in einem slowakischen Dorf einquartiert wären, wenn unsere Soldaten slowakische Felder aufbuddeln müßten, wenn wir uns mit den Leuten auf slowakisch verständigen könnten. Auf einmal wäre alles klarer. Die Soldaten wären nicht solche Herren, aber auch nicht solche Bettler. Zu der Wulstlippe würde seine Frau kommen, ich würde nach Hause fahren können. Auf einen Sprung. Ich würde mir ein Pferd borgen oder mir nachts ein Pferd klauen ... Vielleicht würde ich auch ohne Pferd ...

Ach, Mama! Soviel Sehnsucht habe ich nach Euch! Mama, liebe Mutter, was macht Ihr? Hol's der Teufel! Das alles wegen dieses Frnčák. Lebt wohl, Mama!

Viktor ist ein Rindvieh! Warum hat er Frnčák gewürgt?

«Warum hast du ihn, Viktor ...»

«Frnčák hatte nicht recht!»

«Und woher willst du wissen, Nožiar, daß Frnčák nicht recht hatte?»

Frnčák hat mit seinem Funkspruch das Vaterland zu uns gebracht, das ist es. Ihr würdet mich auslachen, deshalb sage ich es nicht laut.

Maar will noch etwas sagen, aber statt dessen dreht er sich nur auf den Bauch.

Der Schwarze klappert mit den Eßgeschirren. Um vier werden wir Wasser aus dem Tränktrog schöpfen. Die Schafe haben zu Mittag alles ausgesoffen. Als letzter trank ein weißer Punkt. Die Schafböcke. Seit dem Mittag ist frisches Wasser nachgeflossen, jetzt werden wir trinken. Die Wulstlippe, Frnčák, Viktor ... Bis zum Abend wird der Trog wieder vollaufen, dann saufen die Schafe noch einmal. Um Mitternacht werden die Köche Wasser entnehmen, werden es zum Frühstück färben, und die verlorene Division wird Kaffee trinken. Am Morgen wieder die Schafe ... In dem, was sie übriglassen, waschen sich die Soldaten. Erst um zehn Uhr fassen wir frisches Wasser. Dann um vier. Und übermorgen genauso.

So wie es mich nach Wasser verlangt, so verlangt es mich, Nožiar aufzuziehen, ganz fein und sachte, vielleicht merkt er's gar nicht, wenn ich ihn frage, ob Karlova Ves schon zu Bratislava gehört oder ein Dorf bei Batislava ist. Nožiar erklärt bereitwillig, daß Karlova Ves schon Bratislava ist, und nach einer Weile erst bezieht er es auf sich: «Zum Teufel!» Er kommt darauf, daß auch er ein Strizzi ist. Auch Viktor ist aus Bratislava. Wer wird die erzürnten Fahrer versöhnen? Warum sind sie eigentlich in Zorn geraten? Aha! Wegen des Vaterlands. Oder wegen des Funkspruchs von Čatloš?

Dieser Funkspruch war wohl eine Ente, abgeschossen aus einem Ferngeschütz.

Entschuldigt, ich komme noch nicht, der Funkspruch ...

Ach, Mama! Unsere Mutter!

Was ist das, Vaterland?

Wenn ich Flügel hätte, flög ich zu dir, meine liebe, liebe Mutter!

Über dem Wald rattert eine Nähmaschine. Im Nu sind Heimat und Funkspruch vergessen, instinktiv verkrieche ich mich unter dem Fahrerhaus des Tatra.

Die Nähmaschine knattert über den Wald dahin, gleitet die Wagen entlang, die sich am Waldrand ducken. Eine Nähmaschine mit Hakenkreuz?

«Das ist unserer», sagt Nožiar ruhig. Unserer? Irrst du dich nicht, Nožiar? Unserer ... Das klingt so komisch, so fremd. Eine Nähmaschine mit Hakenkreuzen. Mit Kreuzspinnen. Ich hasse Schlangen und Spinnen. Statt des Funkspruchs, statt dieser Ente ist eine Nähmaschine gekommen. Warum habt ihr euch geprügelt, Slowaken? Wegen des Vaterlands, wegen der Heimat? Dummes Zeug! Die Nähmaschine mit den Hakenkreuzen kreist über den ausgelaufenen Augen der Waldwiese. Unsere Nähmaschine ... Das ist schön, Nožiar. Unsere Hakenkreuze. Zum Teufel! Schön hast du das gesagt!

Die Männer strecken die nackten Bäuche vor und beschatten sich die Augen mit den Händen. Am Tränktrog breitet sich eine kleine ebene Fläche aus. Die Nähmaschine hüpft wie eine Krähe und landet.

Hauptmann Laci Lénay, der Bruder des Obersten, galoppiert an das Flugzeug heran. Er spricht mit dem Piloten und galoppiert zurück. Laci sitzt elegant zu Pferde, es ist ein Hengst, er hebt stolz die Beine, daß die Grasbüschel fliegen.

Wir sind Kinder, neugierige, einfältige, nackte Kinder. Wer ist als erster bei dem Flugzeug?

So einer bist du also, du deutsche Nähmaschine, ein Fieseler Storch, ein bißchen größer als ein Storch, wo trägst du die Bomben?

«Wer will mit nach Hause?»

Der Pilot spricht slowakisch, wir bewundern ihn wie eine Erscheinung des Himmels. Also doch unserer ... zur Hälfte unserer. Vielleicht ist er ganz unserer, nur die Spinnen sind fremd. Ohne die Spinnen könnte er nicht über Siebenbürgen fliegen, nicht über Ungarn, nicht einmal über der Slowakei.

Die Spinne ist die Königin von Europa, die Spinne ist der oberste Befehlshaber der Deutschen, Ungarn und ... Slowaken. Die Spinne... General Spinne. Das ist überhaupt nicht komisch.

Am Himmel stehen keine Sterne, sondern Spinnen.

Vorsicht, Leute, sonst geht's euch schlecht! Aus dem Stabswinkel nähert sich ein ganzer Zug dem Storch: der Kommandeur der verlorenen Division, Oberst Eduard Lénay, Major Marinčuk, Leutnant Baláž. Seine Sehnsucht ist in Erfüllung gegangen, er ist der Chef der Zweiten Abteilung anstelle seines Namensvetters, Hauptmanns Baláž.

Frau Jolanka schreitet durch ein Spalier von braungebrannten Leibern — alles Soldaten des tapferen Obersten Lénay. Dumm wär's, wenn jetzt Frau Jolanka bei mir stehenbliebe, mich in die Wangen kniffe und sagte: Leb wohl, mein kleiner Schelm! Ich stehe hinter den Leibern der Soldaten und schaue Frau Jolanka an. Neben ihr geht Leutnant Štefan Füzige, der Feldkurat. Er wird dem Flugzeug den Segen für die Fahrt erteilen. Frau Jolanka hat ein himmelblaues geblümtes Kleid an. Wie gebräunt Sie sind, Frau Oberst, Sie sehen appetitlich aus, Sie sind eigentlich eine Frau in voller Blüte, eine reife Frau... Wieviel Augen betasten Ihre Hüften, Frau Oberst, Ihre Brüste, Ihr Haar... eine Frau! Ach! Die einzige... und die dritte. Die dritte und erste zugleich. Frau Jolanka ist die erste Frau der Division, die zweite ist Polja und die dritte Marusja. Vielleicht ist die erste Frau der Division diejenige, die ein unscheinbarer Fahrer unter der Plane seines Tatra versteckt hält.

«Wegtreten!»

Laci, gönn doch den Soldaten des tapferen Obersten Lénay unter den Planen der Tatras etwas, gönn ihnen doch die Hüften, die Haare, gönn ihnen deine Schwägerin, du Geck, gönn sie ihnen, oder du kriegst eins in die Schnauze.

«Zehn Meter weg vom Flugzeug!»

Dummkopf! Angeber! Schrei nicht! Der Wulstlippe platzen fast die Lippen. Die Wulstlippe bläht sich auf, wächst, sei still, Laci!

Frau Jolanka lacht. «Laß sie doch, Laci.»

Laci knurrt. «Habt ihr noch kein Flugzeug gesehen?!»

«Aber Laci», tadelt Frau Jolanka den Schwager. Die Soldaten gehen nicht auseinander. Sie haben noch keine Frau gesehen, das heißt, gesehen schon, aber nicht gehabt, so einen Tag haben sie noch nicht erlebt. Laß die Soldaten, Laci! Der Ausschnitt am Kleid der Frau Jolanka entspricht der neuesten Mode. Der Ausschnitt, das ist das ständige Ziel der Verlorenen. Die Blicke der Verlorenen klettern auf die Hügelchen der Brüste, gleiten abwärts und werden nervös, halten an in der Vertiefung unter der schmalen Taille.

Kneifen Sie kräftiger, Frau Jolanka, halten Sie die Wangen fest und flüstern Sie, Frau Jolanka, leiser, damit es keiner hört. Und du, Wind, wehe, enthülle die Schönheit ... Nein, wehe nicht, Wind, die Soldaten werden sonst den Verstand verlieren, werden das Flugzeug stürmen und mit der Frau Oberst in die Berge fliegen, in den Wald ... Die Wulstlippe wird sie auf Händen tragen wie eine Flaumfeder, die Wulstlippe wird sie in seinen Lippen verbergen.

Richtig, Laci, man muß dem Bruder helfen, muß den tapferen Oberst auf die Tragflächen legen. Schubs! Ein Sack ist in den Storch geplumpst. Mit Würde, Herr Füzige, Frau Jolanka ist wie eine Flaumfeder, eine Feder gehört auf den Flügel. Segnen Sie sie, Herr Feldkurat, Frau Jolanka ist ein Engel, sie fliegt in den Himmel. Füzige ist ein Kerl, er faßt sie unter den Armen wie ein Mädchen, Frau Jolanka geniert sich ein bißchen, wehrt sich schwach, aber der Pilot treibt zur Eile. Mit Würde, Füzige. Obacht, Herr Feldkurat, der Wind weht, zieht Ihren Engel aus. Eine Hand hat er auf ihrem Schulterblatt, die andere auf dem rundlichen Hintern (großartig! Auch ein Engel hat einen Hintern, einen Arsch ... pfui!), jetzt drückt er sie sachte an die würdevolle Brust, dabei darf der Atem nicht schneller gehen, und hebt den Engel auf die Tragfläche. Warum sind Sie so rot, Frau Jolanka? Schämen Sie sich? Warum haben Sie Füzige auf die haarige Hand gepatscht? Herr Pfarrer, wie sind Sie ... Wie lieb und stattlich du bist, du mein krauslockiger Schelm!

«Küß die Hand, gnädige Frau, küß die Hand, Frau Jolanka!» Herr Pfarrer, Sie sind ein Mann von Welt, Sie können das würdevoll. Noch einmal, Herr Leutnant, küssen Sie Frau Jolanka noch einmal die Hand und schauen Sie ihr in die Augen. Sie könnte Sie sonst vergessen. Wenn Sie auf der Waldwiese eine Messe lesen werden, wenn Ihre Stimme erklingt, werden die Soldaten beten: Küß die Hand, Jungfrau Maria, Muttergottes, bitte für uns und vergib uns unsere Schuld, Herr Leutnant ... Glauben Sie, sie wird sie Ihnen vergeben?

«Was glotzt du noch? Hast du nicht verstanden?!»

Wie grob du bist, Laci, grob ist er, Jungfrau Jolanka, die Soldaten werden ihm nicht vergeben. Faß die Wulstlippe nicht an der Schulter, schüttle ihn nicht.

«Schütteln Sie mich nicht, Herr Hauptmann! Ich sage, fassen Sie mich nicht an!!» Die Wulstlippe hat das böse gesagt.

«Was glotzt du so?»

«Auf die Frau ...» Die Wulstlippe hat mit dem Zorn auch ein bißchen Kraft ausgeatmet. Wieviel davon hast du, Wulstlippe? Soviel wie ein Stier. Und wozu brauchst du sie? Die Wulstlippe ist stark und glücklich, er kann eine Frau anstarren. Wieder hat er den Schmerz im Gesicht. Weißt du, wie ich es dir gönnen würde, Wulstlippe?

«Bitte sehr, gnädige Frau ...» Warte, Pilot, Frau Jolanka muß sich vom Stab verabschieden, von den kleinen Schelmen, sie beugt sich heraus – ach Wind, du Schelm, was machst du da? –, reicht allen die Hand, alle küssen sie, diese Engelshand. Kneifen Sie zu, Frau Jolanka, kneifen Sie die kleinen Schelme. Die Wulstlippe ist im siebenten Himmel. Wenn es verlangt wird, kniet er vor ihr nieder, küßt ihr die Füße, die Hände, den ganzen Leib, Frau Jolanka ist ein Engel, der im nächsten Augenblick in den Himmel fliegen wird. Wieder der Wind, das ist wenigstens ein Kamerad, der einzige Schelm, der sich was traut, er hebt das leichte Sommerkleid von Frau Jolanka, verwandelt sie in eine Elfe, gibt ihr himmelblaue Flügelchen mit Blumen drauf.

«Soldaten!» ruft Frau Jolanka. «Seid tapfer, gehorcht euern Vorgesetzten!»

«Grüßen Sie die Heimat, Frau Oberst ...», ruft eine Stimme hinter mir.

Viktor, warum ...?

«Grüßen Sie das Vaterland!»

Ich bin euch böse, Kameraden, warum lacht ihr so? Da seht ihr, wie ihr seid. Frau Jolanka stürzen die Tränen in die Augen. Vielleicht vor Rührung, vielleicht weil sie sich beleidigt fühlt. Ihr bösen Soldaten! Ihr habt den Engel beschädigt. Die Tränen haben auf dem Gesicht der Frau Jolanka kleine Furchen in den Puder gegraben. Wie ein runzliger Engel. Ein Todesengel.

Unter dem Glas der Kabine sehen alle drei aus wie Tote in einem Glassarg.

Der Storch knattert los und steigt mit den Toten auf zum Himmel.

Ach, Mama! Meine liebe Mutter! Der Oberst hat keine Mutter, und doch fliegt er in die Heimat. Auch Frau Jolanka fliegt in die Heimat, ihren kleinen Schelm hat sie im Felde zurückgelassen. Ach, ihr unsere Mütter! Frau Jolanka hat eine ganze Division verlorener kleiner Schelme im Felde zurückgelassen ... schlimme ... Frau ... Jolanka!

Sagen Sie meiner Mutter ...

Sie kennen meine Mutter nicht?

Sie kennen unsere Mütter nicht, die Mütter der kleinen Schelme?

Ach Mama! Meine Mutter! Sie kennt Euch nicht.

Und sie sind in den Himmel geflogen.

17
Der Untergang der verlorenen Division

Das Vaterland ist weit

Jetzt ist schon alles klar: Ins Vaterland wird nicht die Erste Infanteriedivision verlegt, sondern nur ihr Kommandeur mit seiner Frau. Das hat der Unteroffizier Riedel von der DHM gesagt, und der hat's aus erster Hand. Der Oberst ist schon verlegt. Die Soldaten suchen den Kartographen auf wie den Pfarrer zur Beichte. Jeder will wissen, wie weit es bis in die Slowakei ist, wo die Front steht, wer der neue Kommandeur sein wird ... Major Marinčuk weiß nicht, daß ich Generalstabskarten von ganz Rumänien und Ungarn bis an die Grenze der Slowakei habe. Mit Grashalmen messe ich die Entfernungen und schätze sie ab. Sechshundert, achthundert Kilometer. Vielleicht auch tausend. Das ist viel. Je nachdem, welchen Weg wir einschlagen und wohin wir wollen. Falls nach Bratislava, ist es um ein Drittel weiter.

Der Kanonendonner klingt näher und deutlicher. Ich blicke in das Tal auf die Straße, wo uns Leutnant Kanár angehalten hat. Zwei Autoströme fließen gegeneinander. Die einen verstört, müde, geschlagen, sie fliehen von der Front, die anderen, die frischen, eilen zur Front.

Abends hören die Soldaten Radio. Was sind tausend Kilometer für ein Radio? Mir scheint, daß Bratislava gleich hinterm Berg liegt. Frnčák ruft mich auch dazu. Bis jetzt hat noch niemand Bratislava gehört. Ich weiß, daß mich Frnčák nicht wegen der Nachrichten ruft, sondern weil er mit mir über Viktor sprechen will. Zum ersten Mal bin ich gespannt auf die Nachrichten aus Bratislava. Ich frage mich, wie es kommt, aber die Front scheint mir jetzt, da wir den Kanonendonner hören, entfernter zu sein als vorher, da ich die Kanonen nicht vernahm. Die Berge von Siebenbürgen erinnern mich an die Heimat, auf die sich alle meine Sehnsucht richtet. Die Vorstellungen von der Heimat sind manchmal so stark, daß ich die Mutter leiblich vor mir sehe, den Vater ... das Dorf, dann verwandelt sich die Wirklichkeit in einen Traum, der Traum verblaßt, und ich bin mir selbst nicht sicher, ob ich noch Vater und Mutter habe, ob ich überhaupt je eine Heimat hatte, mir ist, als lebte ich seit ewigen Zeiten in dieser Kolonne unter schmutzigen, faulen Soldaten, mir will es nicht in den Kopf, daß ich auch wieder einmal anders leben werde. Um mich ist Wald, ich stehe auf einer sonnenüberfluteten Lichtung, und doch ergreift mich das Gefühl eines Eingekerkerten, die Uniform drückt mich, ich bin todunglücklich.

Lächerlich, ein unglücklicher Soldat ... Was werden uns die aus Bratislava sagen, was könnte uns interessieren, was werden sie sich über uns ausdenken oder für uns? In Bratislava hat man die verlorene Division längst vergessen. Die Schnelle, die Erste, die verlorene ... Was für eine wird es noch geben? Nicht vergessen haben sie in Bratislava den tapferen Oberst und seine Frau Jolanka. Küß die Hand, gnädige Frau ... Sie sind im trockenen hinter der Front. Aber auch wir sind im trockenen, auch wir sind hinter der Front. Kennen Sie mich nicht mehr, Frau Jolanka, Ihren kleinen Schelm? Aber, aber, Gnädige, ich bin doch ... Sie haben mir doch die Wangen gestreichelt ... Nein? Sie kennen mich wirklich nicht? Aha! Bratislava ist nicht die Front. Sie haben recht, Gnädigste ... Wenn Bratislava Interesse an der verlorenen Division hätte, würde es in den heutigen Nachrichten melden, daß auf dem Flugplatz Vajnory ein Fieseler Storch landete, dem ein tapferer Oberst mit der Patriotin Frau Jolanka entstieg, und daß die verlorene Division einen neuen Kommandeur erhalten hat. Einen vorübergehenden, aber neuen. Das ist doch normal. Alle sind sie vorübergehend und neu. Nur die Soldaten sind dauerhaft und alt, auch wenn sie jung sind. Oberst Lauko, Artillerist, ein großer grauer Kopf. Endlich. Er war außer dem Kommandeur der einzige Oberst in der Division. Endlich, ihr Herren aus Bratislava, habt ihr euch an den Oberst Lauko erinnert, das ist aber nett von euch.

Lauko ist noch nicht so alt, wie er aussieht. Er tut sehr bescheiden, aber seine Seele brennt vor Freude, daß er Kommandeur geworden ist. Bis jetzt war er nur Regimentskommandeur, jetzt ist er Divisionskommandeur. Noch nie ist es mir aufgefallen, daß für die Divisionskommandeure dieser Krieg nur eine Art Ausflug ist. Zwei, drei Monate dienen sie im Felde, dann geht es ab in die Heimat. Aus dem Felde bringen sie Auszeichnungen mit, oder man erwartet sie damit in Bratislava, aus Oberstleutnanten macht man dort Obersten, aus Obersten Generale. Alle slowakischen Generale waren Oberst und Kommandeur der verlorenen Division. Nur den ranghöchsten General haben sie vom Oberstleutnant empor befördert. Ein Volk, ein Staat, ein Oberstleutnant, ein General. So hat es angefangen. Jetzt gibt es fünf Generale. Solange die Division vorrückte, waren die Kommandeure Generale, nachdem die Division im Kaukasus zerschlagen wurde, als aus der Schnellen eine Kavallerie- und dann eine Infanteriedivision wurde, da befehligten sie Obersten.

Frnčák führt mich ans andere Ende der Waldwiese. Es geht auf den Abend zu, doch die Soldaten liegen immer noch ausgezogen im Grase. An solchen heißen Augusttagen läßt sich gut Heu machen, und den Männern, die nichts tun, schwitzen die Bäuche und stinken die Füße.

Frnčák fährt auf seinem Tatra Kabelrollen, Feldtelefone, Nachrichtengerät, die kleine, zentrale slowakische Technik, allen möglichen Plunder aus Metall. Beim Trittbrett des Wagens liegen Soldaten und pressen die Köpfe an ein Funkgerät: «... Das Führerhauptquartier meldet: Eine verräterische Clique von Kommunisten, Sozialisten und Demokraten hat den Marschall Antonescu verhaftet. Die rumänische Armee bekam den Befehl, den Kampf gegen ihren bisherigen Verbündeten, das Großdeutsche Reich, aufzunehmen ...»

«Na, so was!» Einer der Soldaten gibt einen langgezogenen Pfiff von sich. Er wartet, was die Kameraden dazu sagen werden. Aber die Kameraden lauschen, achten nicht auf ihn. Bratislava: Einheiten der Slowakischen Armee wurden in den Kampf gegen Partisanenbanden in der Niederen Tatra eingesetzt ... Niemand pfeift, niemand muckst sich, alles ist still. Die Welle schwindet, und als sie wieder zurückkehrt, spielt Bratislava Gardistenmärsche.

Der Funker bemüht sich, eine andere Station aufzufangen, aber außer rumänischen Sendern, die dauernd Aufrufe senden und in den Pausen dazwischen Marschmusik, kriegt er nichts herein. Er sagt, das sei jetzt die schlechteste Zeit. Um Mitternacht kriege er mit Leichtigkeit Moskau oder London ...

Ich werde mir bewußt, daß ich schon fast ein Jahr wie ein Bär in seiner Höhle lebe, abgeschnitten von der Welt. Ich habe kein Radio gehört und keine Zeitung gelesen ... Was habe ich eigentlich gemacht? Habe mir die Därme mit Schweinefleisch und Rum vollgestopft und diese Blätter beschrieben, die niemals in die Hände des Vaters gelangen werden. Soldaten dürfen keine Pakete von der Front schicken, und aus meinen Briefen ist schon ein ganz schönes Paket geworden

Der nette Riedel lächelt nicht mehr

Morgens war ich mit Maar im Dorf. Auf der DHM empfing uns Unteroffizier Riedel. Ich bat ihn, er solle vor mir nicht mit Maar deutsch reden. Er entsprach meiner Bitte.

Riedel ist nicht mehr so gesprächig, wie er war, er lächelt nicht mehr nach jedem Wort. Etwas hat sich verändert. Riedel hat man tüchtig angeschmiert. Die ganze DHM wurde abgelöst, nur er blieb weiter als Dolmetscher. Major Hartmann konnte nach einem knappen Jahr wenigstens auf Urlaub gehen. Riedel gibt aber zu, daß es in der DHM immerhin noch besser ist als an der Front.

Wir hatten Erfolg. Riedel gab uns, was wir verlangt hatten: Anweisungen für Benzin, für Marinčuk eine Generalstabskarte, ein Paket Pauspapier und ein Paket Vervielfältigungspapier.

«Was ist los bei euch in der Slowakei?» fragte Riedel, als wir uns zum Gehen wandten.

Weder Maar noch ich wußten eine Antwort, denn wir wissen wirklich nicht, was dort los ist.

Die verlorene Division weiß nichts, nicht einmal, daß sie verloren ist.

Leb wohl, Waldwiese

Marinčuk ist nervös. Vielleicht bewirkt das der neue Divisionskommandeur, sein weißes Hemd, die aufgekrempelten Ärmel. Der Oberst sieht aus wie ein Großvater, ein Bauer, nicht wie ein Soldat. Bis jetzt hat er kein Wort gesagt. Gesprochen hat nur Marinčuk. Leutnant Friedrich nickt dazu, fragt von Zeit zu Zeit etwas oder macht einen Vorschlag. «Herr Major, und wenn dort kein Platz ist, was dann? Ich schlage vor, sich mehr rechts zu halten ...» Oder auch links, aber das ist letzten Endes egal, wir können auch geradeaus fahren, überall sind Berge.

Ich stehe hinter Leutnant Friedrich und bemühe mich, mir die Namen der Dörfer und Städte zu merken, durch die wir uns zurückziehen werden.

«Höchstens hundert Kilometer, Friedrich!» Das ist Marinčuks letztes Wort.

An die Karte tritt der Bauer, Oberst Lauko. Eine Weile schaut er darauf, schätzt die Entfernungen und zeigt dann mit dem behaarten Finger. «Hierher! Oder hier! Und wenn es auch dort nicht geht, dann hierher!» Der haarige Finger des Obersten bedeckt ein Dorf auf einer Ebene zwischen Bergen. In der Hand halte ich einen roten und einen blauen Farbstift. In dieses letzte Dorf zeichne ich den Divisionsgefechtsstand ein, ja, der Gefechtsstand wird mit roter Farbe bezeichnet.

Der Finger des Obersten löst sich von der siebenbürgischen Ebene, von dem Ortsnamen, ich kann ihn unterstreichen und ein Fähnchen in das Dorf pieken. Szent András. Sankt Andreas. Wie spricht man das richtig aus? Andreas oder Andrej? Andreasmärkte für Gott und Volk. Hlinka hieß Andrej. Kameraden in den Kampf, für Gott und Volk, Andrej Hlinka, Szent András, Sankt Andreas. Was für eine prima Mischung. Also los zum heiligen Andreas. Ich übersetze es, wie es mir paßt. Heilliger Ondra. Der heilige Ondra liegt im übernächsten Kessel. Wir müssen diesen Berg ersteigen, dann den Berg runter und nach links. Wieder näher der Heimat.

Das wird eine himmlische Verlegung.

Wir Quartiermacher fahren am Nachmittag los, in einer ungewöhnlichen Zusammensetzung. Als unser Kommandeur Leutnant Friedrich, dann Unteroffizier Riedel, Schütze Maar, Wildmanns Funker mit einem Funkgerät, der Fahrer und ich. Wir fahren nicht mit unserem Tatra, sondern mit einem geländegängigen Kübelwagen. Wir können nur die Rucksäcke mitnehmen.

Wir fahren über einen Feldweg nach Südwesten, quer über die Waldwiese. Gerade läuft das Weiße aus den Augen der Wiese. Wir fahren über die ebene Fläche, von der der Fieseler Storch mit dem Oberst und Frau Jolanka startete, die Schafrudel sehen aus wie zwei große Tränen, die dem verwunschenen Riesen, der Waldwiese, aus den Augen getropft sind. Die Männer, an denen wir vorbeifahren, stehen auf und rufen uns nach:

«Wo wollt ihr hin? Wann kommen wir endlich raus aus diesem Arsch der Welt? Sucht endlich mal eine vernünftigere Stelle.»

Die Wulstlippe liegt am Weg unter einer hohen Distel. Ich nicke ihm zu. Erst spät erkennt er mich, dann springt er auf und winkt mir mit seiner großen Hand zu. Wie einem Bruder, wie dem besten Freund. Die Wulstlippe ist fröhlich. Und ich würde auch am liebsten singen. Ich weiß nicht, warum ich immer singen möchte, wenn ich fahre.

Ist es der Wulstlippe gelungen? Sicherlich. Warum wäre er sonst so fröhlich?

Auch jetzt habe ich Lust zu singen, obwohl ich gar nicht weiß, wohin die Fahrt geht. Niemals werde ich vom Autofahren genug kriegen. Die Bewegung erfreut meine Seele. Es stimmt, es ist nur eine Bewegung auf der Erde, aber doch Bewegung.

Wie ist jetzt meine Seele?

Die Ungarn –
lauter brave Soldaten

Die verlorene Division wälzt sich, uns auf den Fersen, dahin wie das Wasser eines angeschwollenen Flusses. Unser Geländewagen flieht vor der Division von der Hauptstraße auf einen Feldweg, von dem Hauptbett aufs Ufer, auf einen Hang, damit uns der Strom nicht mitreißt, damit wir nicht darin ertrinken. Das ist der altbekannte reißende Strom, der immer bei Rückzügen entsteht, bei Truppenverlegungen. Manchmal warten wir in einem Dorf an der Hauptstraße auf die Division, aber in den letzten Tagen klettern wir über die Berge und suchen in den abgelegenen Dörfern nach Quartier, denn überall ist es das gleiche. Alles ist besetzt, alles reserviert für die deutsche Wehrmacht und die ungarische Armee.

X-mal habe ich mir schon geschworen, nicht mehr auf die Zementkarten von Großungarn zu achten, die in die Kriegerdenkmäler in den Dörfern einbetoniert sind, und doch ärgere ich mich jedesmal. Leutnant Friedrich spricht mit dem Unteroffizier Riedel nur deutsch. Maar versteht sie und nickt von Zeit zu Zeit, wenn sie ihn etwas fragen. Auch der Fahrer versteht deutsch. Ein geschickter Bursche, dieser Fahrer, ein Slowake aus Rumänien, kann Rumänisch und Ungarisch. In die Quartiermachergruppe wurde er als Dolmetscher beordert, nicht als Fahrer. Ein Mordskerl! Erst jetzt stelle ich fest, daß er auch Deutsch kann. Nur der Funker und ich verstehen nicht, worüber Friedrich mit Riedel spricht.

Mir scheint, daß wir stark nach Norden abgebogen sind. Wir hüpfen über Berge und fahren eine feste Straße hinab ins nächste Tal. Aber nach einigen Kilometern biegen wir nach Westen ab, und das ist gut, im Westen liegt die Slowakei.

Auf der Straße marschieren ungarische Einheiten, Pferde ziehen schwere Geschütze, und ungarische Nachrichtenleute legen Kabel aus. Die Soldaten marschieren nach Osten, mustern uns neiderfüllt. An ihrer Stelle würde ich auch so gucken und mich fragen, wem kann es wohl besser gehen als denen, die jetzt nach Westen fahren.

Wir halten am Straßenrand an und steigen aus. Ein Geschütz versperrt den Weg. Die Pferde bäumen sich auf, wollen nicht ziehen. Ein ungarischer Leutnant schreit herum, schlägt das Pferd mit der Reitpeitsche auf die Schenkel, mir scheint, daß er gleich auch die Soldaten schlagen wird. Er schimpft. Wie schimpft er? Auf ungarisch. Ich verstehe nur jedes zehnte Wort. Schreckliche Schimpfwörter.

Unser Fahrer hört zu, kann sich nicht zurückhalten, dem Leutnant etwas zu sagen. Der Leutnant schnauzt ihn wütend an, dann sagt er zu Leutnant Friedrich etwas auf deutsch. Die Soldaten haben das Geschütz auf die Wiese geschoben, wir können unsere Fahrt fortsetzen.

Vom Hang kommen ungarische Soldaten herab und treffen sich auf der Wiese mit den anderen Soldaten. Die Männer umarmen sich, ein magerer weint. Ablösung. Gehen die einen an die Front, und kehren die anderen von dort zurück? An die Front? Wo ist denn hier noch eine Front! Der magere Soldat kehrt noch einmal zu seinem Kameraden zurück, küßt ihn noch einmal, umarmt ihn und sagt weinend: «Joska, grüß meine Frau ... und die Kinder, grüß alle, Joska, falls wir uns nicht wiedersehen, auch die Mutter, den Onkel ...» Der magere Soldat grüßt das ganze Dorf, die Nachbarn, Schwäger, Freunde, der Fahrer übersetzt es mir, einiges verstehe ich selbst. Am besten verstehe ich die Angst des Soldaten, Angst ist ein bißchen lächerlich, wenn es die eines andern ist. Das also ist der gefürchtete ungarische Soldat, der Kämpfer für Großungarn. Das da? Für diesen Soldaten könnten alle Königskronen der Welt in den Staub fallen, könnten die Grenzen aller Länder zerbrochen werden, nur seiner Frau dürfte nichts angetan werden, den Kindern, der Mutter, dem Dorf, den Landsleuten dürfte kein Schaden zugefügt werden. Mir gefällt dieser Soldat, auch wenn er ein Hosenscheißer ist. Ich werde nicht mehr die Grenzen der Slowakei auf Denkmäler malen, von jetzt an werde ich über die Zementkarten von Großungarn lachen, weil sie großkotzige Kinkerlitzchen sind.

«Siehst du, auch die Ungarn haben brave Soldaten.»

«Was sagst du, Zraz?»

«Daß auch die Ungarn brave Soldaten haben.»

Der Fahrer lacht, weiß nicht, daß ein braver Soldat meiner Mutter im Zug geholfen hat ... damals, als sie Mehl aus Zlaty Moravce holte. Der Fahrer weiß nicht, wo Zlaty Moravce liegt, der Fahrer war noch nie in der Slowakei. Wie ist er eigentlich slowakischer Soldat geworden?

Ich muß ihm erklären, daß manchmal etwas Schlechtes Gutes bedeutet und umgekehrt.

Wir sitzen auf, fahren weiter. Wir müssen zurück, das ganze Tal ist von ungarischen Truppen besetzt. Diesen Abschnitt werden die Ungarn allein verteidigen. Ohne Deutsche und Slowaken. Das wird ein schwerer Kampf sein.

Viel Glück, weinender Soldat!

Ich hätte sagen sollen, braver Soldat.

Menschen fürchten sich vor Menschen

Der Funker hat dauernd die Kopfhörer um. Marinčuk ist unzufrieden. Leutnant Friedrich spricht per Funk mit dem Major. Wenn der Funker die Durchsage aufnimmt, kommt er mir geheimnisvoll vor, wenn er aber die Sätze laut wiederholt, ist er wieder nur der stille Bursche, der nicht reden mag, der sich an die Anweisung hält, daß der Funker ein Teil seines Geräts ist. Er spricht nur mit dem Gerät, spricht nur ins Gerät. Was er sagt, das interessiert ihn nicht.

Auf Befehl des Divisionskommandeurs ruft uns Marinčuk zurück. Uns bleibt nur noch der letzte Punkt, den der Oberst mit dem haarigen Finger bedeckt hat. Sankt Andreas.

Leutnant Friedrich schweigt. Riedel murmelt gelegentlich etwas, aber der Leutnant nickt nur.

«Ich bin neugierig, wie das ausgehen wird.» Leutnant Friedrich hat sich endlich vernehmen lassen. Und er hat slowakisch gesprochen, als galten seine Worte mir.

«Wir werden erst zu Hause haltmachen, Herr Leutnant.»

Leutnant Friedrich schaut mich an, als hätte er mich nicht

verstanden. Oder überlegt er, was er mir antworten soll? Vielleicht hat ihn meine Bemerkung verblüfft. Wenn der deutsche Unteroffizier nicht bei uns wäre, würde mir Leutnant Friedrich vielleicht sogar zustimmen. Friedrich ist Deutscher, auch Riedel ist Deutscher. Wenn Riedel wollte, könnte er Tscheche sein, wenn Friedrich gewollt hätte, könnte er Slowake sein. Es ist zu spät, ihr Herren Deutschen, die deutschen Aktien fallen. Die Nationalität kann man nicht mehr so leicht wechseln wie zu Beginn des Krieges. Das würden die Volksgenossen für Verrat halten. Leutnant Friedrich will kein Verräter sein. Auf Verrat steht... Zu Beginn des Krieges hat man ihn wegen seiner Nationalität in die Militärakademie aufgenommen, jetzt würden sie ihn für den Wechsel der Nationalität... Schade um jedes Wort. Ich kann ihn ja mal fragen. «Herr Leutnant, Sie sprechen wie ein geborener Slowake. Ich glaube, Deutsch bereitet Ihnen Schwierigkeiten. Sind Sie nicht...»

«Nein!» Mir scheint, in seinen Augen liegt Trauer, oder er denkt über etwas nach, starrt geistesabwesend ins Leere. «Mir macht etwas ganz anderes Sorgen.» Dann verstummt Leutnant Friedrich.

Etwas anderes. Was kann das sein? Das werde ich wohl nie erfahren.

«Wir sollten mal raufschauen auf diese Berge, Herr Leutnant», schlage ich jetzt vor, denn links, wo sich ein Hohlweg in den steinigen Lehmboden eingegraben hat, habe ich ein paar Häuser entdeckt.

«Das können wir», stimmt der Leutnant zu. «Wir kaufen Milch und essen was.»

Vor dem Dorf holen wir einen Bauer mit seiner Frau ein. Der Fahrer fragt sie auf ungarisch nach dem Namen des Dorfes.

Der Bauer bleibt stehen, mustert uns, antwortet aber nicht. «Wie heißt dieses Dorf? Wir möchten Milch kaufen.»

Der Bauer schaut verständnislos seine Frau an: «Nu şti!» Die Frau winkt zornig ab und geht weiter. Der Bauer nickt unmerklich zum Gruß. Der Fahrer folgt ihnen, spricht sie auf rumänisch an. Ich springe aus dem Auto und höre mir das Rumänisch des Fahrers an. Der Bauer und seine Frau sind freundlich, geben uns bereitwillig Auskunft.

Wir halten am ersten Gehöft des Dorfes an. Auf der Straße, auf dem Hofe, auf den Feldern – nirgends eine Menschenseele. Alles hat sich vor uns versteckt. Der Fahrer geht von Haus zu Haus, scheucht die Hunde weg und ruft auf rumänisch, man solle uns aufmachen. Niemand meldet sich, die Kinder, die Lämmchen in einem Garten hüten, fangen zu heulen an, als sie der Fahrer anspricht.

Verdammt noch mal! Die Menschen fürchten uns wie die Teufel. Ich bemühe mich herauszukriegen, ob einem das guttut, wenn sich Menschen vor einem fürchten. Alle schweigen. Ich schäme mich, daß ich ein Mensch bin, vor dem sich Menschen fürchten.

Vor wem fürchten sie sich eigentlich?

Vor dem Slowaken?

Wir fahren dann noch durch ein Dorf in den Bergen, und wenn die Menschen darin nicht rumänisch sprächen, würde ich denken, wir sind zu Hause, irgendwo bei Hríbiky oder Križky. Einzelne Gehöfte, Scheunen, grüne Wiesen, sorgfältig bestellte winzige Felder, Schafe . . . ja, Schafe am meisten. Hier spricht man aufgeschlossen mit uns, das heißt eigentlich nur mit dem Fahrer. Der ist einer von ihnen. Wir sind Fremde. Hier in den Bergen wohnen Rumänen. In den Tälern lauter Ungarn. Wer soll sich da auskennen? Auf der Karte muß ich die Ungarn mit gelbem, die Rumänen mit rotem und die Slowaken mit blauem Stift einzeichnen, jedes Volk mit einer anderen Farbe, daraus wird eine schöne Mischung, schön fürs Auge, aber was für ein Gemisch.

Wir kaufen uns Schafmolke. Maar schmeckt sie nicht. Für ihn trinkt Leutnant Friedrich. «Bei uns in Velké Pole hatten wir auch eine Sennerei», sagt Friedrich. Jetzt ähnelt er einem Hirten. Sein Gesicht ist ganz rot, auf der Stirn perlt ihm der Schweiß . . .

Velké Pole. Eine Schande, wenn ein Kartograph nicht weiß, wo das liegt. Wirklich eine Schande. In Velké Pole leben Deutsche. Aber es ist in der Slowakei. Velké Pole, Großenfeld, Großwiese, Langenwiese, Ödenfelde, Galgenfeld, Altenfelde – das alles schwirrt mir im Kopf durcheinander. Wo leben eigentlich Deutsche, wo Ungarn, wo Slowaken und wo Rumänen?

Auf der Erde.

Lange, sehr lange fuhren wir hinab vom Versteckten Feld. So nenne ich das Dorf, in dem wir Molke getrunken haben. Lange, denn der Fahrer mußte immerzu anhalten. Leutnant Friedrich hat es sehr eilig, oft hockt er sich auf ein rumänisches Feld und verflucht die Molke.

Von welchem Feld stammt Leutnant Friedrich? Hab ich mir das nicht ausgedacht? Haben sie auf dem Großen Feld eine Sennerei? Sie haben keine. Wenn doch, dann ist Leutnant Friedrich nie dort gewesen.

Die Molke war prima.

Die Menschen fürchten nicht den Slowaken, sondern den Soldaten.

Sankt Andreas

Auf der Hauptstraße begegnen wir nicht mehr so starken Kolonnen von Truppen wie vor drei Tagen. Mir scheint, alle Verstärkungen sind bereits in die Siebenbürger Alpen verlegt worden. Aber ich begreife nicht, warum sie uns immer weiter nach Westen lassen. Die Verlegung geht glatt vonstatten. Die Erste Infanteriedivision rollt hinter uns her, und die Deutschen lassen sie durch. Alles könnte viel schneller gehen, wenn der Stab den einzelnen Einheiten erlaubte, sich auf eigene Faust zurückzuziehen. Aber Marinčuk und Oberst Lauko halten die Einheiten in den Dörfern zusammen. Der Oberst hat sich mit uns nach Sankt Andreas begeben. Wir fahren vorneweg, Oberst Lauko hinter uns im Mercedes. Auch er hat sich einen Funker mit Gerät mitgenommen, dazu den Putzer und Leutnant Baláž.

Von der Hauptstraße biegen wir ab zum Fuß des Bergkamms. Die Felder links und rechts der Straße sind bereits gemäht. Das Getreide steht in Puppen, auf den Feldern sind ungewöhnlich viele Menschen. Sie bringen die Ernte ein.

Szent András, den Namen hatte ich zum ersten Mal aus dem

Mund von Oberst Lauko gehört. Ein Bauerndorf mit einer Schule in der Mitte. Eine Kirche sehe ich nicht. Das Dorf ist verkommen, die Häuser mit den schmutzigen Strohdächern sehen aus wie Spatzennester.

Wir halten vor der Schule. Interessant. Der Bürgermeister meldet sich von allein. In Szent András wohnen Rumänen. Wie heißt Sankt Andreas auf rumänisch? Binnen einer Stunde sind wir mit der Aufteilung des Dorfes fertig. In der Schule das Divisionskommando, die besten Häuser für den Oberst, die Oberstleutnante, Majore und Hauptleute, die schäbigeren könnten die Oberleutnante haben, die Längerdienenden wohnen mit den Mannschaften so wie die übrigen Unteroffiziere. Das ist nur die provisorische Einteilung, damit nicht alle Einheiten auf einem Fleck hocken. Die Soldaten und Kommandeure suchen sich sowieso die Häuser nach ihrem eigenen Geschmack aus. Und haben sie erst eine Nacht verbracht, tauschen sie ihre Quartiere wegen eines Kameraden, eines Mädchens und wegen der Gärten oder der Kühe. Wenn dein Chef dich läßt, dann zieh ein, wo du willst.

Der Bürgermeister mischt sich in unsere Quartiermacherei nicht ein.

Der Kampf um den Garten

Ich quartiere mich am Rande des Dorfes in einem alten Bauernhaus ein. Der Bauer ist Rumäne, seine Frau auch. Sie haben einen zwölfjährigen Jungen, der in der Schule Deutsch lernt. Über das Notwendigste können wir uns also verständigen.

Die erste Nacht schlafe ich im Schuppen, auf duftendem Heu. Ich kann es nicht glauben, daß ich Soldat bin, daß morgen, eigentlich schon heute, die verlorene Division in Sankt Andreas einzieht. Wir werden uns tüchtig zusammenquetschen müssen, falls sich in den Nachbardörfern kein Platz für die Infanterieregimenter, für Baráts Pioniere und die Reste der berittenen Aufklärungsabteilung findet, außerdem für Wildmanns Nachrichtenleute und alle anderen. Diese anderen sind nicht mehr so viele, immerhin noch alles in allem fünfzehn- bis sechzehntausend Mann. Genau weiß das niemand. So meldete es wenigstens Leutnant Friedrich im letzten Lagebericht. Von der verlorenen Division geht täglich einer verloren ...

Im Dorf ist es ganz hübsch. Nur die Mädchen scheinen wie vom Erdboden verschwunden. Ich habe noch kein einziges zu Gesicht bekommen. Die Zivilisten sind irgendwie komisch sehr zurückhaltend. Sie sprechen mit uns nur, wenn wir sie etwas fragen.

Unsere Männer machen den Fehler, daß sie die Dorfbewohner auf ungarisch ansprechen. Abends behaupten dann die Rumänen untereinander, ihre Kühe gäben schlechte Milch, und ... Der Teufel mag sie verstehen. Duci la dracula!

So nach und nach freunde ich mich mit dem Sohn des Hauses an. Er heißt Peter. Ich hab ihm meine Mütze gegeben, er soll sie mal anprobieren, ob sie ihm paßt. Schüchtern setzte er sie sich auf, schaute in den Spiegel und mußte laut lachen. Er bekam ganz rote Wangen vor Stolz. Ich gab ihm auch einige Bleistifte, Radiergummis, schnippelte ihm aus Zeichenpapier Scherenschnitte und überließ ihm ein paar Fetzen Pauspapier, Federn mit Griffeln, auch eine kleine Damenfeder, aber nur mit einem Federhalter. Peter schielte nach den Pastellstiften, aber ich habe nur noch zwei Schachteln. Vielleicht schenke ich ihm eine, wenn wir das Dorf verlassen. Auch Wasserfarben habe ich nur zwei. Die werde ich wohl behalten. Schließlich ließ ich Peter Salmiak schnuppern, den ich mitsamt dem Vervielfältigungsrahmen und einem Schränkchen auf der Tenne deponiert habe. Peter rümpfte die Nase, nieste, und seine Mutter kam zornig herbeigelaufen und schrie etwas Böses. Ich bin sicher, daß sie mich zum dracula, zum Teufel, wünschte, aber Peter zog sie an der Hand zu der Flasche, und als sie daran roch, mußte auch sie niesen und wollte meinen Salmiak in die Jauchegrube gießen.

Das Wetter wäre ideal zum Vervielfältigen, aber niemand fordert Karten an, wir zeichnen weder die neuen Positionen ein noch die neue Front noch die Ruhestellungen der Division.

Das wird ein Leben in diesem Sankt Andreas. Nur Mädchen gibt es hier wenig.

Die Soldaten schlendern wie Arbeitslose durchs Dorf. Einer vom Stab wird das bemerken, und dann ist's vorbei mit der Arbeitslosigkeit. Die Soldaten werden allmählich zudringlich. Sie gehen von Hof zu Hof, durch die Gärten, pflücken ohne zu fragen unreife Pflaumen und schlagen mit den Helmen die steinharten Birnen von den Bäumen. Heute habe ich vier Infanteristen aus unserem Garten verjagt. Eigentlich nicht verjagt. Sie sagten mir, sie räumten nur das Feld, weil die Pflaumen sowieso nichts taugten. Einer rief mir von der Straße zu: «Das nächste Mal paß auf, daß ich dir nicht deine protzigen Aufschläge runterreiße!» Aber er war auch nur so eine halbe Portion. Der wird mir keine Aufschläge herunterreißen.

Was für eine Protzerei ist das bei mir?

Er frißt sich an grünen Pflaumen satt, und ich ... Meinetwegen, soll er doch, wenn's ihm Spaß macht ...

Peter und ich

Heute abend hat mir die Bäuerin Mamaliga mit süßer Milch angeboten. Wir essen gemeinsam, der Bauer, Peter und ich. Die Hausfrau macht sich die ganze Zeit in der Küche zu schaffen. Sie kommt nur in die Stube, wenn sie etwas aus der Kredenz braucht. Sie haben eine große Stube, aber eine winzige Küche, darum steht die Kredenz in der Stube. Hier verstehen sie besser Mamaliga zu bereiten als in Bessarabien. Oder kommt mir das nur so vor? In der Feldküche der Stabskompanie wird so was immer noch nicht gekocht.

Der Bauer will mich etwas fragen. Er fängt ungarisch an, aber da kann ich ihm nur ein Wort sagen: nemtudom, ich verstehe nicht. Peter versucht es daraufhin auf deutsch, das geht ein bißchen besser. Die Front. Wie soll ich das dem Bauern sagen, wenn ich selbst nicht weiß, wo sie steht? Ich nehme die Karte zu Hilfe. Wir fahren mit den Fingern über Siebenbürgen und denken uns aus, wo die Front sein könnte.

Heute lassen sie mich nicht im Schuppen schlafen, sondern bereiten mir ein Bett. Peter schläft mit meiner Mütze auf dem Kopf auf einer Bank unter den Fenstern.

Er erinnert mich an meinen Bruder. Ein feiner Junge. Ich habe mir ein gutes Quartier ausgesucht. Peters Vater ist mir sympathisch. Morgen will er Klee einfahren. Ich habe versprochen, ihm zu helfen. Selbstverständlich wird Peter meine Mütze aufhaben, ich werde nur so, im Hemd und mit bloßem Kopf, mitfahren. In den Bergen Siebenbürgens ist es angenehm warm.

Wer wird die Ochsen antreiben? Selbstverständlich ich. Peter wird eine Soldatenmütze auf dem Kopf haben und ich eine Peitsche in der Hand.

Gute Nacht, Peter.

Die letzten Stunden

Am Morgen holt mich Maar. «Du sollst dich gleich beim Major melden.»

Gleich – der Major wird wohl ein bißchen warten können. Ich muß doch zuerst den Kanten Weißbrot aufessen und die Milch austrinken. Heute haben sie mir zum ersten Mal auch Frühstück gegeben. Das würde jeder kluge Bauer tun. Erst muß man den Knecht gut füttern, dann spannt man ihn in die Arbeit ein. Als ich aus dem Hause trete, sehe ich, daß die Bäuerin ihrem Mann einen vielsagenden Blick zuwirft. Ich hatte versprochen, heute den Klee mit einzufahren. Peter ist vor einer Weile zur Schule gegangen. Meine Herren! Heute ist doch der erste September 1944. In zwei Wochen werde ich zwanzig. Schon zwanzig! Ich werde den Tag übergehen, denn an jedem Geburtstag ist mir immer traurig zumute.

Nur keine Angst, Bäuerin, in einer Stunde, uno hodino, eine Stunde, adin tschas, etjora, ich – en, komme wieder – zurück, şti, in einer Stunde ich zurück, versteh? Keine Angst, was wir heute nicht einfahren, fahren wir morgen ein.

«La revedere, domn Bauer!» rufe ich, und der Bauer lacht. Die Bäuerin schaut mich nicht an. Sicherlich denkt sie: Nun hat er sich bei uns satt gefressen, nun kriecht er noch bei anderen durch die Gärten. Wenn er wenigstens zu Hause bleiben würde, um unseren Hof zu verteidigen, aber nein ...

Ich verteidige nichts, komme auch nicht nach einer Stunde wieder, auch den Klee helfe ich nicht einfahren. Morgen wird mir die Bäuerin kein Frühstück mehr geben.

«Sehen Sie, Zraz, es ist neun Uhr null null», sagt Major Marinčuk auf meinen Gruß.

«Ich sehe, Herr Major ...»

«Das ist gut, daß Sie das sehen, Zraz, sehr gut. Um zehn Uhr null null werden Sie in der Stadt sein. Sehen Sie?»

«Nein, Herr Major.»

«Wie können Sie sehen, Unteroffizier, wenn Sie gar nicht hinschauen. Kommen Sie her. Hier, in dieser Stadt, Unteroffizier. Auch Sie schauen her, Maar!» Zusammen mit Maar blicke ich auf den Punkt, in den sich Marinčuks langer Nagel gebohrt hat. «Hier werden Sie sich auf dem Gefechtsstand der Panzerdivision melden. Verstanden, Zraz?»

«Jawohl, Herr Major ...»

«Warten Sie doch, Mann! Zuerst melden Sie sich bei der DHM, ohne deren Anforderung gibt Ihnen das Kommando der Panzerdivision nichts heraus. Verstanden?»

«Jawohl, Herr Major!»

«Wegtreten!»

Ich muß dem Bauern bestellen, daß ich ihm heute nicht beim Einfahren helfen kann. Eine dumme Geschichte. Das Frühstück und der Blick der Bäuerin liegen mir schwer im Magen. Was will Marinčuk noch? Immer spricht er mit uns wie mit Idioten. Warum? Den Soldaten scheint eher er ein Idiot zu sein.

«Wartet, ihr Esel! Wie wollt ihr in die Stadt kommen?»

Ich hätte ihm am liebsten darauf geantwortet, das soll nicht seine Sorge sein, ich würde in seinem Namen auch zehn Lastkraftwagen organisieren, aber lassen wir ihn seinen Salm herbeten.

«Die Anforderung für ein Krad gibt euch Leutnant Baláž. Verstanden?»

«Jawohl, Herr Major . . .»

«Jetzt ist es neun Uhr null fünf. Um zehn seid ihr wieder da.»

Ich sollte den Major daran erinnern, daß er eben noch gesagt hat, wir sollten um zehn Uhr null null in der Stadt sein, aber wozu? Zu Befehl, Herr Major!

«Um zwölf Uhr null null sind die Karten zusammengeklebt, auf zwei Exemplaren sind die Stellungen der Division einzutragen, um zwölf Uhr null fünf liegt ein Exemplar auf dem Tisch von Oberst Kunoška!»

«Jawohl, Herr Major!»

«Wegtreten!»

Der Skispringer auf dem Sozius

«Also Kunoška ist der neue Kommandeur der Ersten Infanteriedivision. Der war auch schon auf der Krim, jetzt ist er wieder da. Damals löste ihn Krása ab. Was sagst du zu dem Neuen, Maar?» Was kann Maar dazu sagen? Das gleiche wie ich, der Oberst ist eine bekannte Nummer, und doch warte ich darauf, ob Maar das sagen wird, was ich von dem Oberst Kunoška denke. Ein böser Greis, der nicht lachen kann. Auf was sein Blick nur fällt – alles ist schlecht. Nur Leutnant Maliar war ein besserer Soldat, er hatte einen Körper wie eine straffe Saite, eine Stimme wie ein Grammophon, konnte fluchen wie ein ungarischer Wachtmeister. Die Frauen verschlangen ihn mit Blicken, aber wenn er das Maul aufmachte, schlossen sie die Fenster, seine Worte waren scharf, schlüpfrig und ekelhaft, die Frauen schämten sich vor ihren Kindern, die mit ihnen auf unsere Kolonne blickten.

Maar ist zurückhaltend, erst nach einer Weile schreit er mir ins Ohr: «Prost Mahlzeit! Heute wird mir nicht mal 's Mittagessen schmecken!»

Die BMW dröhnt wie ein Panzer, ich gebe Gas, die Straße ist gerade und hart. Maars Worte hat der Wind davongetragen. Ich habe den Eindruck, daß auch der Skimeister davongeflogen ist, aber als ich mich nach hinten stemme, spüre ich ihn an meinen Schulterblättern. Der Schwabe klammert sich fest wie eine Laus. Auf dieser BMW starb der Gefreite Drevený. Das Vorderrad hat sich ein bißchen dem Graben zugedreht. Na, na! Weg mit dem Aberglauben. Ich werde nicht auf einem Motorrad sterben.

«Hör mal, Maar!»

«Was ist?»

«Warum brüllst du so?»

«Weil ich mich selber nicht höre. Fahr nicht so schnell!»

Das sollte ich wirklich tun. Die Stadt ist schon zu sehen, in zehn Minuten sind wir bei der Panzerdivision. Was wollte ich doch sagen? «Hör mal, Maar! Hast du noch die Spinnen am Kragen?»

«Was für Spinnen?»

«Was für Spinnen! Du weißt nicht, was Spinnen sind? Die deutschen Hakenkreuze!» Wie kommt's, daß dieser Schwabe, dieser Skispringer nicht weiß, was Spinnen sind? Auf einmal weiß er es nicht mehr, oho!

«Hab ich. Na und?»

«Dann ist's ja gut. Ich gebe dir die Anforderung, und du gehst zu den Deutschen. Klar?»

«Mir ist das egal.»

Anstatt das Tempo zu mäßigen, gebe ich noch Gas. Auf dem Gesicht spüre ich den angenehm kühlenden Wind. Komisch. Unterwegs haben wir noch kein einziges Fahrzeug getroffen. Die Leute auf den Feldern bleiben stehen, wenn wir an ihnen vorbeisausen.

Also Kunoška! Na danke schön. Kommandeure kommen und gehen. Nur die Soldaten bleiben. Den Lénay hat seine Frau Jolanka losgeeist. Sie hat ihren alten Schelm losgeeist. Frau Jolanka ist ein Charakter! In der Tat! Das muß man anerkennen. Aber den Kunoška hätten sie in Bratislava behalten sollen, soll der dort die Rekruten ausbilden. Hier könnte ihn einer verdreschen. Im Ernst!

«Was sagst du?»

«Ob man auch im Sommer Ski springen kann?»

Maar lacht. «Für alles müssen die Bedingungen da sein.»

Tatsache. Kunoška wird nicht am besten fahren bei unserer Division. Falls er sich nicht die Bedingungen dafür schafft. Was sind diese Bedingungen? Ein strammer Kommiß. Hahaha!

«Was lachst du, Zraz?» Ich nehme Gas weg, denn wir fahren bereits in die Stadt ein. Von weitem sehe ich, daß die Straße von einem Schlagbaum gesperrt wird, wie an einer Grenze. An dem Schlagbaum steht ein Deutscher mit Maschinenpistole und einer Winkerkelle.

«Ich übergebe dir das Kommando, Springer! Das sind deine Leute.»

«Meine Leute . . .», sagt heiser der Schütze Maar, und mir scheint es, daß ich ihm dieses Wort mit dem Ellbogen aus dem Bauch gedrückt habe.

«Halt!»

Ich halte an. Der frischgestrichene weißgrüne Schlagbaum riecht noch nach Ölfarbe.

Der kommunistische Putsch

Mir kommt es vor, als ob alle verrückt geworden sind. Vor allem dieser Deutsche an dem weißgrünen Schlagbaum, dann Major Marinčuk und am Ende ich. Erst schien der Deutsche ganz normal. Und hätte er nicht solchen Unsinn geschwatzt, wäre es mir nie in den Sinn gekommen, ihn überhaupt zu verdächtigen, daß er bekloppt ist. Er fing so normal an.

«Passierschein, bitte!» Ich reichte ihm den Passierschein mitsamt der Anforderung der Karten ans Kommando der Panzerdivision. Als er die Papiere zur Hand nahm, fragte er wohlwollend: «Ungarn?»

«Ungarn? Kennst du deine Verbündeten nicht? Slowaken!» Maar begann auf hochdeutsch weiterzuquasseln, aber der Posten hörte gar nicht auf ihn.

«Slowaken?!» Der Deutsche starrte uns mit weitaufgerissenen Augen an und rief entsetzt etwas zum Wachhäuschen.

Aus dem Wachhäuschen schob sich träge ein Feldwebel,

glättete sich die dichte rote Mähne und schob sie unter die Mütze. Die Wache gehörte bereits zur Panzerdivision. Ich erkannte es an den kleinen Panzern auf den Kragenspiegeln des Feldwebels.

«Was?» Der Feldwebel hatte wohl geschlafen, und wenn wir nicht aufgetaucht wären mit diesem unbegreiflichen Befehl, dann hätte er ruhig weiterschlafen können.

«Ich habe hier Slowaken. Was soll ich mit ihnen machen?»

«Entwaffnen und zurückschicken!» Maar begann wieder was auf hochdeutsch zu quatschen, ich verstand kein Wort davon, weil er so sehr nuschelte. Warum nuschelst du vor deinen Leuten so, Maar? «Entwaffnen?» fragte ich verständnislos. Der Feldwebel wiederholte, die einzelnen Silben betonend: «Ja, junger Mann, ent – waff – nen!»

«Was? Warum entwaffnen?»

Ich weiß nicht genau, was mir der Deutsche antwortete, ich weiß nur, daß ich das Koppel abschnallen, es dem Feldwebel hinstrecken soll, damit er die Pistole abnehmen kann.

«In der Slowakei ist ein kommunistischer Putsch ausgebrochen!» Der Feldwebel sah mir in die Augen.

Putsch, Putsch, was ist das? Kannst du dich nicht etwas deutlicher ausdrücken, Kamerad? «Was ist das – Putsch?»

Der Deutsche lachte, sieh an, dachte er, wie dumm sich der Slowake anstellt, der Übermensch, dem muß man alles vorkauen: «In Slowakei ... Partisan ... mnogo Partisan, piff, paff?! Ponimajesch?»

Aha! Welch ein Russe aus dem Deutschen geworden ist, wenn es sein muß, gibt sogar ein Ochse Milch ... Partisan ... «Woina, Krieg?»

«Ja, Krieg, Slowakei gegen Deutschland!»

Ich mußte lachen. In der Slowakei Krieg gegen Deutschland? Das ist doch lächerlich, was sagst du dazu, Maar? Das ist prima, oder was meinst du? Du lachst nicht? Wozu bist du hier, Maar? Warum sprichst du nicht mit den Deutschen? Sollen sie dir doch auf hochdeutsch sagen, warum sie durchdrehen.

Mehr sagten sie aber auch Maar nicht. Sie erklärten ihm, wir seien verhaftet, es sei das beste, wenn wir die Waffen abgeben und uns nicht sträuben würden, aber ich verstand die deutschen Sätze nicht. Ihr seid ja völlig übergeschnappt, ihr Herren Deutsche. Ich drehe das Motorrad um, gebe Gas, Maar springt auch ohne Meisterschaftsski auf den Sozius, und los jagen wir, zurück nach Sankt Andreas. Die Deutschen schreien uns hinterher, vielleicht haben sie sogar auf uns gezielt und uns aufgefordert stehenzubleiben, aber ich rase wie ein Irrer davon und halte erst vor der Schreibstube von Stabschef Major Marinčuk an.

Wer ist betrunken?

Vor einer Stunde hat mich Major Marinčuk empfangen und zu Oberst Kunoška geführt. Innerhalb einer halben Stunde bin ich der gesuchteste Mann der ganzen verlorenen Division geworden. Mein Name wird im Stab in den verschiedensten Zusammenhängen genannt. Major Marinčuk verfuhr wieder mit mir wie mit einem Idioten. Mich brachte das auf die Palme, aber ich ließ ihn. Solche dummen Nachrichten hat eben noch keiner gebracht. Die Slowakei führt Krieg gegen Deutschland!

«Was faselst du da, Mann? Bist du besoffen?» Marinčuk vergaß sogar, mich zu siezen. Unteroffizier ist gleich Esel. Ich besoffen, Herr Major? Unwillkürlich langte ich über den Tisch nach der Kognakflasche.

«Sie sind nicht nur besoffen, Sie sind auch noch frech! Das ist zuviel, Unteroffizier!»

Leutnant Friedrich stand am Tisch und versuchte soviel wie möglich aus uns herauszubringen. Auch er glaubte nicht an das, was wir sagten, aber er schrie wenigstens nicht.

«Soll Schütze Maar alles noch einmal berichten.»

Maar berichtete, Marinčuk zog sich die Bluse an (er trägt auf der Brust wieder das Abzeichen des Generalstäblers, das gleiche, das auch Hauptmann Amenmaria trug) und sagte, als fälle er über mich das Urteil: «Sie werden alles vor dem Herrn Oberst wiederholen . . . Auch vor Herrn Major Hartmann!»

«Ist er schon wieder da aus dem Urlaub?»

Die Frage rutschte mir unwillkürlich heraus, als wären wir

Gleiche unter Gleichen. Was hat ein Unteroffizier zu fragen, ob ein Major schon aus dem Urlaub zurück ist.

«Jetzt ist es wohl klar, daß er besoffen ist!» erklärte Marinčuk, aber Leutnant Friedrich pflichtete ihm nicht bei.

«Hauchen Sie mich an, Zraz!» Das ist sehr dumm, in so eine widerwärtige Fresse zu atmen. Aber — wenn schon, denn schon. Ich weiß nicht, was ich ausatme, aber ich fühle, daß ich den Nikotingestank aus Marinčuks Mund einatme.

«Alles werden Sie vor dem Herrn Oberst wiederholen!»

Ich werde es wiederholen, warum sollte ich nicht. Ich bin schon Reservist. Ich werde mir doch vor dem Herrn Oberst Kunoška nicht in die Hosen machen. Das werde ich nicht!

Der Großvater in Uniform

Er ist sehr alt geworden. Als ob er es gar nicht wäre. Was ist aus dem gefürchteten Oberst Kunoška geworden? Er steht am Fenster, die Arme verschränkt, und blickt auf den Schulhof. Abgemagert, gealtert. Nur die Uniform an ihm ist die altvertraute geblieben, der Rang und die Stimme. Aber auch die ist ein bißchen leiser, es liegt nicht mehr so viel Zorn darin, ich zittere nicht mehr vor ihm.

Der alte Mann mit den drei goldenen Sternen in dem goldenen Kranz schaut mich gleichgültig an.

«Schicken Sie den Unteroffizier weg», sagt er leise. Marinčuk weiß im ersten Augenblick nicht, ob er mich hinausscheuchen oder dem Oberst erklären soll, warum er mich mitgebracht hat, aber ich grüße schon und feixe Marinčuk ins Gesicht. Das bedeutet, daß der Oberst schon etwas weiß. Ein Oberst muß besser wissen, was ein Putsch ist. Obersten sind es doch, die sich Putsche ausdenken. Vielleicht wird er das jetzt Marinčuk erklären.

Warum ist der Oberst so alt geworden? Warum hat er mich weggeschickt? Statt dessen soll Leutnant Friedrich zu ihm kommen.

Auch der Krieg beginnt alt zu werden.

Leutnant Friedrich jagt auf einer BMW in die Stadt. Vielleicht war alles ein Irrtum, vielleicht war Unteroffizier Zraz betrunken, war auch das kleine Schwäblein betrunken. Hahaha. Da ist eher Leutnant Friedrich betrunken als wir zwei. «Was meinst du, Miško? Hat dein Herr heute nicht zuviel gesoffen?»

Heute säuft der ganze Stab der verlorenen Division.

«Na, wie soll ich denn wissen, ob der Herr Major besoffen ist. Was denkst du denn, halt ich ihm denn das Maul?» Hoho, Miško spricht mit mir, als wäre er Oberst. Langsam, ihr Herren Putzer. Ihr stinkt nach den Hosen eurer Herren Offiziere und bildet euch ein, ihr seid Majore.

Nie im Leben werde ich ein Putzer!

Nožiar wird zum Oberst geholt. Nach einer Weile auch der Schütze Maar. Etwas muß schnell geschrieben werden. Da beide gerufen werden, soll wohl etwas auf zwei Maschinen in zwei Sprachen geschrieben werden.

Da bin ich aber gespannt, wer besoffen war, Herr Major!

Der schwarze Wassil bringt Suppe und im Kochgeschirrdeckel Erbsen. Wann wird endlich diese Erbsensaison zu Ende sein? Ich verspüre die größte Lust, mich zu verkrümeln und am anderen Ende des Dorfes den Fürsten oder Unteroffizier Majstrík aufzusuchen. Ich habe keine einzige Konserve mehr, andererseits möchte ich gern auf Leutnant Friedrich warten.

Das wird ein Gaudi, wenn auch Leutnant Friedrich besoffen ankommt.

Puč war der linke Flügel

Kann einer mit nüchternem Kopf befehlen, daß niemand das Haus verlassen darf, in dem er wohnt? Auf der Straße darf sich niemand zeigen.

Das alles wohl, weil auch Leutnant Friedrich besoffen ankam. Ich mußte laut lachen, als er mir sein Koppel ohne Pistole zeigte. Die Deutschen hatten ihn wirklich entwaffnet und ihm sogar die Pistolentasche weggenommen.

«Was ist denn nun eigentlich los, Herr Leutnant?» Sein Schweigen ist verdächtig.

Leutnant Friedrich winkt ab und sagt kurz: «Was weiß ich, was los ist. Die Welt ist verrückt geworden.»

Sie ist in der Tat verrückt geworden. Der ganze Stab muß verrückt sein oder besoffen. Anstatt uns Mittagessen zu geben, schließt man uns in den Häusern ein. Der Bauer hat schon die zweite Fuhre Klee eingefahren, Peter ist aus der Schule zurückgekehrt, und ich habe immer noch kein Mittagessen. Auf der Straße treiben sich nur Kinder in Sonntagskleidern herum.

Der Bauer setzt sich an sein Mittagessen. Ich muß auf den Hof gehen. Ich geniere mich, an einem Tisch mit ihm zu sitzen. Aber nach dem Mittagessen helfe ich ihm Klee einfahren, hungrig wie ich bin, Ehrenwort!

Peter ißt mit dem Vater, auf dem Kopf hat er meine Feldmütze.

Was ist das, ein Putsch? Nein, Peter kann das nicht wissen. In der Slowakei haben wir einen Putsch, so wie in Argentinien. Puč ... das war doch ... Plánička, Burger, Nejedlý ... Na klar, Puč, der Linksaußen der Fußballnationalmannschaft! Der linke Flügel. Und der rechte?

Esel. Puč – der Flügel. Ein Partisanenputsch, Krieg gegen Deutschland. In der Slowakei ist Krieg gegen Deutschland, und wir sind in Rumänien, Putsch, Flügel, zwei Flügel brauchte ich jetzt.

Wo bleibt das Mittagessen, ihr Herren Major und Obersten? Wollt auch ihr einen Putsch?

Ehrenwort, nach dem Mittagessen fahre ich mit Klee ein, und abends werde ich nicht auf euer Abendessen zu warten brauchen, ihr Herren Obersten.

In der Slowakei haben wir einen Putsch.

Die letzten Minuten

Der Hunger hat mich in den Garten getrieben. Ich knabbere die grünen Winterbirnen und unreife Pflaumen. Unser Haus steht am Rande des Dorfes, der Garten liegt schon auf freiem Feld. Man sieht von hier fast das ganze Dorf bis zu den Hängen der Nadelwälder. Von den Feldern her kommt ein immer stärker werdendes Brummen. Das kenne ich. Panzer. Was haben Panzer hier zu suchen? Schon sehe ich sie, sie nähern sich dem Dorf. Panzer und Schützenpanzerwagen schließen das Dorf ein. Aus den Panzern springen Soldaten, alle haben Maschinenpistolen. Die Russen! Russen? Warum sollten die Russen vom Westen kommen, warum sollten sie ausgerechnet Sankt Andreas besetzen und nicht die Stadt, in der eine Panzerdivision liegt. Die Panzer nähern sich, sie sehen aus wie gepanzerte Gräber. Schon kann ich an ihren Flanken klar die deutschen Balkenkreuze erkennen, ich erkenne auch die deutschen Helme, ja, das sind die Helme, die im Urlauberzug meinen Helm aus dem Gepäcknetz drängten. Die Maschinenpistolen sind schußbereit. Die Menschen auf den Feldern halten mit der Arbeit ein. Die einen stehen reglos da, andere laufen nach Hause, die Panzer dröhnen unheilverkündend hinter ihnen her und nähern sich unaufhaltsam dem Dorf. Alles ist klar. Der Putsch ist nicht der Linksaußen Puč, Putsch ist Krieg, ist Aufstand, Putsch ist das, was die Rumänen getan haben, in der Slowakei wird gegen die Deutschen gekämpft. Und jetzt haben sie vor allem Slowakischen Angst. Natürlich, alles war längst klar, nur ich habe es nicht gewußt. Schon im Urlauberzug war alles klar. Dobre ist nicht gut. Dobre ist charascho. Die Slowaken sind fast Russen, in der Slowakei ist Krieg fast wie in Rußland. Die Herren Deutschen ...

Was wird aus uns?

Ich laufe auf die Tenne, packe einen schweren Hammer und will ihn auf den Vervielfältigungsrahmen niedersausen lassen. Der Apparat ist kein Mensch, ich werde ihn nicht mit dem Hammer erschlagen, warum tut er mir leid? Ich schlage nicht zu, schlage den Kameraden nicht tot. Der Apparat ist ein Kamerad. Mir tut auch der Vervielfältigungsapparat und auch die Schreibmaschine leid. Meine Kameraden werde ich nicht töten. Die Toten kann man nicht töten, man kann sie nur einscharren.

Ich packe eine Heugabel und laufe zum Dunghaufen. Ich bin ein Bauer, der gern im Mist grummelt, ihn auf den Wagen lädt und aufs Feld fährt. Die Bäuerin schaut böse zu, schreit etwas auf rumänisch, läuft ins Haus, dann schreit sie etwas zusammen mit dem Bauer. Peter kommt zu mir gelaufen und schaut mir stumm zu. Der Unteroffizier ist wohl verrückt geworden, sicher hat der Slowake den Verstand verloren, wozu gräbt er ein Grab im Mist? Ein stinkendes Grab. Der Bauer hat noch nie ein Grab im Mist gesehen, und der es gräbt, muß ein Narr sein. Das Grab dampft.

Die Kameraden muß ich einzeln hinaustragen. Tote aus Eisen sind schwer. Die Panzer nähern sich, die eisernen Gleisketten singen meinen Toten ein Grablied, und ich bette sie in die warme Grube. Verzeiht mir, Kameraden, daß ich euch nur hineinwerfe, die Panzer können gleich am Garten sein. Die Schreibmaschine klingelt, lebt auf, weint. Still, Kamerad, still, ich lege dir noch eine Flasche mit Salmiak dazu, still, Kamerad, ich bin ein Heide, begrabe die Toten mit einer Flasche. Drückt dich etwas? Nein, Mist ist weich. Es brennt? Macht nichts, das wirst du aushalten. Noch zudecken, schnell zudecken, denn die Ungetüme brüllen schon am Nachbargarten.

Fertig! Ruhet in Frieden, eiserne Kameraden. Mag euch der Kuhmist wärmen!

Nun kommt, ihr eisernen Riesen!

Auf das Grab der eisernen Toten steche ich die Gabel, und im Trog wasche ich mir die Schuhe. Noch ein Sprung auf die Tenne, dort jammert der Vervielfältigungsrahmen, den muß ich hinauf ins Heu werfen, soll er dort an meiner Stelle schlafen. Dorthin muß ich auch die Matrizen werfen. So, meine Lieben, schlaft im Klee, er ist von diesem Jahr, grün und duftend.

Die Panzer sind schon an unserem Garten. Ach, was für anständige Panzer. Sie sind vor dem Zaun stehengeblieben, jetzt fahren sie drum herum. Sie haben den Weg entdeckt. Auf diesem Weg werden sie genau an unseren Fenstern vorbeikommen. Wieviel Minuten werden sie dazu brauchen? Unsere Soldaten laufen über den Weg, auch im Nachbarhof laufen zwei. Der Bauer hat schon begriffen, was da im Gange ist. Oder hat er es nicht begriffen? Er kommt zu mir gelaufen, fragt mich etwas, aber ich verstehe ihn nicht. Außer Atem rufe ich: «Krieg kaputt, razboiu kaputt ... sfirşit!» Ich habe es wohl schlecht ausgesprochen, denn der Bauer schüttelt den Kopf und sagt etwas wie dracul, aber ich habe keine Zeit, ihm zuzuhören.

«Peter, Peter! Hier sind Bleistifte, schau nur, alle. Wieviel es sind? Was weiß ich, vielleicht hundert. Vielleicht zweihundert. Auch Farbstifte, ja beide Schachteln. Auch die Wasserfarben schnell Peter.»

Ich öffne die Kredenz, die Frau springt zu mir und packt meine Hand. Ach, was für eine zornige Frau. Bei dir werde ich nicht dienen, auch keinen Klee einfahren. Das Haus bebt. Die Panzer fahren von Norden den Hohlweg entlang. Schau her, Bäuerin, zu den Löffeln legen wir die Bleistifte, unter das Geschirr die Buntstifte, in die Töpfe die Radiergummis und auf die Kredenz Papier. Das Kartonpapier verbrennen wir nicht, auch nicht das Pauspapier. Das kann Peter für die Schule brauchen. Peter wird vielleicht keine Hakenkreuze drauf zeichnen, das Papier reicht für Jahre. Schau her, Bäuerin, das ist prima Papier. Peter wird Sterne drauf malen, Kosaken ... Sicheln ... laß mich, Frau, laß meine Hand los! Auch die Federn, die Tinte, alles lasse ich Peter da. Peter möchte die Mütze haben, aber die muß ich mir aufsetzen, auch das Koppel muß ich mir umschnallen. Und am Koppel ist eine Pistole ... ohne Munition. Ihr hört mich nicht? Auch ich höre euch nicht. Die Panzer brüllen wie Ungeheuer, die Häuser beben, als wären sie Eierschalen. Was habe ich noch vergessen? Aha. Die Pistole. Entwaffnet! Wo begrabe ich dich, du Scheusal, wo stecke ich dich hin? Schau, Bauer! Du, Peter, schau nicht, du bist noch ein Kind, und auch du, Bäuerin, schau nicht, du würdest mich verraten. Unter der Kredenz werden die Deutschen die Pistole nicht suchen. Habe ich noch etwas vergessen? Den Koffer. Vater, ach Vater! In Siebenbürgen ist Krieg, die Deutschen gegen die Slowaken. Deinen Koffer nehme ich mit. Auch die Feldausrüstung nehme ich mit. Vielleicht nehme ich sie mit. Die Deutschen werden mich gefangennehmen. Auf dem Tisch liegt noch Papier, ein ganzer Bogen, beschrieben, den müßte man zusammenknüllen und in den Ofen werfen. Auch die Karten, diese alten Fetzen, in Gefangenschaft muß man mit leeren Händen gehen. Aber auf das Papier kann man noch etwas schreiben, man muß so tun, als wäre nichts geschehen. Vielleicht ist auch nichts geschehen. Vielleicht habe ich nur durchgedreht.

Still, Unteroffizier Zraz, tun Sie Ihre Pflicht. In Siebenbürgen ist Krieg, die Deutschen gegen die Slowaken, die Slowaken sind fast Russen ...

Die ganze Welt ist verrückt geworden, warum sollte ich es nicht auch sein. Die eisernen Toten habe ich begraben. Wenn ich nicht verrückt geworden bin, werden die mit den eisernen Kreuzen mich begraben. Vielleicht im Mist, ins gleiche warme Grab, in dem sie die Geräte finden werden. Die Bäuerin wird ihnen dieses Grab zeigen, die Henker werden den Totengräber einscharren.

Still, Bäuerin, still, hör auf zu lamentieren!

Der Hahn kräht auf dem Grab

Am Fenster zersplittert eine Scheibe. Ein Panzer ist vor unserm Haus stehengeblieben. Die Kanone zielt mit ihrem langen Rohr ins Fenster.

Nur Ruhe, Kartograph Grünschnabel, nur Ruhe. Die Bäuerin bricht in Tränen aus, der Bauer ist blaß geworden. Peter läuft auf den Hof hinaus. Nur Ruhe, Unteroffizier, Ruhe. Setz dich an den Tisch, das Blatt, die Meldung, die Feder sind deine, die Tinte ist deine, auch die Meldungen. Du mußt sie beenden.

Der Panzer verstummt.

Was siehst du, Kartograph? Ich bin wirklich verrückt geworden. Ich spreche mit mir selber und notiere, was ich sehe. Meine Hand zittert, die Schrift ist nicht mehr meine, aber die Gedanken sind es. Der Bauer hat sich zu mir an den Tisch gesetzt, die Bäuerin steht an die Kredenz gelehnt, verrate die Pistole nicht, Bäuerin, in der Kredenz sind Bleistifte und Radiergummis, die Pistole liegt unter der Kredenz. Peter wird zeichnen. Was wird Peter zeichnen, Kreuze oder Sterne?

Da bist du ja, Peter? Warum hast du die Türen offengelassen, in der Küche und in der Stube? Der Bauer steht nicht auf, auch die Bäuerin rührt sich nicht, niemand schließt die Tür. Auf dem Hof beim Trog gackert eine Gans, auf dem Grab kräht ein Hahn. Er steht auf dem Grab und ruft sein lautes Kikeriki. Über den Hof marschieren Deutsche. Sie kommen mich holen. Wie viele sind es? Wie sind sie? Ich warte. In der Slowakei ist Krieg, die Slowaken gegen die Deutschen ... Wieviel kommen?

Schon betreten sie den Stein, den man hier statt der Stufen hat.

Die ersten Füße sind in die Stube getreten, ich sehe eine Maschinenpistole. Gott mit uns, steht auf dem Koppelschloß, alle Deutschen haben das auf dem Koppelschloß. Eine Hitzewelle überflutet mich, ich kann nicht mehr schreiben, ich kratze nur mit der Feder übers Papier, damit mich die Deutschen schreibend am Tisch vorfinden. Gott mit uns? Mit mir? Mit mir ist nur der Bauer, die Bäuerin, Peter. Der Vater!

In Siebenbürgen ist Krieg, die Deutschen gegen die Slowaken ... Also kommt schon, ihr Herren Deutsche! Herein!

In der Küche stehen schon zwei. Ich schreibe immer noch. Beide sind Feldwebel der SS. Oho, welche Ehre! Mit dem Panzer, zwei auf einen, und SS-Männer dazu! Danke, ihr Herren Deutsche! Fangt an! Wie soll man kapitulieren? Ihr habt noch nicht kapituliert? Solche alten Knacker nehmen sie auch zur SS? Wie nimmt man einen Feind gefangen? Ihr habt doch auch schon kapituliert. Lernt daraus, ihr Herren Deutsche.

Einem Soldaten sollten nicht so die Hände zittern. Einer tritt an den Tisch, vielleicht ist er der ältere, beide schauen auf das Papier, und ich schreibe immer noch, aber ich warte auf das erste Wort, das sie sagen werden, um es meinen Notizen hinzufügen zu können.

«Hände hoch!» Das hat der erste gesagt, seine MPi zielt auf meine Brust. Der Bauer hebt die Hände, seine Frau schluchzt auf.

Im Helm
ist mein totes Gesicht

Meine Hand zittert noch, die Feder entfällt ihr. Ich erwische sie am Tischrand. Beschmiere mir die Finger mit Tinte. Ich hebe die Hände mitsamt der Feder. Der zweite SS-Mann tritt an den Bauer heran und zieht ihm die Arme herab. Auch ich lasse die Hände sinken, doch der SS-Mann hebt sie mir wieder über den Kopf.

«Waffe!» sagt der erste. Warum so leise?

Waffe, Herr Deutscher – das ist meine Waffe! Ich zeige ihm die Feder, die ich in den tintenbeschmierten Fingern halte. Es ist der billigste Füllfederhalter, den der slowakische Staat aus Deutschland importiert hat.

«Was? Das soll eine Waffe sein?» Der erste lacht auf und nimmt mir die Feder aus der Hand. «Redakteur? Schriftsteller?»

«Nein!» Was habe ich da eigentlich verneint?

«Schwere Artillerie!» ruft der andere mit dröhnendem Lachen.

Sie führen mich ab. Zwei auf einen. SS-Männer den Kartographen. Warum strecke ich so die Brust heraus? Dieser Held hat sich ergeben! Mitten im Dorf haben sie inzwischen die Mannschaften der Stabskompanie gesammelt. Auf einem großen Haufen liegen Gewehre, Patronentaschen, Seitengewehre, Pistolen, auf einem anderen Haufen Gasmasken. Alles sieht nach Alteisen aus. Auf den letzten Haufen werfe ich meinen Helm mit dem Doppelkreuz. Er kollert wieder vor meine Füße. Kehrt wie ein Hund zu seinem Herrn zurück. Er klirrt, winselt, bleibt dann stumm liegen. Entsetzen packt mich. Das ist nicht ein Berg von Helmen, das ist ein Berg von Schädeln, und in meinem Helm sehe ich ein Gesicht. Es ist ein bekanntes Gesicht, es ist mein Gesicht, mein totes, seltsames Gesicht.

Es ist Krieg, Vater. Die Slowaken gegen die Deutschen ... Slowaken sind fast Russen. In meinem Helm ist mein totes Gesicht.

Warum habe ich den Helm nicht in dem warmen Grab bei den toten eisernen Kameraden begraben?

Warum haben das nicht auch die anderen Soldaten der verlorenen Division getan? Weil die verlorene Division untergegangen ist.

Wie gut, daß die Slowaken fast Russen sind!

Amenmaria, wo bist du?

Ist mit uns wirklich Schluß und amen?

Inhalt